Der Traum der schönen Rosa Graf hat sich erfüllt: Sie gewinnt bei einem internationalen Wettbewerb ein Stipendium an einer berühmten italienischen Privatakademie. Mit Hilfe der Familie Pezzo, die das Stipendium ausgesetzt hat, behauptet Rosa sich in Mailand und begegnet dort obendrein ihrer großen Liebe Rüdiger. Hochzeitspläne werden geschmiedet, und auch beruflich wollen beide gemeinsame Wege gehen, sie als Designerin für Gebrauchsdesign und er als Experte für die besten Materialien. Dann aber verschwindet Rüdiger von heute auf morgen aus Mailand, angeblich ist sein Vater in Herzfeld schwer erkrankt. Rosa reist Rüdiger nach. Ein paar Tage genügen, um ihr die Augen zu öffnen: Rüdiger betrügt sie mit der Frau seines Bruders.
Rosas Rückkehr nach Mailand gleicht einer Flucht. Es ist Massimo Pezzo, der einzige Sohn der Familie Pezzo, der ihren Kampfgeist weckt. Ausgerechnet als Rosas große Liebe erneut ihren Weg kreuzt und mit einer völlig neuen Version ihrer Trennungsgeschichte herausrückt, macht Massimo Pezzo ihr einen Heiratsantrag. Wenn sie ja sagt, liegt ihr der Himmel zu Füßen, wogegen Rüdiger das Image eines Verlierers anhaftet. Rosa muss sich entscheiden und beweist, dass ihr Herz etwas dazugelernt hat. Mutig durchforstet sie das Dickicht aus Lügen und Intrigen, Angst und Leidenschaften. Mit Erfolg: Im Trentino wird das Schicksal einer großen italienischen Familie endgültig besiegelt. In einem Schloss an der Elbe entsteht Rosas Traum neu und versöhnt drei verfeindete Familien.

*Lea Wilde,* Jahrgang 1950, lebt mit vier Söhnen in Köln. Im Fischer Taschenbuch Verlag erschienen ihre Bücher ›Männer aus zweiter Hand‹, ›Adam, rück den Apfel raus‹, ›Väter und andere Helden‹, ›Aus lauter Liebe zu dir‹ (Bd. 14857), ›Wenn die Liebe Falten wirft‹ (Bd. 15483), ›Venus trifft Mars‹ (Bd. 15878) und ›Der Himmel über dem Himmel‹ (Bd. 16397).

*Unsere Adresse im Internet: www.fischerverlage.de*

Lea Wilde

# *Bella Rosa*

Roman

Fischer Taschenbuch Verlag

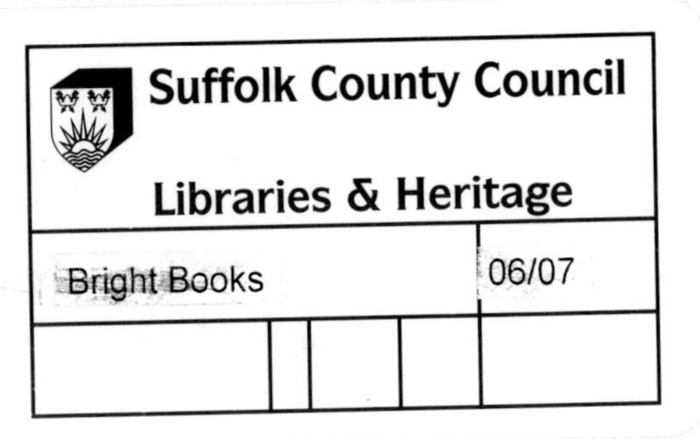


Originalausgabe
Veröffentlicht im Fischer Taschenbuch Verlag,
einem Unternehmen der S. Fischer Verlag GmbH,
Frankfurt am Main, Juni 2007


Satz: Pinkuin Satz und Datentechnik, Berlin
Druck und Bindung: Nørhaven Paperback A/S, Viborg
Printed in Denmark
ISBN 978-3-596-17320-4

*Inhalt*

## *Dreizehn Jahre vorher*

Die Jagdhütte schmiegte sich eng an den Fels, der wie eine klobige Nase aus Wiesen und Wäldern aufragte. Von weitem konnte man die Hütte nur schwer von dem Gestein dahinter unterscheiden. Nur wenn sie wie jetzt bewohnt war und Rauch aus dem Kamin stieg oder helle Lichtpunkte aufflackerten, nahm man sie überhaupt wahr.
Sie sind wieder da, hieß es dann unten im Dorf. Sie, die Fremden.
Die Frau, die dort in der Hütte auf dem Bett lag und sich bemühte, an dem Kruzifix mit dem vertrockneten Palmwedel vorbeizusehen, fühlte sich noch immer als Fremde. Dabei lebte sie nun seit fast vier Monaten an diesem Ort, der an Einsamkeit kaum zu überbieten war. Ausgegrenzt durch die starre Ablehnung der Leute dort unten im Dorf und zunehmend auch durch die Last, die in ihrem Leib wuchs und nun mit Gewalt aus ihr herausdrängte.
»Avanti!« Die Stimme der fremden Frau neben dem Bett wurde drängender. Die Frau nannte sich Antonella und wurde um Rat gefragt, wenn eine Wunde sich entzündet hatte oder ein Paar sich vergeblich ein Kind wünschte. Sie galt als Kräuterhexe, manchmal rief man sie auch zu einer Geburt, sonst mied man sie eher. Bis gerade eben hatte sie am Kamin hantiert, Wasser aufgekocht, ihre Gerätschaften bereitgelegt und der Wöchnerin immer wieder die Decke fortgezogen, um sich vom Fortgang der Geburt zu überzeugen. Sie zeigte keine Spur von Anteilnahme, sie war rau und unfreundlich und schien es sehr eilig zu haben. Davon zeugte auch dieses »Avanti!«.
Die Frau, die spürte, wie die nächste Wehe anrollte, fühlte sich der Person hilflos ausgeliefert. Sie wollte sich nicht antreiben lassen. Sie wollte nicht frieren und nicht pressen. Sie wollte einzig und allein, dass es aufhörte.

Wenn sie doch nur nie hergekommen wäre. Hierher, wo alles angefangen hatte.
Sie keuchte, der Schweiß rann ihr in die Augen, biss in die Schleimhäute, ließ alles bis auf das Kruzifix verschwimmen. Sie hob abwehrend die Hand. Sie wollte das Kreuz dort an der Wand nicht ansehen. Sie war eine gläubige Katholikin, so war sie erzogen worden.
Die Urgewalt in ihr verebbte, die Rinnsale auf ihrer Haut erkalteten. Wieder zog sie an der Decke. Wie sehr sie fror.
Hätte sie ihm doch nur nie von dieser Hütte erzählt, die seit mehreren Generationen im Familienbesitz war. Anfang letzten Jahres war das gewesen, als in ihrer Heimatstadt die ersten Tische und Stühle nach draußen geräumt wurden. Der Frühling hatte sich beeilt und auch nicht vor den Fabriktoren der Pezzos haltgemacht. Sie hatte ein Twinset aus Kaschmir in der Farbe von Vanille getragen, daran erinnerte sie sich noch genau, ebenso wie an den Duft von Karamell, als sie in der Siestazeit durch die Stadt schlenderte, am ältesten Lebensmittelladen Mailands vorbeiging und plötzlich Lust auf etwas Süßes verspürte, was schon ungewöhnlich genug war.
Sie war in den im Dämmerlicht liegenden Laden getreten, und da stand er in einer Ecke inmitten von quietschgrünen Limetten und pfirsichdicken Mispeln, die aussahen, als läge noch der Tau der Bergnebel auf ihnen. Bei ihrem Eintritt war er wie ein kleiner Junge zusammengezuckt, der bei etwas Verbotenem erwischt wurde. Dabei hatte er lediglich mit seinen Händen die unterschiedlichen Oberflächen erkundet, beinahe zärtlich.
»Sie hier?«, hatte er gefragt und regelrecht entgeistert dreingesehen. Vielleicht hatte genau das sie provoziert, ihn auf eine Portion »Plaisir« einzuladen, so hieß die süße Köstlichkeit.
»Schließlich sind wir so etwas wie Kollegen«, hatte sie gemeint. »Und diese Dolci sind eine Spezialität von Francesco, er foltert sie so lange mit dem Brenneisen, bis der Puderzucker dampft.« In jenem Moment war es ihr, warum auch immer, sehr wichtig gewesen, dass er ihrer Einladung folgte. Gewöhnlich zog sie es vor, ihre knapp bemessene Mittagszeit allein zu verbringen, und selbst wenn sie mal eine Klei-

nigkeit mit jemand anders zusammen aß oder etwas in Gesellschaft trank, so bestimmt nicht mit einem Mitarbeiter der Firma Pezzo. Sie hielt es für klüger, Beruf und Privates sauber auseinanderzuhalten.
Er hatte sich Zeit mit seiner Antwort gelassen.
»Kollegen würde ich das nicht nennen«, hatte er gesagt. Nicht spöttisch oder ablehnend, sondern eher nachdenklich. So als ob er gerade erst in diesem Moment angefangen hätte, sich Gedanken über eine Frau zu machen, der er seit drei Wochen mehrmals täglich begegnete, der er regelmäßig jeden Montag und jeden Freitag am Konferenztisch gegenübersaß und der er erst tags zuvor an den Kopf geworfen hatte, dass das von ihr vorgeschlagene Material für die neue Kollektion Schrott sei. So sicher und selbstbewusst er da aufgetreten war, so zurückhaltend verhielt er sich an jenem Mittag im »Il Peck« inmitten von Langusten und Pasteten und ebendiesen Dolci.
»Und wie würden Sie unsere Beziehung sonst nennen?« Sie war hartnäckig geblieben. Als ob sie etwas aus ihm herauslocken wollte. An jenem Nachmittag war sie wirklich nicht sie selbst gewesen.
Er hatte sich mit seiner Antwort Zeit gelassen.
»Nun, ich bin ein kleines Rädchen im Pezzo-Getriebe, obendrein noch auf Probe, wogegen Sie zum Herzstück gehören und immer sehr beschäftigt, sehr reserviert, geradezu unnahbar sind. Nicht dass Sie denken, ich könnte das nicht verstehen.«
Er schien tatsächlich zu meinen, was er da sagte. Er versuchte weder, sich wichtig zu machen, noch sie anzubaggern. Die meisten anderen an seiner Stelle hätten jedenfalls die günstige Gelegenheit beim Schopf ergriffen und sich ohne Wenn und Aber auf ihre Einladung gestürzt. Er nicht. Warum nicht? Aus falsch verstandenem Respekt oder weil sie ihm zu wenig attraktiv, zu unweiblich erschien?
Bei seiner Erwiderung hatte sie automatisch nach ihrer ausgeprägten Nase gegriffen und sich gleichzeitig für diese verräterische Geste verflucht. Sie war nun mal kein Püppchen mit einer niedlichen Stupsnase oder anderen äußeren Merkmalen, die gern als typisch weiblich apostrophiert wurden. Deshalb mochte sie auch keine billigen Komplimente, von denen sie wusste, dass sie gelogen waren. Für derlei

war ihr ihre Zeit zu schade, dann blieb sie lieber für sich, was ihr vermutlich diesen Ruf der Unnahbarkeit eingetragen hatte. Dabei war sie lediglich vorsichtig, getreu der Devise, dass es allemal besser war, einem Unglück vorzubeugen, als es so nahe an sich heranzulassen, dass es einen beschädigen konnte. An jenem Tag war ihre bewährte Vorsicht allerdings auf der Strecke geblieben, und ehe sie es sich versah, tappte sie in die Falle. Schlimmer noch, sie legte sie selbst aus.
»Dann passen wir ja eigentlich sehr gut zusammen«, hatte sie gemeint. »Zwei Unnahbare unter sich.« Dabei hatte sie auf die Platte gezeigt, von der es so intensiv nach Karamell duftete. Sie hatte zwei Finger hochgehalten und noch für jeden einen Espresso dazu geordert, dann war sie vor ihm her nach draußen in die Sonne zu einem der Tische gegangen und hatte sich gesetzt, noch ehe jemand herbeieilen und den Stuhl trockenreiben konnte. Die Feuchtigkeit hatte sich an ihren Nylons hochgearbeitet, ausnahmsweise trug sie an jenem Tag einen Rock, so als ob sie das Erwachen der Natur geahnt hätte.
Er war ihr gefolgt und hatte ihr gegenüber Platz genommen. Gut möglich, dass er sich ebenfalls ins Nasse gesetzt hatte. Auf der vorderen Kante seines Stuhls balancierend, den Kopf in den Händen abgestützt, mit Blick auf den Dom, hatte er in Frageform wiederholt, was sie gedankenlos dahingesagt hatte.
»Zwei Unnahbare unter sich?« Und weiter mit einem Ausdruck ehrlicher Verwunderung: »Sie finden mich unnahbar?«
»Sind Sie das etwa nicht?« Fast kokett musste ihm ihre Gegenfrage in den Ohren geklungen haben, dabei war Koketterie noch nie ihre Sache.
Er war völlig ernst geblieben. Weil er ihr das kokette Weibchen nicht abnahm?
»Ich bin höchstens ein Landmensch, den es in die Großstadt verschlagen hat.« Leicht stockend fuhr er fort: »Wissen Sie, wie oft ich hier in Mailand mitten in der Nacht aufwache und davon träume, mal wieder in der freien Natur zu sein? Und damit meine ich keinen Nationalpark mit handzahmen Wölfen und auch kein Meer, dessen Strände ich mir mit Heerscharen von anderen Menschen teilen muss.

Vielleicht bin ich ja wirklich menschenscheu, mein Vater hat das schon immer behauptet. Vorzugsweise dann, wenn er mich zu einem wichtigen Kunden mitgenommen hat. Ich habe kein Händchen für Wichtigtuer, ich bin auch kein guter Verkäufer und erst recht kein guter Gesellschafter. Ich weiß nicht mal, ob ich überhaupt der Richtige für diesen Job …«
Sie war ihm ins Wort gefallen, auch das war sonst nicht ihre Art. Seine Offenheit rührte sie an, ebenso wie dieser leicht abwesende Blick, fast schon traurig sah er aus. Sie wollte nicht, dass er sich auf diese Weise selbst in Frage stellte. Er fühlte sich noch immer nicht heimisch in Mailand, das war's. Am liebsten hätte sie nach seiner Hand gegriffen, die beharrlich mit einem Kaffeelöffel in der Espressotasse rührte, obwohl er noch gar keinen Zucker hineingegeben hatte. Er merkte es nicht. Eine Ader an seinem Handrücken pochte aufgeregt, wie gern hätte sie dieses Pochen zur Ruhe gebracht. Sie beherrschte sich natürlich. Sie begnügte sich mit Worten. Noch.
»Aber für Bäume haben Sie ein Händchen. Für Holz. Ich möchte wetten, dass Sie einen Riesen-Ilex einzig und allein an seinen Wurzeln erkennen könnten.« Sie glaubte, als sie das sagte, ihren Vater zu hören, wie er ihr, als sie noch ein Kind war, die Besonderheit dieser vom Aussterben bedrohten Bäume erklärte, deren Wurzelwerk nicht mal bei Windstärke zehn zerfetzt werden konnte. Sie hatte sich damals sogar die lateinische Bezeichnung gemerkt.
Ihr Gegenüber kannte den lateinischen Namen ebenfalls, das ließ ihn ihr noch näherrücken. »Ich glaube nicht«, sagte er, »dass es hier in der Region noch Ilex Giganti gibt, damit entfällt leider die Probe aufs Exempel.«
»Aber ich weiß, wo es noch welche gibt. Und obendrein Natur pur, so weit das Auge reicht.« Sie hatte ihm den Ball hingeworfen, das Spiel eröffnet, und er war darauf eingegangen. Warum wohl? Die Antwort lag für sie auf der Hand: Er musste es ebenfalls spüren. Oder war es nur seine Besessenheit von allem, was mit Holz zu tun hatte, die ihn so tun ließ, als ob er ernsthaft interessiert wäre?
»Und wo ist das?«, hatte er gefragt.

»In der Nähe der Hütte.« Sie hatte von der alten Jagdhütte erzählt, die genaugenommen zum Betriebsvermögen der Firma Pezzo gehörte. »Es wäre eine gute Gelegenheit, dort mal wieder nach dem Rechten zu sehen, und wer weiß, vielleicht inspiriert uns der Ilex ja sogar für unsere neue Möbelkollektion. Wo Sie die Materialprobe, die ich Ihnen gestern habe zukommen lassen, schon für Schrott erklärt haben.« Diese kleine Spitze hatte sie sich nicht verkneifen können.

So hatte es begonnen. Sie hatten sich für eine gemeinsame Erkundung des Baumbestands rund um die Hütte verabredet. Um dorthin zu gelangen, würden sie etliche Stunden unterwegs sein, also schlug sie ein verlängertes Wochenende vor.

»Wir müssen etwas weiter fahren«, hatte sie gesagt, »aber das macht nichts. Wir beziehen schließlich sogar Holz aus Kanada, und das sehen Sie sich, wenn's sein muss, als unser neuer Experte für den Einkauf ja auch vor Ort an. Waren Sie schon einmal in Kanada? Es ist grandios dort, obwohl ich sagen muss, dass das Trentino durchaus mithalten kann. Natürlich gibt es dort keine Bären, und unsere Hütte ist auch keine Blockhütte aus Holz. Sie ist aus Stein, genauer gesagt, aus Dolomitgestein und Kalk. So wie die Bergnase dahinter.« Sie hielt abrupt inne. Sie merkte selbst, dass sie zu viel redete.

Dafür war seine Erwiderung umso knapper bemessen. »Und was haben Sie davon?«, wollte er wissen.

Was sie davon hatte? So blind konnte er doch unmöglich sein, dass er ihre Sehnsucht noch immer nicht spürte. Sie wollte endlich mit ihm allein sein, allein inmitten dieser grandiosen Bergwelt, nur er und sie. Sie wollte sich an ihn anlehnen und alles tun, was Frauen ihrer Meinung nach taten, um an den Helden in ihm zu appellieren. Sie war zum ersten Mal in ihrem Leben bereit, eine andere Stärke als die eigene zuzulassen. Er brauchte nur zuzugreifen, verdammt! Wenn es nach ihr ging, konnten sie sich dieses ganze Drumherum sparen. Andererseits durfte sie ihn auch nicht kopfscheu machen.

Sie räusperte sich. »Sie könnten mir sozusagen am lebenden Objekt alles beibringen, was Sie über den Baumbestand dort wissen.« Etwas war mit ihrer Stimme passiert. Sie klang höher und kippelte wie eine

Frau auf extrem hohen Absätzen, die solches Schuhwerk nicht gewöhnt war. »In unserem Metier«, fuhr sie fort, »kann man nie genug über Holz wissen, und wenn Sie mich schon zum Herzstück der Firma rechnen, sollte ich mich ja wohl ebenfalls mit unserem wichtigsten Werkstoff auskennen.«

Er hatte endlich eingewilligt. Und so hatten sie sich am Bahnhof getroffen und waren gemeinsam zu der Hütte gefahren. Er wusste wirklich viel über jede Art von Gehölz und verstand spannend zu erzählen. Seine Begeisterung war auf sie übergesprungen. Nie zuvor war sie jemandem wie ihm begegnet. Und es war nicht beim Fachsimpeln und Wandern geblieben.

Und nun lag sie hier. Die nächste Welle rollte an. Heimtückisch, zunächst gab sie sich noch harmlos, doch dann schlug der Schmerz zu, unerbittlich und immer wieder. Sie schrie auf. Ihr Kopf wurde von Antonella nach vorn auf die Brust gedrückt, ihre Oberschenkel klafften auseinander. Sie wehrte sich gegen die fremde Gewalt, sie wollte das nicht, doch das andere war stärker als sie. Hitze, blinder Schmerz, die Augen traten immer weiter hervor, hetzten hilfesuchend hierhin und dorthin und sahen doch nichts außer dieser weißen Bauchkugel, die immer gewaltiger wurde und dann explodierte.

Der Schrei war kräftig und das Erste, was sie wieder mitbekam. Sie wünschte sich, er wäre schwach, ganz schwach, verstummte ganz von selbst für immer. Dann wäre alles leichter für sie.

»Tu es weg!«, befahl sie. »Tu es sofort weg!« Und als die Frau namens Antonella unbeirrt weiter an ihr herumhantierte, so als ob sie ein rohes Stück Fleisch wäre, das man beliebig bearbeiten könnte, schrie sie ihren Befehl laut heraus. Deutsche Worte vermengten sich mit italienischen, sie schrie immer lauter. Doch nach und nach wurde ihre Stimme schwächer, zuletzt war da nur noch ein Krächzen. Dann wurde es endlich still. Schritte entfernten sich. Das Geschrei des Neugeborenen wurde immer leiser.

»Nein! Komm zurück! Gebt mir mein Baby zurück!«

Es war zu spät. Ihre Blicke trafen das Kruzifix, hasteten weiter, suchten die Helligkeit des Fensters. Draußen war der Morgen angebrochen,

die Sonne würde den Schnee glitzern lassen, ein wunderbares Schauspiel, wunderbar und tröstlich. Sie sehnte sich nach der Sonne.
Etwas Dunkles schob sich vor das kleine Fenster. Ein dunkler, undefinierbarer Klumpen, der von oben seinen Schatten warf. Vermutlich von dem Stahlnetz, das unterm Dachrand gespannt worden war, um herabstürzende Eisbrocken und Schneelawinen aufzufangen. Aus dem Klumpen löste sich ein Schnabel, sie erkannte Augen, die sie fixierten. Kopfüber, unbeweglich, der Raubvogel balancierte auf dem Stahlnetz, raubte ihr das Licht und fixierte sie unerbittlich.
Sie hatte es nicht besser verdient. Sie begann zu beten.
Heute war Dreikönige.

## *Das Dreikönigsfest*

I

Über Nacht hatte es geschneit. Der Schnee verlieh der Landschaft, auf die Rosa sah, etwas Unwirkliches, beinahe Kitschiges. Es war noch sehr früh, im Haus rührte sich nichts, sie selbst hätte ebenfalls getrost noch liegen bleiben und die Ruhe genießen können. Stattdessen stand sie mit nichts am Leib außer einem dünnen Nachthemd am weit offenen Fenster und versuchte, der Schneelandschaft zu ihren Füßen und dem noch dunklen Himmel darüber eine Antwort zu entlocken. *DIE* Antwort.

Was genau war heute vor dreizehn Jahren geschehen?

Ihre Blicke glitten suchend zum Himmel hinauf. Fehlte nur noch, dass sie ernsthaft nach einem Stern Ausschau hielt, der ihr den Weg wies. Nicht wie einst den drei Weisen aus dem Morgenland hin zu einem Stall in Bethlehem, sondern zu dem Ort, wo ihre Tochter Joana das Licht der Welt erblickt hatte. Das war bestimmt kein Stall gewesen, aber auch kein ordentliches Krankenhaus. Rosa wusste nicht, ob es eine schwere oder eine leichte Geburt gewesen war. Sie kannte die Frau, die an jenem geheimen Ort ein Kind bekommen hatte, nicht und wollte sie auch nicht kennen. Vielleicht war die Fremde ja auch am Kindbettfieber gestorben, derlei kam vor. Ein Gedanke, dessen Rosa sich umgehend schämte und gegen den sie doch nicht ankam. Wie viel einfacher wäre alles, wenn dieses Schreckgespenst ein für alle Mal verschwände.

Aber es verschwand nicht. Es spielte mit ihr Katz und Maus, trieb ihre Gedanken hierhin und dorthin. Es drohte ihr auch. Sieh dich vor, Rosa Graf! Fühl dich nicht zu sicher!

»Nein!« Sie sagte es in die Dunkelheit dort draußen, griff nach dem altmodischen Knauf des Fensters und schloss es mit zitternden Händen. Es gab keinen Grund, sich zu sorgen. Was sie tat, war selbstquälerisch und hysterisch. Sie sollte zurück ins Bett gehen und schlafen, bis die Sonne aufging. Im Hellen sah alles gleich wieder ganz anders aus.
Doch sie schaffte es nicht, dem klugen Ratgeber in ihrem Kopf zu folgen. Stattdessen öffnete sie, so leise es eben ging, die alte Holztür und trat aus ihrem Schlafzimmer hinaus auf den schmalen Flur, blieb stehen, horchte. Nichts geschah. Wie zu erwarten rührte sich auch nebenan bei ihrer Großmutter nichts. Sie war ins Kinderzimmer umgezogen, damit Rosa im Notfall schneller zur Stelle war. Rosa hatte einen sehr leichten Schlaf, und wenn die alte Frau wieder mal keine Luft bekam, zählten Minuten.
Joana hatte sich über den Tausch gefreut, was nicht weiter verwunderlich war. Ihr neues Reich war größer und lag zudem ein gutes Ende von den beiden anderen Schlafzimmern entfernt, es befand sich genau über der alten Werkstatt. Hier hatte Rosas Großvater als Schmied gearbeitet, aber das war nun schon über zwei Jahrzehnte her. Um nach ihrer Tochter zu schauen, musste Rosa eine Stahltür und einen Verbindungsgang passieren, Erstere war feuerpolizeilich vorgeschrieben.
Kaum hatte Rosa diese Tür aufgezogen, dröhnte ihr auch schon auf dem schmalen Gang dahinter laute Musik entgegen, und das um fünf Uhr in der Frühe. Sie verspürte einen Anflug von Wut, gemischt mit Hilflosigkeit. Warum wollte Joana nicht einsehen, dass es nicht gut für sie war, wenn die ganze Nacht durch ihr neues Satellitenradio dudelte? Zumal in dieser Lautstärke. Andererseits war es vermutlich von einer Dreizehnjährigen zu viel verlangt, genau jene Vernunft aufzubringen, die der Schenker des teuren Radios vermissen ließ. Massimo verhielt sich ja selbst wie ein Kind. Kaum schwärmte Joana von etwas oder erzählte auch nur, was eine ihrer neuen Klassenkameradinnen am Gymnasium tatsächlich oder angeblich Tolles bekommen hatte, schenkte Massimo es ihr ebenfalls. Mit dem Erfolg,

dass Joana sich immer mehr von dem einfachen Leben hier entfernte und das halbe Dorf sich das Maul zerriss. Der Apfel fällt nicht weit vom Stamm, hieß es dann.

Natürlich hatte Joana wieder mal den italienischen Lokalsender Radio Mailand eingestellt. Um den im Sendebereich von Radio Olpe empfangen zu können, bedurfte es wohl tatsächlich einer solch teuren Anlage. Joana hatte sich wie verrückt über Massimos jüngstes Geschenk gefreut. Sie wäre nicht sie selbst gewesen, wenn sie diesem Gefühl nicht lauthals Luft gemacht und dabei kein Fettnäpfchen ausgelassen hätte. »Alle mal herhören! Die große weite Welt hat ab sofort Zutritt zum Ende der Welt!« Die Frage erübrigte sich, wo der Teenager dieses Ende ansiedelte. Selbst Rosas Vater kapierte sofort, dass damit sein geliebtes Ohlenbach gemeint war. Er hatte sich aufgeregt und die günstige Gelegenheit genutzt, um wieder mal gegen Mailand zu stänkern. Alles, was von dort kam, war ihm ein Dorn im Auge, und Massimo war in seinen Augen die Verkörperung des Bösen.

Dabei war Massimo nur ein zutiefst einsamer Mann mit viel Geld und vor allem mit einer Familie im Rücken, die ihn nie wirklich ernst genommen hatte, darunter litt er noch heute. Natürlich war es nicht gut, wenn er Joana nach Strich und Faden verwöhnte. Mal war's ein mit echtem Fell bezogenes Schaukelpferd von der Größe eines Ponys gewesen, später ein Rucksack von Prada für die Schule und zuletzt dieses Radio. Wenn ich dir schon nichts schenken darf, Rosa mia, war seine ständige Ausrede.

Ob Joana am Ende eifersüchtig war?

In den letzten Monaten hatte Rosa alle möglichen Ratgeber gewälzt, um herauszufinden, was gerade mit Joana geschah, wie sie ihr helfen konnte. Sie hatte alles über die ebenso natürliche wie wichtige Abgrenzung zwischen Mutter und Tochter gelesen; gedruckt klang das sehr einleuchtend. Live hingegen wurde es, wie Rosa fand, zunehmend schwierig. Da verbündeten sich möglicherweise ganz natürliche Reaktionen einer Dreizehnjährigen mit dem alten Schreckgespenst in ihrem eigenen Kopf. Dann fragte sie sich, was wirklich hinter Joanas Sticheleien und Andeutungen stand. War es tatsächlich normal, dass selbst der Jubel über dieses Radio zur Machtprobe ausartete? Wie Joana sie ansah, wenn Rosa verlangte, dass dieses Radio wenigstens beim Erledigen der Hausaufgaben und nachts ausblieb. Spöttisch und seltsam wissend.

Rosa schauderte es. Die Kälte, dachte sie. Es war höchst unvernünftig, im Januar ohne Schuhe oder Pantoffeln durchs Haus zu gehen. Es war ein altes Haus, Kälte und Zugluft fanden immer einen Weg nach drinnen, am schlimmsten waren diese Steinböden. Rosas Großmutter wollte ihr Haus trotzdem nicht verlassen. Nur mit den Füßen voran! Das sagte sie, wenn Rosas Vater, der ihr einziger Sohn war, dieses Thema wieder mal anschnitt. Sie liebte ihr Zuhause. Hier war sie mit ihrem Mann glücklich gewesen, hier war sie Mutter geworden, und nun, da Rosa mit ihrer eigenen Tochter zurückgekehrt war, lebten sogar drei Generationen von Grafs in dem nicht eben großen Fachwerkhaus. Die räumliche Enge war allerdings nicht der Grund dafür, dass der einzige noch lebende Repräsentant einer weiteren Generation es vorzog, in seinem eigenen Haus zu bleiben: Rosas Vater mied das Haus seiner Mutter genauso wie ihr Ehemann, fand ständig etwas daran auszusetzen.

Rosa klopfte leise an Joanas Tür, wie sie es immer tat, wartete kurz und betrat erst, als keinerlei Reaktion erfolgte, das Zimmer. Im Regal blinkte aufgeregt das futuristisch anmutende Display der neuen Anlage, schickte abwechselnd grüne und rote Lichtblitze zu der Schläferin schräg gegenüber. Um nicht versehentlich die Lautstärke hochzufahren oder die Bässe durchknallen zu lassen, zog Rosa den Stecker. Es wurde schlagartig leise. Neben dem Bett leuchtete nur noch das Schlummerlämpchen mit dem Abbild von Pu dem Bären. Mama, lass mir ein Licht an! Das Bärchen auf dem Lampenschirm hatte noch etliche Kollegen aus Plüsch, sie waren überall im Zimmer verteilt, einen hatte Joana im Schlaf fest gegen ihre Wange gedrückt. Schwer vorstellbar, wenn man sie so friedlich schlafen sah, dass hinter dieser glatten Stirn Waffen geschmiedet wurden, denen Rosa sich oft hilflos ausgeliefert fühlte.

Wieder einmal fragte sie sich, ob es ein Fehler gewesen war, sich über jenen Dreikönigstag vor dreizehn Jahren beharrlich auszuschweigen. Aber wie sollte man von etwas erzählen, was dunkler und abgründiger als die Nacht dort draußen war? Zumal ja bereits eine andere, eine offizielle Version existierte. Und wenn Rosa eine Lehre aus diesen pädagogischen Ratgebern gezogen hatte, dann die, dass Kinder vor allem Sicherheit brauchen. Wenn sie jetzt redete, machte sie alles nur noch schlimmer, davon war sie überzeugt. Schlimmer für alle Beteiligten, und es ging ja längst nicht nur um Joana, auch wenn sie die Hauptperson war.

Da gab es schließlich noch die alte Frau im ehemaligen Kinderzimmer, die immer weniger wurde und immer stärkere Schmerzen litt, auch wenn sie es nicht zeigen wollte. Alle Liebe, die Rosa in ihrer Kindheit empfangen hatte, war von ihrer Großmutter gekommen. Gerlinde Graf hatte Rosa die Mutter ersetzt und ihr immer wieder Mut gemacht. Geh deinen eigenen Weg, Kind, du schaffst es!

Rosa war gegangen, als sie schon Ende zwanzig war. Sie war mit einem Kind heimgekehrt, das ihr Ein und Alles war. Ein Kind, das der Schwelle zur Frau immer näher rückte. Behutsam strich sie Joana eine Haarsträhne aus der Stirn. Sie klebte fest, das Mädchen schwitzte neuerdings häufig im Schlaf, was bestimmt auch mit der Pubertät zusammenhing. Ebenso wie die kleinen und großen Kämpfe mit der Frau, die sie für ihre Mutter hielt.

Ich bin ihre Mutter, dachte Rosa trotzig. Ich habe es schwarz auf weiß, das kann mir niemand mehr nehmen. Niemand kann mir Joana nehmen. Sie beugte sich vor und küsste die warme, feuchte Haut.

»Herzlichen Glückwunsch, mein Liebling!« Die Worte kamen aus ihrem Herzen und ließen sich nicht mehr zurückholen. Zum Glück schienen sie nicht bis in die Traumwelt des Mädchens vorgedrungen zu sein, das seinen Geburtstag offiziell erst in drei Monaten feierte. Ein unwilliges Grummeln, dann drehte Joana sich auf die Seite und zog sich die Decke über die Ohren. Lass mich gefälligst in Ruhe weiterschlafen, sollte das heißen.

Rosa verließ das Zimmer so leise, wie sie es betreten hatte. Noch immer barfuß, huschte sie in die Küche hinab. Eigentlich wollte sie sich nur einen Tee machen. Doch dann ertappte sie sich selbst dabei, dass sie, während das Teewasser kochte, schon mal alles herausstellte, was sie zum Backen brauchte. Man wusste nie genau, wann am Dreikönigstag die Sternsinger auftauchten, mal kamen sie in der Frühe und mal erst gegen Mittag. So oder so war es gute alte Sitte, dass die Sänger nicht nur Geld für diesen oder jenen guten Zweck, sondern auch eine süße Stärkung für sich selbst bekamen. Der Teig für die obligatorischen Sternsinger-Plätzchen war schnell fertig. Ohne groß nachzudenken, machte Rosa mit dem Teig für Joanas Lieblingskuchen weiter. Das Rezept hatte Rosa aus Mailand mitgebracht. Der Kuchen bestand aus zwölf karamellisierten Schichten mit Crema di Ricotta dazwischen und machte seinem Namen »Plaisir« alle Ehre.

»Damit Sie immer an uns denken, Signora Graf. An Milano.«

Rosa hatte genickt und sich bei dem Besitzer von Mailands ältestem Lebensmittelladen bedankt. Gleichzeitig war sie fest entschlossen gewesen, möglichst wenig an Mailand zurückzudenken, geschweige denn dorthin zurückzukehren. Zu vieles hing an diesem Ort. Fortan, das hatte sie sich geschworen, würde sie sich auf Joana und auf ihre Karriere konzentrieren. Diesem Schwur war sie treu geblieben.

Wirklich? Der Holzspachtel in ihrer Hand begann unruhig zu tanzen. Wenn das so war, warum grub sie dann immer wieder die alten Erinnerungen aus? Das war gefährlich und brachte nichts. Tage wie dieser waren besonders gefährlich. Wenn sie wirklich wollte, dass Joana nicht in etwas hineingezogen wurde, wovon sie selbst mehr ahnte als wusste, dass es unberechenbarer als jeder Vulkan war, so musste sie endlich die Kontrolle über sich selbst zurückgewinnen. Ihre Gedanken zurückpfeifen, ihre Zunge hüten und sich auf das Tagesgeschäft konzentrieren, damit hatte sie genug zu tun. Basta.

Es begann, verbrannt zu riechen, der Zucker hatte am Boden der gusseisernen Pfanne angesetzt. Sie rannte zum Wasserhahn und wollte die harte Kruste ablöschen und retten, was zu retten war, doch sie machte alles nur noch schlimmer. Binnen weniger Sekunden schwebte ein dichter Rauchpilz über dem Herd und bewegte sich auf die

Küchentür zu, was daran lag, dass jemand die Tür geöffnet hatte. Wer das war, ergab sich nach den ersten Worten. Sehen konnte Rosa kaum noch etwas.

»Willst du uns alle vergiften, Mama?«, wollte Joana wissen. Sie sprach es italienisch aus: Mamma.
»Nein, ich wollte dir nur eine Freude machen und dir deinen Lieblingskuchen backen …«
»Weil du schon wieder meinen Geburtstag verwechselt hast?« Es klang provozierend und leicht schnippisch und schnitt Rosa ins Herz. Vor ein paar Monaten wäre das noch unmöglich gewesen. Was war nur passiert? Nichts, beschwichtigte sie sich selbst. Nichts, was nicht jedem Teenager widerfährt, außerdem hatte Joana ihren Emotionen schon immer recht ungeniert freien Lauf gelassen. Im Sauerland kam das anders rüber als in Mailand. Sie musste sich als Mutter endlich mit dem Gedanken anfreunden, dass ihre Kleine handfest in die Pubertät hineinschlitterte, da waren solche Anwandlungen völlig normal. Das konnte man schließlich in jedem Ratgeber nachlesen …
»Ich habe deinen Geburtstag keineswegs verwechselt.« Rosa tastete sich vorwärts in die Richtung, wo sie das Fenster vermutete. Ihre Hüfte berührte unsanft die Tischkante, sie unterdrückte ein »Autsch!«. Immerhin hatte sie blind den Fensterknauf gefunden. Frische Luft strömte herein, der Qualm zog ab, man konnte wieder etwas sehen. Joana ließ nicht locker. »Und wann ist mein Geburtstag?«, wollte sie wissen.
Wie sie so dastand, erinnerte sie Rosa erst recht an das trotzige kleine Mädchen, das sie doch um keinen Preis mehr sein wollte. Lieber zehnmal mit dem Fuß aufstampfen, als einmal brav bitte sagen. Nur nicht zugeben, dass man sich fürchtet oder einfach mal geherzt werden will! Es war noch gar nicht so lange her, da war Joana nachts zu Rosa ins Bett geschlüpft. Unter tausend Vorwänden. Mama, mir ist kalt. Mama, der Bauch tut mir weh! Mama, in meinem Zimmer ist eine Spinne. Und Rosa hatte es genossen. Am liebsten wäre sie auch jetzt auf der Stelle zu Joana hingelaufen und hätte sie in die Arme

genommen, sie fest an sich gedrückt und ihr gratuliert. Halt, nein, das durfte sie nicht.

»Dein Geburtstag«, sagte sie laut, »ist natürlich am sechsten April.«

»Und warum gratulierst du mir dann schon wieder am sechsten Januar?« Auftrumpfend und zugleich mit einem Unterton von Angst. Rosa fragte sich, ob sie sich das auch wieder nur einbildete. Übertrug sie jetzt schon ihre eigenen Schreckgespenster auf ihre arme Tochter? Hatte sie eben womöglich laut gedacht? Nein, das konnte nicht sein, so komplett durcheinander war sie denn doch nicht. Sie schüttelte abwehrend den Kopf und nahm die Pfanne mit dem Karamell vom Herd. Aus dem Kuchen wurde nun nichts, dafür würden die Plätzchen umso besser gelingen. Joanas Lieblingsplätzchen, dachte Rosa und schob das fertig belegte Blech in den Ofen.

»Es stimmt also«, insistierte Joana hinter ihr.

»Du hast bestimmt nur geträumt.« Rosa schaltete den Backofen an.

»Dann hab ich wohl auch geträumt, dass du im Stockfinstern in mein Zimmer gekommen bist und mein Radio ausgemacht und mir gratuliert hast. Herzlichen Glückwunsch, mein Liebling! Das hast du gesagt, genau so, ich hab mich total erschrocken und erst selbst gedacht: Ich träume. Aber ich hab nicht geträumt. Kein Mensch träumt jedes Jahr an Dreikönige denselben Scheißtraum. Und einen Geburtstagskuchen will ich auch nicht haben, hörst du? Erst wenn ich wirklich Geburtstag habe, und bis dahin sind es noch genau drei Monate.« Rote Flecken färbten die Wangen des Mädchens, ihre Stimme überschlug sich.

»Es sollte ja auch nur dein Lieblingskuchen werden.«

»Und warum liegen dann dreizehn Geburtstagskerzen auf dem Tisch? Ich bin das leid, ich will das alles nicht mehr.«

»Verzeih mir, Kleines! Wahrscheinlich hast du sogar recht. An Dreikönig bin ich nun mal leicht durcheinander, dabei gibt es keinen Grund dazu. Außer den, dass ich zwei Jahre hintereinander die Plätzchen für unsere Sternsinger habe verbrennen lassen. Sie haben gesungen und gesungen, und ich habe glatt vergessen, dass ich ja noch Plätzchen für sie im Backofen hatte. Dieses Jahr passiert mir das jedenfalls nicht. Ich bin nicht umsonst so früh aufgestanden, in ein paar Minuten müssten sie fertig sein. Was hältst du von ein paar ›brutti‹ zum Vorkosten?«

»Du meinst ›brutti ma buoni‹? Hässliche, aber gute Plätzchen?« Joanas Augen leuchteten kurz auf. Sie liebte diese Kekse, bei denen sie schon als ganz kleines Mädchen hatte mithelfen dürfen. Besonders schön hatten ihre Plätzchen damals wirklich noch nicht ausgesehen, daher der Name. Dem Geschmack tat das indes keinen Abbruch.

Rosa nickte, warf einen Blick auf die Uhr und griff dann nach den doppelt genähten Handschuhen, die sie gegen die Hitze des Backblechs schützten. »Also, wie sieht's aus? Magst du schon mal kosten?«

Eine simple Frage, aber leider gab es derzeit für Joana keine simplen Antworten. Selbst ihre Lieblingsplätzchen wurden zur Waffe umfunktioniert.

»Ich frage mich, warum du ausgerechnet brutti ma buoni gebacken hast.« Mit dieser scheinbar harmlosen Bemerkung startete sie ihre neue Offensive.

»Warum wohl?«, fragte Rosa zurück. Allmählich reichte es ihr wirklich. Sie war auch nur ein Mensch.

»Weil du findest, dass hässliche Plätzchen gut zu mir passen?«, schlug Joana vor. Ihr Ton war bissig, aber gleichzeitig sah sie unglaublich einsam aus, wie sie so dastand, ebenfalls barfuß und nur mit einem Nachthemd bekleidet. Rosa hätte ihr am liebsten den Mund zugehalten und ihr verboten, jemals wieder etwas so unglaublich Dummes zu sagen. Doch etwas in Joanas Augen und in ihrer Haltung hielt sie davon ab.

»Du redest Unfug«, sagte sie so ruhig wie möglich.

»Du findest den Zinken in meinem Gesicht also hübsch? Willst du ihn haben? Sollen wir tauschen?« Joana griff nach ihrer zugegebenermaßen ausgeprägten Nase und drehte so heftig daran, dass sie knallrot wurde. Der Pickel an der Nasenspitze begann gefährlich zu glühen. Jetzt sah die Nase wirklich ziemlich monströs aus.

»Du hast eine klassische Nase. Eine Charakternase, die verrät, dass dich so schnell keiner für dumm verkaufen kann.«

»Und von wem habe ich den tollen Charakter geerbt? Ja wohl kaum von dir.«
»Wohl kaum«, bestätigte Rosa. Sie war fest entschlossen, sich nicht provozieren zu lassen. Wie schaffte sie es nur, rasch von diesem heißen Thema abzulenken? Es war heiß. Sogar so heiß, dass sie es selbst bislang mit Erfolg ausgesperrt hatte, wenn es Einlass in ihre Gedanken begehrte. Es war ja nicht so, dass sie sich noch keine Gedanken über Joanas ausgeprägte Nase gemacht hätte, die sich gleichzeitig mit den ersten Pickeln so entwickelt hatte. Vorher war es eine ziemlich unauffällige Kindernase in einem runden Kindergesicht gewesen.
»Von Fritz habe ich meine klassische Charakternase erst recht nicht«, bohrte Joana weiter. Lustvoll, selbstquälerisch, und dann kam der Paukenschlag: »Von ihm kann ich sie ja auch gar nicht haben.«
Was hatte Joana da gerade gesagt? Rosa musste sich an der Tischkante festhalten. Auf dem Tisch war ein Fleck, sie begann daran mit einem Zipfel ihres Nachthemds zu reiben. Sie musste sich verhört haben. Hoffentlich hatte sie sich nur verhört …
»So was nennt man wohl stillschweigende Zustimmung, wie?« Joanas Ton war frech, geradezu dreist, aber es war nicht der Moment, sich über schlechtes Benehmen aufzuregen. Es ging um viel mehr. Es ging an die Substanz.
»Fritz ist …« Rosa hörte zu reiben auf und starrte auf den Fettfleck, der jetzt auf ihrem Nachthemd prangte. Ihre Stimme wollte ihr plötzlich nicht gehorchen. Mit so etwas hatte sie nicht gerechnet, niemals.
»Fritz ist was?«, insistierte Joana.
»Er ist dein Vater.« Und wie um diese allzu schwache Aussage mit etwas Handfestem zu untermauern, fügte Rosa hinzu: »Und er ist mein Ehemann.« Wenigstens das stimmte. Die Gewissheit, zumindest in diesem Punkt die Wahrheit sagen zu können, machte Rosa Mut. Sie sah Joana an. Bittend. Versteh mich doch! Hör auf damit, mich zu quälen! Ich liebe dich doch!
Aber was sie sagte und was ihr Mienenspiel hinzufügte, es prallte an der unerbittlichen Haltung ihrer Tochter ab. Man musste Joana nur anschauen, wie sie da mit vor der Brust verschränkten Armen stand,

breitbeinig. Ihr ganzer Körper unterstützte die folgenden Worte, die binnen weniger Sekunden sämtliche Illusionen zerstörten.

»Nur weil er mit dir verheiratet ist, ist er noch lange nicht mein Erzeuger. Er ist ja nicht mal wirklich dein Mann. Oder glaubst du, ich bin blöd? Glaubst du, ich kriege nicht mit, dass ihr nur verheiratet tut? Die Wände in seinem komischen Haus sind verdammt dünn, und mein Zimmer ist direkt neben eurem, da hört man die Flöhe husten. Alles, was ihr am Wochenende zusammen im Bett tut, ist Schlafen. Meinetwegen könnt ihr euch das Theater sparen. Wo er sowieso nicht mein richtiger Vater ist. Wetten, dass der aus Italien kommt? Da gibt es noch mehr von meinen Nasen, bestimmt ist mein Vater ein waschechter Italiener.« Etwas Lauerndes lag in den Augen des Mädchens, als es fortfuhr: »Kommt mein Vater vielleicht aus Mailand?«

Rosa erwachte aus ihrer Erstarrung. Sie wünschte sich, das alles wäre ein Albtraum, aber das war es nicht. Die Kälte an ihren nackten Fußsohlen war ebenso real wie der beißende Geruch, der aus dem Backofen kam. Mein Gott, die Plätzchen! Sie musste sie retten. Sie musste sich etwas einfallen lassen. Sie musste etwas sagen.

»Hör sofort mit diesem Unfug auf!« Rosa beugte sich vor und riss die Backofentür auf. Hitze sprang sie an, eine Qualmwolke, ihre Augen begannen zu tränen. Sie war beinahe dankbar dafür. Alles war besser als diese Frage, auf die sie keine Antwort wusste. Das war das Schlimmste überhaupt: Sie kannte die Antwort wirklich nicht. Sie konnte nur Vermutungen anstellen. Wie hatte sie nur glauben können, ewig um diese Frage herumzukommen? Weil nicht sein kann, was nicht sein darf? Als ob das Schicksal oder wer auch immer sich darum kümmerte, was einer Rosa Graf ins Konzept passte! Was hatte sie nur getan? Weil sie dem Kind, das sie so sehr liebte, Sicherheit geben wollte, hatte sie Fritz geheiratet. Mit ihm war sie schon zur Schule gegangen, er war zuverlässig und sogar ihrem Vater genehm. Fritz machte alles so unglaublich viel leichter für ein Kind, das hier in Ohlenbach aufwuchs.

»Mach es dir nicht so schwer, Rosa«, hatte er gemeint, als er sie vor rund zehn Jahren am Flughafen abholte. »Wenn wir heiraten, wird es für alle Beteiligten leichter sein. Für die Kleine ebenso wie für dich und deine Familie. Du kennst die Leute hier, du weißt, wie sie sind.«

»Und was hast du davon?« Diese Frage hatte sie ihm stellen müssen. Sie hatte ihm auch gesagt, dass sie ihn nicht liebte. »Von der Liebe«, hatte sie gesagt, »habe ich restlos die Nase voll.«

»Dann haben wir schon wieder eine Gemeinsamkeit«, hatte er gemeint. Mehr wollte er nicht preisgeben. Nur noch, dass er es leid war, von seiner Familie ständig dieselbe Litanei zu hören zu bekommen. Warum er nicht endlich heiratete und für Nachwuchs sorgte. »Tun wir unseren Familien den Gefallen«, hatte er gemeint, »dann haben wir beide unseren Frieden, und deine Tochter hat den Vater, ohne den es hier für sie zum Spießrutenlaufen wird. Im Kindergarten und später in der Schule und bei jedem Kindergeburtstag, du könntest nicht mal mehr über die Straße gehen, ohne dass sie euch hinterhertuscheln. Das Sauerland ist nicht Mailand. Und einer, der Türen und Fensterrahmen zimmert, denkt anders als Leute, denen ganze Fabriken gehören. Willst du deinen Vater noch einmal zum Gespött machen? Das überlebt er nicht!« Es war das einzige Mal gewesen, dass Fritz hatte durchklingen lassen, was er von ihrem italienischen Abenteuer hielt.

Sie hatten sich als Ehepaar ausgegeben, noch ehe sie es waren. Drei Wochen später hatten sie heimlich in Köln, wo Fritz als Physiotherapeut arbeitete und zum Glück auch gemeldet war, geheiratet. Sie hatten nicht mal ihre Trauzeugen gekannt. Zehn Jahre lang war alles gutgegangen. Ein sauberes Agreement, nicht mehr und nicht weniger. Fritz hielt sich an die Abmachung. Er blieb unter der Woche in Köln, er war beileibe nicht der einzige Pendler aus der Region. Niemand erwartete ernsthaft, dass er die gutgehende Praxis wieder aufgab. Mittlerweile beschäftigte er bereits drei Angestellte. Er war tüchtig und ehrgeizig, genau wie Rosa. Sie fertigte ihre Entwürfe für modernes Möbeldesign in der ehemaligen Werkstatt des Großvaters und wohnte unter der Woche praktischerweise auch mit Joana bei ihrer Großmutter. Anfangs hatte die sich noch um das Kind kümmern können, wenn Rosa arbeitete. Inzwischen kümmerte Rosa sich um die alte Frau, die

ihr so unglaublich viel bedeutete. Jedes Jahr war ein geschenktes Jahr. Nur am Wochenende, wenn Fritz heimkam, schlief Rosa mit Joana im Haus von Fritz und teilte sich sogar mit ihm das Bett. Damit alles seine Ordnung hatte. Ihre Heimat war nun mal nicht Mailand.
An alles hatte sie gedacht. An fast alles.
Sie hatte nicht bedacht, dass die Stille im gemeinsamen Schlafzimmer für ein aufgewecktes junges Mädchen verräterischer als jeder Laut war. Zehn Jahre lang hatten sie und Fritz sich bemüht, die Illusion eines Paares aufrechtzuerhalten. Und nun das.
»Es stimmt also?« Hell und unerbittlich, gnadenlos, während die Hitze sich durch die doppelt genähten Handschuhe arbeitete. Eine Naht war aufgeplatzt, deshalb.
Lange kann ich das Blech nicht mehr halten, dachte Rosa. Sie kam nicht auf die Idee, das verdammte Blech abzustellen. Es war so heiß. Es ist zu heiß, dachte sie, klammerte sich an diesem simplen Satz fest. Die Worte kamen immer wieder, liefen durch ihren Kopf und ihren Körper. Es ist zu heiß. Viel zu heiß. Dann schepperte es. Das Blech lag zu ihren Füßen, ein hässliches, aber gutes Plätzchen war direkt auf ihrem Fußrücken gelandet. Zu heiß, dachte sie, viel zu heiß, aber sie rührte sich nicht.
Und ihre Tochter kannte noch immer keine Gnade. »Wolltest du mich deshalb nie mit nach Italien nehmen? Habe ich deshalb keine von Massimos Einladungen annehmen dürfen? Weil du Angst hattest, ich könnte mich in Mailand an etwas erinnern, was dir nicht in den Kram passt?«
»Du warst ein Baby.« Rosa bückte sich unendlich langsam, sie kam sich wie eine uralte Frau vor. In Zeitlupe hob sie das Plätzchen auf. Brutti ma buoni.
»Ich war fast drei Jahre. Ich würde mich erinnern, wenn es etwas zu erinnern gäbe.«
»Fritz war nicht oft bei uns in Mailand. Es ging nicht anders.« Nur im letzten Semester war er zu ihr nach Mailand gekommen, im Prüfungssemester, als sie kreuzunglücklich war und nur noch fortwollte. Weg von der Stadt, die ihr kein Glück brachte. Weg auch von Massimo.

Aber sie musste durchhalten, sonst wäre alles umsonst gewesen. Bis zum Examen waren es nur noch wenige Monate. Fritz hatte ihr als guter Kumpel, der er war, geholfen. Er musste sogar am Telefon ihre Verzweiflung herausgehört haben. Auf einmal war er da.
Sie waren zu dritt mit dem klapprigen alten Fiat, den er sich geliehen hatte, hinaus ans Meer gefahren. Joana war noch nie zuvor am Meer gewesen. Sie hatte eine kleine Ewigkeit im Sand gespielt, während die beiden Erwachsenen redeten.
Jetzt hoffte Rosa, dass davon eine blasse Erinnerung bei Joana hängengeblieben war. Nur davon.
»Erinnerst du dich nicht mehr daran, wie wir zusammen am Meer waren?«, fuhr sie fort, wobei sie jeden Blickkontakt vermied und starr auf den Boden sah. Etwas Fugmasse bröckelte. Alles bröckelte. Es war verdammt schwierig, noch einmal alle Fäden so zusammenzukriegen, dass diese Geschichte für Joana einen vernünftigen Sinn ergab. »Du wolltest gar nicht mehr weg. Fritz hat dich mit der Hupe zum Auto zurückgelockt. Du warst von dieser extrem schrillen Hupe fasziniert und hast immerzu draufgedrückt. Und dann hast du geweint, weil du das Meer nicht mehr sehen konntest, gleichzeitig hast du mit beiden Füßen gegen das Armaturenbrett getreten. Du hast erst Ruhe gegeben, als Fritz dir eine Hupe versprochen hat. Genau solch eine Hupe wie in diesem alten Fiat; und er hat sein Versprechen gehalten.«
»Und was beweist das?«
»Beispielsweise, dass er dich liebt, dass er dich schon damals geliebt hat, auch wenn er nicht so oft bei uns sein konnte. Er war ja selbst noch mitten in seiner Ausbildung, genau wie ich. Ich habe in Mailand fertig studiert, ich hatte ein Stipendium, so was wirft man nicht einfach weg. Und Fritz hatte die Chance, gleich nach seinem Examen die Praxis in Köln zu übernehmen, wo er schon sein Praktikum absolviert hat. Sie war ziemlich runtergekommen, diese Praxis, deswegen hat er auch kaum etwas dafür bezahlen müssen. Er hat fast alles selbst renoviert, er ist ziemlich geschickt, aber das weißt du ja. Und dann hat er uns zurück nach Deutschland geholt, da warst du wie gesagt drei Jahre alt.« Rosa schnappte nach Luft. Ihr war heiß.

Warum sagte Joana nichts? Sonst redete sie doch wie ein Buch. Warum blieb sie stumm wie ein Fisch und spielte nicht mal mit dem Goldkettchen um ihren Hals, das sie von Rosa zur ersten heiligen Kommunion bekommen hatte? Ein Familienstück war das. Wenn Joana auf Konfrontationskurs war, kündigte sich das oftmals durch das Fummeln an diesem Kettchen an, dann schabte das Kreuz aus Rotgold unablässig hin und her. Jetzt nicht. Beinahe sehnte Rosa sich nach dem nervenden Geräusch. Vor allem um die unheimliche Stille zu überbrücken, redete sie immer weiter: »Du solltest im Grünen groß werden. Außerdem war da ja noch deine Urgroßmutter, sie braucht mich, sie war immer wie eine Mutter für mich. In den ersten Jahren hat sie auch noch auf dich aufgepasst, wenn ich nebenan in der Werkstatt war. Du warst ein ziemlicher Wirbelwind, du hast sie ordentlich auf Trab gehalten, sie und mich. Es ist gut so, wie es ist. Und Fritz war dir immer ein guter Vater, ich dulde nicht, dass du so von ihm sprichst. So abfällig, das hat er nicht verdient. Hast du mich verstanden?«
Noch immer keine Reaktion. Kein Laut.
Rosa blickte hoch. Irgendwann hatte sie sich hingekniet, um das versprengte Gebäck einzeln aufzuheben. Sie war gar nicht auf die Idee gekommen, Handfeger und Kehrblech zu nehmen. Ihre Hand war voller Krümel. Sie sah auf den Backofen, die Beine des Küchentischs, die offene Tür zum Flur. Sonst war da nichts. Ohne dass sie es gemerkt hatte, war Joana hinausgegangen. Leise, ohne ein weiteres Wort zu verlieren. Zurück blieben die Worte, die sie ausgesprochen hatte, sie fügten sich erneut zu Sätzen und preschten auf Rosa los.
Bestimmt ist mein Vater ein waschechter Italiener.
Kommt mein Vater aus Mailand?
Glaubte Joana etwa, dass in Wahrheit Massimo ihr Vater war? Ihr Erzeuger, wie sie es formuliert hatte.
Das Schlimme war, dass Rosa nicht einmal darauf die Antwort wusste …

## 2

Massimo hatte mit einem kühlen Empfang gerechnet. Wer die Ehre hatte, den Namen Pezzo zu tragen, und sich dann beim alljährlichen Umtrunk zum Start ins neue Jahr vor den Mitarbeitern die Kante gab, durfte nicht auf Gnade hoffen. So einer sollte vermutlich froh sein, wenn die Familie nach so einem peinlichen Ausrutscher noch die Contenance bewahrte. Darin waren sie groß, die Pezzos, alle miteinander. Jedenfalls war Massimo gewappnet, als er sich am frühen Nachmittag dem Trakt näherte, wo die Geschäftsleitung untergebracht war.

Wie nicht anders zu erwarten, herrschte überall auf dem Firmengelände emsige Geschäftigkeit. Als ob die Leute sich verpflichtet fühlten, die Kosten des Neujahrsempfangs möglichst rasch wieder hereinzuholen. Sein Vater, auch dieser Gedanke schoss Massimo durch den Kopf, würde das natürlich anders sehen. Aus seiner Warte fühlte sich jeder, der hier arbeitete, dem Unternehmen wie der eigenen Familie verbunden. Ohne jedes Kalkül. Und über allem thronte Franco Pezzo. Noch tat er das. Massimo war sich nicht sicher, ob ihn die Aussicht auf den bevorstehenden Machtwechsel fröhlicher stimmen sollte. Er entschied, dass es ihm im Grunde egal sein konnte, wann seine Schwester das Heft in die Hand nahm. Kräftig genug waren ihre Hände ja, für eine Frau hatte sie ausgesprochen starke Knochen, was man von ihm selbst nicht gerade behaupten konnte. Er war kleiner und zierlicher gebaut. Vermutlich mit ein Grund, warum er Alkohol nicht besonders gut vertrug, und wenn, dann nur in vergleichsweise kleinen Mengen. Weil er das wusste, hielt er sich meistens zurück. Tags zuvor hatte er jedoch eine Ausnahme gemacht, warum auch immer.

Die endlosen Lobeshymnen mochten ihm auf die Nerven gegangen sein. Fehlte nur noch, dass sie ein Siegertreppchen aufbauten, um den besten Verkäufer oder den besten Werbetexter des letzten Jahres auszuloben. Er hatte dagesessen und sich ausgeschlossen gefühlt. Nicht dazugehörig. Von wegen große Familie! Er war mit seinen Gedanken ausgebrochen, die Gedanken waren bekanntlich frei. Gestern Abend

hätte er sie allerdings besser eingesperrt. Doch irgendwann hatte es ihm gereicht, ständig den Mund zu halten.
Auslöser war eine im Grunde harmlose Bemerkung seines Vaters gewesen. Der hatte sich darüber echauffiert, dass in jüngster Zeit immer mehr gute alte Traditionen ins Hintertreffen gerieten. Dafür hatte er, gründlich, wie er war, Beispiele genannt. So wurde neuerdings, wie er ausführte, auch in Mailand statt Sankt Martin immer öfter Halloween gefeiert, und mit dem Dreikönigsfest lief es ähnlich. Plötzlich huldigte man lieber Befana, der Weihnachtshexe. Der Überlieferung zufolge hatte sie den Anschluss an die Heiligen Drei Könige verpasst und suchte seitdem nach dem Jesuskind, klopfte auf ihrer Suche an jede Tür und ließ sich mit Süßigkeiten trösten. Eine Unsitte, wie Franco Pezzo fand, fast schon ein Frevel. Und alle, die um ihn herumsaßen oder -standen, gaben ihm natürlich wieder einmal recht.
Der Teufel muss mich geritten haben, dachte Massimo. Er war jedenfalls aufgestanden und hatte einen Toast auf diese komische Hexe ausgebracht, daran erinnerte er sich noch. Dann war er rundherum gegangen und hatte wie einst der Rattenfänger von Hameln nach weiteren Sympathisanten von Befana gefahndet. »Cincìn, Befana! Auf Befana!« Seine Aufforderung zum Mittrinken war den meisten sichtlich peinlich gewesen. Er hatte das sehr wohl gespürt und auf Ex getrunken, dann war er zum nächsten Grüppchen weitergegangen. »Cincìn, Befana!« Des Nachts hatte ihn die verdammte Hexe zum Dank heimgesucht. Die nächtliche Erscheinung hatte eine fatale Ähnlichkeit mit Antonella gehabt. Die war auch eine Hexe, aber zum Glück weit weg.
Hinter den sieben Bergen, murmelte er vor sich hin und kam sich wie der letzte Trottel vor, als er mit Karacho gegen die geschlossene Glastür zur Geschäftsleitung rannte. Normalerweise stand sie offen, um jedem Mitarbeiter zu signalisieren, dass der Chef nichts zu verbergen hatte und immer für seine Leute da war.
»Das gibt eine Beule.« Seine Schwester musste gerochen haben, dass er kam. Natürlich ließ sie sich das Vergnügen nicht nehmen, an seiner Blamage teilzuhaben.

Sie war knallhart, wie geboren für die Nachfolge im Pezzo-Imperium. Nur einmal war sie gestrauchelt, aber das war nun schon so lange her, dass sie die Erinnerung daran bestimmt längst säuberlich abgeheftet und sich selbst die Absolution verpasst hatte. Sie hatte den Dreh heraus, wie man konsequent ausgliederte, was die eigenen Pläne störte. Wetten, dass sie auch schon einen Plan in der Schublade hatte, wie sie ihren kleinen Bruder entsorgen würde? Natürlich auf die feine Art, ohne sich die Finger schmutzig zu machen. Sie würde ihm einfach, wenn sie das Ruder übernahm, einen Titel lassen, der viel hermachte und ihm weniger Spielraum ließ als dem Chef der Kantine. Der durfte wenigstens halbwegs frei entscheiden, was er mit seinem Budget anstellte. Der hatte ein eigenes Budget.
Massimo gab sich keinen Illusionen hin. Obwohl er der einzige männliche Erbe war, hatte er im Grunde schon jetzt nichts mehr zu vermelden. Seine Schwester hatte ganze Arbeit geleistet. Alles, was er für sich gerettet hatte, war die Kontrolle über den deutschsprachigen Raum, nur für den Einzelhandel, wohlgemerkt. Wie lange noch? Er bezwang den Drang, sich den Kopf zu reiben. Nach der Kollision mit dieser Tür brummte ihm der Schädel erst recht. Er wäre liebend gern in sein eigenes Büro weitergegangen, aber Paula versperrte ihm den Weg. Sie hatte sogar Schultern wie ein Kerl.
»Wenn du bitte so freundlich wärst …«, sagte er und hasste sich dafür, dass er immer und überall freundlich blieb. Eigentlich sollte er dafür den Alten hassen. Der hatte ihm die Freundlichkeit und Höflichkeit eingeimpft, das Internat in der Schweiz hatte ihm den Rest gegeben, jetzt kam er nicht mehr dagegen an.
»Ich würde gern mal kurz mit dir reden.« Paula zeigte auf ihre offene Tür, ihm blieb kaum eine Wahl.
Paulas Sekretärin packte gerade ihre Siebensachen zusammen, der Monitor war bereits dunkel, offensichtlich hatte sie ihr Pensum geschafft. Sie grüßte höflich, Massimo grüßte zurück. Sie bot auch an, noch zu bleiben, wenn es gewünscht wurde. Aber ihre Chefin schickte sie in den Feierabend. Massimo überlegte, ob das ein gutes oder schlechtes Omen war. Das Nachdenken schadete seinem vorge-

schädigten Kopf. Wäre er doch nur zu Hause im Bett geblieben. Sie würden ihm wohl kaum den Betriebsarzt schicken, um nachzuprüfen, ob er auch wirklich krank war. Zumindest in diesem Punkt genoss er noch ein Privileg. Wobei er den Verdacht hegte, dass es ihnen ganz recht sein würde, wenn er sich aus Gesundheitsgründen komplett aus der Firma zurückzöge. Sein Krankheitsstand im letzten Jahr war eine gute Vorbereitung für solch eine Karriere. Er sollte auf der Hut sein, sonst schossen die beiden ihn wirklich ab.

Er nahm vorsichtig auf der Kante eines Klassikers aus dem Haus Pezzo Platz. Einer der ersten Entwürfe, aber dieser Sessel war noch immer im Programm. Mittlerweile bot man ihn in verschiedenen Ausstattungen an, demnächst gab es ihn sogar in Knallrot mit Ohren und Füßchen aus imitiertem Ozelot, das war seine Idee gewesen. Vorgetragen auf einer der endlosen Konferenzen am Anfang und Ende einer jeden Woche. Der neue Einkäufer war sofort darauf abgefahren, da konnte sich die eigene Familie schlecht verweigern. Die Vorbestellungen für den alten Sessel im neuen Look konnten sich jedenfalls sehen lassen.

»Du wolltest mit mir reden«, erinnerte er. Die Aussicht, selbst einen Knüller zu platzieren, machte ihm Mut und ließ ihn sogar kurz seinen Brummschädel vergessen. Mit etwas Glück …

»Es geht um die Hausmesse der Rigger-Gruppe«, unterbrach Paula seinen Gedankenflug.

»Soweit ich weiß, kümmerst du dich um die Riggers immer persönlich, oder? Wie um alle anderen Großkunden auch. Außerdem firmieren die Riggers in der Schweiz, die fällt erst recht in dein Ressort.« Man könnte es auch anders ausdrücken, dachte Massimo, ehrlicher.

Die Kunden in der Schweiz waren von seiner Schwester ebenso radikal annektiert worden wie alles andere, was Ruhm und Ehre versprach und auf dem Weg zum Chefsessel hilfreich war. Sollte er ihr verraten, dass er längst nicht mehr scharf darauf war, seinen Vater auf diesem Thron zu beerben? Er hatte andere Pläne.

Moment, was hatte seine Schwester da gerade gesagt? Sie wollte ihm etwas gegen seinen Brummschädel besorgen?

Paula stand tatsächlich auf und verschwand in der Teeküche. Er hörte sie klappern. Was war los? Seit wann kümmerte sie sich um seine Wehwehchen? Krankheit war für sie gleichbedeutend mit Schwäche. Und seit wann informierte sie ihn freiwillig über ihre besten Kunden?

Mal ganz davon abgesehen, dass es ihn nicht interessierte, ob und worüber sich die Riggers stritten. Vater und Sohn, beide hatten Geld wie Heu, wie es hieß. Der Sohn hatte unlängst seine Großmutter beerbt, die eine der reichsten Witwen in der Region gewesen war. Und der Vater profitierte vom eigenen Fleiß, zudem galt er als ausgesprochen geizig, was möglicherweise der Auslöser für den Zwist war. Der Sohnemann hatte es gern etwas üppiger und luxuriöser. Gut möglich, dass er sich mit seinem Vater nicht darüber einigen konnte, wie viel Antipasti jeder einzelne Besucher auf der diesjährigen Hausmesse in Zürich konsumieren durfte. Oder ob irgendein billiger Sekt statt Champagner ausgeschenkt wurde. Der junge Rigger galt als Gourmet, mit dieser Masche hatte er schon in der Oberstufe Eindruck geschunden.

Markus Rigger hatte als Externer dieselbe Privatschule wie Massimo besucht, allerdings hatten sie nie viel miteinander zu tun gehabt, weil Markus erstens jünger und zudem hinter jedem Rock her war. Er hatte partout nicht begreifen wollen, dass ein Mädchen wie Manuela sich nichts aus einem wie ihm machte.

Aus Massimo hatte sie sich hingegen sehr wohl etwas gemacht. Sie kam vom Bodensee und besuchte die benachbarte Klosterschule. Auch sie war Interne wie Massimo. Sie beide hatten in jenem Sommer stundenlang miteinander am Ufer des Zürichsees liegen können. Als es dazu zu kalt wurde, waren sie um den See gelaufen, bis ihre Zehen und Nasenspitzen ganz eisig waren. Dann hatten sie sich endlich geküsst. Massimo hatte noch nie zuvor ein Mädchen so geküsst, so geliebt. Er wurde bald achtzehn, bis zum Abitur waren es für ihn trotzdem noch knapp zwei Jahre, er hatte eine Ehrenrunde gedreht. Mathematik interessierte ihn nun mal nicht, Mannschaftssport auch nicht, dabei war er alles andere als unsportlich. Er war extrem gelenkig und von klein auf ein hervorragender Tänzer, der Rhythmus saß ihm im Blut, genauso wie das Komödiantische. Schon als kleines Kind hatte er sich mit Vorliebe verkleidet und der Familie den verschiedenen Anlässen angepasste Stücke vorgeführt, die er meistens auch selbst schrieb. Damals hatte seine Mutter noch gelebt.

Gut möglich, dass diese Talente seine Schwester auf die Idee gebracht hatten, ihn den Mädchen nebenan in der Klosterschule als Ersatz vorzuschlagen. Die Oberprima hatte einen Schleiertanz für ihr Fest einstudiert und das allseits bekannte Lied »Salome« umgetextet, damit es auf die Leiterin der Institution passte. Eine Nonne. Diese Einlage sollte ein Knüller werden, und dann brach sich ausgerechnet die Salome bei der Generalprobe ein Bein.

»Du wärst die Rettung«, hatte Paula gemeint. Sie war als Ehemalige ebenfalls mit von der Partie. Zu diesem Zeitpunkt studierte sie schon in Zürich Betriebswissenschaften, während ihr vier Jahre jüngerer Bruder noch in derselben Stadt fürs Abitur paukte. Paula hatte tausend Argumente angeführt, warum er den Mädels nebenan helfen musste. »Du kannst das, du tanzt sie alle an die Wand, und die richtige Figur hast du auch. Stell dir mich als Salome vor, das wäre die Katastrophe schlechthin. Genauso gut könnte man ein Pferd nehmen. Mit zig Schleiern am Leib erkennt dich sowieso keiner.«

Er hatte nachgegeben. Bis heute wusste er nicht, ob seine Entschleierung eingeplant gewesen war. Plötzlich stand er da in seiner weißen Trikotage, die Schleier lagen am Boden, das Publikum johlte und tobte. Seitdem hatte er den Spitznamen Salome weg. Paula hatte alles fotografiert, damals waren gerade Dias modern. Bei den Familienfesten der Pezzos wurden oft Dias angeschaut, manchmal auch bei Betriebsfeiern. Angeblich hatte sich das einzelne Dia nur in die Sammlung verirrt, war versehentlich mit gerahmt worden. Er als Salome. Alle hatten gelacht, bei der Dia-Show in Mailand ebenso wie bei der Uraufführung in Zürich.

Noch heute klang ihm das Gejohle in den Ohren. Nur eine hatte nicht mitgelacht, das war Manuela gewesen. Sie war aufgestanden und hinausgegangen. Sie und er hatten in jenem Jahr zusammen auf

den Herbstball gehen wollen, aber dann war sie mit diesem Markus gegangen. Einem, der zu dumm war, um bei »Faust« an etwas anderes als eine geballte Hand zu denken. Ein Angeber und Luftikus …
»Das wird dir guttun!«, sagte es hinter ihm.
»Wie?« Er schoss herum, sah auf seine Schwester. Sie hielt ihm mit der einen Hand eine Kompresse und mit der anderen ein Glas hin. »Für deine Beule und deinen Kater, das Rezept ist genial, ich spreche aus Erfahrung.«
Was wollte sie von ihm, wenn sie sogar freiwillig einen Kater eingestand? Sie, die Perfekte! Und obendrein bediente sie ihn. Das wird dir guttun! Die Sache stank zum Himmel. Trotzdem bedankte er sich höflich. Er schaffte es nun mal nicht, das herauszulassen, was in ihm rumorte. Er war und blieb der ewig Höfliche, der Schwache. Und wem verdankte er das? Wer war schuld daran, dass sein Spitzname und diese unselige Geschichte noch heute die Runde machten? Manche hielten ihn seitdem sogar für schwul. Immer noch, sein Salome-Image hielt sich hartnäckig. Weil er roten Klassikern Ohren und Füßchen in Ozelot-Imitat verpasste, die sich glänzend verkaufen würden? Weil er es vorzog, nicht mit Weibergeschichten zu prahlen? Nicht, dass er keine einschlägigen Erfahrungen gesammelt hätte, doch der Nachgeschmack war stets derselbe: schal, bitter.
»Du siehst aus, als ob ich dir Essig zu trinken gegeben hätte.« Wieder Paula. Sie gab keine Ruhe, ehe er ausgetrunken hatte.
Und er fügte sich, verdammt. Er leerte das Glas bis zur Neige. Der Inhalt war entschieden süßer als die Erinnerungen in seinem Kopf, seinem Herzen. Unser Massimo ist ein ganz Sensibler. Ein Künstler. Er presste sich auch brav die Kompresse gegen die Schläfe.
»Wirkt es?« Und als er nickte, fuhr Paula fort: »Dann können wir ja endlich in medias res gehen. Also wie gesagt, es geht um Markus Rigger, er hat kurzfristig die Hausmesse von Zürich nach Amsterdam auf ein Schiff verlegt. Das gab's noch nie. Auffallen um jeden Preis, die Botschaft ist klar. Sein Vater wird aus Zeitgründen nicht an dieser Messe teilnehmen. Egal, unsere Leute für den Aufbau sind bereits umdirigiert und auch schon vor Ort. Ein eingespieltes Team, denen

ist es egal, wo sie unsere neue Kollektion in Szene setzen, zur Not auch auf dem Mond. Alles, was du zu tun hast, ist präsent zu sein und hinterher zu berichten.« Die Angelegenheit war damit für Paula erledigt. Sie erhob sich aus dem Sessel ihm gegenüber, ging zu ihrem Schreibtisch, der wie immer tadellos aufgeräumt war, und nahm dort Platz. Er war entlassen, sollte das offensichtlich heißen.

Massimo ließ die Kompresse demonstrativ auf den niedrigen Tisch vor sich fallen. Ein klatschendes Geräusch, das seine Schwester aber nur mäßig zu beeindrucken schien. »Amsterdam fällt nicht in mein Ressort.« Er sagte das, wie er hoffte, mit hinreichend viel Nachdruck.

»Nun sei nicht so kleinlich! Du bist gefragt, deine ganze Ästhetik ist gefragt und deine Diplomatie, außerdem kennst du den jungen Rigger entschieden besser als ich. Sieh dich nur vor, wenn er auf Investitionen zu sprechen kommt. Es heißt, dass er sich womöglich komplett von seinem Vater trennen will. Geld genug hat er ja theoretisch.«

»Wieso theoretisch?« Es interessierte ihn nicht wirklich. Eher wunderte es ihn, dass seine für ihre Logik bekannte Schwester sich derart unpräzise artikulierte.

»Weil er an den Nachlass von seiner Nanny noch nicht sofort rankommt, die Details kenne ich auch nicht. Jedenfalls sollte man vorsichtshalber davon ausgehen, dass er sich auch unter seinen Lieferanten nach jemandem umschaut, der vom Fach ist und das finanzielle Risiko für etwas Neues mit ihm teilt.«

»Du meinst, er ist auf eine Beteiligung von Pezzo aus?«

»Man weiß es nie. Jedenfalls solltest du ihm, wenn es so ist, klarmachen, dass wir momentan finanziell leider komplett ausgelastet sind.«

»Sind wir das?«

»Jedenfalls haben wir nicht vor, unser gutes Geld von solch einem Leichtfuß durchbringen zu lassen. Der liebe Markus steht in dem Ruf, dem guten Leben verfallen zu sein, sein Geschmack ist ebenso teuer wie kurzlebig, da bedingt das eine praktisch das andere. Ich gebe ihm kein Jahr, wenn er eine eigene Firma hochzieht. Also, heute ist erst

Dienstag. Du hast genug Zeit, um zu packen und dich von deinem Brummschädel zu erholen. Die Messe ist wie immer am Wochenende, dein Flugticket wird am Schalter hinterlegt. Du fliegst gegen Mittag. Freitagmittag.« Seine Schwester sah auf, ihr Gesichtsausdruck spiegelte Ungeduld, sie erwartete seine offizielle Zustimmung, wo sie sich doch extra viel Mühe gegeben hatte. Als er noch immer nichts sagte und nicht mal nickte, fügte sie hinzu: »An Belfana.«
Er war mit seinen Gedanken abgeirrt, das konnte sie natürlich nicht wissen. Er hatte an Rosa denken müssen. Wie weit es von Amsterdam ins Sauerland war oder umgekehrt. Nicht besonders weit. Und am Wochenende konnte sie sich ruhig mal eine Auszeit gönnen. So gesehen war die Idee seiner Schwester vielleicht gar nicht so übel.
»Belfana?«, wiederholte er und versuchte sich darauf zu besinnen, wann und wo er dieses Wort zuletzt gehört hatte, was es bedeutete.
»Du musst gestern wirklich mehr geschluckt haben, als gut für dich ist. Erinnerst du dich wirklich nicht? Du hast zigmal auf diese Belfana das Glas gehoben, nur um unserem Vater Kontra zu geben. Wie auch immer, dein Flugzeug startet am sechsten Januar.«
»Also am Dreikönigsfest?« Es war nicht wirklich eine Frage. Es war auch mehr als eine Feststellung. Diesmal hatte er sie an der Angel. Eine Angel, die sie selbst ausgeworfen hatte.
Sie starrte ihn an, als ob er etwas absolut Ungehöriges gesagt hätte. Dann nahm sie den Hörer von ihrer Telefonanlage ab und begann, hektisch zu reden. Das Telefon hatte definitiv keinen Laut von sich gegeben. Natürlich könnte es sein, dass sie dem Klingelton zuvorgekommen war und bereits auf das Aufleuchten eines Knöpfchens reagiert hatte. Sehr wahrscheinlich war das allerdings nicht, denn sie hatte ihn ja die ganze Zeit, während sie redete, angesehen. Direkter Augenkontakt, damit erzog man Hunde und Untergebene, es gab kaum jemanden, der unter diesem Blick nicht zu blinzeln anfing.
Massimo verließ das Büro seiner Schwester mit dem guten Gefühl, dass dieser Punkt an ihn gegangen war.

## 3

Rosa hatte sich nach der schrecklichen Szene in der Küche ins Bad geflüchtet. Es war eine Sache, sich im Nachthemd und ungewaschen von einer Katastrophe überrollen zu lassen oder ihr korrekt gekleidet die Stirn zu bieten. Natürlich wusste sie, dass es albern war, sich von einem Stück Seife oder einer frischgestärkten Bluse Trost oder gar Rat zu erhoffen. Andererseits fiel ihr nichts Besseres ein, und wenn sie nicht endlich etwas Vernünftiges tat, drehte sie noch durch. Also war sie leise nach oben gegangen, hatte geduscht und sich angezogen und sogar Lippenstift aufgetragen, damit wenigstens ein klein wenig Farbe in ihr Gesicht kam. Als sie damit fertig war, konnte sie immerhin schon wieder an ganz praktische Dinge denken, die es zu erledigen galt.

Was auch immer passiert war und noch passieren würde, sie musste sich um das Frühstück für ihre Großmutter kümmern. Mit ihren bald fünfundachtzig Jahren hatte diese so gut wie jede klassische Alterskrankheit; Diabetes gehörte ebenfalls dazu. Nach einem Blick auf die Uhr beeilte Rosa sich, zurück in die Küche zu kommen, obwohl dies der Ort war, den sie jetzt am liebsten für eine Weile gemieden hätte. Der Qualm war abgezogen, doch was Joana gesagt hatte, das stand noch immer im Raum. Rosa riss beide Fenster auf, als ob sie auf diese Weise auch jene Sätze verjagen könnte, die ihr schwer wie Blei auf der Seele lagen. Die kalte Winterluft strömte herein, dazu ein paar Schneeflocken, die sie wie mit Nadeln piksten. Gut möglich, dass es über Nacht fror.

In kürzester Zeit wurde es so kalt in der Küche, dass Rosa beim Abwiegen der beiden dünnen Scheiben Brot und des Belags die Hände zitterten. Oder lag das eher an den Gedanken, die sie nicht loslassen wollten? Seufzend beugte sie sich vor, um nochmals das Gewicht der Scheibe mageren Schinkens zu kontrollieren, von der sie zuvor jedes Fitzelchen Fett abgeschnitten hatte. Noch etwas Quark und Marmelade, dazu Tee aus selbstgetrockneten Pfefferminzblättern. Das Wasser kochte schon. Sie arrangierte alles auf einem Tablett und wollte

es gerade hochtragen, als im Treppenhaus ein rhythmisches Klopfen ertönte.
Es kam langsam näher. Es kam von der Treppe. So schnell sie konnte, stellte Rosa das Tablett wieder ab und lief hinaus, sie traute ihren Augen nicht. Ihre Großmutter umklammerte mit beiden Händen das Geländer und hangelte sich daran Stufe für Stufe nach unten. Über einem Arm hing ihr Krückstock, der bei jedem mühsamen Schritt aufstieß, daher dieses Geräusch.
»Was machst du denn da? Ich wollte gerade zu dir hochkommen. Warum hast du denn nicht geklingelt?« Rosa war so aufgeregt, dass sie gar nicht wusste, was sie zuerst tun sollte. Sie hatte eine panische Angst, dass alles, was sie an diesem Morgen tat, in einem Desaster enden würde. Die Ermahnungen des Hausarztes klangen ihr im Ohr, und sie hatte versprochen, sie genauestens zu beachten. Deshalb war ihre Großmutter ja in Joanas altes Kinderzimmer umgezogen. Deshalb lotste Rosa sie seit ein paar Wochen jeden Morgen mit einer Haltekonstruktion, die Fritz eigens konstruiert hatte, nach unten und abends wieder nach oben zurück. Eine höchst umständliche, dafür aber sichere Prozedur.
»Warum ich das tue? Vielleicht weil ich fünfundachtzig Jahre alt bin und keine Lust mehr habe, mir ein Geschirr anlegen zu lassen?« Es war nicht wirklich eine Frage. Die Stimme mochte dünn sein, die Atmung zu schnell und unregelmäßig, dennoch strahlte Gerlinde Graf in diesem Augenblick sehr viel von ihrer alten Energie aus.
Sie war eine Frau, die sich immer jeder Herausforderung gestellt und es sogar gewagt hatte, sich Rosas Vater zu widersetzen. Obwohl sie ein Vierteljahrhundert älter als ihr einziger Sohn war, dachte sie jünger als er, unorthodoxer. Sie war es gewesen, die Rosa von klein auf unterstützt hatte. Geh deinen Weg! Ohne ihre Hilfe hätte Rosa nicht mal das Stipendium für die private Kunsthochschule in Mailand annehmen können. Von irgendetwas musste sie schließlich ihre Miete dort bezahlen, essen und trinken und vor allem teures Material anschaffen, das die Professoren ebenso selbstverständlich voraussetzten wie ein fließendes Italienisch. Rosas Kommilitonen waren durch

die Bank Kinder aus reichen Elternhäusern gewesen. Sie hingegen hatte nichts gehabt außer ihrem Traum, den ihr Vater als Flausen abtat. Er hatte nicht daran gedacht, sie finanziell zu unterstützen. Schließlich war sie schon Ende zwanzig, hatte eine abgeschlossene Schreinerlehre und die Chance, irgendwann seine Schreinerei zu übernehmen. Was wollte sie mehr? Er begriff bis heute nicht, dass sie aus einem anderen Holz als er selbst geschnitzt war und es ihr nun mal nicht reichte, in seine Fußstapfen zu treten. Er wollte es nicht begreifen. Indirekt gab er vermutlich noch immer ihrer Großmutter die Schuld daran, dass es überhaupt so weit gekommen und Rosa damals nach Mailand gegangen und mit einem Kind zurückgekommen war. Immerhin anständig verheiratet! Rosas Vater legte von jeher enorm viel Wert auf das, was die anderen sagten, was man im Dorf von ihm und seiner Familie dachte. Ganz anders seine Mutter. Gerlinde Graf hatte ihren eigenen Kopf, das bewies sie gerade wieder.

Ihr Stock stieß auf der letzten Stufe auf, das Geländer wurde losgelassen. Es sah ausgesprochen routiniert aus, wie die alte Frau mit der Krücke den nächstbesten Stuhl heranzog und sich, mit beiden Händen auf die stabile Lehne gestützt, weiter vorwärts bewegte.

»Und wenn du stürzt? Wenn du dir etwas brichst? Du weißt ganz genau, was Dr. Wagner gesagt hat.« Rosa war wie paralysiert. Das nicht auch noch!

»Der gute Dr. Wagner ist auch nicht mehr der Jüngste. Er sollte es besser wissen. Er sollte wissen, dass man eine wie mich nicht anschirren kann. Und ich habe keine Lust mehr, ein paar Hasenherzen zuliebe ständig Theater zu spielen.«

Was genau das heißen sollte, wusste Rosa nicht. Ihr blieb auch keine Zeit mehr, darüber nachzudenken, inwieweit ihre Großmutter Theater spielen musste. Der zur Gehhilfe umfunktionierte Stuhl ruckelte an ihr vorbei auf die Küchentür zu, verharrte kurz, schob die Tür ein Stück weiter auf und näherte sich dann dem Küchentisch.

»Das Geschirr war die Idee von Fritz«, korrigierte Rosa mechanisch. Sie wollte ihrer Großmutter wenigstens beim Hinsetzen helfen, doch die hob abwehrend eine Hand, schwankte leicht und nahm dann unendlich langsam Platz.

»Das war also die Idee von Fritz? Ich hätte es mir denken sollen. Dann pass nur auf, dass er dich nicht ebenfalls anschirrt!« Der Atem der schmächtigen alten Frau rasselte gefährlich, als sie das sagte. Was sie nicht weiter zu interessieren schien. Sie wirkte so tatendurstig wie schon lange nicht mehr. »Und jetzt«, fuhr sie fort, »würde ich gern mit dir frühstücken, nur du und ich, bevor du wieder in deiner Werkstatt verschwindest oder dich ums Mittagessen kümmerst oder dir den Kopf über Joana zerbrichst. Du kümmerst dich viel zu viel. Um das Kind, um mich, um Gott und die Welt, nur nicht um dich. Was ist mit dir selbst?«

»Ich …«, setzte Rosa an, weiter kam sie nicht. Sei es, weil ihr auf die Schnelle keine plausible Antwort einfiel, oder sei es, weil Gerlinde Graf es sich in den Kopf gesetzt hatte, erst gar nichts zuzulassen, was ihren eigenen Plänen zuwiderlaufen konnte. Denn dass sie etwas im Schilde führte, war für Rosa so sicher wie das Amen in der Kirche. Und dabei ging es ganz bestimmt nicht ums Frühstücken, auch wenn sie erst mal weiter auf diesem Thema beharrte.

»Was hältst du von Pfannkuchen?«, fragte ihre Großmutter. »Ich habe unglaubliche Lust auf Apfelpfannkuchen mit viel Zimt und Zucker. Und dazu Kaffee, endlich mal wieder einen guten, starken Kaffee.« Sie tat, als ob sie völlig vergessen hätte, dass seit Monaten alles exakt geprüft und abgemessen wurde, was sie zu sich nahm. Bohnenkaffee stand ganz oben auf der Verbotsliste.

»Du weißt genau, dass das Gift für dich wäre.« Rosa schob das Tablett näher heran, auf dem sie alles appetitlich arrangiert hatte, was erlaubt war.

»Manchmal ist Gift die beste Medizin. Wenn du immer nur tust, was alle von dir erwarten, wird niemals mehr das passieren, was du dir am sehnlichsten wünschst, das lass dir von einer alten Frau wie mir gesagt sein.«

Was sie sich am sehnlichsten wünschte? Sollte sie diese kranke alte Frau womöglich mit dem Friedhof in ihrem Inneren konfrontieren?

Ihr offenbaren, was da alles begraben lag und wer? Zugeben, dass sie auf einen Verräter hereingefallen war? Oder sollte sie die alte Frau vielleicht mit den Schreckgespenstern zu Tode erschrecken, die sie neuerdings heimsuchten und die genau an diesem Dreikönigstag ganz neue Dimensionen annahmen? Erschreckend echte Dimensionen ... Natürlich wollte sie auch nicht lügen. Sie musste etwas sagen. Sie musste das Richtige sagen.

»Ich«, sagte sie, »ich will dich nicht verlieren. Dich nicht und Joana nicht, das ist mein sehnlichster Wunsch.« Das stimmte, war nicht gelogen, darauf kam es jetzt an, nur darauf. »Und wenn du so unvernünftig bist … und wenn dann auch noch Joana …« Es war zu viel für Rosa. Sie legte beide Arme auf die Tischplatte, bettete den Kopf darauf und begann hemmungslos zu weinen. Es war eine Ewigkeit her, seit sie zuletzt derart die Beherrschung verloren hatte. Sie redete auch. Sie redete ziemlich viel. Wirres Zeug! Dass sie schuld war und alles falsch gemacht hatte. Die Haare hingen ihr ins Gesicht, sie konnte kaum noch etwas sehen, zwischendurch bekam sie vor lauter Aufregung den Schluckauf. Als sie endlich damit aufhören konnte, meldete sich auch ihr Verstand zurück. Im allerletzten Moment, so kam es ihr vor. Wie konnte sie nur? Dr. Wagner hatte ihr eingeschärft, dass selbst die kleinste Aufregung schon zu viel sein könnte.

»Tut mir leid, Großmutter!« Aber Rosas Entschuldigung mündete buchstäblich im Leeren, blieb an dem Tablett und zwei leeren Stühlen hängen, der eine stammte aus der Diele, über der Lehne des anderen hing der Krückstock. Panisch sprang sie auf, wollte schon den Boden absuchen, sie rechnete mit dem Schlimmsten, die Gespenster, die sie verfolgten, hatten sie fest im Griff.

»Hier bin ich!« Die Stimme kam vom Herd. »Ich kümmere mich schon mal um unsere Pfannkuchen, und danach reden wir weiter.«

»Du darfst das nicht. Du kannst das nicht mehr. Das ist zu viel für dich.« Für mich auch, dachte Rosa. Dass sie vorhin geduscht und sich frisch gemacht hatte, war kaum noch zu merken, sie musste grässlich aussehen. Und als ob es damit nicht genug wäre, tauchte nun auch noch ein goldener Stern über dem Fenstersims auf, darunter er-

klangen die Stimmen der Kinder, die dieses Jahr als Caspar, Melchior und Balthasar von Haus zu Haus ziehen durften.
»Mein Gott! Ich habe nichts für sie, es ist alles verbrannt. Sie müssen mich für verrückt halten. Da lasse ich schon wieder die Sternsinger-Plätzchen verbrennen. Kein Wunder, dass Joana so mit mir redet.«
»Glaubst du, sie wären auch mit meinen Nussecken zufrieden?« Schelmisch klang das, die Augen der alten Frau funkelten ausgesprochen fröhlich. Als ob ihr gerade ein besonders guter Streich gelungen wäre. Dabei hielt sie sich nur mit Mühe aufrecht, die Pfanne zitterte in ihrer Hand. Außerdem war es nicht wirklich zum Lachen, wenn ein Mensch, den man so sehr liebte, völlig vergaß, dass es schon seit einer kleinen Ewigkeit keine Nussecken mehr in diesem Haus gegeben hatte. Genauer gesagt, nicht mehr, seitdem Gerlinde Graf alles verboten worden war, was zu einem Sturz oder einem neuen Schlaganfall führen könnte.
»Ich …«, stammelte Rosa, »ich glaube nicht, dass noch Nussecken da sind. Aber vielleicht finde ich irgendwo noch Schokolade. Bestimmt geben die Kinder sich auch mit Schokolade zufrieden.«
»Hol doch mal die große Plätzchenkiste aus dem Schrank!«
»Die Kiste von Weihnachten?«, fragte Joana zurück und überlegte, wie sie ihrer Großmutter und sich selbst den Blick in die sauber ausgewaschene Kiste ersparen konnte. Das Säubern hatte sie selbst erledigt, nachdem Joana die letzten Printen stibitzt und sich lautstark darüber beschwert hatte, dass es dieses Jahr nicht mal genug Weihnachtsplätzchen gegeben hatte. Die Beschwerde hatte sich eindeutig gegen Rosa gerichtet, so viel war klar.
»Natürlich die Kiste von Weihnachten. Nun mach schon! Sie sind gleich an der Tür.«
Ein Wunder war geschehen. Die Kiste war randvoll mit Nussecken. Köstlich duftend und original so, wie sie in all den Jahren gewesen waren, in denen Rosas Großmutter noch besser beisammen war und sich vor allem noch aufrecht auf ihren eigenen Beinen fortbewegen konnte. Wie betäubt wollte Rosa mit der Kiste zur Haustür laufen und den Sängern dort draußen öffnen. Es hatte inzwischen geklin-

gelt. Durch den Einsatz der Scheibe im oberen Drittel sah sie erneut auf den Stern, er schwankte hin und her, das lag daran, dass er nicht wie vielfach andernorts aus Pappe war. Der Schmied hatte ihn gespendet, er war aus gehämmertem Stahl und golden lackiert. Auch die Gewänder für die drei jugendlichen Könige waren nichts Billiges, sondern liebevoll von Hand nach alten Vorlagen genäht. Hierzulande achtete man auf Tradition, besonders wenn sie religiös motiviert war.

»Warte! Behalt ein paar Nussecken für deinen Vater und Joana zurück!«

»Ja, Großmutter.« Rosa trug das köstlich duftende Wunder in die kalte Winterluft hinaus, sah zu, wie das Segenszeichen mit Kreide auf den Türrahmen geschrieben wurde. C + M + B.

Christus mansionem benedicat. Christus segne dieses Haus. Sie schloss die Tür wieder und kehrte in die Küche zurück, wo es jetzt nach Pfannkuchen zu duften begann. Und nach Kaffee. Ein Wunder? Ein Zeichen dafür, dass es mit der alten Frau wieder bergan ging? Durfte man Wunder abweisen? Zeichen?

## 4

Für den Freitagvormittag gab es immer besonders viele Anmeldungen. Das lag daran, dass in der Praxis von Fritz Knopf freitags nur bis um zwei gearbeitet wurde. Um fünf nach zwei war der letzte Patient gegangen, und auch die Mitarbeiter von Fritz sahen zu, dass sie fortkamen. Freitags hatten alle es besonders eilig, sei es, weil das Wochenende lockte oder weil sie an dem einzigen arbeitsfreien Nachmittag unter der Woche noch ihren Großeinkauf tätigen wollten.

Auch Fritz selbst sah an diesem Tag gewöhnlich zu, dass er die Praxis für physikalische Therapie im Herzen von Köln, die sein ganzer Stolz war, möglichst rasch verließ. Obwohl er sonst sehr auf Ordnung bedacht war, ließ er dann sogar oft die benutzten Überzüge auf den Massagebänken liegen und verzichtete darauf, die Spuren einer

Behandlung beispielsweise mit Frischfango oder Blutegeln zu beseitigen. An diesem Tag kannte er gewöhnlich nur noch einen Gedanken: heimfahren.

Vor zweiundvierzig Jahren war Fritz Knopf im Kreiskrankenhaus von Olpe geboren worden. Als Kind war für ihn der Begriff Stadt fest mit diesem größten Ort im Sauerland verbunden gewesen. Gemessen an Ohlenbach, wo er aufwuchs, wirkte Olpe tatsächlich städtisch, wogegen es im Vergleich mit Köln zwangsläufig schrumpfte. Trotzdem war sein Herz dem Sauerland treu geblieben. Und wäre da nicht der ständige Stress mit seinen Eltern gewesen, so hätte er vielleicht sogar freiwillig auf das verzichtet, was ihm die Stadt am Rhein bot: eine qualifizierte Ausbildung und gleich im Anschluss eine selbständige Existenz in seinem Wunschberuf.

Aber seine Eltern hatten nun mal keine Ruhe gegeben, er sollte das Sägewerk übernehmen oder wenigstens sonst einen respektablen Beruf erlernen. In den Augen seiner Familie war jemand, der schröpfte und massierte, nicht wirklich ernst zu nehmen. So etwas machten die hübschen jungen Dinger in den sogenannten Wellness-Abteilungen der Hotels in der Region, die auf diese Weise neue Touristen anlocken wollten. Aber Fritz war ein Mann und sollte sich für derlei zu schade sein. Also war Fritz, der von jeher Konflikten lieber aus dem Weg ging, nach Köln ausgewichen und blieb dort von Montag bis Freitag. Er war zufrieden mit dieser Regelung. Und er war glücklich, jeden Freitag zu der Frau heimfahren zu können, die ihn verstand. Rosa hatte das verständnisvollste und größte Herz, das man sich nur vorstellen konnte.

Meine Frau, dachte er in einem Anflug von Stolz, sah auf die Uhr und wurde schon fast wieder schwankend. Er hatte Rosa gesagt, dass er an diesem Freitag leider in Köln bleiben müsse. Sie hatte nicht gefragt, warum und weshalb, dahinter steckte, wie er wohl wusste, keine Gleichgültigkeit. Sie wollte nur nicht gegen die Vereinbarung verstoßen, die sie vor nunmehr gut zehn Jahren geschlossen hatten: Keiner machte dem anderen Vorschriften oder schnüffelte ihm gar hinterher, und wenn einer nicht mehr in der Ehe bleiben wollte, aus welchem Grund auch immer, so trennte man sich gütlich und sah zu, dass Joana nicht darunter litt. Vordergründig war es immer nur um Joana gegangen …

Fritz rechnete. Wenn er jetzt losfuhr, konnte er in knapp drei Stunden in Ohlenbach sein, den üblichen Feierabendverkehr mit eingerechnet. Der Workshop anderntags ging erst um elf Uhr los, also müsste er spätestens um acht in der Frühe in Ohlenbach aufbrechen. Kein Problem. Eine gemeinsame Nacht mit Rosa wäre ihm den Aufwand wert. Auch wenn diese Nächte ganz und gar harmlos verliefen. Das machte ihm längst nichts mehr aus. Hauptsache, er konnte sie im Arm halten und mit ihr zusammen einschlafen, auf ihren Atem lauschen und spüren, wie sie sich langsam entspannte. Sie vertraute ihm. Sie konnte ihm vertrauen. Er hatte seinem Körper, der dieses Agreement nicht von Anfang an kapieren wollte, unmissverständlich klargemacht, dass er Rosa nicht erschrecken und noch viel weniger bedrängen durfte. Sein Körper hatte sich gefügt, Fritz war stolz auf seine Selbstbeherrschung und die Fähigkeit, die Befriedigung ebenso primitiver wie kurzlebiger Gelüste für etwas zu opfern, was mehr und mehr zum Mittelpunkt seines Lebens geworden war. Und das war nun mal Rosa, so sollte es bleiben. Hoffentlich blieb es so. Er verabscheute Veränderungen.

Ohne weiter über sein Tun nachzudenken, griff er sich Scheuermittel und Desinfektionsmittel und begann die Wanne zu scheuern, die noch warm und vor allem schmutzig von der letzten Fangobehandlung war. Die körperliche Arbeit tat ihm gut, lenkte ihn ab. Er wollte nicht darüber nachdenken, was in jüngster Zeit mit Rosa los war. Warum sie so unruhig war und in dem Bett, das sie beide im Schnitt zwei Nächte die Woche miteinander teilten, plötzlich von ihm abrückte oder warum sie mitten in der Nacht aufstand. Angeblich weil sie etwas trinken oder nach Joana sehen wollte. Neulich war er ihr nachgegangen und hatte sie am Küchentisch sitzen sehen. Traumverloren, wie ihm schien, vor sich nichts als den leeren Tisch.

»Komm zurück ins Bett«, hatte er gedrängt. Liebevoll, am liebsten hätte er sie mit seinen kräftigen Armen hochgehoben und zurück-

getragen. Sie war so klein und zierlich. Doch er hatte sich beherrscht und sie lediglich an den kalten Boden erinnert. »Du holst dir noch den Tod ohne Hausschuhe.«
»Den Tod?« Sie war zusammengezuckt und hatte ihn mit vor Angst geweiteten Augen angestarrt, auch irgendwie feindselig. »Der Arzt meint, dass Großmutter nicht mehr lange zu leben hat. Gleichgültig, wie warm ich sie einpacke und was ich für sie koche, sie isst ja sowieso kaum noch etwas, sie ist nur noch Haut und Knochen. Und deine Enzyme bringen es auch nicht.«
»Sie ist fünfundachtzig, und du kannst nicht mehr tun, als du ohnehin schon tust. Sie kann glücklich sein, dass sie dich hat.«
»Aber sie ist nicht mehr glücklich. Wie soll sie glücklich sein, wenn sie praktisch keinen Schritt mehr allein tun kann?«
»Deshalb habe ich ja extra dieses Geschirr für sie gebaut, damit kannst du sie wenigstens noch halbwegs sicher aus ihrem Bett nach unten bringen. In ihren Sessel oder hinaus in den Garten, wenn das Wetter wieder danach ist. Zum Waschen ist es auch perfekt.« Er hatte aufgezählt, welche Wohltaten die alte Frau genoss, und hatte seine Enzyme ebenso verteidigt wie dieses Laufgeschirr, das Halt gab und einen Sturz abfangen konnte; vor allem auf der Treppe, die besonders gefährlich war. Er hatte zu spät bemerkt, dass Rosa immer weiter von ihm abrückte. Letzte Woche Samstag war das gewesen, sie war in jener Nacht auch nicht mehr zu ihm ins Bett zurückgekehrt, sondern aufs Sofa übergewechselt. Um ihn nicht zu wecken, wie sie meinte. »Ich kann jetzt sowieso nicht einschlafen!« Warum sie nicht schlafen konnte, sagte sie ihm nicht. Sie hatte ihn auch nicht länger bei sich haben wollen. Notgedrungen hatte er sie wieder allein gelassen und oben im Bett liegend auf ihre Schritte gelauscht und sich vorgestellt, was jetzt in ihr vorging.
Was würde sie tun, wenn Gerlinde Graf starb, was aus seiner Sicht nur noch eine Frage der Zeit sein konnte?
Was würde sich dann ändern?
Würde sich etwas ändern?
Seine Fingerkuppen schabten über den vom Scheuermittel rauen

Boden der Wanne, ein Nagel splitterte, dabei besaß er sehr kräftige Nägel. Ganz eigentümlich wurde ihm zumute. Zehn Jahre lang war alles gut gewesen, so sollte es verdammt nochmal bleiben. Da nahm er auch gern in Kauf, dass Joana immer anstrengender wurde. In diesem Alter war das halbwegs normal, das wuchs sich aus. Bei Rosa hingegen wuchs etwas heran, was er nicht einordnen konnte. Er hasste Komplikationen und wollte sie nach Möglichkeit gar nicht erst zur Kenntnis nehmen. Unliebsame Dinge auszublenden war seine Spezialität …

Es war dennoch kein Zufall gewesen, der ihn ins Museum für angewandte Kunst geführt hatte. Anders als Rosa wusste er mit seiner spärlich bemessenen Freizeit normalerweise etwas Besseres anzustellen, als durch Museen oder Kirchen zu pilgern. Mit ihr zusammen war das selbstredend etwas anderes. In ihrer Gesellschaft konnte er, wenn es sein musste, auch stundenlang vor einem einzigen Exponat verharren. Ist das nicht traumhaft? Es war ziemlich lange her, seit er zuletzt Zeuge solcher Entzückensrufe hatte sein dürfen. Dabei kam Rosa noch immer nach Köln. Für die Daheimgebliebenen und ganz besonders für ihren auf Krawall bedachten Vater bedeutete das: Sie besuchte ihren Ehemann und gönnte sich mit ihm ein klein wenig Abwechslung zu zweit. Die Realität sah indes anders aus. Es begann damit, dass Rosa seit einiger Zeit nicht mehr übers Wochenende nach Köln kam, offiziell wegen ihrer Großmutter und Joana.

Aber was machte es für einen Unterschied, ob Rosas Vater sich von Donnerstag auf Freitag oder Samstag und Sonntag um seine Mutter und seine Enkelin kümmerte? Der einzige Unterschied bestand darin, dass Fritz zu diesen neuen Zeiten in aller Regel arbeiten musste und Rosa folglich nicht begleiten konnte. Was Rosa natürlich wusste. Sie kam donnerstags mit dem Zug und fuhr anderntags mit ihm im Auto nach Ohlenbach zurück. Alles, was für ihn übrig blieb, war die Nacht von Donnerstag auf Freitag, und dann schlief sie allein in der winzigen Kammer, die der einzige separate Raum in seinem Apartment war. Sie schloss sogar die Tür zum Flur. Es tut gut, mal wieder eine Nacht durchschlafen zu können, behauptete sie.

Ging es wirklich nur darum? Er gönnte ihr alle Ruhe dieser Welt, alles Glück, aber sie sollte ihn nicht plötzlich ausklammern. Er spürte doch, wie sie ihm entglitt. Und seit seinem Abstecher in dieses Museum für angewandte Kunst glaubte er auch zu wissen, wohin die Reise ging.

Er setzte sich auf den Wannenrand, seine Beine wollten ihm auf einmal den Dienst versagen, die Flasche mit Scheuermittel kippte um, und beinahe teilnahmslos sah er zu, wie die weiße Scheuermilch sich in die Wanne ergoss.

Es war nicht okay, dass er Rosa nachgegangen war. Dafür schämte er sich von Herzen. Doch der Drang war übermächtig gewesen, und so hatte er auf gut Glück am Bahnhof gewartet und sie verfolgt und eine grenzenlose Erleichterung verspürt, als sie an diesem Museum haltmachte. Er hatte sich selbst einen Narren geschimpft und wollte schon wieder kehrtmachen, seine Patienten warteten schließlich auf ihn, und er war für seine Zuverlässigkeit bekannt. Ein Notfall, hatte er den Kollegen gesagt und offen gelassen, worin dieser Notfall bestand. War es sein Instinkt, der ihm befahl, Rosa noch ins Museum hinein zu folgen? Mit dem Effekt, dass er nun mehr über die Natur des von ihm beschworenen Notfalls wusste oder zu wissen glaubte, als gut für ihn war.

Er hatte beobachtet, wie Rosa einen Bogen um die Warteschlange vor der Kasse gemacht und zielsicher hinter einer Tür mit der Aufschrift »Privat! Zutritt verboten!« verschwunden war. Erst fünf lange Stunden später war sie bei ihm in der Praxis aufgetaucht. Draußen hatte es in Strömen geregnet, die Nässe schien einem bis unter die Kleidung zu dringen, und kalt war es außerdem. Aber ihre Haut hatte geglüht, das war auch seinen Mitarbeitern sofort aufgefallen. »Sie sehen phantastisch aus, Frau Knopf. Pardon, Frau Graf. Verraten Sie uns Ihr Geheimrezept?« Sie hatte nur gelacht und war die Antwort schuldig geblieben, abends war sie ohne ihn ausgegangen.

»Ich bin mit dem Leiter des Museums für angewandte Kunst zum Essen verabredet«, hatte sie gemeint. »Ich werde vielleicht sogar mit ihm zusammenarbeiten, außerdem hat er ausgezeichnete Kontakte.

Ich kann mich nicht ewig weiter treibenlassen und heute nicht wissen, wovon ich morgen Joanas Schulgeld bezahle.«
»Du weißt, dass ich das gern jederzeit übernehme. Du musst mich nur lassen.«
Sie ließ ihn nicht. In diesem Punkt war sie von Anfang an eigen. »Es ist meine Tochter«, hatte sie gesagt, damit war die Sache für sie erledigt.
Und was war dieser Museumsmensch für sie? Der war noch längst nicht erledigt, so viel stand fest. Mittlerweile kannte Fritz dessen Namen und hatte auch sonst einiges über ihn in Erfahrung gebracht. Dieser Fabian Jedwabny sah gut aus, das musste der Neid ihm lassen, auch wenn er bereits die fünfzig erreicht hatte. Ein richtiger Frauentyp, davon zeugte auch die lange Liste seiner Exfreundinnen. Die letzte hatte er, wenn man seinem Adlatus Glauben schenkte, bereits vor einem Vierteljahr abserviert. Diese Information hatte Fritz etliche Drinks und eine an den Haaren herbeigezogene Geschichte gekostet: Angeblich war er, Fritz, der besorgte Vater von einer der Verehrerinnen des smarten Direktors. »Keine Sorge«, hatte sein angetrunkener Informant zuletzt gemeint, »unser guter Jedwabny gräbt derzeit hundertprozentig kein junges Gemüse an, der hat was Besseres entdeckt.« Fritz hatte irgendeinen Geldschein aus der Brusttasche seines Sakkos gezogen und war gegangen. Er war geflüchtet. Er wollte nicht noch mehr erfahren oder sich gar die Beschreibung der Frau anhören, die, wie es aussah, seine eigene Frau war.
Doch je länger und öfter er über all das nachdachte, umso unsicherer wurde er. Er sagte sich, dass es womöglich doch eine völlig harmlose Erklärung für Rosas Tun gab. Sie könnte tatsächlich nur für diesen Fabian Jedwabny arbeiten und beispielsweise irgendwelche anspruchsvollen Schreinerarbeiten in seinen Privaträumen erledigen. Sei es, um ein paar Cent dazuzuverdienen, oder sei es in der Hoffnung, über diesen Menschen an neue Kunden für ihre eigenen Exponate heranzukommen. Zuzutrauen wäre es ihr. Und aus Stolz schwieg sie, das passte zu ihr. Blieb allerdings noch immer die Frage, warum Rosa neuerdings Signale versendete, die selbst den neuen Praktikanten

von Fritz zum Schäkern animierten. Worauf Rosa aber, wie es sich für eine verheiratete Frau gehörte, nicht reagiert hatte. Und diese unselige Vereinbarung stand ihr schließlich nicht auf der Stirn geschrieben. Konnte es nicht sein, dass Rosa genau wie er selbst gewisse Triebe längst erfolgreich sublimiert hatte? Sie wären beileibe nicht das einzige Ehepaar, das freiwillig ausklammerte, was mit Sex zu tun hatte. Es gab Wichtigeres: unverbrüchliche Freundschaft, absolutes Vertrauen, Nähe und Loyalität.

Wie gesagt, Fritz versuchte wieder und wieder, alles in ein harmloses Licht zu rücken. Leider gelang ihm das immer weniger, und das lag vor allem an Rosas Verhalten. Sie kam ihm vor wie ein Vulkan kurz vor dem Ausbruch. Etwas brodelte in ihr und wollte mit aller Macht heraus, es bedurfte nur noch eines Ventils. Womit er wieder bei Rosas geliebter Großmutter war. Wenn sie starb, fiel ein wichtiger Grund für Rosa fort, weiter den Schein zu wahren. Joana ging ja nicht mal mehr im Ort in die Schule, das Mädchen hatte auch keine Freundinnen dort, und wie weit Rosas Rücksicht auf ihren Vater ging, war schwer zu sagen. Sie hatte ihm bekanntlich schon einmal einen Strich durch all seine Pläne gemacht. Sie war nach Mailand gegangen und hatte sich dort Hals über Kopf verliebt. In einen Verräter, mehr hatte sie Fritz hinterher, als sie schon allein mit dem Baby dasaß, nicht sagen wollen, nicht mal den Namen. Er, Fritz Knopf, war jedenfalls kein Verräter, er war immer für sie da. Aber genügte ihr das auf die Dauer?

Fahr zu ihr hin! Frag sie! Mach ihr klar, was sie an dir hat! Warn sie! Tu was!

Fritz schüttelte den Kopf. Nein, das brachte er nicht fertig. Wenn er das tat, könnte sie etwas sagen, was er auf gar keinen Fall hören wollte. Also schwieg er lieber, schindete Zeit heraus und hoffte auf ein Wunder.

Vielleicht rief Rosa ihn ja an. Fragte ihn, ob er an diesem Wochenende wirklich nicht kommen könne. Sie könnte ihm sagen, dass sie ihn brauchte, ihn vermisste.

Fritz wusste nicht, wie lange er so auf dem unbequemen Wannenrand gesessen, in die Stille gelauscht und vor sich hin gebrütet hatte. Irgendwann stand er auf, bückte sich nach der Flasche mit dem Putzmittel, schraubte sie zu und begann, mit der Dusche die ausgelaufene Paste wegzuspülen. Das Zeug klebte ziemlich fest, und obendrein stank es. Fast so schlimm wie Joana, wenn sie wieder mal Unmengen roher Knoblauchzehen vertilgte, um ihre Umwelt auf Abstand zu halten. Sie war ein seltsames Kind. Sie sah Rosa kein bisschen ähnlich. Nicht zum ersten Mal fragte Fritz sich, wer wohl Joanas Vater war. Etwa doch dieser Italiener? Rosa hatte das bestritten und allen Ernstes behauptet, sie wisse den Namen des Erzeugers nicht. Als ob eine Frau wie Rosa sich einem Wildfremden hingäbe. Und als er einmal die Vermutung geäußert hatte, dass Joana möglicherweise das leibliche Kind jenes Verräters war, war sie wie eine Rakete hochgegangen. »Sag das noch ein einziges Mal, und du bist die längste Zeit mit mir verheiratet gewesen!« Also war er vorsichtig und schwieg, was nicht leicht für ihn war. Wütend hängte er die Dusche in die Halterung an der Wand zurück und beschloss, nach langer Zeit mal wieder einen Zug durch die Gemeinde zu machen.

Als Rosa in Mailand und er selbst noch in der Ausbildung war, hatte er des Öfteren Köln unsicher gemacht. Ein Provinzler in der Stadt. Ein Fremder, der Kölsch und Düsseldorfer Alt verwechselt und die Freundlichkeit einer Bardame für bare Münze genommen hatte. Nichts als Abzocke. Heute war er klüger.

Er würde sich ein paar Bier gönnen und etwas essen und hoffentlich mit der nötigen Bettschwere heimkehren. Ob Rosa bis dahin angerufen hatte? Sonst rief immer er an. Sie musste seinen Anruf vermissen, sich sorgen. Er wünschte sich, dass Rosa sich um ihn sorgte, so wie sie das bei ihrer Großmutter und ihrer Tochter und sogar bei ihrem Vater tat. Nicht mal dessen Angestellte wurden von Rosas Fürsorge ausgenommen. Sie kümmerte sich selbst noch um wildfremde Menschen und rettete sogar Mäuse und Kröten, die sich ins Haus verirrt hatten.

»Sie soll sich um mich kümmern, verdammt!« Er sagte es laut, so laut, dass der Köbes in der dritten oder vierten Kneipe, die er inzwischen

angesteuert hatte, angelaufen kam. Köbes hießen in Köln die Kellner. Ein weiteres Kölsch wurde vor ihm abgesetzt, dabei hatte er gar keins bestellt. Das war so Usus hier. In einer kölschen Kneipe stand einem der Sinn nach frischgezapftem Kölsch und nach sonst nichts.
»Warum kümmert sie sich nicht um mich?« Es ging ihm gar nicht gut. Wie es ihr wohl ging? Seine Nasenspitze tauchte in die weiße Schaumkrone.

## 5

Es grenzte an ein Wunder, wenn eine schwerkranke Frau heimlich Nussecken und Pfannkuchen buk und es schaffte, einen ihrer Apfelpfannkuchen komplett zu verdrücken, obwohl sie sonst immer schon nach ein paar Bissen zu essen aufhörte. Dazu drei Tassen starken Kaffees. Rosa wusste genau, dass sie das eigentlich nicht zulassen durfte. Das war gegen jede Regel und Vernunft. Aber wer war sie, dass sie einem Wunder Einhalt gebot? Staunend sah sie zu, wie Farbe in das Gesicht ihrer Großmutter zurückkehrte. Leben.
Sie redeten an diesem Morgen des sechsten Januar beinahe wie früher miteinander. Wie ganz früher. Sie blätterten in gemeinsamen Erinnerungen und Träumen. Weißt du noch? Gerüche lebten auf. Bilder. Sie verbanden sich mit dieser Küche, die vor vielen Jahren Rosas liebster Ort zum Spielen gewesen war. Als sie selbst noch ein Kind war. Da gab es die große Schublade im Küchenschrank, die unterste, die allein ihr gehört hatte und in die hineinkam, was ihr wichtiger war als alles sonst.
Firlefanz, hatte ihr Vater gemeint.
Er versteht es nicht besser, lass ihn!, hatte ihre Großmutter gesagt.
Ein ständiges Spannungsfeld, ein Hin und Her zwischen den beiden. Aber wenn sie mit ihrer Großmutter allein war und die Wärme des Herds und köstliche Gerüche sie umgaben, wurden die Träume des kleinen Mädchens, das sie damals war, greifbar. Dann war sie nicht mehr nur ein eigenwilliges Kind, dessen Mutter viel zu früh gestorben

war und dem der Vater mit Strenge beizukommen suchte. Dann war sie frei und schuf sich ihre eigene Welt, bis sie ins Bett musste und all ihre Schätze wieder in die große Schublade kamen.
»Meine Schublade«, sagte sie leise.
»Es ist alles noch da. Sieh selbst nach!«
»Ich bin doch kein kleines Kind mehr.« Trotzdem stand Rosa auf und ging zu dem Schrank, den es immer noch gab und um den sie seit ihrer Rückkehr aus Mailand einen Bogen machte. Als ob diese Schublade ihr gefährlich werden könnte!
Es ist alles noch da. Sieh selbst nach!
Rosa kniete sich hin und zog zögernd an dem altmodischen Holzknopf. Einen Moment lang kam sie sich albern vor. Sie, eine erwachsene Frau, suchte nach Spielkram, der für sie einmal überaus wichtig gewesen war. Das Tor zu der richtigen Welt dort draußen. Zu einer Welt, die nicht am Kahlen Asten oder auf dem Rummelplatz vor der Dorfkirche aufhörte. Sie hatte in dieser Lade keine Puppen und nichts gehortet, womit andere Mädchen in ihrem Alter spielten. Auch kein Poesiealbum. Die Schublade sperrte sich, so kam es Rosa vor, aber endlich gab sie doch nach. Rosa sah auf unterschiedlich große Kartons mit lauter Gebilden aus Knetgummi, der im Lauf vieler Jahre verblasst und steinhart geworden war.
»Deine ersten Werke«, sagte die Großmutter und beugte sich vor, um das Teil in Augenschein zu nehmen, welches Rosa vorsichtig herausgegriffen hatte. »Das ist doch dein Zauberstuhl mit fünf Beinen und einem Sitz wie ein Kegel. Dein Vater hat sich wahnsinnig darüber aufgeregt.«
»Ja, weil keiner auf einem Kegel sitzen kann und er sich als Schreinermeister in seiner Berufsehre getroffen fühlte. Dabei sollte ja gar keiner auf meinem Stuhl sitzen, der sollte erst mal nur schön sein. Und anders. Außerdem …«
»Außerdem«, fiel ihre Großmutter ihr augenzwinkernd ins Wort, »war ein Trick dabei.«
»Ja«, stimmte Rosa zu, »aber du hast nichts verraten. Du hast keinem gesagt, dass man den Kegelsitz nur andersherum drehen musste, und

schon war's eine Vertiefung, in der meine Knetgummi-Männchen sich waschen oder wo sie mit einem Kissen doch drauf sitzen konnten. Stuhl und Waschtisch in einem.« Rosa demonstrierte, wie sie das meinte, ihr Trick von einst funktionierte noch immer.

Etwas wie Stolz kam in ihr auf. Sie war noch nicht in der Schule gewesen, als sie mit Knetgummi eine Idee umgesetzt hatte, mit der sie mehr als zwanzig Jahre später den ersten Preis in einem Wettbewerb für modernes Gebrauchsdesign gewinnen sollte. Ausgesetzt von der Mailänder Firma Pezzo. Das sollte ihr erst mal einer nachmachen.

»Das ist sozusagen dein Prototyp«, meinte Gerlinde Graf in einem regelrecht feierlichen Tonfall, der Rosa schlagartig in die Realität zurückholte.

Wie unglaublich naiv sie doch gewesen war. Als ob man mit Knetgummi die große weite Welt erobern könnte. Hastig legte Rosa alles wieder zurück in die Schublade und schloss sie rasch. Es gab einen Knall.

»Wenn ich heute noch so entwerfen würde, bekäme ich bald keinen Auftrag mehr herein. Ich bin vernünftiger geworden, ich passe mich einer Kollektion an und halte mich an Normen. So viel habe ich immerhin dazugelernt.«

»Damals hast du mir besser gefallen. Da bist du nicht vor deinem eigenen Schatten weggelaufen.«

»Da hatte ich auch noch kein Kind.«

»Und keinen Ehemann«, ergänzte die alte Frau und sah Rosa an, als ob sie mehr wüsste, als gut für ihren Seelenfrieden sein konnte. Als ob sie zumindest etwas ahnte.

Dabei hatte Rosa sie nach ihrer Rückkehr aus Mailand doch nur schonen wollen. Sie ebenso wie Joana, und Fritz hatte ihr dabei geholfen, es war ein fairer Deal gewesen. Die Heiratsurkunde lagerte genauso wie Joanas Geburtsurkunde im Tresor der Bank. Bis auf ein paar Zahlen stimmte alles. Fast alles. Es war unmöglich, dass ihre Großmutter oder ihre Tochter versehentlich darauf stießen. Beides war in diesem Haus nicht körperlich existent, zu keiner Zeit. Und der Handel zwischen ihr und Fritz war nirgends festgehalten worden, das war auch nicht nötig, sie konnten einander vertrauen.

»Warum redest du so? Was hast du nur auf einmal gegen Fritz?« Rosa fühlte sich verpflichtet, Fritz zu verteidigen. Sie dachte an ihn und sprach von ihm als »Fritz«. Seltsamerweise wollte es ihr noch immer nicht gelingen, ihn ihren Mann zu nennen, obwohl er es doch war.
»Fritz ist ein anständiger Kerl, ich habe nichts gegen ihn. Ich habe höchstens etwas dagegen, dass du dich hinter ihm versteckst. Hinter uns allen hier. Mach die Tür nicht zu!«
»Welche Tür?«, stammelte Rosa. Das war ihr alles zu viel. Und zu gefährlich. Hätte sie sich doch nur nie auf dieses seltsame Gespräch eingelassen. Es konnte zu nichts Gutem führen. Sie hatte ihre Lektion gelernt, ein für alle Mal. An allen Fronten. Sie dachte sich keine Stühle mehr aus, die man zum Waschtisch umfunktionieren konnte, und sie konstruierte auch keine Figuren mehr, die zu ihren Phantasiegebilden und zu sonst nichts passten. Sie hatte dazugelernt. Die Welt da draußen war nicht formbar wie Plastilin.
»Diese Tür.« Gerlinde Graf legte eine blaugeäderte Hand auf die Stelle, wo ihr krankes Herz schlug. »Die Tür zum Leben. Lass es wieder herein! Lass das Wunder herein!«
»Fritz meint es nur gut.« Rosa ahnte, dass ihre Großmutter längst nicht mehr nur Fritz meinte. Sie ging weiter, sie ging ans Eingemachte, sie ging entschieden zu weit. Merkte sie nicht, dass Rosa das nicht wollte? Dass sie Angst hatte, verdammt nochmal. Es gab keinen Grund, die einzige Enkelin derart zu quälen. Wenn sie sie wirklich liebte, sollte sie auf der Stelle damit aufhören.
Doch Gerlinde Graf dachte nicht daran aufzuhören. Wie ein Jagdhund, der eine Schwitzspur aufgenommen hat, sondierte sie weiter das Terrain.
»Dein Vater meint es auch nur gut. Viele Menschen mögen es gut meinen, meistens allerdings mit sich selbst. Gegen einen gesunden Egoismus und Überlebenswillen lässt sich grundsätzlich auch gar nichts sagen ...«
»Dann ist ja alles in Butter.« Rosa wünschte sich, weniger trotzig zu klingen. Sie hörte sich ja beinahe wie ihre Tochter an, sogar deren burschikose Wortwahl hatte sie übernommen.

»In Butter oder in Knetgummi? Eingesperrt in eine Schublade? Willst du dieses Haus in einen Friedhof verwandeln?«
»Ich habe Angst. Ich bin enttäuscht worden. Der einzige Mensch, der mich nie enttäuscht hat, bist du.«
»Aber ich werde nicht mehr lange da sein. Und das ist gut so, du wirst es sehen. Nein, sag jetzt nichts! Lass mich ausreden, sonst rege ich mich nur noch mehr auf, und das darf ich nicht. Frag den guten alten Dr. Wagner.«
Rosa musste unter Tränen lächeln. Ihre Großmutter war eine unglaubliche Frau, und raffiniert war sie ebenfalls, sie war wirklich mit allen Wassern gewaschen. Wenn sie sich etwas in den Kopf gesetzt hatte, woran sie glaubte, konnte nichts und niemand sie aufhalten. Keine Krankheit und erst recht kein Dr. Wagner, nicht mal sie selbst mit ihrer schrecklichen Angst konnte das.
»Okay«, sagte sie leise, »ich bin ja schon still.«
»Ich liebe dich, Rosa, sogar mehr als meinen eigenen Sohn, diesen Starrkopf. Du und ich, wir sind einander sehr ähnlich, denk daran! Wenn wir etwas wollen, schaffen wir es auch.«
»Dann leb! Bleib bei mir!«
»Aber das tu ich doch.« Sanft, zärtlich, voller Liebe fuhr Gerlinde Graf fort: »Irgendwann, als meine Pumpe und meine alten Knochen mir immer öfter den Dienst versagten, habe ich mir gesagt: Mach dir nichts draus, Gerlinde Graf! Was du in diesem Leben nicht mehr schaffst, das erledigt Rosa für dich mit. Darauf vertrau ich, enttäusch mich nicht! Pack es, dein Leben, und form es wie einst deinen Stuhl mit fünf Beinen und einem Buckel zum Umdrehen, und gib nicht eher Ruhe, bis das Wunder geschieht.«
»Es gibt keine Wunder«, widersprach Rosa.
»Und ob es sie gibt. Du musst nur auf die richtigen Zeichen achten und ihnen folgen. Trau deinem Herzen, dann liegst du goldrichtig.«
In dieser Nacht erlitt Gerlinde Graf einen leichten Schlaganfall, es war nicht der erste. Und sie sagte auch nichts davon. Erst geraume Zeit später stellten die Ärzte im Krankenhaus fest, dass sie schon wieder einen Schlaganfall gehabt hatte. Als ob sie das nicht selbst

wüsste. Aber es wäre dumm gewesen, ein Wunder aufzuhalten, von dem sie hoffte, dass es geschehen und ihre Enkelin wieder bereit für das Leben da draußen machen würde, dass es ihr die Hoffnung und das Vertrauen in sich selbst und die Liebe zurückgäbe. Fritz war ein anständiger Kerl, das schon, aber Rosa liebte ihn nicht. Nicht mal Gerlinde Graf wusste, wohin es Rosa ziehen würde. Wer der Mann war, der ihrer Enkelin zeigen würde, dass sie mehr als nur eine wunderbare Mutter und Designerin war. Viel mehr.

## 6

Joana war aus dem Haus gestürmt, ohne zu wissen, wohin sie eigentlich wollte. Sie war nur noch wütend gewesen. Eine geballte Ladung Wut. Die kalte Luft, der Schnee und ihr Hunger brachten sie wieder zur Besinnung. Sie begann zu bedauern, dass sie ohne Anorak und ohne Frühstück losmarschiert war. Im Grunde, sagte sie sich, badete sie jetzt etwas aus, was ihre Mutter ihr eingebrockt hatte. Es konnte einem tierisch auf die Nerven gehen, wie sie sich einbildete, alles und jedes im Griff zu haben. Und dann verpeilte sie immer wieder etwas so Simples wie ein Geburtsdatum. Nicht irgendeins, sondern das ihrer einzigen Tochter. So was war doch nicht normal.
Ob es am Ende Absicht war?
Auf einem liegengebliebenen Stapel Holz hockend, von dem sie den Schnee geschaufelt hatte, überlegte Joana, wozu ihre Mutter sonst noch fähig war. Zum Lügen zweifelsfrei. Sie log, dass sich die Balken bogen. Mit dreizehn war man kein Kind mehr, da wusste man Bescheid. Sie, Joana, wusste sehr genau Bescheid. Sie wusste aus zahlreichen Filmen, wie es sich anhören musste, wenn ein Paar Sex miteinander hatte. Und aus dieser oder jener Illustrierten, die beim Zahnarzt oder beim Friseur auslag, wusste sie auch, wie oft im statistischen Durchschnitt ein normales Ehepaar miteinander schlief. Gestaffelt nach Alter und Ehedauer mochte das schon mal ganz ordentlich schwanken, aber hier ging es um null. Wenn Joana eins ganz

sicher wusste, dann dass Fritz und ihre Mutter es nicht miteinander trieben und überhaupt eine ziemlich seltsame Ehe führten.
Joana war in diesem Augenblick ausgesprochen stolz auf sich, dass sie sogar schon »Fritz« statt »Vater« oder »Paps«, wie sie ihn normalerweise nannte, dachte. Und sie war ebenfalls stolz darauf, ihrer Mutter diese Wahrheit auf den Kopf zugesagt zu haben.
Wie blass sie geworden war. Weiß wie die Wand. Sie hätte einem glatt leidtun können. Einen winzigen Moment lang hatte sie Joana wirklich leidgetan, aber dann überwog wieder das andere. Es gab zu vieles, was gegen ihre Mutter sprach. Das fing mit deren elender Geheimnistuerei an und hörte bei ihrer eigenen Nase auf. Nicht dass Joana ihr die Nase als solche zum Vorwurf machen würde, so dumm war sie nicht. Es ging einzig und allein darum, wie Rosa ihre eigene niedliche kleine Nase – und das war nur ein Beispiel von vielen – einsetzte, um ihrer Tochter zu demonstrieren, wie tölpelhaft und grobschlächtig diese war. Schau nur, was für ein Trampeltier du im Vergleich zu mir bist! Im Grunde ging es ihrer Mutter doch nur darum, sie runterzuputzen und kleinzuhalten. Statt endlich offen und ehrlich einzugestehen, dass an dieser Charakternase, wie sie sich ausgedrückt hatte, ein Mann beteiligt sein musste, der nie und nimmer Fritz war.
Nicht dass Joana etwas gegen Fritz hätte. Er war so weit ganz okay. Aber er war auch komisch. Es war komisch. Dass sie unter der Woche bei der Uroma lebten, mochte ja noch angehen, wegen der Werkstatt unter anderem. Aber spätestens in dem komischen kleinen Haus von Fritz hörte es auf. Die beiden benahmen sich auch nicht annähernd wie ein Liebespaar und auch nicht wie eins von den spießigen Ehepaaren, von denen es in diesem Kaff mehr als genug gab. Die nannten sich schon gegenseitig Vater und Mutter, da trug er seiner Frau die Handtasche hinterher und verstaute darin auch sein Portemonnaie, aus dem sie dann später für ihn mit bezahlte. In der Kneipe oder bei der Kollekte und eigentlich immer.
Das war übrigens auch so ein Punkt: das Bezahlen. Soweit Joana wusste, hatte Fritz noch nie etwas für sie bezahlt, was zum ganz normalen Alltag gehörte. Kein Schulheft und kein Kakaogeld und erst

recht nicht das teure Schulgeld. Sie ließ im Geist ihre Klassenkameradinnen aus der Grundschule und ebenso aus dem Gymnasium Revue passieren, um herauszufinden, wie eng normalerweise die Zahlfunktion mit der Vaterschaft verknüpft war und ob dieser Punkt als weiteres Indiz anzusehen war.
Sie kam sich ziemlich pfiffig vor. Von wegen »unlogischer Aufbau«. Das hatte unter dem letzten Aufsatz gestanden, seitdem konnte sie die Deutschlehrerin nicht mehr ausstehen. Alles sprach dafür, dass die ihr gleichfalls Übles wollte. Weil sie insgeheim neidisch war? Es würde Joana nicht weiter wundern, wenn eine solche Provinztante – was war Olpe gegen Mailand? – es nicht verkraftete, dass ihre Schülerin nur mal eben mit dem Finger zu schnipsen brauchte, und schon kam der geilste iPod aller Zeiten, oder was sonst gerade angesagt war, aus Milano angeflogen. Natürlich hatte Joana zwecks Beweisführung auch schon Fotos von sich und Massimo in der Klasse herumgezeigt. Fotos, die Rosa aufgenommen hatte, aber das musste man ja nicht erzählen. Geile Fotos, immer mit einem anderen aufregenden Hintergrund. Mal trafen sie sich in Berlin und mal in München, mittlerweile hatten sie so gut wie alle Metropolen in Deutschland und Österreich abgeklappert, zweimal hatten sie und Rosa sich auch schon mit Massimo in der Schweiz getroffen. Immer megaschick, zu Hause hatten sie alle glühend beneidet. Allerdings war auch aufgefallen, dass kein Hintergrund jemals etwas von Mailand zeigte.
»Warum besuchst du ihn eigentlich nie bei sich zu Hause? In seinem Palazzo?«
Ja, das wüsste sie selbst gern. Ebenso hatte sie auch noch keine vernünftige Antwort auf ihre Frage erhalten, warum Massimo niemals zu ihnen nach Ohlenbach kam. Ein paar Mal hatte sie versucht, ihn selbst zu diesem Thema auszuhorchen, aber darauf ließ er sich nicht ein. Für Joana lag auf der Hand, warum er seine Ohren bei diesem Thema auf Durchzug stellte. Nicht etwa, weil er sie nicht besuchen wollte, sondern weil ihre Mutter etwas dagegen hatte. Rosa war und blieb die größte Spielverderberin aller Zeiten. Sie war total egoistisch, und eifersüchtig war sie auch.

Je länger Joana auf ihrem Holzstapel kauerte, je mehr sie fror, umso überzeugter war sie davon, dass ihre eigene Mutter insgeheim von Eifersucht zerfressen wurde. Sie musste spüren, dass sie nicht auf Dauer und in alle Ewigkeit mit ihrer niedlichen Stupsnase und ihrem leichtfüßigen Gang und nicht mal mit ihren tollen Entwürfen die Number One bleiben würde. Noch war sie das, okay, noch taten Massimo und Fritz und alle möglichen Leute genau das, was sie wollte. Die tanzten nach ihrer Pfeife, den Dreh musste sie Uroma abgeguckt haben. Aber bei einer uralten Frau war das okay, da hatte das natürliche Grenzen.

Obwohl die Kälte ihr inzwischen schon das Denken erschwerte, versuchte Joana zu berechnen, wann die ersten Alterserscheinungen ihre Mutter unattraktiver werden lassen würden. Sie hatte die vierzig gepackt, eigentlich konnte es nicht mehr lange dauern. Und das war dann die gerechte Strafe dafür, dass sie versuchte, ihrer Tochter jemanden wie Fritz als Vater vorzusetzen.

Und wenn er es doch war? Nur mal angenommen! Es sollte ja tatsächlich Ehepaare geben, die wie Brüderchen und Schwesterchen nebeneinander herlebten.

Joana schüttelte den Kopf, was regelrecht wehtat, weil ihr Nacken schon ganz steif war. Nein, so schätzte sie ihre Mutter nicht ein, dafür hatte sie viel zu viel Phantasie und Feuer, das sah man ja an ihrer Arbeit und daran, wie sie sich bewegte. So unglaublich leichtfüßig und beschwingt. Und wenn sie lachte, musste man automatisch mitlachen. Zum Glück lachte sie neuerdings nicht mehr so häufig. Als ob sie Angst hätte. Logisch, Angst vor dem Altwerden. Dann hatte Massimo die längste Zeit nach ihrer Pfeife getanzt.

Joana stellte sich vor, wie sie Massimo über den Verlust von Rosa hinwegtröstete. Oder auch nur über den Verlust von deren Attraktivität. Wenn das passierte, würde sie vielleicht sogar Erbarmen mit ihrer Mutter haben. Es war ja nicht so, als ob sie ihre Mutter gar nicht mehr mochte. Sie sollte nur endlich aufhören, alles zu blockieren, was Spaß machte. Und das war garantiert nichts, was sich hier im Dunstkreis des Kahlen Astens direkt vor ihrer Charakternase befand.

Joana warf der höchsten Erhebung des Sauerlands einen bitterbösen Blick zu, zeigte dem sanft gewölbten Berg obendrein den Stinkefinger und malte sich dann genüsslich aus, wie Massimo sie als ihr wahrer Vater auf Händen tragen würde.

Taten Väter so etwas?

Massimo bestimmt, beruhigte sie sich. Er hatte eine unglaublich elegante und höfliche Art, er war der geborene Kavalier, eigentlich hätte er mit seiner tollen Reibeisenstimme auch Sänger werden können. Oder Rennfahrer. Er hatte sie ein paar Mal in seinem Maserati mitgenommen, das war eine Rakete, und er beherrschte die Rakete. Er war rundum bewundernswert.

Ihre Finger und Zehen waren jetzt vor Kälte so gut wie abgestorben. Durch den Neuschnee näherten sich zwei warm vermummte Gestalten. Skier trugen sie nicht an den Füßen, doch sie erklommen den Hang, auf den Joana hinabsah, leichtfüßig wie die Gämsen. Erst als sie quasi oben angekommen waren, identifizierte Joana die klobigen Schuhe. Wahnsinn! Mit diesen Dingern konnte man durch den Schnee gleiten und kraxeln, rauf wie runter, die reinsten Teufelsgerätschaften, nur leider sündhaft teuer.

Ich frag Massimo, dachte Joana. Wenn ich ihm davon erzähle, kauft er mir die bestimmt. Nur blöde, dass ich damit dann wieder bloß hier in der Pampa rumkurven kann, da sehen mich nicht mal die Leutchen aus meiner Klasse. Ob es in Italien auch Berge mit richtigen Abfahrten, mit Après-Ski und allem Drum und Dran gab? In Geographie war sie nicht so besonders, und sie wollte sich auch nicht bei Massimo blamieren, indem sie ihn direkt fragte.

»Hallo! Ist dir das nicht zu kalt da oben auf deinem Holzklotz?« Der erste Ankömmling. Einer aus der Stadt, denn sie kannte ihn nicht. Er sprach auch nicht Dialekt wie die meisten Leute von hier.

»Du bist ja schon ganz blau um die Lippen«, assistierte der Zweite.

Joana schüttelte den Kopf. Die sollten sie nur ja in Ruhe lassen. Und Mitleid wollte sie schon gar nicht. Oder doch? Sie begann zu zittern, und ihre Zähne klapperten. »Ich warte hier auf meine … auf meinen Großvater.«

»Und wo ist der gute Mann?«
»Bestimmt noch bei sich zu Hause«, schnatterte sie und fühlte sich schon fast so allein und verlassen wie einst das nur mit einem dünnen Hemd bekleidete Mädchen, das sich mutterseelenallein im Schnee mit ein paar Streichhölzern aufwärmte, während alle anderen es sich drinnen in der warmen Stube gutgehen ließen. Dieses Andersen-Märchen hatte ihre Mutter ihr immer wieder erzählt, obwohl Joana die Geschichte von Ali Baba und den vierzig Räubern viel lieber mochte. Da ging es wenigstens zur Sache.
»Pass auf, wir sind mit dem Landrover da. Wenn du uns den Weg zeigst, fahren wir dich zu deinem Großvater. Hier, zieh, bis wir am Auto sind, das da über. Und das.«
Joana nickte. Die Fürsorge tat ihr wohl. Wenn ihre eigene Mutter sich schon nicht um sie kümmerte. Anorak, Schal, Mütze und Handschuhe wechselten den Träger, jeder gab ihr etwas ab wie einst der heilige Sankt Martin. Und sie rückte die Adresse ihres Großvaters heraus. Der würde Augen machen. Und später würde er, darauf wettete Joana, seiner Tochter die Leviten lesen, weil sie ihr eigenes Fleisch und Blut am Dreikönigstag fast erfrieren, verhungern und verdursten ließ. Eine Vorstellung, bei der ihr beinahe warm wurde. Was natürlich auch an den geliehenen Klamotten liegen konnte.

## 7

Ruhe war im Haus eingekehrt. Der Kachelofen verteilte wohlige Wärme in dem kleinen Wohnraum, wo Gerlinde Graf in dem Sessel mit dem ausklappbaren Fußteil lag. Den Sessel hatte Rosas Vater seiner Mutter zum letzten Weihnachtsfest geschenkt, anfangs hatte sie sich energisch dagegen gewehrt. Das ist etwas für einen Krüppel, hatte sie gemeint. Aber nun verbrachte sie viele Stunden des Tages in diesem Möbelstück, lauschte auf die Geräusche im Haus oder die Vogelstimmen draußen und wurde zunehmend stiller.
»Brauchst du etwas?« Das war Rosas Standardfrage, sie stellte sie im-

mer wieder und fühlte sich hilflos dabei. Es war schon beinahe eine Erleichterung, wenn die Großmutter statt des üblichen »Nein danke, ich brauche wirklich nichts!« in einer Mischung aus Traurigkeit und Zynismus aufzählte, wonach ihr gerade war. Und das waren durch die Bank Dinge, die sie nicht mehr haben durfte oder konnte. Dann sagte sie etwa: »Ja, Rosa, bring mir doch eben mal eine Portion Jugend mit dick Schlagsahne drauf!« Oder: »Wie wär's, wenn du rasch zum Metzger läufst und ihn fragst, ob er nicht einen stabilen Knochen für mich auf Lager hat, er muss nicht mal schön aussehen! Hauptsache, ich kann wieder halbwegs damit gehen.«

An diesem Dreikönigstag indes wollte sie nichts und sagte auch nichts. Sie schlief tief und fest, so sah es zumindest aus. Als ob sie erst mal wieder ordentlich Kraft auftanken müsse.

Rosa hatte noch rasch die Rinderkraftbrühe durchgeseiht, die sie am Vortag gekocht hatte. Als Einlage gab es Graupen. Immer wenn Gerlinde Graf Graupensuppe aß, musste sie an ihren verstorbenen Mann denken, weil das seine Lieblingssuppe gewesen war.

»Er ist friedlich eingeschlafen, während ich am Herd gestanden habe, um ihm seine Graupensuppe zu kochen, damit er wieder zu Kräften kommt, stell dir das vor. Und was tut der Kerl? Er macht sich klammheimlich vom Acker.«

Rosa hatte es sich vorgestellt, gerade eben wieder, allerdings in einer anderen Besetzung. Sie war voller Panik aus der Küche ins Wohnzimmer gelaufen und hatte besorgt Puls und Atmung der Schläferin kontrolliert. Alles schien normal, sie war offensichtlich nur noch müder als sonst. Nach dem opulenten Frühstück war es vielleicht sogar ganz gut, wenn sie eine Weile nichts aß. Rosa überlegte, was sie sonst noch tun könnte. Sie wollte unbedingt etwas tun. Nur nicht darüber nachdenken, was die alte Frau vorhin alles gesagt hatte. »Aber ich werde nicht mehr lange da sein. Und das ist gut so. Du wirst es sehen.« Drei kurze Sätze, die sich in das Gedächtnis von Rosa eingegraben hatten und jetzt dort lauerten.

Was würde sie sehen? Was war gut so? Wie konnte etwas gut sein oder werden, wenn es bedeutete, dass ihre Großmutter nicht mehr da war? Behutsam wickelte Rosa Beine und Füße der Schlafenden nochmals neu in die Wolldecke ein, die ebenso selbstgehäkelt war wie die Stola um die mageren Schultern. Erinnerungen an die Zeit, als die Finger von Gerlinde Graf noch gelenkig waren und Wortspiele wie jene rund um den Metzger im Dorf noch keinen Sinn ergaben. Rosa zog sich einen Stuhl heran und studierte das faltige, aber noch immer schöne Gesicht, als ob sie dort die Antwort auf all ihre Fragen finden könne. Eine gute, eine beruhigende Antwort. So wie früher. Alles wird wieder gut.

Die Kirchturmuhr schlug. Rosa zuckte zusammen. Sie wusste, dass sie längst in ihrem Atelier nebenan sein und den jüngsten Auftrag der Firma Pezzo zu Ende bringen sollte. Sie hatte lange mit sich gerungen, ob sie ihn überhaupt annehmen sollte, das roch förmlich nach einer Auftragsarbeit ohne jeden Esprit. Sie hatte sich wie ein Maler gefühlt, an den man mit dem Ansinnen herantrat, seine Leinwand passend zur Tapete und Raumproportion zu gestalten. Und so hatte sie kostbare Zeit vertrödelt, anstatt die richtigen Prioritäten zu setzen und sich zu sputen. Wenn sie den Abgabetermin nicht einhielt, konnte sie gleich einpacken. Dann beauftragte man eben einen der Hausgrafiker damit, noch ein nettes Accessoire zu kreieren, um die aktuelle Kollektion abzurunden. Diese Leute waren vielleicht nicht ganz so kreativ, dafür aber enorm anpassungsfähig und vor allem pünktlich. Die fehlende Zeit war seit langem Rosas größtes Problem.

Dabei hatte Rosa vor zehn Jahren bei ihrer Rückkehr aus Mailand noch geglaubt, dass ihr in Zukunft alle Türen offen stünden und sie sich zumindest um ihre Karriere keine Sorgen mehr machen müsste. Sie hatte schließlich einen der besten Abschlüsse von einer der renommiertesten Kunsthochschulen Italiens in der Tasche und zudem die feste Zusage der Pezzos, jederzeit als freie Mitarbeiterin für sie aktiv werden zu können. Das sollte die Basis sein, von der aus sie weitere Kunden an Land ziehen und sich einen eigenen Namen machen wollte, um irgendwann vielleicht so weit zu sein, ihr eigenes Label zu produzieren. Aber so weit war es nie gekommen.

Sie hatte ein kleines Kind zu versorgen. Und Joana war alles andere als pflegeleicht, vor zehn Jahren ebenso wenig wie heute. Ein Wildfang, der keinen Stacheldraht ausließ und es von der ersten Minute an immer wieder schaffte, die Gemüter der Nachbarn in Wallung zu bringen. So hatte Joana ausgerechnet den Sohn des Apothekers an einen stinkenden Ziegenbock gebunden und damit den geballten Zorn einer der einflussreichsten Familien auf sich gezogen. Zumal Joana nicht daran dachte, sich zu entschuldigen. Wozu auch? Der Junge hatte schließlich behauptet, dass sie komisch roch, was kein Wunder war, weil sie schon damals Knoblauchzehen roh verzehrte. Joana hatte sich nur gewehrt, basta. Auge um Auge, Zahn um Zahn, das war und blieb ihre Devise. Die Nummer mit dem Ziegenbock war bloß einer von unzähligen Vorfällen, die Rosa immer wieder aus ihrer Arbeit rissen und sie daran hinderten, sich nach und nach von den Pezzos zu emanzipieren.

Mittlerweile konnte sie froh und dankbar sein, wenigstens noch die Firma Pezzo zu haben. Auch wenn es ihr immer schwerer fiel, ihre Entwürfe der jeweiligen neuen Möbelkollektion anzupassen und die vorgegebenen Abgabetermine einzuhalten.

Da war ja nicht nur Joana. Neben ihrer Tochter wollte sie auch noch ihre Großmutter, die zunehmend hilfloser wurde, möglichst gut versorgen. Dazu kamen der Haushalt und ihr Vater, der sein Alter und seine Krankheit sehr gezielt einsetzte, um Rosa zusätzlich ein schlechtes Gewissen zu machen. Aus seiner Warte machte sie sich und den ihren das Leben nur unnötig schwer. Sie konnte ja wieder zu ihm in die Schreinerei kommen, jederzeit. Es wäre der größte Triumph für ihn, wenn er wüsste, wie schwer es ihr neuerdings oft fiel, Joanas teure Privatschule in Olpe und die tausend Extras zu bezahlen, die keine Krankenkasse übernahm. Auch ihre Großmutter durfte nicht wissen, wer für all das aufkam. Sie hätte sich garantiert geweigert, auch nur noch eine einzige Maßnahme zu dulden, die Rosa aus der eigenen Tasche beglich. Rosa bereute keinen Cent, den sie in der Hoffnung auf Linderung für ihre Großmutter ausgab, trotzdem lähmte sie immer wieder der Gedanke, dringend auf die nächste Zahlung aus Mailand angewiesen zu sein.

Vielleicht, dachte sie oft, wäre alles leichter, wenn ich nicht auf Gedeih und Verderb mit den Pezzos verbandelt wäre. Dann stellte sie sich vor, wie all die Entwürfe, die man für das Pezzo-Programm nicht hatte haben wollen, woanders zum Leben erwachten.
Träum ruhig weiter, Rosa Graf! Du wirst schon sehen, was du davon hast! Umgehend ließ ihre Phantasie Türrahmen und Fensterrahmen aufmarschieren, bieder und genormt und der ganze Stolz ihres Vaters. Wenn das so weiterging, würde sie es vielleicht eines nicht allzu fernen Tages doch noch bedauern, die Schreinerei nicht übernommen zu haben.
Die Stimme ihrer Großmutter hielt dagegen. Trau deinem Herzen! Gib nicht eher Ruhe, bis das Wunder geschieht! Achte auf die richtigen Zeichen!
Und wo bitte schön waren diese Zeichen? Woran erkannte sie, welche richtig und falsch waren?
Ohne auch nur einen einzigen Strich gezeichnet zu haben, verließ Rosa die zum Atelier umgebaute Werkstatt wieder. Sie konnte jetzt nicht arbeiten. Diese innere Unruhe brachte sie noch um. Sie würde nochmals nach der Großmutter schauen, es ging schon auf zwölf zu, möglicherweise aß sie ja doch ein paar Löffel Graupensuppe. Und Joana würde sich auch beschweren, wenn sie heimkam und nichts zum Mittagessen vorfand. Nichts Richtiges, darunter fiel für sie bestimmt keine solche Suppe.
Rosa überlegte, was sie für ihre Tochter kochen sollte und wie abstrus es doch war, binnen weniger Stunden eine nahende Katastrophe und den üblichen Alltagskram unter einen Hut bringen zu sollen. Die Welt mochte untergehen und ihre Tochter Fritz als Vater in Frage stellen, die Pflicht blieb dennoch bestehen, dieser offenen Rebellion zumindest ernährungstechnisch die Basis zu erhalten. Die erste Voraussetzung war allerdings, dass Joana endlich wieder auftauchte.
Wo steckte sie überhaupt? Bei diesem Wetter garantiert nicht lange draußen. Ihre Klassenkameradinnen wohnten alle in der Stadt, mit der Dorfjugend wollte sie nichts zu tun haben, auch wenn sie mittlerweile niemanden mehr an einen Ziegenbock fesselte. So blieb

praktisch nur noch Rosas Vater übrig. Nicht etwa, dass Joana ein besonders inniges Verhältnis zu ihm hätte. Aber um ihre Mutter zu ärgern, investierte sie ihre Zeit durchaus schon mal in einen Besuch bei ihrem Großvater, streute Salz in dessen offene Wunden und sorgte dafür, dass er die alte Litanei wieder herunterbetete. Dass er, Arnim Graf, jetzt im Rentenalter und ein kranker Mann sei und sich trotzdem noch jeden Tag in die Schreinerei schleppe, weil man als anständiger Christenmensch nicht einfach etwas aufgebe, was bereits in der dritten Generation zur Familie gehörte und noch acht Familien außer der eigenen ernähre.
Spätestens damit hatte er Rosa an der Angel. Arbeitsplätze waren in der Region rar, das stimmte. Und es stimmte ebenfalls, dass ihr Vater es am Herzen hatte, genau wie seine Mutter. Trotzdem wusste Rosa, dass etwas gänzlich in ihr erlöschen würde, wenn sie diesen Schritt tat und die Schreinerei übernahm.
Folge deinem Herzen, Rosa! Den Zeichen!
Rosas Blick fiel auf die Garderobe. Dort hing Joanas dicker Anorak, Schal und Mütze lagen am Boden, die Handschuhe hatten sich auf den Schirmständer und die unterste Treppenstufe verteilt. Der Hunger hatte sie also heimgetrieben. »Joana?« Keine Reaktion. Ob sie sich mit einer Notration Kekse oder Butterbroten in ihr eigenes Reich verdrückt hatte? Rosa sah nach. Erneut Fehlanzeige. Sie kontrollierte auch das Bad, sie öffnete schließlich jede Tür im Haus, dann fiel ihr auf, dass Joanas Stiefel fehlten. Was bedeutete, dass sie noch oder wieder unterwegs war. Nach einem Blick ins Wohnzimmer, wo Gerlinde Graf noch immer in ihrem Sessel lag und sich nicht rührte, beschloss Rosa, zu ihrem Vater rüberzulaufen und dort nachzusehen. Bei der Gelegenheit konnte sie ihm seine beiden Nussecken bringen, sein Bett frisch beziehen und die Schmutzwäsche abholen. Schon seit ein paar Jahren wusch und bügelte sie für ihn mit, ebenso wie sie immer häufiger Mitarbeiter beschwichtigte, die er mit seiner Pedanterie wahnsinnig machte.
Alles musste exakt so erledigt werden, wie er es gewohnt war, als ob die Zeit stehen geblieben wäre. Das galt auch für die Art, wie seine

Hemden gefaltet oder die Kissen auf dem Sofa arrangiert werden mussten. Wenn alles seine alte Ordnung hatte, so schien ihm das Sicherheit zu geben. Mit Rücksicht auf sein Herz nahm Rosa sich dann immer wieder zurück und appellierte ebenfalls an das Verständnis seiner Mitarbeiter, gute Leute, die ihr Handwerk durchaus verstanden und gern mal etwas Neues ausprobiert hätten. Zumal die Zahl der Kunden, die sich ihre Fenster und Türen noch individuell zimmern ließen, rapide abnahm. Derlei gab es heutzutage preiswerter und genormt von der Stange. Sie konnte ihrem Vater allerdings schlecht vorwerfen, dass er Massenkonfektion verachtete, wenigstens in diesem Punkt stimmten sie überein.
Rosa überlegte kurz, ob sie zu Fuß gehen sollte, entschied sich dann aber doch für den alten Kastenwagen, den sie sich vor zehn Jahren gebraucht gekauft hatte. Für ihre Bedürfnisse reichte er.

## 8

Massimos Flugzeug startete mitten in der Nacht, so zumindest kam es ihm vor. Eine weitere kleine Schikane seiner Schwester, wie er vermutete. Er hatte kurz überlegt, ob er den Flug umbuchen sollte, aber das war ihm dann doch zu lästig gewesen. Mal sehen, was Amsterdam so hergibt, hatte er gedacht. Wobei schon im Voraus für ihn feststand, dass diese Stadt in seiner rein persönlichen Bilanz als Erfolg zu Buche schlagen würde, wenn Rosa und die Kleine sich wenigstens für einen Tag mit ihm trafen.
Er hatte sich in der hinter ihm liegenden kurzen Nacht noch rasch im Internet ein paar Informationen zu Amsterdam ausgedruckt, darin blätterte er während des Flugs und überlegte, was den beiden gefallen könnte. Für eine Grachtenfahrt war es entschieden zu kalt und ungemütlich, das schied also schon mal aus. Was blieb sonst noch? Rosa würde sich bestimmt gern das Rembrandtmuseum und das Van-Gogh-Museum ansehen wollen, aber für eine Dreizehnjährige war das eher langweilig.

Aus Erfahrung wusste er, dass es allemal leichter war, über Joana zum Ziel zu kommen. Sie musste nur lange genug bitten, und Rosa gab nach. Die meisten Mütter taten das wohl, und Rosa benahm sich auch in dieser Hinsicht wie eine leibhaftige Mutter. Hinzu kam ihr schon chronisch schlechtes Gewissen, für das es allerdings keinen Grund gab. Rosa musste sich nicht erst über einen dicken Bauch qualifizieren, und was die Ehrlichkeit anging: Nun, keiner wusste besser als er selbst, dass die reine Wahrheit und nichts als die Wahrheit oft nur unnötig wehtat. Rosa war jedenfalls in seinen Augen die perfekte Mutter. Das Mütterliche war ihr angeboren und schimmerte bei allem, was sie tat, durch, und das keineswegs nur im Umgang mit Kindern. Diese Ausstrahlung hatte ihn gleich bei der ersten Begegnung angezogen. Rosa repräsentierte für ihn das Urbild der italienischen Mamma, der Frau, von der jeder Mann träumte, die er mit etwas Glück als Erstes in seiner eigenen Mutter fand und verehrte.
Massimo schluckte schwer. Obwohl sie schon so lange tot war, vermisste er seine Mutter noch immer. Er war auch der Einzige aus der Familie Pezzo, der ihre Gruft nicht nur pflichtgemäß zwei- oder dreimal im Jahr besuchte, rasch ein paar Blumen ablegte und wieder ging. Massimo setzte sich, sooft er nur konnte, auf die von zwei Zypressen eingerahmte Steinbank und sprach mit ihr, vertraute ihr alles an. Genau wie früher, nur dass sie ihm nun nicht mehr wie ein Mensch aus Fleisch und Blut antworten konnte. Er hörte sie trotzdem. In ihm war alles, was sie betraf, im Detail abgespeichert. Wie sie sich bewegte und sich freute, ihn tröstete und lobte. Sie schimpfte nie, sie verzieh ihm all seine kleinen Sünden. Noch heute glaubte er den Duft von ihrem Parfüm zu riechen, hörte die Seide ihres Kleides rascheln, unglaublich aufregend und schön.
Sie hatte schöne Kleider geliebt und sich oft genug mehrmals am Tag umgezogen. Gut möglich, dass daher seine Vorliebe fürs Verkleiden gekommen war. Und für ein kleines Kind machte es nun mal keinen Unterschied, ob es in ein Kleid oder ein Paar Hosen schlüpfte. Ein Kind entschied sich für das, was schöner aussah und seiner Phantasie stärkere Anreize bot, in aller Regel war das die Damenmode, bei

Schuhen galt das erst recht. Gemessen an Herrenschuhen, waren die Modelle für Damen nun mal ausgefallener und vielfältiger, einfach spannender.
Als Knirps war er stolz wie ein Pfau in den Kleidern und Pumps seiner Mutter herumstolziert und hatte nicht verstanden, warum seine Schwester ihn auslachte und sein Vater ihm barsch befahl, diesen Humbug zu lassen. Als ob er damals schon in Sorge gewesen wäre, sein Sohn könne schwul werden. Aber Massimo war's nicht und hatte auch nicht vor, es jemals zu werden. Ganz im Gegenteil!
Seine große Stunde kam bald, ganz bald.
Kaum waren sie in Amsterdam gelandet, aktivierte Massimo auch schon sein Handy. Es war noch immer relativ früh und gut möglich, dass Joana noch schlief. Wenn das so war, verschlief sie ihren Geburtstag, aber das wusste niemand außer ihm. Nicht mal Rosa wusste das. Obwohl er nur ungern Geheimnisse vor ihr hatte und am liebsten alles mit ihr teilen würde, war ihm klar, dass es besser so war. Wenn sie erfuhr, dass er Joanas richtiges Geburtsdatum kannte – jenes, das auf keiner Geburtsurkunde stand –, könnte sie auf die Idee kommen, er wisse noch mehr. Sie konnte sehr zielstrebig sein. Wenn sie sich erst mal etwas in den Kopf gesetzt hatte, zog sie es auch durch. Das hatte er schmerzhaft zu spüren bekommen, als sie die Konsequenzen aus jenem Nachmittag zog, an dem sie ihm endlich ganz gehört hatte.
Es war noch zu früh gewesen, heute wusste er das. Sie litt noch immer unter dem Verlust des anderen und hatte sich in die Idee verrannt, nie mehr einem Mann vertrauen zu können. Höchstens einem Freund konnte und wollte sie sich noch öffnen, also war er ihr bester und einziger Freund geworden. Sie war sogar bei ihm eingezogen, alles andere wäre mit dem Baby und parallel zu ihrem Studium viel zu kompliziert und obendrein zu teuer gewesen. In seiner wunderschönen Dachwohnung hoch oben über dem »Il Peck« hatten sie beinahe drei Jahre lang zusammengewohnt. Vater, Mutter, Kind. Es war eine herrliche Zeit gewesen.
Sie hatten fast jeden Morgen in der windgeschützten kleinen Loggia gefrühstückt. Sogar im Winter saßen sie oft draußen, dann wärmte

sie der offene Kamin, dessen Pendant drinnen im Wohnzimmer war. Eine Idylle nur für sie allein, und unter ihnen brodelte das geschäftige Treiben des Ladens, dessen Düfte bis zu ihnen hochzogen, wenn Piero mit seiner Beute vom Obstgroßmarkt kam. Sie hatten buchstäblich an der Quelle gesessen, sich wie im Schlaraffenland gefühlt. Bei den Pecks gab es nicht nur alles, was man sich nur an Essbarem vorstellen konnte, nein, diese Vielfalt wurde nach allen Regeln der Kunst zelebriert. Da wurden Schweinerippchen dekorativ aufgefächert und Speckscheiben fast so kunstvoll gefältelt wie die Foulards im Schaufenster des Modehauses Trussardi gleich um die Ecke. Es war vor allem das Künstlerische an den Arrangements in Mailands ältestem Feinkostladen, an dem Rosa sich wie ein Kind begeistern konnte. Wie an einem alten Meister im Museum, nur dass es hier obendrein duftete und schmeckte und eben alle Sinne ansprach. In Rosas Augen hatte Massimo die pure Lebensfreude und Lust gelesen, wenn einer der Pecks ihr eine neue Köstlichkeit zum Probieren kredenzte. Mehr, verlangten ihre Augen und glänzten vor Begierde. In solchen Momenten hätte er sie am liebsten an sich gerissen und nie mehr losgelassen, aber er hatte sich im Zaum gehalten. Bis zu jenem Tag, der wie die meisten anderen Tage auch begann.
Frühstücken, noch eine Runde mit dem Baby spielen, das nun schon laufen und wie ein Wasserfall brabbeln konnte, dann musste Rosa in ihre Uni. Sie war sehr pflichtbewusst und ließ keine Lehrveranstaltung ausfallen. Die Putzfrau kam. Er hatte sich wie immer um Joana gekümmert und sich wieder mal über sich selbst gewundert, weil es ihm immer weniger ausmachte, dieses Kind nicht nur zu füttern und zu wickeln, sondern es auch in den Arm zu nehmen und zu streicheln. Je mehr Zeit verging, umso mehr wurde aus der Illusion, man könnte auch sagen: aus der Lüge etwas Echtes, Wahrhaftiges. An jenem Tag hatte er besonders lang mit der Kleinen gespielt, Verstecken und Kasperle und weiß der Himmel was sonst noch alles. Für ihre damals zweieinhalb Jahre konnte sie einen ordentlich auf Trab halten, gegen Mittag war er regelrecht groggy gewesen. Er hatte spontan beschlossen, erst gar nicht wie sonst wenigstens für zwei

oder drei Stunden in die Firma zu gehen. Trotzdem hatte er Paula nicht abbestellt.
Paula war eine von insgesamt drei Peck'schen Frauen, die sich eine wie die andere liebevoll um Joana kümmerten, während er im Pezzo-Imperium Präsenz zeigte. Es traf sich gut, dass keine Ehefrauen im Laden mitarbeiten durften, das gehörte zur Philosophie der Peck'-schen Männer. So war immer jemand da, um ihm die Kleine abzunehmen. An jenem Nachmittag nun planten die Signoras einen Ausflug ins Grüne, und selbstredend musste Joana mitkommen. Paula holte sie ab. Massimo hatte dem fröhlich lärmenden Tross von der Loggia aus nachgewinkt und sich dann noch einmal aufs Bett gelegt. Nackt, es war sehr warm gewesen, deshalb hatte er auch die Fensterläden zugezogen, an der Decke drehte sich der altmodische Ventilator. Er musste eingenickt sein. Plötzlich stand Rosa im Zimmer, direkt neben dem breiten Bett, in dem sonst sie selbst mit der Kleinen schlief. Er war, als sie bei ihm einzog, freiwillig nach nebenan ins Gästezimmer ausgewichen.
Sie starrte ihn an. »Was tust du da?«
»Komm!«, hatte er darauf gesagt und eine Hand ausgestreckt. Er fühlte sich noch immer wie im Traum, leicht benommen, und da stand sie keine Armlänge von ihm entfernt, ihre Brust hob und senkte sich heftig, ihre Wangen waren ganz rosig, helle Aufregung stand in ihren Augen. Was tust du da?, hatte sie gefragt. Was sollte er tun? Traum und Wirklichkeit berührten sich, wie ihm schien, auf wundersame Weise.
»Komm zu mir!« Möglicherweise hatte er auch seine zweite Hand zu Hilfe genommen, mehr nicht, mehr war nicht nötig. Es lag in der Luft, alles verlangte danach, dass sie zu ihm kam, und sie tat es. Kein Zwang, er würde nie im Leben eine Frau zur Liebe zwingen, das galt erst recht für eine Frau wie Rosa. Erst bei ihr wurde aus mehr oder weniger gutem Sex Liebe. Etwas Kostbares und Unauslöschbares, das sich in einen Menschen einbrannte wie das Brandzeichen bei einem Tier, ihn fortan nicht mehr losließ und ihn Tag und Nacht beschäftigte, alles andere verdrängte.

Was er gleich bei ihrer ersten Begegnung in der Firma gespürt hatte, war in jenem Moment zur absoluten Gewissheit geworden. Er und Rosa gehörten zusammen, und was immer vorher gewesen war, es war unwichtig. Natürlich hatte er ihr das gesagt. Sie lag noch nackt in seinem Arm, schweißnass, sie hatten sich dreimal hintereinander geliebt, waren übereinander hergefallen. Sie war wild und leidenschaftlich gewesen und wurde ganz sanft und weich, als er schließlich erschöpft seinen Kopf an ihre Brust schmiegte, wie ein Kind zu ihr aufsah. Gläubig, voller Hingabe, so sollte es für ewig bleiben.
Genau das hatte er auch laut gesagt. Damit hatte er sie verschreckt. Es war zu früh gewesen, heute war ihm das klar. Er hätte sich noch gedulden müssen, was er getan hatte, war ein kapitaler Fehler gewesen. Sie hatte Angst vor sich selbst bekommen. Davor, was in ihr schlummerte. Sie war ein Vulkan, aber sie wollte Mutter sein. Das war für sie gleichbedeutend mit einem Heiligenschein, und die Männer waren in ihren Augen nun mal Verräter, so schnell wurde sie diese Angst nicht los. Letztlich hatte er mit seiner Hast das Gegenteil von dem erreicht, was er sich wünschte.
Anderntags hatte sie schon mit ihrem Kumpel Fritz telefoniert, sehr ausgiebig, sie hatte geweint. Sie wollte zurück nach Deutschland. Heim zu ihrer Familie. Sie stand kurz vorm Examen, die Prüfungen nahmen sie zusätzlich mit, sie wurde immer gereizter, schlief unruhig und schloss die Tür ab, wenn sie zu Bett ging oder das Bad benutzte. Sie hatte so viel Angst. Die Dinge überschlugen sich, ihrer Großmutter ging es schlechter, auch ihr Vater war nicht gesund; diese Hiobsbotschaften überbrachte Fritz Knopf persönlich.
Keine Sekunde lang sah Massimo in ihm eine ernsthafte Konkurrenz, dieser Mann konnte ihm nicht gefährlich werden, auch wenn er wie ein ganzer Kerl aussah. Wie das, was sich die meisten unter einem richtigen Kerl vorstellten. Er war ein Hüne mit Händen wie Pranken, doch mit Gedanken, die immer brav im Kreis trotteten. Der ewige Zauderer. So einer könnte eine Frau wie Rosa nicht mal entflammen, wenn er der einzige Mann auf Erden wäre. Rosa hatte ihm alles über diesen Fritz erzählt. Er war schon auf dem Schulhof ihr

Beschützer gewesen und einer, der ihr bereitwillig Alibis bastelte, als sie ihre ersten sexuellen Gehversuche startete. Sie war zu neugierig und zu leidenschaftlich gewesen, um sich für die Ehe aufzusparen, wie ihr Vater es wohl von ihr erwartet hatte. Und Fritz Knopf diente bei alldem als Prellbock.

Inzwischen war Rosa schon ganze zehn Jahre mit ihm verheiratet. Eine lange Zeit, andererseits wusste Massimo ja hundertprozentig, dass sich das Warten lohnte und warum er sich so lange gedulden musste. Rosa würde ihre Großmutter niemals im Stich lassen, und Massimo verstand auch, dass man einen solch alten Baum nicht mehr umpflanzen durfte. In seinen Augen wurde Rosa immer mehr zum Engel. Sie verzichtete auf ihr eigenes Leben, um einer todkranken alten Frau mit Zins und Zinseszins all das zurückzugeben, was sie selbst an Liebe empfangen hatte. Dafür setzte sie sogar ihre Karriere aufs Spiel.

Auch wenn Massimo sich Rosa gegenüber dumm stellte, wusste er genau, was in Mailand hinter den Kulissen vor sich ging. Immer wieder wurden Rosas Entwürfe als ungeeignet für die jeweilige Pezzo-Kollektion abgelehnt, oder sie kamen, wie es hieß, zu spät. Dahinter mochte noch etwas ganz anderes stecken, doch darüber schwieg Massimo sich ebenso aus wie über seine eigenen Zukunftspläne. All das hatte Zeit, bis Gerlinde Graf von ihren Leiden erlöst und Rosa frei war. So lange durfte Fritz Knopf getrost noch als Platzhalter fungieren. Er bot die Gewähr dafür, dass sonst niemand Massimo ins Gehege kam. Rosa war nun mal eine leidenschaftlich veranlagte Frau, die Ehe mit diesem Sauerländer schützte sie zusätzlich.

Diese stillschweigende Regelung galt selbstverständlich nur bis zum Tag X. Ein im wahrsten Sinn des Wortes todtrauriger Tag würde das sein, doch bekanntlich wohnte jedem Ende auch ein Anfang inne, und er würde nichts auslassen, um Rosa gebührend zu trösten, wenn ihre geliebte Großmutter für immer die Augen schloss. Alles Nötige war in die Wege geleitet, Rosa würde Augen machen. Bald wurden Träume wahr. Er kam nicht mit leeren Händen …

»Können Sie nicht aufpassen?« Ein fremdes Gesicht starrte Massimo

bei diesen Worten wütend an, zu seinen Füßen lag eine vollgepfropfte Tasche, ein paar Socken waren herausgefallen, berührten die Spitzen seiner glänzenden Mokassins. Massimo war ein Schuhfreak, auch das musste er von seiner Mutter geerbt haben.
»Scusi? Wie bitte?« Er hatte Mühe, aus seinen hochfliegenden Plänen in die eher schäbige Wirklichkeit des Flughafens Amsterdam zurückzufinden. Anscheinend hatte er völlig in Gedanken diesen entrüsteten Fremden angerempelt und war folglich für die flüchtigen Socken verantwortlich. Wie überaus banal. Er entschuldigte sich dennoch höflich und hob das Paar Socken auf, dann ging er weiter Richtung Ausgang. Seine Gedanken kehrten an die Stelle zurück, wo sie abrupt gekappt worden waren. Er war fest entschlossen, noch hier in Amsterdam ein erstes Zeichen zu setzen. Seine Intuition sagte ihm, dass er nicht mehr viel Zeit hatte und die Dinge bald, sehr bald in Fahrt kommen würden. Es war ein guter Tag, wie er fand, den er sich für den ersten Vorstoß ausgesucht hatte. Ein Tag voller Symbolik, dieser sechste Januar.
Sein Handy zuckte wie etwas Lebendiges in seiner Hand, entglitt ihm beinahe, er war auf einmal sehr aufgeregt. Er konnte nicht länger warten. Er würde sein Glück einfach versuchen und schon mal rasch Joana anrufen. Wetten, dass sie selbst dann reagierte, wenn sie noch im Bett lag? Auf dem Handy, das er Joana geschenkt hatte – dasselbe Modell wie sein eigenes –, war exklusiv für ihn die Löwenstimme reserviert. Wenn der Löwe losbrüllte, wusste sie sofort, dass er es war. Sie beide verstanden sich immer besser, und auch wenn sie ihn mit ihren gerade mal dreizehn Jahren bald überragen würde – sie maß jetzt schon knapp ein Meter siebzig –, fand sie ihn sexy und toll und sagte es auch unverblümt. Er war ihr »principe azzurro«, ihr Märchenprinz, und er durfte sie als Einziger »piccola« oder »bambina« nennen, obwohl sie weder das eine noch das andere war. In dieser Hinsicht war Joana auf dem besten Weg, in die Fußstapfen ihrer leiblichen Mutter zu treten. Hoffentlich nur äußerlich!
Die Mailbox sprang an. Ob Joana so fest schlief? Er versuchte es erneut, beim zweiten Mal sprach er ihr aufs Band und bereitete sie

auf eine Überraschung vor. Joana liebte Überraschungen, er ging jede Wette ein, dass sie ihn gleich zurückrief. Pfiffig, wie sie war, würde ihr schon einfallen, wie sie Rosa am besten herumbekam. Um den Rückruf auf keinen Fall zu verpassen, steckte er sich das Handy in die Brusttasche, ging am Transportband vorbei, wo sich bereits die übliche Menschentraube bildete – was er für drei Tage brauchte, hatte er in seinem Handgepäck verstaut –, und wollte schon das Flughafengebäude verlassen, als ihm etwas einfiel. Was, wenn Rosa und Joana auf die Schnelle keinen Flug mehr bekämen? Er machte nochmals kehrt. Als er kurz darauf in ein Taxi stieg, konnte er zumindest in dieser Hinsicht beruhigt sein. Der Transfer seiner beiden Frauen war schon mal sichergestellt, sie brauchten ihre Tickets nur noch abzuholen. Wenn alles lief, wie es sollte, trafen sie anderntags in Amsterdam ein. Am frühen Mittag, dann war die feierliche Eröffnung dieser Hausmesse, deren Besuch man ihm aufs Auge gedrückt hatte, vorbei und er sein eigener Herr. Niemand konnte ernsthaft von ihm erwarten, dass er persönlich zusah, wie Herr und Frau Einzelhändler die günstige Gelegenheit nutzten, um kostenlos angebotene Häppchen oder gar Rotwein auf Möbeldesign aus dem Hause Pezzo zu vertilgen. Er war zwar kein Snob, das konnte ihm niemand nachsagen, aber er bekam regelmäßig die Krise, wenn ein bestimmter Typ Mensch – Marke Ignorant – sich beispielsweise auf seinem neu gestylten Sessel mit den Ohren und Füßchen aus Ozelot breit machte und Noten verteilte. So nach dem Motto: Wo ist denn das ausklappbare Fußteil, und kann man die Rückenlehne verstellen und den Bezug in der Waschmaschine waschen? Der blanke Horror.

## 9

Arnim Graf war wie an jedem anderen Tag auch um sechs Uhr aufgestanden, um das allmorgendliche Programm zu absolvieren: den Wasserkessel aufsetzen, das Kaffeepulver abmessen, die Butter herausstellen, sich waschen und rasieren, natürlich nass, frühstücken und zur Toilette gehen und sich genau eine Dreiviertelstunde später davon überzeugen, dass er noch immer schaffte, woran selbst blutjunge Leute an vier von fünf Arbeitstagen scheiterten. Dieses schleichende Elend beobachtete er tagtäglich an seinen Lehrlingen, und die Gesellen waren auch nur bedingt besser. So viel Schlendrian und Unpünktlichkeit führten dazu, davon war er felsenfest überzeugt, dass ein Mensch lange vor der Zeit abbaute. Eiserne Disziplin hingegen hielt den Menschen zusammen wie die Wirbelsäule den restlichen Körper.

Umso erschreckender war es für ihn, sein Pensum an diesem Morgen schon wieder nicht in der selbst vorgegebenen Zeit geschafft zu haben. Natürlich wusste er, dass es, oberflächlich betrachtet, an diesem sechsten Januar keine Rolle spielte, wann er fertig war. Er hätte den ganzen Tag vertrödeln können, denn die Schreinerei blieb noch bis Montag geschlossen. Betriebsferien. Über Weihnachten und Neujahr wollte ohnehin keiner arbeiten, und so hatte Arnim aus der Not eine Tugend gemacht. Mit dem Ergebnis, dass ihm die Zeit und der Haushalt und was nicht sonst noch völlig entglitten.

Er war bereits geschlagene zwölf Minuten über seiner Zeit.

Nun gut, für Hausarbeit fühlte er sich nicht wirklich zuständig, auch wenn das Jungvolk ihn deshalb für einen Macho oder Patriarchen halten mochte. Seine einzige Enkelin nannte ihn sogar ganz offen so. »Du bist ein Erzmacho, Opa, und obendrein ein Diktator.« Um der Wahrheit die Ehre zu geben, hatte er sich, als Joana ihn so titulierte, sogar ein klein wenig geschmeichelt gefühlt. Ein Macho, so viel verstand er immerhin von dem neumodischen Kauderwelsch, war das Gegenteil von einem Softie und damit noch ein richtiger Kerl.

Er war noch immer ein richtiger Kerl, auch wenn seine Pumpe nicht mehr so wollte wie er und der Doktor ihm tausend Pillen verschrieb und sogar das Rauchen verbot. Was blieb ihm denn noch vom Leben, wenn er nicht mal mehr seine Zigarren hatte? Er griff in die Innentasche seines Jankers und holte die Zigarre heraus, die er am Abend zuvor wieder weggesteckt hatte, weil ihm seltsam flau im Magen gewesen war. Kein Wunder! Es war damit losgegangen, dass er Lust

auf Bratkartoffeln verspürte. Er hatte fest damit gerechnet, dass Rosa nochmal vorbeikam. Aber sie war nicht gekommen. Und so hatte er sich fast zwei Stunden nach seiner üblichen Abendbrotzeit, als ihm der Magen heftig knurrte, notgedrungen selbst an den Herd gestellt, lautstark auf den Undank der Welt im Allgemeinen und das Weibervolk in seiner Familie im Besonderen geflucht und sich einen Riesenberg Kartoffeln gebraten. Vielleicht hatte er zu viel Fett genommen, ziemlich dunkel war das Zeug auch gewesen, hinterher jedenfalls hatte es in seinem Bauch ziemlich gegrummelt. Nicht mal ein Schnaps war mehr im Haus. Er war sich wie ein Waschweib vorgekommen, als er sich mit Wärmflasche in das Ehebett verkroch, in dem seit dem Tod seiner Herta nie eine andere hatte schlafen dürfen. An sie reichte auch keine andere heran, folglich war dieses Bett tabu.
Nicht, dass er seit bald vierzig Jahren als Heiliger lebte, so war das nun auch wieder nicht. Rosa war sogar noch ziemlich klein gewesen, als er sich auf dem Schützenfest vorsichtig wieder umgeschaut hatte. Nicht aus Liebe, die Liebe hatte seine Herta mit ins Grab genommen. Er hatte sich eher von praktischen Erwägungen leiten lassen: das kleine Kind, der Haushalt, dazu gewisse Bedürfnisse und gesellschaftliche Pflichten, schließlich war er wer in Ohlenbach und Umgebung. Im Lauf der Jahre hatte er die eine oder andere Frau näher kennengelernt, meistens Witwen und wie er aus der Gegend. Er hatte sie besucht und nach besten Kräften den fehlenden Mann im Haus ersetzt. Eine Fehlinvestition! Früher oder später musste er immer wieder feststellen, dass verdammt viel an dem alten Sprichwort dran war: Reiche einer Frau nie den kleinen Finger, denn sonst krallt sie sich die ganze Hand!
Das Weibervolk hatte unzumutbare Bedingungen gestellt. Die eine wollte ständig in die Stadt ausgeführt werden und die andere auf keinen Fall direkt neben der Schreinerei wohnen. Er sollte eine neue Küche und eine neue Waschmaschine und überhaupt alles neu kaufen und sich wie ein Lackaffe ausstaffieren lassen, passend zu der neuen Frau an seiner Seite und selbstredend auch das auf seine Kosten. Bei so viel Kaufsucht wäre er bald pleite gewesen, also hatte er beizeiten

den Rückzug angetreten. Um den Preis der Abhängigkeit von einer Mutter, wie seine Mutter es war.
Sie hatte die knapp dreijährige Rosa sofort nach Hertas Tod zu sich geholt und sich zusätzlich um seine paar Oberhemden und Unterhemden und die anderen Kleinigkeiten gekümmert, ein alleinstehender Mann von seinem Kaliber war ja nun wirklich pflegeleicht. Okay, dafür war er ihr dankbar. Aber gab ihr das schon das Recht, seine eigene Tochter gegen ihn aufzuhetzen? Rosa war seine Tochter, sein einziges Kind, und wenn sie es schon nicht schaffte, beizeiten für einen männlichen Nachfolger zu sorgen, sollte sie sich halt selbst um die Schreinerei kümmern, statt Stühle zu entwerfen, auf denen niemand sitzen konnte. Allein der Gedanke an den Rattenschwanz von Ereignissen, den ihre ersten Gehversuche in Knetgummi nach sich gezogen hatten, ließ ihm noch heute die Galle hochkommen. Er mochte ein alter Kauz sein, aber so alt, dass er nicht mitbekam, dass hier einiges im Argen lag, war er noch lange nicht. Und rechnen konnte er auch. Warum haute Fritz nicht endlich mal auf den Putz oder machte ihr ein Kind, das wirklich sein Kind war? Was hatte er in Köln zu suchen, wenn er doch hier in seiner Heimat ein Haus und eine Ehefrau besaß?
Arnim fluchte. Jetzt war ihm auch noch die Zigarre ausgegangen. Und sein Magen hatte sich noch immer nicht völlig beruhigt. Der eben genossene Kaffee mochte seine Schleimhäute zusätzlich reizen. Ob er sich einen Kamillentee aufgießen sollte? Nein, er schüttelte angewidert den Kopf. So weit kam es noch. Außerdem musste er dringend Holz für den Kaminofen reinholen, es brachte nichts, das Mauerwerk zu sehr auskühlen zu lassen, zumal er schon seit drei, vier Tagen einen ziemlich üblen Husten hatte. Er nahm den Korb für die Holzscheite und ging in den Hof hinaus, wo das Kaminholz säuberlich aufgeschichtet unter der Terrasse lagerte. Lagern sollte, denn da war nichts mehr. Ihm fiel wieder ein, dass er sich bei seinem letzten Gang fest vorgenommen hatte, anderntags Holz zu hacken, aber dann hatte er es offensichtlich vergessen.
Die Vorstellung, sich jetzt schon nicht mal mehr darauf verlassen zu

können, dass sein Oberstübchen funktionierte, war erschreckend. Notgedrungen holte er die Axt aus dem Schuppen und machte sich an die Arbeit. Wenigstens wurde ihm dabei rasch warm. Zu warm, der Schweiß lief ihm in die Augen und trübte die Sicht. Schon war es passiert, und er konnte noch von Glück sagen, dass nicht mehr passiert war. Er blutete nicht mal. Er hatte den Baumstamm verfehlt und sich selbst per Rückstoß mit dem hölzernen Schaft der Axt ein blaues Auge verpasst.

Was seine Leute wohl am Montag sagen würden, wenn er ihnen mit einem Veilchen gegenübertrat? Er spürte, wie sein Auge zuschwoll. Kühlen, befahl sein Verstand und bediente sich unseligerweise der Stimme seiner Mutter. Er holte sich aus dem Haus einen Plastikbeutel, packte ihn voll Schnee und begann zu kühlen, es war eine ziemlich umständliche und nasse Prozedur. Der Beutel musste undicht sein. Als Rosa plötzlich auftauchte, war seine Laune auf dem Tiefpunkt angelangt und seine Hemdbrust klatschnass.

»Was hast du denn angestellt, Vater?« Und in einem Atemzug: »Joana ist nicht zufällig bei dir?«

»Ich könnte tot vor dir liegen, und du würdest noch immer zuerst nach deiner Tochter fragen, wie?«

»Von einem blauen Auge stirbt man nicht. Moment, ich hol dir rasch eine Kältekompresse und ein trockenes Hemd, sonst holst du dir wirklich noch was.« Weg war sie, ein paar Minuten später kehrte sie zu ihm zurück. Obwohl oder gerade weil sie recht hatte, hob sich seine Laune nicht. Er fühlte sich vernachlässigt, schlecht behandelt, unverstanden, daran änderten auch die Kompresse aus seinem eigenen Gefrierfach und die beiden Nussecken, die Rosa ihm mitgebracht hatte, nichts. Diese komischen Nussecken ließen ihre Augen trotz der Unruhe wegen Joana – als ob die noch ein Baby wäre – aufleuchten.

»Stell dir das nur vor, Oma hat sie heimlich selbst gebacken, und das ist noch längst nicht alles. Vielleicht irrt Dr. Wagner sich ja doch.«

»Er irrt sich nicht.« Arnim schob die Hand mit dem Gebäck angewidert von sich. Sein Magen war noch längst nicht wieder in Ordnung, und dieser Unfug ließ ihn erst recht rebellieren.

»Wie kannst du das sagen? Sie ist doch deine Mutter.«
»Sie ist fünfundachtzig und hat jede Krankheit, die man sich nur denken kann, und außerdem keine Lust mehr. Kapier das endlich! Dieses letzte Aufflackern ist sogar ziemlich typisch für das nahende Ende.«
»Du bist brutal.«
»Ich bin nur ehrlich. Das kann noch längst nicht jeder von sich behaupten.« Er suchte ihren Blick, der ihm auswich. »Jede«, verbesserte er und registrierte zufrieden, wie sie zusammenzuckte.
»Ich glaube, ich schaue mich jetzt erst mal weiter nach Joana um.« Rosa wandte sich von ihm ab, was in seinen Augen einem Schuldeingeständnis gleichkam.
»Bleib!«, verlangte er. »Sie wird sich schon nicht verlaufen haben.« Er hatte genug an seiner Enkeltochter auszusetzen, doch ihre Orientierung war hervorragend, und das wusste Rosa genauso gut wie er.
»Nein, das nicht. Aber sie hat keinen Anorak und keinen Schal und nichts dabei.«
»Wie ich dieses kleine Aas kenne, hat es sich irgendwo im Warmen versteckt und lacht sich ins Fäustchen, weil du wieder mal genau das tust, was sie von dir erwartet. Mit deiner Affenliebe tust du ihr keinen Gefallen. Dir fehlt das Gefühl für die richtigen Proportionen, aber so warst du ja schon immer. Extrem. Und was du davon hast, siehst du jetzt. Deswegen hättest du nicht nach Mailand abhauen müssen.«
»Ich bin zurückgekommen, reicht das nicht?«
»Zurückkommen nennst du das? Du bist da und doch nicht da, ich an der Stelle von Fritz … aber das ist ein anderes Thema, das geht mich nichts an. Was mich sehr wohl etwas angeht, ist meine Firma. Ich will endlich wissen, woran ich bin. Entweder du übernimmst sie, oder ich nehme das Angebot vom jungen Bender an.«
»Du meinst Torsten Bender?«, fragte Rosa ungläubig.
»Genau den meine ich.«
»Aber du hast Torsten doch noch nie leiden können. Außerdem ist er der Geschäftsführer von dem neuen Baumarkt, über den du dich so aufgeregt hast.«
»Wenn er bei mir einsteigt, ist er's nicht mehr.«

»Und er will ernsthaft auf handgefertigte Fensterrahmen und Türrahmen umsatteln?«
»Du tust gerade so, als ob das ein Verbrechen wäre.« Es war ihm eine Genugtuung, seine Tochter aus der Fassung zu bringen, sie zu provozieren. Er hasste jenen eisernen Kern in ihr, der allem und jedem trotzte, sogar dem eigenen Vater.
»Natürlich nicht, Vater. Aber gerade für so einen jungen Mann ist das total unwirtschaftlich. Wer die Schreinerei übernimmt und davon sich selbst und noch die Familien unserer Mitarbeiter ernähren will, also der muss sich was anderes einfallen lassen. Ich verstehe dich ja, aber alles hat seine Zeit ...«
»Gilt das auch für dich?« Er hatte sehr wohl registriert, dass Rosa von »unseren Mitarbeitern« gesprochen hatte. Es war ihm also immerhin schon mal gelungen, sie bei ihrem Verantwortungsgefühl zu packen. »Noch kannst du den Betrieb selbst übernehmen und meinetwegen auch das eine oder andere modernisieren. In Maßen, versteht sich.«
»Es geht nicht, Vater, es geht wirklich nicht.«
»Und warum geht es nicht?« Sie sollte es wiederholen, es ihm in sein geschundenes Gesicht sagen. Kannte sie denn gar kein Mitgefühl?
»Weil unsere Vorstellungen viel zu verschieden sind. Du würdest vielleicht gerade noch hinnehmen, wenn ich eine Leiste anders setze, aber sonst müsste alles wie immer sein. Und ich würde mich nur selbst verachten, wenn ich das aufgäbe, woran ich von klein auf mein Herz gehängt habe. Außerdem muss ich jetzt wirklich los, ich mache mir ernsthaft Sorgen wegen Joana. Wenn ich sie gefunden habe, komme ich nochmal zurück. Schon wegen der Wäsche, okay?«
Er gab ihr keine Antwort. Nichts war okay. Rosa sollte sich nur ja nicht einbilden, dass sie ihn mit zwei trockenen Nussecken und einem frisch bezogenen Bett umstimmen konnte. Er würde ihr ein Ultimatum stellen, sie ließ ihm keine andere Wahl.

# 10

Massimo musste zugeben, dass sein Erzfeind ein gutes Händchen für ausgefallene Locations hatte. Die Idee, die Hausmesse einer als erzkonservativ bekannten Handelskette statt wie bisher als Heimspiel in der Schweiz, diesmal auf einem holländischen Kahn stattfinden zu lassen, hatte schon was. Wobei die Bezeichnung Kahn die Untertreibung des Jahres war. Dieses Schiff mochte zu alt und schwerfällig sein, um es noch mit modernen Frachtern aufnehmen zu können, aber dafür machte es eine Menge her. Glamour pur! Obwohl noch rund vierundzwanzig Stunden Zeit bis zur offiziellen Begrüßung der Besucher blieb und noch überall gehämmert und umgeräumt wurde, war die Gangway bereits mit Girlanden umwickelt, rechts und links hatte man ungeachtet der Tageszeit hell lodernde Pechfackeln positioniert, außerdem gab es zwei Fanfarenbläser, die offenbar schon mal üben sollten und bei Massimos Ankunft brav die Instrumente an die Lippen setzten.
Was für ein Affentheater!
Normalerweise hätte Massimo bei dieser protzigen Zurschaustellung vermutlich nichts als Verachtung – gemischt mit leisem Neid – empfunden. Womit hatte einer wie Markus Rigger es verdient, finanziell und auch sonst völlig frei agieren zu können? Und dabei musste er nicht mal mit ernsthaften Repressalien seines Vaters rechnen, der durchaus berechtigte Einwände gegen ein Spektakel hätte erheben können, für das Markus Rigger sich mehr als nur dreimal hochleben lassen würde. Andererseits war Massimo an diesem Freitagvormittag so beschwingt durch die Hoffnung auf ein Treffen mit Rosa und Joana, dass ihm so leicht nichts die gute Laune verderben konnte und er es sogar schaffte, sich in die Reihe der ersten Gratulanten rund um den Gastgeber einzureihen. Es wäre ohnehin kaum möglich gewesen, sich seitlich vorbeizuquetschen. Das hätte nur unnötig Aufsehen erregt und seinen Rivalen vielleicht auf die Idee gebracht, ein Massimo Pezzo fürchte ihn.
Weit gefehlt!

Also ließ Massimo sich wie alle anderen ein Glas in die eine und ein winziges Lachshäppchen in die andere Hand drücken, um die Wartezeit zu überbrücken. Es wunderte ihn kein bisschen, dass Markus die Gelegenheit beim Schopf ergriff, um schon vor der offiziellen Eröffnung so viel Honig wie möglich aus seinem Alleingang zu saugen. Auch wenn dieser Honig ihm zumindest an diesem Tag noch nicht von der ersten Besetzung dargeboten wurde. Die meisten Fabrikanten hatten, wie es aussah, außer ihrem Montageteam erst mal nur einen Topmann aus dem Vertrieb oder aus der Presseabteilung geschickt. Zumindest konnte Massimo keinen der Chefs persönlich identifizieren. Er hielt es durchaus für möglich, dass die Bosse sich auf diese Weise den alten Rigger warm halten wollten. Angenommen, es kam demnächst zum offenen Bruch zwischen Vater und Sohn, würden die meisten garantiert lieber auf Nummer sicher gehen und sich für Vater Rigger entscheiden. Was Massimo in diesem konkreten Fall sogar verstehen könnte.

»Das ist mir aber eine ganz besondere Ehre. Massimo Pezzo persönlich.« Rigger junior hatte sich Massimo zugewandt, der damit an der Reihe war. Diese sehr spezielle Begrüßung erregte Aufmerksamkeit. Dabei konnte niemand wissen, wie lange sie beide sich schon kannten und was genau der angesprochenen »Ehre« einen ganz speziellen Beigeschmack gab.

»Ich freue mich auch«, erwiderte Massimo und ergänzte stumm, was ihn ganz besonders freuen würde. Beispielsweise wenn sein Gegenüber an seiner eigenen Verlogenheit erstickte.

»Dann sind wir ja schon zwei. Darauf sollten wir anstoßen.«

Massimo verspürte absolut keine Lust, sich am Nasenring vorführen zu lassen. Zumal er das sichere Gefühl hatte, dass Markus nochmals nachtreten würde, wenn er ihm die Gelegenheit dazu gäbe. Was Massimo nicht zu tun beabsichtigte.

»Ich denke, ich sollte erst mal nach meinen Leuten schauen«, bog er ab, drückte sein noch halbvolles Glas dem nächstbesten Livrierten in die Hand und marschierte auch schon los. Dabei hatte er keine Ahnung, wo seine Leute platziert waren.

Er hatte Glück, der Chefmonteur der Pezzo-Truppe kam ihm entgegen und ersparte ihm peinliches Suchen. Die Jungs waren schon fertig mit ihrer Arbeit. Handwerklich betrachtet, gab es rein gar nichts zu beanstanden, auch im Vergleich zu den anderen Herstellern konnte sich die Pezzo-Kollektion sehen lassen. Trotzdem juckte es Massimo plötzlich in den Fingern, dem Arrangement eine eigene Note zu geben, die sich nachdrücklich von der Konkurrenz abhob. Seine Note. Obwohl er zuvor fest entschlossen gewesen war, diese Aktion lediglich als Schikane seiner Schwester anzusehen und keinen Finger mehr als nötig zu krümmen, kam Masssimo nicht gegen seine kreative Ader an. Er kümmerte sich nicht um die missmutigen Gesichter seiner Leute und ignorierte auch den Einwand, dass man seit sechs Uhr in der Frühe auf den Beinen war und gerade Feierabend machen und sich noch etwas von Amsterdam ansehen wollte.
Massimo verlangte nach Samt in verschiedenen Rotschattierungen und Strukturen, er brauchte ziemlich viel davon, außerdem durchsichtige Folie und Goldspray. Und für den Boden nahm man am besten Rindenmulch, derlei gab es in Gärtnereien oder auch bei manchen Floristen. Der Kontrast würde phantastisch sein und besonders seinen Lieblingssessel in dem von ihm selbst kreierten neuen Outfit optimal zur Geltung kommen lassen. Auf einmal konnte es ihm gar nicht schnell genug gehen, alles neu zu dekorieren. Er brannte vor Eifer, und der Erfolg gab ihm recht. Nicht mal seine Helfer, die sich um ihren freien Nachmittag betrogen fühlten, konnten ihm ihre Bewunderung versagen. Zumal wirklich jeder, der vorbeikam, stehen blieb und Kommentare abgab, die von Überraschung und Neid zeugten. Dann war es geschafft, endlich durfte auch seine Truppe von Bord gehen.
Die anderen Monteure waren schon längst verschwunden, ringsum war es auffällig leise geworden. Mit einem Blick nach draußen vergewisserte sich Massimo, dass inzwischen auch die Pechfackeln gelöscht worden waren, und seit dem letzten Fanfarenstoß mussten etliche Stunden vergangen sein. Was bedeutete, dass Markus Rigger nicht länger Hof hielt. Gut so! Es wurde schon langsam dunkel. Die Zeit war wie im Fluge vergangen. Er musste unbedingt nachsehen, ob

Joana inzwischen versucht hatte, ihn zu erreichen. Er ging jede Wette ein, dass es so war.
Wo hatte er nur sein Sakko abgelegt? Es war maßgeschneidert, das Feinste vom Feinen, die Farbe von sattem Curry unterstrich seinen Teint, um den ihn jede Frau beneiden konnte. Seine Haut war ganzjährig leicht gebräunt und ohne jeden Makel. Er strich sich prüfend über die Wange, alles fühlte sich glatt an, mit einer gründlichen Nassrasur kam er glücklicherweise bequem vierundzwanzig Stunden aus. In einer fließenden Bewegung griff er in die Innentasche des Sakkos, um sein Handy herauszuziehen. Er war in Siegerstimmung. Nichts konnte an diesem Wochenende schiefgehen. Er war ein Künstler, den Beweis hatte er unmittelbar vor sich. Er durfte sich gratulieren und hätte auch absolut nichts dagegen, wenn Rosa und Joana sich dem anderntags anschlössen. Gar keine so üble Idee, sie auf einen Abstecher hierher zu bringen.
»Gratuliere!« Die Stimme kam nicht aus seinem Inneren.
»Wie? Wo kommst du denn auf einmal her?« Massimo schoss herum. Das Handy in seiner Hand ließ gerade das erste Freizeichen ertönen, hastig unterbrach er die Verbindung, obwohl alles in ihm danach verlangte, endlich sein Rendezvous für den nächsten Tag klarzumachen. Aber nicht vor diesem arroganten Schnösel, der aalglatt alles zerstörte, was gut und wahrhaftig war. Markus Rigger hatte schon seine erste Liebe auf dem Gewissen, noch einmal würde er ihm nicht in die Quere kommen. Massimo spürte, wie sein Kopf rot anlief, während sich alles an ihm verspannte. Das machte ihn erst recht wütend. Und sprachlos, was man leider von seinem Gegenüber nicht behaupten konnte.
»Ich stelle hier aus, schon vergessen?« Markus spreizte sich wie ein Pfau in seiner neuen Rolle. Der Big Boss, der sich gnädig herabließ, etwas Glanz auf ein in seinen Augen armes Würstchen wie Massimo Pezzo fallen zu lassen. Dieser Glanz troff allerdings vor Gift, das offenbarten die folgenden Worte: »Witz beiseite! Du bist echt begabt, das muss der Neid dir lassen. Ein Kreativer vom Scheitel bis zur Sohle. Aber wenn ich es mir recht überlege, warst du das ja schon immer. Damals in

Zürich als Primaballerina im Ballett der Mädels von der Klosterschule nebenan und heute beim Herausputzen eurer Kollektion. Obwohl ich mich offen gestanden frage, wozu du dir überhaupt so viel Mühe gibst. Deine Schwester streicht lustig weiter ganz allein Ruhm und Ehre und vor allem das große Geld ein, da kannst du alles noch so hübsch dekorieren. Oder habe ich etwas verpasst? Lässt dein Alter dich zwischenzeitlich etwa doch in der ersten Reihe mitspielen?«

Massimo war ein friedlicher Mensch, solange man ihn nicht reizte. Er war so friedlich, dass er gewöhnlich selbst dann noch stillhielt, wenn man ihn piesackte. Gegen die üblichen kleinen Sticheleien hatte er sich längst eine Hornhaut um die Seele wachsen lassen. Und wenn es ihm zu arg wurde, besann er sich auf das, was besonders an ihm war und wofür ihn die Menschen, auf die es ihm ankam, ehrlichen Herzens lieben konnten.

Er, Massimo Pezzo, war ein ganz besonderer Mensch, das hatte ihm seine Mutter noch mit auf den Weg gegeben, bevor sie starb. Sie hatte Respekt vor seiner Kreativität gehabt, die dieser Schnösel vor ihm, getarnt als Bewunderung, jetzt ebenso in den Dreck zu ziehen versuchte wie die Liebe zu Manuela. Zu Manuela, die ebenso klein und zierlich wie Rosa gewesen war, genau die gleichen haselnussbraunen Augen gehabt und sich beim Tanzen leicht wie eine Feder in seinem Arm angefühlt hatte. Er hatte ihr nie die Schuld daran gegeben, dass sie ihn dann doch nicht zum Ball begleitet hatte. Massimo kannte von Anfang an den wahren Schuldigen. Der stand direkt vor ihm und beugte sich nun vor, um ein Stück Rinde vom Boden aufzuheben und daran zu schnuppern.

»Sehr originelle Idee! Mein Kompliment, darauf muss man erst mal kommen. Riecht allerdings etwas gewöhnungsbedürftig, wenn du mich fragst.«

Massimo konnte nicht anders. Es war ein Reflex, der ihn dem drei Jahre Jüngeren das Stück Borke aus der Hand schlagen und seine Stimme wie ein Reibeisen knarren ließ.

»Pfoten weg!«, knurrte er und registrierte befriedigt, dass der andere zurückzuckte.

»Nun hab dich nicht so! Man könnte ja glatt meinen, du trägst mir die Geschichte mit der kleinen Helga aus Bern immer noch nach.«
»Sie hieß Manuela«, zischte Massimo zwischen zusammengepressten Zähnen. »Und sie kam aus Basel.«
»Das hat sie auch nicht aufregender gemacht. Ich sage dir was: Die Braut war es nicht wert, auch nur einen müden Gedanken an sie zu verschwenden, leider ist man hinterher immer schlauer. Ich habe gedacht, wenn ich den ganzen Zirkus rund um diesen Ball mitmache, dann lohnt es sich. Von wegen, unser Fräulein Rühr-mich-nicht-an stand außer auf komplizierte Tanzfiguren nur noch auf endlos lange Spaziergänge, auf Gedichte und Händchenhalten, sonst nichts. Und als ich es leid war und ihr gezeigt habe, was Sache ist, gab es ein Mordsgeschrei. Weißt du, was ich heute glaube? Sie hatte es darauf angelegt, dass ich über sie herfalle und hinterher ihre Ehre rette. Die Ehre retten, als ob wir noch im vorigen Jahrtausend lebten. So hat sich ihr Vater damals ausgedrückt. Aber so leicht fängt man sich keinen Markus Rigger. Mein Vater hat gezahlt und mir danach eine Freikarte für den Puff spendiert. Damit ich meine Triebe dort abreagiere, wo es keinem wehtut. Gar keine so üble Erfahrung, wenn du mich fragst. Jedenfalls hast du bei der Kleinen nichts verpasst, das kannst du gern schriftlich haben. Du solltest mir im Grunde dankbar dafür sein, dass ich dir diese Quälerei erspart habe.«
Massimo zerbröselte das Stück Rinde. Der Geruch wurde intensiver. Leicht modrig roch es nun, seine Fingerspitzen färbten sich bräunlich. Er hatte es geahnt. Dieses Schwein da hatte Manuela gezwungen und brüstete sich noch mit seiner Tat. Hinterher hatte er sie wie eine heiße Kartoffel fallen gelassen, deshalb war sie Hals über Kopf aus dem Internat verschwunden.
»Du gehst wohl über Leichen, wie?« Massimo sah noch immer nicht auf. Er könnte für nichts garantieren. Dieses Schwein!
»Über Leichen? Frauen sind mir lieber. Die richtigen Frauen wohlgemerkt.« Ungeniert garnierte Rigger junior seine zotige Bemerkung auch noch mit einer entsprechenden Geste.
»Ich finde das ekelhaft«, presste Massimo hervor und wünschte sich,

seinem Ekel und seiner Wut freien Lauf lassen zu können. Er schaffte es nicht, dafür war er nicht geboren. Jede Form von Brutalität war ihm zuwider, er war ein Ästhet, seine Mutter hatte ihm die Höflichkeit mit der Muttermilch eingeflößt, die Jahre und Jahrzehnte hatten ein Übriges getan. Er kam verdammt nochmal nicht aus seiner Haut heraus, dafür spürte er, wie ihm übel wurde. Sich jetzt nur ja nicht übergeben, diesen Triumph durfte der Mistkerl vor ihm nicht auch noch einstreichen ... Er würgte nach unten, was nach oben drängte, was für ein widerlicher Geschmack. Aber nicht halb so widerlich wie die Bilder in seinem Kopf ...

»Du findest das ekelhaft? Stimmt ja, Frauen waren noch nie so ganz deine Kragenweite, aber bei Kreativen hat man das bekanntlich häufig. Übrigens hätte ich dich, wenn ich mir das hier so ansehe, gern in meinem neuen Team. Wie wär's? Du könntest als Teilhaber und Leiter meines Kreativ-Teams einsteigen, ein bisschen Startkapital wirst du ja wohl auf die Seite gebracht haben.«

Massimo schluckte auch diese gemeine Anspielung hinunter. Sein Gegenüber hatte da gerade noch etwas anderes gesagt. Etwas, das keinen rechten Sinn ergab, wenn Markus Rigger, wie es allgemein hieß, neuerdings in Geld schwamm. Also musste man genau an dieser Stelle nachhaken, zumal auch Paula bereits angedeutet hatte, dass Rigger junior trotz seines Erbes einen Teilhaber suchen könnte. Man mochte über Paula denken, wie man wollte, aber auf ihre Spürnase war Verlass.

»Ich denke, du hast geerbt? Was brauchst du dann noch Fremdkapital?«, fragte Massimo laut.

»Es gibt da noch eine kleine Verzögerung. Das Geld ist, wie sich denken lässt, fest angelegt, die Vermögensverwalter zögern jeden Verkauf künstlich hinaus, vielleicht stecken sie auch mit meinem Vater unter einer Decke. Wie auch immer, ich habe keine Lust mehr zu warten. Also, bist du dabei?« Markus wartete die Antwort auf sein Angebot gar nicht erst ab, als ob es selbstverständlich wäre, dass Massimo annähme. Betont forsch – vielleicht etwas zu forsch – fuhr der mutmaßliche Millionenerbe fort: »Mir fehlen praktisch nur noch die richtigen

Örtlichkeiten. Mir schwebt da etwas mit pfundweise Esprit vor, am liebsten wäre mir eine historische Kulisse für die Hightechmöbel, die ich auf den Markt bringen will.« Markus rückte sich in Positur und breitete theatralisch beide Arme aus, bevor er sichtlich stolz fortfuhr: »Made & presented by Markus Rigger.«

»Du willst selbst produzieren?« Wenn Paula und mein Vater das hören, trifft sie der Schlag, dachte Massimo. Immer vorausgesetzt, sie nehmen den Anlauf eines solchen Greenhorns überhaupt ernst.

Markus sah sich um, als ob er hinter jeder Ecke einen Spion vermute. Dann senkte er die Stimme und legte zusätzlich einen Finger vor die Lippen, er benahm sich wie ein Kind, das sich wichtig machen wollte.

»Nicht so laut! Aber du hast schon richtig gehört: Ich gehe demnächst in Produktion. Die Prototypen sind perfekt, die Technik ist allererste Sahne, der Rest ist ein Kinderspiel. Auf der nächsten Möbelmesse sind wir dabei.«

»Bis dahin ist es gerade noch ein Jahr.«

»Wem sagst du das? Aber wir bauen ja auch keine Schrankwände, für die man einen halben Wald abholzen muss, sondern Einzelstücke mit einem elektronischen Herz, die alles können, wonach dir gerade ist: schaukeln, singen, deine Lieblingsfilme abspielen, dich in den Schlaf wiegen, mit dir quatschen oder für dich durch den Garten spazieren und dich warnen, wenn der Ehemann von deiner Geliebten sich hinterrücks anschleicht. Den Leuten und allen voran meinem Altvorderen sollen die Augen aus dem Kopf fallen. Dann ist endgültig Schluss mit Vater & Sohn, das sage ich dir. Pass auf, ich muss rasch nochmal nach vorne und hören, was denn nun mit diesem Rüdiger Ebertz los ist. Wenn ich das geklärt habe, lade ich dich zum Essen ein, und wir reden mal ganz in Ruhe über alles. Du und ich. Zwei Söhne, die ihre Väter das Fürchten lehren, ist das nichts? In spätestens einer Viertelstunde bin ich zurück.«

»Rüdiger Ebertz?«, wiederholte Massimo. Alles, was Markus Rigger sonst noch gesagt hatte, tauchte erst mal ab. Nicht *der* Ebertz, dröhnte es in seinem Kopf, dieser Name schwoll an, beanspruchte immer mehr Platz in seinem Schädel.

»Kennst du ihn etwa? Übrigens auch ein Kronprinz, viel mehr weiß ich nicht über ihn. Nur noch, dass die Firma Ebertz & Sohn in Herzfeld sitzt und seit einer Ewigkeit Möbel für Schlafzimmer und Ankleidezimmer produziert. Der Laden soll übrigens nicht mehr besonders gut laufen. Wenn es nach mir gegangen wäre, hätte ich diesen altmodischen Kram sowieso längst aus unserem Sortiment genommen. Mein Vater war dagegen, und jetzt haben wir den Ärger.«

»Ärger?«, krächzte Massimo. Seine Stimme hörte sich wie die eines Kastraten an, so ähnlich fühlte er sich auch. Nicht Fisch und nicht Fleisch. Wie er diesen Mann hasste, der es immer wieder schaffte, aus der Versenkung aufzutauchen. Dabei hatte die Detektei, die Massimo beauftragt hatte, ihm jahrelang nur Gutes gemeldet: dass es mit Rüdiger Ebertz stetig bergab ging. Die Firma kurz vor der Pleite, der einzige Bruder auf und davon, der eigene Vater sein erbitterter Feind und die Ehefrau entweder ständig sturzbesoffen oder vollgepumpt mit irgendwelchen Pillen, nicht mal die einzige Tochter hielt es mehr in ihrem Elternhaus aus. Rüdiger Ebertz hatte es nicht besser verdient. Umso erschreckender war die jüngste Meldung gewesen …

»Dicken Ärger«, bestätigte Markus, der nichts von dem zu bemerken schien, was in Masssimo vorging. »Die Sachen für die Ausstellung sind Anfang der Woche von einer Spedition angeliefert worden, und das war's auch schon. Kein Monteur, kein verantwortlicher Kopf, und wenn man dort in Herzfeld anruft, weiß auch keiner etwas. Notfalls lasse ich den ganzen Plunder von Ebertz & Sohn morgen früh, bevor es losgeht, irgendwo lagern, mir reicht es langsam. Also gib mir ein paar Minuten, dann können wir losziehen. Ich kenne da ein Restaurant, in dem es die besten Austern gibt, die du je gegessen hast, dafür verbürge ich mich.«

Massimo reagierte nicht. In seinem Kopf war alles leer und schwammig, nicht mal seine Augen wollten ihm mehr gehorchen. Sie starrten auf die Gestalt dieses Widerlings, der sich von ihm entfernte. Beschwingten Schritts, eine Hand in der Hosentasche, die Haare waren viel zu lang, hingen beinahe eine Handbreit über dem weißen Kragen, pomadisiert waren sie außerdem. Ein billiger kleiner Gigolo, der sich anmaßte, ihm eine Partnerschaft anzutragen. Ansonsten war die Kabale offenbar schon so gut wie perfekt, fehlten nur noch geeignete Örtlichkeiten. Etwas mit Esprit. Am liebsten wäre ihm also eine historische Kulisse, sieh mal einer an. Gepaart mit modernster Technik …

Massimos Kopf arbeitete nun wie eine Walze, die sich unglaublich träge drehte und langsam die eine Kabale verschwinden ließ, um einer anderen Platz zu machen. »Übrigens auch ein Kronprinz. Kennst du ihn etwa?« Die Worte dröhnten und höhnten und wollten Massimos Kopf schier zerplatzen lassen.

Und ob er Rüdiger Ebertz kannte. Er war genau solch ein Blender und Blutsauger wie Markus Rigger, auch wenn auf den ersten Blick Welten zwischen den beiden lagen. Die Edelholzfraktion hier und die Hightechfraktion dort. Der eine nahm seine Frau aus, um weiter den Chef mimen zu können, der andere ließ sich von seiner Großmutter Spielgeld für seine nächste geniale Idee zustecken. Es gab auch Unterschiede. Markus war schnell zu begeistern und gab genauso rasch wieder auf, wechselte das Pferd nach Lust und Laune. Wogegen ein Rüdiger Ebertz sein einmal gesetztes Ziel stur verfolgte, nicht nach rechts und nicht nach links sah. So steuerte Rüdiger Ebertz seit geraumer Zeit zielstrebig in die Pleite, und das war gut so …

Aber woher kam dann plötzlich der Geldzufluss auf seinem Privatkonto? Und vor allem: Warum dirigierte er den Segen nicht um, auf dass die Firma Ebertz & Sohn noch ein paar Monate länger überlebte? Zu dem Mann, den Massimo kannte und von dem er ein Profil abgespeichert hatte, passte es nicht, dass er aus seiner Rolle ausbrach. Was hatte Rüdiger Ebertz mit dem Geld vor? Genug eigenes Geld machte, wer wusste das besser als Massimo, unabhängig, mächtig und auch sexuell attraktiv.

Die Walze in Massimos Kopf drehte sich weiter, schob erneut den Namen Markus Rigger nach oben. Der hatte seine Großmutter beerbt, die Vermögensverwalter würden ihn nicht ewig in Schach halten können, damit war seinem Größenwahn Tür und Tor geöffnet. Wohin das führen würde, lag auf der Hand. Wer mit einem

wie Markus Rigger gemeinsame Geschäfte machte, musste in Geld schwimmen oder verrückt sein ...
Markus Rigger. Rüdiger Ebertz. Zwei Gestalten, die ihm einheizen, ihn plattmachen wollten. Und wenn er den Spieß umdrehte? Er war ohne jeden Zweifel ein kreativer Kopf. Du bist ein Künstler, Massimo! Wie oft hatte seine Mutter das zu ihm gesagt und ihn auf eine Weise angesehen, wie wohl nur eine liebende Mutter ihr Kind betrachten konnte. Ganz warm wurde ihm in der Erinnerung daran. Du bist ein Künstler, Massimo!
Mit Blick auf den Rindenmulch zu seinen Füßen, der zunächst synchron zu seinem Magen auf und ab zu wandern schien, sich dann aber beruhigte und wieder feste Konturen annahm, formten sich auch die Gedanken in seinem Kopf neu und gebaren einen Plan, der es in sich hatte, der ihn als Strategen und Kreativen und Racheengel forderte. Wenn das klappte, war er, Massimo Pezzo, demnächst der große Gewinner, und seine Widersacher lagen winselnd am Boden und konnten sich nur noch wünschen, sich ihm nie in den Weg gestellt zu haben.

»So, das wäre auch erledigt.« Selbstzufrieden und lärmend verkündete Markus Rigger, dass er endlich mal nicht auf dem Anrufbeantworter oder bei der Sekretärin gelandet war. Er hatte mit Rüdiger Ebertz persönlich gesprochen. »Der Junge hat es auch nicht leicht. Er hat gerade seine Frau zur Kur gebracht, sie wollte nicht bleiben, das hat ihn die ganze Woche gekostet. Und in der Zwischenzeit ist sein Vater mit Herzrhythmusstörungen ins Krankenhaus eingeliefert worden, nicht zum ersten Mal, in der Firma geht deshalb offenbar alles drunter und drüber. Wie auch immer, wir beide genießen jetzt erst mal die besten Austern von ganz Amsterdam. Los geht's!«
Sie taten noch mehr. Es kostete Massimo viel Überwindung, Begeisterung über die Austern zu heucheln, die er nur mit Mühe hinunterwürgte. Was nicht an der Qualität der Austern lag. Sie waren vorzüglich, dasselbe galt für den Service und die anderen Gänge, zwischen denen Massimo sich kurz entschuldigte, um im Sauerland anzurufen.

Am Ende des Abends besiegelten sie ihren Abschluss mit einer Flasche Rothschild, die ein Vermögen kostete. Markus Rigger war hellauf von Massimos Idee begeistert, das ging wie gesagt sehr schnell bei ihm, genau darauf hatte Massimo gesetzt. Ein kleiner Anstoß hatte genügt.

»Hast du eigentlich gewusst, dass Rüdiger Ebertz ein hübsches Sümmchen für sich beiseitegebracht hat?«, hatte Massimo scheinbar beiläufig gefragt. »Und fachlich ist er ebenfalls top. Er könnte, wenn er wollte, sogar als Geschäftsführer bei den Albertis einsteigen.«

»Bei eurem größten Konkurrenten?« Markus hatte brav nach dem Köder geschnappt.

»Exakt!« Massimo verschwieg wohlweislich, dass dieses Angebot der Firma Alberti schon gut dreizehn Jahre auf dem Buckel hatte.

»Und warum greift er nicht zu?« Markus griff stellvertretend nach dem Hals der vorschriftsmäßig umgefüllten Rotweinflasche, die zu Beweiszwecken auf dem Tisch stehen geblieben war. »Doch wohl kaum aus Treue zu den Altertümchen, die Ebertz & Sohn produziert!«

»Sagen wir mal so: Es wäre nicht besonders gesund für ihn, nach Mailand zu kommen. Meine Familie ist nämlich nicht allzu gut auf ihn zu sprechen, es hätte da beinahe einen fetten Skandal gegeben.« Und das war definitiv nicht gelogen, was wohl der Grund dafür war, dass Massimo dieses Geständnis so schwer über die Lippen kam. Einem Menschen wie Markus Rigger vertraute man ohne Not nichts an, was sehr persönlich war. Doch dies war ein Notfall.

»Frauengeschichten?« Die Augen von Markus Rigger begannen lüstern zu glänzen. »Soweit ich weiß, gibt es in deinem Clan schon sehr lange nur noch eine einzige Frau im skandalfähigen Alter, und das ist deine Schwester. Oder ist der gute Rüdiger etwa deinem Alten bei einer heißen Nummer in die Quere gekommen? Das wäre natürlich auch eine sehr prickelnde Vorstellung.«

»Dazu möchte ich lieber nichts weiter sagen, dieses Thema ist mir im wahrsten Sinn des Wortes zu heiß. In jedem Fall kann ich dir nur empfehlen, meinen Namen in Zusammenhang mit unserem Projekt erst gar nicht zu erwähnen. Rüdiger Ebertz würde auf der Stelle kopfscheu, wenn er den Namen Pezzo hörte.«

»Und wie soll ich ihn dann als Investor für etwas begeistern, was dir und damit einem Pezzo gehört?«
»Offiziell firmiere ich als Fundus GmbH.«
»Okay, okay! Hauptsache es bleibt bei unserem Deal.« Markus streichelte über die Hochglanzfotos, die Massimo immer in seiner Brieftasche mit sich herumtrug, um sich stets daran zu erinnern, wo sein Ziel lag, wofür er seit langem kämpfte. Wie erwartet war Markus beim Anblick der Fotos beinahe ausgeflippt, er hatte Blut geleckt, die Gier stand ihm ins Gesicht geschrieben. Haben, haben, haben!
Es zuckte Massimo in den Fingern, ihm die Fotos wieder zu entreißen, aber natürlich tat er nichts dergleichen und tröstete sich mit der Aussicht auf einen doppelten und dreifachen Sieg. Und noch immer drängte und quengelte sein Gegenüber, wollte gar nicht mehr damit aufhören und bestand darauf, auf der Stelle, und sei es auf einer Serviette, festzuhalten, dass Massimo ihm die ehemalige Orangerie mit sämtlichen Nebengebäuden wie Stallungen und Pförtnerhaus für seine Produktion verkaufte und sich gleich am nächsten Tag aufmachen wollte, um zusätzlich den Besitzer des Schlosses, zu dem die ganze Pracht ursprünglich mal gehört hatte, zum schnellstmöglichen Auszug aus seinem Domizil zu bewegen. Und all das einzig und allein, damit dieser kleine Angeber mit Sack und Pack einziehen und den Feudalherrn spielen konnte. Wenn er wüsste!
»Das wird der Hammer«, sagte Markus wieder und wieder und ahnte nicht, wie recht er mit dieser Aussage haben würde.
Oder vielleicht sollte man besser statt Hammer Bumerang sagen, dachte Massimo und meinte laut: »Ein Wort ist ein Wort! Ich fahre gleich morgen nach der offiziellen Eröffnung los.«
»Sag deinem Adligen, dass Geld keine Rolle spielt! Das ist genau das, was ich gesucht habe. In dieser Orangerie wird in Zukunft produziert, und ich hisse meine Flagge nebenan im Schloss und behalte alles im Auge, wie es sich gehört. Ein paar Showrooms wären dort natürlich auch denkbar, das hat was, das hat sonst keiner in der Branche.«
»Du kannst dich auf mich verlassen«, erwiderte Massimo und musste erneut an sich halten, um sich nicht frühzeitig zu verraten.

Ob Markus doch die Falle witterte? Immerhin meldete er ganz kurz so etwas wie Bedenken an. »Und wenn dieser Graf oder Baron, oder was immer er für einen Titel trägt, doch nicht rauswill?«, wollte er wissen.

Massimo konterte mit einer Gegenfrage: »Welcher Schlossbesitzer will schon, wenn er aufwacht, auf deine Roboter sehen und sich womöglich von ihnen beim Fremdgehen bespitzeln lassen? Mal ganz von dem Krach bei der Herstellung abgesehen.« Das zog und zerstreute alle Bedenken. Dieser Mann war nicht nur geltungssüchtig und dumm, sondern obendrein primitiv.

»Wo du recht hast, hast du recht.« Die Zunge wollte Markus Rigger schon nicht mehr so recht gehorchen, dennoch orderte er eine weitere Flasche Rotwein zu einem Preis, der mindestens so hoch war wie die Monatsmiete für eine durchschnittliche Wohnung. Als er erneut sein Glas hob, um den Deal zu begießen, schwappte es purpurrot auf seine Manschette. Erschrocken ließ er das Glas los, das auf den Marmorboden fiel und zerbrach.

»Macht nichts! Scherben bringen Glück!« Er kicherte albern.

Massimo nickte und dachte: Hoffentlich dem Richtigen! Er wusste sehr wohl, dass er mit dem Feuer spielte. Sein Einsatz war sein Traum, aber er würde ihn mit Zins und Zinseszins zurückbekommen, davon war er überzeugt.

## 11

Joana hatte ihren Rettern den Weg zur Schreinerei gewiesen und sich am Ende der Fahrt ziemlich gut gefühlt. So langsam wurde ihr warm, die Schokolade war ebenfalls nach ihrem Geschmack, sie verputzte die komplette Tafel und trank dazu süßen Tee mit Rum, weil die beiden sonst nichts Heißes dabeihatten. Ganz kurz hatten sie sich flüsternd darüber gestritten, ob es statthaft war, einem halb erfrorenen Kind ein Getränk mit Alkohol zu verabreichen. Joana hatte sich höflich eingemischt und gesagt, dass sie selbst von ihrem strengen Großvater schon mal einen Grog bekommen hatte. Als Medizin. Dank dieser Notlüge schloss sie erstmalig Bekanntschaft mit der wohltuenden Wirkung von Alkohol, die belebende Hitze schoss ihr in den Kopf, verbrüderte sich mit dem köstlichen Geschmack der Schokolade. Leider durfte sie nur ein paar Schluck nehmen.

Dann tauchte auch schon die Schreinerei vor ihnen auf. Eigentlich schade, dass wir schon da sind, dachte Joana gerade, als die Haustür des Wohnhauses aufging. Joana duckte sich automatisch. Das fehlte ihr gerade noch! Musste ihre Mutter denn alles und jedes kaputtmachen?

»Kennst du das Mädchen dort?«, erkundigte sich der Mann neben ihr am Steuer.

Joana protestierte. »Das ist kein Mädchen, sondern meine Mutter.«

»Und warum willst du dich vor ihr verstecken? Hast du etwas ausgefressen?«

Joana schüttelte den Kopf.

»Hast du Angst, sie könnte mit dir schimpfen? Bestimmt hat sie sich schon Sorgen um dich gemacht.« Und als Joana noch immer hartnäckig schwieg: »Pass auf, wir reden jetzt erst mal allein mit ihr! Du bleibst solange im Warmen, wenn du willst.«

Joana wollte. Sie kuschelte sich in die fremde Jacke, stippte mit einem angefeuchteten Finger die letzten Krümel Schokolade vom Stanniol, kalkulierte rasch die Entfernung zwischen dem geilen Landrover, in dem sie noch saß, und der alten Klapperkiste, in die ihre Mutter gerade einsteigen wollte, und setzte nochmals die Thermosflasche an die Lippen. Einfach köstlich. Dann endete der Traum abrupt, die Tür wurde aufgerissen, eisige Kälte brach herein, zwei Hände zogen an ihr, Joana hatte nicht den Hauch einer Chance. Sie musste sich küssen und abtasten und erneut umarmen lassen. Als ob ich ein Baby wäre, dachte Joana trotzig.

»Ich habe mir solche Sorgen um dich gemacht, Joana.« Tremolo in der Stimme und Tränen in den Augen, die beiden ahnungslosen Fremden beeindruckte das ungemein, schon wechselten sie die Seite. Ob alle Erwachsenen automatisch zu Verrätern mutierten? Eben waren die zwei doch noch total cool drauf gewesen. Jetzt hingegen tauschten sie sich mit Rosa über die Mühsal der Pubertät aus, die Mädchen noch heftiger zusetzte als den Jungs. Sie sprachen sehr leise, Joana musste regelrecht die Ohren spitzen, was ihr zu entgehen drohte, las sie von den Lippen ab. Dann besannen sich die drei endlich wieder auf die Hauptperson, das war immer noch sie, Joana. Um das zu unterstreichen, klapperte sie erneut kräftig mit den Zähnen und schlenkerte unkontrolliert mit den Armen.

»Um Gottes willen! Das Kind! Sie muss sofort ins Bett!«

Joana stieg notgedrungen bei ihrer Mutter ein, nachdem sie die geliehenen Klamotten gegen ihre eigenen ausgetauscht hatte. Auf dem Beifahrersitz lagen zwei Nussecken, bei deren Anblick ihr Magen laut und gierig zu knurren begann.

»Du kannst sie gern essen, dein Großvater wollte sie nicht. Zu Hause warten noch zwei auf dich.«

»Ich kann jetzt nichts essen.« Joana widerstand dem köstlichen Gebäck und ihrem Mordshunger und konzentrierte sich ganz auf ihre Rolle. Sie war halb erfroren, und es wäre nicht weiter erstaunlich, wenn sie sich eine Lungenentzündung geholt hätte. Das Mitleid mit sich selbst – wenn sonst schon keiner mit ihr litt – trieb ihr die Tränen in die Augen, was wiederum ihre Mutter inspirierte, es ihr gleichzutun. Wettstreit beim Heulen, wobei Joana zugeben musste, dass es bei Rosa echter aussah. Solche hässlichen Grimassen schnitt niemand freiwillig, das kam daher, dass ihre Mutter gegen das Pipi in ihren Augen ankämpfte.

Als sie noch ein kleines Kind war, hatte Joana mal diesen Vergleich gezogen, später hatte Rosa der Großmutter davon erzählt. Joanas Vergleich zwischen ihrer Puppe, die Pipi machen konnte, und einer Mutter, die nachts immer wieder ihr Kopfkissen nass machte, musste noch aus der Mailänder Zeit stammen. Ob jenes Augen-Pipi damit zusammenhing, dass sie nach Deutschland zurückgekehrt waren? Offiziell war Gerlinde Graf der Grund gewesen. »Deine Uroma braucht uns jetzt! Sie ist sehr krank.«

Ausnahmsweise hatte diesmal nicht die Uroma Vorrang. Als Rosa die

Tür aufschloss, Joana in den Flur zog und vor ihr niederkniete, um ihr aus den Schuhen zu helfen, konnte Joana über ihre Schulter hinweg direkt ins Wohnzimmer und auf den Ruhesessel mit der alten Frau sehen. Wie tot lag sie da, ein ganz komisches Gefühl bemächtigte sich Joanas. Sie war nicht eben besonders rücksichtsvoll, sie machte viel unnötigen Krach, das wusste sie selbst. Ihre Mutter regte sich dann jedes Mal auf. »Denk an Uroma!« Aber wer wollte schon pausenlos an seine kranke Urgroßmutter denken? Joana verdrängte den Gedanken, womöglich mit dazu beigetragen zu haben, dass die Gestalt dort so bewegungslos in ihrem Sessel lag, eine Hand hing schlaff an der Seite herunter, der Mund stand leicht schief, besonders hübsch sah das wirklich nicht aus. Joanas Herz begann zu hämmern.
»Mama, glaubst du, dass Uroma bald sterben muss?«
Rosa sah auf, ganze Pipi-Seen standen in ihren Augen und tropften über ihr Gesicht. »Ich glaube, es geht ihr schon wieder besser«, sagte sie leise, »sie hat ja sogar Nussecken gebacken und extra gesagt, dass ich welche für dich zurücklegen soll. Ich bringe sie dir gleich ans Bett und dazu eine Wärmflasche und eine große Kanne heißen Tee. So, nun komm, ich helfe dir ins Bett.«
Joana kam sich wie Goliath neben David vor, ihre Mutter war so viel kleiner und zierlicher als sie. Die Sorge schien sie noch kleiner zu machen. Sie gab nicht eher Ruhe, bis sie auch noch Fieber gemessen und Joanas Brust und Rücken mit einer ziemlich scharf riechenden Paste eingerieben hatte. Dann ging sie. Die Tür von Joanas Zimmer ließ sie ebenso wie die Zwischentür aus Stahl offen stehen, auf dem Nachttisch stand nun außer dem Tee das Glöckchen, mit dem an Heiligabend zur Bescherung gerufen wurde. Und ein Teller mit vier Nussecken. Joana wartete, bis die Schritte verklangen, dann machte sie sich mit Heißhunger über den Kuchen her. Schließlich schlief sie ein. Als sie wieder aufwachte, duftete es köstlich nach Geschnetzeltem in Rahmsoße. Ihre Mutter hatte ihr Lieblingsgericht für sie gekocht, dazu gab es Spätzle, eine altmodische Haube hielt die Riesenportion warm. Perfekt!
Joana hatte den Mund proppenvoll, als ihr Handy loslegte. Mit der Stimme des Löwen.

»Massimo?« Joana keuchte seinen Namen in das Handy, das sie vor dem Einschlafen noch mit dem Aufladegerät verbunden hatte. Es war komplett leer gewesen und hatte zur Erinnerung hysterisch gepiepst, als Joana gerade einduseln wollte. Jetzt war sie wieder hellwach, obwohl es draußen schon stockfinster war. Ein Stück Fleisch saß ihr quer im Hals, sie musste husten, es dauerte eine ganze Weile, bis sie wieder Luft bekam und verstehen konnte, was Massimo sagte. Sie erfuhr, dass er schon morgens versucht hatte, sie zu erreichen. Um sie auf die große Überraschung einzustimmen, die nun noch größer werden würde.

»Vergiss alles, was ich dir auf die Mailbox gesprochen habe, Piccola.«

»Und was hast du mir draufgesprochen?«

»Dass ihr morgen unbedingt zu mir nach Amsterdam kommen müsst und die Tickets schon für euch bereitliegen.«

»Und jetzt sollen wir nicht mehr kommen?«

»Ihr sollt schon noch kommen, aber nicht mehr nach Amsterdam.«

»Und wohin dann?«

»Wie wär's mit Dresden?«

»Amsterdam find ich cooler.«

»Wart's nur ab! Dresden ist ja nur euer Zielflughafen, dort hole ich euch ab, wenn Rosa einverstanden ist. Das ist natürlich die Grundvoraussetzung. Es gibt da etwas nicht weit von Dresden entfernt, was ich euch beiden unbedingt zeigen muss.«

»Und was ist das?« So schnell ließ Joana sich nicht abspeisen.

»Wie wär's mit einem Schloss? Nur für uns allein!«

Helle Aufregung bemächtigte sich Joanas. »Ich krieg sie schon rum«, keuchte sie.

»Hoffentlich, ich drück uns die Daumen. Pass auf, wenn alles klargeht, schickst du mir einfach eine SMS, ich bin nämlich noch mitten in einem Geschäftsessen.«

Das Gespräch war beendet, und Joana war hellwach, ihr Gehirn arbeitete auf Hochtouren. Ein Blick auf den Wecker neben dem noch halbvollen Teller mit Geschnetzeltem: Es war kurz nach neun. Ihre

Gedanken überschlugen sich. Wie ging sie strategisch am besten vor?
Endlich hatte sie die zündende Idee. Sie würde ihren Wunsch in eine Bildergeschichte übersetzen, malen konnte sie schon immer gut, das musste sogar ihre Mutter anerkennen. Und dieses Talent unterlag ebenso wenig deren Regie wie die Gedanken, die bekanntlich frei waren, sogar bei Leibeigenen war das so. Es hatte Rosa mächtig geärgert, als Joana ihre gesamten Malutensilien vor ein paar Monaten ebenso wie die Blockflöte und die Barockflöte demonstrativ auf den Speicher verbannt hatte. Das ist Kinderkram, hatte Joana gesagt und die Hilflosigkeit ihrer Mutter genossen. Die konnte sie ja schlecht zum Malen oder Musizieren zwingen. Sie konnte sie auch nicht zwingen, ewig ein Kind zu bleiben, das nach ihrer Pfeife tanzte und sich für dumm verkaufen ließ. Nun besann Joana sich auf die Vorliebe ihrer Mutter für Selbstgemaltes.
Die alten Wasserfarben, die Wachsmalstifte und Malblöcke hatte Joana alle ausrangiert. Voller Feuereifer und auf Zehenspitzen, damit sie unten niemand hörte, machte sie sich auf den Weg und startete ihre Suche. Rosa musste auf dem Speicher aufgeräumt haben, was bedeutete, dass nichts dort war, wo Joana es vermutete. Sie suchte hier und dort, öffnete diese und jene Kiste, verfluchte leise den Ordnungsfimmel ihrer Mutter und arbeitete sich immer weiter vor, bis sie plötzlich einen Korb in Händen hielt. Einen Korb von der Sorte, wie er auf dem Markt oder im Laden zum Lagern und Transportieren von Obst oder Gemüse benutzt wurde. Komisch, warum bewahrte Rosa dieses schon reichlich morsche Teil hier oben auf? Und was hatte es mit der Decke darin auf sich? Dick war sie und offenbar Handarbeit, ein dunkelgrüner Grund mit einer roten Bordüre, über die eine Prozession von Menschen und Tieren zog.
Die Tiroler sind lustig, die Tiroler sind froh. Dieser Refrain aus einem Lied, das Joana irgendwann mal aufgeschnappt hatte, kam ihr in den Sinn, das musste an den Trachten der Männeken auf dieser Decke liegen. Ein Urlaubssouvenir? Aber sie waren doch noch nie in Tirol oder Bayern oder anderswo in den Bergen gewesen, das wusste Joana

hundertprozentig. Ob der Korb und die Decke älter als sie selbst waren? Gehörte beides überhaupt zusammen? Joana nahm die Decke hoch und sah überrascht auf drei goldene Kronen, die jemand auf den Innenboden aus billigem Spanholz gemalt hatte. Daneben stand ein Datum. Es war der sechste Januar des Jahres, in dem sie selbst geboren worden war.

## *Das Erbe*

I

Im Grunde war Rüdiger ganz froh, dass er nicht in Herzfeld bleiben konnte und nicht mal die Zeit fand, seinen Koffer auszupacken. Dieses Haus, in das er kurz vor dem Anruf aus Amsterdam zurückgekehrt war, verströmte nichts als Feindseligkeit, so kam es ihm vor, nannte ihn einen Verräter. »Du bist ein Verräter!« Das hatte auch sein Vater zu ihm gesagt, und nun lag er auf der Intensivstation. Ein heftiger Streit, wahrlich nicht der erste, war vorangegangen, das war nun genau eine Woche her.
Rüdiger war an jenem Freitag erst spätabends aus der Fabrik heimgekommen. Es hatte wieder mal Ärger zuhauf gegeben, gleich zwei Lieferanten machten Druck, weil ihre Rechnungen noch immer nicht bezahlt worden waren. Außerdem war der LKW, der reihum in Nordrhein-Westfalen ausliefern sollte, im Graben gelandet. Der Fahrer hatte sich zum Glück in Sicherheit bringen können, die empfindliche Fracht hingegen hatte dran glauben müssen. Wie groß der Schaden tatsächlich war und was die Versicherung zahlen würde, stand in den Sternen. Erst mal hieß es seitens der Kunden: Keine Ware, kein Geld! Rüdiger hatte endlos telefoniert und schließlich einen Ersatzlaster angemietet, um zu retten, was zu retten war. Das kostete natürlich zusätzlich. Er hatte getan, was er tun konnte und musste, und bei alldem gewusst, dass es nichts bringen würde. Es brachte nichts, weiter Schlafzimmer für die Ewigkeit in aufwändiger Schleiflacktechnik zu produzieren, wenn kaum noch jemand so etwas haben wollte, erst recht nicht zu diesen Preisen. Außerdem widerstrebte es ihm von Tag zu Tag mehr, lebendiges Edelholz unter dicken Schichten Lack verschwinden zu

lassen, nur um die Tradition der Firma Ebertz & Sohn fortzuführen. Nicht mal dem Gerichtsvollzieher, der ohne jeden Zweifel demnächst bei ihnen auf der Matte stand, würde diese Tradition auch nur einen einzigen »Kuckuck« wert sein.

Das alles war Rüdiger durch den Kopf geschossen, als er vorige Woche vollkommen groggy heimkam und sich überwinden musste, den Schlüssel in das reichziselierte Türschloss aus Messing zu stecken, ihn umzudrehen und die imposante Eingangshalle der Villa zu betreten, in der er wie bereits fünf Generationen Ebertz vor ihm geboren worden und aufgewachsen war. Vor gut vierzehn Jahren hatte er sich geschworen, nie mehr hierher zurückzukehren, allenfalls noch als Besucher. Kein Jahr später war er wieder eingezogen …

»Rüdiger? Bist du das?« Die Stimme war aus dem Herrenzimmer gekommen, in dem sein Vater jeden Tag nach dem Abendessen Schlag neunzehn Uhr dreißig mit der Zuverlässigkeit eines Schweizer Uhrwerks verschwand. Früher hatte er hier seinen Mokka und dazu einen Cognac getrunken, eine Pfeife geraucht, heute beließ er es mit Rücksicht auf seine Gesundheit bei einem Früchtetee.

»Ja, Vater, ich komme gleich.« Rüdiger hatte der Versuchung widerstanden, die Treppe hochzusprinten und sich in der obersten Etage zu verbarrikadieren. So weit kam sein Vater nicht mehr, das tat er seinem Herzen nicht an, und die hausinterne Gegensprechanlage konnte man leicht deaktivieren. Böse Gedanken! Erschöpfte Gedanken! Aber Rüdiger hatte ihnen ja nicht nachgegeben, sondern sich zusammengenommen und war dem Ruf gefolgt.

Was sich als schwerwiegender Fehler herausstellen sollte.

Sein Vater hatte ihn wie einen kleinen Jungen ins Verhör genommen und nicht eher Ruhe gegeben, bis Rüdiger ihm haarklein von dem Ärger mit den beiden Lieferanten und dem Unfall sowie den von ihm eingeleiteten Maßnahmen berichtet hatte. Kostbare Zeit verging. Wie nicht anders zu erwarten, hatte er, Rüdiger, in den Augen seines Erzeugers nichts wirklich richtig gemacht. Er hatte die falsche Spedition beauftragt und wieder mal Geld zum Fenster hinausgeworfen, das sie nicht hatten.

»Das die Firma nicht hat«, hatte sein Vater sich selbst korrigiert. »Du schon! Du hast, wie wir wissen, genug Geld beiseitegebracht.«
»Ich habe nichts beiseitegebracht.«
»Und wie kommt es dann, dass dein Konto förmlich überquillt?«
»Benedikt hat mir endlich zurückzahlen können, was ich ihm geliehen habe. Auf einen Schlag.« Rüdiger fragte sich, warum das, was er sagte, schon wieder nach einer Rechtfertigung klang. Er hätte sich ohrfeigen mögen. Warum ging er seinem Vater nur immer wieder auf den Leim? Warum in drei Teufels Namen konnte er nicht einfach den Mund halten? Er sollte doch wissen, dass der Standpunkt seines Vaters wie in Beton gegossen war, und wer sich dagegen auflehnte, ging zu Bruch. Auf die eine oder andere Weise, früher oder später, so simpel war das.
»Dein Vater«, glaubte er jene Stimme sagen zu hören, die ihn noch heute bis in den Schlaf verfolgte, »dein Vater mag es am Herzen haben, aber anders, als du meinst. Und wenn du wirklich hierbleibst, versteinerst du genauso, mit allen deinen Träumen, mit unseren Träumen. Überleg es dir gut!«
Rosa hatte nicht lange gebraucht, um seinen Vater zu durchschauen. Weder mit der pompösen Villa und der Ahnengalerie hier unten in der Halle – in Pose und Ausführung den Ahnen echter Feudalherren nachempfunden – noch mit der Fabrik nebenan hatte man sie einwickeln können. Dasselbe galt für die wehleidig vorgetragene Beschreibung des endgültigen Untergangs der Ebertz, sobald der Letzte mit einem Gefühl für Verantwortung in dieser Familie die Zügel endgültig aus der Hand gab, weil er sie nicht länger halten konnte, zu alt und zu krank dafür war. Seht mich an, wie ich leide! Dabei hatte nicht mal der behauptete Infarkt nachgewiesen werden können, aber auch das erfuhr Rüdiger erst viel später.
Als es zu spät war.
Vor dreizehn Jahren war Rosa durch genau diese zweiflüglige Tür aus schwerer Eiche hinausgerannt, draußen erwartete sie bereits ein Taxi, dessen Fahrer sich ihres Gepäcks bemächtigte. Alles ging viel zu schnell, rasend schnell. Die Gegenwart dieses Fremden, den Rosa

offenkundig hinter seinem Rücken bestellt hatte, dürfte ihn ebenso blockiert haben wie die merkwürdige Reaktion seines Vaters. Statt sich, wie es seiner Art entsprochen hätte, darüber zu beschweren, dass jemand, der die Gastfreundschaft der Ebertz genossen hatte, es derart eilig hatte, dieses Haus zu verlassen, und dabei jede Etikette außer Acht ließ, lobte Christoph Maria Ebertz überschwänglich den Montepulciano, den Ruth, wie von ihm erbeten, für ihn aus dem Weinkeller geholt hatte. Eine Bitte, die Rüdiger unverantwortlich fand. So was nannte man »Den Bock zum Gärtner machen«. Er hatte seinen Ohren nicht trauen, Ruth aber andererseits auch nicht vor Rosa als Alkoholikerin bloßstellen wollen. Also war er ihr unter einem Vorwand gefolgt und hatte dort unten im Keller buchstäblich mit ihr um die Flasche gerungen, die sie gerade in ihrer Jacke verschwinden lassen wollte. Sie hatte nichts ausgelassen, um ihre Beute zu verteidigen, und sogar ihre Weiblichkeit eingesetzt. Sie war einmal eine sehr schöne Frau gewesen – und raffiniert …
So hatte er wenig später ohnmächtig zugesehen, wie Rosa davonfuhr, und vergeblich auf ein Wunder gehofft. Das Wunder blieb aus, dafür erfuhr er aus sicherer Quelle, dass Rosa, kaum dass sie ihn verlassen hatte, bei Massimo Pezzo eingezogen war. Es gab sogar ein paar Beweisfotos, die eine wohlmeinende Seele ihm anonym aus Mailand geschickt hatte. Fotos, auf denen die beiden mitten im Januar beim gemeinsamen Frühstück auf ihrer Dachterrasse zu sehen waren, im Hintergrund flackerte munter ein offener Kamin; derlei konnte ein Rüdiger Ebertz ihr natürlich nicht bieten. Auch kein Imperium wie das der Pezzos. Er hatte sich geirrt. Es gab keinen Grund für ihn, ein schlechtes Gewissen zu haben. Danach hatte er zu allem Ja und Amen gesagt, auf Ruths Blitzscheidung von Benedikt war Ruths Blitzhochzeit mit ihm selbst gefolgt. Er hatte Ruth sein Jawort gegeben und gespürt, wie er innerlich immer ein bisschen mehr abstarb.
Lebte er überhaupt noch? Er starrte auf seine Hände, die kalt und taub waren, zuvor hatte es eine ganze Weile lang in ihnen gekribbelt, gegen das Kribbeln wie von tausend Ameisen hatte der Arzt ihm Kreislauftropfen verschrieben, als ob das etwas nützen würde.

Er starb langsam, aber sicher ab, so sah das aus, man brauchte sich ja nur seine fahlweißen Fingerkuppen anzusehen. Seine letzte Chance war dieses Geld, das sein Bruder ihm endlich hatte zurückzahlen können. Oberflächlich betrachtet war es nur ein dicker Batzen Geld, aber in Wahrheit war es mehr. Es war ein Streifen Hoffnung, diesem Hundeleben doch noch zu entkommen und sich endlich wieder wie der Mensch zu fühlen, der er einmal gewesen war, wie der Mann …
Sein Vater schien riechen zu können, was in Rüdiger vorging. Die Nasenflügel vibrierten, die Augen wurden schmal, die Mundwinkel zogen sich nach unten, eine geballte Ladung Verachtung traf Rüdiger. Du bist eine Memme, sagte das Gesicht seines Vaters, du bist so weich wie das weichste Holz bei uns drüben im Lager, du bist billige Ausschussware. Glaub nur ja nicht, dass du anderswo noch eine Chance hast. Erst dann bewegten sich auch die Lippen, machten die Attacke des letzten Freitags in laut gesprochenen Worten perfekt: »Wenn deine Frau den Kontoauszug nicht zufällig entdeckt hätte, wüssten wir vermutlich nicht mal darüber Bescheid, dass du zumindest theoretisch in der Lage wärst, uns alle vor dem Verhungern zu retten.«
Diesmal schwieg Rüdiger. Er war nun wirklich wie erstarrt. Versteinert. »Und wenn du hierbleibst, versteinerst du genauso!« Er war geblieben. Und es war beileibe kein Zufall, dass Ruth den bewussten Kontoauszug entdeckt hatte. In seiner Abwesenheit hatte sie alles, von der Wäschekommode bis hin zu seinem Schreibtisch, durchwühlt. Nicht auf der Suche nach einem Auszug von der Bank, das nicht. Rüdiger hielt es sogar für wahrscheinlich, dass sie diesem Stück Papier keinerlei Beachtung geschenkt hätte, wenn eine Flasche Wein oder Schnaps daneben gelegen hätte. Ruth hatte sich auf ihre eigene Art und Weise dafür gerächt, dass er alles vor ihr in Sicherheit gebracht hatte, was einen Rückfall auslösen könnte.
»Wenn sie noch einmal rückfällig wird«, hatte der Hausarzt gesagt, »muss ich sie in eine Entziehungsklinik einweisen.« Das war erst neulich, nachdem Ruth unter der Einwirkung von Alkohol und Tabletten nebenan in der Fabrik randaliert und nur haarscharf mit einem

zum Wurfgeschoss umfunktionierten Monitor eine junge Frau aus der Buchhaltung verpasst hatte. Ruth hatte, soweit sie es heben konnte, das komplette Inventar von Rüdigers Büro aus dem Fenster des zweiten Stocks auf den Hof geworfen und diese Angestellte ohne jeden Zweifel absichtlich aufs Korn genommen. »Gib es doch wenigstens zu, dass du ein Verhältnis mit ihr hast! Dass du über jede drüberrutschst, die klein und niedlich aussieht, dabei sind das die Schlimmsten.« Ruth hatte sich in die Idee verrannt, dass er ebenso wie sein Bruder oder ihr Vater und vermutlich jeder Mann, den sie kannte, allem nachjagte, was so aussah, wie sie selbst einmal ausgesehen hatte. Wie die Frau, in die sein Bruder Benedikt sich verliebt hatte, mit der dieser nach eigenem Bekunden eine Weile lang sehr glücklich gewesen war, obwohl sie auch da schon nicht mehr ganz bei sich war. Sie war ebenso krank, wie er krank war, sie waren alle beide Gejagte, Abhängige, dadurch hatten sie sich kennengelernt. In einer Privatklinik für Suchtkranke, aus der sie gleichzeitig entlassen worden waren. Vom Fleck weg hatten sie geheiratet. Scheinbar geheilt, doch die Krankheit hatte sie alle beide wie eine eifersüchtige Geliebte verfolgt und nur auf eine günstige Gelegenheit gewartet, um sich zurückzuholen, was ihr schon einmal mit Haut und Haaren gehört hatte. Benedikt hatte zuerst daran glauben müssen, immerhin hatte er noch die Kraft besessen, aus eigenem Antrieb zu fliehen und erneut Hilfe zu suchen. Wogegen Ruth blieb und ihre Wahnvorstellungen mit allem bekämpfte, was ihr gerade in die Hände fiel. Mit dem Erfolg, dass der Alkohol ihren einst makellosen Körper aufquellen ließ, was ihr dann gleich den nächsten Vorwand bot, ihr Elend zu betäuben. Sie war ein zutiefst unglücklicher, zerrissener Mensch und darauf aus, andere mit in den Abgrund zu reißen, ihre eigene Tochter inbegriffen. Rüdiger hatte also wieder mal den Hausarzt gerufen, damit er Ruth ruhigstellte, aber auch dessen Langmut hatte ein Ende, außerdem stand seine Zulassung als Arzt auf dem Spiel, wenn ernsthaft etwas passierte. Woraufhin Ruth, die mitbekam, dass beim nächsten Mal die Zwangseinweisung in eine geschlossene Anstalt anstand, mit Selbstmord und Mord und allem Schrecklichen drohte, was ihr gerade in den Sinn kam.

Christoph Maria Ebertz interpretierte Rüdigers langes Schweigen wie nicht anders zu erwarten in seinem Sinne. »Das dachte ich mir«, meinte er, »dass du mir darauf die Antwort schuldig bleibst. Was solltest du auch dazu sagen? Was sagt ein Mensch, wenn er sein eigenes Fleisch und Blut mutwillig über die Klinge springen lässt?« Theatralisch und bösartig, auf diese Weise hatte sein Vater ihn letzten Freitag doch wieder aus der Reserve gelockt.

»Du weißt genau, dass es sich um das Geld handelt, das Mutter meinem Bruder und mir zu gleichen Teilen hinterlassen hat. Mit meinem Erbteil kann ich tun und lassen, was ich will.«

»Eben.« Sein Vater wirkte nun ausgesprochen zufrieden. Wie ein Staatsanwalt, der einen Angeklagten erfolgreich in die Enge getrieben, ihn in Widersprüche verwickelt hatte. »Du *könntest* den finanziellen Engpass der Firma überbrücken«, fuhr er fort, »aber du *willst* es nicht.«

»Es handelt sich nicht um einen Engpass, und das weißt du genauso gut wie ich. Wenn wir so weitermachen, sind wir pleite. Versteh das doch endlich! Im Grunde sind wir jetzt schon pleite.« Rüdiger war an die Bar getreten und hatte sie aufgeschlossen. Er war am Ende.

Den Schlüssel zu dieser Bar und ebenso den für den Weinkeller trug er an seinem Schlüsselbund mit sich herum und hütete sie mit Argusaugen, der einzige Reserveschlüssel lag im Safe, von dem nur er selbst und sein Vater den Code kannten. Ruth schreckte vor nichts zurück, um an die nächste Dröhnung zu kommen, das war ihnen beiden klar. Die Spirale schraubte sich stetig höher. In den immer kürzer werdenden nüchternen Intervallen dazwischen gelobte sie dann regelmäßig Besserung und verwandelte sich kurzfristig wieder in die Kindfrau, die jeden Mann um den Finger wickeln konnte. Manchmal saß sie vor den Fotos aus der Zeit, als sie noch stabiler war, und weinte still vor sich hin. »Ich war schön, oder? Sag mir, dass ich schön und sexy war! Sag mir, dass du mich liebst, nur mich!« Wenn er ihr dann auswich und versuchte, sie zu einem freiwilligen Aufenthalt in einer Suchtklinik zu überreden, wehrte sie sich, unterstützt von seinem Vater, hartnäckig gegen die Schmach eines öffentlichen Entzugs und

gab ihm die Schuld, bezichtigte ihn, sie nicht mehr zu lieben, sie nie geliebt zu haben.
Was sogar stimmt, dachte Rüdiger resigniert und griff mit zitternden Händen nach der braungetönten Flasche, um sich einen Cognac einzuschenken. Zum ersten Mal konnte er nachvollziehen, dass seine Frau Vergessen mit Hilfe von Hochprozentigem suchte. Ja, er war am Ende, sein Vater gab ihm mit seinen Vorwürfen den Rest.
Dabei verteidigte Rüdiger nur sein gutes Recht. Seinen Notgroschen, wenn man so wollte. Er gönnte sich nichts, keinen neuen Anzug und erst recht kein neues Auto und nicht mal mehr einen Urlaub, seit Kristina außerhalb studierte und ihre knappe Freizeit lieber mit Kommilitonen verbrachte. Von seinem Gehalt als Geschäftsführer beanspruchte er gerade so viel, wie sie unbedingt zum Leben brauchten. Diese Hausbar wäre leer, wenn nicht Weihnachten dieser oder jener Lieferant eingedenk der vergangenen guten Zeiten für Nachschub gesorgt hätte. Ein hervorragender Cognac war dabei gewesen, die Lieblingsmarke seines Vaters. Dieser hatte die Gelegenheit umgehend genutzt, um hervorzuheben, wie übel das Leben ihm mitspielte. Er war nicht nur alt und krank und unterlag tausend Einschränkungen wie dem Verzicht auf Tabak und Alkohol, sondern er war zudem mit zwei undankbaren Söhnen gestraft. Letzteres war schlimmer als Pest und Cholera zusammen und Mord für ein krankes Herz wie das seine. Seitdem Benedikt endgültig die Flucht ergriffen hatte, blieb nur noch ein Sohn übrig. Ein einziger Schuldiger …
Die Cognacflasche war leer.
»Hast du Ruth an die Bar gelassen? Oder an den Safe, das kommt allerdings auf dasselbe heraus!« Rüdiger war zu dem Stuhl gestürzt, auf dem sein Vater saß. Es gab zwei bequeme Ohrensessel rechts und links vom Kamin, aber der alte Mann zog es vor, aufrecht wie ein Zinnsoldat auf diesem Stuhl zu sitzen, dessen Rückenlehne so hoch war, dass Rüdiger nur den schlohweißen Hinterkopf sehen konnte.
»Wenn du mit mir redest, sieh mich an!«, sagte die Stimme, die zu dem würdigen Haupthaar gehörte. Haarpracht und Habitus und Stimme eines echten Patriarchen.

Notgedrungen umrundete Rüdiger den Stuhl. Er zitterte vor Anstrengung, sich ruhig zu halten. »Ich will auf der Stelle wissen, wie Ruth an den Inhalt dieser Bar gelangen konnte.«
»Sie ist kein Kind, vor dem du alles wegsperren kannst. Sie ist deine Frau. Und du hast sie mit deinem Verrat bis ins Mark getroffen. Zuerst dein Bruder und dann du, ihr habt sie alle beide auf dem Gewissen. Sie hat jeden Cent, den sie hatte, in unsere Firma gesteckt, sie hat an Ebertz & Sohn geglaubt, wogegen du …«
»Ich habe nie gewollt, dass sie das tut. Ebenso wenig wie Benedikt das wollte.« Rüdiger fragte sich, ob sein Vater völlig verdrängt hatte, wie es zu dieser Heirat gekommen war. Zuzutrauen wäre es ihm, und dann blieben unterm Strich wohl wirklich nur zwei gescheiterte Ehen mit den Söhnen ein und desselben Mannes übrig. Ob dieser Mann sich nie fragte, was das alles mit ihm selbst zu tun hatte? Nicht mal im stillen Kämmerlein?
Es sah nicht danach aus. Sein Vater kannte keine Gnade, rieb Salz in die offene Wunde. »Du bist ein Egoist. Ein grenzenloser Egoist, der über Leichen geht. Ein Verräter! Es wundert mich gar nicht, dass deine Frau nach Betäubung lechzt.« Selbstgerecht, anklagend, Christoph Maria Ebertz hätte wohl noch endlos weitergeredet, wenn Rüdiger nicht losgerannt wäre.
Vielleicht war es ja noch nicht zu spät.
Rüdiger rannte die breite Treppe hoch, die sich aus der Mitte der Eingangshalle in den ersten und zweiten Stock hochschraubte und dann in zwei kleinere Treppen aufteilte, von denen die eine in den Gästeflügel und die andere in jenen Bereich führte, wo Rüdiger und Ruth wohnten und wo zuvor sein Bruder mit Ruth und der gemeinsamen Tochter gewohnt hatte. Ein separater Vorraum, von dem ein kleiner Salon, sein Arbeitszimmer, ein gemeinsames Bad, zwei Schlafzimmer und das ehemalige Kinderzimmer abgingen. Die Tür zu seinem Schlafzimmer stand halb offen, sie schliefen schon lange nicht mehr gemeinsam in einem Bett.
Da lag Ruth. Sie lag auf seinem Bett, um sich herum ein unbeschreibliches Durcheinander. Sie hatte seine Kleidung aus dem Schrank ge-

rissen, Aktenordner dazugeworfen, unzählige Blätter lagen auf dem Boden verstreut, dazwischen ein Bataillon von Flaschen und über allem der bestialische Gestank von Alkohol. Sie musste wahllos alle Flaschen, deren sie habhaft werden konnte, geöffnet haben. Wie viel davon sie wirklich getrunken hatte, ließ sich nicht genau sagen, der Rest war von Papier und Stoff und dem graublauen Veloursteppichboden aufgesaugt worden.

»Ruth? Ruth, wie konntest du das nur tun?« Er kniete neben ihr nieder, bezwang den Ekel, sie war immer noch seine Frau. Er hatte sie geheiratet. Wer A sagt, muss auch B sagen …

Sie hob den Kopf, ließ ihn gleich wieder fallen, das Kissen dämpfte den Aufprall, leider aber nicht, was sie sagte. Brabbelnd und sabbelnd, er verstand sie dennoch.

»Du bist ein Verräter«, lallte sie. »Frag deinen Vater!«

Es schauderte Rüdiger noch jetzt, eine geschlagene Woche später. Er stand noch immer unten in der Halle, neben sich den mitgebrachten Koffer, beide Hände um einen der wuchtigen Pfosten des Treppenaufgangs geklammert, und starrte nach oben. Am liebsten beträte er sein eigenes Schlafzimmer nicht mehr. Die Flecken auf dem Teppich würden wohl nie mehr herausgehen. Für ihn stand fest, dass Ruth sich, als sie noch halbwegs klar denken konnte, mit Vorsatz für sein Zimmer entschieden hatte. Er sollte mit ihr leiden.

Und wie er litt.

Sie hatte sich mit Händen und Füßen gewehrt, als die Sanitäter sie auf die Trage gehoben hatten. Es war unglaublich, wie viel Kraft noch in ihr gesteckt hatte, noch immer steckte. Eine Woche Kampf lag hinter ihr. Drei Tage radikaler Entzug im städtischen Krankenhaus, dann war es weiter in die Privatklinik gegangen, die jeden Tag ein Vermögen kostete. Die einzige Klinik, die bereit gewesen war, sie sofort aufzunehmen, überall sonst gab es lange Wartezeiten. Von der Klinik kam er gerade.

Ihm war, als ob jemand ihm die Wiederholung eines Albtraums aufzwänge. Dabei war das Haus diesmal leer. Ruth war in der einen, sein Vater in der anderen Klinik. Er war ganz allein, allein mit sich und seinen Gedanken, die ihn jagten. Er schämte sich, trotzdem begann er zu rechnen, um wie viel sein Notgroschen zusammenschmelzen würde, wenn Ruth zehn Wochen in dieser teuren Privatklinik blieb. Das war das Minimum, hatte der Professor dort gesagt. Für diesen Aufenthalt bezahlte keine Krankenkasse, nicht mal einen Zuschuss, so viel stand fest. Erst recht nicht ohne vorherige Prüfung und Bewilligung.

Schämst du dich nicht, Rüdiger Ebertz?

Willst du etwa gar nicht, dass deine Frau wieder gesund wird?

Er hob den Kopf und sah in den riesigen Spiegel an der Wand gegenüber der Eingangstür, der dieses Entree noch größer und imposanter erscheinen ließ. Er erschrak vor seinem eigenen Anblick. So starr! So leblos! Wie eine Marionette, die auf ihren Einsatz wartete, stand er da und starrte sich an. Was war er nur für ein Mensch? Ob er bereits komplett versteinert war? Ob Rosas Vorhersage sich schon erfüllt hatte?

Er pfiff darauf. Er pfiff so laut, dass er vor dem Echo seines eigenen Pfiffs in der über fünf Meter hohen Halle erschrak. Eine wie Rosa hatte wahrlich keinen Grund, über andere Menschen zu urteilen, so viel war ihm mittlerweile klar. Heute war er auch in dieser Hinsicht klüger. Er sollte vielleicht sogar dankbar dafür sein, dass das Ende dieser Liebe so rasch gekommen war.

Besser ein Ende mit Schrecken, murmelte er und überlegte, wie er an frische Socken, Unterwäsche und ein oder zwei Oberhemden kommen konnte, ohne deshalb sein Schlafzimmer betreten zu müssen. Er war froh, noch in dieser Nacht nach Amsterdam weiterfahren zu können. Es gab keinen Platz mehr im Schlafwagen, aber das störte ihn nicht. An Schlaf war sowieso nicht zu denken. Er musste etwas tun, um aus all dem herauszukommen. Er musste etwas unternehmen, bevor es wieder zu spät war und die Falle endgültig zuschnappte.

Sein Blick streifte das altmodische Telefon auf der Truhe, in der er sich mal als kleiner Junge versteckt hatte und beinahe darin erstickt wäre, weil er den schweren Deckel nicht mehr aus eigenen Kräften hochbekam. Zur Strafe hatte er eine Woche Stubenarrest kassiert. Ich hoffe, das ist dir eine Lehre, mein Sohn! Sein Vater hatte ihm viele Lehren dieser Art erteilt. Als sie Benedikt in der Truhe fanden, hatte niemand geschimpft, da ging es auf Leben und Tod, obwohl sein Bruder eigentlich alt genug war, um den Deckel selbst aufzudrücken. Es war doch nur ein Spiel. Ein Test, ob Benedikt als der Ältere sich zu tun traute, was sein jüngerer Bruder ihm als Mutprobe voraushatte. Und Benedikt hatte auch nicht gehustet, wie er es sonst tat, wenn er sichergehen wollte, dass sich die geballte Aufmerksamkeit auf ihn richtete. Rüdiger hatte diesen Husten gehasst. Nach der missglückten Mutprobe hatte seine Mutter erst recht jeden Atemzug von Benedikt ängstlich belauscht. Ihr Sorgenkind, das mit einem Loch im Herzen geboren worden war und an Pseudokrupp litt, kaum dass das Loch zugewachsen war. Benedikt schlief seitdem sogar bei ihr im Bett, nahm darin bis zu ihrem Tod den Platz des Vaters ein. Doch obwohl Benedikt äußerlich betrachtet nur eine halbe Portion war, hatte er nie verraten, wie es dazu gekommen war, dass er beinahe in der Truhe dort erstickt war.

Aber Rüdiger wollte jetzt nicht an Benedikt denken, ebenso wenig wie an seinen Vater. Er musste sich auf Amsterdam konzentrieren. Ob er so spät noch einen der Monteure erwischte? Andernfalls musste er vor Ort alles, was von der Spedition angeliefert worden war, allein aufbauen. Er hatte diesem Markus Rigger eben sein Wort gegeben, dass bis zur offiziellen Eröffnung anderntags alles fertig war. Vermutlich hätte er noch viel mehr versprochen, er hatte sich förmlich an diesen Anruf geklammert und wie ein Wasserfall geredet, nur um nicht wieder allein mit der Erinnerung an vergangenen Freitag zu sein.

Das war der letzte Freitag im alten Jahr gewesen.

Gut, dass es endlich vorbei ist, würde jemand denken, der noch die Hoffnung hatte, dass mit dem Jahreswechsel die Wende zum Besseren käme. Rüdiger hingegen hatte aufgehört zu hoffen, soweit es sein Privatleben anging. Er hatte resigniert und wäre schon dankbar, wenn er überhaupt noch etwas retten könnte. Die Achtung vor sich selbst, das Zutrauen in seine Arbeit …

Erneut läutete das Telefon. Rüdiger nahm den Hörer ab, es war dieselbe zögernde Bewegung wie kurz zuvor, als er das Haus betreten und bei diesem durchdringenden Geräusch automatisch an die nächste Hiobsbotschaft gedacht hatte. Beispielsweise dass Ruth aus ihrer Fünf-Sterne-plus-Klinik abgehauen war oder der Zustand seines Vaters sich dramatisch verschlechtert hatte. Diesmal war es ja wirklich ein Infarkt gewesen. Die Ärzte würden sich kaum als Komplizen des Vaters hergeben und einen Infarkt vortäuschen, und auf die Intensivstation kam man auch nicht ohne Grund. Vorhin hatte aber nur der Juniorchef der Firma Rigger angerufen, der ziemlich ärgerlich wissen wollte, warum niemand es für nötig hielt, für die unmittelbar bevorstehende Hausmesse zusammenzubauen, was die Firma Ebertz & Sohn präsentieren wollte und bereits in Einzelteilen angeliefert hatte ...

»Ihr Vater möchte Sie sprechen«, sagte eine weibliche, ziemlich aufgeregt klingende Stimme in Rüdigers Ohr. »Er weigert sich, seine Schlaftablette zu nehmen, bevor er mit Ihnen gesprochen hat. Ich habe schon zigmal versucht, Sie zu erreichen, er kann sehr anstrengend sein, und er ist beileibe nicht mein einziger Patient.«

»Liegt er noch auf der Intensivstation?«

»Nein, er ist heute Mittag nach der Visite in ein Einzelzimmer verlegt worden. Es geht ihm den Umständen entsprechend gut, sogar bemerkenswert gut. Trotzdem halte ich es nicht für klug, wenn Sie ihm alles herbringen, was er haben will. Moment, er hat mir da eine Liste diktiert ...«

»Tut mir leid, aber ich muss noch heute Nacht nach Amsterdam. Sagen Sie ihm das, dann weiß er schon Bescheid. Ich melde mich, sobald ich wieder zurück bin.«

»Er wird mich die ganze Nacht auf Trab halten.« Anklagend und bittend zugleich.

Rüdiger konnte sich nur zu gut vorstellen, wie es in der Frau am anderen Ende der Leitung aussah. Sie ahnte schwach, was ihr bei diesem besonderen Patienten bevorstand. Er wusste es bereits und legte ganz behutsam den Hörer auf.

Er kümmerte sich auch nicht um das erneute Läuten, suchte sich vielmehr in der Waschküche saubere Socken und Unterhosen zu-

sammen, fand sogar ein halbwegs zu seinem Anzug passendes, bereits gebügeltes Oberhemd und bestieg keine Viertelstunde später ein Taxi. Ihm blieb nicht mehr viel Zeit. Die Dunkelheit rauschte an ihm vorbei, machte endlich den Lichtern des Bahnhofs Platz. Er überlegte, ob er so spät noch bei Kristina anrufen durfte. Besser nicht! Sie hatte ein untrügliches Gespür für Zwischentöne, das konnte gefährlich werden. Andererseits sehnte er sich nach der Stimme eines Menschen, der ihm wirklich zugetan war. Es war mehr als absurd, dass dieser Mensch ausgerechnet Ruths Tochter war. Und die seines Bruders Benedikt, für den er alles tun würde und musste.
Hoffentlich hielt Benedikt diesmal durch.
Sie waren am Bahnhof angelangt, die Durchsagen hallten durch die Nacht, die Atmosphäre war gespenstisch. Der Zug nach Amsterdam lief fünf Minuten zu früh ein, Rüdiger begann zu laufen, obwohl ihm klar war, dass sich an der Abfahrtszeit nichts ändern würde. Nur fort hier! Und er hatte noch immer keine Hilfe für den Aufbau in Amsterdam organisiert, vielleicht weil er keinen der Mitarbeiter um sich haben wollte, die bald auf der Straße sitzen würden und schon lange etwas davon ahnten. Eine ungute, gedrückte Stimmung herrschte seit vielen Monaten in dem Werk, niemand glaubte mehr so recht an eine Rettung.

## 2

Als Rosa am Samstagmorgen wach wurde, fiel ihr erster Blick auf den Spankorb, der von weitem wie ein ganz gewöhnlicher Obst- oder Gemüsekorb aussah. Alles war schlagartig wieder da. Der Schock darüber, dass Joana nicht in ihrem Bett gewesen war, der noch fast volle Teller mit ihrem Lieblingsessen, zwischen den Kissen und Laken das blinkende Auge des Handys und vor dem Bett die Pantoffeln. War sie etwa schon wieder davongelaufen? Obendrein im Dunklen und barfuß? Nein, das brachte nicht mal Joana fertig. Hoffentlich nicht, hatte Rosa gedacht, sich zur Ruhe gezwungen und beschlossen, erst

mal das ganze Haus abzusuchen. Sie hatte überall nachgesehen und ihre Tochter schließlich in der Mansarde entdeckt, hatte ihren Augen nicht trauen wollen.
Da kauerte Joana mit nichts am Leib außer ihrem Nachthemd und hielt ihr den Korb entgegen. Diesen so harmlos aussehenden Spankorb, von dem Rosa nie gedacht hatte, dass er jemandem in die Hände fallen und seine Aufmerksamkeit fesseln könnte, am allerwenigsten die Aufmerksamkeit eines Mädchens, wie Joana es war.
Rosa hatte sich erneut geirrt.
»Guck mal, Mama! Da steht eine Jahreszahl drin, und rate mal, was für eine Zahl ...«
Rosa hatte ihre Tochter hochgerissen und reichlich unsanft die Treppe hinuntergezerrt. Zurück ins warme Bett. Um den Korb hatte sie sich erst sehr viel später gekümmert, als Joana schlief und alles geregelt war. Alles geregelt für eine Stippvisite in Dresden, zu der Massimo eingeladen hatte.
Wahrscheinlich hätte sie Joana sonst was versprochen, nur um sie von ihrem Fund abzulenken. Rosa hatte nicht mal ernsthaft wissen wollen, was das Mädchen dort oben in der Mansarde gesucht hatte. Sie war erleichtert gewesen, weil Joana nicht weiter dem Geheimnis dieses Korbs nachging. Vielmehr hatte sie mit sich überschlagender Stimme und reichlich wirr von einer schönen Überraschung erzählt, von Malstiften und einem Schloss und wie schön es doch wäre, mal wieder zwei Tage rauszukommen.
»Opa kümmert sich bestimmt um Uroma. Ich ruf ihn auch selbst an und frag. Jetzt gleich, er kann sowieso nie einschlafen. Bitte, bitte. Und wo Fritz dieses Wochenende sowieso nicht herkommt.«
Fragmente, die sich in Rosas Gedächtnis eingegraben hatten. Sie hatte genickt und alles abgesegnet, was Joana wollte; zum Dank hatte ihre Tochter auch kein Wort mehr über diesen Korb verloren.
Rosa warf einen Blick auf den Wecker, den sie auf Joanas Drängen hin gestellt hatte, obwohl ihnen mehr als genug Zeit blieb. Sie konnten noch in aller Ruhe zusammen frühstücken und ein paar Sachen einpacken, bevor es losging.

Was es wohl mit diesem Schloss auf sich hatte? Wieso überhaupt Dresden? Rosa konnte sich nicht erinnern, dass Massimo in jüngster Zeit eine bevorstehende Geschäftsreise nach Dresden erwähnt hatte. Im Grunde spielte es allerdings keine Rolle, wo sie sich trafen und miteinander beredeten, wie sie Joanas Zweifeln an der Vaterschaft von Fritz am besten begegneten. Was, wenn das Mädchen sich gleich als Erstes auf Massimo stürzte und einen Versuchsballon losschickte? Etwa so: Hallo, Papa! Du bist doch mein Papa? Der echte! Massimo musste unbedingt vorgewarnt werden.
Gerade als Rosa zu dem Schluss kam, dass es keine besonders gute Idee war, sich noch vor einem klärenden Gespräch unter vier Augen zu dritt zu treffen, ertönte ein lautes Trampeln, das rasch näher kam. Hastig kickte Rosa den Obstkorb mit der nackten Ferse unters Bett. Gerade noch rechtzeitig, denn schon wirbelte Joana herein. Anders als sonst, wenn sie kaum aus den Federn kam und ihre Umgebung mit ihrer Morgenmuffelei und ihrer chaotischen Suche nach diesem oder jenem tyrannisierte, war sie an diesem Morgen putzmunter und fröhlich und fast genauso, wie sie bis vor wenigen Monaten gewesen war. Sie umarmte Rosa sogar, und das mit einer solchen Wucht, dass diese hinterrücks auf ihr Bett zurückfiel und Joana kichernd und strampelnd halb über ihr landete.
»Ich bin ja so was von happy, Mama. Und aufgeregt. Stell dir nur vor, Massimo hat ein echtes Schloss.«
»Hat er das wirklich gesagt?« Rosa versuchte, sich behutsam vom Gewicht ihrer Tochter zu befreien, die ihre Aufregung in lebhafte Bewegungen umsetzte und Rosa bei jedem Wippen malträtierte.
»Na ja, vielleicht nicht so direkt, aber im Grunde schon. Er ist der geborene Schlossherr, findest du nicht?«
»Hattest du ihn nicht schon zum Filmstar gekürt? Oder doch eher zum Rennfahrer?« Rosa versuchte, ihre Tochter zu beruhigen, sie wieder auf den Boden der Tatsachen zurückzuholen. Ein schwieriges Unterfangen, zumal Rosa es ja auch genoss, Joana so zu erleben. Als ob es die hässliche Szene am Vortag und all die anderen Streitereien davor nie gegeben hätte.

»Er ist alles zusammen und mehr. Nun mach schon! Was soll ich überhaupt anziehen? Glaubst du, dass es in Dresden viel wärmer als hier ist?«

»Dresden ist kein Vorort von Mailand, und soweit ich weiß, ist es dort momentan mehr als ungemütlich. Nass und kalt. Wenn ich mich nicht sehr irre, war in den Nachrichten sogar von Eisregen im Raum Dresden die Rede.« Rosa hielt kurz inne. Sie war nicht zur Lügnerin geboren, auch nicht zur Märchenerzählerin. Andererseits war das hier eindeutig eine Notsituation. Sie hatte Angst, immer weniger Herrin der Lage zu sein. Sie würde es sich niemals verzeihen, wenn noch mehr passierte. »Es könnte sogar sein«, fuhr sie hastig fort, »dass wir gar nicht landen können. Und vielleicht sollten wir sowieso besser erst mal deine Erkältung auskurieren. Aufgehoben ist ja nicht aufgeschoben. Massimo wird das bestimmt verstehen.«

Rosa hätte sich die Mühe sparen können. Ihre Tochter fegte jeden Einspruch lachend beiseite. »Klar können wir landen, und wenn Massimo persönlich den Schnee wegschippt. Und in Schlössern gibt es, wie jeder weiß, immer Kamine, da wirst du regelrecht geröstet, ich muss also ganz bestimmt nicht frieren. Glaubst du, dass es in Massimos Schloss auch einen Geheimgang gibt? Und diese schweren silbernen Kerzenleuchter – Kandelaber heißen die, glaube ich – und eine Ahnengalerie und natürlich jede Menge Dienstboten ...« Joana zählte auf, wofür alles es in einem richtigen Schloss dienstbare Geister gab oder vielmehr zu geben hatte. Einen Koch und ein Stubenmädchen, einen Gärtner und einen Kutscher oder heutzutage wohl eher einen Chauffeur für den Maserati, der es mit den schnellsten Pferden aufnehmen konnte. Noch unten beim gemeinsamen Frühstück in der guten Stube, wo die Großmutter in ihrem Ruhesessel bleiben und trotzdem bei ihnen sein konnte, schwärmte und phantasierte Joana. Es gab kein Halten mehr, sie war wieder ein begeistertes Kind, das an das Christkind und den Osterhasen und an Wunder glaubte.

»Psst«, mahnte Rosa und warf einen besorgten Blick zu dem Sessel hin, »denk an Uroma! Sie braucht heute besonders viel Ruhe.« Sie machte sich ernsthaft Sorgen, weil ihre Großmutter noch stiller als sonst war, ständig wieder eindöste und auch nichts hatte essen wollen. Und wenn sie an diesem Morgen doch mal etwas sagte, war ihre Aussprache ziemlich undeutlich, was, wie sie meinte, an der Teilprothese lag, die ihr ebenso wie ihre Kleider zu weit geworden war und dringend neu angepasst werden musste. Etwas stimmte nicht mit dem dummen Ding. Rosa war fest entschlossen, sie am Montag nicht nur zum Zahnarzt, sondern auch zu dem neuen Internisten zu fahren, der, wie es hieß, Lahme gehend machen konnte und nur deshalb in Olpe eine Praxis eröffnet hatte, weil er sich in eine Sauerländerin verliebt hatte.

Die Liebe, dachte Rosa, ist die größte Volksverdummung, die es gibt. Du gibst alles für sie auf, fällst auf jeden Schwindel herein, und dann stehst du eines Tages da und hast nichts mehr, nicht mal mehr deine Illusionen.

»Mama, Mama, Opa ist endlich da. Wir können losfahren.«

»Halt! Ich muss ihm erst noch sagen, worauf er achten muss.«

»Du hast doch alles aufgeschrieben, Mama.« Joana war nicht mehr zu halten. Sie stand da in Anorak und Stiefeln, ihre eigene Reisetasche in der einen und die ihrer Mutter in der anderen Hand. Sie hatte sogar freiwillig Schal, Mütze und Handschuhe angezogen.

»Deine Mutter muss mir nichts sagen, und aufschreiben muss sie mir schon gar nichts«, mischte sich Rosas Vater ein und klopfte sich den Schnee von der Jacke. »Ich bin zwar alt und gebrechlich und nur ein ordinärer Schreinermeister, aber komplett verblödet bin ich deshalb noch lange nicht. Außerdem kenne ich deine Uroma schon länger als ihr beiden zusammen. Wir machen das schon, ist ja nicht das erste Mal. Stimmt's, Mutter?«

»Du hast in deiner Aufzählung den Sturkopf vergessen.« Gerlinde Graf nuschelte so stark, dass ihr Sohn sie erst im zweiten Anlauf verstehen konnte.

Dennoch beruhigte es Rosa, dass die alte Frau offenbar trotz Müdigkeit, Schmerzen und klappernder Prothese wachsam verfolgte, was gesprochen wurde, und das Gesagte wie gerade jetzt auf den Punkt brachte. Es würde schon alles gutgehen, zumal Rosa eben noch rasch

die Nachbarin gebeten hatte, zwischendurch mal nach den beiden zu sehen. Und sie hatte ja tatsächlich alles, was es zu beachten galt, auch noch einmal sauber aufgeschrieben, einschließlich der Telefonnummern vom Hausarzt und von der Rettung.
Mit der polternden Stimme ihres Vaters im Ohr folgte sie Joana nach draußen zum Auto. Mitunter konnte ihr Vater auch sehr liebevoll sein, sie hatte noch aus dem Augenwinkel mitbekommen, wie er die Hand seiner Mutter streichelte und ihr ein frischgezapftes Bier und dazu hausgemachte Blutwurst versprach.
Sie flogen First Class, und obwohl die Unterschiede zur Holzfällerklasse gerade auf einem vergleichsweise kurzen Flug marginal waren, schwebte Joana nun erst recht auf Wolken. Das wurde nicht besser, als sie planmäßig in Dresden landeten und statt von Eisregen oder Ähnlichem von ein paar zaghaften Sonnenstrahlen begrüßt wurden. Und dann sahen sie auch schon Massimo winken. Natürlich konnte Joana gar nicht schnell genug bei ihm sein, sie vergaß sogar ihre First-Class-Allüren und verwandelte sich Hals über Kopf in ein strahlend glückliches junges Mädchen, das endlich bekam, wonach es sich sehnte. Einer der Passagiere, der wie Rosa im Normaltempo dem Ausgang zustrebte, sprach aus, was wohl die meisten dachten: »Die junge Dame muss aber sehr an ihrem Vater hängen!«
Rosa blieb die Antwort schuldig, stattdessen ging sie nun auch schneller, geradewegs auf die Idylle zu. Etwas ist mit ihm passiert, dachte Rosa und überlegte, was das war. Massimo konnte wohl kaum gewachsen sein, er war auch genauso schlank wie eh und je, an seiner Frisur und dem Stil seiner Garderobe hatte sich ebenfalls nichts geändert. Trotzdem wirkte er verändert, irgendwie souveräner. Der Schlossherr lässt grüßen, dachte Rosa und versuchte, das, was sie empfand, herunterzuspielen. Doch es war nicht die Attitüde eines echten Schlossherrn, die sie so nachhaltig beeindruckte, sondern vielmehr Massimos Wirkung auf ihre Tochter, gespiegelt durch einen unvoreingenommenen Dritten: »Die junge Dame muss aber sehr an ihrem Vater hängen!« Dabei war diese übertriebene Wiedersehensfreude letztlich nichts weiter als das Ergebnis blühender Jung-

mädchenphantasie. Rosa fragte sich, wie sie sich als erwachsene Frau davon infizieren lassen konnte. Sie konnte nur hoffen, dass Massimo nichts merkte.

Jetzt sah er zu ihr hin, seine dunklen Augen zoomten sie näher, sie las Vorfreude darin, auch Ungeduld. Nun mach schon, drängte sein Blick, ohne indes wie sonst häufig den Eindruck von Unsicherheit und Nervosität aufkommen zu lassen. Er war wirklich anders.

»Da bist du ja, principessa.« Massimo schaffte es, sich zumindest kurzfristig von Joana zu lösen und Rosa zu umarmen, sie zart zur Begrüßung auf beide Wangen zu küssen; dagegen ließ sich nichts sagen.

»He«, protestierte Joana, »die Prinzessin bin ich. Wenn du wirklich und wahrhaftig ein Schloss hast, bin ich als die Jüngste in unserem Verein glasklar die principessa, und sie ist …«

»… mia regina?« Massimo zwinkerte Rosa zu und entlockte ihr ein Lächeln. Er war gut drauf, locker und witzig. Was war nur mit ihm los? Natürlich war sie weder seine Prinzessin noch seine Königin, er wollte einzig und allein Joana ein wenig foppen, was ihm hervorragend gelang.

Joana ging ab wie eine Rakete: »Eine Königin ist sie schon gar nicht, erst recht nicht deine Königin. Sie wollte ja nicht mal glauben, dass du ein Schloss hast.«

»Dann müssen wir es ihr wohl oder übel beweisen.«

Massimo ließ an diesem Samstagnachmittag und dem Sonntag darauf nichts aus, um zwei Provinzlerinnen um den Verstand zu bringen, denn darauf lief es hinaus. Anders konnte Rosa sich später nicht erklären, was mit ihr geschah.

Als sie zu dritt das Flughafengebäude verließen, rollte ein Rolls-Royce vor und hielt genau neben ihnen. Der livrierte Chauffeur stieg aus, ging mit kerzengeradem Rücken in Habtachtstellung, sah sich suchend um und blieb mit seinem Blick ausgerechnet an ihr hängen. Rosa ging schneller, um möglichst rasch das, wie sie zugeben musste, wunderschöne Gefährt zu umrunden. Sie wollte vermeiden, irrtümlich zum Gefolge des Promis gezählt zu werden, der hier erwartet wurde. Ein echter Blaublütler oder ein Bühnenstar, vielleicht auch eine Größe aus der Politik, in jedem Fall eine Berühmtheit, die sich solch einen Wagen leisten konnte und genau vor dem Eingang halten durfte. Bestimmt lungerten auch schon Schaulustige herum, nicht zu vergessen die Securities. Undercover selbstredend …

»Darf ich Ihre Tasche nehmen, gnädige Frau?« Eine Männerhand, die dem Mann in Livree gehörte, griff nach Rosas Reisetasche. Das rotbraune Leder hatte Patina und die Tasche ein beträchtliches Eigengewicht, mit ihr war Rosa vor vielen Jahren aufgebrochen, um die große weite Welt zu erobern. Ein Geschenk ihrer Großmutter …

»Sie verwechseln mich.« Rosa hielt ihre Tasche eisern fest. Jedenfalls, bis sie realisierte, was ihre Tochter sagte.

»Typisch Mama, die schnallt wieder mal rein gar nichts. Ist das peinlich.«

»Deine Mutter ist höchstens bescheiden. Und sehr ladylike. Halt wie eine echte principessa oder regina.«

»Das ist gemein. Ihr seid gemein. Ich setz mich lieber nach vorn zu dem Graurock, oder ist das auch nicht ladylike?«

»Das ist schon okay«, meinte Massimo und sah amüsiert zu, wie Joana an der Beifahrertür riss und trotzdem erst einsteigen konnte, als der Chauffeur ihr, ohne eine Miene zu verziehen, zu Hilfe kam.

Dieser Mann hatte seinen Beruf oder vielmehr seine Berufe von der Pike auf gelernt, er war von Massimo für zwei Tage von einer der renommiertesten Butler-Schulen geleast worden und schlüpfte an diesem Wochenende je nach Bedarf in die Rolle des Fahrers, Kochs, Stubenmädchens oder eben Butlers. Das und noch viel mehr erfuhr Rosa, als sie schon längst auf dem Schloss angelangt waren, das keineswegs geleast war. Dieses wunderbare Elbschloss, das in der Mitte des 19. Jahrhunderts für eine Familie Stockhausen gebaut worden und deshalb auch als Villa Stockhausen bekannt geworden war, gehörte Massimo wirklich und wahrhaftig.

»Und wieso besitzt du ein Schloss? Obendrein in Deutschland?« Das war spät am Abend, als Joana endlich eingeschlafen war und sich auch das gemietete Allround-Genie zurückgezogen hatte. Nicht ohne zuvor noch eine zweite Flasche Rotwein vorschriftsmäßig zu dekantieren und vor dem lodernden Kaminfeuer zu servieren. Es war wie in einem dieser kitschigen alten Filme, nicht mal die weißen Handschuhe und der Hinweis, in der Küche stünde noch ein Mitternachtsimbiss bereit, fehlten. Mehrfach war Rosa in Versuchung gewesen, sich mit einem »Pitsch mich mal!« in die Wirklichkeit zurückholen zu lassen, die sie irgendwo dort draußen auf der Fahrt hierher verloren haben musste.

Ihre Frage, warum um alles in der Welt Massimo sich ein Schloss zugelegt hatte, konterte dieser mit einer Gegenfrage. »Gefällt es dir etwa nicht?«, wollte er wissen. Er spielte mit ihr, ohne leichtsinnig oder unehrlich zu wirken, oder bildete sie sich das ebenfalls nur ein? Existierte der tiefe Ernst, den sie hinter dem Schalk in seinen Augen zu erkennen glaubte, etwa lediglich in ihrer Einbildung, die dank einer Flasche Wein zum Abendessen und einer zweiten jetzt vor dem lodernden Kaminfeuer üppige Blüten trieb?

Weiche, Teufel! Sie hatte sich gewehrt oder es zumindest versucht, ein paar zaghafte Ansätze, nicht mehr. Weil sie in irgendeinem Winkel ihrer Seele noch immer vom Himmel träumte? Von einem konkreten Platz für diesen Himmel, der einmal zum Greifen nah gewesen war. Kennst du das Land, wo die Zitronen blühn? Damals hatten tatsächlich Zitronen und Feigen und andere exotische Früchte ihr die Sinne verwirrt, derlei gab es hier zum Glück nicht. Sie waren in Deutschland, draußen regierte der Januar mit Kälte und Nässe, die Bäume waren kahl, das einzige Grün boten ein paar Nadelgehölze und der verwilderte Buchsbaum rechts und links von der Zufahrt zum Schloss.

»Es geht nicht darum, ob dieses Schloss mir gefällt oder nicht. Ich frage mich nur, was du damit willst. Und ob es gut ist, wenn du Joana noch mehr Flausen in den Kopf setzt. Sie ist im Augenblick in einer ausgesprochen schwierigen Phase, und es könnte sein, dass wir beide … dass du und ich einen ganz entscheidenden Fehler gemacht haben. Wir hätten voraussehen sollen, dass sie irgendwann einmal misstrauisch wird. Sie ist nun mal sehr hell im Kopf, zum Glück ist sie das, obwohl es mir in diesem Fall lieber gewesen wäre, wenn sie Fritz und mich nicht derart kritisch beobachtet hätte.«

»Und was genau hat sie nun beobachtet?« Massimo hatte sich bei diesen Worten weit vorgebeugt, seine Knie berührten ihre Kniespitzen, sein Blick und die Wärme des Kamins hüllten sie ein.

Es tat gut, sich endlich einmal alles von der Seele reden zu können. Sie erstickte noch, wenn sie ihre Sorge um Joana mit niemandem teilen konnte. Und auf dem Papier war Massimo nun mal der leibliche Vater, ebenso wie sie die leibliche Mutter war. Sie beide waren laut Geburtsurkunde Joanas Eltern.

»Das ist es ja gerade: Joana hat nichts beobachtet. Verstehst du? Sie hat Fritz und mich regelrecht bespitzelt und nichts von all dem gefunden, was in ihren Augen ein echtes Paar ausmacht.«

»Du meinst Sex?«

»Meinetwegen auch Sex. Sie ist nun mal in dem Alter, wo man sich sehr intensiv mit diesen Dingen beschäftigt, das ist nur normal, und die Wände im Haus von Fritz sind sehr hellhörig, daran hätte ich denken müssen. Sie hat nichts gehört und sich ihren Reim darauf gemacht und es mir gestern auf den Kopf zugesagt. Dass wir keinen Sex haben und ihr nur etwas vorspielen und sie sowieso nicht glaubt, dass Fritz ihr Vater ist. Halt dich fest! Sie hat sich in die Idee verrannt, dass du … also, dass du ihr Vater bist.«

»Bin ich das etwa nicht?«

»Papier ist geduldig, das weißt du genauso gut wie ich. Und nur weil du Beziehungen hast und auf einer italienischen Geburtsurkunde mit obendrein falschem Geburtsdatum als ihr Vater eingetragen bist …«

»Weiß Joana das mittlerweile?«

»Natürlich nicht.«

»Also muss es einen anderen Grund geben, warum sie in mir ihren Vater sieht.«

»Du verkörperst halt eine Traumwelt für sie. Du erfüllst ihr jeden Wunsch, du überschüttest sie mit Geschenken, und jetzt auch noch dieses Schloss. Sie muss ja abheben und sich wünschen, dass du … denk nur an vorhin, als sie dich neben sich vor den Spiegel gezerrt und ihre Nase mit deiner Nase verglichen hat. Sie sucht krampfhaft nach Indizien, sie will einen Indizienbeweis gegen mich führen, ich halte das nicht aus. Alles bricht zusammen. Joana lehnt mich immer mehr ab. Meine Arbeit kriegt die Schwindsucht. Großmutter wird immer weniger. Mein Vater macht mir auch nichts als Vorwürfe. Kannst du mir mal sagen, wo das hinführen soll?«

»Vielleicht genau hierher.« Und dann holte Massimo aus. Alte und neue Geschichten berührten sich, irgendwann berührten auch sie beide sich. Wie schon einmal, nur sehr viel behutsamer. Zwei Ertrinkende, die sich gegenseitig ihr Leben beichteten und einander trösteten. Massimo erzählte von den Verletzungen, die sein Vater und seine Schwester ihm zugefügt hatten. Dass sie ihn bis zum heutigen Tag für schwul hielten, ihm nichts zutrauten, immer nur ihre eigene Marschroute sahen und akzeptierten. Wie sie ihn nach und nach auch in den Pezzo-Werken demontierten und ohne jedes Verständnis dafür waren, dass es Menschen gab, die neue Wege suchten. Ihren eigenen Weg, koste es, was es wolle.

»Ich bin nun mal anders als mein Vater und meine Schwester. Und du bist auch anders als dein Vater und Fritz und all die Leute um dich herum. Es wird höchste Zeit, dass wir uns zu dem bekennen, was wir wirklich sind und wollen.«

»Und was willst du?« Ihr Herz schlug bis zum Hals. Warum fragte sie das? Als ob sie die Antwort nicht wüsste. Sie las sie doch in seinen Augen. So wie damals. Er konnte sehr leidenschaftlich sein, hatte sie mitgerissen. Ihren Körper, nicht aber ihr Herz. Ihr Herz hatte noch dem Mann nachgetrauert, der sie so schnöde verraten hatte. Dreizehn Jahre war das her. Dreizehn Jahre hatten ihr Herz ausgebrannt und den Hunger neu geweckt, die Sehnsucht. Sie wollte den schalen Geschmack flüchtiger Liebschaften vertreiben, bei denen sie sich billig fühlte und in der ständigen Furcht lebte, von Joana ertappt zu werden. Sie wollte nicht länger in einer Ehe gefangen sein, die eine Farce war. Sie wollte endlich wieder ankommen und wissen, wofür sie lebte und sich abrackerte und sorgte …

»Dich will ich.« Tiefer Ernst lag in Massimos Stimme, seine Augen glühten mit dem Kaminfeuer um die Wette. »Euch beide. Wir könnten als fertige kleine Familie zusammen einen Neuanfang wagen. Dafür habe ich dieses Schloss und gleichzeitig die alte Orangerie nebenan erworben.«

»Orangerie?«, echote Rosa und spürte, dass sie nur Zeit herausschinden wollte. Die wohlige Wärme und das Feuer vertreiben, wieder einen klaren Kopf bekommen, dabei drängte alles in ihr danach, sich fallen zu lassen und endlich einmal nicht mehr diejenige sein zu müssen, die alles und jedes regelte und zu verantworten hatte.

»Die Orangerie blickt auf eine wechselvolle Geschichte zurück. Angefangen hat sie wohl als exotischer Aufenthaltsort für Fürsten und ihr Gefolge, zwischendurch waren dort auch mal Soldaten untergebracht, nicht zu vergessen den Erfinder von Odol, der dort herumexperimentiert hat. Das hat mich erst auf die Idee gebracht. Eine geniale Idee.«

»Und was für eine Idee ist das?« Odol war ein Mundwasser, vielleicht sogar das bekannteste, das wusste heutzutage jedes Kind. Mundwässer gehörten ebenso zum modernen Alltag wie Papiertaschentücher oder Staubsauger. Eine Orangerie hingegen beschwor andere Bilder herauf, solche von alten Zeiten, wo in von Sonnenlicht durchfluteten Glashäusern tropische Pflanzen reiften und der Winter keine Chance hatte. Kennst du das Land …? Sie sollte sich schämen, doch sie tat es nicht und ließ Massimo weiterschwärmen, sich davon anstecken.

»Die Orangerie ist der perfekte Ort«, meinte er, »um deine Entwürfe endlich selbst umzusetzen und angemessen zu präsentieren. Für Letzteres wäre übrigens ich zuständig, wenn du einverstanden bist.« Seine Stimme klang beinahe feierlich, als er fortfuhr: »Ich würde es mir als große Ehre anrechnen, dabei zu sein, helfen zu dürfen, wenn all das, was du bereits zu Papier gebracht hast und was jetzt noch im Dornröschenschlaf gefangen ist, zum Leben erwacht.«

Sein Gedächtnis war vorzüglich, das bewies er ihr umgehend, und um seine Überzeugungskraft war es an diesem Abend nicht schlechter bestellt. Er knackte Rosa wie eine Kastanie, die nur darauf wartete, endlich ihr einsames Gehäuse verlassen zu dürfen.

Bunte Bilder, schöner als in jedem Bilderbuch, entstanden mit seiner Hilfe in Rosas Kopf. Er war wirklich ein Künstler, und das keineswegs nur im Umgang mit kostbaren Stoffen. Die Phantasien überschlugen sich, seine wie ihre, schlüpften ineinander und stachelten sich gegenseitig auf. Auf einmal schien alles kinderleicht zu sein. Sie küssten sich auch, streichelten sich, mehr nicht. Massimo war reifer geworden und hatte gelernt, die Sprache ihres Körpers zu verstehen, ihren Widerstand zu respektieren. Sie sollte bestimmen, wie weit er gehen durfte. Sie, seine regina oder reginetta, wie er sie liebevoll nannte. Seine kleine Königin, und die principessa oben in ihrem Bett würde überglücklich sein und sich sogar mit ihrer ausgeprägten Nase anfreunden, weil das nun mal eine klassische Pezzo-Nase war, die einer Laune des Schicksals folgend lediglich Massimo ausgelassen hatte.
»Heißt das, du bist wirklich ihr Vater?« Rosa wagte nicht, ihn bei dieser Frage anzusehen. Sie hatte schlagartig jene Szene vor Augen, die fest in ihrem Herzen eingegraben war.
An jenem Tag vor ziemlich genau dreizehn Jahren war sie Hals über Kopf aus Deutschland nach Italien zurückgekehrt. Genauer gesagt kam sie aus Herzfeld, wohin sie Rüdiger wider besseres Wissen nachgereist und wo ihr Herz endgültig auf der Strecke geblieben war. Zuerst das Gespräch mit Rüdigers Vater, dann die Szene im Weinkeller, die mehr als alle Worte erzählte. Sie war völlig am Ende gewesen und hätte sich hinterher am liebsten bei ihrer Familie im Sauerland verkrochen. Was allerdings bedeutet hätte, nach gerade mal einem halben Jahr ihren Traum aufzugeben, eines Tages eine berühmte Designerin zu werden. Deshalb hatte sie überhaupt an diesem Wettbewerb teilgenommen und gehofft, gefiebert, gebetet. Deshalb war sie nach Mailand gegangen und hatte alle Brücken hinter sich abgebrochen. Deshalb und nicht wegen eines Mannes, der ihr das Herz brechen sollte. Ihre Großmutter, davon war sie überzeugt gewesen, würde sie dennoch verstehen und sie nicht weniger lieben, wenn sie aufgab. Fritz wäre nur froh, sie wieder bei sich zu haben. Ihr Vater hingegen würde triumphieren. Ich hab's doch von Anfang an gesagt! Möglicherweise hatte die vorweggenommene Reaktion ihres Vaters

den Ausschlag gegeben und ihre letzten Kraftreserven mobilisiert. Im Zug nach Berlin sitzend hatte sie sich jedenfalls spontan für die Fortsetzung ihres Studiums entschieden und nicht geahnt, was sie erwartete.

Sie war völlig übermüdet in Mailand angekommen und hatte dem Taxifahrer Massimos Adresse angegeben. Massimo war vom ersten Tag an immer für sie da gewesen, und das keineswegs nur als Vertreter der Pezzos, die schließlich den Design-Preis ausgeschrieben hatten und folglich für ihr Studium zahlten, ihr zudem die Chance gaben, sich nebenbei noch etwas als Werkstudentin dazuzuverdienen. Massimo war bei alldem ihr Tutor und Mediator, ihr Freund.

Natürlich hatte sie versucht, ihn telefonisch auf ihr Kommen vorzubereiten, aber er war nicht ans Telefon gegangen, also war sie auf gut Glück zu ihm gefahren. Sie konnte jetzt nicht allein sein. Auch er war nicht allein gewesen. Als sie kam, kämpfte er gerade ziemlich ungeschickt und sichtlich außer Fassung mit Milchpulver und Wasserkocher, während in dem billigen Spankorb auf dem antiken Esstisch aus warm schimmerndem Nussbaum ein Neugeborenes schrie. Angeblich hatte ihm jemand den Korb mit dem Kind vor die Tür gestellt, bestimmt eine verzweifelte junge Mutter, wie er meinte.

Rosa hatte seitdem immer wieder gegen den Verdacht ankämpfen müssen, dass er die junge Mutter näher gekannt hatte. Wie oft war Rosa nicht schon der Gedanke gekommen, dass Massimo nicht nur ein guter Mensch, sondern der leibliche Vater war und deshalb um jeden Preis verhindern wollte, dass das Baby in ein Waisenhaus kam. Er saß in der Zwickmühle. Seine Familie hätte ihm zweifelsfrei die Hölle heiß gemacht, wenn er ein uneheliches Kind präsentiert hätte, und das auch noch ohne eine halbwegs passable Mutter dazu. So war sie selbst ins Spiel gekommen. Eine todunglückliche Frau, die auf dem Umweg über diesen Winzling wieder zu lachen und kämpfen lernte.

Und sie traute sich endlich, es laut auszusprechen: »Heißt das, du bist wirklich ihr Vater?«

»Du ahnst doch längst, dass Joana eine Pezzo ist. Die Nase hat sie von

meiner Familie, vielleicht auch noch ein paar andere Eigenschaften, hoffentlich nur die guten. Aber das Herz und die Power hat sie von dir. Zusammen werden wir unschlagbar sein. Warte nur ab, bis du morgen die alte Orangerie siehst. Ich kenne dich ziemlich gut, ich habe sie mit deinen Augen gesehen und gewusst: Das bist du. Hier gehörst du hin. Ihr gehört zusammen.«
Rosas Traum trat in den Hintergrund, diesmal erlag sie ihm nicht. Joana war ihr näher und wichtiger als jeder Traum. Wenn sie nicht wie gerade jetzt schlief, erschlug sie alle mit ihrer Präsenz, da pulsierte das volle Leben, für Gespenster und Traumgespinste war darin kein Platz. Höchstens für ein Schloss, das Massimo ihr kredenzte, sie damit lockte, ebenso wie er Rosa mit dieser Orangerie zu locken suchte. Aber im Gegensatz zu ihrer Tochter war sie kein Kind mehr und folglich imstande, die Konsequenzen ihres Tuns abzuschätzen.
»Selbst wenn es so wäre, ginge es nicht«, sagte sie laut. »Ich habe mir geschworen, nie mehr komplett abhängig zu sein, und genau das wäre ich dann. Ich bin arm wie eine Kirchenmaus. Was ich an Erspartem habe, reicht höchstens für Joanas neue Zahnspange oder für die nächste Klassenfahrt. Es hätte keinen Zweck, ich bin ein gebranntes Kind.«
Massimo wusste sofort, wovon sie sprach. Sie hatte sich Rüdiger Ebertz ja damals praktisch an den Hals geworfen, ohne nach rechts oder links zu sehen. Sie war völlig blind für all die kleinen Alarmzeichen gewesen. Sie wäre ihm möglicherweise doch noch in die Falle gegangen, wenn nicht gleich zwei Väter ihr völlig unabhängig voneinander die Augen geöffnet hätten.
Der Brief mit dem Datum vom ersten Dezember war ihr in die Hände gefallen, als sie nach etwas suchte, was erklärte, warum ihr Verlobter Hals über Kopf aus Mailand verschwunden war. In dem Brief von Massimos Vater hatte sie bereits mehr Indizien gegen Rüdiger gefunden, als ein einzelner Mensch gemeinhin verkraftete, wenn er sich noch im siebten Himmel wähnte. Rüdiger Ebertz mochte wie jemand aussehen, der kein Wässerchen trüben konnte, doch der Schein trog. Sie hatte gedacht, das Herz bliebe ihr stehen, als sie las, dass ihr

Verlobter gar keine andere Wahl gehabt hatte, als Mailand fluchtartig zu verlassen. Ernesto Pezzo mochte ein Patriarch der ersten Stunde und privat vielleicht sogar ein ziemlicher Tyrann sein, doch an seiner Ehrenhaftigkeit bestand kein Zweifel. Und er duldete keinen Skandal, dieser Anspruch erstreckte sich logischerweise auch auf seine einzige Tochter Paula. Wenn Paula Anfang des Jahres nach Mailand zurückkehrte, schrieb er in dem an Rüdiger adressierten Brief, sollte dieser von der Bildfläche verschwunden sein und sich in seinem ureigenen Interesse nie mehr in der Stadt sehen lassen, geschweige denn versuchen, bei der Konkurrenz zu landen. Was es konkret mit der letzten Anspielung auf sich hatte, entnahm Rosa dem unterschriebenen Vorvertrag mit den Albertis, Datum erster August, der an den Brief von Massimos Vater angeheftet war. Bereits vier Monate vor dem offiziellen Rausschmiss hatte Rüdiger sich klammheimlich dem größten Konkurrenten der Pezzos angedient. So was lief auf Industriespionage hinaus, und sie hatte nichts von alldem geahnt.
Wirklich alles sprach dafür, dass ihrem sauberen Liebsten der Boden in Italien zu heiß unter den Füßen geworden war. Von wegen die Sorge um seinen kranken alten Vater und das Familienunternehmen trieben ihn heim. Doch obwohl alles gegen ihn sprach, war er hartnäckig bei dieser Version geblieben, als Rosa unangekündigt bei ihm in Herzfeld auftauchte. Er hatte sogar freudige Überraschung geheuchelt, dabei musste ihm bei ihrem Anblick vor lauter Schreck das Herz in die Hose gerutscht sein. Oder war er einfach nur dreist, abgebrüht, total versteinert? Tief in ihrem Inneren hatte sie noch immer gehofft, es möge eine Entschuldigung für ihn geben. Sie hatte darauf gewartet – nur noch ein paar Tage! –, dass er sein Schweigen brach und sich ihr anvertraute. Doch diesen lästigen Job hatte er lieber seinem Vater überlassen, dessen Herzbeschwerden vermutlich einzig und allein daher rührten, dass sein sauberer Zweitgeborener offenbar das Zeug zum Heiratsschwindler hatte.
Sein Vater hatte Rosa eröffnet, dass Rüdiger voraussichtlich nicht nur beruflich in die Fußstapfen seines Bruders Benedikt treten würde. »Er wollte schon immer alles haben, was sein Bruder hatte. In diesem Fall

stehen seine Chancen nicht schlecht, und er wird nichts unversucht lassen, zumal Ruth nicht unvermögend ist.« Rosa hätte den alten Mann umbringen mögen, als er ihr das völlig teilnahmslos in zwei kargen Sätzen mitteilte und sie dann übergangslos bat, mal nachzuschauen, wo denn sein Rotwein blieb.
Wie betäubt war sie in den Weinkeller hinuntergegangen. Rüdiger und seine Schwägerin waren so intensiv miteinander beschäftigt gewesen, dass sie Rosa nicht mal bemerkten. Das Stöhnen der beiden verband sich mit dem Klirren der Flaschen. Hin und her, vor und zurück, es hätte nicht viel gefehlt, und die kostbaren Weine mit den hochtrabenden Namen wären dem Liebeskampf dort zum Opfer gefallen. Rosa war in ihr Gästezimmer gerannt, hatte blind was ihr gehörte in den Koffer geworfen und die Flucht ergriffen. Noch heute kam ihr die Galle hoch, wenn sie an das hoffnungslos naive Wesen zurückdachte, das sie vor dreizehn Jahren gewesen war. Damals hatte sie ihr Vertrauen verloren.
Im Gegensatz zu einem Rüdiger Ebertz verstand und respektierte Massimo sie so, wie sie war, möglicherweise war das die einzig richtige Basis für eine langfristige Beziehung. Seine Augen streichelten sie weiter, sie las grenzenlose Bewunderung in ihnen, er sagte es ihr auch. Und er liebte Joana, machte sich zu deren Anwalt. Auch darin hatte er recht. Sie durfte ihrer Tochter diese Scheinehe mit Fritz nicht länger zumuten, ebenso wenig wie sich selbst. Zumal Fritz ja gleichfalls darunter litt, egal, was sie vorab vereinbart hatten. Sie spürte doch genau, wie tief es ihn verletzte, wenn sie sich anderswo holte, was sie wenigstens ab und zu brauchte. Was ihr Körper forderte. Sie würde ihm eine saubere Trennung vorschlagen und umgehend die Scheidung einreichen, das versprach sie Massimo in die Hand. Im Gegenzug würde Massimo es allein ihr überlassen, was sie Joana sagte und wie sie sich weiter entschied, welches Tempo sie vorgab.
»Du hast alle Zeit der Welt.« Massimo versuchte weder sie zu drängen, noch spielte er die Trumpfkarte seiner leiblichen Vaterschaft aus.
Der Gedanke kam ihr, dass es schön sein müsste, ihn so lieben zu können, wie er es verdiente. Sich gegenseitig von den Blessuren zu ku-

rieren, die andere, rücksichtslosere Menschen ihnen zugefügt hatten. Zusammen wieder heil zu werden und eine richtige kleine Familie mit einem gemeinsamen Ziel zu sein. Vater, Mutter und Kind.

Am nächsten Tag schlenderten sie zu dritt durch den Park zur Orangerie, die von weitem wie eingewoben in den Himmel über dem Fluss zu schweben schien. Das Licht floss hindurch, obwohl die meisten Scheiben zerbrochen oder blind vor Schmutz und Spinnweben waren. An den Eisenträgern platzte der Lack ab, und überall schimmerte Rost durch. Rosas Phantasie aber hatte längst alles blankgeputzt und zu neuem Leben erweckt. Sie war infiziert. Es war wie ein Virus, der sich ihrer bemächtigt hatte. Noch als sie nach diesem ausgedehnten Rundgang zusammen aßen und lachten und als Joana ausmalte, wie das Schloss am besten zu möblieren sei – die letzten Besitzer hatten fast alles mitgenommen, es gab derzeit nicht mal Vorhänge und auch kein elektrisches Licht –, war Rosa mit ihren Gedanken in der benachbarten Orangerie, kam nicht von diesem Ort los, der wie geschaffen war, um Ideen umzusetzen, an die sie glaubte, auch wenn sie in kein fertiges Möbelprogramm passten. Zeitlose Unikate mit zwei Gesichtern, einem schönen und einem nützlichen. Neue Ideen flossen ihr zu, am liebsten wäre sie aufgesprungen und hätte zu zeichnen begonnen. So war es schon lange nicht mehr gewesen.

»Mama, hörst du uns überhaupt zu? Nun sag doch auch etwas!«

»Wie? Wozu soll ich etwas sagen?« Rosa sah auf den Teller, den der Butler, ohne dass sie es bewusst registrierte, vor sie hingestellt hatte. Es sah köstlich aus, konnte indes bei weitem nicht mit dem konkurrieren, was sich in ihrem Inneren abspielte.

»Wozu wohl? Massimo meint, wenn uns das Schloss nicht gefällt, kann er es jederzeit mit Gewinn weiterverkaufen. So sag ihm doch schon, dass du es auch liebst und er es auf gar keinen Fall wieder hergeben darf, ganz egal, was man ihm dafür bietet.«

»Du willst alles wieder verkaufen? Auch die Orangerie?« Tu das nicht, wollte Rosa sagen, doch sie bezwang sich. Das Leben hatte sie gelehrt, nicht A zu sagen, wenn sie nicht bereit war, auch B zu sagen. Wie konnte sie das tun, wenn sie in dem einen Augenblick so und im nächsten wieder anders empfand? Sich Nähe wünschte und sie gleichzeitig abwehrte? Sich bescheiden wollte und zugleich von der Gier übermannt wurde? Das Schloss wurde, bei Tageslicht betrachtet, zu einem viel zu großen und ziemlich baufälligen Kasten, den zu unterhalten ein Vermögen verschlingen würde. Wogegen die Orangerie …

»Es gibt da ein oder zwei Interessenten speziell für die Orangerie«, meinte Massimo in ihren stummen Protest hinein. »Ich könnte auf einen Schlag ein Vielfaches von dem bekommen, was ich selbst bezahlt habe.«

Rosa senkte den Kopf, man hätte diese Bewegung auch als Nicken auslegen können. Dabei wollte sie doch lediglich verbergen, wie es in ihr aussah. Nicht zeigen, dass ihr unkontrolliert die Tränen in die Augen schossen. Sie sollte sich schämen. Was bildete sie sich denn ein? Was erwartete sie von Massimo? Er hatte ihr einen Traum auf dem Silbertablett dargeboten, und sie hatte ihn zurückgewiesen, auf ihre Unabhängigkeit gepocht. Nun brach der Kaufmann in ihm durch oder auch nur die Vernunft. Was sollte er allein hier? Trotzdem drehte sich ihr das Herz im Leib herum bei der Vorstellung, dass sich in der Orangerie demnächst wildfremde Leute breitmachen würden. Solche mit viel Geld selbstredend, was nicht immer für guten Geschmack bürgte. Verdammt, sie hatte sich in dieses alte Gemäuer verliebt und sich im Geist sogar an Joanas Phantasien beteiligt. Und dann diese Aussicht auf den Fluss und die Weinberge, es war ein Paradies …

Sie zuckte zusammen, weil ihre Tochter *ihr* Paradies bereits lautstark, wie es ihre Art war, verteidigte. Den Teil, der ihr ganz besonders am Herzen lag.

»Verkauf meinetwegen die blöde Orangerie, aber auf keinen Fall das Schloss. Wenn du das tust, rede ich kein Wort mehr mit dir!«

»Ich werde mein Bestes tun, um meine beiden Damen zufriedenzustellen. Und jetzt sollten wir zum Ausklang noch eine romantische Fahrt auf der Elbe unternehmen, ich habe ein Schiff für uns allein geordert. Das Gepäck nehmen wir mit an Bord, und in Dresden steigen wir aus und fahren schnurstracks zum Flughafen, wo sich unsere Wege leider für heute wieder trennen.«

Wehmut überschattete den Abschied. Dabei sagte Rosa sich immer wieder, dass kein klar denkender Mensch sich in eine halbe Ruine mit schöner Aussicht ein gutes Stück entfernt von der eigenen Heimat verlieben und sich einbilden würde, genau hierher zu gehören, überall ein lebendiges Echo zu verspüren. Komm wieder, Rosa! Vergiss uns nicht! Dieses Echo war, wie sie wusste, schon ziemlich abgenutzt und so baufällig wie ihr Traum, der dort durch die Baumkronen schimmerte und ihr im Licht der tief stehenden Sonne makellos erschien. Aber es war ja keineswegs so, dass ihr Leben keine Perspektive hatte. Es gab einen Ordner voller noch nicht realisierter Entwürfe. Darauf würde sie aufbauen. Es waren hervorragende Entwürfe, wie ihr Fabian bestätigt hatte, Museumsdirektor und Dozent im Hauptberuf und nebenamtlich ihr Liebhaber. Es widerstrebte Rosa, sich von ihm helfen zu lassen, er mochte noch so gute Kontakte zu Leuten haben, die willens waren, in Gebrauchsdesign zu investieren. Dann begab sie sich höchstens von der einen Abhängigkeit in die nächste, davor hatte Massimo sie ernsthaft gewarnt, auch wenn er nur Fritz meinte. Von Fabian ahnte er ja nichts. Beim Abschied am Flughafen erinnerte Massimo sie nochmals an ihre guten Vorsätze.

»Denk daran, was du mir versprochen hast!«

»Ich vergesse es nicht.«

Auf dem Rückflug musste Rosa sich immer wieder der bohrenden Fragen ihrer Tochter erwehren. »Was hast du Massimo versprochen? Wenn du es schaffst, dass er unser Schloss nicht verkauft, räume ich auch freiwillig mein Zimmer auf oder schleiche nur noch auf Zehenspitzen durchs Haus oder leiste Uroma jeden Tag mindestens eine Stunde lang Gesellschaft. Was glaubst du wohl, was die bei mir in der Schule sagen, wenn ich ihnen erzähle, wo wir übers Wochenende waren?«

»Hoffentlich geht es ihr gut.«

»Wem? Uroma? So ein Butler wäre eigentlich genial für sie, findest du nicht?«

»Ich würde alles dafür tun«, sagte Rosa leise, »wenn noch einmal etwas rundum schön für sie wäre.« Sie erhielt keine Antwort mehr, Joana war eingeschlafen und zur Seite gerutscht, ihr Kopf drückte nun warm und schwer gegen Rosas Brust.

## 3

Rüdiger war die Nacht hindurch gefahren, hatte wie erwartet kein Auge zugetan – er konnte sich sowieso kaum noch erinnern, wann zuletzt er länger als drei, vier Stunden durchgeschlafen hatte – und es irgendwie geschafft, buchstäblich auf den letzten Drücker das Schlafzimmerprogramm aufzubauen, von dem sein Vater behauptete, dass es zeitlos schön und quasi etwas für die Ewigkeit sei. Inmitten der übrigen Ausstellungskojen auf dieser schwimmenden Hausmesse nahm es sich indes nur bieder aus, das spiegelte wenig später auch die Resonanz der Einzelhändler, die sich hier inspirieren lassen und kräftig ordern sollten.
Schön wär's!
Kaum ertönte der erste Fanfarenstoß, ging der Rummel auch schon los, lediglich der Schleiflacktraum von Ebertz & Sohn blieb eine kaum beachtete einsame Insel. Dennoch ließ es sich der Gastgeber nicht nehmen, Rüdiger persönlich zu gratulieren. Dafür dass er selbst die Ärmel hochgekrempelt und das Unmögliche möglich gemacht hätte.
»Jeder andere hätte mit einer Notlüge gekniffen, wenn seine Leute ihn derart hängenlassen«, meinte Markus Rigger.
»Meinen Leuten kann ich keine Schuld geben«, wehrte Rüdiger ab, und das meinte er auch so. Sein Vater hatte angeordnet, dass in Rüdigers Abwesenheit immer zuerst er selbst zu fragen sei. Er hatte wohl nicht eingeplant, dass er diesmal tatsächlich komplett ausfiel, auf der Intensivstation musste er den Dirigentenstock zwangsläufig abgeben, und so war bei Ebertz & Sohn rein gar nichts mehr gelaufen, wenn man vom Besuch der Steuerfahndung absah. Die Beiträge für die Krankenkasse waren schon geraume Zeit nicht mehr ordnungs-

gemäß abgeführt worden, dabei hatte Rüdigers Vater ebenfalls seine Finger im Spiel. Er hatte Gelder umdirigiert und Fristen missachtet oder vergessen und beim Kräftemessen mit Vater Staat eindeutig den Kürzeren gezogen. Gut möglich, dass auf diese Weise das Aus noch rascher kam.

»Stimmt ja«, meinte Markus Rigger und hörte sich an, als ob er Gedanken lesen könne. Gleichzeitig klopfte er Rüdiger jovial auf die Schulter. Etwas, das dieser nicht besonders schätzte, normalerweise wäre ihm dieser etwa gleichaltrige Mann sowieso zu geschniegelt gewesen, aber was war schon noch normal? Seine Welt stand kopf, er war hundemüde, gleichzeitig fürchtete er den Moment, wenn er in sein Hotelzimmer kam und mit sich und seinen Gedanken allein war oder wenn sein Organizer ihm via World Wide Web die nächsten Hiobsbotschaften aus der Firma verriet. Und alles, was er noch tun konnte, war diese Botschaften zu lesen, sein Gehirn vergeblich nach einem Ausweg zu zermartern und sich auszumalen, wie er vor seine Leute treten und es ihnen sagen würde.

Also war Rüdiger hin- und hergerissen, ob und wie er auf dieses »Stimmt ja« eingehen sollte. Die Entscheidung wurde ihm abgenommen.

»Damit will ich sagen«, fuhr Markus Rigger fort, »dass Sie genau wie ich selbst unter einem übermächtigen und natürlich allwissenden Vater zu leiden haben. Was glauben Sie, wie das hier aussähe, wenn mein Vater Regie geführt hätte. Dann gäbe es hier überall nur …«

»… Träume in Schleiflack«, fiel Rüdiger ihm ins Wort.

»Ihr Humor gefällt mir, und weil ich weiß, dass Sie persönlich noch viel mehr als solche spießigen Träume zu bieten haben …«

»Und woher wollen Sie das wissen?«, unterbrach Rüdiger ihn erneut.

»Ich schlage vor, das besprechen wir gleich in aller Ruhe bei einem guten Glas Wein. Ich kenne da übrigens ein Restaurant, in dem es die besten Austern von ganz Amsterdam gibt. Selbstredend sind Sie mein Gast.«

»Ich weiß nicht, ob das eine besonders gute Idee ist. Erstens bin ich

ziemlich groggy, und außerdem werden Sie hier als der Gastgeber bestimmt noch gebraucht.«
»Wobei? Beim Abzählen der kostenlosen Snacks oder Drinks, die Herr und Frau Einzelhändler sich jetzt bis zum Abwinken gönnen? Für alles andere habe ich meine Leute.«
»Im Gegensatz zu mir. Ich kann ja wohl kaum weggehen und riskieren, dass ein Kunde, der sich womöglich doch für Schleiflack erwärmt, niemanden antrifft, der ihn berät.«
Aber Markus Rigger ließ nicht locker. Es schien ihm immens wichtig zu sein, dass Rüdiger seine Einladung annahm. Dabei verstand er es hervorragend, Spannung zu erzeugen und gleichzeitig sicherzustellen, dass Rüdiger nicht, wie er sich ausdrückte, Gefahr lief, die Schleiflack-Träumereien seines Vaters zu vernachlässigen. »Ich stelle einfach einen von meinen besten Verkäufern hierher ab, einverstanden?«
Rüdiger gab nach. Am Ende dieses Samstags fragte er sich, ob eine Vorahnung ihn dazu bewogen hatte. Was er zu hören bekam, hörte sich an wie ein Stück aus seinen Träumen, zu schön, um wahr zu sein, so als ob er lediglich einmal nicken müsste, um anderntags als Teilhaber vom Schlaraffenland aufzuwachen. In diesem wunderbaren Land sollten kostbare Unikate aus Edelholz buchstäblich das Sprechen und vor allem das Dienen lernen. Er, Rüdiger Ebertz, wäre für den klassisch schönen Corpus zuständig, und die vollelektronische Seele steuerte Markus Rigger bei. Die Mischung ergab den Reiz, die in Litauen preiswert gefertigten Prototypen warteten bereits auf die Implantation, es gab sogar schon einen ganz konkreten Ort für dieses Paradies nicht weit von Dresden.
»Es handelt sich um eine ehemalige Orangerie, die zu einem Schloss gehört, das ich ebenfalls erwerben werde. Wenn schon, denn schon. Geld spielt keine Rolle, meine Großmutter selig respektive ihr Mann hat mit Stahl ein Vermögen verdient, und ich bin der glückliche Alleinerbe. Ich biete Ihnen vierzig Prozent von allem an, was reinkommt, ist das ein Angebot?«
»Und wo ist der Haken?«

»Es gibt keinen Haken. Höchstens eine Bedingung.«
»Und die wäre?«
»Bis zur nächsten Möbelmesse müssen wir was zu bieten haben, das ist meine einzige Bedingung.«
»Eine Orangerie ist keine Möbelfabrik …«
»… dann machen Sie eine daraus«, unterbrach ihn Markus Rigger. »Sie sind der Experte für Edelhölzer und haben völlig freie Hand.«
»Gilt das auch personell?«
»Natürlich. Bei allem was die Fertigung der schönsten und edelsten Körper für mein Hightech betrifft, sind Sie der King. Nur dafür halten Sie den Kopf hin, alles andere übernehme ich.«
»Das sagt sich so leicht. Da kommt schnell eine Million zusammen, ohne Material, und Edelhölzer sind verdammt teuer. Im Gegensatz zu Ihnen habe ich nicht geerbt.«
»Ich denke schon. Mir hat da ein Vögelchen was von rund einer halben Million Euro gezwitschert, die Bank legt locker nochmal dasselbe drauf.«
»Sie sind verdammt gut informiert.«
»Ich weiß nun mal gern vorab Bescheid, mit wem ich mich verbünde. Übrigens finde ich, wir sollten allmählich dieses förmliche Sie verabschieden. Ich bin ab sofort Markus für dich, du kannst mir vertrauen, wir beide haben viel gemeinsam.«
»Bis auf das Kapital im Hintergrund. Was für Sie oder meinetwegen auch dich ein bisschen Spielgeld sein mag, ist für mich alles, was ich besitze. Damit könnte ich sogar Ebertz & Sohn retten …«
»Für wie viele Wochen? Komm, lass uns ehrlich miteinander sein! Eure Fabrik ist tot, da rettest du rein gar nichts mehr, wogegen jeder Cent, den du bei mir und mit mir investierst, goldene Früchte tragen wird. Und selbst wenn wir mal irgendwann einen Engpass haben sollten, weil ein paar Kunden nicht bezahlen oder der Blitz einschlägt oder was sonst noch dazwischenfunken kann: Egal! Wenn wir Partner sind, sind wir Partner. Das ist so was wie Brüder im Geist, ich wollte schon immer einen Bruder haben. Und als meinem Bruder vertraue ich dir noch was an, was ich außer dir keinem sagen werde: Ich bin

reich, aber derzeit nicht flüssig, und wenn die erste Einzahlung nicht bis Montag erfolgt, geht uns dieser Traum durch die Lappen.«

»Wie viel?«

»Achthunderttausend für die erste Rate, gemessen am Gegenwert ist das ein Klacks. Du musst nur zusehen, dass du deine halbe Million verfügbar hast, für den Kredit über die fehlenden dreihunderttausend bürge ich, alles Weitere regeln wir beide untereinander. Keine Sorge, es wird natürlich auch, wie es sich gehört, einen Notarvertrag geben, der dich und deine Einlage nutzungsgebunden schützt. Zuerst der Notartermin, dann der Geldtransfer, so hat alles seine Ordnung. Darauf sollten wir schon mal trinken. Als zukünftige Partner und Brüder im Geist, mal sehen, was uns noch so alles verbindet, bestimmt heimsen wir sogar pfundweise Preise ein. Bestes Design, der Preis geht an dich. Bestes Innenleben, da schlage ich zu. Wir werden absahnen, das schwöre ich dir. Alle Welt wird von uns reden. Sie werden zu uns hinpilgern und ›Mehr!‹ schreien, das wird die reinste Epidemie.«

Sie tranken auf die bevorstehende Epidemie und alles Mögliche. Natürlich Champagner, dazu gab es Austern, sonst nichts, vor lauter Aufregung und Überspannung vergaß Rüdiger seinen leeren Magen und jede Vorsicht. Ein paar Mal pfuschten ihm fremde Stimmen dazwischen, erinnerten ihn an die Mitarbeiter von Ebertz & Sohn. Der Sohn war er selbst, und es waren gute Leute, von Herzfeld bis nach Berlin konnte man sogar pendeln, er würde jeden einzelnen guten Mann brauchen können. Bis zur nächsten Möbelmesse blieb ihnen nicht allzu viel Zeit, andere hatten, wie er wusste, einen deutlich längeren Vorlauf. Aber er war vom Fach, was die Verarbeitung von Holz anging, machte ihm so leicht niemand etwas vor, und Geld würde zum ersten Mal in seinem Leben keine Rolle mehr spielen. Sein Kompagnon besaß Millionen. Auch Rosa kam Rüdiger in den Sinn. Was sie wohl sagen würde, wenn es in der Branche die Runde machte? Das hier war die Chance, auf die er gewartet hatte. Alles fügte sich zusammen.

Es war gerade mal zehn Tage her, dass sein Bruder ihm umgerechnet knapp eine Million Mark zurückerstattet hatte. Damals, als der

Erbfall eintrat, rechnete man noch in Deutscher Mark. Die Zeichen standen auf Sieg, er hatte nichts zu verlieren, wenn er endlich über seinen Schatten sprang und tat, was er tun musste. Andernfalls würde er bald genauso wie sein Bruder durchdrehen. Benedikt hatte nach nicht mal einem halben Jahr unter der Fuchtel des Vaters aufgegeben, natürlich war er auch seit jenem schrecklichen Vorfall viel weniger belastbar als ein normaler Mensch. Er hätte tot sein können, unter normalen Umständen wäre er erstickt, und Rüdiger hätte zeitlebens daran tragen müssen.

»Bist du dabei, Bruder im Geiste?« Die Stimme schwer und ölig wie der Wein, den sie jetzt tranken.

»Ich bin dabei!« Rüdiger hob sein Glas, der Inhalt schwappte bis zur Kante hoch, er legte die freie Hand darüber. Er war dabei.

## 4

Wie jeden Tag war Benedikt um halb sechs Uhr aufgestanden, um an den allmorgendlichen Exerzitien teilzunehmen. Was sich wie eine Übung aus einem Kloster anhörte, ging tatsächlich auf einen Ordensbruder zurück, der das schon in der Antike bekannte Postulat der gleichzeitigen Ertüchtigung von Körper und Geist just an diesem Ort mit neuem Leben erfüllt hatte und seiner Berufung vermutlich noch immer nachginge, wenn nicht ein paar geldgeile Halsabschneider sich das Projekt unter den Nagel gerissen hätten. Das Kloster hatte mit seiner Geschäftsidee Konkurs anmelden müssen, die neue Leitung bot wenig später dasselbe in aufgepeppter Verpackung unter medizinischer Leitung für ein Vielfaches an. Dank üppiger Werbung in den einschlägigen Zeitungen hatte sich das Klosterkonzept im Lauf der Jahre zur renommierten Suchtklinik gemausert, hier waren Benedikt und Ruth einander begegnet. Das war nun bald ein Vierteljahrhundert her. Wären sie zusammengeblieben, könnten sie in zwei Jahren silberne Hochzeit feiern. Welch absurder Gedanke!

Wie heute auch noch hielten sich hier vor nunmehr dreiundzwanzig

Jahren im Schnitt rund sechzig leidende Seelen gleichzeitig in diesem Kloster auf, für den Heilungsprozess wurden im Schnitt drei Monate angesetzt, die Therapie erfolgte sowohl in kleinen Gruppen als auch im Plenum, und jedem Neuling wurde noch vor seiner Ankunft ein »Bruder« oder eine »Schwester« zugewiesen. Benedikt, der zwei Wochen vor Ruth als Bruder aufgenommen worden war, hatte eines Morgens den Namen Ruth auf dem Bogen Papier gelesen, den sie ihm unter der Tür durchgeschoben hatten, während er noch schlief. Ruth? Ein Name, der ihm des Öfteren im Alten Testament begegnet war, daraus hatte sein Vater jeden Sonntag vorgelesen. Er liebte diese langen Lesungen, über denen das Essen kalt und seine Mutter nervös wurde. Vielleicht liebte er sie gerade deshalb, auch dieser Gedanke war Benedikt durch den Kopf geschossen, als er an jenem nun bald ein Vierteljahrhundert zurückliegenden Tag das Blatt Papier aufhob, seine Laufschuhe anzog, sich das frische und leicht kratzige Handtuch um den Nacken legte und wenig später an der Zimmertür Nummer vierzehn klopfte. Die Zahl vierzehn hatte in Klammern neben dem Namen Ruth auf dem Zettel gestanden.
Er war zusammen mit dieser sehr zarten und schönen jungen Frau durch den Wald zum Kreuzgang gelaufen, wo genau wie heute die anderen aus seiner Gruppe warteten. Insgesamt waren sie damals um die zwanzig in ihrer Gruppe gewesen, unter seiner Regie waren die Gruppen inzwischen fast um die Hälfte geschrumpft, aber für ihn kam das Geldverdienen ja auch erst an zweiter Stelle. Ein wunderbares Gefühl, dachte er, während er sich dem Kreuzgang und den auf ihn wartenden, noch schemenhaften Gestalten näherte, dass ich wenigstens das geschafft habe. Diesmal hatte er durchgehalten und sich aus dem Morast hochgearbeitet, der noch viel zäher und heimtückischer als beim ersten Mal gewesen war.
Er spürte, wie sein Atem schneller ging, stoßweise und unregelmäßig, was aber keineswegs an der Steigung lag. Der Kreuzgang lag auf einer Anhöhe und war der perfekte Ort, um die aufgehende Sonne zu begrüßen. Neun Gesichter wandten sich ihm zu, nur zwei von ihnen spiegelten leise Ungeduld, das verriet die Neulinge. Wer länger dabei

war, verlor den Drang, alles und jedes zu kontrollieren. Was nicht hieß, dass hier jeder kam und ging, wie er wollte. Wer später oder gar nicht auftauchte, signalisierte damit, dass etwas die neue Ordnung in seinem Leben durchkreuzt hatte, das konnte ebenso eine banale Zerrung oder Erkältung oder aber auch ein Rückfall sein. Und ob man es wollte oder nicht, sich sperrte oder nicht, man blieb nicht allein mit dem, was einen plagte.
»Geht es dir gut, Bruder?« Es war eine Frau, die das fragte, die übliche Anrede verwendend, auch wenn Benedikt noch etwas anderes herauszuhören glaubte. Sie hieß Sabine und war nun schon über sechs Wochen hier.
Die aufgehende Sonne enthob ihn einer Antwort. Alle wandten sich dem noch fahlen Glühen zu, fassten sich an den Händen und hoben synchron zu dem immer intensiver leuchtenden Ball dort am Himmel die Arme in die Luft. So begrüßten sie den neuen Tag und baten um neue Kraft. Niemand sprach, auch nicht, als sie diesmal zusammen zuerst durch den Wald und dann über die feucht dampfenden Wiesen weiterliefen. Ab und zu knackte höchstens mal ein Ast, Vögel zirpten zaghaft, die Kälte malte dampfende Blasen vor ihre Münder, es war der Jahreszeit entsprechend höchstens ein, zwei Grad über dem Gefrierpunkt. Trotzdem hielten sie wenig später an ihrem Bach an, der sich in einer Art natürlichen Schüssel zum Badeteich weitete. Sie streiften ihre Laufkleidung ab und verwandelten sich binnen Sekunden in fröhlich tobende Kinder, von denen das älteste in dieser Gruppe keineswegs Benedikt war.
Er war nun Mitte vierzig und der Chef, manche – die immer wieder hierher kamen, weil das Kloster ihre rettende Insel war – nannten ihn auch »Vater«, was für Außenstehende besonders dann seltsam klingen musste, wenn derjenige, der ihn so ansprach, deutlich älter als Benedikt war. Ihn machte es stolz und demütig zugleich und auch dankbar. Dennoch gab er sich keinen Illusionen hin. Seine Krankheit war heimtückisch, kapselte sich jahrelang oder vielleicht sogar über Jahrzehnte hinweg ein, machte sich unsichtbar und lauerte nur auf den richtigen Zeitpunkt, um einen doppelt und dreifach zu erwi-

schen, wenn man sich bereits in Sicherheit wiegte und über den Berg wähnte. Die hinter ihm liegende Nacht hatte nochmals alles hochgeschwemmt …

»Du hattest gestern Besuch«, keuchte Sabine neben ihm. Sie war kräftig und sah aus, als ob nichts und niemand sie umwerfen könne, doch das täuschte.

»Ich hatte gestern Besuch«, bestätigte er und griff nach dem Handtuch, das er auf einem Baumstamm abgelegt hatte, und begann sich trockenzurubbeln.

»Eine sehr hübsche und sehr junge Frau war das.« Sabine war ihm gefolgt, während die anderen noch im eiskalten Wasser herumtollten, sich gegenseitig nass spritzten und schon wegen der Kälte in Bewegung blieben.

»Ja, das ist sie wohl.« Er legte das nasse Handtuch beiseite und zog sich als Erstes wie gewohnt das T-Shirt über den Kopf. Sekundenlang konnte er nichts sehen, trotzdem spürte er Sabines Blicke auf sich ruhen, vergaß ganz kurz, dass sie »Schwester« und »Bruder« waren, wurde sich seiner Männlichkeit bewusst, die ihren Blicken ausgeliefert war. Dann war es vorbei, er konnte wieder etwas sehen. Wo verdammt war seine Unterhose?

»Suchst du die?« Sabine hielt ihm die schlichte Unterhose hin. Weiß, mit angeschnittenem Bein, kochfest und angenehm zu tragen und meilenweit entfernt von dem, was Ruth für ihn gekauft hatte, als sie ein Paar geworden waren. Zwei schöne, scheinbar gesunde Menschen, die ihre Schönheit schmückten und herzeigten und so den Zorn der Götter provozierten. Eines Gottes aus eigenen Gnaden, korrigierte Benedikt sich stumm und wünschte sich, wenigstens mal einen Tag nicht an den Mann denken zu müssen, dem er all das verdankte. Alle Qualen und alle Zweifel und all die schlaflosen Nächte. Seine Hände waren auf einmal so zittrig, dass er immer wieder den Einstieg in diese verdammte Unterhose verpasste, bedenklich hin- und herschwankte.

»Soll ich dir helfen?« Sabine war hartnäckig.

»Das schaffe ich schon noch allein.« Geschafft! Mit der Jogginghose hatte er weniger Probleme, fehlten nur noch das Kapuzenshirt, Socken und Schuhe. Aus den Augenwinkeln registrierte er, dass Sabine noch immer nackt war. Nichts weiter Ungewöhnliches an einem Ort, wo man aller falschen Eitelkeit und überhaupt jeder Verstellung abschwor und sich als Bruder und Schwester wieder der Natur annäherte, eins mit ihr werden, sie erlaufen, erbeten und sich erarbeiten wollte. Fernab von sexuellen Gelüsten, derlei war hier streng verboten. Wenn es zu sexuellen Kontakten kam, mussten die Betreffenden das vor dem Plenum öffentlich bekennen, meistens wurden dann alle beide fortgeschickt.

»Vielleicht wäre dir ja auch bloß die Hilfe von einer Jüngeren mit blauen Glupschaugen lieber?« Sabine gab keine Ruhe, was ihn zugleich nervte und amüsierte. Nun, wo er wieder komplett angezogen war, konnte er dem Ganzen sogar eine komische Seite abgewinnen.

»Kristina ist meine Tochter. Jetzt zufrieden, Schwester Sabine?« Er versah seine Schnürsenkel mit einem doppelten Knoten und lief sich schon mal auf der Stelle warm, während er auf die anderen wartete.

»Oh!« Überraschung und ein Rest Zweifel wechselten einander in Sabines Mienenspiel ab, es war rührend anzusehen. Zögernd fuhr sie fort: »Sie scheint dich sehr zu lieben, so wie sie dich geherzt und gedrückt hat. Und übernachtet hat sie auch bei dir, wenn ich mich nicht sehr irre. Ich dachte schon, du kommst heute Morgen gar nicht mehr. Klar, du als der Chef fällst nicht unter die Hausordnung, und wenn es wirklich deine Tochter war ...«

»Sie ist wirklich meine Tochter und so früh abgereist, weil sie heute einen Termin bei ihrem Professor in Köln hat, den sie auf gar keinen Fall versäumen darf.«

»Sie studiert also, deine Tochter?« Und als Benedikt nichts erwiderte, fragte sie: »Und was studiert sie?«

Benedikt sah sich um, allmählich waren die anderen ebenfalls fertig. Er setzte sich langsam in Bewegung, dicht gefolgt von Sabine, notgedrungen beantwortete er ihre letzte Frage. »Kristina studiert Gebrauchsdesign bei einem gewissen Professor Fabian Jedwabny, bei ihm schreibt sie gerade ihre Diplomarbeit.« Er wurde schneller, gut vier Kilometer lagen noch vor ihnen, dann wurde gefrühstückt, hin-

terher verteilten sich alle auf noch kleinere Gruppen, manche bekamen auch eine Einzeltherapie. Nachmittags ging es im Freien weiter, die einen halfen im Klostergarten, und die anderen kümmerten sich um Hühner, Schweine und Pferde. Sie waren quasi Selbstversorger, auf dieser Basis war die Klinik trotz hervorragender Fachkräfte wieder genauso preiswert wie ganz zu Anfang, als ein paar Klosterbrüder hier anfingen, ihren Mitmenschen zu helfen.
Wenn mir irgendwas in diesem Leben gelungen ist, dachte Benedikt, dann das hier. Das hier und Kristina. Sie war jung und schön, genau wie Sabine das registriert hatte, und obendrein begabt und feinfühlig und hoffentlich gesünder als ihre Eltern, um die sie sich mehr Sorgen machte, als für einen jungen Menschen gut sein konnte. Genau das hatte er ihr auch gesagt.
»Du musst endlich an dich denken, Kristina! Irgendwann muss jeder sich auf sich selbst besinnen, sonst bist du am Ende wirklich nur noch ein Tropfen in einem Strom und wirst mitgerissen, weggespült.«
»So wie Mutter?«, hatte Kristina leise gefragt.
»Sie will sich nicht helfen lassen. Ich habe alles versucht, aber das andere ist stärker.« Das oder der andere, hatte er stumm ergänzt und es nicht gewagt, seine einzige Tochter mit der Wahrheit über ihren Großvater zu konfrontieren. In Kristinas Gegenwart gab Christoph Maria Ebertz sich neuerdings immer sehr leutselig, spielte allenfalls den um den Erhalt der Fabrik zitternden Patriarchen, den Mann, der sich am liebsten vierteilen würde, um es allen recht zu machen und seiner einzigen Enkelin ihr Erbe zu erhalten. Allerdings stets mit dem Hintergedanken, dass seine Enkelin sich für dieses Opfer erkenntlich zeigen und nach Abschluss ihres Studiums in die Firma zurückkehren würde. Immerhin – in diesem Punkt hatte er verloren, wie Benedikt seit dem Vortag wusste.
Zunächst hatte Kristina noch herumgedruckst, als die Rede auf sie selbst kam, auf ihre eigenen Pläne. Möglicherweise ermutigt von seiner Aufforderung, endlich an sich selbst zu denken, hatte sie ihm von dem Thema ihrer Diplomarbeit erzählt, davon, dass sie nun in die Zielgerade ging, und wie unglaublich spannend es war, Prozesse

analysieren und begleiten zu dürfen, die zugleich kreativ und praxisorientiert waren und so unglaublich innovativ und hautnah am Zeitgeist. Sie würde ihre Arbeit über sogenannte Schlafstationen schreiben, die auf den ersten Blick wie Kunstobjekte aussahen und sich dann je nach Bedarf in Oasen verwandelten, wo man schlafen oder auch nur entspannen konnte, und das sogar im dicksten Trubel etwa einer Großfamilie oder eines Großraumbüros. Teile, die man überall aufschlagen konnte, die es in den unterschiedlichsten Preiskategorien geben würde, leicht und handlich und ein Labsal fürs Auge und den Körper. Kristina war regelrecht ins Schwärmen geraten und hatte gar nicht mehr aufhören können.

»Das hört sich alles sehr, sehr gut an«, hatte er gemeint, als sie endlich innehielt und ihn um seine ehrliche Meinung bat. Die Sonne war auf ihrem Gesicht aufgegangen, und ihre Augen leuchteten. Er hatte ihr nichts von ihrer Begeisterung nehmen wollen, als er fortfuhr: »Und es hört sich wie das genaue Gegenteil von allem an, was Ebertz & Sohn dir zu bieten hat.« Noch zu bieten hat, fügte er im Stillen hinzu und hoffte, dass seine Tochter ihre Entscheidung vor dem endgültigen Zusammenbruch der Fabrik traf.

»Deshalb habe ich ja solche Angst, mit Mutter und Großvater zu reden. Sie setzen all ihre Hoffnungen auf mich, aber ich würde in diesem schrecklichen Schleiflack ersticken.«

»Da bist du nicht die Einzige.«

»Du verstehst mich also? Du findest es nicht schlimm, wenn ich nach meinem Examen in dieser Richtung weitermache? Immer vorausgesetzt, ich bekomme überhaupt ein entsprechendes Angebot. Ich würde für mein Leben gern dabei sein, wenn diese Schlafstationen in Produktion gehen, mein Professor kennt auch eine ganze Reihe von potentiellen Investoren, natürlich müsste erst mal die Designerin ihr Okay geben. Ich soll sie morgen Mittag persönlich kennenlernen. Wenn sie nur halb so phantastisch ist wie ihre Ideen, muss sie ein wunderbarer Mensch sein. Drück mir bitte die Daumen, Paps, damit sie mich mag und nimmt.«

Das hatte er getan, zumindest in übertragenem Sinne. Genau das

hatte ihn letzte Nacht seinen Schlaf gekostet. Er hatte für Kristina gehofft und sich automatisch in jene Zeit zurückversetzt gefühlt, als er selbst geglaubt hatte, endlich in die richtige Richtung zu marschieren. Zusammen mit Ruth. Die komplette Ebertz-Geschichte war wieder hochgeschwemmt worden, und er hatte sich erneut gegen das Gefühl wehren müssen, letztendlich doch hilflos zu sein und beliebig hierhin oder dorthin getrieben zu werden, sofern das Dunkle in ihm es so wollte. Er hatte sich gefragt, ob etwas davon auch in seiner Tochter schlummerte, in gewisser Weise war sie sogar doppelt vorbelastet. Schwer vorstellbar, wenn man sie so munter agieren und dann friedlich wie ein Baby schlafen sah. Kaum hatte sie sich auf der Couch in seinem Wohnzimmer – als Chef und damit Dauerbewohner gönnte er sich immerhin die doppelte Wohnfläche wie seine Gäste – hingelegt, war sie auch schon eingeschlafen.
Ganz leise hatte er sich in einen Sessel gesetzt und sie bewundert und jedes Für und Wider erwogen, hatte darüber nachgedacht, was er ihr mit auf den Weg geben sollte und was nicht, und vor allem, wie sein Vater und Ruth reagieren würden. Man durfte, wie er sehr wohl wusste, die Kraft von Menschen, die fast am Ende waren, nicht unterschätzen. Das galt für seine Exfrau ebenso wie für seinen Vater. Im Kampf um das, woran sie sich klammerten, was sie für ihren einzigen Lebensinhalt hielten, war ihnen jedes Mittel recht. Er konnte nur hoffen, dass Kristina ihnen entkam. Und dann war da auch noch sein Bruder Rüdiger, der für Kristina längst so etwas wie ein zweiter Vater geworden war. Vielleicht sogar ein Vater, der ihr wichtiger und vor allem näher als er selbst war.
Kristina war gerade mal zehn Jahre alt gewesen, als er – ihr leiblicher Vater – es nicht länger unter einem Dach mit einer Alkoholikerin und einem Tyrannen aushielt, überall nur noch dunkle Schatten sah, die nach ihm griffen. Die Versuchung war beinahe übermächtig gewesen, es seiner Frau gleichzutun, Vergessen in irgendwelchen Drogen zu suchen, erneut abhängig zu werden. In diesem Fall war seine labile Gesundheit von Vorteil gewesen. Sein Körper hatte sofort rebelliert. So paradox das klang, seine geschwächten Bronchien hatten ihn gerettet,

in null Komma nichts war eine Tuberkulose daraus geworden, dagegen war sogar sein allmächtiger Vater machtlos. Benedikt war zur Ausheilung in ein Sanatorium für Lungenkranke unweit von diesem Kloster geflohen, seine Wahl war intuitiv erfolgt, ihm war zu diesem Zeitpunkt nicht wirklich bewusst gewesen, dass ihn nicht mal fünf Kilometer von der Klosteranlage trennten, die ihn magisch anzog und wo er schon einmal zu sich zurückgefunden hatte.
Fünf Kilometer hin und fünf zurück, er hatte es trotz Schwindsucht geschafft. Wieder und wieder hatte er diesen Weg auf sich genommen und damit nicht nur seine Lungen und seine Kondition gekräftigt, sondern auch aus nächster Nähe verfolgt, wie zuerst die Staatsanwaltschaft und schließlich der Insolvenzverwalter in dem zur Nobelklinik aufgemotzten Kloster anrückten. Die Geldhaie versuchten zu retten, was zu retten war, es war nicht viel, und genau das war seine Chance gewesen. Er hatte sie mit Hilfe des Geldes genutzt, das seine Mutter ihm und Rüdiger hinterlassen hatte, und die komplette Anlage ersteigert und wieder zu dem gemacht, was sie ursprünglich einmal gewesen war.
Zwischendurch war er etliche Male nahe dran gewesen, wieder aufzugeben, zumal er spürte, wie sein Bruder nun vor die Hunde zu gehen drohte, in haargenau dieselbe Falle tappte. Sein Bruder, der ihm alle Lasten abgenommen hatte: eine kranke Frau, die Sorge um sein Kind und die Firma, über der weiter wie ein Habicht der Alte und neuerdings der Pleitegeier kreiste. Doch dann hatte Benedikt sich gesagt, dass Rüdiger von Anfang an anders als er selbst war, mutiger und stabiler und vielleicht stark genug, um sogar Ruth zu retten.
Ruth war mit fliegenden Fahnen zu ihm übergewechselt, Rüdiger war spätestens seit Benedikts »Schwindsucht« der Winner für sie, das neue Pferd, auf das zu setzen es sich lohnte. So war sie gestrickt, sie konnte keine Weichlinge um sich herum ertragen, weich und zerbrechlich war sie selbst. Sein Vater hatte sie endgültig gebrochen, wogegen Rüdiger ihm möglicherweise noch entkommen konnte und wollte. Er hatte jedenfalls bei seinem letzten Besuch angedeutet, dass er mit dem zurückgezahlten Erbe ebenfalls einen Neuanfang in Betracht zog.

Nun, wo Benedikt hier in seinem Seelenhort endlich schwarze Zahlen schrieb und der Druck nachließ, konnte er seinen jüngeren Bruder sogar innerlich ein Stück weit loslassen. Ihn lossprechen, irgendwann vielleicht sogar die Panik offen ansprechen, die eine komplette Familie beherrscht hatte. Ausgelöst durch ein dummes Spiel unter Brüdern, einen Wettstreit, so vieles war daraus entstanden. Die gesamte Aufmerksamkeit hatte sich danach nur noch auf den armen Benedikt gerichtet, der doch schon seit seiner Geburt gehandicapt war, dessen chronischer Luftmangel ihn vom ersten Tag an stigmatisierte. Das Eingesperrtsein in dieser Truhe gab ihm den Rest. Aber er war auch ein Held gewesen, er hatte Rüdiger nie verraten. Er hatte gelitten und zugleich triumphiert. Trotzdem war er stets der Schwächere gewesen und es geblieben, dafür vor allem hatte er sich gehasst.
Auch das hatte sich geändert. Es gab immer mehr, was ihm an sich selbst gefiel, worauf er stolz sein konnte, und das strahlte, wie man beispielsweise an Sabine sah, bereits auf seine Umwelt aus. Er wurde sogar für Frauen wieder interessant. Seine Ängste schrumpften ebenso, wie seine Lungen sich kräftigten. Er war fast gesund, an Körper und Seele, er war auf dem besten Weg. Es gab keinen Grund, länger Gespenster zu sehen. Nun, wo auch Kristina ein klares Ziel vor Augen hatte.
Nur, was wurde aus Ruth und seinem Vater?
»He, willst du nochmal 'ne Extrarunde drehen?« Keuchend und sehr nah und zugleich fremd, die Stimme passte nicht in sein Zwiegespräch mit Vergangenem und Zukünftigem. Benedikt blieb notgedrungen stehen, die Gegenwart holte ihn in Gestalt von Sabine ein. Er sah sich um, das Hauptgebäude lag tatsächlich wieder hinter ihm, er war daran vorbeigelaufen, während alle anderen bis auf Sabine dem Frühstücksraum zustrebten.
»Ich war in Gedanken«, sagte er, »aber danke, dass du mich gestoppt hast.«
»Gern geschehen, du kannst dich ja bei Gelegenheit mal revanchieren.«
»Ja, das könnte ich wohl.« Ziemlich abrupt machte er kehrt. Er hatte

plötzlich ein Bild vor Augen. Wie er sich sein T-Shirt über den Kopf zog und einen Moment lang blind diesem Gefühl ausgeliefert war, ein Mann zu sein. Ein fremdes Gefühl, nicht unangenehm, nur weit weg. Oder funktionierte das umgekehrt? War sie diejenige, die heimlich die Strippen zog? Er warf Sabine einen prüfenden Blick von der Seite zu und hoffte, dass sie nicht mitbekam, was sich gerade in ihm abspielte. Zumal sie Gast bei ihm war und damit für sie noch mindestens vier Wochen lang die Hausordnung galt. Eher länger.
»Du bist der Chef«, sagte sie und blitzte ihn mit ihren frechen Augen an.
»Und was heißt das?«
»Dass du mal dafür sorgen könntest, dass es nicht ständig nur diese tierisch gesunden Vollkorndinger zum Frühstück gibt. Ich sehne mich nach einer Semmel, und da bin ich bestimmt nicht die Einzige. Außen knusprig und innen luftig und vor allem weiß und so herrlich ungesund.«
»Das klingt nach einer neuen Sucht und widerspricht damit unserem Konzept.«
»Wenn schon, dann ist es nur eine winzig kleine Sucht. Und hast du noch nie was davon gehört, dass es besser ist, ab und zu im Kleinen schwach zu werden, als sich ständig zu kasteien und dann irgendwann komplett nachzugeben und in einer dicken, fetten Sucht zu landen? Ich weiß, wovon ich rede. Und du weißt es auch.«
Benedikt sah sie an. Er kannte ihre Krankheitsgeschichte aus dem Effeff. Fresssucht, Magersucht, ein ständiges Auf und Ab. Auslöser waren ihr damaliger fester Freund und Kolleginnen mit Twiggy-Maßen, die völlig falsche Maßstäbe setzten. Ihre Familie hielt indes zu ihr, auch wenn sie nicht verstand, was in Sabine vorging. Unter seiner Obhut hatte sie ihren Mutterwitz und ihr Selbstbewusstsein wiedergefunden. Sie gefiel ihm. Sie war das genaue Gegenteil von Ruth. Er überlegte, ob sich eine Weißsemmel in ihren Heilplan integrieren ließe, und musste über sich selbst lachen.

## 5

Massimo hatte einen mordsmäßig anstrengenden Tag hinter sich, trotzdem fühlte er sich so gut wie schon lange nicht mehr, als er am Montagabend für den letzten Flug nach Mailand eincheckte. Er hatte es geschafft. Allen Hindernissen zum Trotz war er punktgenau durchs Ziel gegangen, alles Weitere würde ein Kinderspiel sein, nichts und niemand konnte ihn mehr aufhalten. Er nahm lächelnd seine Bordkarte entgegen und lächelte sogar noch, als das Essen serviert wurde und er den Geruch von Rote Bete wahrnahm.
Wenn er irgendein Gemüse verabscheute, dann diese Knollen, die muffig und zugleich penetrant rochen und ihn an die alte Jagdhütte erinnerten, wo solches Gemüse im sogenannten Naturkühlschrank gelagert worden war. Im Grunde nichts weiter als eine durch eine Holztür geschützte Felsnische, die durch ein Bächlein zusätzlich kühl gehalten wurde. Auf dem feuchten Moos war er als Junge regelmäßig ausgerutscht, und gefürchtet hatte er sich auch. Einmal hatte er sich sogar, als sie ihn wieder mal losschickten, wegen eines vermeintlichen Wildschweins vor Angst in die Hosen gemacht. Tatsächlich hatte sich lediglich ein gemeines Hausschwein zur Hütte verirrt und ihm einen Mordsschrecken eingejagt. Wahrscheinlich hatte seine Schwester das genau gewusst und es darauf abgesehen, ihn bloßzustellen. Sie ließ ja bis heute keine Gelegenheit aus, ihn zu blamieren, dabei sollte sie langsam kapieren, dass daraus immer öfter ein Bumerang wurde. Wie's aussah, würde er noch in diesem Jahr die Ernte einholen können. Spot an! Hier kommt der heimliche Drahtzieher, der die Puppen tanzen lässt, wie er will, weil er jede Bewegung sauber vorab planen kann. Mitunter war es durchaus von Vorteil, unterschätzt zu werden.
»Darf ich Ihnen noch etwas bringen?« Extrem freundlich und ziemlich hübsch, die Flugzeugbegleiterin in der ersten Klasse war, wie es sich gehörte, auf sein Wohl bedacht.
»Nein danke! Aber Sie könnten das da wieder mitnehmen.« Er zeigte auf sein Essen.

»Sie haben keinen Appetit?«
»Darauf nicht.« Er kannte die Wirkung seiner Stimme, im Sitzen kam sie besonders gut zur Geltung. Eine ausgesprochen tiefe, männliche Stimme, was keineswegs bedeutete, dass der Rest abfiel oder gar ins Feminine tendierte. Alles an ihm war männlich und wirkte männlich, es kam bekanntlich nicht auf die Größe an. Die junge Frau reagierte denn auch prompt auf seine versteckte Anspielung, sie lächelte auf diese bewusste Art und Weise, die sich, wenn er es nur wollte, während des Flugs ganz diskret ausspinnen und nach der Landung fortsetzen ließ.
Wollte er? Er überlegte kurz und entschied, dass er solche oberflächlichen Bestätigungen für sein Ego nun auch nicht mehr nötig hatte. Es würde wunderbar werden, tief und dauerhaft, das Paradies auf Erden. My home is my castle. My castle is my home. Alle Knoten würden sich lösen, er hatte sein Netz gesponnen und ausgeworfen und würde die Ernte exakt nach seinem Zeitplan einholen können. Und das vor allem deshalb, weil er nicht wie die meisten anderen Männer war, nicht im Hauruckverfahren seine Beute krallen musste, sondern von langer Hand plante und sich selbst noch in seine erklärten Feinde hineinversetzte. Und was ihm an Zusatzinformationen fehlte, besorgte die Privatdetektei, die seit vielen Jahren gute Dienste für ihn tat. Er beschloss, den Jungs einen Sonderbonus zukommen zu lassen, sie hatten ihn sich verdient.
Heute koch ich, morgen back ich, übermorgen hol ich mir der Frau Königin ihr Kind! Dieser Satz aus einem Märchen fiel ihm ein, seine Mutter hatte ihm oft Märchen erzählt. Weil sie in Tirol geboren worden und aufgewachsen war, mischte sie deutsche und italienische Geschichten, bei der Sprache war es dasselbe. Natürlich würde er sich nirgends ein Kind holen, schon weil er das fix und fertige Kind – sozusagen den Schlüssel zur Glückseligkeit – selbst beigesteuert und Rosa zu treuen Händen überantwortet hatte. Sie hütete dieses Kind seitdem wie ihren Augapfel und würde es ihm freiwillig zurückbringen, wenn sie ganz zu ihm kam. Der genaue Zeitpunkt hing von ihrer Großmutter ab, die sie nie und nimmer im Stich lassen würde,

so viel war ihm klar. Das hatte er eingeplant, als er heute die Orangerie verkaufte.

Das Leben der alten Frau hing an einem seidenen Faden, trotzdem ließ sich nicht exakt vorhersagen, wie viel Zeit ihr noch blieb. Nicht mehr sehr lange jedenfalls, darin waren die Ärzte sich einig. Allerdings musste Rosa sich ja auch noch um ihre Scheidung kümmern, und wie er sie einschätzte, würde sie Fritz noch eine Weile persönlich über seinen nur zu verständlichen Trennungsschmerz hinwegtrösten wollen. Ihr Vater wollte ebenfalls versorgt sein. Und dann würde noch die Umschulung von Joana ein wichtiges Thema für Rosa sein, am besten eignete sich natürlich das neue Schuljahr, das nach den Sommerferien begann. Bis dahin blieben ihm noch rund acht Monate.

Es war ein gutes Gefühl zu wissen, dass er diese Wartezeit ganz in Rosas ureigenem Interesse nutzen konnte. Wenn sie zu ihm kam, hatte Markus Rigger längst das Handtuch geworfen, das war so sicher wie das Amen in der Kirche. Und gleichzeitig war Rüdiger Ebertz pleite, bei seiner Vorgeschichte bedeutete das, er war endgültig am Ende. Und er hatte es verdient. Beide Männer hatten verdient, was Massimo ihnen zugedacht und an diesem Montag per Notarvertrag besiegelt hatte. Rüdiger Ebertz hatte es sogar ganz besonders verdient.

Was zunächst lediglich eine Ahnung gewesen war, hatte sich voll und ganz bewahrheitet. Der Mann, in den Rosa sich vor über dreizehn Jahren Hals über Kopf verliebt und dem sie blind vertraut hatte, war nicht nur ein notorischer Betrüger, sondern zudem jemand, den Gott schon im Alten Testament in der Geschichte von Kain und Abel zu ewigen Höllenqualen verdammt hatte. Wie Massimo aus sicherer Quelle wusste, hatte Rüdiger Ebertz seinem eigenen Bruder nach dem Leben getrachtet.

Es war der erste Einsatz der von Massimo beauftragten Detektei gewesen, der das ans Tageslicht brachte. Massimo hatte es zwar glücklich geschafft, seinen Rivalen aus Mailand zu vertreiben, doch Rosa war noch immer nicht geheilt, war wie verrannt in die Idee, es könne für alles eine vernünftige Erklärung geben. Zitternden Herzens hatte er zulassen müssen, dass sie Rüdiger Ebertz nachreiste. Aber Massimo hatte dennoch nicht untätig die Hände in den Schoß gelegt und einem Instinkt folgend diesen Detektiv losgeschickt, der noch am Tag von Rosas Ankunft in Herzfeld fündig wurde. Ein glücklicher Zufall hatte dem Profi Ruth in die Arme laufen lassen, sie war auf der Suche nach etwas Hochprozentigem. Offenbar hatte Rüdiger gleich nach seiner Ankunft stellvertretend für seinen Bruder alles weggesperrt, was ihr Vergessen schenken konnte.

Ein Drink, gespendet von Massimos cleverem Detektiv, und schon packte sie aus; seltsamerweise richtete sich ihr Zorn ausschließlich gegen den Ehemann, der sie jüngst schnöde verlassen hatte. Ein Weichei, wie sie betonte, einer, der es verdient hätte, wenn er damals in dieser Truhe erstickt wäre, das hätte ihr viel Kummer und zudem die Kosten für die Scheidung erspart. Sie war sehr redselig gewesen, hatte diesem Wildfremden ihr Herz ausgeschüttet, und so hatte Massimo herausgefunden, wie wunderbar sich die Dinge in seinem Sinne fügten, wenn man nur ein klein wenig nachhalf.

Es war nicht weiter schwierig gewesen, diese Wahnsinnige auf Rüdiger Ebertz scharf zu machen und ihr unterzujubeln, dass man bei einem richtigen Kerl wie ihrem Schwager schon ein wenig nachhelfen und alle Trumpfkarten ausspielen musste. Ruth hatte sich Rüdiger Ebertz fortan bei jeder Gelegenheit brav an den Hals geworfen und gleichzeitig ihrem Schwiegervater signalisiert, wie es aussah: Er oder vielmehr seine hoffnungslos veraltete Möbelfabrik würde nur dann in den Genuss ihres Geldes kommen, wenn Rüdiger die Nachfolge von Benedikt antrat, mit allen Rechten und Pflichten. Andernfalls würde Ruth die Scheidung einreichen und dank Ehevertrag mitsamt ihrem Geld gehen. Von diesem Augenblick an war praktisch alles entschieden, trotzdem hatte Massimo wie um sein Leben gezittert, bis Rosa endlich wieder bei ihm in Mailand auftauchte und ihn erlöste. Ihn möglicherweise sogar davor bewahrte, sich dieses Neugeborenen zu entledigen, das Tag und Nacht schrie und ihm den letzten Nerv raubte und dann wundersamerweise zum Sesam-öffne-Dich wurde.

In seinem Leben, so sah er das auf diesem Flug zurück nach Mailand,

ging es von nun an nur noch aufwärts. Rosa würde ihn lieben lernen, sie würden eine Familie sein und zusammen in einem Schloss leben, von dem dieser Idiot von Markus Rigger noch immer glaubte, dass es ihm gehören würde, wenn er nur hübsch viel Krach beim Umbau der Orangerie machte. Weit gefehlt! Es gab keinen blaublütigen Schlossherrn, dessen Nerven bloßlagen, wenn nur oft genug der Presslufthammer ertönte. Was nicht hieß, dass man diesen Phantom-Adligen nicht nach Belieben zitieren und im Namen seiner Firma – die es wirklich gab – zum richtigen Zeitpunkt darauf pochen konnte, dass bauliche Veränderungen und erst recht eine gewerbliche Nutzung gemäß der notariell getroffenen Teilungserklärung stets der Zustimmung aller Miteigentümer bedurften. Ein kleines Veto, sobald alles passend für Rosa umgebaut war, und schon standen buchstäblich alle Räder still. Auch ein Notar war halt bloß ein Mensch.
Und was dann passieren würde, war klar. Einer wie Markus Rigger würde umgehend die Lust an seinem neuen Spielzeug verlieren und das investierte Geld als Verlust abschreiben, wogegen Rüdiger Ebertz vermutlich bis an sein Lebensende für das Darlehen zahlen musste, das er bereits aufgenommen hatte und immer weiter aufstocken würde, bis der Bank der Kragen platzte und sie den Daumen drauflegte. Dann war Massimo endgültig am Zug und kaufte Rosas Traum fix und fertig mit einem satten Gewinn zurück, dieses Kunststück sollte ihm erst mal einer nachmachen.
Und einen wie ihn hatten sie abtreiben wollen …
Es war unmittelbar nach seinem schrecklichen Auftritt als Salome gewesen, zu dem sein Vater auf Paulas Einladung hin angereist war. Zusammen mit dem alten Rigger – der schon damals ein guter Kunde für die Pezzos und zudem ein Studienkollege von Ernesto Pezzo war – wurde Ernesto Pezzo Augenzeuge von Massimos Blamage und sprach vielleicht deshalb hinterher dem Wein etwas kräftiger zu, als es sonst seine Art war. Einer wie Massimos Vater hielt stets sehr auf Contenance in allen Lebenslagen, umso schlimmer hatte ihn die unfreiwillige Demaskierung seines einzigen Sohnes in einem reinen Mädchenballett getroffen. Irgendwann musste er nach jener unsäg-

lichen Vorstellung gemerkt haben, dass sein Alkoholpegel zu hoch war, um noch ein gutes Bild in der Öffentlichkeit abzugeben, und so waren die beiden Männer zusammen auf einen Absacker in die Suite hochgegangen, die Massimos Vater gemietet hatte. Ernesto Pezzo konnte nicht wissen, dass sein Sohn sich in seiner Not dorthin geflüchtet hatte.

Zurück ins Internat konnte und wollte Massimo nicht, draußen wurde es empfindlich kalt, und bei jedem harmlosen Passanten hatte er das Gefühl, dieser starre ihn höhnisch an. Seht mal den da, ist das nicht …? So hatte er sich schließlich am Portier vorbeigeschlichen und mit ein paar Kissen und Decken im begehbaren Kleiderschrank der Suite versteckt, mit sich gehadert, war zwischen Wut und Scham hin- und hergependelt und schließlich eingeschlafen. Bis die beiden nicht mehr ganz nüchtern klingenden Männerstimmen zu ihm durchdrangen.

Anfangs hatte er gar nichts verstanden. Es war um ein X0-Chromosom gegangen, was immer das auch sein mochte. Mittlerweile wusste er es, aber in jener Nacht hatte er zunächst noch geglaubt, dass die beiden Männer einfach zu angetrunken waren, um zu realisieren, dass es lediglich XX-Chromosomen für Mädchen und XY-Chromosomen für Jungs gab. Massimo hatte an sein Versteck gefesselt mehr dazugelernt, als ihm lieb war, als irgendein junger Mensch verkraftete. Was er da zu hören bekam, gab ihm den endgültigen Knacks. Und immer wenn er glaubte, endlich sicheren Boden unter den Füßen zu haben, begann es wieder heimtückisch zu knirschen, ein haarfeiner Riss tat sich auf. Der Riss konnte rasend schnell größer werden und alles wieder zunichtemachen. Er brauchte nur oft genug X0, X0, X0 zu raunen, das war die Formel, die Massimo um ein Haar das Leben gekostet hätte.

In jener Nacht also erfuhr er, dass es ihn, wenn es nach den Ärzten gegangen wäre, überhaupt nicht gäbe. Seine Mutter hatte, als sie mit ihm schwanger war, in Anbetracht ihres Alters eine Fruchtwasseruntersuchung machen lassen; zu jener Zeit war das noch ein ziemlich riskantes Unterfangen, vermutlich war man sogar dankbar für jedes

Versuchskaninchen gewesen, speziell wenn das Pezzo hieß und für eine saftige Rechnung gut war. Dabei hatte man inmitten von lauter normalen XY-Chromosomenpaaren auch ein paar unvollständige Chromosomen entdeckt.

»Sie haben uns damals in der Klinik zu einem Abortus geraten«, hörte er seinen Vater zu dem alten Rigger sagen, »aber meine Frau wollte nicht. Sie wollte das Kind austragen, obwohl man uns sogar Bilder von X0-Menschen gezeigt hat. Bedauernswerte Geschöpfe, bei manchen siehst du es auf den ersten Blick, andere hingegen wirken zunächst völlig normal. So wie Massimo. Trotzdem frage ich mich manchmal, was schlimmer ist: ein Penis, der aus einer Scheide wächst, oder die Psyche eines Zwitters. Ersteres kann man operieren, dass da was zu viel oder zu wenig ist, siehst du ja gleich nach der Geburt. Wir haben länger gebraucht, viel länger, und meine Frau wollte es bis zu ihrem letzten Atemzug nicht glauben, dass ihr kleiner Liebling anders ist. Aber er ist anders, das hast du ja heute mit eigenen Augen gesehen …«

»Du meinst, er ist so eine Art Transe?« Sensationslüstern, widerlich. Massimo hatte die Antwort seines Vaters nicht abgewartet. Er hatte sich so tief in die Decken gewühlt, dass er kaum noch Luft bekam, möglicherweise auch gar keine mehr bekommen wollte. Wozu noch? Wozu sollte er noch weiterleben, wenn sein eigener Vater ihn am liebsten tot sähe und aller Welt erzählte, dass sein Sohn kein richtiger Mann und eine Art Transe war. Was nicht stimmte.

Inzwischen wusste Massimo, dass er seinen Mann stehen konnte. Rosa war seine erste Frau gewesen. Mit einunddreißig Jahren hatte er den Gegenbeweis angetreten, mit ihr und durch sie das Gefängnis seiner Angst verlassen. Die Frauen liebten ihn seitdem, er war ausdauernder als die meisten, gab sich viel mehr Mühe, war auch in dieser Hinsicht ein Künstler. Trotzdem war da stets die leise Angst, eine könnte ihn enttarnen. Ihm auf den Kopf zusagen, dass etwas mit ihm nicht stimmte. Das hatte er einzig und allein seinem Vater zu verdanken, dafür verdiente der jede nur denkbare Strafe. Strafe, wem Strafe gebührt, und der gerechte Lohn demjenigen, der durch tausend Fegefeuer geht, um endlich doch anzukommen.

»Rosa«, murmelte er, »du wirst es nie bereuen, niemals.«
»Darf ich Ihnen noch etwas bringen?« Hübsch, gewiss, und freundlich wie Sirup und ein billiger Abklatsch, gemessen an einer Frau wie Rosa. Sie war alles für ihn, sonst brauchte er nichts.
»Danke«, sagte er und zwang sich zur Höflichkeit, »aber ich brauche nichts.«
»Und ich dachte, Sie hätten nach mir gerufen.«
Massimo schüttelte den Kopf. Sie wurde lästig, merkte sie das nicht? Er schloss demonstrativ die Augen und malte sich aus, wie es sein würde, wenn er Rosa das nächste Mal zu ihrem Stein gewordenen Traum führte. Er, das X0-Geschöpf. Laut seinem eigenen Vater eines von diesen armseligen Geschöpfen, die nicht Fisch und nicht Fleisch waren, bei denen die Fortpflanzungsorgane lediglich zum Schein angelegt waren und die Gott sei Dank meistens relativ früh starben, oft auch an Herzversagen, weil nicht mal das Herz normal tickte. Seines schon, er kontrollierte regelmäßig seinen Blutdruck und stieg jeden Morgen aufs Laufband, das war für ihn mittlerweile so selbstverständlich wie Zähneputzen. Nur an diesem Wochenende hatte er eine Ausnahme gemacht, einmal war keinmal, er hatte die Basis für das große Glück gelegt. Und vielleicht würde er ja doch noch einen Test machen lassen. Nur um zu beweisen, dass bei ihm alles stimmte. Er war ein richtiger Mann, und was für ein Mann.
Eine Hand machte sich an ihm zu schaffen. Fast dort, wo seine Männlichkeit ruhte. Er fuhr hoch.
»Finger weg!«, befahl er. Seine Stimme überschlug sich, klang nun viel höher als sonst.
»Ich wollte Ihnen doch nur behilflich sein. Wir landen gleich, und Sie haben nicht auf die Durchsage reagiert.«
»Bin ich ein Mann oder ein Kind?« Seine Finger zitterten, als er die beiden Gurtenden zusammenführte. Es gelang ihm erst im dritten Anlauf, das Schloss einklicken zu lassen. Hoffentlich war das kein schlechtes Omen.

## 6

Rosa fuhr mit ihrer Großmutter gleich am Montagmorgen zu dem neuen Arzt, den angeblich die Liebe ins Sauerland verschlagen hatte und dem der Ruf vorauseilte, Lahme gehend zu machen. Die Praxis strotzte nur so vor modernster Technik, doch leider schienen die Menschen, die hier arbeiteten, über ihren hochkomplizierten Geräten jegliches Feingefühl verloren zu haben. Rosa sah nur noch rot, als der Mediziner sich nach der Untersuchung mit seiner Assistentin lautstark über den hoffnungslosen »Fall« Gerlinde Graf austauschte, während diese sich noch mit Rosa in der hellhörigen Umkleidekabine nebenan befand. Rosa versuchte ihre Großmutter, so gut es eben ging, abzulenken und stellte den Arzt wenig später unter dem Vorwand, nur noch rasch die Toilette aufzusuchen, zur Rede. Er entschuldigte sich, doch sein Gesicht spiegelte etwas anderes wider. Seine Mimik wiederholte, was zuvor in Worte gefasst worden war. Dass man höchstens noch lindern, aber nicht mehr heilen konnte und ein rasches Ende für alle Beteiligten eine Gnade wäre.

Rosa kochte innerlich, als sie die Praxis verließen, während sie nach außen hin alles unternahm, um ihre Großmutter das Gehörte vergessen zu lassen. Sie bestand darauf, mit ihr im teuersten Restaurant am Platz einzukehren, und sah hilflos zu, wie die alte Frau ihr Essen mehr umschichtete, als wirklich etwas davon zu sich zu nehmen. Rosa redete in einem fort, um nur ja keine Stille aufkommen zu lassen, das hinter ihr liegende Wochenende war ein willkommenes Thema. Vielleicht übertrieb sie sogar noch bei der Schilderung des Schlosses und der zugehörigen Orangerie, immer wieder ertappte sie sich dabei, dass sie sich des überschwänglichen Vokabulars ihrer Tochter bediente, und zuletzt ließ sie sich wohl wirklich selbst von ihrer Begeisterung davontragen. Sie hatte nicht bedacht, welch aufmerksame Zuhörerin Gerlinde Graf war. Ein Kernspintomograph mochte nichts als Zerfall zeigen, in ihrem Oberstübchen hingegen war noch alles an seinem Platz, und für ihr Herz galt das erst recht.

»Weißt du, wie das klingt, was du da beschreibst?«, war ihr erster

Kommentar. »Wie eine Stelle aus Goethes Lied vom alten Harfner für Mignon. Kennst du das Land, wo die Zitronen blühn … Das Land der Sehnsucht, vielleicht muss das ja gar nicht unbedingt Italien für dich sein, auch wenn ich das eine Weile lang geglaubt habe und manchmal noch immer denke. Etwas von dir ist dort in Mailand geblieben.«

»Ich habe alles, was zählt, von dort mitgebracht. Jetzt habe ich euch alle beide an einem Fleck, dich und Joana, und das ist besser als jeder Zitronenhain und jede Einbildung.«

»Mach dir nichts vor, Kind! Du wirst nicht hierbleiben. Du darfst es nicht. Du musst raus, die Welt da draußen wartet auf dich, und für Joana wird es auch besser sein.«

»Nur wenn du mitkommst. Würdest du mitkommen? Joana hat sich auf Anhieb in diesen Ort verliebt und ich auch, wenn ich ehrlich bin. Du müsstest die Orangerie nur einmal selbst sehen, dann würdest du mich verstehen. Im Augenblick ist es eine ziemliche Ruine, aber dahinter …«

»… blühen schon Zitronen?«

»Ja«, sagte Rosa versonnen. »Sie blühen noch im Geheimen und wollen gehegt und gepflegt und geerntet werden, alles wartet auf uns, so kam es mir wenigstens vor. Natürlich ist das total verrückt, trotzdem hatte ich das sichere Gefühl, ich werde wieder dorthin zurückkommen und alles finden, was ich jemals verloren habe.«

»Und genauso wird es auch sein.« Gerlinde Graf schob ihren noch fast vollen Teller beiseite und griff nach Rosas Händen.

»Nur wenn du dabei bist.«

»Ich bin immer bei dir, mein Liebes.«

Immer? Die alten Hände zitterten, doch als sie sich nun fester um Rosas Hände schlossen, wurden sie ruhiger, der Gegendruck kräftiger. Als ob etwas von Rosas Energie in sie überginge, sie inspiriere. Vielleicht würde ja ein Klimawechsel Wunder bewirken, raus aus der Enge einer Heimat, die immer mehr einem ausgetretenen Schuh ähnelte.

»Dann lass es uns versuchen!« Rosa vergaß alles um sich herum und begann, mit anfangs noch gedämpfter Stimme zu rezitieren. »Kennst du das Land ...«, es war ihr Lieblingsgedicht, sie legte alles hinein und glaubte den Duft der Zitronen zu riechen, die Verheißung und den Lockruf körperlich zu spüren, es war mitreißend und feierlich und wie ein Versprechen.

»Darf ich bei den Herrschaften abräumen?« Die Stimme des Oberkellners holte sie in die Wirklichkeit zurück. Man sah teils neugierig, teils peinlich berührt zu ihr herüber. Hört euch mal die Verrückte an! Das schien der Kellner eigentlich sagen zu wollen, und dieses »Herrschaften« hörte sich ausgesprochen zynisch an.

»Ja«, erwiderte Rosa, »und die Rechnung können Sie mir auch gleich bringen.«

»Darf es vielleicht noch ein Dessert sein? Oder ein Kaffee? Wir haben auch original italienischen Espresso oder Cappuccino.«

»Aber leider haben Sie keine original italienische Atmosphäre«, konterte Rosa und konnte nur mit Mühe ernst bleiben, als Gerlinde Graf hinzufügte: »Die gibt es gleich in der Nähe von Dresden, junger Mann.«

Fassungslose Blicke begleiteten sie wenig später durch die Tür hinaus ins Freie, bis zum Parkplatz waren es nur ein paar Schritte, das ausgelassene Lachen – wenn sie so lachte, hörte Gerlinde Graf sich unglaublich jung an – wurde zum Keuchen, im Auto schlief sie umgehend ein. Ein bittersüßes Gefühl beschlich Rosa, vielleicht sogar eine Art Vorahnung. Möglicherweise achtete sie deshalb nicht auf die Uhrzeit und fuhr ganz besonders vorsichtig, wich jeder Unebenheit aus, und wieder daheim, dachte sie erst mal nur daran, was sie noch für die Großmutter tun könnte. Eine zweite warme Decke tat ihr gewiss gut, auch gegen einen kleinen Schuss Rum in ihren Tee war bestimmt nichts zu sagen, zusätzlich rieb Rosa die Beine und Arme der chronisch Kranken mit Franzbranntwein ab, das brachte die Durchblutung auf Trab und erfrischte zugleich. Gerade als Rosa die Flasche wieder zuschraubte und überlegte, was sie wohl sonst noch tun könnte, kam Joana wie ein Wirbelwind in die Stube gefegt und stoppte erst eine Handbreit vom Ruhesessel ihrer Großmutter entfernt.

»Sehe ich jetzt schon Gespenster?«, waren ihre ersten Worte.
»Wieso solltest du Gespenster sehen?«, fragte Rosa zurück und fügte hinzu, dass sie es sehr viel höflicher fände, wenn ihre Tochter erst mal guten Tag oder etwas ähnlich Nettes sagte.
»Wenn ich mich mit so was aufhalte, verpasst du deinen Zug hundertpro«, schoss Joana zurück und kickte ihren Rucksack quer durch den Raum.
Rosa zuckte zusammen, sah auf ihre Armbanduhr, von dort auf die Wanduhr, es blieb dabei: Ihr Zug ging in zwölf Minuten, und wenn sie den nicht bekam, konnte sie den Anschluss in Olpe und damit ihre Verabredung in Köln vergessen. Sie würde den Interregio auf jeden Fall verpassen, das schaffte sie niemals. Was besonders peinlich war, weil sie Fabian Jedwabny letzte Woche fest versprochen hatte, sich heute seine hoffnungsvollste Studentin anzuschauen, die angeblich total begeistert von Rosas Entwürfen und versessen darauf war, für sie zu arbeiten. Wobei Rosa es durchaus für möglich hielt, dass Fabian maßlos übertrieb, um sie stärker an sich zu binden, in welcher Rolle auch immer. Und genau darüber wollte und musste sie mit ihm reden, das war der erste Schritt, schon deshalb musste sie ihre heutige Verabredung einhalten.
»Ich nehme das Auto«, rief sie und kniete noch einmal kurz neben dem Sessel nieder, streichelte die trotz aller Bemühungen nach wie vor viel zu kalte Hand. »Ich fahre jetzt nach Köln«, sagte sie leise. »Joana wird bei dir bleiben, und die Nachbarin schaut auch immer mal wieder vorbei, ich beeile mich.«
»Lass dir Zeit, Kind! Denk an die Zitronen!« Mit geschlossenen Lidern und dünner Stimme, bestimmt war sie nur erschöpft von der Untersuchung, dem Restaurantbesuch und der Fahrt. Ein paar Stunden Schlaf, beruhigte Rosa sich, und es würde ihr gleich wieder bessergehen. So wie sie war, fuhr sie los. Um achtzehn Uhr endete Fabians Lehrveranstaltung, mit Rücksicht auf seinen Hauptjob am Museum für angewandte Kunst unterrichtete er nach Möglichkeit außerhalb der Museumszeiten, mit etwas Glück schaffte sie es so noch halbwegs pünktlich.

Normalerweise hätte sie aus dem Zug bei Fritz angerufen, der sich bestimmt schon Sorgen machte. Mit ihm musste sie ebenfalls reden, auch das würde keineswegs angenehm werden. Bei der bloßen Vorstellung wurde ihr schon schlecht. Fritz war ihr ältester Freund und beinahe so etwas wie ein Bruder für sie, für ihn mochte sich das indes anders darstellen. Sie seufzte laut und gab Massimo innerlich recht. Sie hätte schon viel früher reinen Tisch machen müssen, aber noch war es nicht zu spät. Kennst du das Land …? Aufregung durchflutete sie, begleitet von dem sicheren Gefühl, dass etwas Wunderbares auf sie wartete, wenn sie endlich den unangenehmen Teil hinter sich brachte. Nur Mut!

Blankgeputzte Ausschnitte des hinter ihr liegenden Wochenendes versüßten Rosa die Fahrt, sie fuhr auch schneller als sonst, wagemutiger. Sie fühlte sich wie ein junges Mädchen bei seinem ersten Rendezvous, als sie um kurz nach achtzehn Uhr außer Atem in die private Fachhochschule für Kunst und Design stürmte und im Eingangsbereich beinahe mit einer jungen Frau kollidiert wäre.

»Sie müssen Rosa Graf sein«, sagte diese.

»Dann sind Sie Kristina Ohlenbruch«, keuchte Rosa und nahm sich vor, unter anderem auch etwas für ihre Kondition zu tun. Die hatte eindeutig gelitten, wie sie gerade feststellte.

»Wow! Sie haben sich sogar meinen Namen gemerkt.«

»Fabian, pardon, Professor Jedwabny hat ihn ja oft genug verwendet. Außerdem ähnelt ihr Nachname dem Namen von meinem Geburtsort. Ich war schon sehr gespannt auf Sie, wissen Sie das? So sieht also seine beste Studentin aus.« Rosas Bestandsaufnahme ergab das Bild einer ziemlich großen, auf den ersten Blick leicht ungelenk wirkenden jungen Frau mit verträumt blickenden Augen, die sie an irgendetwas erinnerten. Vielleicht an einen Filmstar? Es waren ausgesprochen schöne Augen, groß und umgeben von einem dichten Kranz dunkler Wimpern, die Iris war von einem ungewöhnlich intensiven Blau. Occhi celesti, schoss es Rosa durch den Kopf. Himmelsaugen.

»Meine Talente sind eher unsichtbarer Natur.« Ein leicht schiefes

Lächeln begleitete diese Worte, kündete von Unsicherheit und Verletzlichkeit.
»Nicht mit diesen Augen«, erwiderte Rosa und widerstand dem Impuls, die junge Frau in den Arm zu nehmen. Eine völlig Fremde, was sollte die wohl von ihr denken? »Sie wissen doch«, fuhr sie laut fort, »dass Augen das Tor zur Seele sind. Und Sie haben wunderschöne Augen.«
»Ein blindes Huhn kriegt eben manchmal auch ein Korn ab.« Das Lächeln breitete sich aus, obwohl noch immer ein Rest Vorsicht oder Zweifel blieb. Als ob dieses blutjunge Geschöpf bereits gelernt hätte, dem Leben zu misstrauen.
»Dann sollten wir zusehen, dass es nicht bei einem einzigen Korn bleibt!« Warum auch immer, es war Rosa sehr wichtig, ihrem verzagten Gegenüber Mut zu machen. »Ich habe gehört, Sie wollen sich näher mit meinen Schlafstationen beschäftigen?«
Ehe sie es sich versahen, waren sie auch schon in ein ernsthaftes Gespräch vertieft, in dem es um Kristinas Diplomarbeit und um Rosas Pläne rund um das Thema Schlafkultur ging, die wie so viele andere in der Schublade vermoderten, weil die Firma Pezzo keine Verwendung dafür hatte. Diese Kristina besaß ein fotografisches Gedächtnis und hatte sich jedes Detail der Entwürfe gemerkt, die Fabian ihr gezeigt hatte. Ihre Begeisterung war echt und ansteckend, und Rosa merkte schnell, dass ihr Gegenüber keineswegs nur jemanden suchte, der ihr bei ihrer Diplomarbeit half, noch ein paar gute Tipps beisteuerte. Diese junge Frau brannte vor Ungeduld, endlich von der Theorie zur Praxis überzugehen und etwas zu schaffen, was zugleich schön und nützlich und obendrein innovativ war.
»Etwas, das es so noch nicht gibt«, meinte Kristina Ohlenbruch. »Oder, besser gesagt, etwas, das es bislang nur als Ihre Idee gibt. Ich würde, wenn Sie es mir erlauben, gerne an Ihren Entwürfen in meiner Diplomarbeit aufzeigen, was die gelungene Verflechtung von Ästhetik und Funktion einem modernen Individuum bringt, das ständig mit seiner Zeit knapsen muss, meist unter akuter Raumnot leidet und sich danach sehnt, wenigstens mal kurz in eine Traumwelt

zu entfliehen. Ich war hin und weg von der aufrollbaren Schlafwiese, die singen und massieren kann und nicht mal viel kosten muss. Und von dem Iglu, das im Dunklen wie ein offenes Feuer aussieht und innen eine kuschelige Höhle ist, die perfekte Illusion. Und wenn Sie mir später die Chance gäben, bei der Umsetzung mit dabei zu sein, wäre das einfach nur genial und genau das, was ich machen möchte.«

Rosa kam nicht dazu, der Ehrlichkeit halber darauf hinzuweisen, dass sie noch meilenweit von der Produktion solcher Schlafinseln entfernt und alles, was sie bislang entworfen hatte, von der Firma Pezzo realisiert worden war. Um nicht allzu sehr von dem Strom anderer Studenten oder auch Dozenten gestört zu werden, hatten sie sich, ohne es zu merken, immer weiter zurückgezogen und waren schließlich hinter einer Säule gelandet, wo Fabian sie genau in diesem Augenblick entdeckte.

»Das kann ja wohl nicht wahr sein«, beschwerte er sich und zog Rosa ziemlich nah an sich, um sie auf beide Wangen zu küssen, beim Wechsel von der einen zur anderen Gesichtshälfte streifte er wie zufällig ihre Lippen. »Da schicke ich Kristina los, um dich zu suchen, und dann bleibt ihr beide stundenlang verschollen. Wisst ihr, wie oft ich schon durch diese verflixte Halle gelaufen bin? Zum Parkplatz, zur Mensa, in die Bibliothek, ich war schon drauf und dran, die Polizei zu verständigen. Und da steht ihr und haltet stillvergnügt ein Kaffeekränzchen ab.«

»Von wegen Kaffeekränzchen«, widersprach Rosa. »Wir sind gleich in medias res gegangen.«

»Wir könnten, glaube ich, noch stundenlang so weiterreden«, stimmte Kristina zu. »Tagelang.« Sie hatte sich immer mehr gelöst, was ihr ausgesprochen gut zu Gesicht stand.

»Dann kann ich nur hoffen, dass ich die Damen nicht störe?« Leicht süffisant klang das, auch irritiert.

»Es tut mir leid«, entschuldigte Kristina sich und bekam tatsächlich einen roten Kopf. »Manchmal drücke ich mich total ungeschickt aus, meine Mutter sagt das auch immer. Aber mit mir sind einfach die

Pferde durchgegangen, und alles, was ich sagen wollte, ist, dass Frau Graf ganz große Klasse ist und ich Ihnen unendlich dankbar bin, weil Sie diesen Kontakt hergestellt haben, Professor Jedwabny.«

»Rosa Graf ist nun mal die Größte.« Fabian warf Rosa einen Blick zu, der zwischen Amüsiertsein und Begierde schwankte. Sie kannte ihn zu gut, um das nicht zu erkennen. Wenn jemand sie wie gerade Kristina bewunderte, stachelte ihn das an und bestätigte ihn darin, dass sie in jeder Hinsicht die richtige Frau für ihn war. Bis die nächste, noch besser geeignete Kandidatin kam. So war er nun mal, auf dieser Basis hatten sie überhaupt erst zueinandergefunden, doch auch damit war nun Schluss.

Rosa hoffte, dass Kristina nichts von diesen erotischen Untertönen mitbekam. Sie überging Fabians Bemerkung und schlug vor, irgendwohin zu gehen, wo man zu dritt weiter fachsimpeln und gleichzeitig etwas essen konnte. »Ich sterbe nämlich vor Hunger.«

»Das dürfen wir auf gar keinen Fall zulassen.« In der Rolle des Kavaliers fühlte Fabian Jedwabny sich gleichfalls ausgesprochen heimisch, vielleicht glaubte er auch, auf diese Weise bereits das klassische Vorspiel für spätere Liebesfreuden zu zweit absolvieren zu können. Gewöhnlich führte er Rosa nämlich immer zum Essen aus, bevor sie miteinander schliefen, er entdeckte ständig neue Locations, auch im Bett konnte sie sich über mangelnden Erfindungsreichtum nicht beschweren. Trotzdem, dachte sie, werde ich es ihm heute noch sagen …

»Ein Königreich für das, was du gerade denkst.« Fabian strich bei diesen Worten mit seinem Zeigefinger über ihre Nasenwurzel, den Nasenrücken, umrundete einen Nasenflügel und verharrte am oberen Lippenrand, dort, wo sich dieser zum Herz formte. Eine ausgesprochen intime Geste, bei der es ihr heiß und kalt zugleich wurde. Vor Empörung, wie sie sich sagte, weil man sich nicht auf diese Weise vor einer Studentin entblößte. Wobei Kristina natürlich nicht ahnen konnte, in welche Niederungen diese wortlose Zwiesprache soeben abglitt.

»Was ich gerade denke?« Rosa schob seine Hand beiseite. »Ich denke an ein schönes saftiges Steak mit Kräuterbutter und Pommes frites.«

»Das ist eindeutig gelogen«, widersprach Fabian und tippte zur Abwechslung gegen ihre Nasenspitze.
»Und woher willst du das wissen?«
»Ganz einfach: Du hasst Pommes frites, und für Fleisch hast du auch relativ wenig übrig. Immer wenn wir beide ...«
»Ertappt«, fiel Rosa ihm ins Wort und hoffte nur, dass Kristina sich keinen falschen Reim auf die erneut durchklingende Vertrautheit zwischen ihrem Professor und Rosa machte. Seltsamerweise lag Rosa viel daran, vor der jungen Frau in einem guten Licht zu erscheinen, in einem sauberen Licht; dasselbe Ziel verfolgte sie bekanntlich in Hinblick auf ihre Tochter Joana.
Sie einigten sich auf einen Italiener, der erst unlängst sein Ristorante eröffnet hatte. Als Fabian wissen wollte, wonach den Damen denn kulinarisch der Sinn stand, hatten beide wie aus der Pistole geschossen für etwas Italienisches plädiert. Es wurde noch ein sehr schöner Abend. Sie aßen und tranken, der Padrone schloss Rosa umgehend ins Herz, als sie ihre Bestellung in seiner Muttersprache aufgab, zuletzt kredenzte er noch eine ganze Flasche Wein aufs Haus, da waren bereits alle anderen Gäste gegangen. Erschrocken stellte Rosa mit einem Blick auf die Uhr fest, dass es bereits auf Mitternacht zuging. Mit ihrem Alkoholpegel konnte sie unmöglich noch heimfahren, außerdem hatte sie bislang weder mit Fabian noch mit Fritz gesprochen. Fritz wusste ja nicht mal, dass sie in der Stadt war. Was er wohl sagen würde, wenn sie mitten in der Nacht bei ihm auftauchte? Die einzige Alternative wäre ein Hotel, doch das würde die Sache nur noch schlimmer machen, denn dann ging er anderntags automatisch davon aus, dass sie aus dem Bett ihres Liebhabers geschlüpft kam.
Fabian hatte Rosas Gedankenreise genutzt, um alles, wie er glaubte, in seinem Sinne zu arrangieren. Sie würden zusammen ein Taxi nehmen und zuerst Kristina an ihrem Studentenwohnheim absetzen, das lag auf dem Weg zu seinem eigenen Domizil. Rosa konnte sich schlecht sträuben und ein eigenes Taxi ordern, zumal sie ja noch mit Fabian reden wollte. Es brachte nichts, die Angelegenheit weiter auf die lange Bank zu schieben, andererseits war sie auch nicht gewillt,

sich erneut in Versuchung führen zu lassen. Kaum war Kristina ausgestiegen und Fabian zu ihr in den Fond umgestiegen – wohl um das Eisen zu schmieden –, dirigierte Rosa den Fahrer zur Adresse von Fritz um.
»Und was soll das?«, protestierte Fabian mit gedämpfter Stimme. »Warum fahren wir nicht zu mir? Habe ich etwas Falsches gesagt? Gefällt dir Kristina nicht? Denkst du etwa, ich hätte was mit ihr? Nie im Leben! Meinetwegen musst du auch nichts mit ihr zusammen machen, ich habe dabei nur an dich gedacht. Daran, dass es eine Sünde und Schande ist, wenn deine Ideen weiter in der Schublade Staub ansetzen.«
»Kristina gefällt mir sehr gut. Und selbstverständlich helfe ich ihr gern bei ihrer Diplomarbeit. Und ich kann mir auch gut vorstellen, mit ihr zusammenzuarbeiten, falls ich tatsächlich eines Tages selbst in Produktion gehen sollte. Wir beide liegen, glaube ich, auf einer Wellenlänge.«
»Dann ist doch alles paletti. Worauf warten wir noch? Ich habe dir schon zigmal gesagt, dass ich genug Leute kenne, die nur darauf warten, ihr Kapital gewinnbringend zu investieren. Und dafür, dass das bei dir der Fall sein wird, lege ich jederzeit die Hand ins Feuer.«
»Verbrenn sie dir nicht, das geht schneller, als du glaubst. Und dieses Thema ...«, Rosa stoppte seine geschickt auf Erkundungstour gehenden Finger, »... also das ist für mich ein für alle Mal vorbei, damit du es gleich weißt.« Rosa schob die Hand beiseite, die sich partout nicht vertreiben lassen wollte und erneut versuchte, sich an ihrem Oberschenkel hochzuarbeiten, und dabei bereits wieder leise Glut entfachte. Rosa war halt auch nur ein Mensch. Eine Frau. Und Fabian war ein guter Liebhaber, außerdem war sie nicht mehr ganz nüchtern.
Weiche, Satan!
Es war ein Glück, dass der Fahrer nun in die Straße einbog, wo Fritz arbeitete und gleichzeitig wohnte. Alle Fenster im Haus waren dunkel, nur bei ihm brannte noch Licht, das bestärkte sie in ihrem Willen, standhaft zu bleiben. Möglicherweise stand er sogar in der Nähe des

Fensters und beobachtete sie. Kaum bremste der Wagen ab, öffnete sie auch schon die Tür, kalte Luft drang herein und tat ein Übriges.
»Gute Nacht, Fabian!« Sie gab ihm einen freundschaftlichen Kuss auf die Wange und stieg aus.
»Warte! Was soll das denn?« Er stieg ebenfalls aus, zog sie am Ellbogen ins Dunkle, gab gleichzeitig dem Fahrer ein Zeichen, sich zu gedulden. »Wie soll die Nacht gut werden, wenn du mich allein lässt?«, wollte er wissen. »Und was meinst du damit, dass dieses Thema für dich vorbei ist? Hast du etwa einen Neuen?«
»Nein, ich hab keinen Neuen.« Und das stimmte. Was immer auch passiert war, es war kein neuer Mann in ihr Leben getreten. Massimo hatte sich höchstens von einer neuen Seite gezeigt und etwas in ihr geweckt, wiedererweckt, was schon lange dort schlummerte. Etwas, wofür es keine Antwort in den Armen eines Fabian Jedwabny geben würde. Ebenso wenig wie bei Fritz. Es war vielleicht feige und auch nicht ganz fair, Fabian so etwas buchstäblich zwischen Tür und Angel zu sagen. Andererseits wusste er dann wenigstens, wo er in Zukunft dran war.
»Was ist es dann?«
»Ich habe einen Traum«, sagte sie leise. »Vielleicht habe ich auch bloß meinen alten Traum wiedergefunden oder auch nur einen Zipfel davon. Und zu diesem Traum passt keine Affäre, nimm es mir nicht übel.«
»Und was ist mit deinem Mann?« Fabian sah nach oben, genau in die Richtung, wo das helle Viereck aufschimmerte. Zu hell, um einladend zu sein. Fritz hatte alle Räume mit derselben praktischen und energiesparenden Beleuchtung ausgestattet. Nur wenn Rosa bei ihm übernachtete, zündete er Kerzen an, er hatte ein ganzes Arsenal nicht tropfender, dafür leicht synthetisch duftender Kerzen besorgt. Es gab einen Duft für jede Jahreszeit, im Moment roch es, wenn sie kam, noch vorwiegend nach Zimt.
»Was soll mit Fritz sein?«, fragte sie zurück und wünschte sich, dass Fabian endlich begriff und sie allein ließ.
»Passt er etwa in deinen Traum?«

Rosa schüttelte den Kopf, die Tränen schossen ihr in die Augen, es roch nur noch nach Abgasen, sie fühlte sich elend, als sie endlich die Haustür aufschloss und ins Treppenhaus entkam. Die Korridortür oben musste sie nicht mehr aufschließen, sie stand weit offen. Fritz erwartete sie bereits.

## 7

Äußerlich betrachtet tat sich in diesen Wochen zwischen Weihnachten und Karneval nicht besonders viel. Es hatte noch einmal kräftig geschneit, der Himmel wurde dunkel und schwer, dann gewann allmählich die Sonne die Oberhand, auch die Tage wurden endlich wieder länger. Joana telefonierte noch öfter, als sie es sonst tat, mit Massimo und fühlte sich dabei wie seine Komplizin, die ihn heimlich darüber informierte, wie die Dinge sich entwickelten und wann sie endlich alle Brücken hinter sich abbrechen konnten.
Es sah nicht schlecht aus. Dabei hatte ihre Mutter wie ausgespuckt ausgesehen, als sie an jenem Dienstag aus Köln zurückkam. Etwas war passiert. Endlich tat sich was. Und helle, wie sie war, zählte Joana fix eins und eins zusammen, das Ergebnis stimmte sie so optimistisch, dass sie darüber sogar den zeitweisen Ausfall der Glotze verschmerzte. Es war allemal besser, selbst am prallen Leben teilzunehmen, als immer nur anderen dabei zuzusehen.
Fritz machte sich seit jenem Dienstag extrem rar, das war das zweite handfeste Indiz, und wenn er sich doch mal meldete, dann nur per Telefon und ausschließlich, um mit Joana zu plaudern, wie er das nannte. Plaudern, allein für dieses Wort gehörte er geteert und gefedert. Dieses Plaudern bestand in aller Regel in einem ebenso albernen wie hölzernen Frage-und-Antwort-Spiel. Geht es dir gut? Wie läuft es in der Schule? Sollen wir mal wieder zusammen Schlitten fahren gehen? Babys fuhren Schlitten, damit ging es schon mal los. Und Schnee gab es auch kaum noch, nicht mal mehr auf dem Kahlen Asten. Fritz benahm sich wirklich mehr als peinlich, doch ausnahmsweise verkniff

Joana sich jeden Kommentar. Etwas lag in der Luft, und sie wollte vermeiden, dass dieses Etwas sich wieder verkrümelte.
Joanas Instinkt trog sie nicht. Ihre Geduld wurde endlich belohnt. In einem langen Mutter-Tochter-Gespräch erfuhr sie den Grund für den atmosphärischen Umschwung im Haus und fühlte sich endlich von ihrer Mutter ernstgenommen, fast erwachsen. Es tat gut zu wissen, dass sie selbst es gewesen war, die den Stein ins Rollen gebracht hatte. Mit ihrer haarscharfen Beobachtung, dass sich zwischen Fritz und Rosa nichts von dem abspielte, was sich normalerweise in Ehebetten tat.
»Wir müssen miteinander reden, Joana.« So war es losgegangen. Die Großmutter schlief, ringsum waren längst alle Bürgersteige hochgeklappt, Joana hatte sich wieder mal von Herzen gelangweilt, zumal der alte Fernseher nun endgültig den Geist aufgegeben hatte. Sie war in einer denkbar üblen Laune gewesen, als ihre Mutter sie zu sich rief. Bestimmt hat sie wieder mal was an mir rumzumeckern, hatte Joana gedacht, und dann kam alles ganz anders. Ihre Mutter gestand sogar offen ein, einen dicken Fehler fabriziert zu haben.
»Ich glaube«, sagte sie, »ich habe da einen gewaltigen Fehler begangen, und es ist höchste Zeit, dir nicht länger etwas vorzumachen. Fritz und ich, also wir mögen uns, und das wird auch immer so bleiben, hoffe ich. Aber wir sind kein Liebespaar. Wir haben dir etwas vorgespielt, weil wir gedacht haben, es wäre besser so für dich. Aber eine Lüge nutzt auf Dauer keinem, auch Fritz nicht, und deshalb werden wir uns so schnell wie möglich scheiden lassen. Einvernehmlich, es ist alles besprochen, und natürlich kannst du Fritz so oft sehen, wie du magst. Er wird vielleicht in den nächsten Wochen nicht besonders oft hierherkommen, schon um den Tratsch nicht anzuheizen, aber wenn wir erst mal geschieden sind …«
»Und wann werden wir geschieden?«
»Ich weiß es nicht genau, das kommt immer darauf an, wie schnell die Gerichte arbeiten.«
»Und dann?«
»Dann werden wir weitersehen. An erster Stelle kommt deine Urgroßmutter, ohne sie läuft gar nichts. Außerdem kann ich deinen

Großvater nicht von heute auf morgen im Stich lassen, und die Geschichte mit seinem neuen Kompagnon ist mir nicht ganz geheuer. Es gibt tausend Sachen zu bedenken, wenn ich ernsthaft mit meinen eigenen Ideen in Produktion gehen will, und darauf läuft es möglicherweise hinaus. Diese Schlafstationen scheinen tatsächlich einen Markt zu finden, jedenfalls denken das meine potentiellen Geldgeber, es bleibt natürlich trotzdem noch ein Restrisiko.«

»No risk! No fun!« Joana wollte ihre Mutter zum Weiterreden ermuntern. Sie fragte sich nicht zum ersten Mal, warum Erwachsene immer derart kompliziert und um drei Ecken herum taktieren mussten. Was sollte diese Geheimniskrämerei? Ganz davon abgesehen, wusste Rosa doch genau, dass Massimo in Geld schwamm und ihnen jederzeit unter die Arme greifen würde. Wenn sie erst eine Familie waren, gab es ohnehin kein Dein und Mein mehr, dann hieß es nur noch »wir« und »unser«. Im Grunde war dieses ganze Theater um die Produktion von Schlafstationen oder was auch immer also ziemlich überflüssig. Wenn alles so lief, wie Joana sich das vorstellte, hatten sie das alles bald nicht mehr nötig und konnten ein Leben in Saus und Braus führen, ohne selbst einen Finger krumm machen zu müssen.

Das war zumindest die Version, die Joana in ihrer Schule verbreitete. Gegenüber ihrer Mutter ließ sie hingegen Vorsicht walten. Wenn die unbedingt als Künstlerin Furore machen wollte, nur zu. Möglicherweise war ja sogar wirklich was an ihren Entwürfen dran, wenn sogar Massimo das behauptete. »Deine Mutter ist eine begnadete Künstlerin!« Die Art, wie er das sagte, behagte Joana nicht besonders, andererseits war sie alt genug, um zu wissen, dass alles im Leben seinen Preis hatte. Hauptsache, sie kamen hier so schnell wie möglich weg.

»So einfach ist das nicht!« Pitsch, schon versuchte ihre Mutter wieder, Sand ins Getriebe zu streuen, alles unnötig kompliziert zu machen. Da war das Schulgeld, um das sie sich sorgte, welches auf jeden Fall aufgebracht werden musste. Und nur mal angenommen, sie blieben wirklich nicht im Sauerland, so musste in der Nähe des neues Zuhauses – warum sagte sie nicht gleich: in der Nähe vom Schloss? – eine bilinguale Schule mit Italienisch als zweiter Muttersprache gefunden werden, und natürlich war die ärztliche Versorgung einer chronisch Kranken vor Ort ein zentrales Thema. Das alles war kein Kinderspiel, solch eine Entscheidung brach man nicht mal eben übers Knie.

»Aber zum Glück haben wir ja noch reichlich Zeit«, lautete regelmäßig die Ansage ihrer Mutter, wenn Joana ungeduldig Nägel mit Köpfen machen wollte.

»Das neue Schuljahr wäre perfekt zum Wechseln«, schlug Joana dann vor und ärgerte sich jedes Mal schwarz, wenn ihre Mutter erneut Haken schlug. Dabei hatte doch sogar Massimo schon mehr oder weniger verbindlich dieses Datum angepeilt. Steter Tropfen höhlte bekanntlich den Stein, dieses Sprichwort hatte die Urgroßmutter gern zitiert, als sie noch besser beisammen war und nicht alle naselang der Arzt gerufen werden musste, der nicht wirklich etwas ausrichten konnte. Auch über den Zustand von Gerlinde Graf hielt Joana Massimo auf dem Laufenden, sie erzählte ihm alles, was sie direkt oder um drei Ecken herum erfuhr. Normalerweise hatte sie auch kein Problem damit, selbst zu verstehen, was sie an Informationen weitergab. Lediglich was es mit diesem Fabian Jedwabny auf sich hatte, verstand sie nicht wirklich. Wozu wollte er ihrer Mutter ein Darlehen beschaffen, wenn diese doch jederzeit Geld genug von Massimo bekommen konnte? Joana konnte durchaus verstehen, dass es Massimo die Petersilie verhagelte, wenn solch ein komischer Professor sich förmlich aufdrängte und neuerdings sogar leibhaftig auftauchte, obendrein geschniegelt und gespornt, um mit Rosa in der Gegend herumzukutschieren und sich irgendwelche »Objekte« anzuschauen, die angeblich perfekt waren. Perfekt wozu? Eine Frage, auf die Joana nicht mal von Massimo eine Antwort erhielt. An genau dieser Stelle war die Verbindung unterbrochen worden.

## 8

Es war eine Sache, einen Traum zu haben, und eine ganz andere, ihn zu behalten. Das sagte Rosa sich immer wieder, während sie versuchte, diesen Traum in nützliche und unverzichtbare Elemente einerseits und Überflüssiges auf der anderen Seite zu trennen. Ein ebenso schmerzhaftes wie schwieriges Unterfangen, welches ihr vor Augen führte, dass sie ungeachtet ihrer zweiundvierzig Jahre noch immer dazu neigte, mehr vom Leben zu verlangen, als es ihr geben wollte. Sie hatte sich in einen Traum verliebt und feststellen müssen, dass ihr Traum schon einen anderen Besitzer gefunden hatte. Und das ausgerechnet in dem Moment, als sie genug Geld beisammen hatte, um Massimo ein seriöses Angebot zu unterbreiten. Auf der Basis einer Expertise, die Fabian Jedwabny auf ihre Bitte hin eingeholt hatte.

Fabian hatte keine Ruhe gegeben, wollte ihr unbedingt helfen, und Kristina unterstützte ihn, ohne es recht zu wissen. So kam eins zum anderen, er kannte wirklich Gott und die Welt, und wie es aussah, war es für ihn ein Kinderspiel, ihren Traum finanzieren zu lassen. Wobei er immer wieder zu bedenken gab, dass ihm nicht in den Kopf wollte, warum Rosa unbedingt in der Nähe von Dresden produzieren und folglich auch komplett dorthin umziehen wollte. Als ob es nicht beispielsweise im Umkreis von Köln, wo er selbst lehrte und wohnte, mehr als genug Örtlichkeiten gäbe, die genauso gut oder sogar besser geeignet wären und wo einem kein Denkmalschützer oder Miteigentümer reinpfuschen konnte.

Rosa war hartnäckig geblieben und hatte ihm, ohne weiter über die Gründe nachzudenken, auch nichts von Massimo erzählt, der, wenn alles klappte, demnächst ihr unmittelbarer Nachbar und Miteigentümer sein würde. Möglicherweise sogar mehr als nur das, das stand noch in den Sternen, zuerst wollte und musste sie die Voraussetzungen für ihre Unabhängigkeit schaffen. Sie würde sich nichts schenken lassen, ihr war noch nie im Leben etwas geschenkt worden, und wenn sie wirklich so begabt war, wie plötzlich alle behaupteten, okay, dann sollte ihr Traum halt über ein Darlehen in Erfüllung gehen, das Fabian ihr besorgte, ohne irgendwelche Bedingungen daran zu knüpfen. Seitdem ihr zu Ohren gekommen war, dass er bereits einen geeigneten Ersatz für sie selbst in der Rolle der Geliebten gefunden hatte, fiel es ihr deutlich leichter, seine Hilfe anzunehmen und ihren

Traum oder das, was bei nüchterner Betrachtung davon übrig blieb, anzuschieben.
Nicht einmal ihre Großmutter oder Joana hatte gewusst, wo Rosa hinfuhr oder, besser gesagt, hinflog, als sie ausgerechnet an Weiberfastnacht in aller Herrgottsfrühe aufbrach. Die ganz frühen Flüge waren besonders preiswert, sie war zu einem Spottpreis nach Dresden gekommen, der Rückflug am späten Abend war genauso billig, dazwischen lagen die Scherben ihres Traums, zumindest soweit es die Örtlichkeit betraf. Ort der Zitronen ade!
Die Fahrt mit öffentlichen Verkehrsmitteln hatte fast so lange wie der Flug gedauert, anfangs regnete es in Strömen, die Nässe durchweichte ihre Schuhe, die denkbar ungeeignet für solch eine Exkursion waren. Sie trug meistens praktisches Schuhwerk, ausgerechnet an jenem Tag hatte sie sich schick gemacht und dünne Schuhe mit hohen Absätzen ausgewählt, dazu trug sie ein neues Frühjahrskostüm, sie hatte nicht mal einen Schirm oder einen Trenchcoat dabei. Sie stieg aus dem Bus, es regnete immer noch, der Regen verwischte die Konturen, ohne ihr indes die Orientierung zu rauben, was rückblickend betrachtet besser gewesen wäre. So hatte sie sich, geleitet von den stolz aufragenden Zinnen des Schlosses, das Massimo gehörte, ihrem Ziel genähert, das seit Tagen und Wochen all ihre Gedanken gefangennahm. Ihre Orangerie. Es gab keinen rationalen Grund, warum sie hergekommen war. Es hätte genügt, Massimo ihr Angebot zu unterbreiten, spätestens dann hätte er mit der Wahrheit herausrücken müssen. Es war sein gutes Recht, ihren Traum zu verkaufen. Sie hatte ihm schließlich klar und deutlich eine Abfuhr erteilt, und er hatte ja sogar schon bei ihrem ersten Besuch ein oder zwei ernsthafte Interessenten erwähnt.
Aus Interessenten waren Käufer geworden. Bauherren. Das Erste, was sie sah, war ein gewaltiger Baukran. Was will der hier?, war ihr erster Gedanke. Sie hatte fast so etwas wie Wut bei diesem Anblick empfunden, hätte um ein Haar zum Handy gegriffen, um Massimo darüber in Kenntnis zu setzen, was hier auf seinem Grund und Boden vonstatten ging. Sie hätte sich nur lächerlich gemacht. Er hatte seine

Ankündigung wahr gemacht und ihre Orangerie verkauft, nun wurde dort umgebaut, es wimmelte nur so vor fleißigen Arbeitern, mittendrin stand jemand und brüllte Anweisungen, vermutlich der Bauleiter, niemand schenkte ihr Beachtung. Sie stand dort wie angewachsen und sah zu, wie ihr Traum Stück für Stück in sich zusammensackte. Kennst du das Land …?

Tränen schossen ihr in die Augen. Wie hatte sie nur so unglaublich naiv sein können? Glauben, dass endlich einmal etwas in ihrem Leben so lief, wie sie es plante und hoffte?

»Junge Frau, wenn Se da noch länger so rumstehen und kieken, kriegen Se noch wat an der Blase.« Einer der Arbeiter hatte sie entdeckt und angesprochen, nicht unfreundlich, vielleicht sogar ehrlich besorgt. Er hatte sie auch mit weiteren Informationen versorgt. Dass er dankbar für diesen Job war, nachdem er monatelang arbeitslos gewesen war. Trotzdem gefiel es ihm nicht, wie sich reiche »Wessis« hier breitmachten und sich sozusagen »Kulturerbe« einverleibten, um hier demnächst Roboter durch die Gegend spazieren zu lassen.

»Roboter?« Rosas Stimme klang selbst wie Blech, völlig seelenlos, so fühlte sie sich auch.

»Det haben die jedenfalls erzählt.«

Noch ein paar freundliche Worte, sie war mittendrin davongestolpert, wie zum Hohn war genau in diesem Augenblick der Himmel aufgerissen und hatte einen einsamen Sonnenstrahl zu ihr hinuntergeschickt. Sie wusste nicht mehr zu sagen, wie sie sich die Stunden vertrieben hatte, bis sie endlich ihren Rückflug antreten durfte. Die äußere Kälte hatte sich mit der inneren verbündet, sie musste stundenlang durch die Stadt gelaufen sein, zuletzt war ihr auch noch ein Absatz abgebrochen. Sie war in einer grässlichen Verfassung gewesen, als sie endlich zu Hause ankam. Mitten in der Nacht. Anderntags war sie krank, das rettete sie vor allzu neugierigen Fragen. Sie konnte kaum reden, ihre Erkältung und das Fieber legten sich wie ein Schutzpolster um sie, und als Fabian sie besuchte, war sie beinahe dankbar; er brachte auch Kristina mit.

»Dresden ist gestorben«, hatte sie gekrächzt und damit den Auftakt zur Suche nach anderen geeigneten Lokalitäten gegeben. Fabian war wie gesagt unermüdlich, und Kristina unterstützte ihn, sie war mit Feuereifer bei der Sache. Anfangs ließ Rosa sich auf diese Besichtigungstouren vor allem ein, um sich von ihrer Enttäuschung abzulenken, dann begann sie ihren Traum zu sezieren und praktisch zu denken. Reiß dich zusammen, Rosa! Es tat ihr gut zu spüren, dass andere Menschen an sie glaubten und sie anspornten. Nicht länger nur ihre Großmutter oder Fritz, die beide befangen waren, sondern auch diese junge Frau, die vom Fach war, und ebenso Fabians Investoren. Mehrmals nahm sie sich vor, Massimo darauf anzusprechen, was sie plante. Ihn zu fragen, warum er ihr nichts davon gesagt hatte, dass die Orangerie längst jemand anders gehörte. Nicht, dass sie ein Recht darauf gehabt hätte! Dennoch verletzte es sie, auf diese Weise um einen Traum gebracht zu werden, der Massimo bereits vorsichtig mit eingesponnen hatte. Zunächst nur als Nachbarn, gewiss, doch sie war bereit gewesen, mehr daraus werden zu lassen. Dort anzuknüpfen, wo sie an jenem wunderbaren Wochenende aufgehört hatten. Vielleicht sogar wirklich zu einer kleinen Familie zusammenzuwachsen. Die Voraussetzungen waren gegeben, auch das Amtsgericht hatte bestätigt, dass einer einvernehmlichen Scheidung nichts mehr im Weg stand. Sie und Fritz hatten gemeinsam einen Anwalt beauftragt, es war alles geregelt, das Scheidungsurteil nur noch eine Formsache, doch sie fühlte sich wie ein Wanderer zwischen zwei Welten, und in keiner davon war sie mehr so recht zu Hause. Die eine würde und wollte sie verlassen, und die andere hatte umgekehrt ihr die kalte Schulter gezeigt …

Draußen hupte es. Immer wieder und ausgesprochen hartnäckig, dann wurde die Tür zu Rosas Atelier aufgerissen. Hier kam sie noch am ehesten zur Ruhe. Hierher flüchtete sie sich, wenn sie wie an diesem Morgen nicht mehr schlafen konnte und auf Inspiration durch totes Arbeitsmaterial hoffte. Als ob ihr Zeichenbrett ihr weiterhelfen könnte oder die Modelle ringsum, von denen nur ein Bruchteil realisiert worden war. Auf Miniaturmaße zurückgeschnittene Träume, die plötzlich zum Leben erwachen sollten. Was bildete sie sich denn

ein? Sie war derart in ihre Zwiesprache mit sich selbst vertieft, dass sie das penetrante Hupen draußen komplett ausblendete. Bis Joana hereingestürmt kam. Sie war offensichtlich in Rage und baute sich mit in die Hüften gestemmten Armen vor ihrer Mutter auf.
»Hörst du das etwa nicht?«, verlangte sie zu wissen.
»Da hupt jemand«, erwiderte Rosa mechanisch.
»Ja, und der Jemand ist schon wieder dieser komische Vogel mit dem Kölner Kennzeichen, gemessen an Massimos Maserati ist sein Wagen übrigens Schrott, und ich wüsste nur zu gern, was du mit 'ner Wachsfabrik in Kerpen zu tun hast. Wo ist das überhaupt?«
»Kerpen ist in der Nähe von Köln.« Rosa fiel wieder ein, dass Fabian am Abend zuvor sehr aufgeregt angerufen und von einer stillgelegten Wachsfabrik erzählt hatte, die sie sich unbedingt anschauen sollten. Das Objekt sei einfach perfekt, hatte er gesagt und hinzugefügt, dass er sie gern abholen komme, allerdings nur sehr früh Zeit habe, weil er danach zwei Oberseminare für Examenskandidaten abhalten müsse. An einem davon nahm auch Kristina teil. Und hinterher hatte er Sprechstunde, vermutlich open end, vor den letzten Klausuren hatten die meisten seiner Studenten noch tausend Fragen und Zweifel. Gut möglich, dass er noch eine präzise Uhrzeit vorgeschlagen und sie nicht widersprochen hatte. Rosa war hundemüde gewesen und war es noch immer, außerdem war sie weder geduscht noch angezogen, und gleich musste sie erst mal die Großmutter versorgen, dann brauchte Joana ihr Frühstück und ein Pausenbrot.
»Sag ihm bitte, dass es heute früh nicht geht. Ich rufe ihn später an.«
Joana zog maulend ab. Vermutlich aus Trotz ließ sie an diesem Morgen ihr Müsli stehen und trank nur ein Glas Milch. Angeblich musste sie heute eine halbe Stunde früher in der Schule sein. Schon halb draußen drehte sie sich noch einmal um, der zur Schultasche umfunktionierte Rucksack schlug zuerst gegen den Türrahmen und dann gegen die Klingel. Der altmodische Klingelton überlagerte, was sie sagte.
An diesem Tag musste Rosa ihre Großmutter ins Krankenhaus fahren, trotz neu angepasster Prothese konnte sie kaum noch reden,

eine Gesichtshälfte war ganz schief. Ein neuer Schlaganfall wurde diagnostiziert und ein jüngst unbemerkt erfolgter Vorläufer dazu. In der Sorge um Gerlinde Graf dachte Rosa nicht weiter an Fabian und seine Pläne. Was interessierte sie eine x-beliebige Wachsfabrik, wenn ihrer Großmutter etwas passierte?

## *Am Scheideweg*

### I

Die Szene könnte einem jener wunderbar kitschigen Filme entstammen, die vorzugsweise am Sonntagabend ausgestrahlt wurden, vermutlich um normalen Sterblichen vor dem Start in die neue Arbeitswoche nochmal eine wohlige Verschnaufpause fürs Gemüt zu gönnen. Dieser Gedanke kam Paula jedenfalls, als sie durch das kunstvoll geschmiedete Tor auf das Haus zufuhr, in dem sie geboren worden war und wo sie, wie es aussah, auch ihren letzten Atemzug tun würde. Ähnlich wie ihr Vater und davor ihr Großvater und eben all die Pezzos, die dazu bestimmt waren, das Schicksal der Familie in die Hand zu nehmen. Zimperlich durfte man dabei nicht sein, erst recht nicht als Frau. Paula überlegte, ob ihr Vater gelegentlich auch dieses Gefühl der Leere in sich verspürte. Ob auch er in stillen Momenten überlegte, ob all die Anstrengung den Preis wert war. Die Einsamkeit! Wussten sie beide eigentlich noch, was es hieß, sich dem Leben hinzugeben? Was war das Leben jenseits ihrer eigenen eng umgrenzten Welt? Wie roch es? Wie fühlte es sich an? Merkwürdige Bilder kamen ihr in den Sinn, sie ähnelten unscharfen und schon leicht vergilbten Fotos, trotzdem glaubte sie jedes Detail darauf zu erkennen und verspürte ein schmerzhaftes Ziehen, fast etwas wie Sehnsucht, als ob dieses dumme Herz da drin noch immer nicht klüger geworden wäre.

Paula schnaufte verächtlich, während sie weiter auf das hell erleuchtete Haus zufuhr, flankiert von warm schimmerndem Laternenlicht. Hinter den Glasscheiben rechts und links vom Portal erwarteten sie bereits die beiden Doggen mit dem bläulich schimmernden seidigen Fell und dem Gemüt eines Babys. Baby, dieses gefährliche Wort bohrte sich wie ein Dolch in ihr Herz, verbrüderte sich mit dem nicht weniger gefährlichen Wort Hingabe, beides war eng und in ihrem Fall ausgesprochen unselig miteinander verknüpft. Es mochte an ihr selbst liegen, dass sie auf diesem Gebiet komplett versagt hatte, was spielte das schon für eine Rolle? Jedenfalls sollte sie nach nunmehr dreizehn Jahren klug genug sein, um nicht aus Erschöpfung oder Hunger oder einer diffusen Angst etwas nachzuhängen, was sie doch ihrem Naturell entsprechend schon vor langer Zeit sauber und endgültig zum Abschluss gebracht hatte.

Wirklich?

Mit zitternden Händen schloss sie die Haustür auf, die Hunde schossen auf sie zu, brachten sich halb um vor lauter Freude, die warmen Körper hatten etwas Tröstliches und zugleich Forderndes. Streichle uns, verlangten sie mit wedelnden Ruten und mit ihren schwer von beiden Seiten gegen Paulas Schenkel drückenden Köpfen. Auch Eifersucht spielte mit. Wen liebkost sie länger, wer kriegt das größte Leckerli von ihr?

»Paula, bist du das?« Die Stimme ihres Vaters zog sie weiter ins Kaminzimmer, die beiden Hunde, so groß wie Ponys, trabten hinter ihr her.

Der wie flüssiger Honig schimmernde, mit venezianischer Seife polierte Stuck der Wände bildete eine perfekte Kulisse für die seltsam archaischen Tierkörper, ebenso wie das warm glänzende Edelholz des Mobiliars einen höchst reizvollen Kontrast zu beinahe futuristischen Gebilden aus Chrom und Stein schuf. Ein Spannungsverhältnis, das sich im ganzen Haus fortsetzte und auf wundersame Weise dennoch harmonisch auf den Betrachter wirkte. Hier mischte sich Altes mit Neuem, Erdtöne vertrugen sich mit schrillem Pink, alles schien möglich. Wenn es noch eines Beweises bedurft hätte, dass die Bewohner ihr Familienhandwerk verstanden, so erhielt man ihn hier. Jedes einzelne Teil war liebevoll in Szene gesetzt und erzählte eine Geschichte von Tradition und Moderne, wobei Paula zugeben musste, dass die eher avantgardistischen Akzente, die scheinbaren Stilbrüche fast ausnahmslos auf das Konto ihres Bruders gingen. Es war

ein Phänomen, wie es ihm immer wieder gelang, mit scheinbar nichts aus einem teuren, aber oftmals steril anmutenden Interieur, wie es in jeder Wohnzeitschrift abgebildet wurde, einen Ort zu zaubern, der Träume, Illusionen freisetzte.
Beispielsweise die Illusion von einem rundum harmonischen Familienleben, dachte Paula und ließ sich schwer und noch immer, ohne ein einziges Wort gesprochen zu haben, in den zweiten Lehnsessel vor dem Kamin fallen. Derselbe Klassiker, dem Massimo im jüngsten Programm die Pfoten einer Wildkatze verpasst und damit sogar Erfolg hatte. Alle hatten ihrem Bruder gratuliert, lediglich sie selbst hatte Mühe, sich unvoreingenommen mit ihm zu freuen. Ebenso wie es ihr nicht gelingen wollte, die Entwürfe seiner wunderbaren und zum Glück schon seit einer Ewigkeit nach Deutschland heimgekehrten kleinen Freundin gutzuheißen. Das lag nicht an dem, was Rosa Graf zu Papier brachte, sie war durchaus begabt, sehr begabt sogar. Andererseits konnte niemand erwarten, dass eine Paula Pezzo jemanden protegierte, der ihr den Liebsten weggenommen hatte, nach dem sie sich mit allen Fasern ihres Herzens gesehnt und sich gedemütigt hatte. Noch heute litt sie deshalb unter Albträumen, winzige Auslöser genügten, dann war alles wieder da …
»Gab es noch Ärger in der Firma? Du bist spät dran! Komm, trink einen Rotwein mit, er ist vorzüglich.« Ihr Vater beugte sich vor, er war noch immer ein gutaussehender Mann, schlohweiße dichte Haare umrahmten sein schmales Gesicht mit der klassischen Pezzo-Nase. Ihr Vater reichte ihr ein Glas, und sie setzte es an die Lippen und trank, ohne wirklich etwas zu schmecken. Sie hielt erst inne, als sie einen überraschten Blick auffing. Sie teilte mit ihrem Vater unter anderem auch den Respekt vor einem guten Tropfen, das war die klassische Belohnung nach vollbrachter Arbeit, darauf freuten sie sich alle beide. Sie aßen auch gern gut, lasen viel nach Feierabend oder spielten Schach und diskutierten über Gott und die Welt. Sonntags gingen sie meistens nach dem Besuch von Gottesdienst und Friedhof auf den Golfplatz, und zweimal im Monat besuchten sie ein Konzert oder gingen ins Theater, dazu kamen gesellschaftliche Verpflichtun-

gen. Im Grunde verhielten sie sich, seitdem Massimo in eine eigene Wohnung gezogen war, wie ein bestens aufeinander eingespieltes Ehepaar, dabei waren sie Vater und Tochter.

Abrupt senkte Paula ihr Glas. »Tut mir leid, Vater, ich war geistig leicht weggetreten, dabei ist es wirklich ein ganz besonders guter Tropfen. Schwer, aber nicht tintig, man schmeckt sehr gut die Barrique durch ...«

»Es gab also noch Ärger, nachdem ich gefahren bin?«, beharrte ihr Vater und ließ sie nicht aus den Augen. Diesen Blick hatte sie schon als kleines Mädchen gefürchtet, obwohl Franco Pezzo nicht mal besonders streng und in jedem Fall immer sehr beherrscht und fair gewesen war, auch in dieser Hinsicht war er sich treu geblieben. Er war der Rudelführer und blieb es.

Ihre Augen wichen ihm aus und blieben am Etikett der Flasche hängen, dieser Wein war definitiv nicht im Eichenfass gelagert worden, folglich konnte er auch nicht danach schmecken. Wie peinlich! Sie fühlte sich schlagartig wie ein auf frischer Tat ertapptes Kind. Sie war nie gern Kind gewesen, ihr war all das abgegangen, weshalb die Erwachsenen gemeinhin Entzückensschreie beim Anblick eines solchen Miniaturmenschen ausstießen. Keine Locken, keine Stupsnase, keine Patschfinger und so gar nichts Gefälliges, dessen war sie sich bereits sehr früh bewusst gewesen und hatte im Gegensatz zu Massimo alles vermieden, was ihre Körperlichkeit in den Mittelpunkt stellte. Wenn schon, so hatte sie mit Worten gepunktet. Sie war das Wesen mit den viel zu großen Händen und Füßen, dem scharfen Verstand und der nicht minder scharfen Zunge, das war ihre Rolle.

»Ärger würde ich das nicht direkt nennen«, antwortete sie zögernd. »Es ist eher so ein Gefühl. Könntest du dir vorstellen, dass mein Bruder hinter unserem Rücken gemeinsame Sache mit dem jungen Rigger macht?«

»Und wie kommst du darauf?« Ihr Vater kannte sie zu gut, um nicht zu wissen, dass sie eine solche Frage nicht mal eben so in den Raum stellte. Erst recht nicht, wenn es dabei um ihren Bruder ging, den sie lieber komplett aussparte, denn sie fühlte sich am wohlsten, wenn er

wieder mal krank spielte und auch die Firma mit seinen Gastspielen verschonte.
»Gerade eben, als ich schon gehen wollte, hat mich Rigger senior angerufen«, antwortete sie und verfolgte mit einem für eine Frau sehr kurzen Fingernagel den fein geschliffenen Rand ihres Weinglases. »Er war ziemlich in Rage und wollte wissen, warum wir seinen Filius auch noch in dieser Wahnsinnsidee unterstützen.«
»Und was für eine Idee soll das sein? Ich weiß von keiner Idee. Mal ganz davon abgesehen, dass mein alter Freund Rigger der geborene Choleriker ist.«
»Ja, das habe ich mir auch gesagt. Andererseits habe ich in jüngster Zeit ein paar Gerüchte aufgeschnappt, die in dieselbe Richtung zielen. Es wäre nicht gut, wenn der Name Pezzo mit einer Pleite in Verbindung gebracht werden würde. Und nach allem, was mir zu Ohren gekommen ist und wie ich Markus Rigger einschätze, wären seine Überlebenschancen gleich null. Wer sich darauf einlässt, mit ihm zusammen den Markt aufmischen zu wollen, der erntet nichts als Häme und rote Zahlen, das ist so sicher wie das Amen in der Kirche.«
»Sorgst du dich um deinen Bruder?«
»Nein, das wäre zu viel gesagt. Andererseits ...« Sie stockte und setzte erneut das bauchige Glas an die Lippen, diesmal leerte sie es auf einen Zug.
»Andererseits«, gab ihr Vater zu bedenken, »hat dein Bruder gar nicht die Mittel, um große Sprünge zu machen, sprich, sich eine Beteiligung zu erkaufen. Ich gehe mal davon aus, dass der junge Rigger es nicht unter einem siebenstelligen Betrag täte. Und unsere Hausbank würde deinen Bruder auch nicht in dieser Größenordnung unterstützen, zumindest nicht, ohne mich diskret darüber zu informieren und nach Sicherheiten zu fragen. So gesehen zerbrichst du dir, glaube ich, völlig umsonst den Kopf. Oder ist da noch etwas anderes, was ich wissen sollte?«
Wieder dieser Blick, der durch sie hindurchzusehen schien. Hastig sprang sie auf. »Wahrscheinlich hast du recht«, murmelte sie, »und ich sehe lediglich Gespenster. Alles, was mir fehlt, ist, glaube ich, was

Vernünftiges in den Magen, ich habe den ganzen Tag über noch nichts gegessen, ständig kam was anderes dazwischen. Ich schaue mal rasch in der Küche nach, was Antonella heute für uns gerichtet hat.« Mit dem leeren Glas in der Hand verließ sie den Raum – nur kein Risiko eingehen –, in der Küche stopfte sie sich voller Gier mit den Fingern zwei, drei Happen von der Platte mit Antipasti in den Mund und merkte nicht einmal, wie sie ihre frische Seidenbluse bekleckerte. Kauen, die bohrenden Gedanken besänftigen, die innere Unruhe betäuben. Im Gegensatz zu ihrem Vater wusste sie sehr wohl, woher ihr Bruder genug Geld haben könnte, um sich an welchem Irrsinn auch immer zu beteiligen. Immer vorausgesetzt, er hatte damals ein falsches Spiel gespielt.

Sie hatte gezahlt, sich in gewisser Weise freigekauft, ihr Gewissen beschwichtigt. Sie war eine gute Kauffrau und hatte sauber ausgerechnet, was ein Kind kosten würde, wenn es in diesem Haus aufwüchse und standesgemäß alles absolvierte, was so üblich war, von der privaten Vorschule über die Klavierstunden bis hin zum Studium. Auch die fehlende leibliche Mutter musste mit Barem aufgewogen werden, und sie wollte sich nicht auch noch vorwerfen müssen, an ihrem eigenen Fleisch und Blut zu sparen.

Wie sich das anhörte! Sie wusste ja nicht mal, ob es ein Junge oder ein Mädchen war. Ob das Kind überhaupt noch lebte und, wenn ja, unter welchen Umständen. Ob Massimo das Geld eins zu eins weitergeleitet oder genug für sich selbst abgezweigt hatte und, wenn ja, wie viel. Der Anruf des alten Rigger war keineswegs das Einzige gewesen, was sie an diesem Tag so aus der Bahn geworfen hatte. Dieser Anruf hatte allenfalls den Anstoß gegeben. Sie hatte, um sich Gewissheit wegen der Rigger-Geschichte zu verschaffen, auf dem Heimweg einen Abstecher zu Massimos Wohnung gemacht, wollte ihn zur Rede stellen und an seiner Reaktion ablesen, ob etwas an der ganzen Sache dran war.

Er war zu Hause gewesen, bestens gelaunt. Und irgendwie verändert, das beobachtete sie schon seit Wochen, das nährte ihre Unruhe beträchtlich.

»Was verschafft mir die Ehre, Schwesterchen?« Die Proportionen und Farben des von ihm geschaffenen Raums mit Blick auf den Mailänder Dom schmeichelten ihm. Ohne unruhiges Zappeln und ausweichendes Geplänkel wirkte er sehr souverän und eins mit sich selbst, was man von ihr selbst nicht hatte behaupten können. Sie fühlte sich ungelenk und unerwünscht, wie ein ungehobelter Klotz, so benahm sie sich auch.
»Ich will jetzt klipp und klar wissen, was es mit dir und dem jungen Rigger auf sich hat. Ob ihr wirklich Geschäfte miteinander macht. Und wenn ja, wovon du eine Teilhaberschaft finanzieren willst? Ich habe dir klipp und klar zu verstehen gegeben, dass die Firma Pezzo nichts dergleichen wünscht, also sieh dich gefälligst vor.« Sie hatte noch mehr gesagt, sich förmlich in ihre Erregung hineingesteigert, dieses leicht süffisante Lächeln um seine Mundwinkel provozierte sie unglaublich, sie hatte immer weitergeredet und erst damit aufgehört, als die Glocken des nahen Doms zur Abendandacht riefen und alles andere minutenlang übertönten.
»Ich glaube, du bist da einer Fehlinformation aufgesessen«, meinte Massimo seelenruhig, als es endlich wieder still wurde. »Ich war bei diesem Deal eher so was wie der Kontaktmann.« Eine Art Kunstpause, dann fuhr er mit sichtlichem Genuss fort: »Der neue Kompagnon von unserem Freund Markus ist dir übrigens bestens vertraut, oder sollte ich besser sagen, er war es?«
»Von wem redest du? Hör mit diesen gottverdammten Anspielungen auf!« Sie hatte es gewusst, noch ehe ihr Bruder den Namen des Mannes aussprach, den sie am liebsten nie mehr gehört hätte. Der Mann, den sie nie mehr wiedersehen wollte, deshalb hatte sie ja auch ihren Bruder zu dieser Hausmesse in Amsterdam geschickt. Das Risiko war viel zu groß gewesen, dort auf Rüdiger Ebertz zu treffen.
Nur mal angenommen, dieser Verräter war tatsächlich so dumm, sich mit jemandem wie Markus Rigger zusammenzutun, welche Konsequenzen hatte das für sie selbst und die Firma Pezzo? Und welche Rolle spielte Massimo bei alldem? Dieser zufriedene Gesichtsausdruck, dieses Aufblitzen von Triumph hatten doch etwas zu bedeuten.

Die Sprache seines Körpers war, wenn das überhaupt möglich war, männlicher geworden, in jedem Fall zeigte er sich selbstbewusster, siegessicher. Was hielt er in der Hinterhand? Was hatte er mit Rüdiger Ebertz im Sinn? Was ging hier vor?

Nur mal angenommen, ihr Bruder ginge mit ihrem gemeinsamen Geheimnis hausieren – die Beweisführung war heute ein Kinderspiel, dazu genügte schon eine benutzte Zahnbürste –, warum sollte er das tun und riskieren, selbst mit an den Pranger gestellt zu werden? Letztlich war er es doch gewesen, der diese Geburt verheimlicht und alles für viel Geld arrangiert hatte. Wie viel davon in seine eigenen Taschen geflossen war, stand in den Sternen, dafür wusste sie umso besser, wie hoch die Belastung für sie selbst gewesen war. Welche Panik sie jedes Mal bei der Vorstellung überkommen hatte, jemand von der Hausbank der Pezzos könnte sich verplaudern und ihren Vater auf die Bankschulden seiner einzigen Tochter und Nachfolgerin aufmerksam machen. Schulden, für die es keine logische Erklärung gab. Sie arbeitete wie ein Pferd, was sie am Leib trug war zeitlos und hielt viele Jahre, ihr Auto lief über die Firma … zehn Jahre lang hatte sie gezittert, dann endlich waren alle Schulden getilgt.

Und sie hatte sich eingebildet, dass damit endgültig Ruhe einkehren würde. Weit gefehlt, wie sie bei diesem Gespräch mit ihrem Bruder gemerkt hatte, dabei war er eher wortkarg geblieben und hatte es ihr überlassen, sich einen Reim auf seine Andeutungen zu machen. Sie hatte sich wie der sprichwörtliche Fisch an der Angel gefühlt, und Massimo ließ sie zappeln, genoss es, selten hatte sie sich so klein und hilflos gefühlt. Sie musste das Problem anders angehen und sich fragen, was Massimo nützte. Und es brachte ihm garantiert nichts, wenn er den Exlover seiner angebeteten Rosa reaktivierte, in welcher Rolle auch immer. Dieser Deal mit dem jungen Rigger konnte nichts mit dem zu tun haben, was vor dreizehn Jahren in einer abgelegenen Jagdhütte in Südtirol passiert war, es konnte keine Verbindung zwischen diesen beiden Ereignissen geben, sofern Massimo nicht doch selbst mit dem Geld, das dem Kind gehörte, welches sie qualvoll in jener Hütte geboren hatte, als Teilhaber bei Markus Rigger einsteigen

wollte. Nein, so kaltblütig war er nicht! Außerdem war sie trotz allem seine Schwester, Blut war dicker als Wasser, auch wenn sie beide sonst nicht gerade viel miteinander verband.
Blut. Rot wie Blut. Die roten Flecken auf ihrer Bluse sprangen ihr ins Auge, aber das war kein Blut, sondern lediglich Tomatenpüree, garniert mit Kräutern, es roch auch entsprechend. Getrieben von ihren Sorgen hatte sie, ohne es zu merken, sämtliche Antipasti auf dem silbernen Tablett vertilgt, dabei war sie gewöhnlich ausgesprochen maßvoll. Wie sollte sie ihrem Vater erklären, dass sein Abendessen heute ohne Vorspeise über die Bühne gehen würde? Wenn sie sich nicht sehr irrte, rief er auch schon nach ihr. Die einzige Schwäche, die er sich erlaubte – eine Folge seiner fortschreitenden Arthrose –, war, dass er, wenn er erst einmal saß, nur noch mühsam ohne Hilfe aufstehen konnte. Jeder Schritt fiel ihm dann schwer.
»Ich komme schon, Vater.« Hastig schaltete sie den Backofen an, sicherheitshalber hatte Antonella die präzise Garzeit für sie notiert, sie verschmähte in ihrer Küche hochtechnisierte Geräte, die sich programmieren ließen.
Es gab Schwertfisch auf Risotto und hinterher Zuppa Pavese und ganz zuletzt Käse, der noch von einer Haube abgedeckt wurde und seinen würzigen Duft erst entfalten durfte, als die beiden anderen Gänge mit dem entsprechenden Wein absolviert waren. Das ging eher wortkarg vonstatten, was aber nicht weiter ungewöhnlich war, weil Paula sich ähnlich wie ihr Vater gern voll und ganz auf eine Sache konzentrierte, zumal wenn sie derart gelungen war. Franco Pezzo aß mit sichtlichem Genuss, wogegen Paula an diesem Abend mit jedem einzelnen Bissen kämpfte und sich selbst der Hysterie bezichtigte. Einzig und allein ihre eiserne Disziplin half ihr, immerhin so viel von Hauptspeise und Dessert zu verzehren, dass ihr Vater nicht misstrauisch wurde. Über die fehlende Vorspeise schwieg sie sich aus, die machte ihrem Magen zusätzlich zu schaffen. Die Bluse hatte sie rasch gewechselt, bevor sie zu ihrem Vater an den Kamin zurückgekehrt war. Geschafft! Nur noch der Käse, sie hob die Haube ab und erstarrte, als ihr Vater eine Gedankenverbindung herstellte, die genau ins Schwarze traf.

»Köstlich, dieser Tiroler Bergkäse, findest du nicht? Wir sollten unbedingt einmal wieder selbst in Südtirol nach dem Rechten sehen, was meinst du? Wir waren schon eine Ewigkeit nicht mehr in der Hütte, dabei hängen so viele schöne Erinnerungen an diesem Ort.«

Schöne Erinnerungen? Was war schön am Martyrium einer Geburt, die im Verlust des Neugeborenen mündete, dazu die spürbare Verachtung der Hebamme und später die jahrelange Angst, die Albträume … Sie schob angewidert die Käseplatte von sich weg, die ihr Vater ihr gerade reichte.

»Danke nein«, würgte sie hervor.

»Was ist mit dir? Verbindest du etwa keine schönen Erinnerungen mit der Zeit, als deine Mutter noch lebte? Weißt du noch, wie du auf diese Bergnase hochgeklettert bist und dich von oben wie ein echter Profi abgeseilt hast, ohne die geringste Angst vor dem Abgrund? Deine Mutter hatte die schiere Panik in den Augen. Ich habe sie beruhigt, weil mir klar war, wie gefährlich es gewesen wäre, dich während dieser Aktion anzusprechen, aber wohl war mir auch nicht dabei, das kann ich dir sagen. Hinterher allerdings war ich unglaublich stolz auf dich. Im Grunde weiß ich seitdem, dass du aus demselben Holz wie ich geschnitzt bist, die geborene Nachfolgerin in der Firma, mutig und stark und das genaue Gegenteil von deinem Bruder. Glaubst du eigentlich, er hat sehr darunter gelitten, dass er immer irgendwie den schwächeren Part hatte?«

»Das mit der Schwäche ist sehr relativ«, murmelte Paula und fuhr mit ihrem Käsebesteck über den leeren Teller, es entstand ein unangenehm schabendes Geräusch.

»Manchmal mache ich mir seinetwegen Vorwürfe. Dann sage ich mir, dass Massimo schließlich nichts dafür kann, dass er ist, wie er nun mal ist.«

»Und wieso kann er nichts dafür? Jeder hat seine Chance, das hast du uns selbst immer wieder gepredigt. Jeder Mensch kann zigmal in seinem Leben zwischen dem richtigen und dem falschen Weg wählen.« Wie wahr, dachte Paula und fragte sich, was heute wäre, wenn sie sich damals vor gut dreizehn Jahren anders entschieden hätte. Da

war sie keineswegs mutig gewesen, ganz im Gegenteil! Eingesponnen in ihren durch eine verschmähte Liebe verletzten Stolz, hatte sie das vielleicht Kostbarste aufgegeben, was das Leben einer Frau bieten konnte.
»Dein Bruder hat nicht wirklich eine Wahl gehabt, fürchte ich.«
»Und wieso sollen für ihn plötzlich andere Gesetze gelten?«, konterte sie. Ihr Vater war, wie sie fand, ausgesprochen ungerecht, wühlte auch noch in ihrer Wunde, indem er sich plötzlich hinter Massimo stellte, der keine Skrupel oder gar Loyalität kannte, wie Paula meinte, auch wenn sie ihm noch nichts beweisen konnte. Seit wann nahm ausgerechnet ihr Vater diesen Versager in Schutz? Eifersucht wallte in ihr auf, Zorn. So als ob sie im Grunde vor allem ihrem verwitweten und von seinem Sohn enttäuschten Vater zuliebe auf ein echtes Frauenleben verzichtet hätte.
»Weil er X0 ist, deshalb.« Leise, fast geflüstert, auf einmal schien Franco Pezzo der Bergkäse auch nicht mehr zu schmecken, er legte sein Besteck aus der Hand, zerknüllte die benutzte Serviette. Für gewöhnlich legte er sie ordentlich zusammen und spielte auch nicht wie gerade jetzt mit einer Käserinde herum.
»Weil er was ist?« Paula spürte, dass sie die Antwort nicht wirklich hören wollte. Doch Feigheit entsprach weder ihrem Naturell noch dem, was ihr Vater an ihr gewöhnt war, also stellte sie die Frage, die man von ihr erwarten konnte. Was sie zu hören bekam, machte sie fassungslos. So war das also. Ein paar verirrte oder verlorene Chromosomen waren schuld daran, dass Massimo vom ersten Atemzug an kein richtiger Junge gewesen war. Und auch kein Mädchen. Nichts von beiden hundertprozentig, und ihr Vater hatte darunter gelitten und versucht, die ganze Sache auf seine eigene, sehr männliche Art zu regeln. Warum musste er ausgerechnet an diesem Abend weich werden? Eingestehen, dass er Massimo möglicherweise aus verletzter Eitelkeit mehr geschadet als genützt hatte?
»Ich habe mir nie eingestehen wollen, dass ich dieses verdammte X0 immer mir selbst angelastet habe. Als ob ich nicht in der Lage gewesen wäre, einen normalen Sohn zu zeugen. Ich habe wie ein

Hund gelitten, wenn dein Bruder mal wieder die Salome spielte. Seine Mutter war da viel einfühlsamer. Solange sie noch lebte, hatte der Junge einen Schonraum, eine Verbündete. Und dann war er plötzlich isoliert und manchmal sogar wie gehetzt, ich hätte ihm wohl helfen müssen, aber ich wollte und konnte nicht, ich konnte nicht aus meiner Haut heraus. Als ob er an einer ansteckenden Krankheit litte.«

»Hast du jemals mit ihm darüber gesprochen?«

»Nein, das konnte ich noch viel weniger. Ich habe es, wie man heute sagt, weggedrückt oder mich auch mal damit beschwichtigt, dass inzwischen auch bei uns im heiligen Italien und praktisch überall auf der Welt alle möglichen Spielarten toleriert werden und Homosexuelle ja sogar hohe politische Ämter bekleiden und neuerdings selbst in England schon heiraten dürfen.«

»Du meinst, Massimo ist so was wie ein geborener Schwuler? Na ja! Wenn er sich operieren ließe, wäre er zweifelsfrei eine hübschere Frau, als ich es je war oder sein könnte.«

»Sei nicht so zynisch, Paula! Außerdem meine ich das ganz gewiss nicht. Wenn schon, so ist Massimo mit diesem genetischen Defekt der geborene Wanderer zwischen zwei Welten, ein ewiger Außenseiter, den im Grunde niemand von uns verstehen kann, möglicherweise nicht mal er sich selbst. Zumindest habe ich das geglaubt, bis dieser Tage die kleine Peck zu mir in die Firma kam, du warst gerade nicht da oder beschäftigt.«

»Und was wollte sie?« Unruhe machte sich in Paula breit, oder sollte sie es Vorahnung nennen?

»Sie wollte noch für die nächsten Ferien einen Praktikumsplatz bei uns ergattern und hat sich wohl gedacht, wenn sie persönlich kommt und uns etwas besonders Leckeres aus der Küche ihres Vaters mitbringt, dann regeln wir das irgendwie, obwohl die Frist längst abgelaufen ist. Die Kleine hat ohne Punkt und Komma geredet, sie hat sich verplappert. Und was sie gesagt hat, war so schockierend für mich, dass ich die Riesenportion Plaisir versehentlich in den Tresor geräumt habe, wo ich sie erst heute morgen entdeckt habe.« Franco Pezzo legte eine Pause ein, sei es um Luft zu holen oder um Paula die

Gelegenheit zu bieten, sich nach dem Grund für seinen Schock zu erkundigen.
Paula tat nichts dergleichen, sie wäre gar nicht dazu in der Lage gewesen. Ihr Puls begann zu rasen, hektische Röte stieg ihr ins Gesicht. Feinkost Peck, Dolci namens Plaisir, so hatte alles begonnen. Sie hatte ein Twinset in der Farbe von Vanille getragen, war in den Laden getreten, und da stand er, eingerahmt von allerlei Köstlichkeiten. Danach war alles sehr schnell gegangen, rasend schnell, und sie selbst war die Lokomotive gewesen und hatte nicht mal gespürt, dass sie jemanden mitzog, der gar nicht mit vollem Herzen dabei war. Nur mit dem Körper und mit ein paar Almosen, die er freundschaftliche Gefühle nannte. So hatte er es ihr auf der Geschäftsreise nach Kanada erklärt, zu der sie ihn in einem letzten verzweifelten Versuch kraft ihrer Position verdonnert hatte. Dabei wollte er schon gar nicht mehr aus Mailand fort, dort hatte er ja längst, wie er ihr ins Gesicht sagte, seine große Liebe gefunden. Sie war zu stolz gewesen, um ihm da noch etwas von dem Kind zu erzählen, das unter ihrem Herzen heranwuchs. Sein Kind, sie wollte es nicht mehr, hatte es weggegeben.
»Ist dir nicht gut, Paula?«
»Es ist schon in Ordnung, Vater. Die Antipasti liegen mir nur etwas schwer im Magen.«
»Aber wir hatten doch heute gar keine Vorspeise. Ich habe mich schon gewundert. Aber was ich dir eigentlich erzählen wollte: Der kleinen Peck ist rausgerutscht, dass dein Bruder durchaus gewisse Besuche empfängt, von Frauen wohlgemerkt. Einmal muss es sogar ernster gewesen sein, die Sache ging über zwei oder sogar drei Jahre, es gab angeblich sogar ein Baby. Massimo hat damals die komplette Familie Peck zum Stillschweigen verdonnert. Hältst du es für möglich, dass dein Bruder …?«
»Die Mutter«, fiel Paula ihm ins Wort, ihre Stimme war nur noch ein Krächzen. »Was ist mit der Mutter? Weiß man etwas über sie?«
»Die Kindsmutter muss noch studiert haben, an den Namen konnte die kleine Peck sich nicht erinnern, sie war ja selbst gerade mal zwei oder drei Jahre alt, und zu sehr bohren wollte ich auch nicht, das wäre

zu auffällig gewesen. Jedenfalls hat ihre eigene Mutter dieses Kind schon mal mit betreut …«

»Und wo ist es jetzt? Wo ist dieses Kind?«

»Es muss von heute auf morgen mit seiner Mutter verschwunden sein, stattdessen kamen immer mal wieder andere weibliche Besucherinnen, von denen aber keine länger als ein paar Stunden geblieben ist. Ich konnte mich des Eindrucks nicht erwehren, dass die kleine Peck selbst ein wenig in Massimo verliebt ist und eifersüchtig alles verfolgt, was sich oben im Penthouse tut. Fakt ist, es hat sich dort etwas getan. Ich frage mich, wie das möglich ist, ob die Ärzte sich womöglich geirrt haben oder ob sich so etwas wie dieser Gendefekt auswachsen kann. Wenn sich das wirklich so verhält, ist meine Rolle bei alldem nicht eben rühmlich. Also um ganz ehrlich zu sein: Ich mache mir ernsthafte Vorwürfe.«

»Das brauchst du nicht, Vater.« Paula sprang auf. Sie konnte nicht mehr. Die Tränen liefen ihr übers Gesicht, doch noch blieb sie stumm; erst als sie in ihrem Zimmer angelangt war, sich aufs Bett geworfen und sicherheitshalber ein Kissen über den Kopf gezogen hatte, ließ sie ihrer Verzweiflung freien Lauf.

Ein Baby, hämmerte es hinter ihren Schläfen, die Mutter eine Studentin. Sie wünschte sich, sie wäre tot. Sie hatte alles falsch gemacht. Sie dachte »alles« und hatte das Gefühl, selbst dieser Begriff werde inhaltsleer, kaum dass sie ihn benutzte. Nichts blieb zurück außer dem salzigen Geschmack ihrer Tränen, die Haut unter ihren Augen spannte schmerzhaft. Als sie viel, viel später ins Bad ging, um pflichtgemäß ihre Abendtoilette zu absolvieren – vielleicht hielt sie dieses Ritual ja zusammen, brachte sie in die Gegenwart zurück –, und in den Spiegel über dem Waschbecken sah, erschrak sie. Eine alte Frau sah sie an. Sie war alt. Sie ging auf die fünfzig zu. Sie sah aus wie hundert. Kein Kind dieser Welt würde so jemanden zur Mutter haben wollen. Wo war ihr Kind jetzt?

2

Rüdiger erkannte sich selbst nicht wieder. Er pendelte von Herzfeld nach Dresden und machte auf dem Heimweg jedes Mal an der Suchtklinik, wo Ruth untergebracht war, halt. Zweimal hatte er auch schon pflichtgemäß seinen Vater aufgesucht, den die Ärzte ungeachtet seines Protests zur Rehabilitation an den Tegernsee geschickt hatten, wo der Rekonvaleszent bereits mit beachtlichem Erfolg andere Herzkranke gängelte und jede Therapie erst mal grundsätzlich in Frage stellte. Die große Entfernung zwischen Herzfeld und dem See in Bayern bot Rüdiger einen willkommenen Vorwand, nicht öfter zum Rapport antreten zu müssen und sich nicht vor der Zeit zu verraten.
Es gab tausend Dinge, um die er sich kümmern musste, er arbeitete wie ein Wahnsinniger und kam oft nicht mal zum Essen. Unter seinen Augen lagen dunkle Ringe, Schlafen wurde allmählich zum Fremdwort für ihn, trotzdem fühlte er sich so gut wie schon lange nicht mehr. Er hatte wieder ein Ziel vor Augen, es rückte immer näher. Jedes Mal wenn er sich der Baustelle oberhalb der Elbe näherte und sah, wie seine Orangerie, die im Schatten des Schlosses lag, wieder zu ihrer alten Schönheit und gleichzeitig zu einer ganz neuen Bestimmung fand, wurde ihm gleichzeitig heiß und kalt, dann hätte er seinen Jubel am liebsten laut herausschreien mögen. Dabei lief naturgemäß längst nicht immer alles glatt, oft war er der Einzige, der die Ruhe und den Überblick behielt. Sei es im Dialog mit der Bank oder bei der Vermittlung zwischen Handwerkern und Architekt, auch Markus Rigger erwies sich zunehmend als Störelement. Er brachte die Leute komplett durcheinander, wenn er heute dies und morgen jenes verlangte und vor allem immer wieder das Schloss nebenan ins Gespräch brachte, das Rüdiger relativ gleichgültig war. Er brauchte kein riesiges Schloss mit irgendwelchen abgehobenen Showrooms, wie sein Kompagnon sich ausdrückte, er wollte weder neidisch machen noch der Größte sein. Alles, wonach es ihn verlangte, war ein Ort, wo er sich endlich auf das besinnen durfte, was er wirklich konnte.
In diesem Punkt zumindest hielt Markus Rigger sich an die getrof-

fene Vereinbarung, er ließ Rüdiger frei schalten und walten, was die Schaffung optimaler Arbeitsvoraussetzungen anging. Die Kunstschreinerei war schon so gut wie fertig, die Montagehalle und der Bürobereich desgleichen, Lager und Verpackungsabteilung kamen in ein Nebengebäude, Rüdigers eigenes Büro würde sich vergleichsweise bescheiden ausnehmen, dafür war das Herzstück der alten Orangerie umso großzügiger bemessen. Hier, wo in Zukunft alles entworfen wurde, was unter dem neuen Logo auf den Markt kam, hatte man einen traumhaften Blick auf den Fluss und die Weinberge, das Licht spiegelte sich in unzähligen Facetten, kein Gemälde könnte schöner sein. Zum Glück erhob Markus Rigger trotzdem keinen Anspruch auf einen Anteil an dieser Pracht, er wollte lieber gleich im Schloss residieren. Möglicherweise war seine Gier, sich auch noch dieses Schloss anzueignen, der Grund dafür, dass die von ihm zugesagte Finanzierung des großen Rests noch immer auf sich warten ließ. Er kümmerte sich, wie es Rüdiger schien, viel zu wenig um die dringend nötige Geldbeschaffung, es war das typische Verhalten von jemandem, der keine Geldnot kannte.
Die Millionen des jungen Rigger waren da und auch wieder nicht da, was bedeutete, dass Rüdiger immer wieder bei den Banken vorstellig wurde und um eine Aufstockung des bereits gewährten Darlehens bat, damit der Umbau weitergehen konnte. Mach du das, war eine stehende Redewendung seines Teilhabers, wenn wieder mal eine Forderung fällig wurde, zahlbar binnen maximal vierzehn Tagen. Manche Gewerke wie die Glaserei oder die Schlosserei wollten auch schon einen Großteil vorab bezahlt haben, gerade im Osten hatte man zu viele Pleiten mit Wessis erlebt, da ging man lieber auf Nummer sicher. Und so schlug Rüdiger das Rad, bat und machte Druck und malte sich zum Trost oder um sich Mut zu machen aus, wie es sein würde, wenn er Kristina hierher brachte und ihr den Posten der Chefdesignerin anbot.
Mit ihrem Studium war sie so gut wie fertig, und natürlich war Rüdiger auch ohne einen entsprechenden Hinweis seines Bruders schon lange klar, dass Kristina alles wollte, nur nicht für die Ebertz'sche

Schleiflackfabrik arbeiten, deren Tage ohnehin gezählt waren. Es lag auf der Hand, dass sie zu ihm nach Dresden kam. Noch wusste sie nichts von ihrem Glück, Rüdiger freute sich wie ein Kind auf die geplante Überraschung, er hegte auch nicht den geringsten Zweifel an der Qualifikation seiner Tochter. Für ihn war Kristina seine Tochter, sie hatte eben zwei Väter, seinen Bruder und ihn, sie waren eine Familie und empfanden auch so, was leider für die beiden anderen nicht galt. Das war der größte Wermutstropfen.
Es gab Rüdiger regelmäßig einen Stich, wenn er die Kälte in den Augen von Ruth sah. Sie verachtete ihn mittlerweile ebenso, wie sie zuvor seinen Bruder verachtet hatte. Ihr beide, pflegte sie zu sagen, seid aus einem Holz, ihr seid die geborenen Verlierer, und dein Vater ist ein alter Tattergreis! Vorbei die Zeit, in der sie in Christoph Maria Ebertz einen Verbündeten oder sogar einen Ersatz für ihren eigenen Vater sah, der sie schon lange aufgegeben hatte. Sie gab unmissverständlich zu verstehen, dass sie nicht vorhatte, jemals nach Herzfeld zurückzukommen, was die Angelegenheit für Rüdiger allerdings im Grunde sehr viel einfacher machte.
Ruth wollte nichts mehr mit ihm zu tun haben, mit keinem Ebertz. Gerade erst hatte sie ihm mitgeteilt, dass sie demnächst in die zur Klinik gehörende Villa umziehen wolle. Dort wurde die Luxusvariante für betreutes Wohnen angeboten, ein Apartment von rund hundert Quadratmetern war frei geworden. Außer dem üblichen Angebot einer solchen Einrichtung gab es ein Restaurant, wo man à la carte speisen konnte, eine hauseigene Beautyfarm und eine Badelandschaft und überhaupt unzählige Möglichkeiten, sich angenehm die Zeit zu vertreiben oder von dem abzulenken, was einen in der Welt dort draußen immer wieder zu Fall brachte. Der Chefarzt hatte Ruth die Sache äußerst schmackhaft gemacht, und vielleicht war das ja auch gar keine so schlechte Idee. Immer vorausgesetzt, es blieb beim Verkauf der Fabrik noch genug von ihrem Geld übrig, um wenigstens die Zeit zu überbrücken, bis Rüdiger in Dresden schwarze Zahlen schrieb. Dann würde er aus der eigenen Tasche für Ruth zahlen, das war seine verdammte Pflicht und Schuldigkeit, dazu

stand er. Ebenso wie er dafür sorgen würde, dass es seinem Vater an nichts fehlte.
Wobei schon jetzt klar war, dass Christoph Maria Ebertz den Familiensitz nicht freiwillig verlassen würde. Folglich hatte Rüdiger sich für dieses Problem ebenfalls eine praktikable Lösung ausgedacht und auch schon mit der alten Haushälterin, die der Familie Ebertz seit bald fünf Jahrzehnten übers Rentenalter hinaus die Treue hielt, sowie mit deren einziger Tochter Marie und dem zugehörigen Ehemann – er war Frührentner, aber noch recht rüstig – gesprochen. Die drei waren bereit, sich rund um die Uhr um den alten Mann und die Villa zu kümmern, wenn sie dort als Gegenleistung zusammen mit Maries von Geburt an geistig und körperlich schwer behindertem Sohn Thomas leben durften. Obwohl Thomas das Ergebnis eines Fehltritts und der Grund dafür war, dass die Familie nie mehr so frei wie andere Familien agieren konnte, sahen alle in dem nun schon auf die dreißig zusteuernden jungen Mann eine Bereicherung. Niemand lachte so und hatte ohne jede Einschränkung so viel Vertrauen wie Thomas, und selbst Rüdigers Vater konnte ihm auf die Dauer weder entkommen noch widerstehen.
Wenn Rüdiger auszog, war Platz genug für alle, und das Haus war schuldenfrei. So gesehen würde sein Vater nicht heimatlos werden und konnte sich, wenn er wollte, jeden Tag davon überzeugen, dass die teilweise von ihm selbst angelernten Mitarbeiter drüben in der Fabrik mehr draufhatten, als ihren Lohn in der Kneipe zu versaufen.
Es war erstaunlich, wie viele bereit waren, ihr Erspartes in eine Art Genossenschaftsbetrieb einzubringen und auf eigene Kappe weiter in Herzfeld zu wirtschaften. Diesen Vorschlag hatte Rüdiger seinen Leuten vor wenigen Tagen gleichzeitig mit der Alternative unterbreitet, ihn nach Dresden zu begleiten. Das Ergebnis war fast fifty-fifty. Die einen wollten die alte Fabrik in Eigenregie übernehmen und, um sie zu retten, neue Wege gehen, indem sie zum Reparaturbetrieb für jene Firmen umrüsteten, die noch echten Schleiflack anboten, egal, ob es sich dabei um ein Bett oder eine Zimmertür handelte. Das konnte durchaus funktionieren, wenn in der Phase der Umstellung

alle an einem Strang zogen und persönliche Einbußen in Kauf nahmen, was bekanntlich immer leichter fiel, wenn die Sparmaßnahmen einem früher oder später selbst zugutekamen. Und der Rest der Belegschaft würde mit Rüdiger nach Dresden gehen. So war für alle gesorgt, niemand musste entlassen werden, das war das Wichtigste. Natürlich war Rüdiger klar, dass sein Vater erst mal toben würde, doch ausrichten konnte er nicht mehr viel, weil Ruth ihm bereits untreu geworden war und Rüdiger eine Vollmacht für ihren Anteil unterschrieben hatte. Im Gegenzug hatte er sich verpflichtet, lebenslang angemessen für ihren Unterhalt aufzukommen. Das war zwar auf den ersten Blick eine zusätzliche hohe Hypothek, nützte aber am Ende allen Beteiligten.

Rüdiger war jedenfalls ausgesprochen optimistisch, als er an einem Dienstagmorgen in den Zug stieg, der ihn von Dresden nach Köln bringen sollte. Normalerweise wäre er noch bis Ende der Woche geblieben, um sicherzustellen, dass beim Umbau der Orangerie auch wirklich nichts mehr schiefging, was ja unweigerlich wieder Geld kosten würde, das sie nicht oder noch nicht hatten. Wegen seiner knappen Kasse fuhr er wenn irgend möglich zu Zeiten, in denen die Bahn Spartarife anbot. Diesmal tat er das nicht, und das hatte seinen guten Grund. Es war der Tag, an dem Kristina, wie er wusste, ihre letzte Klausur schrieb, die Diplomarbeit hatte sie bereits abgegeben. Er wollte sie überraschen und richtig schick mit ihr ausgehen und ihr zum Dessert ein Flugticket nach Dresden unter den Teller schieben. Sie würde raten, was es damit auf sich hatte, eine Städtereise vielleicht, ein Ausflug zur endlich fertiggestellten Frauenkirche, aber selbstredend würde er dichthalten und sie zappeln lassen, höchstens mal eine winzige Andeutung platzieren, es würde grandios werden.

Seine Vorfreude erhielt jedoch einen kräftigen Dämpfer, als er an Kristinas Hochschule eintraf. Nicht etwa, dass er sie verfehlte, er entdeckte sie auch sofort, als sie aus dem Prüfungsraum kam, zu dem ihm ein freundlicher junger Mann den Weg gewiesen hatte. »Da drin sitzen sie jetzt und schreiben sich die Seele aus dem Leib«, hatte der Student gemeint und auf Rüdigers Nachfrage hin bestätigt, dass es wirklich nur diesen einen Raum für Klausuren gab. Und dann kam Kristina auch wirklich heraus, sie war eine der Letzten, besonders glücklich sah sie nicht gerade aus, fast schon verstört. Rüdiger überlegte sogar, ob er die langstielige Glückwunsch-Rose rasch verschwinden lassen sollte, entschied sich dann aber dagegen. Im Zweifelsfall war es halt eine Trost-Rose.

»Hallo, Kristina!« Er trat auf sie zu, die Rose hielt er noch unauffällig hinterm Rücken.

»Rüdiger? Was machst du denn hier?«

»Ich wollte dich überraschen. Schließlich war das gerade deine letzte Prüfung, oder?«

»Ja, das war sie wohl.« Kristina sah hektisch an ihm vorbei, als ob sie jemanden suchte. War sie etwa verliebt? Gab es da einen jungen Mann, den sie an seiner Stelle erwartete, und war ihr ein Zusammentreffen unangenehm? Schließlich hatte sie bislang keinen Ton davon erzählt, dass sie einen festen Freund hatte. Immer vorausgesetzt, es verhielt sich wirklich so.

»Mit deiner Klausur ist also alles gut gelaufen?«, vergewisserte er sich.

»Ja, das war easy.«

»Könnte es dann sein, dass du zufällig schon mit jemand anders verabredet bist? In dem Fall würde ich freiwillig zurücktreten, zumal ich dich ja nicht vorgewarnt habe.«

»Ja, ich war wirklich verabredet. Wir waren verabredet. Aber er ist nicht gekommen, dabei war heute morgen noch alles in Ordnung, wir haben sogar ausdrücklich vereinbart, dass wir nach der Klausur rasch alle Fragestellungen durchgehen, nur damit ich beruhigt bin, und zu meiner Diplomarbeit wollte er mir auch schon was sagen, der Zweitprüfer hat nämlich versprochen, ihm bis spätestens heute Mittag seine Bewertung mitzuteilen, daraus wird dann die Gesamtnote ermittelt, aber das ist jetzt auch egal. Was, wenn ihm etwas zugestoßen ist? Ich habe so ein ungutes Gefühl.« Wieder dieser suchende und, wie es Rüdiger vorkam, verzweifelte Blick. Seine Tochter musste heftig verliebt sein, wenn sie so viel von sich preisgab, obendrein, wie es

sich anhörte, in jemanden vom Lehrkörper, sicherheitshalber fragte er noch einmal nach.
»Du redest von einem deiner Dozenten?«
»Ich rede von *dem* Dozenten, von meinem Professor Fabian Jedwabny.«
»Heißt das, du bist mit deinem Professor zusammen?« Er wollte nicht altmodisch sein, trotzdem bedrückte ihn die Vorstellung, dass seine blutjunge Tochter mit diesem sehr viel älteren Mann zusammen war.
»Zusammen?« Ein erstaunter Blick traf ihn. »Du glaubst doch nicht etwa, ich hab was mit meinem Prof? Der ist zwar ein ausgemachter Schürzenjäger, aber für mich ist er einfach nur ein genialer Dozent und inzwischen fast so etwas wie ein Freund, außerdem arbeite ich ja seit fünf Semestern als Hilfskraft für ihn, da kennt man sich oft besser als ein Liebespaar. Und wenn ich eins weiß, dann dass er zuverlässig ist und noch nie, ohne ein Wort zu sagen, nicht zu einer Lehrveranstaltung erschienen ist. Erst recht würde er nicht ohne Not einen Klausurtermin sausenlassen, wir hätten beinahe gar nicht schreiben können, weil es auf die Schnelle immer schwierig ist, eine Aufsicht zu ersetzen. Und er wollte unbedingt selbst die Aufsicht übernehmen, das ist auch am besten so, allein seine Gegenwart kann einem, der gerade eine Blockade hat, Mut machen. Die Themenstellung lag ja zum Glück im Prüfungsamt vor, zuletzt hat sich der Dekan persönlich erbarmt. Wir haben vier Stunden geschrieben, und immer wenn die Tür aufging, habe ich gedacht: Jetzt kommt er. Aber er war es nicht, da kamen nur Kommilitonen mit Kaffee und belegten Brötchen. Wärst du mir sehr böse, wenn ich mal rasch ins Sekretariat laufe und nachfrage?« Kristina wartete seine Antwort kaum ab, sie rannte los und ließ ihn allein mit seinen Gedanken zurück.
Mit so etwas hatte er nun gar nicht gerechnet. Ebenso wie er sich nicht hätte vorstellen können, diesen Abend statt mit einem Festessen zu zweit ganz allein im Warteraum des Kölner Bahnhofs zu verbringen, sein Zug zurück nach Dresden ging erst in gut drei Stunden. Was sollte er machen?

Kristina war regelrecht blass um die Nase gewesen, als sie zu ihm zurückkam. »Allmählich mache ich mir ernsthaft Sorgen«, hatte sie gemeint, »er meldet sich weder am Festnetzanschluss noch über Handy, die haben zigmal versucht, ihn zu erreichen, und zuletzt sogar jemanden zu seiner Wohnung und ins Museum geschickt. Fehlanzeige! Nur das Auto ist fort. Wärst du mir sehr böse, wenn ich ihn jetzt selbst suche? Ich hätte sonst einfach keine ruhige Minute.«
Natürlich hatte er sie ziehen lassen. So war das Leben nun mal, und seine Überraschung lief ihm ja nicht davon. Hauptsache, sie fand ihren wunderbaren Professor – hoffentlich war wirklich nichts passiert. Und ihre Prüfung war auch gut gelaufen, was wollte er mehr?

## 3

Rosa hätte gern das Fenster in dem Krankenzimmer aufgerissen, um etwas frische Luft hereinzulassen, doch sie entschied sich dagegen, so wie sie überhaupt alles unterließ, was ihrer Großmutter schaden könnte. Ob sie etwas damit erreichte, war indes zweifelhaft. Gerlinde Graf lag da und reagierte nicht mal mehr, wenn der Chefarzt zur Visite kam und sie untersuchte. Rosa durfte inzwischen auch dann bleiben, in gewisser Weise gehörte sie schon wie der Palmwedel hinter dem Kruzifix zum Inventar. Rosa hatte den völlig vertrockneten Palmwedel gegen einen frischen ausgetauscht und Fotos aufgestellt und sogar das Lieblingskissen und die kuschelige Decke ihrer Großmutter von daheim mitgebracht, und alles nur, um diese aus ihrer Teilnahmslosigkeit zu reißen. Selbst einem gesunden, deutlich jüngeren Menschen schlug diese triste Umgebung unweigerlich aufs Gemüt, diese vier weißen Wände wurden zum Gefängnis, die Tür hinaus auf den Korridor öffnete sich immer seltener für Gerlinde Graf.
Mittlerweile war Rosa auch klar, dass der Verzicht auf weitere aufwändige Behandlungsmethoden ebenso wie die zunehmend oberflächlichen Untersuchungen bei der Visite ein Akt der Resignation waren. Die Ärzte gaben auf, wollten dem Tod den Vortritt lassen und

lächelten nur milde, wenn Rosa ihnen immer wieder neue Vorschläge unterbreitete, wie sie das Leben, den Lebenswillen in die alte Frau zurückbringen könnten. In den endlosen Stunden, die Rosa am Krankenlager saß, hatte sie Zeit genug, sich mit medizinischen Standardwerken oder Fachzeitschriften schlauzumachen, die ein mitfühlender Assistenzarzt für sie aus der klinikeigenen Bibliothek und wieder zurückschmuggelte. Rosa wollte nicht wahrhaben, was sie neulich belauscht hatte. Eine der Schwestern hatte beim Bettenmachen zu einer anderen gesagt: »Sie verglimmt wie eine Kerze!«, darauf die zweite: »Es wird eine Erlösung für sie sein und für ihre Enkelin auch! Die wird ja selbst immer weniger.«

Rosa hatte nur mit Mühe einen Wutanfall unterdrücken können. Seit diesem Vorfall bestand sie darauf, ihre Großmutter eigenhändig frisch zu betten, die Körperpflege übernahm sie schon seit längerer Zeit, und bis vor kurzem hatte sie auch noch Brote mit dem Lieblingsbelag der alten Frau, den Rosa vom besten Metzger in Olpe mitbrachte, belegt und in winzige Stückchen geschnitten. Aber auch das war vorbei, Gerlinde Graf konnte oder wollte nicht kauen und schlucken, sie öffnete nicht mal mehr den Mund, auch ihre früher stets hellwachen Augen blieben nun größtenteils geschlossen. Ein kurzes Blinzeln war alles, was Rosa noch erreichte, mehr nicht. Inzwischen wurde selbst diese armselige Reaktion zu einem Erfolg, um den man kämpfen musste. Rosa konzentrierte sich voll und ganz auf das Erreichen solcher winzigen Ziele und redete sich ein, auf diese Weise doch noch einmal dem Sensenmann seine Beute entreißen zu können.

Hauptsache, sie gab nicht auf! Alles andere war nebensächlich, selbst Joana trat ins zweite Glied, für Rosas Vater und ihre Arbeit blieb kaum noch ein Gedanke übrig, und wenn Fabian sie wieder mal abfing und von dieser alten Wachsfabrik anfing, hätte sie regelmäßig explodieren können. Offenbar wollte er nicht verstehen, dass es Wichtigeres im Leben gab als ein Fabrikgelände, das man gerade günstig erwerben konnte. Die Genesung von Gerlinde Graf konnte man nicht kaufen, darum konnte man nur beten und versuchen,

etwas von der eigenen Kraft in den schlaffen, teilnahmslosen Körper umzudirigieren.
Draußen auf dem Korridor ratterte der Essenswagen heran, dabei war es erst kurz nach elf. Es klopfte kurz, dann ging die Tür auf, eine freundlich lächelnde Nonne kam direkt auf Rosa zu, obwohl diese dankend abwinkte. Schwester Constanze war die Oberschwester, für sie galten ihre eigenen Gesetze. Es duftete nach Rotkraut, das stand für heute mit Rinderroulade und Salzkartoffen auf der Karte, außerdem wurde noch ein Gericht für Diabetiker angeboten. Die Küche in dieser Klinik genoss einen vorzüglichen Ruf, die Nonnen kochten noch selbst, alles war frisch zubereitet. Mit einer energischen Handbewegung klappte die Ordensschwester den Nachttisch auf, stellte ihr Tablett auf den schmalen Tisch und hob die Haube ab, der Duft wurde stärker.
»Sie wissen doch …«, sagte Rosa und ließ keinen Blick von der Kranken, die sich nicht rührte. Früher hatte Rotkraut mit Apfelstücken mal zu ihren Lieblingsgerichten gezählt, und die Kartoffeln hatte sie am liebsten mit der braunen Tunke verknetet …
»Ich weiß, dass Sie uns noch zusammenklappen, wenn Sie nicht endlich mal wieder was Vernünftiges essen.«
»Ich kann nicht«, flüsterte Rosa und legte einen Finger vor die Lippen. Doch die Braut Christi reagierte denkbar unsensibel.
»Denken Sie gefälligst an Ihre Tochter, die braucht Sie. Oder an Ihren Mann, er kümmert sich wirklich rührend. Jeden Nachmittag von Köln hierher nach Olpe zu fahren ist bestimmt kein Vergnügen, und dann muss der arme Mann auch noch allein im Hotelzimmer übernachten und in aller Herrgottsfrühe wieder zurück nach Köln zu seiner Arbeit. Sie sollten dem Herrgott auf Knien danken, dass Sie solch einen guten Mann haben.« Eine kurze Pause, die Rosa hoffen ließ, damit wäre es für diesmal genug, doch sie irrte sich. Die kurze Unterbrechung sollte wohl eher darauf hinweisen, dass das Folgende zumindest in den Augen der Nonne weitaus weniger erfreulich war. »Ich wundere mich, dass Ihr Mann diesen Professor mit dem fremdländischen Namen nicht schon längst in seine Schranken ver-

wiesen hat. Dieser Herr ist ausgesprochen hartnäckig und hält uns permanent vom Arbeiten ab, weil er ständig wissen will, wann Sie hier herauskommen oder zuletzt rausgekommen sind, ob seine Blumen angekommen sind und diese Briefchen. Also ich finde nicht, dass ein Mann das Recht hat, einer verheirateten Frau und Mutter ständig derart aufzulauern. Zumal nicht mal Ihre Tochter ihn leiden kann, neulich ist sie glatt laufen gegangen, als er kam. Und Kinder haben für gewöhnlich ein sehr gutes Gespür. Also, was soll ich ihm sagen, wenn er wieder auftaucht?«
Rosa antwortete nicht. Irrte sie sich, oder hatte die Kranke tatsächlich etwas gesagt? Rosa rückte ihr Ohr ganz nah an deren Lippen, die nur noch ein gekräuselter Strich waren. Sie bewegten sich, formten mühsam ein Wort oder auch mehrere. Alles, was Rosa verstand, war »Zitrone«.
»Was sagt sie?« Die Nonne beugte sich nun ebenfalls vor, sichtlich erstaunt, denn die Kranke hatte, wie alle hier wussten, auch das Reden eingestellt, sie atmete nur noch. Und nun das!
»Sie hat … sie hat gerade Zitrone gesagt«, stammelte Rosa und streichelte über die eingefallenen Wangen.
»Seltsam. Es riecht nach Roulade und Rotkraut, und sie denkt an Zitronen.«
»Das ist so was wie ein Geheimcode zwischen uns. Goethe hat ein Gedicht geschrieben: Kennst du das Land, wo die Zitronen blühn? Es ist eine Metapher für alles Schöne im Leben, sie hat es nicht vergessen, und sie verspürt noch Sehnsucht, das ist bestimmt ein gutes Zeichen.« Rosa konnte nicht aufhören zu reden, dabei war die Kranke längst wieder verstummt, lag dort still und teilnahmslos wie seit langem. Immerhin war es ein Anfang gewesen, ein erster Hoffnungsschimmer, daran klammerte Rosa sich. Möglicherweise bedurfte es lediglich eines weiteren Impulses, vieler Impulse und noch mehr Geduld, um das Wunder geschehen zu lassen …
»Großmutter, soll ich dir eine Zitrone besorgen?« Rosa sprach das Wort Zitrone säuberlich akzentuiert und ganz langsam, sie wiederholte es auch: »Z – i – t – r – o – n – e.«

»Zitrone.« Etwas wie ein Nicken, dann sank der Kopf der alten Frau erschöpft zur Seite, trotzdem wirkte sie, wie Rosa fand, lebendiger, glücklicher, das bestätigte ihr auch ungefragt die Nonne.

»Nun gehen Sie schon«, sagte sie energisch, »ich verteile nur gerade noch die restlichen Essen, dann komme ich zurück und vertrete Sie, aber lassen Sie sich Zeit, es ist mein freier Nachmittag, und ich habe nichts zu tun, außer meinen Rosenkranz zu beten, und das kann ich hier genauso gut.«

»Danke. Danke vielmals.« Rosa hatte Bilder von zart duftenden Zitronen vor Augen, als sie auf Zehenspitzen zur Tür ging, die Klinke nach unten drückte, sich noch einmal im Hinausgehen umsah. Draußen gab sie Gas. Verrückt vielleicht, aber sie hatte endlich wieder ein konkretes Ziel. Wo es wohl die besten Zitronen gab? Solche, an denen noch die grünen Blätter hingen, die noch mit dem Zweig verbunden waren, quasi noch lebten …

»Halt! Hier bin ich! So warte doch!« Eine Männerstimme und eine Hand, die sich von hinten auf ihre Schulter legte. Schon wieder Fabian.

»Ich muss zum Markt«, sagte Rosa und ging weiter, passierte die Pförtnerloge und machte einen Bogen um ein Grüppchen von Patienten im Bademantel, die hier draußen eine Zigarette rauchten. Ein unmittelbar vor ihr haltender Wagen der Großwäscherei zwang sie endgültig zum Stehenbleiben und versperrte ihr den Weg und die Sicht.

»Und was willst du bitte sehr auf dem Markt? Hast du Lust auf etwas Bestimmtes? Ich hole es dir, alles kein Problem. Hauptsache, du schaffst es heute irgendwie, mich in die alte Wachsfabrik zu begleiten oder allein hinzufahren, ich habe nämlich höchstens noch zwei Stunden Zeit. Du musst sie dir nur einmal selbst ansehen, alles Weitere erledige dann ich, und heute ist definitiv der letzte Termin, sonst verfällt unsere Option. Du ahnst ja nicht, was ich dem Besitzer oder vielmehr seiner Witwe schon an Ausreden aufgetischt habe, und es gibt inzwischen genug andere Interessenten.«

»Ich kann jetzt nicht.« Ungeduldig verfolgte Rosa, wie ein Wäschecontainer nach dem anderen herangerollt wurde. Aus Kostengründen wurde die Schmutzwäsche, wie sie wusste, nicht länger im Haus gewaschen. Die Männer dort ließen sich alle Zeit der Welt, und Fabian nutzte die ihr aufgezwungene Wartezeit schamlos aus.

»Verdammt, das sagst du seit Wochen. Worauf wartest du? Auf ein Wunder? Ich sage dir, Wunder geschehen nur, wenn man ihnen die Tür aufhält. Du bist es dir selbst und deiner Begabung und auch deiner Tochter schuldig, du kannst nicht alles so den Bach runtergehen lassen, vielleicht denkst du auch mal an Kristina. Sie hängt ihr Herz an die Arbeit mit dir und für dich, du bist ihr ganz großes Idol, und heute schreibt sie ihre letzte Klausur, hinterher will ich mit ihr über die Diplomarbeit reden, unter uns gesagt ist die Arbeit genial, und es ist dein Thema, deine Schlafstationen, alles dreht sich um dich. Gib uns eine Chance, bitte.«

»Ich werde es versuchen.« Der eindringliche Ton, mit dem er sprach, nahm sie kurz gefangen, lenkte sie von dem Hindernis vor ihr ab, die Erwähnung von Kristina tat ein Übriges.

»Pass auf!« Fabian schob sich komplett vor sie, rückte sein Gesicht ganz nah an ihres heran und nahm ihr so die Sicht auf alles andere. »Ich fahre jetzt zur alten Wachsfabrik raus und kündige dich schon mal an. Und wenn du dort warst, rufst du mich sofort an, versprochen? Oder nein, ich habe noch eine viel bessere Idee: Nach der Klausur komme ich mit Kristina zusammen her, dann unterschreibst du, und wir feiern ihren Abschluss zusammen mit dem Vertrag, notfalls kann ja mal dein Vater in der Klinik Wache halten, außerdem sind wir über Handy jederzeit erreichbar. Ich könnte einen Tisch im ›Waldhaus‹ reservieren, das ›Schneiderstübchen‹ dort ist genau das Richtige für Kristina und dich, heimelig und gleichzeitig mit einer exquisiten Küche und einem Weinkeller ausgestattet, bei dem du nur neidisch werden kannst. Einverstanden?«

Rosa nickte mechanisch, der Gedanke an Kristina tat ihr weh und wohl zugleich, riss sie aus diesem Vakuum, in dem nur noch der Kampf um den Rest Leben von Gerlinde Graf zu existieren schien. Kristina war ihr beinahe schon so sehr ans Herz gewachsen wie Joana, und was das Beste war, die beiden hatten sich von der ersten Minute an prima vertragen. Das erste Treffen hatte noch daheim in Ohlenbach stattgefunden, Kristina war mitgekommen, um bei der Suche nach einem geeigneten Ersatz für die Orangerie zu helfen. Rosa hatte Kristina lediglich gebeten, nichts von ihren Zukunftsplänen zu erzählen, solange noch kein Projekt spruchreif war. Rosa wusste schließlich, wie verbohrt Joana sein konnte, wenn sie sich erst mal etwas in den Kopf gesetzt hatte, und das war nach wie vor dieses Schloss an der Elbe. Rosa hätte sich den Hinweis sparen können, die beiden hatten genug anderes zu bereden, was immer das im Einzelnen war. Fest stand nur, dass Joana Kristina in demselben Maß vertraute, wie sie Fabian misstraute, was natürlich mit dem heißen Faible des Teenagers für Massimo zusammenhing.

Die dramatische Verschlechterung des Zustands von Gerlinde Graf hatte Rosa einen willkommenen Vorwand vor sich selbst geboten, bei ihren notgedrungen kurzen Telefonaten mit Massimo dessen Geheimnistuerei rund um die Orangerie auszusparen. Im Krankenhaus selbst waren keine Handys erlaubt, sie musste jedes Mal raus ins Freie, und dort waren nun mal ständig andere Leute, außerdem musste man jederzeit auf den nächsten Regenguss gefasst sein, auch wenn es nun nicht mehr so kalt war. Der März spielte April, im April feierte Joana ihren Geburtstag, der in Wahrheit am Dreikönigstag war …

»Du weinst ja«, sagte Fabian und zog sie an sich, seine Stimme war ganz tief und tröstlich, brummte beinahe, sein Körper war warm und wie eine Trutzburg, so kam es ihr vor. Wie sie sich nach etwas Schutz und Wärme sehnte. Sie gab nach, schmiegte sich in seine Umarmung, ihr Körper führte sie und erkannte wieder, was ihm vor nicht allzu langer Zeit so gutgetan hatte. Selbst die Gier meldete sich zurück, tot geglaubt, schlug sie plötzlich Kapriolen und mündete in einem leidenschaftlichen Kuss.

Lautstarkes Hupen holte Rosa in die Wirklichkeit zurück, sie versperrten doch tatsächlich dem Chefarzt seinen mit einer Kette abgesperrten Parkplatz. Rosa hätte im Erdboden verschwinden mögen, sprang beiseite und spürte, wie die Schamröte ihr ins Gesicht schoss.

Nebenan kämpfte ihre Großmutter um ihr Leben, und sie ließ sich von einem Exlover öffentlich abknutschen. Sie bekam nicht mehr mit, dass noch jemand die kleine Szene aufmerksam verfolgt hatte. Ebenfalls aus einem Auto heraus, diesmal handelte es sich um einen Maserati. Sie merkte auch nicht, dass sie ihr pistaziengrünes Schaltuch und die gleichfarbige Schirmkappe verloren hatte. Grün war die Farbe der Hoffnung …

## 4

Wenn Massimo im Lauf der Jahre eins gelernt hatte, dann sich zu gedulden. Das Warten auf den richtigen Moment war ihm in Fleisch und Blut übergegangen, was keineswegs hieß, dass diese scheinbar stoische Ruhe, wie etwa als er systematisch aus der Geschäftsleitung hinausgedrängt wurde, auch sein Inneres erfasste. Ein Unterschied, den er einem so jungen und unerfahrenen Ding wie Joana allerdings nur schwer vermitteln konnte, zumal sie ja auch nicht zu viel wissen sollte. Es war perfekt, so wie es war: Joana sonnte sich in dem Gefühl, seine Komplizin zu sein, und erzählte ihm alles und jedes, was sie in Erfahrung brachte, und hielt ihn so auch in diesen schweren letzten Wochen auf dem Laufenden. Ganz unverkennbar rückte Gerlinde Grafs letztes Stündlein immer näher, selbstverständlich wich Rosa da nicht mehr von ihrer Seite, und so übte Massimo sich wieder mal in Geduld und tat dies in dem guten Gefühl, dass nichts und niemand mehr seine Pläne stören könne. Es irritierte ihn auch nicht weiter, dass Rosas Stimme in jüngster Zeit so unglaublich weit weg klang; um das nachempfinden zu können, brauchte er nur an das Ende seiner Mutter zurückzudenken.

Wie hätte er ahnen sollen, dass dieses kleine pubertierende Luder Joana ihm absichtlich eine entscheidende Information vorenthielt und damit beinahe eine Katastrophe heraufbeschworen hätte? Es war einzig und allein seiner Intuition zu verdanken, dass Massimo nicht wie geplant das Flugzeug nahm, sondern sich mit dem Auto zu einem nicht mal besonders wichtigen Kunden der Pezzos im Frankfurter Raum auf den Weg machte und sich kurzerhand zu einem Abstecher nach Olpe entschied. Ein Abstecher, der ihn etliche Stunden und ein paar hundert Kilometer Umweg kostete.

Ursprünglich hatte er Joana von unterwegs auf seine Ankunft vorbereiten wollen, sie hätte beispielsweise für ihn herausfinden können, wann und wo er eine Chance hatte, Rosa zu Gesicht zu bekommen, ohne ihrem Noch-Ehemann in die Arme zu laufen, der, wie Massimo wusste, seine auslaufende Amtszeit nutzte, um sich nochmal so richtig unentbehrlich für Mutter und Tochter zu machen. Auch ohne Joanas Rapport konnte Massimo sich lebhaft vorstellen, wie lästig die permanenten Besuche von Fritz für Rosa sein mussten, zumal dieser Dummkopf auch noch zwei Hotelzimmer in Olpe angemietet hatte und vermutlich darauf lauerte, dass Rosa irgendwann vor lauter Einsamkeit oder Verzweiflung die Verbindungstür öffnete und sich in sein Bett verirrte, um wenigstens nochmal mit ihm Löffelchen zu liegen. Es war kein Wunder, dass seine Liebste es meistens vorzog, auch noch die Nacht im Krankenhaus zu verbringen, was wiederum Joanas Klagelied neu stimulierte.

»Typisch«, hatte sie Massimo erst vor zwei, drei Tagen vorgejammert, »erst verspricht sie mir, dass wir von diesem Langweiler erlöst werden, und reicht die Scheidung ein, und dann lässt sie zu, dass er mich ewig und drei Tage wie ein Baby gängelt und den Nonnen in der Schule und genauso der Obernonne im Krankenhaus Honig ums Maul schmiert und mich sogar nachts schikaniert. Kannst du dir vorstellen, dass es noch Menschen gibt, die vom Bett aus fernzusehen für gesundheitsschädlich halten und sich danach richten, was für 'ne Altersbegrenzung sich sone freiwillige Selbstkontrolle ausgedacht hat?«

Massimo hatte versucht, Joana zu besänftigen, und aus diesem Grund auf dem Weg nach Olpe extra ein Paar von diesen ultramodernen Schneeschuhen, von denen sie ihm vorgeschwärmt hatte, für sie gekauft. Und das, obwohl im Sauerland kaum noch Schnee lag. Das Frühjahr näherte sich mit Macht, er fuhr an austreibenden Weidenkätzchen vorbei, in den Vorgärten begann es bunt zu blühen, überall

waren schon Tische und Stühle ins Freie geräumt worden, um nur ja keinen der ersten Sonnenstrahlen zu verpassen. Die meisten Tische trugen geblümte oder karierte Tischdecken, die mit Haltern vorm Wegfliegen bewahrt wurden. Was für eine spießige kleine Welt, aus der er Rosa bald befreien durfte. Dieser Gedanke beflügelte ihn, ließ ihn ungeachtet der Geschwindigkeitsbegrenzung immer schneller fahren und so Zeuge von etwas werden, was er sich in seinen schlimmsten Träumen nicht hätte vorstellen können.
Dabei hielt er es zunächst noch für einen Glücksfall, als er Rosa ausgerechnet in dem Augenblick, als er geparkt hatte, aus der Klinik kommen sah. Sie blickte nicht nach rechts und nicht nach links, etwas Traumverlorenes haftete ihr an, dabei sah sie keineswegs so unglücklich aus, wie er es befürchtet hatte. Und dann tauchte dieser Mann hinter ihr auf, er musste ihr gefolgt sein und sprach auf sie ein, machte sich ein auftauchendes Hindernis zunutze und hielt sie fest. Anfangs sah es nicht so aus, als ob Rosa diese Berührung wünschte. Das war der Grund, warum Massimo ausstieg, sich im Schutz des Lieferwagens mit dem Aufdruck einer Großwäscherei vorarbeitete und Rosa gerade zu Hilfe eilen wollte, als das, was der Kerl dort zu ihr sagte, ihn innehalten ließ.
Von einer alten Wachsfabrik war die Rede, davon, dass Rosa diesen Fremden unbedingt dorthin begleiten sollte. Warum? Was sollte Rosa dort? Je länger Massimo dieses Gespräch belauschte, umso erregter wurde er, sein Verdacht nahm gigantische Ausmaße an. Dieser Kerl wollte ihm Rosa ausspannen, und Joana hatte ihn bislang mit keinem Wort erwähnt. Ihn nicht und ebenso wenig diese Pläne, die sich um die dubiose Fabrik rankten, von einer Option war die Rede, die just an diesem Tag ablief.
Es war kein Zufall, dass er ausgerechnet in diesem Augenblick dazukam, davon war Massimo felsenfest überzeugt. Auf seinen Spürsinn war Verlass. Zwischen ihm und Rosa existierte ein unsichtbares Band. Das hier war vielleicht seine letzte Chance, um Rosa vor dem größten Fehler ihres Lebens zu bewahren. Was immer sie dazu getrieben hatte, einem solchen Subjekt Gehör zu schenken, er musste

ihr helfen, wenn sie selbst es nicht konnte. Dabei war ihr deutlich anzusehen, dass sie sich wehren wollte, aber sie kam nicht gegen ihren Bedränger an. Und dann küsste er sie, es war kein freundschaftlicher Kuss, ganz gewiss nicht. Vor Massimos Augen begannen sich Feuerräder zu drehen, er litt wie vielleicht zuletzt nach seiner Enttarnung als Salome, von jetzt auf gleich drohte alles, was er mühevoll aufgebaut hatte, wie ein Kartenhaus zusammenzufallen. Dann trübte ihm ein gnädiger Schleier die Sicht.

Als Massimo wieder klar sehen konnte, war der Spuk auch schon so gut wie verschwunden. Er musste handeln. Er sah sich um. Rosa ging in die eine, der Fremde in die andere Richtung. Worte bohrten sich in Massimos Bewusstsein. Worte, die er gerade eben aufgeschnappt hatte. »Ich fahre jetzt zur alten Wachsfabrik raus und kündige dich schon mal an!« Worte, die sich zu einem Satz fügten, ein wichtiger Satz, auch das verriet Massimo seine Intuition. Er nahm die Verfolgung auf, sein Auto stand günstig, auf dem Weg dorthin bückte er sich kurz nach etwas Pistaziengrünem, einer Kappe und einem Schal, die Rosa hatte fallen lassen. Grün wie die Hoffnung, er konnte noch hoffen, so schnell gab ein Massimo Pezzo nicht auf.

Er war ein guter Verfolger, allerdings machte sein Opfer es ihm auch nicht eben schwer. Äußerlich ein ganzer Kerl, groß und von der Art, wie Frauen es gern hatten, weil eine solche Statur Stärke suggerierte, dazu diese gewisse Arroganz im Auftreten, davor kuschte zuletzt auch die Person, die schon ungeduldig vor der stillgelegten Fabrik auf und ab spazierte und erst mal wütend werden wollte, als sie sah, dass ihr Kunde schon wieder allein kam. Der Kerl schaffte es, sie gleichzeitig zu beschwichtigen und einzuschüchtern, sie an die Frist zu erinnern, die erst um Mitternacht ablief.

»Bis dahin haben Sie Ihren fix und fertig unterschriebenen Vertrag«, sagte die sonore Stimme, »meine Partnerin wird heute hundertprozentig herkommen und unterschreiben.«

»Ich habe keine Zeit und keine Lust, mir hier bis Ultimo die Beine in den Bauch zu stehen und womöglich wieder in die Röhre zu schauen.«

»Sehe ich wie ein Hochstapler aus? Sie haben meine Personalien, eine Bankauskunft und eine Bürgschaft, um die sie jeder andere Besitzer einer so gut wie verrotteten Immobilie glühend beneiden würde. Oder wollen Sie mir zum Vorwurf machen, dass ich nicht einfach so über den Kopf meiner Partnerin hinweg entscheide?«

»Sie haben mir versichert, dass diese Fabrik perfekt für Sie beide ist. Sonst hätte ich ganz bestimmt nicht alle möglichen anderen Interessenten so lange hingehalten. Das Risiko wird mir entschieden zu groß …« Eine unangenehm dünne Stimme, die sich beharrlich hochschraubte, Massimo physisch wehtat.

Sein Versteck im Inneren dieses Gemäuers aus altem Backstein, in das er den beiden gefolgt war, war reichlich unbequem, es handelte sich um eine Nische mit irgendwelchen Halterungen, erkennen konnte er so gut wie nichts, dazu war es hier drin viel zu dunkel. Umgekehrt war das Risiko, selbst entdeckt zu werden, dementsprechend gering, trotzdem hatte er im Geist auch eine solche Möglichkeit bedacht und sich vorsichtshalber eine Ausrede zurechtgelegt. Das Duo dort kannte ihn ebenso wenig wie er die beiden, notfalls war er halt ein weiterer Interessent, der sich schon mal auf eigene Faust hatte umsehen wollen.

»Lassen Sie mir den Vertrag hier, Sie bekommen ihn bis Mitternacht unterschrieben zurück, darauf haben Sie mein Wort«, hörte er seinen Widersacher drängen und entnahm dem Unterton der Antwort, dass die Kapitulation kurz bevorstand. Noch ein bisschen Schaujammern, und das war's dann auch schon.

»Glauben Sie etwa, ich will mitten in der Nacht nochmal hierher zurückkommen und mir in der Dunkelheit womöglich sämtliche Knochen brechen? Heute haben diese Idioten vom E-Werk, wie Sie sehen oder vielmehr nicht sehen, auch noch den Strom abgestellt, man sieht selbst jetzt kaum noch die Hand vor Augen …«

»Ich werde Ihnen den Vertrag faxen oder mailen, ganz wie Sie wollen.«

Massimo bekam nicht mehr mit, worauf sich die beiden im Detail einigten und was sie sonst noch sagten. Ihm blieb nicht viel Zeit, seine

Idee in die Tat umzusetzen. Die Würfel waren gefallen. Wieder einmal kam ihm sein kreativer Kopf zugute, die Fähigkeit, dieses mit jenem zu verknüpfen, sei es nun die Verbindung zwischen einem Kuhfell und einem Gestänge aus Chrom oder zwischen einem Geistesblitz und der entsprechenden körperlichen Aktivität. Er musste handeln, und er handelte, er war das genaue Gegenteil von dem, was sein Vater und seine Schwester in ihm sahen. Er war ein Mann und handelte wie ein solcher, auch wenn er sich für wenige Minuten den Anschein gab, eine Frau zu sein. Eine Frau, die, kaum dass die Besitzerin dieser gammeligen Pracht verschwunden war, jenseits der Absperrung mit dem Schild »Achtung Lebensgefahr! Zutritt verboten!«, angetan mit Hut und wehender Stola, zu klettern begann und sich wovon auch immer in die schwindelerregenden Höhen einer zu zwei Seiten hin offenen alten Ladeluke treiben ließ. So zumindest musste es für einen Außenstehenden aussehen. Eine Flüchtige oder Verzweifelte, die sich diese morsche Leiter hochhangelte, in gespenstisches Dämmerlicht eintauchte, der Zwischenboden aus primitiven Schalbrettern schwankte, Staub wirbelte auf und legte sich auf das Pistaziengrün.
»Rosa? Bist du das? Was treibst du da oben? Komm sofort zurück! Nein, bleib stehen, du darfst keinen Schritt weitergehen, das ist lebensgefährlich!«
Massimo ging weiter, er kannte keine Angst, es war nichts weiter als eine komplizierte Figur beim Tanz, er bewegte sich mit der schlafwandlerischen Sicherheit eines geübten Tänzers oder eines Raubtiers, und dieser Mann dort unten folgte ihm blind und dumm, er folgte einer Kappe und einem Schal und einer Gedankenverbindung, die völlig hirnrissig war. Wie sollte Rosa schneller als er selbst an einen Ort gelangt sein, den sie nie zuvor aufgesucht hatte? Warum sollte sie etwas so Unsinniges tun? Um ihn zu überraschen? »Hallo, Schatz, hier bin ich!« Diesen Satz würde seine arme Liebste niemals sagen, mit dem Unfug hier hatte es bald ein Ende, er würde ihr auch nichts nachtragen. Der Schmerz um ihre Großmutter hatte sie komplett aus der Bahn geworfen, so musste es sein.
»Rosa, tu das nicht!«, rief der andere keuchend und bettelnd, eines

echten Mannes unwürdig. Der Verfolger rückte näher auf, ging blind jedes Risiko ein und tappte buchstäblich ins Leere, als Massimo genau zum richtigen Zeitpunkt zur Seite sprang. Zwei grün schimmernde Gegenstände waren alles, was von ihm selbst in die Tiefe stürzte, der fremde Männerkörper brauchte länger, versuchte sich noch im Fall zu halten, machte alles nur noch schlimmer, dann dieses wehleidige Stöhnen und die Hilferufe. Massimo sah zu, dass er zu seinem Auto kam.

## 5

Rosa lief zum Marktplatz, doch der nächste Wochenmarkt fand erst wieder anderntags statt, und die normalen Geschäfte in Olpe hatten bis um drei Uhr Mittagspause. Was nun? »Zitrone«, hörte sie ihre Großmutter flüstern, deshalb war sie losgerannt, sie konnte doch jetzt nicht unverrichteter Dinge zurückkehren. Das wäre ein schlechtes Omen. Also stieg sie nach kurzem Überlegen in ihr Auto und fuhr los, irgendwo in der Umgebung würde heute schon noch Markt sein. Rosa klapperte Ortschaft für Ortschaft ab, die meisten besaßen nur eine einzige größere Straße, in der Mitte die Kirche und davor ein Platz, auf dem alles vom Markt bis zum Schützenfest abgehalten wurde. Endlich hatte sie Glück. Buden und Stimmengewirr, die übliche Betriebsamkeit, sie parkte und stieg aus. Man darf nur nicht zu schnell aufgeben, dachte sie zufrieden und lächelte einem Eierverkäufer zu, passierte einen Stand mit Textilien, dahinter roch es nach frischen Kräutern. Fisch und Käse wurden ebenfalls noch feilgeboten, sonst nichts mehr. Zu spät! Die Stiegen mit Gemüse und Obst waren bereits – sofern nicht verkauft – komplett fortgeräumt worden, nur die leere Bude stand noch da.
Das hatte sie nun davon. Fabians Kuss brannte noch immer auf ihren Lippen, verzweifelt kaute sie auf ihnen herum. Was nun?
»Kann man Ihnen helfen, junge Frau?« Eine gemütliche Stimme, die zu einem Mannsbild mit Lederschürze gehörte, die kräftigen Hände

umschlossen eine Wanne mit totem Geflügel, ein wenig erfreulicher Anblick, erst recht, wenn man wie Rosa derzeit um alles einen Bogen machte, was auch nur ansatzweise mit dem Tod zu tun hatte. Und dieses Federvieh sah nicht nur sehr tot aus, es roch auch so. Rosa spürte, wie ihr leerer Magen rebellierte, und wandte rasch den Blick ab.

»Danke, nein«, stammelte sie, »ich bin sowieso zu spät dran.«

»Zu spät wofür?«, beharrte der Mann.

»Für frische Zitronen.«

»Man soll die Flinte nie zu früh ins Korn werfen, junge Frau. Passen Sie mal kurz auf meine Vögel auf, ich bin gleich wieder zurück.«

Notgedrungen blieb Rosa neben der Wanne stehen, ihre Augen folgten dem Besitzer, der laut rufend auf einen Kastenwagen zuging. »Erna, kommste mal, verdammt! Immer wenn man euch Weiber braucht, seid ihr nicht da!« Aber Erna war doch da, sie präsentierte Rosa wenig später stolz ihre Zitronen, die zart gelb und teilweise noch grün waren, malerisch an einem Zweig hingen und eigentlich nur zu Dekorationszwecken über die in der Stiege darunter ausliegende Ware gehängt wurden. Aber weil der Markt für heute vorbei war, gab Erna sie her, sie dufteten sogar, und die Blätter waren grün und glänzend wie lackiert. Rosa zahlte, fuhr los und merkte erst auf dem Klinikgelände, dass etwas fehlte. Ihre Kappe und ihr Schaltuch, sie versuchte sich darauf zu besinnen, wann zuletzt sie beides noch gehabt hatte. Es wollte ihr nicht einfallen, außerdem gab es Wichtigeres. Wie es ihrer Großmutter wohl ging? Sie presste die Zitrusfrüchte gegen ihre Brust, als ob sie so das aufgeregte Pochen dahinter beruhigen könnte.

Die Tür zum Krankenzimmer stand weit offen, Rosa blieb ruckartig stehen, traute sich nicht weiter, eine Zitrone löste sich und kullerte zu Boden. Ein Schemen bückte sich danach, hob die Frucht auf und hielt sie ihr hin. Es war der nette Assistenzarzt, der ihr immer die medizinischen Nachschlagewerke besorgte.

»Es ist halb so schlimm, Frau Graf«, sagte er.

»Und wie schlimm ist es wirklich? Was ist passiert? Ich hätte nicht weggehen dürfen, aber ich dachte … sie hat Zitrone gesagt … und da bin ich losgerannt. Wo ist sie?«

»Im OP, aber machen Sie sich keine zu großen Sorgen, wenn Sie wollen, frage ich mal kurz nach.«

Rosa nickte, dann wartete sie, ging im Flur auf und ab und barg die Zitronen an ihrer Brust, atmete den Duft ein und betete. Probleme mit der Atmung, lautete der Zwischenbescheid, so was kam vor, von einem Sauerstoffzelt war die Rede, notfalls musste ein Luftröhrenschnitt gemacht werden, aber derlei war heutzutage auch schon Routine. »Das wird schon wieder, Frau Graf!« Und wieder nahm Rosa ihre Wanderung auf dem Korridor auf, an der Telefonkabine hielt sie kurz an und versuchte, ihren Vater und Joana zu erreichen.

»Nein, es ist nichts Schlimmes, aber vielleicht solltet ihr doch vorbeikommen, sie würde sich freuen, glaube ich.« Rosa hängte den Hörer ein und erschrak bei dem metallischen Geräusch. Kalt, Angst einflößend.

Wie konnte sich jemand freuen, der gerade künstlich beatmet worden war oder dem man gar die Luftröhre aufgeschnitten hatte?

Hauptsache, hielt die vernünftige Rosa dagegen, Großmutter kann wieder atmen. Wer atmet, lebt, darauf kam es erst mal an, nur darauf.

Durch die Fenster im Vorraum der Abteilung, wo sich gern die Raucher trafen, sah Rosa, wie draußen die Beleuchtung anging, hinter ihrem Rücken ratterten die Wagen mit dem Abendessen vorbei. Bratkartoffeln mit Sülze für die mit dem robusten Magen und einem handfesten Appetit, die anderen bekamen Brot, Aufschnitt und Käse, die Sorten konnte man vorab wählen, der gesunde Tee war für alle gleich und kam aus einem riesigen Metallkanister. Alles, was Rosa zu sich nahm, war Tee, an diesem Abend war wieder Hagebuttentee dran, tags zuvor hatte sie noch Pfefferminztee getrunken, folglich würde es am nächsten Tag wieder Kamille geben. Banale Gedanken, um sich von ganz anderen Gedanken abzulenken. Dann rief die Glocke zur Abendandacht, plötzlich tauchten von überall Nonnen und auch ein paar Patienten auf, die Kapelle lag auf dieser Etage.

Oberschwester Constanze war ebenfalls dabei, sie scherte aus dem Tross der Pinguine – so nannte Joana die Ordensschwestern wegen ihrer Tracht – aus, kam direkt auf Rosa zu und nahm sie in den Arm. Was sie sagte, klang diffus, aber das mochte auch an Rosas Zustand liegen. Eine junge Lehrschwester war ohnmächtig geworden, kaum dass Rosa aufgebrochen war. Dann hatte ein Patient versucht, ein paar Flaschen Bier am Pförtner vorbeizuschmuggeln, wieder war Schwester Constanze gerufen worden. Sie war die Chefin. Und dann hatte doch zu guter Letzt auch noch jemand einen Wagen mit Gebäck und Kaffeegeschirr entführt, bestimmt ein dummer Streich, deshalb hatte die Nonne ihre Patientin erneut kurz allein lassen müssen. Danach begannen die Probleme mit der Atmung, doch den Umständen entsprechend ging es Gerlinde Graf schon wieder recht gut, sie durfte die Nacht sogar schon wieder in ihrem eigenen Zimmer verbringen.
»Am besten warten Sie dort auf sie«, meinte die Nonne, bevor auch sie in der Kapelle verschwand. Leise Orgelmusik drang an Rosas Ohr, als die Tür geöffnet wurde. Bettlägerige konnten die Andacht auch im Zimmer über den hauseigenen Radiosender verfolgen.
Rosa folgte der Aufforderung. Sie hielt noch immer die Zitronen umklammert, und die halb offen stehende Tür holte automatisch die Angst zurück. Sie überwand sich und betrat das Zimmer, wie üblich war ihre Großmutter im eigenen Bett hinausgerollt worden. Rosa setzte sich auf einen Stuhl und lauschte nach draußen, wann endlich das Rollen ertönte, das die Rückkehr der Bewohnerin dieses Zimmers ankündigte. Es entstand ein völlig anderes Geräusch, wenn ein Bett statt eines Essenswagens über den Gang geschoben wurde.
Ob Joana und der Vater noch herkamen? Rosa wünschte sich, sie wären bei ihr und verliehen diesen tristen Wänden mit ihren Stimmen Leben, verkürzten die Wartezeit. Draußen wurde das Geschirr vom Abendessen eingesammelt, die Nachtschwester steckte kurz den Kopf herein und nickte aufmunternd, dann kehrte wieder Ruhe ein. Rosas Nerven waren zum Zerreißen gespannt. Und dann brachten sie die Großmutter, wenn möglich war sie noch blasser und schmächtiger, die Augen saßen tief in den Höhlen, die Lider waren fest geschlossen,

in den brüchigen Adern steckten Infusionsnadeln, aus dem Tropf rann farblose Flüssigkeit in ihre Venen.
Rosa beugte sich vor, der Druck gegen ihre Brust erinnerte sie an die Zitronen, die sie keine Sekunde lang losgelassen hatte.
»Großmutter, ich habe dir Zitronen mitgebracht. Sie duften genau wie in unserem Gedicht. Kennst du das Land, wo die Zitronen blühn, dahin, dahin, will ich mit dir …«
Die Lider hoben sich, der Blick darunter war verschwommen wie bei einem Neugeborenen, das nach einem ersten Anker in dieser unbekannten Welt suchte. »Dann«, las Rosa an den unglaublich bleichen Lippen ab, theoretisch könnte es auch »kann« oder »Mann« heißen, doch das gab keinen Sinn. Rosa kauerte neben dem Bett und lauschte auf das monotone Tröpfeln, das so viel lauter und regelmäßiger als das Atmen ihrer Großmutter war. »Dann«, was dann? Was würde wann sein? Rosa begann laut Sätze zu bilden, in denen dieses Wort vorkam, sie erfand eine Zukunft, die schlagartig beginnen würde, wenn sie dieses Krankenhaus erst verließen. Sie würden alles anders machen, besser. Rosa fabulierte von Reisen und Düften und Fernweh, mischte Fernes mit Nahem, Neues mit Altem, wie ihr schien, wurde das Gesicht der alten Frau zunehmend friedlicher, natürlich mochte das auch an der spärlichen Beleuchtung liegen. Seltsam, dachte Rosa ganz kurz, dass niemand auf einer Festbeleuchtung besteht, um alles besser überwachen zu können.
Es gab nichts mehr zu überwachen. Gerlinde Graf hatte ihr letztes Wort gesprochen. Sie glitt kampflos in jene andere Welt hinüber, vielleicht war sie in ihrer letzten Stunde sogar glücklich, zumindest behauptete das die Oberschwester, die auf einmal neben Rosa auftauchte und nach ihrer Hand griff, diese zu den noch immer offenen Augen führte, Rosas Finger dirigierte und ihr half, den Blick der Großmutter für immer nach innen zu richten.
»Sie ist tot«, sagte Rosa fassungslos, »und ich habe es nicht mal gemerkt.«
»Für Sie wird sie nie ganz tot sein. Sie wird Sie begleiten, wohin auch immer.«

»Ja«, sagte Rosa, es war ein Gelübde. Zusammen mit der Oberschwester wusch sie die Tote und zog ihr das neue, noch ungetragene Nachthemd aus reiner Seide an, das Rosa für den kommenden Sonntag gekauft hatte. Wer sich wie die Großmutter zeitlebens am Sonntag immer besonders schön gekleidet hatte, sollte das auch ans Bett gefesselt so beibehalten können. Jede Geste war ein kleiner Abschied. Als sich die Tür öffnete und Joana eintrat, brannten überall im Raum Kerzen.

»Ist sie jetzt richtig tot?« Joana klammerte sich an Rosa.

Rosa nickte und zog das Mädchen noch enger an sich.

»Und woher kommen die Zitronen? Sind die gegen den Geruch? Ich meine …«

»Sie sind für die Träume, die Großmutter mitnimmt«, sagte Rosa leise.

»Hoffentlich nimmt sie nicht alle Träume mit.«

»Das tut sie ganz bestimmt nicht.«

»Dann ist es ja gut. Außerdem würde Massimo das auch nicht zulassen.«

Rosa fragte nicht, wie ihre Tochter ausgerechnet jetzt auf Massimo kam, es spielte, wie sie fand, auch keine Rolle. Dabei war er die ganze Zeit über da, während sie und ihre Tochter drinnen Totenwache hielten, eng umschlungen und Zuflucht bei alten Kinderliedern suchend, welche die Tote früher oft gesungen hatte. Massimo wartete draußen im Korridor, er hatte Joana hergebracht und mischte sich erst ein, als sie Gerlinde Graf wie üblich vor dem allgemeinen Wecken und Fiebermessen abholen und das Zimmer für einen noch lebenden Patienten herrichten wollten und Rosa schluchzend protestierte.

»Nein, ich nehme Großmutter mit nach Hause.«

Massimo regelte alles in ihrem Sinne, er organisierte kurzfristig den Transfer mit einem Bestattungsunternehmen, so langten sie alle zusammen wieder in Ohlenbach an. Wie selbstverständlich begleitete Massimo sie ins Haus und blieb bei ihnen, nicht mal Rosas Vater, der gegen Mittag dazukam, störte sich an seiner Gegenwart. Und wenn doch, so sagte er nichts, er blieb stumm bis auf ein trockenes

Schluchzen. Dann verschwand er wieder, um, wie er sagte, für seine Mutter eigenhändig den schönsten Sarg zu zimmern.
»Das überlass ich keinem Bestattungsfritzen, den Sarg kriegt sie von mir, bestes Edelholz und innen so weich wie das schönste Bett, das lass ich mir nicht nachsagen, dass sie meine Mutter in irgendeiner primitiven Kiste verbuddeln. Alles Betrüger, die schreiben Eiche drauf und nehmen Fichte.«
Die Nachbarn kamen, wie es auf dem Dorf so Usus war. Sie brachten Unmengen von Essen und Getränken mit, in der Küche versammelten sie sich und redeten, am Totenbett verstummten sie wieder, es war ein ständiges Kommen und Gehen. Die Unruhe hielt bis zum nächsten Abend an, als Rosa allein mit Joana und Massimo zurückblieb. Ihr Vater hatte sich noch nicht wieder blicken lassen, sie musste auch unbedingt Fritz informieren und eine Anzeige aufgeben, Karten schreiben. Massimo half ihr, suchte die schönsten Blumen aus, nach vier Tagen fand die Einäscherung statt, der schöne Sarg ging in Flammen auf. Die Tote hatte das in ihrem Testament ausdrücklich so verfügt, was Rosas Vater zu der Bemerkung provozierte, sie hätte eben schon immer ihren eigenen Kopf durchsetzen müssen. Es klang traurig, so als ob der Sprecher nichts dagegen gehabt hätte, sich noch ein paar Mal öfter dem Willen seiner Mutter zu fügen.
Zur Beisetzung kamen viele Menschen, die Rosa noch nie zuvor gesehen hatte oder, wenn doch, dann vor einer kleinen Ewigkeit. Sie hatte nicht geahnt, wo überall die Großmutter Spuren zurückließ, Erinnerungen. Der Enkel einer längst verstorbenen Freundin von Gerlinde Graf war sogar extra aus Spanien angereist, er hatte die Todesanzeige in einer deutschen Zeitung entdeckt. »Sie hat mir, als ich klein war, immer heimlich die Hosen geflickt, ich war ziemlich wild, und meine Eltern waren eher streng.«
Ostern kam, das Fest der Auferstehung verdrängte den Tod. Am sechsten April feierten sie den offiziellen Geburtstag von Joana, zum ersten Mal wollte das Mädchen ihre Freundinnen aus der Stadt einladen. Die kleine Party fand im Waldhaus statt und wurde ein voller Erfolg, hinterher brachte Massimo alle Gäste persönlich in seinem

Maserati heim, und Joana glühte vor Stolz. Danach blieb Massimo noch immer bei Rosa. »Ich kann dich doch jetzt nicht allein lassen.« Niemand schien Anstoß an seiner Gegenwart zu nehmen, was, wie Rosa später erfuhr, daran lag, dass Joana ihn als ihren leiblichen Vater ausgegeben hatte. »Das ist mein richtiger Vater, und wir gehen ganz bald mit ihm weg.«

Es waren Tage und Nächte, die Rosa wie in einem Traum erlebte, zwischendurch fuhr sie durch einen Tunnel, doch wenn sie am anderen Ende herauskam, wartete Massimo auf sie und kümmerte sich rührend um sie. Er half ihr, die Habe von Gerlinde Graf zu sichten und zu entscheiden, was an Bedürftige aus der Gemeinde ging und was als Erinnerungsstück verschenkt wurde. Er war es auch, der die alte Reisetasche mit all den Geldbündeln darin entdeckte. Geld, das die Großmutter gehortet haben musste, so unfassbar das auch war. Manche alten Leute taten das, immer wieder mal las man in der Zeitung von einem, der sich alles vom Mund abgespart und dann ein Vermögen hinterlassen hatte, versteckt unter der Matratze oder wie hier in einer Tasche, die so verschlissen und unmodern war, dass man sie nicht mal mehr verschenken konnte. Plötzlich ergaben jene unverständlichen Worte der Großmutter einen ganz konkreten Sinn für Rosa. »Ich werde nicht mehr lange da sein, und das ist gut so. Du wirst sehen …«

Gerlinde Graf hinterließ Rosa den Schlüssel zu einem Traum, den diese längst abgeschrieben hatte. Alles war nur ein großes Missverständnis gewesen, Massimo hatte die Orangerie, wie er beteuerte, keineswegs hinter ihrem Rücken verkauft, ihr Traum wartete auf sie. Der Umbau, den sie mit eigenen Augen gesehen hatte, sollte einzig und allein ihr selbst zugute kommen, das Herzstück bildete nicht ohne Grund die Designabteilung, außerdem gab es eine Schreinerei und genug Lagerraum. Und wenn sie dort unbedingt ihre eigene Herrin sein und sich nichts schenken lassen wollte: Kein Problem, Geld spielte fortan keine Rolle mehr, sie hatte genug davon. Er schlug vor, dass sie ihm die Orangerie genau zu dem Preis abkaufte, den er selbst bezahlt hatte, am besten lief alles über die Volksbank vor

Ort, bei der auch die für den Umbau gewährten Darlehen abzulösen waren. Bei der Eintreibung von Schulden waren die Banken bekanntlich nicht gerade zimperlich, und wenn die Tilgung nicht fristgerecht erfolgte, käme die Orangerie, wenn es nach der Bank ginge, sofort unter den Hammer. Mit dieser Ansage jagte Massimo seiner Liebsten einen Mordsschrecken ein. Zum Glück ging es nicht nach dem Willen der Bank. Rosa brauchte nur noch grünes Licht zu geben, dann gehörte ihr Traum ihr.

»Du brauchst dich um nichts zu kümmern. Gib mir eine Vollmacht mit, und ich erledige alles Nötige für dich!«

»Gib mir etwas Zeit«, bat Rosa und konnte selbst nicht sagen, warum sie noch zögerte. Etwas hielt sie zurück, gleichzeitig begann es in ihrem Kopf zu arbeiten. Angenommen sie und Joana gingen wirklich nach Dresden, so war hier vor Ort noch unglaublich viel zu regeln. Und Gerlinde Graf kam mit ihnen, auch das stand für Rosa fest.

## 6

Die Leute hatten sich an den Maserati vor dem Häuschen der dahingegangenen Gerlinde Graf gewöhnt. Und Massimo hatte sich an das bescheidene Leben an einem Ort gewöhnt, wo die Zeit stehen zu bleiben schien. Nicht etwa, dass er auf Dauer hier würde leben können oder wollen, trotzdem schenkten ihm diese Wochen etwas, was er im Grunde nur vom Hörensagen kannte. Er war nun vierundvierzig Jahre alt, zog man die wenigen Jahre ab, die seine Mutter noch gelebt hatte, war er immer nur von Fremden umgeben gewesen, das galt für die Zeit im Internat ebenso wie für die paar Wochen im Jahr, die er zu Hause bei seinem Vater und seiner Schwester verbracht und sich dort erst recht als Ausgestoßener gefühlt hatte. In diesem verwinkelten Fachwerkhäuschen war das ganz anders, hier konnte und wollte er ein guter Mensch sein, herzensgut, alles trieb ihn zu beweisen, wie gut er sein konnte, wenn man ihm vertraute und sich seiner Liebe würdig erwies. So wie Rosa, die sich ihm von Tag zu Tag mehr öffnete. Er war sogar bereit, Joana zu verzeihen, dass sie ihn beinahe um all das gebracht hätte.

In der Pubertät war solch ein junges Ding unberechenbar, das Mädchen mochte sich sogar eingeredet haben, diesen wie aus dem Nichts aufgetauchten Rivalen allein durch Totschweigen eliminieren zu können. Wie auch immer, Massimo hatte gerade noch rechtzeitig dafür gesorgt, dass Rosa in jeder Hinsicht frei für ihn wurde und nun Schritt für Schritt entdecken konnte, wie gut sie zueinander passten und wie Joana seitdem aufblühte. Das fiel ihr sogar zuallererst auf. »Joana ist wie ausgewechselt«, stellte Rosa immer wieder fest, wenn die Dreizehnjährige etwa freiwillig den Tisch deckte oder sich mit einem unglaublich altmodischen Plätteisen an einem von Massimos maßgeschneiderten Hemden als kleine Hausfrau erprobte, während er sich im Haus nützlich machte oder Rosa in der Küche half. Er stöberte mit ihr in Rezepten und gab ihr Tipps, er hatte schon immer gern gut gekocht. Er genoss es, Rosa heimlich von der Seite zu beobachten, wie sich ihre Wangen bei der gemeinsamen Küchenarbeit röteten und sich die Zungenspitze vorwitzig zwischen den vollen Lippen hervortraute, ihr Gesicht konnte unglaublich weich und jung werden.
Rosa wurde unter seiner Anleitung zu einer vorzüglichen Köchin und merkte sich sofort, wie er was am liebsten mochte, und sie erinnerte sich an fast alle Gerichte aus der Zeit, als sie zusammen in seiner Wohnung in Mailand gelebt hatten. Damals hatte er noch allein für sie beide gekocht oder etwas aus dem »Il Peck« hochbringen lassen. Rosa hatte zu jener Zeit mehr als genug mit ihrem Studium und dem Baby zu tun. Ein Gericht namens »Cavolo Ripieno« etwa beschwor Erinnerungen an einen Wintertag, an dem der Strom ausgefallen war und sie diese mit Schweinefleisch und Pinienkernen gefüllten Wirsingrouladen an einem Stock im Kamin geröstet hatten. Das Gelage auf dem Fußboden hatte auch Joana einen Mordsspaß gemacht, sie war auf allen vieren zwischen ihnen beiden hin- und hergekrabbelt und hatte sich von jedem etwas in den Mund stopfen lassen. Wie ein kleines hungriges Vögelchen.

Joanas Augen begannen zu glänzen, sobald eine dieser alten Geschichten ausgegraben wurde, in denen sie selbst eine tragende Rolle spielte. Dann verschwand der rebellische Teenager komplett, und alles, was zurückblieb, war ein anschmiegsames, verträumtes junges Mädchen. Diese Rouladen avancierten zu Joanas neuem Lieblingsgericht, und sie riss sich förmlich darum, mit Massimo zum Einkaufen zu fahren. Natürlich war man in dieser Region weder auf gepökelten italienischen Speck wie den Pancetta noch auf Arboria, eine speziell für Risotto geeignete Reissorte, eingestellt. Da hieß es improvisieren, und je mehr Rosa sich auf solche gemeinsamen Kochorgien einließ und darin Vergessen suchte und offensichtlich auch fand, umso näher rückte Massimo seinem Ziel. Er begann sich so wohl zu fühlen, dass er es sogar fast bedauerte, bald für kurze Zeit abreisen zu müssen, damit auch wirklich nichts schiefging.

Seine ursprüngliche Planung hatte sich an den Sommerferien orientiert, erst dann musste, wie er gedacht hatte, die Orangerie verfügbar und die Pleite der beiden Zwischenbesitzer besiegelt sein. Doch plötzlich blieben ihm statt mehr als ein halbes Jahr höchstens noch zwei, drei Wochen. Sobald Rosa in ihrer Heimat alles Nötige geregelt hatte, würde sie die Orangerie aufsuchen und auf Herz und Nieren prüfen wollen, dessen war er sich bewusst. Sie war nicht die Frau, die die Katze im Sack kaufte. Je mehr sie ihrer Trauer Herr wurde, umso klarer wurden ihre Ansagen. Es imponierte ihm insgeheim, mit welcher Entschiedenheit sie darauf beharrte, in ihrer zukünftigen Firma auf eigenen Füßen stehen zu wollen. Nach außen hin war sie die kühle Geschäftsfrau und für diejenigen, die sie liebte, eine Seele von Mensch. Sie sollte ihn lieben, nur ihn allein. Er liebte sie ja auch mehr als alles andere auf der Welt. Sie würde es nie bereuen müssen, mit ihm zusammen zu sein. Doch obwohl er jede Minute mit ihr genoss, wuchs seine Ungeduld. Was waren ein paar weitere Tage Glückseligkeit gegen den Rest des Lebens? Plötzlich konnte er es kaum noch erwarten, dass Rosa die fix und fertig vorbereitete Vollmacht für die Bank in Dresden unterschrieb und er alles Nötige für sie auf den Weg bringen konnte.

Immerhin hatte er es schon geschafft, Markus Rigger zu treffen und in seinem Sinne umzupolen. Er hatte ihn kurzerhand ins Sauerland gelotst, bei der Wahl eines geeigneten Treffpunkts war ihm ein Gourmetführer zu Hilfe gekommen. Ein paar Autominuten von seinem derzeitigen Domizil entfernt gab es hübsch einsam auf einer Anhöhe gelegen einen Gourmettempel namens »Schneiderstübchen«, mit so etwas konnte man einen wie den jungen Rigger immer ködern. Massimos Rechnung ging auch diesmal auf. Er teilte seinem Gegenüber mit betrübter Miene mit, dass der Besitzer des Elbschlosses leider, leider sein Schloss nicht nur nicht verkaufen wollte, sondern darüber hinaus den Abriss sämtlicher Umbauten forderte und einer gewerblichen Nutzung niemals zustimmen würde. Das Gesetz gab, wie Massimo betonte, dem Schlossherrn recht. Markus Rigger fiel, wie nicht anders zu erwarten, aus allen Wolken. Er wollte sofort ein halbes Dutzend Anwälte einschalten, doch das wusste Massimo clever zu verhindern. Er war bestens präpariert, selbstredend konnte auch er nichts für die Nachlässigkeit des Notars und war genauso frustriert und geschädigt wie sein ehemaliger Schulkamerad. Doch eine Klage brachte so oder so nichts als jede Menge Ärger und am Ende allenfalls eine läppische Entschädigung, die dann vor allem Rüdiger Ebertz zugutekam und Markus, der bei dieser Geschichte im Rampenlicht stand, der Lächerlichkeit preisgab.
»Oder irre ich mich?« Eine rhetorische Frage, die Massimo stellte, während er eine neue Flasche Blauschiefer kredenzte. Dieser Rotwein war exzellent, das bestätigte ihm das verzückte Zungenschnalzen eines Mannes, der vielleicht keine Geistesleuchte war, in diesem Augenblick aber endlich begriff, dass er persönlich schon deshalb nicht viel zu verlieren hatte, weil er noch kaum etwas investiert hatte.
Mit dem letzten Köder ließ Massimo sich bis zum Käse Zeit, dazu wurde ein Dessertwein serviert, dessen Süße mit dem Geschmack von Feigen im Abgang perfekt mit dem würzigen Bergkäse harmonierte. Wieder ging Massimos Rechnung auf, und wenn das Opfer nicht Rüdiger Ebertz hieße, hätte er glatt Mitleid mit einem Mann empfinden können, der von seinem Kompagnon, ohne mit der Wimper

zu zucken, verraten wurde, wohl wissend, dass dieser damit am Ende war, restlos pleite und obendrein in der Branche blamiert bis auf die Knochen. Was spielte das für eine Rolle, wenn dafür ein Markus Rigger sein Gesicht wahrte und seine Millionen rettete und so tun konnte, als ob die Investition in den von Massimo neu ins Rennen gebrachten Steinbruch in Bella Italia von Anfang an sein eigentliches Ziel gewesen wäre.

Jeder Idiot konnte sich heutzutage ein Schloss zulegen, die Kelly Family hatte es vorgemacht, alle möglichen Wichtigtuer eiferten diesem Beispiel nach, und am Ende hatte man nichts als Ärger mit dem Denkmalschutz und einem Gemäuer, das langsam, aber sicher vor sich hin bröckelte. Granit bröckelte nicht, dieses Gestein überdauerte alles, das bewies der mit jedem erdenklichen Luxus ausgestattete, zur Großdisko umgebaute Stollen eines Kauzes, der zufällig der Vater von jemandem war, der unbedingt Massimos Penthouse in Mailand übernehmen wollte. Ein Vater, den sein liebender Sohn soeben hatte entmündigen lassen. Womit dieser Sohn nun praktischerweise frei über den ehemaligen Stollen – dessen aktuelle Nutzung nichts als Ärger verursachte – verfügen konnte.

»Um an meine Wohnung in Milano zu kommen, täte er mir jeden Gefallen«, versicherte Massimo. »Und die Gemeinde würde dich als Retter feiern, wenn mit den Rock-Konzerten ein für alle Mal Schluss wäre und wieder regelmäßig Gewerbesteuer in die leeren Kassen flösse.«

»Und du würdest dich für mich verwenden?« Ein gieriges Glitzern trat in die Augen von Markus Rigger.

Massimo nickte. »Ich fühle mich bei dir in der Schuld, schließlich wärst du ohne mich nie auf die Idee gekommen, dich Richtung Elbe zu orientieren.«

»Natürlich müsste ich mir die Anlage erst mal vor Ort ansehen. Wobei, wenn ich es mir recht überlege, Bella Italia ohnehin mehr nach meinem Geschmack wäre als Ostdeutschland, allein vom Wetter her, und das nächste Elbhochwasser kommt bestimmt.«

»Dann schlage ich vor, du checkst die Sache so rasch wie möglich und

sagst mir Bescheid. Zu viel Zeit solltest du dir allerdings nicht lassen, es gibt noch einen anderen Interessenten.«
Die Nacht verbrachte Markus Rigger im Hotel »Waldhaus«, das dem »Schneiderstübchen« angegliedert war. In aller Frühe brach er ungeachtet des überreichlich genossenen Alkohols schon wieder auf. Die Gier trieb ihn vorwärts, von unterwegs rief er Massimo an, der sich in sein Auto setzte, um ungestört telefonieren zu können. Der Fisch hatte angebissen und meldete wenig später, dass der Deal nunmehr abgewickelt werden und die Falle für Rüdiger Ebertz zuschnappen konnte.
»Aus dem wäre sowieso niemals ein vernünftiger Geschäftsmann geworden«, meinte Markus Rigger abfällig. »Und danke nochmals.«
»Nichts zu danken.« Massimo wusste, dass seine große Stunde gekommen war. Jetzt oder nie. Warum zögerte Rosa bloß noch immer, ihm diese Vollmacht zu erteilen? Er wollte ihr doch nur helfen, bei ihr würde er weder tricksen noch an seinen eigenen Profit denken, ganz im Gegenteil. Hatte er ihr das nicht gerade noch bewiesen, indem er sie zur Erbin beförderte? Vom Aschenputtel zur Prinzessin. Er überwand ihren Widerstand schließlich mit Hilfe von Joana, die sich clever, wie sie war, auf die Verstorbene und eine ihm unbekannte Kristina berief, der Rosa mit ihrem guten Herzen offenbar einen Job versprochen hatte. Das Mädchen kämpfte ausgesprochen zielstrebig um das, was es sich in den Kopf gesetzt hatte, das gefiel ihm.
»Was glaubst du denn, warum Uroma sich alles vom Mund abgespart hat?«, verlangte die Dreizehnjährige von ihrer Mutter zu wissen. »Doch nicht, damit du dich jetzt tausend und drei Tage zierst, anstatt endlich das zu tun, was du angeblich immer tun wolltest. Oder traust du dich etwa nicht? Und soll ich Kristina vielleicht sagen, dass sie sich besser doch woanders nach einer Stelle umsieht?«
Das zog. Endlich unterschrieb Rosa die Vollmacht. Allerdings erst nachdem er ihr zugesichert hatte, dass damit noch nichts endgültig entschieden war und sie immer noch einen Rückzieher machen konnte. Vor Ort. »Wenn ich hier so weit alles erledigt habe, will ich noch einmal ganz allein hinfahren und mich dann endgültig entscheiden.«

Massimo stimmte leichten Herzens zu. Er erinnerte sich an Rosas Gesichtsausdruck, als sie Seite an Seite durch die alte Orangerie gegangen waren. Wie sie zusammengezuckt war, als er von einem potentiellen Käufer erzählt hatte. Wenn eine Rosa Graf einmal ihr Herz verschenkte, dann war es für immer. Es drängte ihn, ein für alle Mal den Mann aus dem Rennen schicken zu können, dem Rosa vor vielen Jahren ihre Liebe geschenkt hatte. Ein Irrtum, an dem sie lange getragen hatte, diese Wunde war nun verheilt. Seine Stunde war gekommen. Endlich!

## 7

Rosa nahm Abschied. Von den Frühlingsblumen, für die sie im Herbst noch eigenhändig die Zwiebeln gesetzt hatte. Von den knarrenden Holzdielen und sogar von der dicken, fetten Spinne in ihrer Werkstatt, die Joana »Witwe Bolte« getauft hatte und die stets brav alle Mücken vertilgte, die andernfalls garantiert über Rosa bei der Arbeit an ihren Entwürfen hergefallen wären. Du hast eben süßes Blut, pflegte die Großmutter zu sagen. Je mehr der Schmerz über ihren Tod nachließ, umso stärker wurden die schönen Erinnerungen. Mitunter kam es Rosa so vor, als ob nicht nur Gerlinde Graf in der Rückblende wieder tatkräftig und fröhlich würde, sondern auch sie selbst.
Noch ehe sie sauber abgewogen hatte, was dafür sprach, dass sie Massimos Angebot annahm, die Orangerie kaufte und mit Joana dorthin umsiedelte, hatte Rosa sich im Grunde ihres Herzens bereits entschieden, das merkte auch ihre pfiffige Tochter. Es gab zu viele äußere Vorboten. Dazu zählte vor allem die Vorsorge für ihren Vater und dieses Haus, das Rosa geerbt hatte und von dem sie wusste, dass ihr Vater es nicht verwinden würde, wenn es verkauft würde, auch wenn er seit langem einen Bogen um sein Geburtshaus machte. Das war eine andere Geschichte. Die Geschichte seiner ganz persönlichen Rebellion gegen all jene Frauen, von denen er sich erdrückt oder im Stich gelassen oder schlecht behandelt fühlte. Er war nun

mal nicht der Mensch, der über so was reden konnte. Dafür hatte der von ihm gezimmerte Sarg eine sehr beredte Sprache gesprochen. Und es lag auf der Hand, dass er nicht mit seinem Nachfolger in der Schreinerei klarkam, schon jetzt häuften sich die Streitereien, doch ernsthaft ausrichten konnte Arnim Graf ohnehin nichts mehr, er hatte verkauft und litt nun mehr unter seinem lebenslänglichen Wohnrecht, als dass er es genoss. Ein Recht, das ihm Tag für Tag vor Augen führte, dass seine geliebte Schreinerei auf dem besten Weg war, nur noch Discountware zu produzieren, und dass seine Leute nur behalten wurden, wenn sie möglichst viel in einer Arbeitsstunde wegschafften. Nach dieser neuen Philosophie war es eher unwichtig, ob der Kunde langfristig zufrieden war. Was zählte, war das Hier und Jetzt. Und genau damit kam Rosas Vater nicht klar und litt wie ein Hund.

Die Idee, das Haus von Gerlinde Graf an eine Witwe zu vermieten, die vor etlichen Jahren einmal ein Verhältnis mit Rosas Vater gehabt hatte, mochte Risiken bergen, doch auch in dieser Hinsicht machte Rosa eine Wandlung durch. Sie war bereit, etwas zu riskieren, und ihr Instinkt sagte ihr, dass diese handfeste Person ihrem halsstarrigen alten Vater guttun würde. Gerta war ehrlich und genauso einsam wie er, darüber hinaus kochte sie gut und vor allem: Sie hatte noch immer etwas übrig für »diesen alten Sauerkopf«, wie sie ihn liebevoll nannte. Wie nicht anders zu erwarten, war Arnim Graf erst mal alles andere als begeistert gewesen, als er von Rosas Entschluss hörte, und hatte unzählige Einwände vorgetragen. Eine Frau, zumal eine so alte, käme niemals mit der veralteten Heizungsanlage und den rostigen Rohren und vom Holzwurm bedrohten Treppen und all den anderen Macken klar, die man kennen und mögen musste, um nicht daran zu verzweifeln.

Rosa war standhaft geblieben, und anders als sonst hatte ihr Vater sich daraufhin nicht stumm in irgendeinen Winkel verkrochen. Ganz im Gegenteil! Seitdem hatte er eine neue Aufgabe für sich gefunden, die er mit Hingabe pflegte. Er überlegte, wie er die Witwe am besten kontrollieren konnte, immerhin handelte es sich um sein Elternhaus, in das sie einziehen wollte. Und weil Rosa ihre Werkstatt und das darüber liegende Zimmer – wo derzeit noch Joana wohnte – auch in Zukunft für sich behielt und ihn während ihrer Abwesenheit zu ihrem Vertreter ernannte, fühlte er sich förmlich berufen, diese Aufgabe schon jetzt penibel und, wie es schien, mit einem gewissen Genuss zu erfüllen. So oft und so lange, wie er sich in jüngster Zeit in diesem Haus aufhielt, war er in all den Jahren zuvor insgesamt nicht präsent gewesen, so kam es zumindest Rosa vor.

Es war durchaus möglich, dass eine so lebenskluge Frau wie Gerta ihr Ziel im zweiten Anlauf erreichen würde. Sie hatte unumwunden zugegeben, dass keineswegs nur das Haus selbst sie interessierte. »Er ist mir einmal durch die Lappen gegangen, dein Vater, damals hat er sich mit mir um alles und jedes gestritten, in seinem eigenen Haus durfte ich nichts verändern und am besten nicht mal anfassen, alles musste so bleiben, wie deine Mutter es gehalten hatte, und wenn ich mal über Nacht geblieben bin, hat er mich in aller Herrgottsfrühe aus dem Haus geschafft. Und zu mir ziehen wollte er auch nicht. Damals habe ich das nicht verstanden, heute hingegen …«

Seitdem Massimo mit Rosas Vollmacht abgereist war, kam Gerta täglich zu Besuch, maß dieses aus und fragte jenes, und wenn Joana in Rosas Abwesenheit angestürmt kam und wissen wollte, wann es denn endlich was zu mampfen gäbe, band sie sich kurzerhand eine Schürze um und störte sich auch nicht daran, dass die Dreizehnjährige quasi Noten für ihre bürgerliche Kost verteilte und sie leicht abschätzig mit dem verglich, was Massimo hier zuvor auf den Tisch gebracht hatte. Der hatte kein Püree mit Gulasch oder Eintopf mit Mettwurst gekocht, sondern Mediterranes mit Pfiff, so was von der Art, wie es einem im Sauerland höchstens im »Schneiderstübchen« aufgetischt wurde. »Papperlapapp!«, meinte die Witwe dann nur und ermahnte Joana, noch genug für Rosa übrig zu lassen, die bestimmt wieder mal nichts gegessen hatte, wenn sie aus Köln zurückkam.

In Köln nahm Rosa gleichfalls Abschied. Das fiel ihr beinahe noch schwerer, was vor allem an der Perspektive lag. Was ihren Vater und das alte Fachwerkhaus anging, war sie recht frohgemut, mit Fritz wurde es hingegen schon schwieriger, die Scheidung machte ihm zu schaffen. Er war nicht davon abzubringen, dass sie sofort nach deren Vollzug erneut heiraten würde, und zwar »diesen Italiener«. Dass dieser Schritt in seinen Augen ein kapitaler Fehler war, stand ihm auf der Stirn geschrieben. Es brachte auch nicht viel, wenn Rosa immer wieder versprach, auf sich zu achten.

»Das hast du schon mal gesagt«, meinte Fritz dann. Gewöhnlich erwiderte sie, dass Dresden ja schließlich nicht aus der Welt war und er sie jederzeit besuchen konnte, und schon ihres Vaters wegen würde sie ebenfalls regelmäßig zu Besuch kommen. Fritz blieb dabei, dass sie schon einmal mit großen Plänen für ihre Karriere losgezogen und so bitter enttäuscht worden war, dass es länger als ein Jahrzehnt gedauert hatte, bis die Wunde vernarbte. Erst jetzt dämmerte Rosa, dass Fritz sie liebte.

Und dann war da Fabian, er bereitete ihr am meisten Kopfzerbrechen. Wäre er nicht, so hätte sie sich vermutlich schon viel eher zu »ihrer Orangerie« aufgemacht, um vor Ort eine endgültige Entscheidung zu treffen, von der sie insgeheim wusste, dass diese längst gefallen war. Wenn es jemals einen idealen »Körper« für einen Traum gab, so hatte sie diesen dort an der Elbe gefunden. Im Geist richtete sie bereits alles ein, pflanzte mit Blick auf den Fluss Zitronenbäume, machte sich jetzt im Frühjahr Gedanken darüber, wie die jungen Bäumchen am besten überwinterten – ob im Gebäude oder unter Planen –, und erkundigte sich schon mal, welche Formalitäten beim Transfer der Urne zu beachten waren.

Normalerweise hätte Fabian sich von ihrer Vorfreude anstecken lassen müssen, als ihr Freund sollte er doch vor allem darauf bedacht sein, dass es ihr endlich wieder gutging, und sich darüber freuen, dass sie förmlich vor neuen Ideen platzte. Kristina ging ihm mit gutem Beispiel voran, sie war kaum noch zu bremsen, seitdem Joana sie etwas vorschnell eingeweiht und sich wie eine Schneekönigin gefreut hatte, als sie hörte, dass Kristina für ihre Mutter arbeiten würde und folglich mit nach Dresden kam. Jubel allerorten, nur Fabian blieb verstört, wollte partout nicht wieder der Alte werden, dabei war er nach

seinem gefährlichen Sturz – es war ein Wunder, dass er überlebt hatte – rein körperlich schon wieder recht gut beisammen.
Fabians Seele hinkte der Gesundung seines Körpers deutlich hinterdrein. Die Ärzte sprachen von einer partiellen Amnesie, die ihn schlagartig, oft mitten im Gespräch in eine andere Welt abtauchen und immer wieder behaupten ließ, dass er an jenem schrecklichen Tag Rosa in der alten Wachsfabrik gesehen hätte, sie nur hätte retten wollen. Immer wieder erwähnte er wie zur Untermauerung seiner Wahnidee ihre grüne Kappe und das gleichfarbige Schaltuch. Sie rechnete Fabian vor, dass sie unmöglich in der Fabrik gewesen sein konnte, erst recht nicht vor ihm. Immer wieder erklärte sie ihm, wie dieser Tag – der zugleich der Todestag von Gerlinde Graf gewesen war – für sie abgelaufen war. Ihre Suche nach frischen Zitronen, die sie über die Dörfer führte, dann der Schock, als sie zum Zimmer der Großmutter zurückkehrte, ein leeres Zimmer …
Sie war keine Psychologin, trotzdem erwog sie, ob Fabian ihr möglicherweise tief in seinem Herzen grollte, weil sie sein Projekt verschmäht hatte. Unsinn, sagte sie sich im nächsten Moment. Auch Eifersucht schied als Motiv aus. Sie hatten sich als gute Freunde getrennt, und die junge Frau – deren Lippenstiftspuren Rosa bei jedem Besuch zuverlässig von Fabians Gesicht und sogar von seinem Pyjama anlachten – bewies ihr immerhin, dass er sich zumindest in dieser Hinsicht treu geblieben war. Dafür war sie von Herzen dankbar. Obwohl sie objektiv nicht die geringste Schuld traf, fühlte sie sich schlecht, wenn sie Fabian so völlig neben der Spur erlebte. Äußerlich war er nach wie vor ein Bild von einem Mann, weder seine Eitelkeit noch etwa sein perfektes Gefühl für Proportionen hatten gelitten, seine Studentinnen himmelten ihn weiterhin an und verwandelten sein Krankenzimmer in einen Souvenir- und Blumenladen, er sprach auch wieder weitgehend normal – außer wenn er von der alten Wachsfabrik und dieser ominösen Begegnung mit Rosa, die es nie gegeben hatte, erzählte.
Sie war erleichtert, als der Entlassungstermin endlich feststand. Fabian würde mit seiner Freundin erst mal ein paar Wochen Urlaub ma-

chen. Er war bis auf weiteres krankgeschrieben, dann sollte nochmals ein gründlicher Check folgen, möglicherweise musste das durch den Sturz leicht verkürzte linke Bein noch einmal nachoperiert werden. Spätestens zum Wintersemester würde er dann wieder voll in Amt und Würden sein. Hoffentlich!

## 8

Joana hatte, wie nicht anders zu erwarten, kräftig geschmollt, als Rosa ihr mitteilte, dass sie definitiv erst mal allein nach Dresden fahren würde. Zumal die Dreizehnjährige bereits all ihre Habe gepackt und sogar eigenhändig ihr Zimmer gesäubert, Spielsachen, die sie nicht behalten wollte, verschenkt und Kleider, die ihr zu klein waren oder ihr nicht mehr gefielen, in die Altkleidersammlung gegeben hatte. Sie hatte sogar schon an einem PC im Internet-Café Karten mit ihrer zukünftigen Anschrift entworfen und ausgedruckt, für sie konnte es mit dem Umzug gar nicht schnell genug gehen. Und nachdem Rosa die Möglichkeit eines Wechsels im laufenden Schuljahr mit positivem Ergebnis abgeklärt hatte, sah Joana sich im Sauerland erst recht nur noch in einer Gastrolle. Was sollte sie hier noch? Jeder Tag war ein vergeudeter Tag.

Ohne die tatkräftige Unterstützung von Gerta hätte Rosa dem beharrlichen Drängen ihrer Tochter womöglich doch noch nachgegeben, und sei es nur, weil sie sich nicht sicher war, dass diese in ihrer Abwesenheit keinen Unfug anstellte. Dank ihrer neuen Mieterin konnte sie jedoch beruhigten Herzens allein losfahren, dieser Frau tanzte so schnell niemand auf der Nase herum, sie hatte ja sogar schon Rosas Vater so weit erzogen, dass er sich beim Reinkommen brav die Schuhe abputzte und neuerdings täglich frisches Obst aß, das Gerta zufällig immer gerade dann in mundgerechte Stücke schnitt, wenn er über den Hof stapfte und zur Vorwarnung oder aus Verlegenheit vernehmlich hustete, obwohl seine Bronchien sich deutlich beruhigt hatten, seitdem auch sein Tabakkonsum überwacht und kommentiert wurde. Sätze wie »Diese Frau macht mich noch verrückt!« klangen für Rosa nachgerade wie eine Liebeserklärung.

Genau daran musste sie denken, als sie endlich im Zug nach Dresden saß. Rein von den Kosten her hätte sie genauso gut fliegen können, doch sie brauchte Zeit und zog deshalb eine langsame Annäherung vor. Zum Glück ergatterte sie ein Abteil ganz allein für sich und blieb auch allein darin sitzen. Ihre Gedanken flogen vor und zurück und kreisten längst nicht nur um ihre zukünftige Wirkungsstätte oder jene Entwürfe, mit denen Kristina bereits auf eigene Faust bei diesem und jenem Hersteller vorstellig geworden war. Sie hatte Rosa hinterher stolz mitgeteilt, dass sie mit ihren Schlafstationen voll im Trend lagen und die ersten Aufträge ihnen so gut wie sicher waren. Wenn Kristina so voller Enthusiasmus schwärmte, fühlte Rosa sich unweigerlich an sich selbst vor etlichen Jahren erinnert, als auch sie ihren Traum von einer ganz großen Karriere geträumt und geglaubt hatte, nichts und niemand könnte sie mehr aus der Bahn werfen. Die Liebe hatte es dennoch geschafft. Zuerst die Liebe zu einem Mann, dann die Liebe zu ihrer Tochter und schließlich jene Liebe, die sie mit ihrer Großmutter verband – zuletzt mit vertauschten Rollen: Aus Rosa war die Sorgende und Helfende geworden, von Jahr zu Jahr ein bisschen mehr, bis Rosas Leben irgendwann nur noch um dieses Sorgen kreiste. Anders als etwa in der Fürsorge für ein kleines Kind bestand auch nie ernsthaft die Chance, dass aus etwas Schwachem, Zartem noch einmal etwas Robustes, Starkes wurde. Erst durch ihren Tod war Gerlinde Graf wieder in ihre ursprüngliche Rolle zurückgeschlüpft: Sie hatte ihrer Enkelin klammheimlich den Weg ins Land, wo die Zitronen blühten, geebnet.

Während die Landschaft draußen an Rosa vorbeiglitt – Dörfer, Städte, Felder, Industrieanlagen, immer mal wieder ein Bahnhof, in dem der Zug kurz zum Stillstand kam –, glaubte sie noch einmal die verschiedenen Stadien der Liebe zu durchlaufen, sie zu spüren, ganz nah, süß und schmerzhaft zugleich. Dieses Bangen und Hoffen, anscheinend gehörte das unverzichtbar dazu. Und mitunter überschritt es, wie sie am eigenen Leib erfahren hatte, die Grenzen des für ein normales Menschenkind Fassbaren, auch daran musste sie denken. Der bloße Gedanke an Rüdiger Ebertz brachte ihr Herz noch jetzt in Aufruhr, trotzdem hatte sich, wie sie auf dieser Reise erstaunt feststellte, auch in dieser Hinsicht etwas geändert.

Die Konzentration auf eine neue Zukunft an einem neuen Ort wirkte wie ein frischer Wind, der durch sie hindurchwehte und manches wegpustete, Schicht um Schicht, bis etwas zurückblieb, was sie über sich selbst staunen ließ. Beispielsweise tauchte da unversehens die Frage auf, ob der jähe Wechsel von himmelstürmender Liebe zu schmählichem Verrat vermeidbar gewesen wäre. Ob es Weichen gegeben hatte, die jenen Zug noch hätten umlenken können. Was war ihr Part dabei? Sie war weggelaufen, und es gab tausend gute Gründe, in Rüdiger einen Verräter zu sehen. Doch es gab möglicherweise auch Erklärungen für sein Verhalten, die sie nie gehört hatte, weil sie ihn niemals gefragt hatte. Was war geschehen, um aus einem wunderbaren Geliebten einen Mann zu machen, der ihre Gefühle mit Füßen trat? Warum hatte er ihr nie gesagt, dass er eine Affäre mit der Schwester von Massimo gehabt hatte? Was hatte ihn bewogen, seinem einzigen Bruder die Frau auszuspannen?

Sosehr Rosa sich auch mühte, die Rolle des skrupellosen Don Juans wollte nicht zu dem Bild in ihrem Herzen passen. Dort entfalteten sich zugleich mit der Wiederbelebung ihres Traums, als Designerin mit einem eigenen Label Karriere zu machen, nostalgische Bilder einer innigen Verschmelzung von Mann und Frau ohne Wenn und Aber. Als ob es so etwas gäbe! Andererseits war die Illusion, der sie sich damals so leichtgläubig hingegeben hatte, einmal der Nährboden für alles Mögliche gewesen. Auf den Flügeln der Liebe, getragen von ihrem Glauben an das Gute und Schöne, war sie mutig und mitunter sogar rebellisch gewesen, ihre Kraftreserven waren ähnlich unerschöpflich wie ihre Ideen, für sie war das Glas immer mindestens halb voll gewesen, und meistens war es sogar übervoll. Ihr Lachen war damals laut und frei, und sogar ihre Tränen – etwa als Rüdiger sie wegen der Geschäftsreise nach Kanada allein lassen musste – waren köstlich. Doch nach der Trennung war alles anders geworden.

Konnte es sein, dass ihre Wurzeln seitdem heimlich verkümmert waren? War möglicherweise weniger die Sorge um Joana oder um die Großmutter der Grund dafür, dass sie nach und nach ihre Träume geopfert oder weggesperrt hatte? Waren das etwa nur mehr oder weniger vorgeschobene Gründe, erdacht von einem vereinsamten und misstrauischen Ich? Und nun kehrten diese Träume, wie es ihr schien, mit Urgewalt zurück, meldeten sich laut fordernd zu Wort, spielten mit ihr. Es war ein gefährliches Spiel, trotzdem fühlte sie sich so lebendig wie schon lange nicht mehr. Voller Elan, als ob nichts und niemand sie mehr aufhalten könnte.

Offenbar strahlte etwas davon auch auf die eher nüchternen Bankleute in Dresden aus, man war ungemein zuvorkommend und gab ihr sogar einen jungen Mann mit, der sie zur Orangerie hinausbegleitete. Ihr Traum hatte inzwischen ausgesprochen konkrete Ausmaße angenommen, was sie vorfand, war wie maßgeschneidert, und wie Massimo prophezeit hatte, bildete ihre zukünftige Wirkungsstätte das Herzstück. Von Licht durchflutet und mit einer Aussicht, die sie demütig vor Glück machte. In diesem Atelier zu arbeiten würde die Erfüllung schlechthin sein.

Die Tränen schossen ihr in die Augen, als sie das Zeichenbrett in der Mitte des Raums entdeckte. Brett, welch profane Bezeichnung für ein solches Prachtstück aus warm glänzendem Holz! Beinahe ängstlich trat sie näher heran, streckte vorsichtig eine Hand aus, als ob sie damit rechnete, dass es sich um eine Erscheinung handelte, die sich verflüchtigte, kaum dass sie mit etwas Realem wie dieser dummen zitternden Hand in Berührung kam. Doch nichts dergleichen geschah. Traumverloren streichelte sie über die im Licht der Abendsonne rötlich glänzende Maserung, es handelte sich um ein getreues Abbild jenes Modells, das ihr Geliebter einmal für sie entworfen hatte und das dann nie realisiert worden war. Einfach weil es nie zu einem gemeinsamen Arbeiten gekommen war, sie hatten sich, wie es so treffend hieß, von Tisch und Bett getrennt, und ihr gemeinsamer italienischer Traum war jämmerlich verdorrt.

Rosa kam jene Szene mit ihrer Großmutter in diesem piekfeinen

Lokal in den Sinn, wo sie nach der grässlichen Untersuchung gewesen und ihr gemeinsames Lieblingsgedicht rezitiert hatten: Dahin, dahin … und nun war es so weit, sie spürte es mit allen Fasern ihres Herzens, sie war angekommen. Im Land der Zitronen, am Zielpunkt ihrer Sehnsucht. Sie musste an sich halten, um nicht den Mann in Schlips und Kragen neben sich restlos zu verwirren, indem sie etwa zu singen oder zu tanzen begann oder sonst etwas Verrücktes tat. Sie wollte verrückt sein. Sie wollte leben.

»Sie sehen sehr glücklich aus, wenn ich das so sagen darf«, meinte der Bankmann ein bisschen unbeholfen und so, als ob er sich schämte, weil er eine menschliche Reaktion nicht nur registriert, sondern sogar angesprochen hatte.

»Ich bin glücklich«, erwiderte Rosa. »Kennen Sie das? Sie tragen ein Bild mit sich herum und könnten es malen, aber sobald Sie zu Stift und Papier greifen und es festhalten wollen, verschwindet es immer und immer wieder. Und dann auf einmal ist es da und bleibt, wie ein Geschenk, und Sie müssen nur zugreifen.«

»Dann greifen Sie zu!«

Noch an demselben Tag unterschrieb Rosa alle nötigen Papiere bei der Bank und verließ das Gebäude als neue Besitzerin eines Traums. In ihren Verträgen standen Zahlen und Paragraphen, da war alles sauber vermessen, da musste man für einen Traum zahlen und tilgen und alles Mögliche beachten. Vor zehn oder mehr Jahren hätte Rosa das alles vielleicht noch als Verrat oder zumindest als unbillige Beeinträchtigung ihres Glücksgefühls empfunden. Heute nicht mehr, sie war auch in dieser Hinsicht erwachsener geworden. Als ob sämtliche Hürden, Vorschriften und Lasten die Vorfreude nur noch anstachelten. Plötzlich konnte sie es gar nicht mehr erwarten, heimzufahren und Joana und Kristina abzuholen, ihr Atelier einzuweihen, eigenhändig Zitronenbäumchen zu pflanzen und sich auszumalen, wie sie wuchsen und Früchte trugen und dufteten. Kennst du das Land? Sie wäre in Dresden beinahe an ihm vorbeigerannt.

## 9

Die Hiobsbotschaft hatte Rüdiger erwischt, als er gerade mit seinen alten Mitarbeitern auf das Neue anstoßen wollte. Mit Sekt und wahlweise Bier, die alte Haushaltshilfe der Familie hatte es sich nicht nehmen lassen, zusammen mit ihrer Tochter allerlei »Häppchen« vorzubereiten, es sollte ein Jubeltag werden, jetzt, wo alles unterschrieben war und jeder danach fieberte, endlich loslegen zu dürfen. Das Telefon hatte geläutet. »Bestimmt der erste dicke Auftrag«, hatte jemand gewitzelt, darauf ein anderer: »Fragt sich nur, für wen! Für die Herzfelder oder für die Dresdner Fraktion.« Lachend hatte Rüdiger das Gespräch entgegengenommen. Weil es so laut war, war er an den Apparat in seinem alten Büro gegangen, wo in Zukunft jemand anders sitzen würde. Einer aus der Herzfelder Fraktion. Der neue Chef war fast einstimmig gewählt worden. Das Lachen war Rüdiger im Hals stecken geblieben. Er hätte gern an einen geschmacklosen Witz geglaubt und musste wohl auch etwas in dieser Richtung zu Markus Rigger gesagt haben. »Du scherzt wohl? Oder bist du etwa betrunken?«

Weder das eine noch das andere traf zu. Das bestätigte man ihm bei der Bank in Dresden, die ihm das erste Darlehen gewährt und dann immer weiter aufgestockt hatte. Und er hatte mit seiner Unterschrift für die Rückzahlung gebürgt, er allein. Während er noch versuchte, sich nichts anmerken zu lassen, und die Feier unter einem Vorwand verließ, sprangen ihn die alten Gespenster an und schalten ihn einen leichtgläubigen Narren, der es nicht besser verdient hatte. Normalerweise wäre der Schritt zur Resignation nicht weit gewesen, es war ja beileibe nicht seine erste Enttäuschung. Der größte Unterschied bestand darin, dass es diesmal um alles ging, was er hatte und jemals haben würde. Grund genug eigentlich, um in ein bodenlos tiefes Loch zu fallen, doch das war erstaunlicherweise nicht geschehen.

Gut, er hatte eine schlaflose Nacht gebraucht, um die Gespenster in sich zu bezwingen, am nächsten Morgen hatte er selbst wie ein Gespenst ausgesehen, doch in die Knie gegangen war er nicht und würde er nicht gehen. Das war der elementare Unterschied. Er würde nicht aufgeben. Er würde kämpfen. Und er würde seinen Leuten nichts sagen, ihnen nichts von ihrem Optimismus nehmen, es musste eine Lösung geben. Das hatte er auch seinem Betreuer bei der Bank in Dresden mitgeteilt und um einen Termin gebeten. Auf einmal wurden die Termine mit den maßgeblichen Leuten rar, er musste sich über eine Woche gedulden, man gab sich sehr distanziert. Er hatte darum gebeten, schon mal vorab alle Möglichkeiten zu prüfen, und beschlossen, die unfreiwillige Wartezeit auch selbst so gut wie möglich zu nutzen.

Nach diesem Telefonat hatte er die Runde gemacht und jede, aber wirklich jede noch so vage Chance abgeklopft. Er hatte mit dem Menschen vom Denkmalschutz und ebenso mit dem Architekten konferiert und war dem Chef der von ihm beauftragten Baufirma bis nach Sylt nachgereist, wo der Mann sich ein Ferienhäuschen zugelegt hatte. Das Häuschen war ein Traum und roch nach viel Geld, wer sich so etwas leisten konnte, investierte womöglich auch in eine Orangerie, die unter seiner eigenen Regie umgebaut und auf den technisch neuesten Stand gebracht worden war. Da wusste man doch, was man kaufte. Doch das Ergebnis dieser Reise war ebenso enttäuschend wie alle anderen Versuche, kurzfristig an Geld zu kommen und der Bank wenigstens eine gewisse Sicherheit bieten zu können. Was hatten die davon, wenn er Pleite machte? Nichts, sie sollten ihn im eigenen Interesse weiterarbeiten lassen, mit dem Denkmalschutz und diesem ominösen Schlossherrn würde er sich auch schon irgendwie einigen, es gab für alles eine vernünftige Lösung, man musste nur danach suchen und durfte auf keinen Fall aufgeben.

Rüdiger gab nicht auf. Seine Betteltour hob alles auf den Prüfstand, seine Leichtgläubigkeit war sein größter Fehler gewesen, das sah er inzwischen glasklar. Und er war kein Kaufmann. Aber noch etwas anderes kristallisierte sich heraus, und das war der Glaube an sich selbst. Er war gut und würde es allen beweisen, wenn man ihm nur den Hauch einer Chance ließ. Befreit von den Vorgaben seines Vaters und einer auf Schlafzimmerprogramme geeichten Fabrik, konnte und wollte er Liebhaberstücke fertigen, dafür gab es immer einen Markt, zu allen Zeiten hatten Menschen sich an kunstvoll verarbeiteten Edelhölzern erfreut. Holz, das war sein Metier, er konnte eine gute Qualität nicht nur mit den Augen erkennen, nein, er fühlte und roch sie auch, so wie ein Mann den Körper seiner Geliebten mit verbundenen Augen erkannte. Er war ein Liebender, darauf kam es vor allem an. Mit der Kraft dieser Liebe verhalf er einem Stück Holz zu seiner optimalen Gestalt, führte es seiner Bestimmung zu, sei es als Sekretär oder Kommode oder Tisch. Insgeheim verspürte er sogar etwas wie Erleichterung, weil seine Unikate nun definitiv keine von Markus Rigger beigesteuerte elektronische Seele erhalten würden. Was immer sich für eine Lösung fand, mit diesem Mann war er ein für alle Mal auseinander, das teilte er auch seinem Bruder mit, den er einen Tag vor seinem entscheidenden Termin bei der Bank aufsuchte.

Rüdiger landete in einer Baustelle und wollte seinen Augen nicht trauen.

»Was ist denn hier los?«, wollte er wissen.

»Ich hab mir gedacht, was mein jüngeres Brüderchen kann, das versuch ich auch mal«, erwiderte Benedikt schmunzelnd und versuchte, sich den Mörtel von der Hose zu wischen, seine Schuhe sahen noch schlimmer aus, aber seine Augen strahlten zufrieden.

Rüdiger musste an sich halten. Wenn er eins wusste, dann dass er Benedikt jetzt nicht aus der Bahn werfen durfte. Nicht jetzt, wo er sich so weit gefangen hatte, dass er sogar einen Anbau wagte, wo der neue Speisesaal und Zimmer für die Angehörigen seiner Gäste untergebracht werden sollten. Es waren auch kleine Apartments für Paare vorgesehen.

»Damit die Liebe nicht auf der Strecke bleibt«, endete Benedikt und widmete sich erneut dem Mörtel auf seiner Kleidung, tat dies möglicherweise etwas zu demonstrativ.

»Könnte es sein, dass du da selbst auch Bedarf anmelden würdest?«, erkundigte sich Rüdiger und vergaß für eine Weile fast, in welcher Notlage er war. Sein Bruder schien nur auf das richtige Stichwort

gewartet zu haben. Er hatte sich neu verliebt, und zwar in eine ehemalige Patientin, die soeben, um unnötiges Gerede zu vermeiden, eine Ausbildung in einer anderen Klinik absolvierte und danach fest mit Benedikt zusammenarbeiten würde.
»Allein schaffe ich das gar nicht, außerdem ist sie eindeutig die Praktischere von uns beiden, sie bringt eine Sache in null Komma nichts auf den Punkt, und sie ist sehr lieb. Liebevoll und warmherzig, manchmal vielleicht etwas zu direkt, aber du wirst sie ja selbst kennenlernen und dir deine eigene Meinung bilden. Es wäre mir wichtig.«
»Es wird mir eine Ehre sein, Bruderherz.« Rüdiger traten die Tränen in die Augen, als er seinen Bruder umarmte. Er gönnte ihm sein Glück von ganzem Herzen, das sagte er auch laut, als er seiner Stimme wieder halbwegs vertraute. »Halt sie fest«, sagte er, »pass nur ja auf, dass du nicht denselben Fehler wie ich machst.«
»Du redest aber nicht von Ruth, oder?«
»Nein.« Rüdiger schüttelte den Kopf und wagte ein halbherziges Lächeln. »Nein, ich rede nicht von unserer gemeinsamen Ehefrau.«
»Im Grunde habe ich nie verstanden, warum du und Ruth …«
»Es spielt keine Rolle mehr«, fiel Rüdiger ihm ins Wort und meinte es auch so. Das fehlte noch, dass sein Bruder ein schlechtes Gewissen bekam. Er, Rüdiger, hatte nur das getan, was getan werden musste, damit Benedikt sich und damit das Leben nicht endgültig aufgab.
»Und wer ist die andere Frau? Die Frau, bei der du was auch immer falsch gemacht hast? Weißt du, dass wir beide nie über so etwas gesprochen haben? Nicht über die Frauen und nicht über unsere geheimen Träume. Apropos, was macht dein Dresdner Traum? Seid ihr endlich fertig? Werde ich zur Einweihung eingeladen?«
»Das … das könnte noch ein bisschen dauern.«
»Gibt es etwa Probleme? Nun sag schon, was ist los? Wo drückt der Schuh?«
»Alles halb so wild.« Rüdiger wollte nicht mit der Sprache heraus. Sein Bruder mochte noch so stabil und glücklich wirken, man durfte trotzdem nichts riskieren. Außerdem war es ihm in Fleisch und Blut übergegangen, den Älteren zu schützen und auf diese Weise seine

Schuld abzutragen. Es hätte nicht viel gefehlt, und Benedikt stünde jetzt nicht hier, würde nie so lieben und an seinem Traum bauen. Ein Jungenstreich, gewiss, andererseits …

»Ich glaube, du lügst.«

»So direkt warst du früher nicht«, meinte Rüdiger leicht gequält.

»Das ist der Einfluss von meiner Liebsten. Soll ich sie dazuholen, oder packst du freiwillig aus?«

»Ich habe Probleme mit meinem Kompagnon«, gestand Rüdiger widerwillig. »Oder, besser gesagt, ich hatte Probleme mit ihm, jetzt sind wir geschiedene Leute, im Grunde bin ich darüber sogar heilfroh, wir hätten nicht zusammengepasst.«

»Und was plagt dich dann?«

»Die Bank«, antwortete Rüdiger leise. »Ich hab nun mal keine geerbten Millionen wie mein Expartner in der Rückhand, mit der ich sie in Schach halten kann, und dummerweise habe ich alle Darlehen allein aufgenommen. Aber ich schaffe das schon, morgen habe ich endlich einen Termin in Dresden …«

»Ich könnte für dich bürgen.« Benedikt umriss mit einer ausholenden Armbewegung das Klinikgelände, sein Lächeln war stolz und verlegen zugleich. »Geld habe ich zwar auch keins mehr auf der hohen Kante, dieser Bau kostet, wie du dir denken kannst, ein paar Cent, aber dafür gibt es auch, wie du siehst, einen reellen Gegenwert. Und es müsste doch mit dem Teufel zugehen, wenn wir damit die Geier von deiner Bank nicht gebändigt bekämen.«

»Das würdest du für mich tun?«

»Logisch. Wir sind Brüder und, wie es aussieht, auf dem besten Weg, endlich erwachsen zu werden, außerdem haben wir eine gemeinsame Tochter, schon vergessen?«

An diesem Tag redeten sie nicht mehr besonders viel, und wenn schon, dann eher über Praktisches. Sie wurden auch immer wieder mal unterbrochen, sei es weil ein Patient oder Therapeut etwas wissen wollte oder weil ein Handwerker Hilfe brauchte. Doch das war es nicht, was sie gewisse Dinge aussparen ließ. Herzensdinge, die ihnen sehr nah und zugleich noch sehr fremd waren, so wie dieser neue

Weg, den sie beinahe zeitgleich beschritten und sich dabei immer weiter von ihrer unseligen Familiengeschichte entfernten. Später einmal würden sie darüber reden, nicht jetzt. Es war das erste Mal, dass sie viele Stunden ohne große Worte auskamen und einander doch so nah waren, sich immer wieder ein bisschen ungelenk berührten und einander zum Abschied auf eine Weise herzten, die in ihrer Familie speziell unter Männern absolut unüblich war, geradezu als unschicklich galt. Es tat ihnen beiden gut, das sah Rüdiger seinem Bruder an, und der fasste es sogar in Worte.

»Du fühlst dich gut an, alter Junge. Viel zu gut, um ewig solo zu bleiben.«

»Spielst du jetzt den Kuppler?«, bog Rüdiger ab.

»Das besorgt schon meine Liebste, wenn sie dich kennenlernt und du bis dahin noch immer nicht in festen Händen bist.«

»Die Liebe auf zwei Beinen kann warten«, wehrte Rüdiger ab. »Erst mal ist meine andere Liebe dran.«

»Die mit den Holzkörpern?«

»Exakt die.« Rüdiger nickte und spürte, wie sein Puls raste. Logisch, sein Termin in Dresden rückte immer näher.

»Nur dass du deine Holzkörper schlecht mit ins Bett nehmen kannst, und zum Reden taugen sie auch nicht unbedingt.«

»Hast du eine Ahnung. Und jetzt muss ich los, sonst verpasse ich meinen Zug nach Dresden.«

Rüdiger ahnte nicht, dass er noch am selben Tag und ausgerechnet an der Elbe beiden Lieben begegnen würde. Und dass es eine Begegnung sein würde, die er bis an sein Lebensende nicht vergaß. Die ihn in ungeahnte Höhen katapultierte und wenig später gnadenlos zu Boden schmetterte. Die Vergangenheit stand auf und verbrüderte sich mit der Zukunft, und er stand dazwischen und fragte sich, ob er das alles nur träumte. Ob ein einziger Mensch das aushalten konnte. Warum ausgerechnet er dieser Mensch sein musste.

## 10

Rosa konnte den Bahnhof bereits sehen, als sie nochmals kehrtmachte. Ihr war eingefallen, dass hier ganz in der Nähe der Laden sein musste, der Seife in allen erdenklichen Farben und Formen und Duftnoten herstellte. Sie hatte das Lädchen bei ihrem ersten Besuch in Dresden zufällig entdeckt. Zusammen mit Joana und Massimo war sie durch die Fußgängerzone geschlendert, eigentlich hätte sie gern wenigstens noch die endlich wiederhergestellte Frauenkirche besichtigt, aber Joana wollte unbedingt noch zu McDonald's, dafür legte sie sogar kurzfristig ihre Gelüste auf ein echtes Schloss auf Eis. Während Joana sich also auf Pommes und Hamburger stürzte, waren Rosa und Massimo noch ein Stück weitergegangen. Der pure Zufall hatte sie zu dem Seifenladen geführt, immer vorausgesetzt, man glaubte an den Zufall.
Nun gut, es war nichts Spektakuläres passiert, als sie an jenem nun schon etliche Wochen zurückliegenden Tag einem Impuls folgend von der gut besuchten Fußgängerzone in die winzige Seitenstraße abbog, an deren Ende sie eine Kirche ausmachte. Dieser unglaublich intensive Duft hatte sie noch vor dem Gotteshaus innehalten lassen, und sie hatte wie ein Kind in der üppigen Auswahl von Seifen geschwelgt und am Ende doch nichts gekauft, weil Massimo zu drängen begann. Zu Recht, viel Zeit war bis zur Abfahrt wirklich nicht mehr geblieben. Heute war das anders. Ihr Zug zurück nach Olpe ging erst in etwa zwei Stunden, sie hatte also noch reichlich Zeit, um sich mit ausgefallener Seife einzudecken und beispielsweise ihren Vater und die Frau zu bedenken, die nicht nur das Haus mochte, in das sie nun einzog. Etwas mit Honig würde gut zu ihr passen, ein würziger Tannenhonig in Seifenform, falls es so etwas überhaupt gab.
Doch ungeachtet dieser Gedankenkette ging Rosa wie ferngesteuert an dem Seifenladen vorbei auf jene Kirche im Hintergrund zu. Um diese Zeit war ganz gewiss keine Messe mehr, das kam ihr entgegen. Sie mochte leere Kirchen, das Dämmerlicht und die stumme Zwiesprache und das Glücksgefühl, wenn manchmal wie aus heiterem

Himmel die Orgel erklang, nur für sie, zumindest kam ihr das dann so vor. Bilder von solchen Erlebnissen schossen ihr durch den Kopf und wollten sie schon quer über einen malerischen Innenhof vorbei an Kübeln mit zartgrünem Bambus in das Gotteshaus lotsen. Der Bambus wurde vom Wind gezaust, das Grün bog sich nach rechts und nach links und gab den Blick auf ein flaches Gebäude frei, davor Tische und Stühle, eine Papierserviette wirbelte hoch, vollführte wilde Kapriolen in der Luft. Sie blieb automatisch stehen und verfolgte mit zurückgelegtem Kopf die Luftsprünge des Papiers. Sie sah ihn, als sie gerade weitergehen wollte.

Gehen und verharren war eins.

»Du?«, fragte sie leise. Er konnte sie auf seinem Platz unmöglich verstehen, die Entfernung war noch zu groß, mindestens drei oder vier Meter trennten sie voneinander, und dieser Wind spaltete jeden Ton. Er antwortete trotzdem, sie las von seinen Lippen zeitgleich dasselbe Wort ab.

»Du?«, fragte auch er und starrte sie wie eine Erscheinung an.

Sie hätte weitergehen können. Gut möglich oder sogar wahrscheinlich, dass sie genau das noch vor kurzem getan hätte. Aber da war die Zugfahrt hierher gewesen, gefolgt von einem unbändigen Glücksgefühl, als sie ihren Traum endlich dingfest machen durfte. Die Erinnerung war noch so unglaublich frisch, und mittendrin hatte es Erinnerungstupfen gegeben, schmerzlich und süß zugleich, gespickt mit Fragen und Zweifeln, die genau um diesen Mann dort kreisten. Nur Zufall? Sie ging nicht weiter, sondern direkt auf ihn zu. Der Bambus raschelte, als sie ihn streifte, ganz gewiss rannte sie nicht, trotzdem klang ihre Stimme atemlos, als sie an seinem Tisch anlangte und stehen blieb.

Erst da stand er auf. Leicht unbeholfen, er hielt sich an der Tischkante fest, als ob er seinen eigenen Beinen nicht traute oder angetrunken wäre, doch das schied aus, vor ihm stand nichts weiter als eine Tasse Cappuccino. Er roch sogar noch genauso wie vor vierzehn Jahren, nicht mal das Aftershave hatte er gewechselt, auch seine Augen waren dieselben geblieben, so unglaublich blau, occhi celesti, Himmels-

augen, es gab eine Zeit, da hätte sie sich in diesen Augen blind verlieren mögen.
»Ich hätte nicht gedacht, dass ich dich ausgerechnet hier in Dresden wiedersehe«, sagte sie leise.
»Ich auch nicht. Eigentlich hätte ich nicht gedacht, dass wir uns überhaupt jemals wiedersehen. Anfangs schon, immerhin arbeiten wir beide für dieselbe Branche …«
»Und was hättest du getan?« Rosa umklammerte nun ebenfalls die Tischkante, es war ein nicht besonders großer Tisch mit einer grau geäderten Marmorplatte auf einem Gestell aus Schmiedeeisen. Seine Hände dort und ihre Hände hier, in der Mitte der Serviettenständer, aus dem sich schon die nächste Serviette löste, sie kümmerten sich nicht darum, sondern standen einander leicht vorgebeugt gegenüber und fixierten sich stumm.
Der Kellner enthob Rüdiger einer Antwort. Er langte zwischen ihnen durch nach der flüchtigen Serviette und wollte wissen, ob er Rosa ebenfalls etwas bringen dürfe. Sie zögerte mit der Antwort.
»Der Cappuccino ist nicht schlecht«, meinte Rüdiger und sah sie auf eine Weise an, die sie ihre Einschätzung von vorhin korrigieren ließ. Seine Augen waren noch genauso blau und dennoch anders, nicht mehr so verträumt, er war der geborene Tagträumer gewesen, zumindest hatte sie das geglaubt. Sie hatte ihm so vieles geglaubt, buchstäblich alles, die Liebesschwüre und hochfliegenden Pläne … Sie sah auf ihre Armbanduhr, es war ein Reflex oder der Versuch, Zeit zu gewinnen, sie wusste es nicht. Ebenso wenig, wie sie wusste, ob sie sich wirklich zu ihm setzen wollte. Einen Kaffee mit ihm trinken und so tun, als ob alles vergeben und vergessen wäre. Oder nachhaken, in der Wunde bohren …
»Ich verstehe natürlich, wenn du keine Zeit hast.«
»Ich nehme gerne einen Kaffee«, sagte sie an den Kellner gewandt, »und dazu bitte ein Wasser.«
»Ein stilles Wasser«, ergänzte Rüdiger und sah sie an. »Oder hat sich das geändert?«
»Nein, daran hat sich nichts geändert.«

»Aber sonst hat sich jede Menge in deinem Leben geändert, oder? Ich habe gehört, dass du eine Tochter hast.«

»Ja, ich habe eine Tochter, Joana, und sie ist das Beste in meinem Leben. Ohne Joana … ich wüsste gar nicht, was ich ohne sie getan hätte. Damals …« Rosa wandte den Kopf zur Seite, auf der äußersten Spitze eines Bambusblattes bewegte sich unendlich langsam ein Käfer vorwärts. Maikäfer, flieg! Sie wünschte sich, Flügel zu besitzen und einfach davonfliegen zu können. Fort von dem Schmerz, der sie erneut überrollen wollte. Ein Schmerz, dem dieses Zusammentreffen neue Kräfte zu verleihen schien.

»Du meinst, nachdem ich dich so schofel behandelt habe?« Rüdiger sah sie bei diesen Worten an. Was sie in seinen Augen las, schmerzte sie womöglich noch mehr. Immer dunkler werdende Seen, so voller Verzweiflung, dabei gab es an seiner Frage nichts zu deuteln. Es war genau so, wie er sagte. Er hatte sie schofel behandelt und mehr als das.

»Das könnte man so ausdrücken«, erwiderte sie leise.

»Bist du deshalb Hals über Kopf aus Herzfeld abgereist? Ich hatte mir eingeredet, du würdest mich verstehen, auch ohne dass ich dir alles großartig erkläre. Ich konnte nicht, ich habe mich so unglaublich hilflos gefühlt, zwischen allen Stühlen, von heute auf morgen war ich wieder der Versager, der Traumtänzer. Als du dann in Herzfeld vor der Tür standest, war ich mir einen Moment lang ganz sicher, dass du alles verstehst. Nicht mit dem Kopf, aber mit dem Herzen, so wie in all den Monaten davor. In unseren Monaten.«

»Was sollte ich verstehen? Dass du in Italien heimlich ein Verhältnis mit der einzigen Pezzo-Erbin hattest? Oder dass du die Pezzos an die Konkurrenz verraten wolltest? Haben die dir da mehr geboten? Und war die Frau deines Bruders eine noch bessere Partie? Musstest du deshalb Hals über Kopf aus Mailand verschwinden und dir deine Schwägerin unter den Nagel reißen? Im Weinkeller, ich habe euch beobachtet …«

»Es war alles ganz anders. Ruth ist Alkoholikerin, ich habe sie höchstens …«

»… gerettet?«, fiel Rosa ihm ins Wort. Sie war aufgesprungen, zitterte am ganzen Körper vor Erregung, für wie dumm hielt er sie eigentlich?

»Setz dich! Bitte setz dich wieder!«

»Und warum sollte ich das tun?« Sie blieb stehen, etwas zog an ihren Nylons, bestimmt hatte sie gleich eine riesige Laufmasche, und das letzte Bild, das sich bei ihm von ihr einprägen würde, war das eines Beins mit einer gigantischen Laufmasche. Absurde Gedanken, die ihr da durch den Kopf schossen, während sie wie paralysiert stehen blieb. Die Wahrheit war: Sie wollte nicht fortgehen. Sie konnte nicht. Wider alle Vernunft wollte sie bleiben.

»Weil ich dich immer geliebt habe, deshalb. Nur dich, und das ist die reine Wahrheit.« Rüdiger war nun ebenfalls von seinem Stuhl aufgesprungen, der Bambus raschelte, jenseits der grünen Barriere blieb ein Pärchen mit Hund stehen, sah neugierig zu ihnen hinüber. Die reinste Open-air-Vorstellung, die sie hier boten …

Was hatte er da gerade gesagt? Wie konnte er so etwas sagen? Sie hatte es mit ihren eigenen Augen gesehen, und was sie nicht leibhaftig beobachtet hatte, das hatte sie schwarz auf weiß gelesen. Massimo nicht zu vergessen, der die Lücken für sie aufgefüllt hatte, ohne den sie damals in ein bodenloses Loch gefallen wäre. Und Rüdiger wagte es, zu ihr von wahrer Liebe zu sprechen.

»Wenn so die wahre Liebe ist«, zischte sie zurück, »dann verzichte ich freiwillig darauf. Dann kann mir die Liebe für immer gestohlen bleiben.« Ein Ruck, und ihr Bein war frei, sie konnte gehen und ihn stehen lassen, genau das sollte sie tun.

»Ich denke, du hast längst eine neue Liebe gefunden?«

»So, habe ich das?« Sie überlegte, was er meinte. Ob er sie nur ausfragen oder gar quälen wollte. Was interessierte es ihn, ob sie eine neue Liebe gefunden hatte oder nicht? Sie beide waren geschiedene Leute, und das seit über dreizehn Jahren. Schlimmer noch: Sie waren nicht mal verheiratet gewesen. Sie hatten sich nur ausgemalt, wie es sein würde, für immer ein Paar und irgendwann eine kleine Familie zu sein. Sie waren Hand in Hand durch Mailand gelaufen und hatten

geschwärmt, sich geküsst und umarmt, gar nicht genug davon bekommen können, sie waren unersättlich gewesen.
Rüdigers Finger trommelten auf den Rand seiner Untertasse, das riss sie abrupt aus ihrer Stippvisite in die Vergangenheit. »Ich nehme jedenfalls an«, meinte er, »dass du nicht nur eine Tochter, sondern auch einen liebenden Ehemann hast.«
»Nein«, antwortete sie wie aus der Pistole geschossen, dann fiel ihr Fritz ein, wenn sie ihn verleugnete, war das total unfair. »Doch«, verbesserte sie sich, »aber es ist alles ganz anders, als du vielleicht denkst, außerdem haben wir gerade die Scheidung beantragt. Einvernehmlich, wir sind gute Freunde und werden es bleiben, das ist auch für Joana unglaublich wichtig.«
»Du lässt dich scheiden? Bist du deshalb hier in Dresden?«
»In Dresden bin ich, um einen Traum wahr zu machen.« Ohne sich dessen bewusst zu werden, setzte sie sich wieder hin und schaufelte gedankenverloren kleine Wolken aus Milchschaum von der einen auf die andere Seite ihrer Tasse, aus der es längst nicht mehr dampfte.
»Einen Traum?«, wiederholte Rüdiger und setzte sich gleichfalls, ohne sie auch nur eine Sekunde lang aus den Augen zu lassen.
»Ja, einen Traum«, bestätigte sie mit fester Stimme. Ihren Traum gab es tatsächlich, diesmal würde ihr nichts und niemand dazwischenkommen. »Ich werde einen alten Traum im neuen Gewand auferstehen lassen, zusammen mit Joana und einer jungen Frau, die für Joana fast schon so etwas wie eine große Schwester ist, dann habe ich zwei Töchter auf einen Schlag.«
»Das hört sich gut an.«
»Es ist gut. Es wird der Himmel auf Erden sein.« Sie löffelte sich Schaum in den Mund, schob hektisch einen zweiten und dritten Löffel hinterher, dann nahm sie die Tasse mit beiden Händen hoch, setzte sie an die Lippen und leerte sie auf einen Zug.
»Dein Cappuccino muss längst eiskalt sein.« Er beugte sich vor, die Tischplatte zwischen ihnen maß höchstens sechzig Zentimeter, es handelte sich um einen von diesen kleinen Bistrotischen, und Rüdiger

hatte einen langen Oberkörper, kam ihr immer näher, bis er so nah war, dass seine Konturen zu verschwimmen begannen.
»Das macht nichts«, stotterte sie. »Kalter Kaffee macht schön, so sagt man doch, nicht wahr?« Sie hätte sich zurücklehnen oder sogar vom Tisch abrücken können, doch auf eine solch simple Lösung kam sie nicht.
»Du bist schön. Du bist sogar noch schöner als in meiner Erinnerung.«
»Unfug! Du redest Unfug.« Sie leckte sich über die Lippen, die Haut dort fühlte sich klebrig an und zuckte seltsam unkontrolliert. Früher hatte er immer darauf gewartet, ihr Milchbärtchen, wie er es nannte, fortzuküssen. Er tat es sogar dann, wenn sie mal ausnahmsweise keinen schaumigen Saum an der Lippe hatte. Ein Spiel war das, ein Ritual, in diesem Augenblick gäbe sie sonst was dafür, es wiederaufleben zu lassen. Als ob man die Zeit zurückdrehen könnte.
»Und du hast noch immer nicht gelernt, vernünftig deinen Milchkaffee trinken.«
Vernünftig? Dieses kleine Wörtchen brachte sie gerade noch rechtzeitig zur Besinnung. Sie war kein dummes Gör aus der Provinz mehr, dem man mit ein bisschen Schaumschlägerei den Kopf verdrehen konnte. Glücklicherweise hatte sie trotzdem ihren Weg gefunden und würde nicht zulassen, dass ihr nochmals jemand wie dieser Mann dort vor ihr in die Quere kam. Da mochte er sie noch so wehmütig und bittend ansehen. Sie wollte gar nicht wissen, wie oft er eine Frau mit diesem Blick herumgekriegt hatte, wie viele Frauen das gewesen waren und wie oft er zweigleisig gefahren war oder es noch immer tat. Es ging sie nichts mehr an, und darüber sollte sie heilfroh sein. Sie rückte gerade noch rechtzeitig vom Tisch ab, um seinem gefährlich näher kommenden Gesicht zu entkommen.
»Das lass mal getrost meine Sache sein«, sagte sie und verspürte einen schmerzlichen Stich. Es war gar nicht so leicht, vernünftig zu sein. Sie war so verdammt lange vernünftig gewesen, und heute war ein Tag, an dem alles anders war, an dem sich die Pforten zum Himmel geöffnet hatten, so was machte leichtsinnig. Sieh dich vor, Rosa! »Wir

sind keine Kinder mehr, im Grunde waren wir das ja auch damals nicht mehr, wir haben uns höchstens so benommen.«
»Du hast noch immer ein Bärtchen.« Sein Arm rückte aus, die Hand zielte auf ihren Mund, ein Finger kam immer näher.
»Habe ich nicht«, widersprach sie und war fest entschlossen, auf keinen seiner Tricks mehr hereinzufallen. Das war sie sich und Joana schuldig. Als Mutter war sie das Vorbild, und sie wollte ihrer Tochter ein gutes Vorbild sein. »Außerdem muss ich los, sonst verpasse ich noch meinen Zug.« Sie sah auf die Kirchturmuhr, verglich mit der Zeit auf ihrer Armbanduhr und war fassungslos. Ihr Zug ging in zwanzig Minuten. Sie sprang auf und winkte hektisch nach dem Kellner.
»Was bekomme ich, wenn ich recht behalte?«, beharrte Rüdiger.
»Recht womit?« Sie griff wahllos in ihr Portemonnaie.
»Mit dem Milchbärtchen selbstredend. Sehen wir uns wieder, wenn ich nicht gelogen habe?« Diesmal hatte er die Wahrheit gesagt, mit seiner Fingerkuppe tupfte er einen lächerlich kleinen Rest von ihrer Lippe und hielt ihn ihr zum Beweis vor die Augen. Ließ sie sich deshalb auf ein Wiedersehen ein? Oder war es der Zeitdruck, der sie schwach werden ließ? Oder der Kellner, der sich endlich zu ihnen an den Tisch bequemte, um zu kassieren.
»Ich erledige das gleich zusammen«, sagte Rüdiger und hielt ihre Hand fest. »Also, was ist?«
»Meinetwegen.« Den Blick hielt sie sicherheitshalber gesenkt, sie boten auch so schon ein Schauspiel, dieses Gefühl wurde sie nicht los, dafür sprach auch das Verhalten des Kellners, der partout nicht verschwinden wollte und sich auf einmal alle Zeit der Welt ließ, um den leeren Nachbartisch zu kontrollieren.
»Und wann? Wo?«
»Nächsten Sonntag.« Sie kämpfte mit der Schließe ihrer Handtasche.
»Um zwölf? Hier im ›Miracolo‹?«
»Wo?«, fragte sie irritiert, ihre Handtasche sperrte noch immer.
»Wir heißen so«, sagte der Kellner und wandte sich zu ihr um, hielt

ihr ein Heft mit Streichhölzern hin, auf dem dick gedruckt der Name stand. Miracolo, ein italienisches Wort, übersetzt ins Deutsche hieß es ›Wunder‹.

Es gab keine Wunder. Trotzdem wurde Rosa auf der Fahrt nach Hause das Gefühl nicht los, gerade eben etwas erlebt zu haben, was so unwahrscheinlich und absurd wie ein Märchen oder eben ein Miracolo war. Daran änderte sich auch in den folgenden Tagen nichts. Sie mochte sich noch so oft vorsagen, dass man immer wieder unverhofft Menschen begegnete, die man jahrzehntelang nicht getroffen hatte und an die man dann irgendwann dachte, und schwups, plötzlich stand genau diese Person vor einem. Ich habe gerade an dich gedacht, das gibt es doch gar nicht! Tausendmal passiert, und so oft, wie sie an Rüdiger gedacht hatte, war es eher ein Wunder, dass diese Begegnung nicht schon viel früher stattgefunden hatte. All das sagte Rosa sich, sie sagte es sich wieder und wieder, trotzdem bestieg sie am nächsten Wochenende erneut allein den Zug nach Dresden. Weder Joana noch Massimo verstanden sie, beide wollten unbedingt mitkommen, doch das ließ sie nicht zu. Vielleicht war es ja doch die Stimme des Schicksals, die da rief.

## *Die Stimme des Blutes*

### I

Rosa war zweiundvierzig, wer wusste das besser als sie selbst. Doch als sie zum zweiten Mal binnen einer einzigen Woche in den Zug nach Dresden stieg, fühlte sie sich gut und gern zwanzig Jahre jünger. Wie ein junges Mädchen, das vorgab, nur eine Tante oder Freundin zu besuchen, und in Wahrheit ein Rendezvous hatte. Eins, bei dem nicht nur ein bisschen rumgeknutscht wurde. Eins, bei dem einem die Knie zitterten und der Kopf nichts als wirre Gedanken produzierte und bei dem eine Melodie – »unser Lied« – zum Ohrwurm wurde, alles andere überlagerte, so wie jetzt auch.

Accendi un Diavolo in me.

I've got the Devil in me.

Ich hab den Teufel im Leib.

Der Song stammte aus der Feder von Zucchero und hatte sie einen Sommer lang nicht mehr losgelassen, später hatte sie ihn gehasst und das Radio abgedreht, sobald »unser Lied« erklang, das war sogar Joana aufgefallen. »Mama hat was gegen Zucchero, typisch.« Es hatte Rosa einen Stich gegeben, als ihre Tochter vor gut einem Jahr anfing, ausgerechnet für den italienischen Sänger mit der Reibeisenstimme zu schwärmen, jeder Ton war Rosa durch und durch gegangen. Fort damit. Als ob sie nicht auch so schon genug am Hals hätte.

Und nun beschwor diese Melodie in ihrem Kopf erneut Bilder, die längst der Vergangenheit angehörten, paarte sie mit anderen teuflischen Genüssen wie etwa einem Hühnchen »al Diavolo« im »Il Peck«: Schon verbündete sich der Ohrwurm mit dem Duft des höllisch scharfen Geflügels, das Wasser lief ihr im Mund zusammen.

Wie oft hatten sie an einem dieser kleinen runden Tische vor dem »Il Peck« gesessen, um sich herum den Verkehr und unzählige fremde Menschen, im Rücken das Brummen der Knetmaschinen für den Nudelteig und die Kommandos des Padrone. Avanti! Avanti! Fröhliche Betriebsamkeit und mittendrin sie beide mit ihrem Lieblingsgericht, sie hatten sich gegenseitig mit den leckersten Stücken gefüttert, und wenn sie fertig waren, hatten sie den Teufel buchstäblich im Leib und leckten einander genüsslich die fettigen Finger ab, sie waren so unglaublich verliebt gewesen.
»Ihre Fahrkarte bitte!«
»Wie?« Rosa zuckte zusammen, kehrte nur mühsam in die Gegenwart zurück, in der plötzlich uniformierte Kontrolleure auftauchten und der Teufel Fersengeld gab und nichts zurückließ als eine leicht beschämte Frau mittleren Alters, die, verwirrt, wie sie war, statt des erbetenen Fahrscheins den Abholschein für ihren hellgrauen Hosenanzug, den Massimo Anfang der Woche für sie in der Reinigung abgegeben hatte, hinhielt. Sie hatte ihn angeschwindelt, als sie heute Morgen behauptete, der Anzug wäre noch nicht fertig gewesen. Er hatte sich darüber gewundert, dass sie ein Kleid angezogen hatte. »Ist das nicht reichlich unbequem für eine Zugfahrt?« Das war noch keine zwei Stunden her, beim gemeinsamen Frühstück. Massimo war eindeutig irritiert gewesen, so wie praktisch schon die ganze Woche. Es gefiel ihm nicht, dass sie ohne ihn nach Dresden wollte, in diesem Punkt konnte er sich mit Joana die Hand geben. Die beiden schmollten im Duett. Und dann putzte sie sich laut Joana auch noch »wie die Hauptfigur in soner Telenovela – nur älter« raus.
Rosa hatte sich gerechtfertigt, so zumindest hatte sich das, was sie sagte, in ihren eigenen Ohren angehört. »Der hellgraue Hosenanzug war noch nicht fertig«, hatte sie behauptet, »und auf Blau oder sonst was Dunkles hatte ich keine Lust. Überhaupt war mir nach etwas Sommerlichem.«
Das Kleid, für das Rosa sich entschieden hatte, erinnerte an die Farbe eines Hummers, es war schon älter, trotzdem saß es wie angegossen, das schmal geschnittene Oberteil schmiegte sich um ihren Oberkör-

per, von der Taille abwärts schwang das Kleid in einem tellerförmigen, mit Taft unterlegten Rock, der bei jedem Schritt mitwippte oder raschelte, wenn sich wie gerade jetzt auf der Suche nach dem Fahrschein der Inhalt ihrer Tasche darauf entleerte.

»Tut mir leid«, entschuldigte sie sich bei dem Schaffner, »ich war völlig in Gedanken.«

»Lassen Sie sich Zeit, ich komme später sowieso nochmal vorbei.«

Ein freundliches Nicken, und schon saß sie wieder allein in ihrem Abteil, lauschte erneut auf das leise Stampfen unter sich, das sie einem Wunder näher brachte.

Es grenzte an ein Wunder, wenn eine Frau wie sie auf einmal jedes Wort, das gesprochen worden war, ähnlich einem zu klein gewordenen oder abgetragenen Kleid drehte und wendete, hier etwas herausließ und dort etwas dazwischensetzte und dann überrascht feststellte, dass ein völlig neues Gesamtbild entstand. Überrascht? Wie konnte sie ehrlich überrascht sein, wenn sie mit allen möglichen kleinen Tricks operierte, um genau diese Wirkung zu erzielen? Das war der Teufel in ihr, der sich immer lauter zu Wort meldete, laut und leise, süß und bitter, so unglaublich verführerisch.

»Weil ich dich immer geliebt habe, nur dich!«

Worte, die sie nicht mehr losließen und sie dazu brachten, alles wieder in Frage zu stellen, was sie in den Jahren zuvor als Wahrheit erkannt und abgehakt hatte. Als eine bittere Erfahrung, die sie endgültig hinter sich gebracht hatte, Lehrgeld, das sie gezahlt hatte, zuletzt war da nur noch ein Skelett übrig geblieben. Und nun setzte das Knochengestell überall Fleischpolster an und wollte ihr klarmachen, dass es noch lebte, nie wirklich tot gewesen war. Ein Opfer unseliger Verstrickungen.

»Ich habe mir eingeredet, du würdest mich verstehen. Mit dem Herzen, so wie in all den Monaten davor, in unseren Monaten.«

Ihr Herz suchte nur allzu bereitwillig nach Entschuldigungen, schien nichts dazugelernt zu haben, auch wenn sie sich die eine oder andere scheinbar vernünftige Erklärung für ihr merkwürdiges Verhalten zurechtbastelte. Offiziell fuhr sie ja nach Dresden, um sich mit den

Leuten zu treffen, die laut Aussage der Bank fest mit einem Job in der ehemaligen Orangerie gerechnet hatten und unweigerlich Opfer der Pleite ihres Vorgängers wurden, wenn nicht sie selbst als neue Arbeitgeberin einsprang.

Von einer Pleite hatte Rosa zuvor nichts gewusst, das hatte sie auch Massimo gesagt, der sie daraufhin liebevoll auslachte. »Das ist nun mal so«, hatte er gemeint, »des einen Freud ist des anderen Leid, so sagt man doch hierzulande. Und was glaubst du, wieso der Kaufpreis trotz kompletter Renovierung derart niedrig ist?« Massimo hatte vorgeschlagen, sich die Leute einfach mal selbst anzuschauen und zu entscheiden, wen davon sie übernehmen wollte, natürlich wäre er am liebsten mitgekommen. Aber genau das wollte sie nicht. Um ihre Orangerie kümmerte sie sich ganz allein, und nebenbei fiel noch ein Rendezvous ab, von dem Massimo nichts wusste und auch nichts wissen sollte. Ohne den genauen Grund für ihr Verhalten benennen zu können, verschwieg Rosa die zufällige Begegnung mit Rüdiger und erst recht die bevorstehende, diesmal geplante Wiederholung. Wie sollte sie etwas plausibel machen, wofür sie selbst keine vernünftige Erklärung fand?

Accendi un Diavolo in me.

I've got the Devil in me.

Dieser Teufel versuchte sie mit ständig wechselnden Einflüsterungen und brachte sie dazu, am Samstag stundenlang durch Dresden zu streifen, statt sich bei einer der Adressen zu melden, die man ihr seitens der Bank überlassen hatte. Gelernte Schreiner waren ebenso dabei wie Lackierer und ein Modellbauer, sie brauchte nur anzurufen, das hätte sie schon längst tun sollen. Warum hatte sie sich nicht vorab angemeldet? Dazu hatte sie eine ganze Woche lang Zeit gehabt, dann wäre sie jetzt in der Pflicht gewesen und würde sich nicht pausenlos ausmalen, wie es wäre, Rüdiger an der nächsten Ecke erneut zufällig zu begegnen. Warum sollte er sich nicht genau wie sie schon einen Tag früher in der Stadt aufhalten? Womöglich wohnte er sogar hier. Alles war möglich.

Alles? Ihr Herz klopfte, der Nachmittag verstrich in quälender Langsamkeit, irgendwann war sie es leid und fuhr zu ihrer Orangerie raus, doch nicht mal der Blick auf die Elbe brachte sie zur Ruhe. Auch fragte sie sich, ob es ein schlechtes Omen war, dass jenes wunderschöne Zeichenbrett verschwunden war. Offenbar hatte der Vorbesitzer es doch noch abgeholt. Demnächst fing sie noch an, im Kaffeesatz zu lesen oder abergläubisch Blätter an einem Zweig abzuzupfen: Er liebt mich, er liebt mich nicht und immer so fort bis zum letzten Blatt. Sie drehte noch durch, alles in ihr fieberte dem nächsten Tag entgegen. Warum hatte sie nicht gleich den Samstag vorgeschlagen?

Weil du eine vom Leben gebeutelte Frau und obendrein Mutter bist, soufflierte eine Stimme in ihrem Kopf, weil du eine Verantwortung hast. Doch ihr dummes Herz hielt dagegen, verbündete sich mit der Abendsonne, die alles in ein goldenes Licht tauchte und sogar die Spinnweben ringsum wie Goldfäden aussehen ließ. Sie suchte sich eine Leiter und Putzzeug zusammen, tauschte ihr Kleid gegen einen liegengebliebenen Blaumann aus und begann die Fensterfronten zu putzen. Sie hörte erst auf, als es draußen stockfinster war und ihr Arm bei jeder kleinen Bewegung schmerzte. Vom Fluss blinkten Positionslichter zu ihr herauf, die Dunkelheit schluckte die Konturen der Weinberge und rückte dafür die angestrahlten Silhouetten der benachbarten Elbschlösser näher heran, eine unglaubliche Kulisse, und sie konnte sich nicht losreißen und in das Hotel fahren, wo Massimo ein Zimmer für sie reserviert hatte.

Sie erinnerte sich an eine Klappliege, die sich einer der Bauarbeiter für ein Nickerchen in der Mittagspause mitgebracht und dann vergessen haben mochte, zwei Decken fanden sich ebenfalls. In ihrem zukünftigen Reich legte sie sich schlafen und wachte erst auf, als die Sonne bereits hoch am Himmel stand. Ihr Paradies empfing sie mit Vogelgezwitscher und Sonne pur, die nun kein Staub mehr abhielt. Sie fühlte sich wie eine Königin, bis sie an sich hinabsah und über sich selbst lachen musste. Bunt zusammengewürfelte Kleidungsstücke, sie hatte am Abend zuvor nach einer Katzenwäsche angezogen, was ihr gerade in die Finger fiel und sich warm anfühlte, außerdem wollte sie ihr gutes Kleid schonen. Von dem Kleid sprangen ihre Gedanken

schnurstracks zu Rüdiger, heute würde sie ihn wiedersehen, sie hatten sich für zwölf Uhr verabredet. Ein Blick auf die Uhr, ihr blieb nicht mal mehr genug Zeit, um ins Hotel zu fahren, an Frühstücken war erst recht nicht zu denken; waren die Minuten gestern gekrochen, so rasten sie nun. Was, wenn er dachte, sie hätte ihn absichtlich versetzt, und wieder ging?
Aber er wartete auf sie. An demselben Tisch hinter demselben Bambus, und er erinnerte sich sogar an dieses Kleid, obwohl Männer angeblich überhaupt kein Gedächtnis für derlei besaßen. Er schon.
»Dieses Kleid hattest du bei unserer ersten Begegnung an«, sagte Rüdiger. »Du besitzt es also noch immer, du hast es nicht weggegeben. Ich habe dieses Kleid an dir geliebt, und damit du es möglichst oft trägst …«
»… hast du mir eine Korallenkette in genau derselben Farbe geschenkt«, ergänzte Rosa, »ganze zehn Tage nach unserer ersten Begegnung war das.«
»Unsere erste Begegnung«, wiederholte Rüdiger und warf ihr einen Blick zu, den sie nicht recht zu deuten wusste. Erinnerte er sich etwa nicht mehr daran, wo das gewesen war?
»Wir sind uns auf einem Fest der Pezzos vorgestellt worden«, assistierte sie.
»Ja«, bestätigte er, »ein Fest, zu dem nur wichtige Leute eingeladen waren. Ich war natürlich keiner von denen, sondern sollte nur diesen und jenen Promi kennenlernen, mit dem ich später möglicherweise im Auftrag der Pezzos geschäftlich zu tun haben würde.«
»Ich war auch nicht wichtig«, erwiderte Rosa, noch in der Erinnerung schauderte es sie. Massimo hatte sie zu der Party in seinem Elternhaus eingeladen. Es schien ihm wichtig gewesen zu sein, dass sie hinkam und sich hübsch machte, er hatte sie abgeholt und ihr eine Orchidee zum Anstecken mitgebracht, beinahe als ob er ihr Verehrer und nicht nur ihr direkter Ansprechpartner in der Fabrik wäre. Dann hatte er sich allerdings so gut wie gar nicht mehr um sie gekümmert, sein Vater hielt ihn auf Trab, der Sohn des Hauses hatte ebenso wie seine Schwester Wichtigeres zu tun. Und so stand Rosa die meiste

Zeit einsam und verlassen da und Auge in Auge mit Leuten, die sie sonst höchstens aus dem Fernsehen oder der Zeitung kannte, und hielt sich krampfhaft an ihrem Glas fest.
»Das hattest du auch nicht nötig, du brauchtest auf keiner Liste für special guests zu stehen. Du warst du, eine wunderhübsche kleine Koralle in einem Meer von Talmi. Ich wusste, wenn ich nicht wenigstens einen Versuch wage, werde ich mir das bis an mein Lebensende nicht verzeihen. Also bin ich zu dir hin und habe dich gefragt, ob du das Märchen von der kleinen Korallenjungfrau kennst.«
»Das es gar nicht gibt, was du ganz genau wusstest. Trotzdem hast du mir sehr geholfen, ich musste lachen und fühlte mich schlagartig besser. Bis dahin kam ich mir nämlich unglaublich linkisch vor. Du warst überhaupt ziemlich nett zu mir. Du hast mich sogar heimgebracht.«
»Du hast auf dem Heimweg gefroren, und ich habe mich nicht getraut, dich in den Arm zu nehmen. Also habe ich dir erst mal mein Sakko umgelegt, ich hätte dir alles gegeben, mein letztes Hemd …«
»Es hat auch so gereicht«, fiel Rosa ihm lachend ins Wort. »Am anderen Morgen hat meine Zimmerwirtin deine Jacke entdeckt und mich verdächtigt, nachts Herrenbesuch empfangen zu haben. Sie war sehr katholisch, Herrenbesuche waren streng untersagt. Du hättest mich um ein Haar mein billiges Quartier gekostet.«
»Aber eben nur um ein Haar. Ich habe die gute Frau mit dem Blumenstrauß beschwichtigt, der eigentlich für dich bestimmt war.«
»Ich habe ja dann was viel Schöneres bekommen. Noch an demselben Tag, zuerst wusste ich nicht mal, was ich davon halten sollte. Auf den ersten Blick sah es aus wie ein Holzklotz ohne Rinde, trotzdem war mir sofort klar, dass es mehr war.«
»Es war mein erster Versuch mit Holz, ich muss so sechs oder sieben Jahre alt gewesen sein, als ich beschlossen habe, ein besonders schönes Stück Kaminholz zu bearbeiten. Ich habe es, so gut es ging, ausgehöhlt und geglättet und es als Talisman behalten und sogar mit nach Mailand genommen. Hast du es noch?«
»Joana hat es eines Tages auf dem Speicher entdeckt und für sich konfisziert, wie sie meinte, ist es genau richtig für ihre unzähligen

Haarklemmen und Spangen. Mit ihren Haaren ist sie überhaupt sehr eitel, und auch sonst fängt sie an, immer mehr Wert auf ihr Äußeres zu legen, sie bewegt sich mittlerweile auch anders, wie eine kleine Frau.«
»Wie alt ist sie eigentlich?«
Beinahe wäre Rosa ihm in die Falle gegangen. Wenn er erfuhr, wie alt Joana war, konnte er sich an seinen zehn Fingern ausrechnen, dass sie selbst nicht als leibliche Mutter in Frage kam. Es sei denn, er selbst wäre der Erzeuger und sie hätte es geschafft, ihre Schwangerschaft bis kurz vor der Geburt geheimzuhalten, was erst recht ein Unding war, selbst wenn man den falschen Termin in Joanas Geburtsurkunde zugrunde legte. Offiziell war Joana bekanntlich gut drei Monate nach Rosas überstürzter Flucht aus Herzfeld geboren worden.
»Joana …«, setzte Rosa an und begann den Bambus zu zerpflücken, während sie ihrer Tochter innerlich Abbitte leistete, »… also sie ist gerade zwölf geworden.« Damit war sie aus dem Schneider.
»Es hätte unser Kind sein können. Wenn wir zusammengeblieben wären …«
»Aber es ist nicht unser Kind. Du hast nichts mit meiner Tochter zu tun, und das ist gut so.«
»Du hast dich damals sehr schnell getröstet.«
»Willst du mir das zum Vorwurf machen? Ausgerechnet du? Wer hat denn Hals über Kopf die Frau seines Bruders geheiratet? Und ein Kind gab es, soweit ich weiß, auch noch, ein kleines Mädchen.«
»Das inzwischen zur Frau geworden und mir sehr ans Herz gewachsen ist.«
»Das heißt, dass du dich in diesem Fall nicht aus der Verantwortung geschlichen hast?«
Rüdiger schüttelte verneinend den Kopf und begann gleichzeitig, in seinen Jackentaschen zu wühlen. Auch das war also geblieben. In seinen Taschen herrschte ein schlimmeres Chaos als in der Handtasche einer Frau. Immer wenn er auf etwas mit einer interessanten Oberfläche traf, hob er es auf und stopfte sich die Taschen damit voll, zusätzlich trug er stets ein Taschenmesser mit sich herum, und wenn

man mal auf die Idee kam, das Innenfutter nach außen zu stülpen, kam einem gewöhnlich ein halber Wald entgegen. Er hatte auf der Suche nach seinem Schlüssel oder Kleingeld schon Schneckengehäuse und Moos und Rinden zutage gefördert, und dann hatte er sie mit dieser Mischung aus leiser Beschämung und Stolz angesehen, gewöhnlich überwog Letzteres, und er begann, ihr die Besonderheiten dieser oder jener Struktur darzulegen. Was er nun zutage förderte, waren allerdings nur zwei simple bedruckte Pappstreifen.

»Früher sah das Innenleben deiner Taschen interessanter aus«, meinte sie laut und überlegte, ob er vielleicht nur versuchte, das Thema zu wechseln.

Genau wie sie selbst.

»Das sind die Eintrittskarten zu etwas Interessantem.« Er schwenkte die beiden Tickets. »Ich habe gedacht, wenn wir schon in Dresden sind und heute den kompletten Nachmittag für uns haben, könnten wir doch eine Schlössertour unternehmen. Die Elbschlösser sind ein Traum, und wenn du mit einem von diesen Dampfern über die Elbe tuckerst und ...«

»Du willst mit mir eine Schiffstour machen?«

»Natürlich nur, wenn du magst.«

»So richtig touristisch?« Sie verkniff sich gerade noch den Nachsatz »wie früher«. In ihrer ersten Zeit in Italien hatten sie am Wochenende kaum eine touristische Attraktion ausgelassen und bewiesen, dass es immer nur darauf ankam, was man selbst aus solch einem Ausflug machte. Man konnte mit dem Strom fließen oder alles ausblenden, was störte, wobei es sie beide keineswegs immer nur gestört hatte, wenn fremde Menschen auf ihre Verliebtheit aufmerksam wurden und beispielsweise von sich aus anboten, ein Foto von ihnen zu machen.

»Wie früher«, bestätigte Rüdiger und sah zu der nahen Kirchturmuhr hoch. »So allmählich sollten wir dann aber los. Bist du bereit?«

Rosa nickte. Sie folgte ihm durch das Menschengewühl in der Fußgängerzone, anscheinend hatten alle möglichen Zeitgenossen gleichzeitig beschlossen, im Freien zu sitzen und die ersten wirklich warmen

Sonnenstrahlen zu genießen. An der Anlegestelle war es nicht weniger voll, von romantischer Abgeschiedenheit konnte keine Rede sein, sie gingen eingepfercht in eine Menschentraube an Bord und kamen zu spät, um noch einen der begehrten Plätze auf den Außendecks zu ergattern. Menschen, wohin das Auge sah, dazwischen Kellner mit randvollen Tabletts, es gab Würstchen und Kuchen, Bier und Kaffee, die Gerüche um sie herum waren ähnlich vielfältig wie die Dialekte. Rosa blieb stehen und merkte gar nicht, dass sie ein Hindernis darstellte. Wollte sie das wirklich? Warum tat sie sich das an? Gut möglich, dass ihre Phantasie früher alles zurechtgebogen hatte, doch diese Zeiten waren endgültig vorbei. Sie überlegte, ob sie kehrtmachen sollte. Rüdiger zurufen, dass sie es sich anders überlegt hatte, und im Getümmel verschwinden. Zwischen ihn und sie hatte sich in Sekundenschnelle ein halbes Dutzend Touristen geschoben, und als er sich zu ihr umdrehte, wäre noch immer Zeit genug gewesen, sich aus dem Staub zu machen. Sie tat es nicht, sondern hing wie paralysiert an seinen Lippen, die »Tu es nicht!« formten.
Oder bildete sie sich auch das lediglich ein?
Ebenso wie die folgenden Stunden und die folgende Nacht?
Konnte es die schiere Einbildung sein, die sie all das erleben ließ? Würde sie gleich aufwachen und erleichtert feststellen, dass sie sich an einem Platz befand, wo sie als anständige Mutter und angehende Unternehmerin mit Fug und Recht sein durfte? Ganz gewiss war das kein Rettungsboot, zu dem Rüdiger sie als Erstes lotste. Er kannte sich auf diesem Vergnügungsdampfer bemerkenswert gut aus. Kaum näherte sich dieser der ersten Brücke, fasste Rüdiger auch schon nach ihrer Hand und duckte sich mit ihr unter den armdicken Tauen weg, an denen der Schornstein für die Durchfahrt eingezogen wurde. Lautes Klatschen der anderen Passagiere begleitete diese Aktion, niemand beachtete, wie Rüdiger Rettungsringe und Rettungswesten aus dem Beiboot entfernte und eine Art Sichtschutz für sie beide daraus baute. Dann kauerten sie nebeneinander in dem Boot, rochen und hörten die anderen noch immer und rückten doch immer weiter von ihnen ab. Dafür kamen die Schlösser näher, eingebettet in eine Landschaft,

in die Rosa sich sofort verliebt hatte. Sollte sie es ihm sagen? Ihm von ihrer Orangerie erzählen? Von ihrem Traum, der nun endlich Wahrheit wurde?
Sie tat nichts dergleichen, dafür mochte es unzählige Gründe geben. Beispielsweise den, dass an diesem Wochenende kein Raum für etwas – und sei es noch so schön – aus der Welt da draußen blieb. Die Perspektive verkürzte sich, blendete Reales aus und holte Vergangenes ins Boot, absolvierte Zeitsprünge und Utopien und brachte sie dazu, ein Abenteuer zu wagen, eins nach dem anderen. Nach außen mochte das, was sie taten, wie eine Aneinanderreihung von albernen Kinderstreichen aussehen, aber in Wahrheit war es die Rückkehr zu etwas, was Rosa für immer verloren geglaubt hatte. Nun kehrte es mit Urgewalt zurück. Das laute Lachen, reine Lachkaskaden, gefolgt von erschöpftem Schweigen, in dem nur ihr Atmen zu hören war, die Wärme ihrer Körper, die sich immer näher kamen. Zunächst nur, weil es in dem Boot so unglaublich eng war, da waren sie noch unbeholfen und verlegen, doch ihre Gliedmaßen erinnerten sich erschreckend schnell, wussten sofort wieder, was sie so gern mochten, und als es zu dämmern begann und sie nach ihrem Landausflug zum Schloss Weesenstein die Rückfahrt antreten wollten, taten sie dies eng umschlungen wie ein Liebespaar.
»Du frierst«, sagte er wie schon einmal. Nur mit dem Unterschied, dass er sich diesmal traute, sie mit seinem eigenen Körper zu wärmen.
»Das ist nur äußerlich«, widersprach sie.
»Heißt das, es geht dir gut?« Er blieb stehen und sie mit ihm, zu ihren Füßen die Anlegestelle, etwas wie Schmerz durchfuhr sie. Es sollte noch nicht aufhören, nicht derart abrupt. Nur noch eine halbe Stunde, bettelte ihr Herz, als ob sie noch oder wieder ein kleines Kind wäre. Vermutlich war sie genau das in diesem Moment, denn andernfalls hätte ihr ebenso wie Rüdiger längst auffallen müssen, dass die Menschentraube fehlte, die mit ihnen zusammen ausgestiegen war und jetzt folglich auch wieder einsteigen und mit ihnen zurückfahren müsste.

»Es geht mir sehr gut«, sagte sie leise, ihre Stimme kippelte, als sie nach Gründen für dieses Gefühl suchte und aufzählte, was gerade hinter ihr lag. Sie hatten das von Rüdiger im Rucksack mitgebrachte Picknick – er hatte sogar an zwei wunderschöne Weingläser gedacht – am Tisch von König Johann von Sachsen zu sich genommen. Während der Führung hatten sie eine günstige Gelegenheit abgepasst und sich heimlich zurückgeschlichen, die anderen aus ihrer Gruppe waren brav weiter dem Führer gefolgt. Mit Blick auf eine französische Bildtapete, die Szenen des Märchens »Amor und Psyche« zeigte, hatten sie scharf in Rosenpaprika gebratenes Hühnchen und dazu Ciabatta und Oliven, so groß und saftig wie Pflaumen, gegessen. Sie hatten es genossen und sich, als Schritte erklangen, ausgerechnet in den Gerichtssaal geflüchtet. Niemand war ihnen gefolgt, das hatte sie erst recht übermütig gemacht. Sie hatten sogar das Bett ausprobiert, es war viel zu kurz für sie gewesen, und die mit Goldfäden durchwirkte Brokatdecke war derart staubig, dass Rosa einen Niesanfall bekam. Ihr Schutzengel oder wer auch immer sorgte dafür, dass ihnen trotzdem niemand auf die Schliche kam. Sie konnten sich kaum losreißen und schwelgten noch auf dem Weg zurück zur Anlegestelle in der Erinnerung an die genossenen Wonnen, der eine assistierte dem anderen, bis ihnen endlich bewusst wurde, dass an diesem Tag kein Schiff mehr kommen und sie nach Dresden zurückbringen würde.

»Wir hängen hier fest«, sagte Rosa fassungslos. »Mein Zug fährt ohne mich ab, wenn wir nicht ganz schnell einen Bus oder Zug auftreiben, der mich doch noch pünktlich nach Dresden zum Hauptbahnhof bringt.«

»Das kannst du vergessen«, meinte Rüdiger, allzu unglücklich sah er bei diesen Worten nicht aus. Begriff er nicht, in was für eine unmögliche Situation sie sich mit ihrem Leichtsinn gebracht hatten? Wie sollte sie das Joana und Massimo erklären?

»Und woher willst du das wissen? So ein Vergnügungsdampfer braucht für diese Strecke garantiert länger als öffentliche Verkehrsmittel oder meinetwegen auch ein Taxi, und wenn wir zu Fuß in den nächsten Ort laufen ...«

»Bis zur nächsten Ortschaft brauchen wir durch die Weinberge mindestens eine Stunde, und sonntags fahren hier kaum Busse, der nächste Bahnhof ist meilenweit weg, ich weiß, wovon ich rede, schließlich arbeite ich hier seit Anfang der Woche.«

»Was tust du? Ich denke … ich meine …«, ihr ging auf, dass sie alle beide über so gut wie nichts gesprochen hatten, was ihr praktisches Leben da draußen anging. Er wusste nichts von ihren Plänen und ihrem Alltag, und umgekehrt war es genauso. Sie hatte ihn nicht einmal gefragt, wann und warum er der väterlichen Fabrik den Rücken gekehrt hatte, was mit Ruth und deren mittlerweile erwachsener Tochter und seinem Vater war …

»Willst du es sehen? Willst du sehen, wo ich jetzt arbeite und wohne?«

Sie wollte ablehnen und nickte und spürte, wie dieses Gefühl in ihr hochschwappte und jeden klaren Gedanken hinwegspülte, nur noch diesen köstlichen Moment gelten ließ.

## 2

Willst du es sehen? Die Worte waren ausgesprochen und schlugen die Brücke von einem Traum zur rauen Wirklichkeit, so zumindest kam es Rüdiger vor. Der Weg durch die Weinberge war schmal, Rüdiger ging voran, blieb aber immer wenigstens über eine Hand mit Rosa verbunden. Bald würde es dunkel sein, unter ihnen das glitzernde Band des Stroms und über ihnen die Sterne, er spürte die Wärme ihrer Hand und hörte ihr leises Atmen, ein paar Mal schnaufte sie auch, wenn der Weg plötzlich steil anstieg, und einmal wäre sie beinahe seitlich über eine Wurzel abgerutscht, doch er fing sie auf, küsste sie. Das tat er noch öfter, auch wenn ihm keine heimtückische Wurzel mehr den Weg ebnete, und mit jedem Mal schwanden seine Skrupel mehr und wuchs die Hoffnung, diese Brücke existiere nicht lediglich in seiner Phantasie.

Dabei hatte er gerade eine Woche hinter sich, die ihn gelehrt hatte, niemandem zu vertrauen. Tage und Nächte, die er seinem schlimmsten Feind nicht wünschte. Es war praktisch unmittelbar nach seinem unverhofften Wiedersehen mit Rosa eine Woche zuvor losgegangen. Gleich am Montagmorgen hatte er seinen Termin bei der Bank wahrgenommen. Er war wild entschlossen gewesen, um seine Orangerie zu kämpfen, doch er war gegen eine Wand gelaufen und hatte sich eingestehen müssen, dass er selbst in seiner grenzenlosen Leichtgläubigkeit erst die Voraussetzung dafür geboten hatte, dass von seinem Traum lediglich ein Schuldenberg übrig blieb.

Jeder wusste, dass man das Kleingedruckte in einem Vertrag gründlich studieren musste, er aber hatte genau das nicht getan, und das nicht nur einmal, sondern praktisch jedes Mal, wenn er um eine Erhöhung des gewährten Kredits bat und blind unterschrieb, weil er einfach nur weitermachen wollte. Gut, sein Kompagnon hatte dieses Verhalten forciert und einen Rückzieher gemacht, als das neue Spielzeug Probleme zu machen begann, aber nicht mal das konnte Rüdiger ernsthaft zu seiner Entschuldigung anführen. Markus Rigger war sich treu geblieben, wechselte das Pferd nach Lust und Laune und sah zu, dass jemand anders die Zeche zahlte. Jemand, der dumm genug war, ihm auf den Leim zu gehen. Jemand wie Rüdiger eben. Die Schuldenfalle war zugeschnappt und ließ Rüdiger lediglich die Wahl zwischen Bankrotterklärung und jahrelangem Abstottern seiner Schulden. Ersteres lief auf einen Offenbarungseid hinaus, dann durfte er sechs Jahre lang keine Firma mehr führen, geschweige denn eine eigene neu eröffnen, und er war kein junger Spund mehr. Also entschied Rüdiger sich für die zweite Variante und verpflichtete sich, fortan jeden Monat rund viertausend Euro an die Bank zu berappen; jede Unpünktlichkeit bei der vereinbarten Schuldentilgung würde das endgültige Aus bringen, daran ließ man keinen Zweifel. Dazu kamen die Zahlungen für Ruth und sein eigener Lebensunterhalt. Wie er das schaffen sollte, stand in den Sternen. Man hatte ihm seitens der Bank großzügig vierundzwanzig Stunden Bedenkzeit gewährt.

Er war nach diesem Termin durch Dresden geirrt und hatte sich gefragt, was er noch in dieser Stadt tat. Warum er nicht in den nächsten

Zug Richtung Heimat stieg und versuchte, auf Biegen und Brechen seine alte Position in Herzfeld zurückzuerobern und an Geld zu kommen. Wie hieß es noch so treffend? Das Hemd sitzt einem näher als der Rock! In seiner Situation konnte er es sich nicht leisten, zimperlich zu sein. Dann würde er sich halt selbst an die Spitze des frisch etablierten Reparaturdienstes für Schleiflackmöbel setzen und als Geschäftsführer so viel Geld herausziehen, wie er nun mal brauchte. Genossenschaft ade! Eine andere Möglichkeit wäre, seinen Bruder bürgen zu lassen. Oder bei seinem Vater zu Kreuze zu kriechen, der besaß immerhin noch die Villa und eine Rentenversicherung, die demnächst fällig wurde.

Rüdiger hatte keine Sekunde lang ernsthaft erwogen, etwas von alldem zu tun. Er hatte sich bereits entschieden, er würde weder zu Kreuze kriechen noch jemand anders für seine Fehler bluten lassen. Das stand er durch, auch wenn er noch nicht wusste, wie. Obwohl er allen Grund gehabt hätte, an jenem Montag an allem und jedem zu zweifeln und rabenschwarz für seine Zukunft zu sehen, war er nicht wirklich am Boden zerstört gewesen. Gut, er hatte noch nicht gewusst, wie genau es weitergehen sollte, nur dass es weiterging, stand für ihn fest. Hier? In Dresden? Er hatte, während er ziellos durch die Stadt lief, immer wieder an seine Verabredung mit Rosa denken müssen, immerhin war das etwas Konkretes in diesem ganzen Wirrwarr, daran klammerte er sich. Und dann war er dem Zimmermann begegnet, der für ihn den Umbau der Orangerie übernommen hatte. Ein Ortsansässiger, der sein Handwerk verstand, darüber hinaus zuverlässig und eine Seele von Mensch, der reinste Gemütsathlet, den nichts aus der Ruhe brachte und der dank alter Beziehungen immer wieder diese und jene Panne überbrückt hatte. Das besorge ich uns, der und der ist mir noch einen Gefallen schuldig, Chef.

»Hallo, Chef, sind Sie das wirklich?« Der Zuruf war laut genug, um noch andere Leute stehen bleiben zu lassen. Mit dem »Chef« war eindeutig er selbst gemeint. Rüdiger sah auf und direkt in das breite Lachen von Fritz Langen.

»Fritz, das ist aber eine Überraschung.«

»Ja, und 'ne schöne obendrein. Wir haben bei uns im Betrieb jede Menge zu tun, sonst wäre ich längst schon mal rausgekommen und hätte geguckt, wie weit ihr seid, ob bald große Einweihung ist. In der Zeitung stand jedenfalls noch nichts.«
»Da wird auch nichts drinstehen, soweit es mich betrifft.«
»Das würde ich mir aber überlegen, Chef. Die Leute hier haben vielleicht das Geld nicht so locker sitzen wie bei euch drüben im Westen, aber da gibt es schon den einen oder anderen, der sich was richtig Edles leisten kann. Ich kenne da beispielsweise einen mit zig Immobilien, früher nannte man das wohl Großgrundbesitzer, jedenfalls hat der nach der Wende alles wieder zurückbekommen, was mal seiner Familie gehört hat, und wenn ich dem einen Wink gebe ...«
»Das wird mir leider nichts mehr nützen.«
»He, Chef, was ist denn los? Das müssen Sie mir genauer erklären, ich verstehe nur noch Bahnhof.«
Rüdiger hatte es erklärt. Sie waren in eine Kneipe eingekehrt, wo man Fritz bestens kannte, sie durften sich an den Stammtisch setzen, der separat lag und wo sie ungestört blieben. Nur die Wirtin tauchte ab und zu auf, um ein frisches Bier oder eine Stärkung zu bringen. Ungefragt, sie schien zu riechen, wann Nachschub fällig war. Und so kam es, dass Rüdiger das Nötigste erzählte und Stunden später fest davon überzeugt war, dass diese Begegnung kein bloßer Zufall gewesen war. Er konnte in Dresden bleiben. Er hatte einen neuen Job, zumindest vorläufig. Dieser »Großgrundbesitzer«, den Fritz eingangs erwähnt hatte, wollte ein Hotel stilgerecht renovieren lassen, Fritz selbst hatte den Auftrag ablehnen müssen, er war Zimmermann und kein Kunstschreiner, so was gab nur Ärger.
»Aber du wärst goldrichtig für diesen Job, und wenn du noch den einen oder anderen von deinen alten Leuten dazuholst ... Natürlich alles auf Rechnung und erst mal nur für dieses eine Projekt, aber wenn das erfolgreich über die Bühne geht, gibt es garantiert was Neues, gute Arbeit spricht sich rum, und ihr seid Spezialisten.«
Sie hatten ihren Pakt begossen und waren Arm in Arm heim zu Fritz gewankt, wo dessen Frau sie schimpfend in Empfang nahm. »Was

sollen deine Kinder nur von dir denken, Friedrich?« Trotzdem hatte sie darauf gedrungen, dass Rüdiger über Nacht blieb, er bekam das Zimmer des ältesten Sohnes, der mit Luftmatratze zu seinem Bruder umquartiert wurde, und am nächsten Morgen waren Rüdigers Kleider gewaschen und gebügelt, ein deftiges Frühstück wartete auf sie. Bis zum Mittagessen war bereits alles unter Dach und Fach. Rüdiger hatte den Auftrag und sogar eine Bleibe. Wenn er wollte, konnte er für die Zeit des Umbaus gratis in dem leerstehenden Hotel zwischen Dresden und Meißen wohnen.

Und ob er wollte.

Auf dem Fußmarsch mit Rosa durch die Weinberge festigte sich in ihm die Gewissheit, dass alles, was gerade geschah, mehr als Zufall war, viel mehr. Über unzählige Umwege fanden sie beide vielleicht doch noch zusammen. Sie waren beide älter geworden, reifer, schütteten nicht mehr gleich das Kind mit dem Bad aus, sondern waren bereit, nach den Gründen für das, was der andere tat, zu forschen, dem anderen ernsthaft zuzuhören. Ihm zuzugestehen, dass man vorschnell geurteilt hatte, denn darauf lief es, wie er mittlerweile wusste, hinaus.

Ein paar klärende Worte hätten damals vielleicht schon genügt, um Rosa klarzumachen, warum er ihr nichts von seiner kurzen Affäre mit Paula Pezzo erzählt hatte oder weshalb er sich von der Frau seines Bruders ebenso wie von seinem Vater hatte überrumpeln lassen. Er hatte sich plötzlich wieder so unglaublich klein gefühlt, dabei wollte er doch für Rosa der Held sein, der Beschützer. Mit dem Effekt, dass sie ihn für einen lausigen Betrüger hielt und sich, verzweifelt, wie sie war, ausgerechnet zu dem Mann flüchtete, der es vom ersten Tag an auf sie abgesehen hatte. Zum Glück war Rosa nicht bei Massimo geblieben, sie hatte einen Jugendfreund geheiratet, ob er auch der Vater von Rosas Tochter war, wusste Rüdiger noch nicht. »Fritz ist ein durch und durch anständiger Mensch!« Nun ließ sie sich von Fritz scheiden. Der Gedanke durchzuckte Rüdiger, dass er diesem Fritz womöglich eine Menge zu verdanken hatte.

»Wir sind gleich da«, sagte er laut und blieb stehen, wandte sich zu ihr um, sein Atem ging schwer. »Ich hoffe …«, er brach ab, seine Stimme versagte ihm den Dienst.

»Ist der Anblick, der mich erwartet, so schrecklich?«, neckte Rosa.

»Nein, das nicht. Ich glaube, Gut Elblohe wird dir gefallen, auch wenn derzeit alles ziemlich chaotisch und der Park reichlich verwildert ist. Immerhin gibt es elektrisches Licht und fließendes Wasser und jede Menge Betten, du kannst zwischen zweiunddreißig Betten wählen, so viele hatte zumindest das alte Hotel. In Zukunft werden es ein paar Betten weniger sein, dafür gibt es dann mehr Platz und Komfort. Bislang mussten sich je vier Zimmer ein Bad teilen, und die Gäste im Restaurant mussten, wenn sie auf die Toilette wollten, raus auf den Hof. Heutzutage will das keiner mehr, die Leute sind anspruchsvoller geworden. Manche, die sich für anspruchsvoll halten, sind vor allem interessiert an technischem Schnickschnack; für Architekten gilt das offenbar auch, und was am Ende dabei rauskommt, sieht sich meistens ziemlich ähnlich. Genau das will mein Auftraggeber nicht. Er ist noch einer von der alten Garde, verliebt ins Detail und in Originalität und ein Fan von guter Qualität, ich habe praktisch freie Hand.«

»Dann ist doch alles gut, oder?« Rosa sah ihm in die Augen und dann hinab auf seine linke Schuhspitze, mit der er in der trockenen, von Wurzelwerk durchzogenen Erde wühlte.

»Schon«, erwiderte er und zwang sich, mit dieser unsinnigen Wühlarbeit aufzuhören. War wirklich alles gut? Es war so unglaublich viel passiert, und das zwischen ihm und Rosa war so jung und zart und zugleich ganz alt, außerdem war er noch immer verheiratet, in gewisser Weise sogar zweifach, einmal mit Ruth und außerdem mit der Bank, er konnte nur über seinen eigenen Optimismus staunen …

»Und wovor hast du dann Angst?« Rosa gab ihm einen Schubs, damit er endlich weiterging.

»Angst?«, fragte Rüdiger verdattert. Er hatte nicht damit gerechnet, dass sie so direkt sein würde. Ganz gewiss hatte er keine Angst vor dieser jüngsten Herausforderung an sein Können, ganz im Gegenteil, er wuchs mit der neuen Aufgabe, das bestätigten ihm alle, zuallererst seine alten Mitarbeiter. Ohne zu zögern, hatten sie sich auf das

Risiko eingelassen, hier für ihn zu arbeiten und zum Dank in einem Jahr – so viel Zeit hatte Wilhelm Elblohe in etwa für den Umbau veranschlagt – womöglich erneut auf der Straße zu sitzen. Davor hatte er allerdings Angst.

»Ich habe ja auch Angst«, sagte Rosa leise. »Angst vor mir selbst. Vor der Rosa, die sich wie ein verliebter Teenager aufführt und ihren Zug verpasst und lauter unvernünftige Sachen macht. Komm, zeig mir endlich dein Gut Elblohe!«

Die Straße mit dem unregelmäßigen Kopfsteinpflaster beschrieb einen Bogen, es gab nur wenige Laternen, und in der Hälfte davon zuckte das Leuchtmittel nur noch wie ein fahlgelber Blitz, man konnte kaum die Hand vor Augen sehen. Irgendwo rauschte Wasser wie von einem Bachlauf, Rosa tappte in etwas Nasses und zog erschrocken den Fuß zurück. Es duftete süß und schwer, eine Katze kreuzte ihren Weg, miaute leise, im Gebüsch raschelte es, dann stieß Rüdiger eine kleine Pforte auf, sie waren angelangt.

»Wir nehmen den Hintereingang«, sagte er, »vorne steht alles voll mit Arbeitsgeräten, und dreckig ist es auch, wir würden nur unnötig Schmutz nach drinnen tragen. Das Gut besteht aus einem Hauptflügel in der Mitte, wo auch die Küche und das Restaurant untergebracht sind, und dann gibt es von jeher einen blauen und einen gelben Flügel, das behalten wir auch so bei. Du musst dich entscheiden, bist du eher für Blau oder für Gelb?«

»Gelb«, sagte Rosa, ohne nachzudenken, und glaubte lauter Zitronenbäume vor sich zu sehen, die Früchte in allen Schattierungen von Knallgelb bis hin zum zarten Grün. Ein alter Traum, dem sie in ihrer Orangerie zu neuem Leben verhelfen würde, nun machte er in diesem alten Gemäuer Station. Das Licht floss aus wunderschönen alten Decken- und Wandleuchten, warf die Konturen der Möbel an die Wand und ließ erst bei sehr genauem Hinsehen erkennen, dass überall der Holzwurm und die Feuchtigkeit ihr Werk getan hatten. Der ockergelbe Stuck platzte in handtellergroßen Stücken ab und musste komplett erneuert werden, ebenso wie die Bodendielen. Im Hellen mochte all das sehr viel weniger ansprechend aussehen, doch in diesem Augenblick war es für sie beide der Kokon, den sie sich ersehnten. Nichts Neues und Steriles, sondern etwas, wo die Zeit und das Leben ihre Spuren hinterlassen hatten, ähnlich wie bei ihnen beiden.

Nur ein einziges Zimmer erstrahlte schon im neuen Glanz, auch wenn, wie Rüdiger betonte, auch hier noch längst nicht alles fertig war. Ein riesiger Raum mit einem Alkoven, darin stand das Bett mit Blick auf die wie eine überdimensionierte aufgeklappte Nuss geformte Badewanne. Das reinste Kunstwerk. Die exakt in den Holzkorpus eingepasste Wanne schien organisch aus einem Podest zu wachsen, unter dem praktischerweise alle Rohre verschwanden. Es handelte sich um das Musterzimmer, mit dem Rüdiger seinen Auftraggeber überzeugt hatte.

»Ist das schön«, staunte Rosa. »Wer darin badet, wird sich wie eine Königin fühlen.«

»Hast du Lust auf ein Bad?«

»Du bist verrückt! Es sind ja noch nicht mal Armaturen da, also gibt es auch kein Wasser, außerdem will ich auf gar keinen Fall, dass du Ärger bekommst.«

»Schon vergessen? In einem Traum gibt es keinen Ärger.« Rüdiger erkannte sich selbst nicht wieder, alle Zweifel waren wie weggefegt, und Rosa ließ sich mitreißen. Mit einem Wasserschlauch füllten sie die Wanne zu einem Drittel, das restliche Wasser schleppte er in Eimern an, es war kochend heiß. Er besorgte Handtücher und Kerzen, eine Flasche Wein und sogar Musik. Der Recorder gehörte einem der Handwerker, die CD indes war von ihm selbst. Accendi un Diavolo in me. I've got the Devil in me. Ich hab den Teufel im Leib. Wenn der Teufel sich so anfühlte, dann sollte er für immer bleiben.

»Unser Lied«, sagte Rosa staunend. Es war die selbstverständlichste Sache der Welt, dass er zu ihr in die Wanne stieg und sie wärmte, das Badewasser war rasch abgekühlt, er trug Rosa tropfnass zum Bett und vergaß alles um sich herum, genau wie sie, das spürte er. Sie hörten weder das hartnäckige Summen von Rosas Handy unter ihren Kleidern, noch aßen sie etwas, es gab Wichtigeres, sie hatten so unglaublich viel Zeit verloren. Es dämmerte bereits, als die Wirklichkeit da draußen kleine Vorboten zu ihnen schickte. Ein LKW donnerte vorbei. Ein Fensterladen schlug hartnäckig auf und zu, es war windig geworden, bei jedem Windstoß schauderte Rosa in seinen Armen, dann schlug sie die Augen auf. Verwundert wie ein Kind, auch glücklich.

»Ich muss eingeschlafen sein«, sagte sie und schmiegte sich ganz selbstverständlich an ihn. Kein Erschrecken, keine falsche Scham, so als ob sie genau hierhin gehörte.

»Ja, und jetzt knurrt dein Magen, davon bin ich wach geworden. Was hältst du davon, wenn ich uns ein Frühstück organisiere, das einer Königin würdig ist? Meiner Königin! Du darfst liegen bleiben, und ich bediene dich.«

Unten in der Küche des Restaurants musste Rüdiger allerdings feststellen, dass der Kühlschrank vor allem Bier enthielt, das seine Leute hier kalt gestellt hatten. Immerhin existierte eine Kaffeemaschine, vor lauter Aufregung gab er viel zu viel Kaffeepulver in den Filter, Milch fand er nicht, dafür ein Riesenglas Nutella und ein schon leicht altbackenes Weißbrot. Er röstete die Scheiben kurzerhand in der Pfanne. Dann trug er alles auf einem mit einer Leinenserviette abgedeckten Tablett zu Rosa in das Prunkgemach hoch. Es war noch früh, sie hatten alle Zeit der Welt, um gemütlich im Bett zu frühstücken. Und wie es dann weiterging, würde sich finden, er war voller Optimismus. Und hungrig war er nun ebenfalls.

»Das riecht gut«, murmelte Rosa verschlafen und lugte unter der Bettdecke hervor.

»Das *ist* gut. Mach die Augen zu, ich füttere dich.«

»Willst du mich vergiften?« Sie richtete sich auf, ihr Tonfall verriet, dass sie ihn nur necken wollte. Auch das gefiel ihm.

»So schlimm wird es nicht werden.« Er ließ sie mit geschlossenen Augen abbeißen, ihre Zähne gruben sich in die süße Schokolade, sie begann zu kichern, ein glucksendes Geräusch.

»Das ist ja Nutella. Davon könnte sich Joana von morgens bis abends ernähren.«

»Gut zu wissen«, erwiderte Rüdiger. »Und was sagst du zu meinem sagenhaften Toastbrot?«
»Sehr al dente, würde ich sagen.«
»Werd nur ja nicht frech!« Aus liebevollem Kabbeln wurde mehr, erneut vergaßen sie alles um sich herum, sie hatten ja so unglaublich viel nachzuholen. Eine Männerstimme ließ sie auseinanderfahren.
»Chef, sind Sie noch da oben? Gleich kommt die Lieferung für die Paneele im Restaurant, ich bin extra früher gekommen. Wo sollen wir das Holz lagern?«
»Ich bin sofort bei euch.« Rüdiger sprang aus dem Bett, das wäre was, wenn man sie beide hier so anträfe. Ekstase zwischen lauter Krümeln, sie hatten nicht mal die Tür abgeschlossen, wie konnte er nur riskieren, dass Rosa derart bloßgestellt wurde? Er war offiziell immer noch mit Ruth verheiratet, wer wusste das besser als seine Leute aus Herzfeld. So schnell entstanden Gerüchte, am Ende glaubten sie, er hielte sich Rosa nur als Geliebte.
»Tut mir leid«, sagte er an Rosa gewandt und suchte seine Kleider zusammen, die überall verstreut lagen, »ich habe einfach die Zeit vergessen, ich habe alles vergessen, alles außer uns beiden.«
»Und jetzt holt sie uns wieder ein, die Zeit«, sagte Rosa leise und verkroch sich unter die Bettdecke. Als ob sie fröre oder sich schämte.
»Nein, wir machen nur eine kurze Pause.«
»Habe ich eine Chance, hier unentdeckt zu verschwinden?« Rosas Gesicht schien ganz klein zu werden und beinahe so blass wie die Bettwäsche.
»Das brauchst du nicht, wir haben doch nichts zu verstecken. Wenn du willst, stelle ich dich gleich den Jungs vor, mach dich erst mal in Ruhe fertig. Ich sehe in der Zwischenzeit auf den Plan für heute und nehme die Holzlieferung an, danach könnten wir zusammen etwas unternehmen, heute mache ich einfach mal blau.« Und in dem Versuch zu scherzen, alles etwas leichter für Rosa zu machen, sagte er: »Ich bin schließlich der Chef. Was hältst du von …?«
»Ich habe einen Termin in Dresden, genaugenommen sogar mehrere Termine, und zur Kunsthochschule muss ich auch noch. Und meine

Familie anrufen, die müssen ja sonst was von mir denken. Und heim muss ich auch mal wieder …«

Irgendwie schaffte Rüdiger es, die Fremdheit zu überbrücken, die sich zwischen sie beide geschoben hatte und alles, was schön und richtig gewesen war, zu etwas Peinlichem machen wollte. Er würde ein Taxi für Rosa bestellen und zusehen, dass sie unbemerkt zurück nach Dresden kam. Einzig und allein, um später einmal ihren ersten öffentlichen Auftritt an seiner Seite würdig zu gestalten. Und Rosa würde auch nicht abreisen, ohne ihm noch einmal adieu zu sagen. Vielleicht konnte er sie ja doch noch überreden, wenigstens einen Tag länger zu bleiben. Und eine Nacht. Jetzt, wo er sie bei sich hatte, mochte er sie gar nicht mehr loslassen.

Sie verabredeten sich für die Mittagszeit in dem kleinen Restaurant, wo sie sich wieder getroffen hatten. »In unserem Lokal«, sagte er, und Rosa nickte.

3

War es Zufall, der ihn am Samstagmittag an der Reinigung in Olpe haltmachen ließ? Massimo tippte eher auf sein untrügliches Gespür, das ihn veranlasste, auf dem Weg zum Kino – Joana wollte unbedingt mit ihm ins Kino gehen – nachzufragen, warum Rosas hellgrauer Anzug so lange brauchte, obwohl man ihm doch, als er ihn abgab, ausdrücklich versichert hatte, dass die chemische Reinigung nicht länger als zwei Tage dauern würde.

Der Anzug war längst fertig, und das schon seit Mitte der Woche. Rosa hatte ihn also belogen, warum? Während Joana sich an einer ziemlich unsäglichen Teenagerkomödie vergnügte und lautstark Popcorn mampfte, spielte sich hinter seiner Stirn ein gänzlich anderer Film ab. Er nutzte die erste sich bietende Gelegenheit, um in dem Hotel in Dresden anzurufen, wo er für Rosa reserviert hatte. Sie war noch immer nicht eingetroffen, und bei dieser Auskunft blieb es, sie rief auch nicht wie erbeten zurück. Er fauchte Joana an, die mitbekam, wie er ruhelos durchs Haus tigerte, und prompt das Hausmütterchen spielen wollte. Nein, verdammt, er hatte keinen Hunger und erst recht keine Lust auf eins von diesen albernen Gesellschaftsspielen, die in dieser Familie hoch im Kurs standen. Er versicherte Joana, nichts weiter als seine Ruhe zu brauchen. Ruhe, verstehst du? Gut möglich, dass er bei dieser Frage erneut etwas lauter wurde, jedenfalls verschwand sie endlich beleidigt in ihrem Zimmer. Doch dann tauchte sie plötzlich barfuß hinter ihm auf und wollte wissen, ob sie ihm eine warme Milch mit Honig machen sollte. »Mama macht mir auch immer 'ne heiße Milch, wenn ich was habe!« Spionierte sie ihm etwa nach?

Er teilte ihr mit, dass er kein Kind mehr sei und diesen Kinderkram von Herzen leid sei, dann schnappte er sich seinen Autoschlüssel und fuhr los. Eine Dreizehnjährige würde ja wohl mal ein paar Stunden allein bleiben können. Und wenn ihre Mutter oder vielmehr die Frau, die sich um diese Rolle riss und dabei auf seine volle Unterstützung setzte, sich nicht noch immer Gott weiß wo herumtriebe – Schlampen taten so was –, hätte er auch ganz gewiss nicht sein Versprechen gebrochen und würde weiter wie vereinbart die Kinderfrau für einen Teenager spielen, der es faustdick hinter den Ohren hatte.

Was für eine Demütigung, sich immer wieder anhören zu müssen, dass Frau Graf leider noch nicht im Hotel eingetroffen war. Wo steckte sie, verdammt? Und vor allem: Wo hatte sie die Nacht verbracht? Von dem Wörtchen »wo« war es nicht weit zu der Frage »mit wem«. War es wieder mal so weit? Reichte es ihr nicht, dass dieser Professor für ihre Gelüste hatte zahlen müssen, noch immer nicht der Alte war und es vermutlich auch nie mehr ganz werden würde? Das ging ausschließlich auf ihr Konto. Warum konnte sie nicht genießen, was er, Massimo, ihr bot? Welche andere Frau wurde derart verwöhnt und begehrt? Sie war undankbar und verlogen, sie enttäuschte ihn zutiefst.

Am Sonntagmorgen rief er den Leiter der Privatkundenabteilung des Dresdner Bankhauses übers Handy an, der Bankmensch wollte gerade mit seiner Frau auf den Golfplatz, das gehörte bei ihm, wie er umständlich ausführte, zu den wenigen Verschnaufpausen in einem aufreibenden Berufsalltag, und an diesem Sonntag war das Wetter endlich mal wieder so, dass einem beim Abschlag nicht die Rasenbrocken um die Ohren flogen. Massimo fiel ihm ins Wort und erfuhr, dass er sich auch diesen Anruf hätte sparen können: Nein, Rosa hatte sich tags zuvor nicht in der Bank blicken lassen, dazu gab es im Grunde auch keine Veranlassung, weil alles geregelt war. Es bereitete Massimo fast so etwas wie Genugtuung, sein unsichtbares Gegenüber noch länger von seinem Sonntagsvergnügen abzuhalten. Warum sollte er allein leiden? Und wer die Musik bezahlte, durfte bekanntlich auch bestimmen, was gespielt wurde. Unerbittlich verlangte Massimo die Namen und Telefonnummern jener Handwerker, die Rosa an diesem Wochenende hatte kontaktieren wollen, die entsprechende Liste ruhte im Schreibtisch in der Bank, sollte der Fuzzi sie doch dort holen. Eine weitere Stunde später wusste Massimo, dass Rosa sich bei keinem einzigen potentiellen Mitarbeiter gemeldet hatte, dabei war das doch angeblich der Grund für diese Reise. Im Übrigen sprang bei ihrem Handy weiter beharrlich nur die Mailbox an. »Sie können mir gerne eine Nachricht hinterlassen!« Ja wie viele Nachrichten sollte er ihr denn noch hinterlassen?

Am Sonntagabend hielt er Joanas kindische Aufmunterungsversuche nicht länger aus. Zumal sie sich dabei immer wieder auf Rosa berief. Mama tut dieses und Mama tut jenes, offenbar besaß Rosa für alles und jedes ein Hausmittel, die meisten stammten von ihrer Großmutter, doch unter Garantie war kein Kraut gegen Ehebruch dabei. Gut, er und Rosa waren noch nicht verheiratet, doch das war lediglich eine Frage der Zeit. Sobald die Scheidung von Fritz durch war ... Diesmal würde Massimo sie sich nicht mehr wegschnappen lassen, diesmal war alles perfekt. Das hatte er zumindest angenommen, nun nagten die Zweifel an ihm, am liebsten hätte er eine Axt genommen und alles in diesem unmöglichen Haus kurz und klein geschlagen oder zumindest Joana die längst überfällige Tracht Prügel verabreicht. Wetten, dass sie mehr wusste, als sie zugeben wollte? Dieses gerissene kleine Biest war keineswegs so unschuldig, wie es sich gab, ein paar Mal verriet sie sich fast, er hakte nach.

»Was weißt du?« Er beugte sich vor und fegte in seiner Rage die Platte mit den Pfannkuchen vom Tisch, die sie ihm aufnötigen wollte. Gefüllt mit Nutella, einfach nur widerlich oder infam, das kam auf dasselbe raus. Einen Rotwein hatte sie ihm auch schon offeriert. Wein zu Kinderpampe, wie weit war es mit ihm gekommen?

»Raus mit der Sprache!« Er umschloss mit beiden Händen ihre Oberarme, drückte zu. »Wo steckt Rosa? Mit mir macht ihr das nicht, hörst du? Ich bin kein Waschlappen wie euer Fritz, ich bin ein Mann, mit mir müsst ihr rechnen.«

Von einem Moment auf den anderen markierte der Teenager das verängstigte kleine Mädchen. Mit Tränen in den Augen beteuerte das kleine Aas, nicht zu wissen, wovon er redete. Und was er auf einmal gegen Fritz hatte? Der brüllte immerhin nicht unmotiviert in der Gegend rum und versprach nichts, was er dann nicht hielt.

»Du hast mir fest versprochen, dass wir heute Billard spielen gehen!«

»Beschwer dich bei deiner sauberen Mutter.«

»Vielleicht ist ihr ja was zugestoßen.« Joana hatte es raus, ihre Augen wie eine Barbiepuppe aufzureißen, nur mit dem Unterschied, dass ihr Gesicht kein bisschen niedlich war.

Er empfahl ihr, ihr Spatzenhirn einzusetzen. »Du müsstest deine Mutter doch eigentlich kennen. Ob Köln oder Dresden, das spielt für sie anscheinend keine Rolle, was glaubst du wohl, warum sie dich partout nicht dabeihaben wollte? Sie hat was vor, wobei kleine Kinder unerwünscht sind.«

»Ich bin kein kleines Kind mehr.«

»Dann hör auf, dich wie eins zu benehmen und Glupschaugen zu machen, das wirkt nur, wenn man hübsch genug ist.«

»Aber du hast doch immer gesagt, ich bin …«

»Man sagt viel, wenn der Tag lang ist. Bei deiner Mutter ist er sehr lang, sie ist jetzt schon die zweite Nacht auf Achse. Ich bin gespannt, von wem sie es sich diesmal besorgen lässt. Wieder von einem Professor, was meinst du?«

»Ich finde dich gemein. Ich hätte nie gedacht, dass du so sein könntest.« Joana kreuzte die Hände vor der Brust, mimte die heilige Unschuld, das machte ihn erst recht rasend, er redete immer weiter,

zuletzt floh sie in ihr Zimmer hoch, verbarrikadierte sich dort. Die Vorstellung befriedigte ihn kurz, wenigstens Rosas Augapfel gehörig eingeheizt zu haben, sozusagen stellvertretend.
Kurz nach Mitternacht kam ihm die zündende Idee. Er rief den Privatdetektiv an, der ihm schon manch guten Dienst geleistet hatte und ihn auch diesmal nicht im Stich ließ. Der Berufsspitzel versprach, umgehend einen Kontaktmann in Dresden einzuschalten und sein Bestes zu tun. Klar, er kassierte ja auch entsprechend.
»Wir regeln das schon für Sie, Signor Pezzo.« Es tat Massimo gut, mit so viel Respekt behandelt zu werden, außerdem kam jetzt wenigstens Bewegung ins Spiel, er selbst konnte auch etwas dazu beitragen, lieferte alle möglicherweise wichtigen Informationen, dazu zählte auch der Hinweis auf die Orangerie. Er durfte jetzt nicht die Nerven verlieren, sich nicht provozieren lassen, zu viel stand auf dem Spiel, praktisch alles, worauf er gebaut hatte, wofür er lebte.
Am Montagmorgen war Rosa noch immer nicht in ihrem Hotel in Dresden aufgetaucht, hatte nach wie vor nicht angerufen, und in ihrer Orangerie war sie ebenfalls nicht. Sie war wie vom Erdboden verschwunden, in ihrem lächerlichen korallenroten Kleid mit dem weit schwingenden Tellerrock, der bei jedem Schritt leise raschelte, ganz besonders wenn man ihn hochschob, Stück für Stück. Massimo hätte bei dem Gedanken daran durchdrehen mögen, glaubte die fremde Männerhand buchstäblich vor sich zu sehen, die an dem Bein der Frau, die allein ihm gehörte, hochstrich. Immer höher, bis die Schenkel sich öffneten.
Beinahe hätte er das Telefon überhört. Er stürzte sich auf das schwarze Plastikding, als ob es um sein Leben ginge, es blinkte ihn an, doch als er danach griff, verstummte es wieder. Fassungslos starrte er auf das Display. Eine Textnachricht, sonst nichts. Diese Hure wagte es, ihm per SMS mitzuteilen, dass ihr etwas dazwischengekommen war und sie sich gleich wieder melden würde. Er kochte und konnte doch nichts weiter tun, als zu warten und sich immer wieder vorzusagen, dass er die Beherrschung behalten musste. Nur wer das schaffte, blieb letztlich Herr der Lage und konnte andere beherrschen. Er wusste

nicht, wie viel Zeit verstrich, wie oft er den lächerlich kleinen Wohnraum im Erdgeschoss durchquert hatte. Gerade mal fünf ausholende Schritte von der einen bis zur anderen Wand, hin und her, wie ein wildes Tier, das man eingesperrt hatte. Dann endlich geruhte Rosa, persönlich mit ihm zu sprechen.

»Bist du dran, Massimo? Es tut mir leid, dass ich mich erst jetzt melde, aber ...«

Es sollte ihr leidtun, mehr als leid, sie sollte für jede gottverdammte Sekunde leiden und büßen, die sie ihn hatte warten lassen, um sich derweil mit einem anderen zu verlustieren. Gift und Galle lähmten ihm die Zunge, das war gut so und gab ihm die Chance, sich wieder zu fangen. Keep calm, alter Junge, deine Stunde kommt noch! Er fing sich gerade noch rechtzeitig und verzichtete darauf, sich wie jeder andere Mann in einer solchen Situation aufzuführen. Dazu war er zu klug. Er gab ihr eine letzte Chance, gab vor, ihre Lügen zu schlucken. Angeblich hatte ihr Handy eine Macke, es war ihr hingefallen, überhaupt war einiges an diesem Wochenende anders gelaufen als geplant. Sie hatte, wie sie sagte, einen Tag dranhängen müssen, um doch noch jemanden zu erreichen, immerhin sah alles recht vielversprechend aus, und an der Fachhochschule für modernes Design hatte man sie sogar ganz besonders reizend empfangen, dort bahnte sich eine wirklich gute Zusammenarbeit an.

Sie redet zu viel, konstatierte Massimo, plötzlich wurde er ganz ruhig, registrierte jeden Fehler, und davon gab es eine Menge. Allein ihre Stimme, dieses lüsterne Timbre, und sie fragte noch immer nicht nach ihrer Tochter und redete erst recht nicht vom Heimkommen.

»Und wie ist das Hotel, das ich für dich ausgesucht habe?«, fragte er in eine Atempause hinein. »Ist wenigstens dort alles in Ordnung?«

»Das Hotel ist klasse.«

»Und das Frühstück?« Er bohrte in der Wunde, quälte sich selbst, zuletzt würde sie auch dafür büßen.

»Gut, sehr gut!«

»Und wann kommt dein Zug in Olpe an? Ich hole dich selbstverständlich ab.«

Sie wand sich, besaß die Dreistigkeit, noch einen weiteren Tag herausschinden zu wollen. Das hielt er nicht aus, nicht mit ihm, er machte ihr einen Strich durch die Rechnung und setzte die Daumenschraube genau dort an, wo es ihr am meisten wehtun würde.
»Es wäre besser«, sagte er, »wenn du möglichst rasch kämst.« Eine Kunstpause, dann schob er nach: »Wegen Joana.«
»Mein Gott! Was ist mit Joana? Sie ist doch nicht etwa krank geworden oder schon wieder gestürzt, sie ist manchmal so schrecklich unvorsichtig, nun sag schon! Wart ihr schon bei Frau Doktor Linde? Sie kennt Joana von klein auf …«
»Körperlich fehlt Joana nichts. Überhaupt fehlt ihr nichts, womit man einen Kinderarzt behelligen sollte.«
»Du sagst das so komisch, mit solch einer komischen Betonung.«
»Findest du es komisch, wenn eine Dreizehnjährige sich wie eine Femme fatale gebärdet?«
»Du meinst, es gibt da einen Jungen, für den sie sich … bei dem sie …?«
»Schön wär's! Aber ich bin definitiv kein Junge, und sie scheint sich einzubilden, mir in deiner Abwesenheit Avancen machen zu dürfen. Bis zu einem gewissen Punkt ist das ja ganz lustig, aber letzte Nacht konnte ich mich meiner Haut kaum erwehren. In diesem Alter schießen bekanntlich die Hormone, und wie es aussieht, verkraftet sie es nicht besonders gut, von ihrer Mutter allein gelassen zu werden. Es ist alles etwas viel für sie, nehme ich an. Jetzt schmollt sie in ihrem Zimmer, aber du kennst sie ja, wenn sie sich etwas in den Kopf gesetzt hat … Es dürfte nur eine Frage der Zeit sein, bis sie sich für meine Zurückweisung rächt, und dann garantiere ich für rein gar nichts.«
»Ich komme mit dem nächsten Zug.«
»Das ist gut.« Die enorme Anspannung ließ Stück für Stück nach. Sie kam heim, und wenn er eins wusste, dann dass ihr jetzt nicht länger der Sinn nach Liebesspielen stand. Ihr Mutterherz war in Aufruhr, nie zuvor hatte er eine Frau erlebt, die ihre Mutterrolle mit solcher Inbrunst auslebte. Er überlegte, ob er ihr noch einmal verzeihen sollte. Mal sehen, was die weiteren Recherchen der Detektei ergaben. So

oder so würde er derjenige sein, der die Marschmusik vorgab. Aus seinem großen Traum stieg niemand ohne seine Erlaubnis aus, so viel war mal sicher. Eine weitere Niederlage verkraftete er nicht. Er zitterte am ganzen Körper, als er auf die Couch zustolperte, die Augen schloss. Seit Rosas Abreise nach Dresden hatte er kein Auge zugetan, seitdem waren zweieinhalb Tage und zwei Nächte vergangen, so was grenzte an Folter. Unter seinen geschlossenen Lidern quollen Tränen hervor, was war er nur für eine Memme! Kein richtiger Mann, sondern einer, bei dem sich eine Null an die Stelle des Y geschummelt hatte. Ein X0-Mann. Eine Mogelpackung. Wie er sie alle hasste. »Ich hasse euch, ich hasse euch, ich hasse euch!« Sich selbst hasste er am meisten. Der Schlaf, der ihn endlich umfing, glich einer Ohnmacht. Massimo würde nicht einmal mitbekommen, wenn Joana sich auf Zehenspitzen aus dem Haus schliche.

## 4

Rosa verstand sich selbst nicht mehr. Vernunft ade! Vorsicht ade! Statt in das von Rüdiger bestellte Taxi zu steigen und so schnell wie möglich loszufahren, hatten sie beide dem Fahrer und jedem, der sie zufällig beobachtete, ein Schauspiel geboten, hatten sich nochmals innig geküsst und geherzt, dabei würden sie sich in wenigen Stunden wiedersehen.

»In unserem Lokal!« Sie musste laut geredet haben, mittlerweile hatte sich das Taxi endlich in Bewegung gesetzt, und der Mann am Steuer grinste sie breit an und wollte wissen, wo das denn bitte schön lag, »unser Lokal«. Sie spürte, wie ihr die Röte ins Gesicht schoss, sie verhaspelte und entschuldigte sich und brachte endlich mühsam heraus, dass sie sowieso erst mal zur Kunsthochschule in Dresden wollte. Nur mühsam besann sie sich auf den offiziellen Grund ihrer Reise nach Dresden, und ihr fiel dabei ein, dass sie sich daheim gewiss Sorgen machen würden. Sie musste sofort anrufen und alles erklären. Hektisch begann sie in ihrer Tasche zu kramen, das Handy fiel ihr be-

reitwillig entgegen, die Nummer war eingespeichert, ein doppelter Tastendruck, und Massimo würde sich melden. Und dann? Was sollte sie ihm sagen?
Bilder überfielen sie und rissen sie mit, wirbelten sie um die eigene Achse, bis ihr ganz schwindelig vor lauter Sehnsucht wurde. Und vor Angst. Obwohl es keinen greifbaren Grund für ein solches Gefühl gab, verspürte sie Angst. Wovor fürchtete sie sich? Gut, Massimo würde nicht jubeln, wenn sie ihm eröffnete, dass sie Rüdiger wiedergesehen hatte. Zufall oder Schicksal, wahrscheinlich brauchte sie gar keine Details preiszugeben, Massimo würde ihr ansehen, was los war. Es würde ihm nicht gefallen, andererseits war sie ihm keine Rechenschaft schuldig. Er war ihr guter Freund und wurde demnächst möglicherweise ihr Nachbar, immer vorausgesetzt, er bezog tatsächlich dieses riesige Schloss neben der Orangerie. Gut, vielleicht hätte sie Joana deutlicher klarmachen müssen, dass dieses Schloss allein Massimos Angelegenheit war, ebenso wie die Orangerie einzig und allein Rosa anging. Der Notarvertrag lautete auf sie, und sie hatte die Kaufsumme ganz allein aufbringen können, ihrer Großmutter selig sei Dank. Sie war frei und konnte tun und lassen, was sie wollte, lieben, wen sie wollte, brauchte sich nicht zu rechtfertigen. Warum in drei Teufels Namen zitterten dann ihre Hände bei dem bloßen Gedanken, Massimo reinen Wein einzuschenken?
Ihr Blick glitt zur Seite, streifte den Fahrer, sie hatte einen Mithörer, das durfte sie nicht vergessen. Was sollte dieser fremde Mann von ihr denken, wenn sie sich eben noch von dem einen umarmen ließ und sich dafür ein paar Minuten später vor einem anderen rechtfertigte? Sie beschloss, erst mal nur eine Textnachricht zu schicken. Überhaupt war es besser, zuerst etwas Ruhe und Ordnung in diesen Tag zu bringen, dazu gehörte vorrangig der Kontakt zur Leiterin der Fachhochschule, die zumindest am Telefon sehr interessiert geklungen hatte. Ja, das hörte sich gut an, man arbeitete immer gern mit Unternehmen der freien Wirtschaft zusammen, die dann auch Praktika ermöglichten und sich ihrerseits bei Bedarf in den Vorlesungsbetrieb einbrachten.

Erleichtert brachte Rosa eine SMS auf den Weg und lehnte sich dann in das Polster des Mercedes zurück, schloss die Augen und ließ nochmals Revue passieren, was hinter ihr lag. Kennst du das Land? Sie hatte ein Land betreten, in das sie nie mehr einen Fuß hatte setzen wollen. Nur noch für ihre Tochter und ihren Beruf hatte sie da sein wollen, das waren ihre Ziele gewesen, und nun kam alles anders. Sollte sie das Leben zurückweisen, wenn es endlich wieder anklopfte? Stürmisch und zärtlich und zugleich behutsam, sie hatte ihre große Liebe wiedergefunden, sie beide hatten sich wiedergefunden und einander an die Hand genommen. Ob sie es diesmal schaffen würden?
»Wir sind da«, sagte der Fahrer, der Wagen stand.
Rosa entschuldigte sich, zahlte und stand wenig später Frau Professor Erika Henning gegenüber. Eine große, breitschultrige Frau mit einem Händedruck, der einen leicht in die Knie zwingen konnte, und riesigen Füßen, die sie auch noch mit roten Schuhen betonte, die restliche Kleidung war schwarz.
»Ich sage mir immer, was man nicht verstecken kann«, Erika Henning zeigte nach unten, »kann man nur noch betonen. Mit etwas Glück trägt einem das immerhin das Etikett ›Original‹ ein. Als junges Mädchen habe ich darunter gelitten, jetzt hingegen …«
»Ich glaube, ich verstehe, was Sie meinen.«
»Alles andere würde mich auch enttäuschen. Kristina hat Sie über den grünen Klee gelobt und gemeint, dass Ihre Schlafstationen bald eine ähnliche Attraktion für Dresden sein werden wie die Frauenkirche.«
»Sie übertreibt maßlos«, wehrte Rosa ab.
»Das ist das Recht der Jugend und ein Zeichen großer Zuneigung. Sind Sie beide eigentlich miteinander verwandt?«
»Wahlverwandt«, erwiderte Rosa.
»Das sind immer die besten Konstellationen. Wenn man es sich aussuchen kann. Kommen Sie, ich führe Sie erst mal herum und mache Sie mit ein paar Studenten bekannt, die gleich im Vorfeld Interesse signalisiert haben. Bei einigen dürfte auch die Aussicht auf einen Nebenverdienst eine Rolle spielen, das erhöht dann die Zuverlässigkeit.

Was halten Sie davon, wenn Sie uns gleich persönlich alles Wissenswerte über Ihre Pläne erzählen?«
Rosa erzählte, die Zeit verging wie im Flug. Als sie sich verabschiedete und auf die Uhr sah, erschrak sie. Rüdiger wartete längst auf sie. Hoffentlich glaubte er nicht, sie wolle ihn versetzen oder irgendwelche Spielchen mit ihm treiben. Sie begann zu laufen und vergaß völlig, dass sie Massimo versprochen hatte, sich bald wieder bei ihm zu melden. Und für einen Anruf bei einem der Handwerker auf ihrer Liste blieb erst recht keine Zeit, das musste sie verschieben.
»Du bist ja gerannt«, sagte Rüdiger und nahm sie in den Arm, seine Lippen suchten die Mulde an ihrem Hals.
»Ich hatte Angst …«, setzte sie an und strich sich die Haare aus dem Gesicht, sie musste schrecklich aussehen, völlig wirr auf dem Kopf und glänzend wie eine Speckschwarte, doch nicht mal das machte ihr ernsthaft etwas aus. So wie er sie ansah …
»Bei mir brauchst du keine Angst mehr zu haben. Nie mehr, hörst du? Ich würde stundenlang und tagelang und sogar jahrelang auf dich warten. Du und ich …«
»Pssst!« Sie legte ihm einen Finger auf die Lippen. »Sei nicht so vorschnell, schließlich weißt du so gut wie nichts von mir.«
Er nahm ihren Finger und küsste ihn, zuerst die Kuppe und dann weiter bis zu der Gabelung, wo ihre Handfläche begann, er arbeitete sich langsam vor, und sie konnte nicht anders, als es zu genießen, sie standen noch immer, die Stuhlkante stieß in ihre Kniekehlen.
»Ich weiß das Wichtigste«, sagte er und sah auf, sah ihr genau in die Augen. »Ich weiß, dass wir beide ziemlich dumm waren und beim ersten Gewitter davongelaufen sind, dabei war es nicht mal ein richtiges Gewitter, nur ein paar dunkle Wolken, die wir falsch gedeutet haben. Das wird uns nie wieder passieren, versprochen?«
»Ja«, stammelte sie und ließ sich endlich auf den Stuhl fallen, dessen harte Kante die zarte Haut ihrer nackten Beine malträtierte. »Nein«, verbesserte sie sich und schluckte, »also so einfach ist das alles nicht. Wir haben vielleicht nach hinten geguckt, auf unsere alten Fehler, aber was ist mit dem, was dazwischen war, was ist mit unserer Zu-

kunft, mit unseren Plänen? Du weißt noch rein gar nichts von meinen Plänen und Verpflichtungen, und umgekehrt ist es genauso. Und dann ist da Joana, ich würde nie etwas tun, was ihr schaden könnte, ebenso wie ich es nicht ertrüge, wenn wegen mir ein Mensch, der dir nahe steht, leiden würde. Über all das müssen wir in Ruhe reden, und dann vielleicht …«

»Wir können über alles reden«, sagte Rüdiger sanft und setzte sich ebenfalls, ohne ihre Hände loszulassen. Es war noch immer keine Bedienung aufgetaucht, offenbar hatte man sie als leicht komische Käuze wiedererkannt, oder aber das, was sie beide ausstrahlten, war so stark, dass es eine Art Bannmeile um sie zog. Eine Vorstellung, die Rosa lächeln ließ.

»Ich nehme mein Angebot zurück.« Rüdiger beugte sich so weit wie irgend möglich zu ihr vor.

»Du willst doch nicht über alles mit mir reden?«

»Doch, aber ich kann nicht, wenn du so lächelst wie gerade jetzt. Ganz zart und jung und unglaublich verführerisch, dann überkommt es mich, ich bin auch nur ein Mann. Weißt du, dass ich vorhin beinahe aus Versehen meinen besten Mitarbeiter im Lager eingeschlossen hätte? Ich war in Gedanken noch immer bei dir, und an der Badewanne und dem Bett würde ich am liebsten ein Siegel anbringen, damit kein anderer sie antastet, ich habe sogar die Krümel von unserem üppigen Frühstück liegengelassen.«

»Ist das nicht sehr leichtsinnig? Was soll dein Auftraggeber von dir halten, wenn er unsere Spuren vorfindet?« Ganz leicht wurde ihr zumute, etwas wie Übermut kam in ihr auf. Was sollte ihnen noch großartig widerfahren, wenn sie so miteinander reden konnten?

»Du könntest mir ja helfen, sie zu beseitigen. Bleib wenigstens heute noch, diese Nacht.«

»Ich müsste telefonieren.«

»Dann tu das. Bitte.«

Nach dem Telefonat mit Massimo war alles anders. Rüdiger hatte sie allein gelassen, damit sie ungestört zu Hause anrufen konnte, aber sie konnte ihn durch den Bambus vor der Kirche auf und ab gehen

sehen, sie brauchte nur zu winken, und schon war er wieder bei ihr. Irgendwie bildete sie sich ein, seine Nähe und die Aussicht auf eine weitere gemeinsame Nacht könnten sie schützen. Eine Illusion, die wenig später wie eine Seifenblase zerplatzte. Panik wollte sich in ihr breitmachen. Der Gedanke zuckte auf, dass sie umgehend für ihr überschwängliches Glück bestraft werden sollte. Sie hatte die Götter versucht, etwas in dieser Art. Und nun drehte Joana durch.
Wenn das stimmte, wenn Massimo sich nicht irrte, dann hatte die Dreizehnjährige zum letzten Mittel gegriffen, um sich an ihrer Mutter zu rächen. Konnte das alles doch nur eine Fehleinschätzung sein? Joana neigte dazu, übers Ziel hinauszuschießen, wenn ihr etwas nicht passte, und dass sie sauer gewesen war, weil ihre Mutter sie nicht mitnahm, war nur allzu offensichtlich gewesen. Andererseits hätte Rosa ihre Hand dafür ins Feuer gelegt, dass ihre Tochter eine unsichtbare Grenze niemals überschreiten würde, sie hatte etwas so unglaublich Sauberes und Gradliniges an sich – und nun das. Was genau war passiert?
»Was ist passiert?« Halblaut gesprochen, wie eine Wiederholung ihrer Gedanken. Rüdiger war zurückgekehrt und hinter ihr stehen geblieben, sie hielt noch immer das Handy umklammert, sah nicht auf, die Tischplatte war blankgescheuert und spröde. Man sollte sie einölen, dachte Rosa, es war, wie sie wusste, ein völlig unsinniger Gedanke.
»Ich …«, stotterte sie, »… ich muss sofort heim. Joana macht Probleme, ich hätte sie nicht so lange allein lassen dürfen.«
»Also bring sie nächste Woche mit. Dann stellst du mir gleichzeitig deine kleine Tochter und deine Zukunftspläne vor, dann reden wir über alles. Komm, ich bringe dich zum Bahnhof, wenn ich mich recht entsinne, geht in knapp einer halben Stunde ein Zug für dich.«
Ohne etwas bestellt oder gar verzehrt zu haben, liefen sie los, Hand in Hand. Rüdiger begleitete sie noch in ein freies Abteil, draußen fuhr klingelnd jemand mit heißen Würstchen vorbei. »Hast du Hunger?« Sie schüttelte verneinend den Kopf, ein Pfiff ertönte, noch einer, beinahe hätte Rüdiger es nicht mehr geschafft, rechtzeitig auszusteigen.

»Bis nächsten Samstag?« Seine Lippen formten die Worte, eine Glasscheibe lag zwischen ihnen, unter ihr begannen die Räder zu stampfen.
»Bis nächsten Samstag.« Es war ein Versprechen, und er verstand sie, mochte es um sie beide herum auch noch so laut sein. Was immer daheim geschehen war, am nächsten Samstag würden sie einander wiedersehen, diesmal zu dritt. Zu spät fiel ihr ein, dass sie und Rüdiger nicht mal ihre Telefonnummern ausgetauscht hatten. Alles, was blieb, war eine magische Formel: Bis nächsten Samstag, daran klammerte sie sich.

## 5

Joana hatte eine schreckliche Nacht hinter sich. Eine wirklich schreckliche Nacht und nicht nur eine, in der ihr Bett zur Bühne für einen großartigen Auftritt mit ihr selbst als jugendlicher Heldin wurde. Das konnte einem zwar auch an Herz und Nieren gehen und sie mitunter in ihren eigenen Tränen zerfließen lassen, aber dahinter steckte bislang immer die Gewissheit, diesen Zustand sofort wieder abstellen zu können, wenn sie es nur ernsthaft wollte. Genau das funktionierte in dieser Nacht von Sonntag auf Montag nicht. Sie brauchte sich ja nur auf die Seite zu wälzen, und schon spürte sie die Stellen an ihren Oberarmen, wo Massimo sie gepackt und geschüttelt hatte. Noch viel mehr hatte er ihre Seele verletzt und mit einem Schlag kaputtgemacht, woran sie so fest geglaubt hatte. Was stimmte überhaupt noch? Wer half ihr, wenn dieses Monster es am Ende wagte, sich gewaltsam Zutritt zu ihrem Zimmer zu verschaffen? Bislang hatte Massimo sich damit zufriedengegeben, an ihre Tür zu klopfen und sie scheinbar ganz harmlos an Dinge zu erinnern, die für einen Außenstehenden völlig normal klingen mochten, für Joana jedoch nicht. Sie sollte beispielsweise zum Essen runterkommen oder sich die Zähne putzen und zusehen, dass ihr Krempel endlich aus dem Hausflur verschwand. In ihrer Panik hatte sie alles stehen- und liegengelassen, und wenn sie eins wusste, dann dass sie lieber verhungerte und verdurstete, als diese Tür aufzuriegeln, solange ihre Mutter nicht zurück war.

Wo blieb sie nur so lange?

Mama, komm zurück, ich brauch dich! Ein Stoßgebet, immer wieder losgeschickt. Anrufen konnte Joana sie ja leider nicht, weil das Handy auch unten im Flur lag. Wenn wenigstens jemand käme und nach ihr fragte. Der Großvater beispielsweise oder Gerta, die doch sonst kaum einen Tag verstreichen ließ, ohne zu kommen, um etwas auszumessen oder nur mal hallo zu sagen und die Gelegenheit zu nutzen, sich schon mal mit ihrem zukünftigen Zuhause vertraut zu machen. So auch mit dem Herd. Herd, Essen, bei dem bloßen Gedanken begann Joana der Magen zu knurren. Sie hatte praktisch seit Sonntagmorgen nichts mehr zu essen bekommen, und die Flasche Limo war jetzt auch leer, dafür musste Joana immer dringender aufs Klo. Und da war schon wieder dieses Klopfen, das ihr durch und durch ging, gefolgt von Massimos sonorer Stimme, die Joana plötzlich kalt und gefährlich in den Ohren klang.

»Dein Bus fährt in zwanzig Minuten.«

Joana hielt den Atem an, machte sich in ihrem Bett ganz klein.

»Ich hoffe nicht, dass du jetzt auch noch die Schule schwänzen willst.«

Joana schwieg, ihre Unterlippe zitterte ganz komisch, es kribbelte auch, womöglich musste sie sogar niesen. Sie zog sich die Bettdecke über den Kopf, der Stoff raschelte leise. Die Wärme lullte sie ein, ganz heiß wurde ihr, die Gedanken wurden immer träger, drehten sich im Kreis, dann hielt sie es nicht länger aus und tauchte wieder aus ihrer Höhle auf. Alles war still, kein Laut war zu hören, vielleicht hatte Massimo ja sogar das Haus verlassen. Dann konnte sie runterlaufen und den Kühlschrank plündern und aufs Klo gehen und vor allem ihre Mutter anrufen.

Er will dich in eine Falle locken, warnte eine andere Stimme in ihrem Inneren. Wenn er weggefahren wäre, hättest du doch ein Motorengeräusch hören müssen, wenigstens gedämpft.

Aber sie hatte nichts gehört. Also musste sie noch länger ausharren, ihre volle Blase machte ihr zunehmend zu schaffen, und dann dieser Hunger, sie war an regelmäßiges Essen gewöhnt, sie aß gern und viel. »Sie ist im Wachstum«, glaubte sie Gerta sagen zu hören und sah die Witwe wie neulich wahre Berge von Pfannkuchen braten, goldgelb und trotzdem knusprig. Joana lief das Wasser im Mund zusammen, gleichzeitig presste sie die Beine eng aneinander, meistens half das. Das fehlte noch, dass sie wegen Massimo ins Bett machte.

Erneut erklangen Schritte auf der Treppe, verharrten vor ihrer Tür, etwas wurde am Boden abgesetzt, dann entfernten sich die Schritte wieder, dafür kehrte diese gefährliche, unberechenbare Stille zurück. Bis die altmodische Türklingel ertönte. Einmal und noch einmal. Mach auf!, flehte Joana. Er musste aufmachen, sein Auto stand schließlich draußen, wenn er es nicht tat, machte er sich verdächtig.

Er machte auf. Joana hörte ihn gedämpft reden, er sprach mit einer Frau, wer genau das war, konnte Joana nicht verstehen, nur dass es sich um eine Frau handelte. Joana sprang aus ihrem Bett und schlich zur Tür, schloss auf, drückte vorsichtig die Klinke nach unten.

»Nein«, hörte sie Massimo sagen, »Joana wird heute nicht zur Schule gehen, ihr ist nicht gut, deshalb bleibe ich auch hier. Danke vielmals, aber wir kommen schon klar, außerdem kommt Rosa ja heute zurück.«

»Dann grüßen Sie Joana und Rosa mal schön von mir. Und wenn ich doch was tun kann, ein Anruf genügt.«

Das war Gerta. Die wunderbare, resolute Gerta, die nicht mal zu bremsen war, wenn der Großvater den Isegrimm spielte. »Gerta, warte!« Joana hechtete los, beinahe wäre sie in das Marmeladenbrot getreten, das Massimo zusammen mit einem Käsebrot und einem Joghurt und einem Becher Milchkaffee auf einem Tablett arrangiert und vor ihrer Zimmertür abgestellt hatte. Sie hatte die oberste Treppenstufe gerade erst erreicht, als unten die Haustür ins Schloss fiel, ganz unten in dem gewundenen Treppenschacht sah Massimos Gesicht zu ihr auf, triumphierend und gemein, er war jetzt ihr Feind, das durfte sie nicht vergessen. Auch wenn er wie gerade jetzt lächel-

te, dann war er sogar ganz besonders gefährlich. Genauso hatte er gelächelt, als er sie hässlich nannte und Stück für Stück demontierte, nichts heil ließ, nicht mal ihre Mutter.
Elegant und leise wie eine Katze näherte er sich der untersten Stufe, fixierte Joana dabei mit seinen Augen, zoomte sie immer näher, total schwindlig wurde ihr. Sie musste sich am Treppenpfosten festhalten, kalter Schweiß machte ihre Hände ganz glitschig, sie schloss die Augen, dabei wäre sie so gern mutig gewesen. Bitte nicht! Sie merkte erst, dass er immer näher kam, als er schon fast oben angelangt war.
»Du solltest aufgeben«, sagte er leise und beinahe fröhlich.
»Nie! Niemals gebe ich auf!« Sie machte kehrt und floh in ihr Zimmer, diesmal blieb etwas von der Marmelade an ihren nackten Füßen kleben, es klirrte auch, aber immerhin hatte sie es geschafft. Erst mal war sie wieder in Sicherheit. Sie hörte ihn dort draußen höhnisch auflachen, er schien sich sehr sicher zu fühlen, was hatte er vor? Er ging ins Bad, Wasser rauschte, aber sie war zu klug, um ihm auf den Leim zu gehen. Joana harrte aus, bis das Telefon unten im Flur anschlug und sie hörte, wie er sich meldete. Zum ersten Mal war sie dankbar dafür, dass dieses Telefon noch an einer Schnur hing und dank seinem altmodischen Ton unverwechselbar war. Solange Massimo im Erdgeschoss sprach, war sie vor ihm sicher. Zeit genug, um wenigstens das Tablett nach drinnen zu holen und sich vor dem Verhungern und Verdursten zu retten. Diesmal dachte sie praktisch. Joana schlang das Marmeladenbrot ebenso in sich hinein wie die Schnitte mit Käse, aß alles ratzeputz auf, sie musste bei Kräften bleiben. Es konnte ja nicht ewig dauern, bis Rosa heimkam. Heute, hatte Massimo gesagt, heute kam sie zurück, das hatte Joana ihn mit ihren eigenen Ohren zu Gerta sagen gehört. Wann heute?
»Ich fahre jetzt deine Mutter vom Bahnhof abholen. Möchtest du mich begleiten?« Ein paar Stunden später war das, in ihrer Not hatte Joana sich zwischenzeitlich in einem Blumentopf erleichtert, dafür hasste sie ihn auch. Er war ein solch erbärmlicher Lügner, hatte ihr all die Zeit etwas vorgespielt, wozu?
Sie blieb ihm die Antwort schuldig und wartete darauf, dass er end-

lich verschwand. Er würde es wohl kaum riskieren, Rosa zu verfehlen, bestimmt wollte er ihr auf dem Weg vom Bahnhof hierher einreden, dass alles nur eine Ausgeburt von Joanas Phantasie war. Und wie wollte er dann beispielsweise die blauen Flecken an ihren Armen erklären?

»Gut, dann eben nicht, dann fahre ich halt allein.« Eine winzige Pause, die lediglich sein Atmen füllte, bevor er den letzten Giftpfeil abschoss: »Überleg dir gut, was du sagst!«

»Wie wär's mit der Wahrheit? Ich brauche Mama nur die Wahrheit zu sagen, was du von ihr denkst und dass du ihr nachspionierst und …«

»… bist du eifersüchtig?«, fiel er ihr ins Wort. Obwohl das Türblatt zwischen ihnen beiden war, zuckte Joana zurück. Das lag an dem, was er sonst noch sagte, er versuchte nicht mal, seine Worte vom Vortag abzumildern. In seinen Augen war sie viel zu hässlich, um jemals in die Fußstapfen der Frau treten zu können, die sie »Mama« nannte und die er als Schlampe brandmarkte. Er äffte es nach, dieses »Mama«, es klang, als ob das etwas noch Schlimmeres als eine Schlampe wäre. Joana konnte sich keinen Reim darauf machen, lediglich die Angst wuchs und schnürte ihr die Kehle zu. Da war etwas, was sie wissen sollte, aber vielleicht gar nicht wissen wollte. Sie stopfte sich je einen Finger in die Ohren und begann zu summen, es war der Refrain eines Songs von Zucchero. Devil in me, sie wünschte sich, sie hätte tatsächlich den Teufel im Leib und könnte ihn auf Massimo loshetzen. Sie verstummte erst, als draußen unter ihrem Fenster der satte Sound des Maseratis ertönte.

Ihr Peiniger hatte das Haus verlassen, sie war frei, und wenn er zurückkam, würde Rosa bei ihm sein. Was immer er ihrer Mutter auftischte, er würde nicht gegen die Stimme des Blutes ankommen. Die Stimme des Blutes war stärker, darauf hatten schon unzählige Generationen vor ihr vertraut, und sie, Joana, würde es ebenfalls tun. Rosa würde sie nicht im Stich lassen, niemals, zum ersten Mal in ihrem Leben empfand Joana nichts als Dankbarkeit dafür, dass es etwas so Unzerstörbares wie dieses unsichtbare Band zwischen Blutsverwandten gab. Damit würden sie beide einen Heuchler wie Massimo besiegen und notfalls strangulieren, er würde bedauern, was er da gesagt hatte, jedes einzelne Wort, aber sie würden ihn nicht erhören und ihm erst recht nicht verzeihen, mochte er auch vor ihnen auf den Knien herumrutschen und um Gnade flehen.

Es waren grandiose Bilder, die an Joana vorbeizogen und sie glatt vergessen ließen, dass sie nicht länger eine Gefangene in diesem Zimmer war. Erst die Türklingel stoppte ihre Rachegelüste, sie stürmte nach unten und riss die Haustür auf, vor ihr stand ein junger Mann mit Käppi, Uniform und einem Paket, hinter ihm erkannte sie einen dieser Lieferwagen, die weltweit auslieferten.

»Ich habe hier ein Paket für Joana Graf«, sagte der Bote.

»Das bin ich.«

»Wenn du mir dann bitte hier unterschreibst.«

Joana leistete ihre erste elektronische Unterschrift, diese Maschinchen waren ihr neu, sie fürchtete, sich dumm anzustellen, aber das Lächeln des Jungen – er war höchstens achtzehn – entschädigte sie. Und dann war da schließlich dieses Paket, ein Paket exklusiv für sie. Wer ihr das wohl schickte, vielleicht Rosa? Ein Päckchen aus Dresden zur Entschädigung dafür, dass sie ihre einzige Tochter nicht mitgenommen, sondern bei diesem Monster im Schafspelz gelassen hatte. Joana konnte es kaum abwarten, bis sie wieder allein war, sie riss ungeduldig an dem Packpapier, ein flacher Karton und eine Flasche kamen zum Vorschein. Diese Art Flasche kannte sie bestens, jeder in ihrem Alter kannte die, dieser Mix aus exotischen Früchten war einfach nur genial, genauso wie die Fernsehwerbung, leider fand Rosa den Drink völlig überteuert und kaufte ihn deshalb nie ein, dabei enthielt er keinen Tropfen Alkohol.

Übermütig schraubte Joana die wie eine Seerose geformte Plastikkappe, die sich auch als Trinkbecher eignete, ab und nahm einen kräftigen Schluck und noch einen zweiten, sie konnte gar nicht genug davon bekommen. Süß, sämig und tröstlich rann es ihr durch die Kehle, köstlich! Die Flasche war halb leer, als sie sich endlich dem Karton zuwandte. Joana wollte ihren Augen nicht trauen, als sie die knisternde Lage Seidenpapier zurückschlug und zwei bunte Stoffläppchen hochhob. Auf den ersten Blick war es genau das, aber wenn man genauer hinsah, erkannte man, dass es sich um den neuesten und coolsten Party Look aller Zeiten handelte. So was trugen die Beautys in Werbespots und amerikanischen Serien und angeblich auch manche von Joanas Klassenkameradinnen, obwohl Joana ihnen das nicht abnahm, weil Olpe dafür viel zu spießig war, das hier roch nach großer weiter Welt und Party Feeling pur. Joana hätte nie gedacht, dass jemand ihr so etwas schenken würde. Ihr zutraute, dass sie so was überhaupt tragen konnte, den Mut dazu hatte, die Figur.

Wer nicht wagt, der nicht gewinnt! Ein Spruch ihrer toten Urgroßmutter. Joana kicherte nervös, als sie sich von ihren Jeans und ihrem T-Shirt befreite und das Röckchen und dazu dieses bauchfreie Oberteil anzog. Die Söckchen und Clogs störten, und ihre brave Unterhose passte auch nicht, das sah aus wie gewollt und nicht gekonnt, was aber noch lange nicht hieß, dass eine Joana Graf so was nicht tragen konnte. Weit gefehlt! Joana raste ins Schlafzimmer ihrer Mutter hoch, sie erinnerte sich gut an deren leicht verlegenen Gesichtsausdruck, als ihre Tochter sie dabei ertappt hatte, wie sie Unterwäsche aus der zweiten, hinteren Reihe ihrer Kommode herausholte und rasch wieder verschwinden lassen wollte, als Joana auftauchte. Heiße Dessous waren das gewesen, etwas, das niemals in der gemeinsamen Schmutzwäsche auftauchte. Und es gab sie noch immer, allerdings eine Schublade tiefer hinter tierisch biederen Schlafanzügen. Ein zartgrüner String passte perfekt zu dem neuen Röckchen, das unterm Nabel begann und knapp unterm Po wie eine Blüte, die man verkehrt herum hielt, aufsprang.

Echt sexy! Joana drehte sich, bis ihr schwindelig wurde und sie sich am Frisiertisch festhalten musste, der ein Erbstück von Uroma selig war. Ihr Gesicht war bis auf die roten Flecken sehr blass, ein bisschen Farbe konnte nicht schaden, sie wollte sich schließlich nicht von ihrem neuen Outfit ausstechen lassen. Wer immer ihr das zukommen ließ, er musste an sie glauben. An ihre Reize als Mädchen und zukünftige Frau.

Aus dir wird einmal eine sehr, sehr aparte Frau, glaubte sie ihre Mutter sagen zu hören. He, Mama, ist das 'ne Art Entwicklungshilfe, mit der du gleichzeitig dein schlechtes Gewissen beschwichtigst? Oder steckte womöglich ein heimlicher Verehrer dahinter? Jetzt, wo allgemein bekannt war, dass Joana die Schule wechseln würde, mochte ihr heimlicher Schwarm mutig werden. Eine unglaublich süße Vorstellung, dass David ihr mit diesem Geschenk signalisieren wollte, was er wirklich für sie empfand, und dass er sich nun auf diese Weise offenbarte, bevor es endgültig zu spät und sie in Dresden war. Pah, Dresden lag schließlich nicht am anderen Ende der Welt, Sweet David konnte sie dort besuchen. Sofern sie jetzt überhaupt noch nach Dresden zogen. Der Gedanke, noch eine Weile in ihrer alten Heimat zu bleiben, war auf einmal gar nicht mehr so abstoßend. Man würde sehen!

Joana beugte sich vor, um beim Schminken nichts falsch zu machen, zum Glück war ihre Mutter bestens sortiert. Die meisten peppigeren Farben hatte sie ganz offensichtlich noch nie angerührt, das galt für den Lidschatten ebenso wie für die Lippenfarben. Zum Glück waren genau die Farbtöne dabei, die auch dieses ultraknappe Bustier und das dazu passende Röckchen hatten, und die Grundierung aus der Tube sorgte dafür, dass alle Flecken und ebenso die Blässe verschwanden. Ein völlig neues Wesen sah Joana an, als sie sich auch noch die Haare zu einem Tuff seitlich am Hinterkopf hochgebunden hatte, jetzt noch die neuen offenen Schuhe mit den hohen Absätzen, auf denen man automatisch ganz anders und sozusagen mit eingebautem Hüftschwung ging, und schon war die Welt wieder wunderbar und aufregend. Joana stöckelte in ihrer Pracht nach unten, kickte das Verpackungsmaterial gekonnt unters Sofa, drehte das Radio voll auf – sogar ihr Lieblingsmusiksender war auf ihrer Seite – und begann zu tanzen. Zwischendurch leerte sie die Flasche mit ihrem Superdrink, eigentlich wollte sie sich noch etwas zu essen aus dem Kühlschrank holen und vielleicht gleich auch etwas für Rosa vorbereiten. Sie beide könnten zusammen mit einem Tablett voller Köstlichkeiten nach oben verschwinden, dann würde Massimo dumm aus der Wäsche gucken. Noch besser wäre, ihn gleich vor die Tür zu setzen.

»Ich will doch nur spielen« lief gerade, ziemlich genial und momentan der Hit. Joana sang mit oder versuchte es, die Luft ging ihr aus, bis in die Küche schaffte sie es auch nicht mehr, sie brauchte ganz dringend eine Pause. Das Sofa war ihre rettende Insel, es war weich und bequem und fing sie auf, der abgeschabte Brokat kitzelte ihre nackte Haut, so wie früher Rosa das getan hatte. Joana war von jeher sehr kitzlig, hatte aber nichtsdestoweniger heftig protestiert, sobald ihre Mutter mit Kitzeln aufgehört hatte. Mach weiter, Mama, das killert so schön. Es killerte auch jetzt ganz phantastisch, in ihrem Kopf und an ihrer Haut und überall. Ich will doch nur spielen, Joana kuschelte sich ein und träumte und merkte nicht, wie das winzige Röckchen immer höher rutschte und ihre aufgestellten Schenkel im Takt mitwippten und schließlich erschlafften und aufklappten. Eine höchst laszive Pose, die aus einem ungelenken Kind eine Lolita im Schlampen-Look machte.

## 6

Massimo konnte stolz auf sich sein. Er war stolz auf sich. Dennoch zitterte er wie ein Rennpferd in der Startbox, als er den Bahnhof betrat, sich kurz vergewisserte, dass der Zug aus Dresden pünktlich einlaufen würde, und dann zu dem ausgewiesenen Gleis hochsprintete. Alles in ihm war in Aufruhr, aber es war, wie er sich sagte, eine nach vorn gerichtete, durchaus konstruktive Kraft, die ihn nervös auf und ab gehen ließ und ihm manchen verwunderten Blick eintrug. Er hatte nichts mehr zu verlieren. Er konnte nur noch dazugewinnen. Er hatte alles auf eine Karte gesetzt. Und der Erfolg würde ihm recht geben, er war ein Menschenkenner par excellence, alles lief nach Plan, die Kleine wurde unter seiner Regie zur Marionette, er brauchte nur an den entsprechenden Schnüren zu ziehen, und mit dem Kind als Köder würde auch Rosa wieder spuren.

Die Lautsprecherdurchsage bremste seine Allmachtsphantasien, dann fuhr der Zug ein, es lief wirklich alles nach Plan. Er sah Rosa aussteigen und auf sich zukommen, noch hatte sie ihn nicht entdeckt, etliche Waggons trennten sie voneinander, auch schoben sich immer wieder andere Reisende zwischen sie, trotzdem musste er keine Sekunde lang befürchten, sie aus den Augen zu verlieren. Dieses Korallenrot war viel zu auffällig, sie trug dieses billige Kleidchen noch immer, allerdings wies es nun, wie er im Näherkommen sah, zahlreiche Knitterstellen auf, ebenso wie ihre Haare die gewohnte Ordnung vermissen ließen. Viel schlimmer noch traf ihn der entrückte Ausdruck auf ihrem Gesicht. Sah so eine Frau aus, die sich zu Tode um ihre Tochter sorgte? Wenn sie ihre Mutterrolle beibehalten wollte, sollte sie sich verdammt nochmal anstrengen und aufhören, sich wie eines von diesen billigen Ludern zu präsentieren, denen ein Fick in der Besenkammer wichtiger als alles andere war. Gut, mittlerweile wusste er, dass Rosa es nicht in einer Kammer, sondern vielmehr auf einer Baustelle getrieben hatte, was wohl kaum besser war. Auf seinen Detektiv war Verlass, und Handys konnten ein wahrer Segen sein, sie ermöglichten, wenn man die richtigen Beziehungen spielen ließ, die korrekte Ortung einer gesuchten Person via Satellit, und so konnte Massimo der Frau, die er zu seiner Ehefrau machen wollte, als jemand gegenübertreten, der genau Bescheid wusste. Er wusste alles, sie sollte sich nur ja vorsehen, das war ihre letzte Chance.
Beinahe wäre sie an ihm vorbeigelaufen. Er hielt sie am Arm fest, stoppte sie mitten im beschwingten Lauf, es tat ihm gut, sie erschrecken zu können, sie stieß sogar einen kleinen Schmerzenslaut aus.
»Autsch! Du tust mir weh! Wieso bist du überhaupt hier? Woher wusstest du, dass ich mit diesem Zug komme?« Sie sprach schnell, zu schnell, und sie sah ihm auch nicht in die Augen, so viel Schamgefühl besaß sie also immerhin noch, das ließ ihn hoffen.
»Einen Massimo Pezzo sollte man niemals unterschätzen«, erwiderte er und lotste sie zum Ausgang, sie wehrte sich nicht, ihr eben noch aufreizender Gang wurde ganz brav, ihr Mienenspiel bedrückt, das galt ebenfalls für ihre Stimme.

»Darum geht es jetzt nicht«, sagte sie gepresst. »Nicht um dich und nicht um mich und auch sonst um niemanden, erst mal muss ich wissen, was wirklich mit Joana ist. Du hast mir am Telefon einen Mordsschrecken eingejagt.«
»Willst du tatsächlich wissen, was mit ihr ist? Was in ihr vorgeht?« Er blieb stehen, Rosa tat es ihm notgedrungen nach, nun bildeten sie beide eine Insel im Strom aller möglichen Reisenden, spalteten den Strom.
»Nun sag schon, spann mich nicht auf die Folter! Was glaubst du wohl, warum ich Hals über Kopf aus Dresden zurückgekommen bin?«
»Der Abschied scheint dir schwergefallen zu sein. War er so gut? Hattest du es so nötig?« Wohldosierte verbale Peitschenschläge, er sah sie kreideweiß werden, dann kroch ihr die Röte ins Dekolleté und färbte ihre Brüste, deren samtige Weichheit er nie vergessen würde, puterrot.
»Wovon redest du? Ich will nicht, dass du so redest, hörst du? Ich verbiete es dir.«
»Willst du das auch deiner Tochter oder vielmehr dem Mädchen, das du deine Tochter nennst, verbieten? Wie willst du ihr erklären, dass du von einer billigen Affäre in die nächste stolperst? Ausgerechnet jetzt, wo Joana sich etwas stabilisiert hat und davon träumt, endlich auch eine richtige Familie zu bekommen, wo alles seine Ordnung hat. Willst du ihr das ernsthaft kaputtmachen? Sie hält dich für ihre Mutter und ahmt dich nach, im Guten wie im Schlechten, du stellst die Weichen, und seitdem sie weiß, was dich wirklich in Köln oder Dresden oder wo auch immer umtreibt, versucht sie halt, mit dir Schritt zu halten. Vielleicht will sie mich aber auch dafür entschädigen, dass ihre vermeintliche Mama uns alle hintergeht.«
»Hör auf! Sofort! Ich habe dir nie etwas versprochen, und Rüdiger ist keine Affäre für mich, das war er nie und wird er nie sein. Ja, ich habe ihn wiedergesehen, und ich liebe ihn noch immer, und er liebt mich. Und jetzt bring mich zu Joana oder lass mich vorbei, damit ich mir ein Taxi nehmen kann. Bestimmt übertreibst du nur maßlos, über-

haupt frage ich mich, woher du weißt … woher du wissen willst … und für Joana gilt das erst recht. Egal, ich werde ihr alles erklären.«

»Was willst du ihr erklären?« Es verschlug ihm kurz die Sprache, er hatte nicht damit gerechnet, dass sie es so unumwunden zugeben würde. »Dass du dich von einem verheirateten Betrüger durchvögeln lässt, der seine arme kranke Frau ebenso auf dem Gewissen hat wie seinen Bruder und seinen Vater? Von dem Verrat an der Firma Pezzo ganz zu schweigen. Willst du ihr das sagen?«

»Es war alles ganz anders.«

»Behauptet er das? Behauptet das dein wunderbarer Rüdiger Ebertz?« Zorn wallte in ihm auf, wollte ihn seiner Selbstbeherrschung berauben, er zitterte nun am ganzen Körper, fühlte sich klein und ohnmächtig werden. Wie er dieses Gefühl hasste. Rosa sollte diejenige sein, die ihn aus seinem Kerker befreite, das war ihre Rolle, dafür hatte er sie schon mehr als reichlich entschädigt. Wenn sie tat, was er von ihr erwartete, konnte sie die glücklichste und reichste Frau auf Erden sein, sie konnte haben, was sie wollte. Sie konnte ihn haben. Wie konnte sie es wagen, auch nur eine Sekunde lang in Erwägung zu ziehen, einem solchen Loser den Vorzug zu geben? Hatte er, Massimo, nicht alles getan, um einen Rüdiger Ebertz auf den Platz zu verweisen, auf den er gehörte?

Er merkte zu spät, was Rosa vorhatte. Sie hob einen Arm, schon hielt ein Taxi neben ihr, und sie stieg einfach ein und ließ ihn wie einen dummen Schuljungen stehen. Nicht mit ihm! Sie würde ihr blaues Wunder erleben, wenn sie zu Hause ankam. Er hatte dafür gesorgt, dass dort alles nach Plan lief, er war der geborene Strippenzieher, er führte Regie, er und kein anderer. Er stieß mit mehreren Leuten zusammen, um schneller zu seinem Wagen zu kommen, ignorierte das Fluchen und die Drohungen, niemand würde ihn aufhalten, das schwor er sich und dem Rest der Welt.

## 7

Das Taxi und der Maserati kamen gleichzeitig an, und weil Rosa erst noch bezahlen musste, öffnete Massimo vor ihr die Haustür. Das Radio lief, man hörte es bis draußen, hier drinnen dröhnte es ohrenbetäubend. Andererseits, so sagte Rosa sich, war es eher harmlos, wenn eine Dreizehnjährige sich mit voll aufgedrehten Beats abreagierte, jemand sang von Liebe, es roch komisch, dieser seltsame Geruch fiel Rosa als Nächstes auf, und dann blieb sie wie erstarrt stehen, weil Massimo zur Seite trat und der Anblick, der sich ihr bot, alles andere als harmlos war. Da lag Joana eindeutig betrunken und völlig weggetreten mit gespreizten Schenkeln und halbnackt auf dem Sofa, die beiden bunten Fetzen an ihrem schwellenden Jungmädchenkörper ließen sie ebenso billig aussehen wie die Kriegsbemalung in ihrem Gesicht, die Stöckelschuhe hatte sie sich offensichtlich aus Rosas Schrank geholt und den String desgleichen. Ich muss sie zudecken, war Rosas erster Gedanke, so darf Massimo sie auf gar keinen Fall sehen.
Aber es war schon zu spät, er stand bereits neben ihr.
»Verstehst du jetzt, was ich meine?« Massimo zeigte auf das stramm sitzende Höschen, das Rosas eigenes Höschen war, es stammte noch aus der Ära Fabian Jedwabny, seitdem hatte sie so etwas nie mehr getragen, an ihrer Tochter sah dieses grüne durchsichtige Etwas unglaublich frivol aus. Eine Ohrfeige für sie selbst, sie war schließlich die Mutter. Sie hatte Joana die beste Mutter der Welt sein wollen. Passte so eine wirklich gute Mutter auf ihre Tochter auf?
»Joana, sieh mich an! Sag etwas!« Rosa kniete neben der Couch nieder, sie ertrug das nicht, was war hier los?
Ein monotones Summen war die Antwort, dazu dieser starr zur Decke gerichtete Blick. Die Augen umrandet von viel zu viel Mascara, die sich blauschwarz unter ihnen absetzte, verruchte Ringe schuf.
»Genau so hat sie sich mir angeboten, als du fort warst«, warf Massimo ein. »Ich hatte Angst, noch durchs Haus zu gehen, dieses kleine Biest hat mir überall aufgelauert, und der Grund dafür bist du. Seitdem sie weiß, dass du …«

In diesem Augenblick hob Joana den Kopf oder vielmehr versuchte es. Der schräg am Hinterkopf abgebundene Tuff aus wild toupierten Haaren wippte haltlos hin und her, ein Speichelfaden rann ihr aus dem Mund, was sie brabbelte, war nur mit äußerster Anstrengung zu verstehen.

»Ich will doch nur spielen.« Weinerlich und auftrumpfend zugleich, ihr Becken wackelte aufreizend und plumpste dann schwerfällig auf die Polsterung zurück, endlich sah sie ihre Mutter an. Aus großen, erstaunten Kinderaugen.

»Joana, Kind, was ist mir dir? Was ist passiert?«

Joana zuckte zusammen, als ob jemand sie schlagen wolle. »Mama! Hilf mir!« Dann streckte das Mädchen beide Arme nach Rosa aus, es war eine anrührende Geste, doch dabei rutschte ihr das Bustier hoch und gab eine Brust frei. Eine war nackt und die andere noch bedeckt, auch das sah unglaublich anstößig aus.

»Komm, ich bring dich erst mal in dein Zimmer hoch. Wir kriegen das schon wieder hin.« Rosa beugte sich vor, um das Mädchen von der Couch zu wuchten, was gar nicht so leicht war, denn erstens wog die Dreizehnjährige schon jetzt mehr als sie selbst, und außerdem machte der überreichlich genossene Alkohol sie noch viel schwerer, quasi manövrierunfähig. Und dann schlang sie auch noch die Arme um Rosas Hals, erdrückte sie fast und versteckte ihr grell geschminktes Gesicht an Rosas Schulter, ihre Stimme war nun ganz piepsig.

»Ist es noch da? Ist das Monster noch da?«

»Es gibt keine Monster, mein Kleines. Die Monster sind eine Ausgeburt des Alkohols, du musst unglaublich viel davon getrunken haben, dabei …«

»Nur Saft. Nur Spielen. Doch Monster.« Abgehackt, anklagend und wütend, immerhin ließ Joana sich die nächstbeste Decke – eine Tischdecke, die noch Rosas Großmutter in Kreuzstichtechnik gefertigt hatte – umlegen, sich in ihr Zimmer hochbringen und ins Bett bugsieren.

»Mir ist schlecht, Mama.«

Als Rosa mit einem Eimer zurückkam, war es bereits passiert. Sie bezog alles frisch und wusch ihre Tochter, die schon so groß und trotzdem noch so klein war, zumal als die Schminke abgewaschen war und ein sauberes weißes T-Shirt und Boxershorts sie auch optisch in das Mädchen zurückverwandelten, als das Rosa sie kannte. Ein rebellisches Füllen, in ihren Armen wurde es ganz sanft und schwach und anschmiegsam.

»Mama, bleib bei mir.«

Rosa blieb, natürlich blieb sie. Die Atmung von Joana wurde allmählich ruhiger, ihre zu Fäusten geballten Hände öffneten sich, aber weggehen durfte Rosa auch dann nicht. Sobald Rosa sich nur eine neue Position für ihren eingeschlafenen Arm suchte oder sich in dem schmalen Bett mit Puppen und Plüschtieren und allen möglichen Kleidungsstücken am Fußende etwas bequemer ausstrecken wollte, klammerte das Mädchen sich erneut angstvoll an sie, und so harrte Rosa aus, bis der Schlaf sie selbst übermannte. Sie wurde erst wieder wach, als etwas sie rüttelte.

»Mama, du glaubst ihm doch nicht etwa?«

»Wie?« Rosa brauchte ein paar Sekunden, um ihre Gedanken zu ordnen, außerdem tat ihr jeder Knochen weh. Sie lag im Bett ihrer Tochter, die sich in die einzige Decke eingewickelt hatte. Rosas Rücken war bereits eiskalt. Joana starrte sie in einer Mischung aus Trotz und Angst an, so wie früher, wenn sie nicht zugeben wollte, dass sie an Gespenster glaubte und sich davor zu Tode fürchtete. Mama, da ist wirklich wer gewesen, bestimmt ein Einbrecher! Unzählige Male hatte Rosa dann zu Joanas Beruhigung im Schrank und unterm Bett und an den unmöglichsten Plätzen nachgeschaut. Aber die Ära der Gespenster war endgültig vorbei, es war auch kein kleines Kind mehr, das diese Frage stellte. Mama, du glaubst ihm doch nicht etwa? Spätestens jetzt wurde Rosa klar, wer mit diesem offenkundig als gefährlich eingestuften »ihm« gemeint war. Niemand anders als Massimo, der noch bis vor kurzem die Rolle des Märchenprinzen innegehabt hatte.

»Und was soll ich Massimo nicht glauben? Du meinst doch ihn?«

»Logisch, er ist ja so was von gemein, er ist der gemeinste Mensch auf

der ganzen Welt.« Und dann legte Joana los, ihr altes Temperament brach langsam wieder durch, sie redete sich buchstäblich frei, manches klang sehr verworren und war es wohl auch, aber selbst wenn man die Neigung der Dreizehnjährigen zu Übertreibungen berücksichtigte, blieb genug übrig, um Rosa eine Gänsehaut über den Rücken zu jagen.
Hatte sie nicht vorhin am Bahnhof selbst einen Vorgeschmack von jenem Massimo bekommen, der alles andere als freundlich und normal war? Das, was er ihr an den Kopf geworfen hatte und was Joana nun erzählte, griff ineinander wie die Glieder an einem Reißverschluss und gab Rosa das Gefühl, dass da eine große Gefahr auf sie und Joana zurollte. Wie konkret diese aussah, was genau der Grund für den Umschwung war, vermochte sie noch nicht klar zu erkennen. Nur dass es etwas mit Massimos Selbstverständnis als Mann und seiner verzerrten Sicht auf Frauen zu tun haben musste, wurde ihr in dieser Nacht schlagartig klar. Massimo hatte sowohl sie selbst als auch ihre Tochter als Schlampen tituliert und war anscheinend bereit, alles zu tun, um seine Anklage zu untermauern.
Rosa glaubte ihrer Tochter jedenfalls, dass sie sich weder wissentlich betrunken noch ernsthaft an Massimo herangemacht hatte, und wenn dieser nicht selbst hinter dem Paket mit dem unsäglichen Inhalt steckte, so kam ihm das alles jedenfalls verdammt gelegen. Auch das Timing war kein Zufall, davon war Rosa überzeugt. Massimo hatte sie direkt aus dem siebten Himmel zurückgeholt, und Joana war lediglich Mittel zum Zweck. Niemand außer ihm konnte ein Interesse daran haben, etwas zu durchkreuzen, was gerade erst wieder begonnen hatte. In Dresden. Irgendwie musste er davon Wind bekommen haben …
Aber wie sollte sie ahnen, dass er derart extrem reagieren würde? Natürlich war ihr klar gewesen, dass er nicht jubeln würde, damit hatte sie gerechnet, auch wenn sie versucht hatte, sich eine friedliche Lösung vorzugaukeln. Was Massimo hier inszeniert hatte, war alles andere als friedlich oder harmlos. Es war nicht mal auszuschließen, dass in diesem extrem süßen Lieblingsdrink nicht nur Alkohol, son-

dern auch K.-o.-Tropfen gewesen waren, dafür sprach unter anderem der starre Blick von Joana bei Rosas Ankunft. Und so was war kein Streich, daran konnte auch kein anderer Jugendlicher ein Interesse haben, denn die Wirkung bekam ja niemand mit außer Rosa, alles war auf ihre überhastete Heimkehr ausgerichtet. Für wie dumm hielt Massimo sie eigentlich? Andererseits: Hatte sie ihm je einen Grund gegeben, an ihrer Fügsamkeit zu zweifeln? Rückblickend hatte sie sich ihm nur ein einziges Mal ernsthaft widersetzt und sich in eine Scheinehe mit Fritz geflüchtet, da allerdings war Massimo der gute Freund geblieben. Warum? Weil er einen wie Fritz nicht ernst nahm? Ganz im Gegensatz zu Rüdiger ...

»Mama, ich wünsch mir, ich wäre netter zu Fritz gewesen.«

»Dafür ist es nie zu spät.«

»Meinst du, du lässt dich vielleicht doch nicht von ihm scheiden?«

»Nein, das meine ich damit nicht, aber darüber reden wir in Ruhe, wenn wir beide ausgeschlafen sind.«

»Und was ist jetzt mit Massimo?«

»Mit ihm rede ich auch.«

»Warum? Warum sagst du ihm nicht einfach, dass wir nichts mehr mit ihm zu tun haben wollen?«

»Weil das nicht anständig wäre. Er war all die Jahre immer für uns da, er war unser Freund und hat uns oft geholfen, ohne ihn hätten wir manchmal ziemlich blöd dagestanden, auch finanziell. Er hat sich vielleicht in etwas hineingesteigert, mag sein, dass ich ihn früher hätte bremsen müssen. Ihm klaren Wein einschenken, aber ich weiß es ja selbst erst gerade ... es ist alles noch so unglaublich neu ...«

»Was weißt du gerade erst? Du bist doch nicht etwa nochmal schwanger?«

»Keine Sorge, du bist und bleibst meine Einzige. Und jetzt musst du wirklich schlafen, sonst kommst du morgen nicht aus den Federn.«

»Versprichst du mir, dass er weg ist, wenn ich zum Frühstück runterkomme?«

»Versprochen.«

»Erzählst du mir noch eine Geschichte? So wie früher, eine, bei der

ich mir aussuchen darf, wer drin vorkommt. Ich will einen Elefanten dabeihaben, die sind so schön groß und total klug …«
»Und wer ist die Prinzessin, die auf dem Elefanten reitet?«
»Natürlich ich.«
»Und der Prinz?«
Joana verzog das Gesicht und mummelte sich noch fester in ihre Decke ein. »Den Prinzen streichen wir erst mal, aber wenn du willst, darfst du mit auf meinen Elefanten.«
»Das finde ich sehr lieb von dir.«
»So bin ich nun mal. Also fang an!«
Rosa erzählte, während Joana sich an sie kuschelte, sie war anscheinend wieder mit sich und der Welt im Reinen, ihre Gesichtszüge entspannten sich, und Rosa schwor sich, dafür zu sorgen, dass es fortan so blieb. Sie ahnte nicht, was alles noch passieren und wie schwer es ihr fallen würde, diesen Vorsatz einzulösen. Einen ersten Vorgeschmack bekam sie, als sie gegen halb drei am Morgen Joanas Zimmer verließ und nach unten ging.
Im Haus war alles still, und stockfinster war es auch. Immerhin hatte Massimo also so viel Anstand oder Vernunft besessen, das Feld leise zu räumen und sogar überall das Licht auszuknipsen. Was für ein Glück, dass er sein Hotelzimmer in Olpe behalten hatte, das würde manches leichter machen, am besten sprach sie dort im Hotel mit ihm über alles, schon Joana zuliebe. Im Dunklen tastete Rosa sich die Treppe hinab, sie kannte jede Stufe im Schlaf. Sie war hundemüde und wollte sich nur noch rasch etwas zu trinken holen und die Haustür abschließen. Die Außenbeleuchtung warf ihr Licht durch die altmodischen Glasscheiben der Tür, auf der Kommode erkannte sie die Umrisse ihrer Handtasche, der Schlüssel lag direkt daneben, sie ergriff ihn und schloss zweimal um, das tat sie sonst nie, oft ließ sie die Tür sogar über Nacht offen. Sie musste über sich selbst lächeln, vielleicht sah sie ja auch alles viel zu schwarz. Ein Gefühl, das sich verstärkte, nachdem sie einen halben Liter Milch getrunken und die komplette Schüssel mit Schokoladenpudding, die im Kühlschrank stand, geleert hatte. Gut für die Nerven und fürs Gemüt, sie ent-

spannte sich langsam, jetzt noch eine heiße Dusche und wenigstens ein paar Stunden Schlaf …

»Du hast dir viel Zeit gelassen.« Das Wohnzimmer war stockfinster, man konnte die Hand kaum vor Augen sehen, noch viel weniger hatte Rosa damit gerechnet, dass jemand aus dem Dunklen nach ihr griff. Sie tat einen Schrei, in demselben Moment wurde die Stehlampe angeknipst, das Licht aus den beiden verchromten Reflektoren richtete sich Scheinwerfern gleich auf sie, blendete sie, und der Griff an ihrem Arm lockerte sich auch nicht, wurde zur Schraubzwinge.

»Lass mich sofort los! Was suchst du überhaupt noch hier?«

»Dich!« Massimo sprach leise und ohne jede Modulation, auch seine Augen zeigten keinerlei Bewegung, seine Finger waren eiskalt, aber das war alles nichts gegen dieses anmaßende kurze »Dich!«, als ob damit alles Wichtige gesagt wäre.

»Du bist verrückt.« Sie überlegte, ob sie schreien sollte, und entschied sich dagegen, ein Skandal war das letzte, was sie gebrauchen konnte, und Joana hatte auch so genug mitbekommen.

»Ja, möglicherweise bin ich wirklich verrückt nach dir. Um so viel für eine Frau zu riskieren, muss man wohl verrückt sein. Lass dir eins sagen: Ich habe zu viel und zu lange in dich investiert, um mich jetzt abspeisen zu lassen. Also versuch es erst gar nicht. Es ist zu deinem eigenen Besten, wenn du einen Rüdiger Ebertz ebenso rasch wieder vergisst, wie du ihn wieder in dein Bett gelassen hast. Denk einfach an Joana und an deine Zukunftspläne, von Dankbarkeit mir gegenüber will ich gar nicht reden. Ich schlage vor, dass wir die Eröffnung deiner neuen Wirkungsstätte nutzen, um gleichzeitig unsere Verlobung bekanntzugeben.«

»Du musst wirklich verrückt sein.« Rosa wandte den Kopf zur Seite, um nicht länger in dieses grelle Licht sehen zu müssen, die Augen tränten ihr bereits. Am Ende bildete er sich noch ein, sie ließe sich von ihm einschüchtern. »Du glaubst doch nicht ernsthaft«, fuhr sie fort, »dass ich dich heirate? Zumal jetzt, wo mir so langsam aufgeht, wozu du fähig bist. Glaub nur ja nicht, dass du mich mit dieser billigen Inszenierung hinters Licht führen kannst, ich glaube Joana, du hast sie benutzt, um mir eins auszuwischen, damit ich mich schlecht fühle, schuldig, nur deshalb. Aber du irrst dich, wenn du dir einbildest, mich damit zurückhalten zu können. Am nächsten Wochenende nehme ich Joana mit nach Dresden, dann lernt sie Rüdiger kennen, er ist schon sehr gespannt auf sie, und ich bin sicher, die beiden werden sich gut verstehen. Zumal jetzt, wo du für Joana nicht länger der Märchenprinz bist, so gesehen, hast du es mir sogar leichter gemacht.«

»So hast du dir das also vorgestellt?« Sein Griff wurde wenn möglich noch fester, er tat ihr weh, trotzdem sagte sie nichts, etwas in seinem Gesichtsausdruck warnte sie. Am besten schwieg sie und wartete, bis er freiwillig aufhörte und ging. Möglicherweise hatte er auch getrunken, so hatte sie ihn noch nie zuvor erlebt. Und er redete immer weiter, eine Mischung aus blindwütigen Anklagen und Dingen, die sich tatsächlich ereignet hatten, und ständig tauchte der Name Rüdiger Ebertz auf, als ob dieser Mann für Massimo seit vielen Jahren der Inbegriff dessen sei, was er bekämpfte. Einer, der ihm seinen Platz streitig machen wollte, genau wie seine eigene Familie das von jeher tat, lauter Lumpen und Ausbeuter, die sich für sonst wie klug hielten.

»Aber sie sind nicht mal halb so klug, wie sie meinen«, endete Massimo und zog Rosa so nahe an seinen Sessel heran, dass sie nur die Wahl hatte, sich auf seinen Schoß fallen zu lassen oder sich mit aller Kraft gegen die wie Tatzen geschnitzten wuchtigen Holzfüße zu stemmen und zu riskieren, dass er ihr einen Arm auskugelte. Er war wie von Sinnen und beharrte darauf, dass ihr Glück einzig und allein in seinen Händen lag, dass sie ihm alles verdankte, ihre Tochter ebenso wie die Orangerie.

»Hast du mich verstanden?« Er schüttelte sie, ganz kurz verlor sie den Boden unter den Füßen, er musste betrunken sein, sie griff haltsuchend nach der Stehlampe, die nun ebenfalls zu schwanken begann, sie presste die Zähne zusammen.

»Ob du mich verstanden hast? Geht es in deinen geilen kleinen Kopf hinein, dass du ohne mich ein Nichts bist? Du hättest noch hundert Jahre auf deine eigene Firma warten können, ich lege sie dir zu Füßen, ich allein …«

»Nein, das war meine Großmutter.« Rosa konnte nicht anders. Sie durfte nicht zulassen, dass jemand schmälerte, was Gerlinde Graf für sie getan hatte, das wäre Verrat.
»So, glaubst du das wirklich? Und was wäre, wenn einer käme und dir beispielsweise schwarz auf weiß bewiese, dass dein Startkapital aus der Firma Pezzo abgezweigt worden ist? Auf den Cent genau, so was nennt man dann Betrug, in dieser Größenordnung gibt das locker ein paar Jahre, und ob ein Rüdiger Ebertz noch auf dich wartet, wenn du hinter Gittern sitzt, also das wage ich sehr zu bezweifeln. Und stell dir vor, was in dieser Zeit aus Joana würde. Wenn du wieder rauskämst, wäre sie erwachsen, und ich glaube auch nicht, dass sie scharf darauf wäre, ihre Mutter im Knast zu besuchen. Dann zöge sie es vermutlich vor, bei ihrer leiblichen Mutter zu sein, vielleicht würde die sich sogar über ein Kind freuen, und wenn nicht, bliebe ja immer noch der Papa.«
Die Stehlampe fiel um, das geschah wie in Zeitlupe, was daran lag, dass Rosa sich so lange wie irgend möglich daran klammerte, dann wurde das Ziehen an ihrem anderen Arm übermächtig, und sie ließ los. Genau wie ihr Peiniger, kaum landete die Lampe am Boden, lockerte sich auch sein Griff, damit hatte sie nicht gerechnet, und so fiel auch sie hin, landete über der Lampe, einer der glühend heißen Reflektoren drückte gegen ihre Brust, ein Fuß war unter dem wuchtigen Sessel eingeklemmt, der nun gleichfalls in Bewegung geriet. Massimo war aufgestanden, obwohl er nicht besonders groß war, erschien er ihr aus dieser Perspektive riesig, fast schon monströs. Joanas Worte schossen ihr durch den Kopf, schienen auf einmal einen Sinn zu geben. »Ist es noch da? Ist das Monster noch da?« Sie, Rosa, hatte widersprochen. »Es gibt keine Monster, mein Kleines.« Aber es gab sie doch. Ein Monster sah auf sie hinab, eine Fratze, sie fürchtete sich wie nie zuvor in ihrem Leben.
Ein Fuß setzte über sie hinweg, verharrte über ihrem Schoß, der für einen Mann ziemlich hohe Absatz berührte wie zufällig die Gabelung zwischen ihren Beinen. Es war demütigend und angsteinflößend, sie wollte schreien, brachte aber keinen Ton hervor. Das Ganze mochte

lediglich ein paar Sekunden dauern, doch ihr kam es wie eine Ewigkeit vor. Dem ersten Fuß folgte der zweite, Massimo stieg über sie hinweg, seine Schritte entfernten sich, und sie rührte sich noch immer nicht, obwohl die Hitze an ihrer Brust schier unerträglich wurde. An der Tür zum Flur blieb er nochmals stehen, auch ohne ihn sehen zu können, wusste sie, dass er sie ansah, sich an ihrem Anblick weidete.

»Überleg es dir gut, das ist eure letzte Chance. Du hast Zeit bis zur offiziellen Eröffnung der Orangerie in knapp drei Wochen, wie du weißt, werden viele Gäste kommen, wir haben fast nur Zusagen bekommen, und die Presse wird ebenfalls zahlreich vertreten sein. Der perfekte Zeitpunkt, um unsere Verlobung bekanntzugeben. Als dein Ehemann muss ich nicht mal bei Gericht gegen dich aussagen, dann sind deine Geheimnisse auch meine Geheimnisse.«

»Geh!« Ihre Erstarrung löste sich, sie schob die Lampe beiseite. »Trau dich nie mehr in dieses Haus!« Sie zog sich mühsam an dem jetzt leeren Lehnsessel hoch, kniete nun, sie war sich nicht sicher, ob ihre Beine sie überhaupt tragen würden, wenn sie aufstand.

Das alles musste ein Albtraum sein, derlei passierte doch nicht wirklich, erst recht nicht in einem Haus wie diesem in einer Gegend, wo jeder jeden kannte und man sich nicht mal vor Einbrechern fürchten musste. Die Kriminalitätsrate tendierte gegen null, die schwersten Verbrechen hierzulande waren Verkehrsdelikte, vor zwei Jahren war auch mal ein Pferd gestohlen worden, tags darauf stand es aber wieder auf der Weide, lediglich seiner Mähne und seines Schweifs beraubt, wie sich später herausstellte das Resultat eines Rauschs und einer Wette im Wirtshaus … Massimo musste betrunken sein oder unter Drogen stehen …

»Ich verzichte freiwillig auf weitere Besuche in dieser Hütte. Ein Schloss ist mir lieber, alles steht zu deinem Empfang bereit, du brauchst nur ja zu sagen.« Er gab ihr nicht mal die Chance, ihm ein »Nein!« an den Kopf zu werfen, er war im Flur angelangt, bis zur Haustür waren es nur noch ein paar Schritte, gleich war sie erlöst. Sie irrte sich, denn er kam zurück. Aus vor Angst geweiteten Augen sah sie ihn an, als er sich erneut über sie beugte, sie kniete noch immer am

Boden, der letzte Rest Kraft hatte sie verlassen, sein Gesicht rückte immer näher.
»Möchtest du wirklich, dass ich gehe?« Seine Stimme war nun ganz sanft, trügerisch, sie schloss die Augen.
»Geh!«, sagte sie gepresst mit fest zusammengekniffenen Augenlidern. Der Boden war kalt und hart.
»Bist du dir ganz sicher, dass du das willst?«
»Geh, verdammt!« Sie überlegte, ob sie noch genug Kraft aufbringen konnte, um ihm ein Knie zwischen die Beine zu rammen.
»Und warum schließt du die Haustür ab, wenn du willst, dass ich dich allein lasse?« Er lachte, sein Lachen hallte ihr noch in den Ohren, als sie schon längst allein war.
Sie hatte völlig vergessen, dass sie vorhin selbst abgeschlossen hatte. Zweimal. Sie hatte sich mit diesem Monster eingeschlossen, was für ein Hohn. Zweimal fiel ihr der Schlüssel zu Boden, bevor sie endlich das Schloss fand und ihn hinauslassen konnte. Die Türangeln mussten dringend geölt werden, sie quietschten erbärmlich, dabei sollten sie laut jubeln.
»Bis in drei Wochen, Prinzessin, du wirst eine hinreißende Braut sein.«
Sie presste die Lippen zusammen, jetzt nur nichts sagen, was ihn provozieren und erneut umkehren lassen könnte. Diesmal ging er wirklich, trotzdem blieb etwas zurück. Was sie erlebt hatte, war nicht nur ein Albtraum gewesen, sondern Realität. Gott sei Dank hatte Joana von alldem nichts mitbekommen.

## 8

Rüdiger musste in dieser Woche immer wieder über sich selbst lachen. Es war kein schlechtes Gefühl, wieder so lachen zu können, es fiel sogar seinen Mitarbeitern auf, wie gutgelaunt und energiegeladen er neuerdings war. Nichts war ihm zu schwer, die Worte »Geht nicht!« existierten nicht länger in seinem Sprachschatz, er steckte systematisch alle mit seinem Optimismus an. Er fühlte sich wie ein junger Mann. Jung und verliebt. Gut möglich, dass seine Mannen sich ihren eigenen Reim darauf machten, wenn der Chef nach Feierabend noch einmal richtig Gas gab, und das ganz allein und ausschließlich in jenem Bereich des alten Hotels, wo er eine wunderbare Nacht mit Rosa verbracht hatte. Wenn sie am Wochenende wiederkam – diesmal in Begleitung ihrer kleinen Tochter – sollte Wasser aus dem Wasserhahn in die Wanne fließen, die wie eine blankpolierte Nuss aus dem Parkett wuchs. Dafür schweißte er nach Anweisung des Installateurs eigenhändig die halbe Nacht durch, verlegte neue Rohre und war stolz wie ein Kind, als es endlich klappte und anfangs eine noch ziemlich rostige Brühe aus der wunderschönen Armatur kam, die nun nicht länger nur eine Attrappe war.

Er hatte diesen Prachtraum mitsamt Badewanne aus dem Dornröschenschlaf geholt, ebenso wie seine Liebe. Aus alt mach neu, ein Wunder war ihm widerfahren, diesmal würde er es festhalten, komme, was da wolle. Missverständnisse und Hindernisse waren fortan da, um aus dem Weg geräumt zu werden. »Geht nicht!« gab's nicht. Er dübelte und schraubte, es mussten sowieso neue Bilder an die Wände, die Rahmen wählte er so aus, dass sie später bleiben konnten, die Motive hingegen stammten aus seiner ganz persönlichen Sammlung und waren ausschließlich für die Augen von Rosa und der Kleinen bestimmt. Lauter Fotos aus der gemeinsamen Zeit in Italien, Bilder, die er nie mehr hatte betrachten wollen, weil sie ihn viel zu sehr schmerzten, zum Glück hatte er sie aufbewahrt. Und nun hingen sie dort und sprachen zu ihm. Wohin er sich auch drehte, überall sah die junge Rosa ihn an: essend, schlafend, ihm mit dem Finger drohend, wie eine Nixe aus dem Wasser steigend oder von Kopf bis Fuß mit Konfetti behaftet, das er über ihr ausgekippt hatte, oder aber mit vor Fett triefendem Kinn nach dem Genuss ihres teuflischen Hühnchens. Selbstredend gab es auch ein Foto mit Milchbärtchen, auf ihrer sonnengebräunten Haut konnte man den hellen Saum recht gut erkennen. Er konnte es kaum erwarten, sie wieder in die Arme zu schließen und zu küssen, mit oder ohne Bärtchen.

Ob er sie in Gegenwart ihrer Tochter überhaupt küssen durfte? Er erinnerte sich, wie eifersüchtig seine eigene Tochter in diesem Alter gewesen war. Schon wieder musste er über sich selbst lächeln. Er dachte an Kristina nur noch als seine leibhaftige Tochter, und genauso würde es hoffentlich mit Joana werden, dann hatte er gleich zwei Töchter auf einen Schlag. Was Kristina wohl zu alldem sagen würde? Und Benedikt? Er fieberte danach, sein Glück jenen Menschen mitzuteilen, die ihm am nächsten standen, aber natürlich durfte er auch nichts überstürzen.
Ersatzweise wienerte er alles auf Hochglanz, kaufte neue Füllungen für Bettdecke und Kopfkissen, wusch und bügelte die wunderschönen alten Bezüge, brachte die zarten Gardinen mit den Spitzenbordüren in die Reinigung, zuletzt sorgte er auch noch für frische Blumen an jedem freien Platz, das war am Freitag, nachdem seine Leute endlich gegangen waren. Augenzwinkernd, sie waren ja nicht auf den Kopf gefallen, und er zwinkerte zurück und überlegte, was er Rosa und ihrer Tochter zur Begrüßung anderntags auftischen sollte.
Rosa war, was die Kleine anging, ziemlich wortkarg geblieben, er wusste kaum etwas von ihr, außer dass sie gerade zwölf geworden war. Das musste sich ändern. Sein ganzes Leben würde sich ändern; mit dem Drang zu lachen ging es los, früher hätte er ganz gewiss nicht mehr gelacht, wenn ihm so viel schiefgegangen wäre wie in den letzten vierundzwanzig Stunden vor dem Wiedersehen. Besonders der Herd machte ihm Probleme, ums Kochen hatte er sich bislang nie sonderlich gekümmert, wozu auch? Er war mit Haushälterin groß geworden, und die treue Seele war geblieben, auch wenn es bestimmt keinen Spaß machte, auf Dauer für Menschen zu kochen, die das gar nicht mehr würdigen konnten. Sein Vater unterlag seit langem strengen Anweisungen des Arztes, Ruth hatte sowieso fast alles außer Hochprozentigem verweigert, ihm selbst war in dieser Runde regelmäßig der Appetit vergangen, nur Kristina hatte zugeschlagen, wenn es ihr Leibgericht gab. Nudeln in allen Variationen waren das gewesen, dazu Tomatensoße oder Sauce Bolognese. Das war's überhaupt. Jetzt wusste er, was er kochen würde, etwas so Simples bekam sogar

er hin, das war viel besser als dieses Experimentieren mit raffinierten Sachen, die ihm schon deshalb nicht gelangen, weil ihm das Abc der Gourmet-Köche ein Buch mit sieben Siegeln war. Und hinterher würde es Eis geben, darauf standen alle Kinder.
Obwohl der Kühlschrank mit allen möglichen Lebensmitteln vollgestopft war – »Der Chef will wohl unter die Meisterköche gehen!« –, fuhr er am späten Freitagnachmittag nach einem Blick auf die Uhr nochmals los, um alles Nötige rund um das Thema Nudeln zu besorgen, ein Kochbuch für Anfänger gehörte ebenfalls dazu. Dieses Buch nahm er auch mit ins Bett oder vielmehr in den Schlafsack, denn das frisch bezogene Doppelbett war Rosa vorbehalten. Außerdem hatte er noch ein Einzelbett für ihre Tochter hergerichtet, es war das einzige Bett mit einem Himmel, das mochten kleine Mädchen, er hatte wirklich an alles gedacht.
In dieser Nacht schlief er noch weniger als in den Nächten zuvor, er träumte völlig wirr von riesigen Bergen Pasta und wurde wach, weil im Traum jemand einen Nudelberg vor ihm auftürmte und ihn so daran hindern wollte, zu Rosa zu gelangen. Er sah ihr Gesicht und rief ihren Namen, doch sie erkannte ihn nicht, und als er sich einen Weg zu ihr bahnen wollte, rutschte er aus und glaubte zu ersticken, plötzlich verwandelte sich das Leibgericht aller Kinder in eine tödliche Falle. Obwohl es gerade erst dämmerte und ihm noch alle Zeit der Welt blieb, stand er auf, brühte sich einen extra starken Kaffee auf und zwang sich, wenigstens eine Scheibe Brot zu essen. Alles nur ein Traum, beruhigte er sich und rechnete nach, wann er losfahren sollte, um auch nur ja pünktlich am Bahnhof zu sein. Er musste alles einkalkulieren, was sich ihm an Hindernissen in den Weg stellen konnte, und das waren in Dresden garantiert keine Nudelberge, sondern noch immer vor allem Baustellen. Er wünschte, es wäre endlich so weit, dass er sich ins Auto setzen könnte, lange hielt er dieses Warten nicht mehr aus. Ihm war nun auch nicht mehr ständig zum Lachen zumute, dazu war er viel zu aufgeregt.
An diesem Samstag fuhr Rüdiger drei Stunden früher als nötig zum Bahnhof, doch der Auslöser war keine freudige Erwartung, gepaart

mit Ungeduld, sondern ein Telefonanruf. Als sein Handy anschlug, galt sein erster Gedanke Rosa, dabei hatte er eben noch zum soundsovielten Mal bedauert, dass sie ihre Nummern nicht ausgetauscht hatten. Rosa, dachte er nichtsdestotrotz, hoffentlich sagt sie nicht ab, weil ihr etwas dazwischengekommen ist. Aber natürlich war es nicht Rosa, die ihn anrief, sondern vielmehr die Residenz für Suchtgefährdete mit medizinischer Rundum-Betreuung, wo Ruth untergebracht war. Er wurde umgehend mit dem Leiter verbunden, was er zu hören bekam, war erschreckend. Ruth randalierte, anders konnte man das nicht nennen. Einen Mitarbeiter, der über eine Leiter einsteigen und sie überwältigen wollte, hatte sie so übel zugerichtet, dass er ärztlich versorgt werden musste, die Putzfrau hatte sie, wie es aussah, als Geisel kassiert, und nun warf sie Sachen aus dem Fenster, Kleider ebenso wie Geschirr und sonstigen Hausrat, alles, was sie heben konnte, musste daran glauben.
»Sie müssen sofort herkommen, Herr Ebertz. Sie verlangt, dass Sie kommen. Andernfalls müssen wir die Polizei informieren, im Grunde müssten wir das sowieso tun. Auch wenn sie droht, dann selbst aus dem Fenster zu springen. Der Einzige, der sie vielleicht noch zur Vernunft bringen kann, sind Sie.«
»Keine Polizei«, bat Rüdiger, »bitte nicht. Ich komme.« Er merkte gar nicht, wie er einen der insgesamt vier Frühlingssträuße systematisch köpfte.
»Wie schnell können Sie hier sein?«
»Ich fahre sofort los.« Rüdiger fühlte sich wie ein Roboter, der mechanisch tat, was zu tun war. Wenn er sich beeilte, bekam er den Zug kurz vor zehn noch, keine zwei Stunden später würden Rosa und ihre Tochter an demselben Bahnhof eintreffen und vergeblich nach ihm Ausschau halten. Er hinterließ ihnen eine Notiz am Tor seines derzeitigen Domizils und eine zweite am Hintereingang, eine dritte klebte er von innen an die Glasscheibe jener Tür, die ins zukünftige Restaurant führte. Er notierte seine Telefonnummer und die Bitte, ihn umgehend anzurufen, für mehr reichte die Zeit nicht. Er konnte nur hoffen, dass Rosa aus eigenem Antrieb hierherkam. Dass sie nicht

glaubte, er habe sie versetzt. Er fühlte sich wie in einem schlechten Traum, von unterwegs telefonierte er noch mehrmals mit Dr. Frenzen, dem Leiter jener noblen Zuflucht für Suchtkranke. Ein Mann, der bislang Ruths volles Vertrauen genoss und in dessen Obhut sie freiwillig hatte bleiben wollen, nachdem er es geschafft hatte, sie über viele Wochen hinweg trocken zu halten und ihrem Leben wieder so etwas wie eine Perspektive zu geben.

Seitdem Ruth in eine eigene kleine Wohneinheit umgezogen war, fühlte sie sich so wohl wie schon lange nicht mehr, das hatte ihm auch Kristina bestätigt. Ruth aß sogar wieder freiwillig und mit Appetit, zeigte endlich wieder Interesse an dem Leben um sie herum, sie hatte sich sogar für einen neuen Meditationskurs angemeldet, unter persönlicher Leitung von Dr. Frenzen. Anscheinend hatte sie ein Faible für ihn, er war ihr Guru, ihr Meister, früher hatte sie immer nur über fernöstlichen Hokuspokus gelästert, aber seitdem Dr. Frenzen auf alternative Heilmethoden setzte ...

Und nun das! Was war passiert? Ausgerechnet an diesem Samstag ...

Ruth randalierte noch immer, als er eintraf. Es war unglaublich, was für eine Kraft in dem von Alkohol und Tabletten ausgelaugten Körper steckte. Sie wollte mit ihm allein sein, Dr. Frenzen warnte ihn, weil sie in dieser Verfassung unberechenbar war. »Auch wenn sie Ihre Frau ist, ich übernehme keinerlei Gewähr, wahrscheinlich wäre es sowieso am besten, die Polizei zu rufen.«

»Damit sie in eine geschlossene Anstalt kommt?«, hielt Rüdiger dagegen. Er argumentierte mit den Erfolgen, die man hier bereits verbucht hatte, er führte auch Kristina ins Feld, die wahrlich genug hatte mitmachen müssen. Er bestand darauf, dass etwas passiert sein musste, was Ruth derart aus der Bahn geworfen hatte. Und er behielt recht. Nach und nach erfuhr er mehr, verband die einzelnen Informationen miteinander, zwischendurch kämpfte er mit der Frau, die er geheiratet hatte, um seine Schuld bei Benedikt abzutragen. Sie benutzte immer wieder das Wort Liebe. »Ich liebe dich doch!« Als ob dies ein Schutzschild und ein angestammtes Recht und unkünd-

bar sei. Dabei konnte sie ihn unmöglich wirklich lieben, von Anfang an hatte sie ihn wohl nur besitzen wollen, ihre Besitzgier war extrem ausgeprägt, und er war für sie die Trophäe geblieben, an der sich ablesen ließ, wie viel sie als Frau noch wert war. Solange er für sie sorgte und sie regelmäßig besuchte und offiziell als ihr Mann galt, war die Welt anscheinend für sie halbwegs in Ordnung und sogar ohne Betäubungsmittel zu ertragen. Solange er sie nicht von ihrem Thron stoßen wollte, war alles gut gewesen.
Aber dann war jemand unter Umgehung des Pförtners an der Schranke und der Rezeption im Hauptgebäude bei Ruth aufgetaucht, lediglich die kaum des Deutschen mächtige Putzfrau hatte den fremden Besucher gesehen, sie war es auch, die den Fremden gegen ein üppiges Trinkgeld hinten herum durch den Wirtschaftstrakt zu Ruth führte. Dieser Unbekannte hatte Ruth gesteckt, dass Rüdiger sich ihrer so schnell wie möglich entledigen und eine andere heiraten wollte. Wer immer das gewesen war, er hatte mit einer Mischung aus Dichtung und Wahrheit dafür gesorgt, dass Ruth wieder komplett aus der Bahn geworfen wurde, vermutlich hatte er auch die Flasche mit der wie eine Blüte geformten Verschlusskappe mitgebracht, die so harmlos aussah und für gewöhnlich auch vom Inhalt her harmlos war. Diesmal nicht, das war kein exotischer Drink vorzugsweise für Teenager, dieses Teufelszeug hatte Ruth in einen Zustand versetzt, der billig und beschämend und gefährlich zugleich war. Nicht nur gefährlich für Rüdigers linkes Auge, das sie voll erwischte, als er eine Sekunde lang nicht achtgab, noch viel mehr malträtierte sie sein Herz mit mehr als üblen Anspielungen auf die Frau, die er liebte. Angeblich trieb Rosa ein doppeltes Spiel, er sollte sich nur vorsehen, und ausgehalten wurde sie auch, für Geld und Ruhm tat Rosa angeblich fast alles, nicht mal die Geschichte mit ihrer Tochter stimmte.
»Eine chronische Lügnerin«, verkündete Ruth und wiegte die fast leere Flasche an ihrer Brust, warf ihm einen verschlagenen Blick zu. »Du bist einer chronischen Lügnerin auf den Leim gegangen, du lernst es wohl nie, was?« Dann begann sie abrupt zu weinen, die Tränen ließen schwarz gefärbte Rinnsale über ihre Wangen laufen, sie sah nun

aus wie ein todtrauriger Clown. Ihre Lippen zitterten ebenso wie ihre Hände, alles an ihr begann zu zittern, diesmal wehrte sie sich auch nicht länger, als er sie hochhob und auf ihr Bett legte, ihr die Schuhe auszog und anfing, notdürftig aufzuräumen. Sie duldete sogar, dass der Hausrat, soweit er den Fenstersturz überlebt hatte, zusammen mit den Kleidungsstücken zurückgebracht wurde, das zerschlagene Porzellan wurde ersetzt, und er durfte sogar etwas zu essen kommen lassen. Für sie beide, darauf beharrte Ruth.

Er musste bleiben, in seiner Obhut wurde sie zu einem liebebedürftigen kleinen Kind und schmiegte sich an ihn. Später wurde ihr schlecht. Alles kehrte zurück, die Vergangenheit holte ihn ein. Er fühlte sich schuldig, obwohl er nichts getan hatte. Sein letzter Gedanke vor dem Einschlafen galt Rosa, was sie jetzt wohl gerade tat? Rosa, er murmelte ihren Namen und glaubte sie vor sich zu sehen, träumte von ihr, im Traum war sie ihm unglaublich nah, doch dann peitschte die Stimme von Ruth in dieses Bild. »Eine chronische Lügnerin!«, hörte er sie geifern. »Du bist einer chronischen Lügnerin auf den Leim gegangen, du lernst es wohl nie, was?« Schweißgebadet wachte er auf, er lag auf der Couch, der dank Ruths Attacke zwei Beine fehlten, die absolute Schieflage. Und vor ihm kniete Ruth.

»Lass mich nicht im Stich!«, flehte sie, die Haare hingen ihr wirr ins Gesicht, schwangen über sein Gesicht, ein paar einzelne Haare verfingen sich in seinem nachwachsenden Bart, er musste sich dringend rasieren. »Schwör mir, dass du mich nicht im Irrenhaus einsperren lässt.«

»Wie kommst du denn auf so etwas?« Er ekelte sich. Im selben Augenblick schämte er sich über sich selbst. Sie war doch krank, nicht Herrin ihrer selbst.

»Er hat es gesagt. Er hat gesagt, dass du das vorhast. Aber ich glaube ihm nicht, du warst so lieb. Ich glaube, dass an allem nur diese Frau schuld ist. Sie ist eine Hexe, eine Schlampe, eine Lügnerin.« Ein weiterer hysterischer Anfall bahnte sich an, schon wieder begann sie um sich zu schlagen, es dauerte eine Ewigkeit, bis er sie besänftigen konnte. Diesmal musste er sich zu ihr ins Bett legen, er hatte keine andere Wahl, sie ruhig zu halten. Er fühlte sich als Verräter, der alte Zwiespalt tat sich auf, die Zweifel an sich selbst kehrten zurück, doch dann glaubte er Rosa zu hören: »Geht nicht gibt's nicht!« Er musste lächeln. Hindernisse waren dazu da, aus dem Weg geräumt zu werden. Hauptsache, sie beide hatten einander wiedergefunden, alles andere war eine Frage der Zeit.

## 9

Bis ganz zuletzt hatte Rosa gehofft, dass Joana es sich doch noch anders überlegte und mit nach Dresden kam. Endlich hatte zwischen ihnen beiden wieder die Chemie gestimmt, ihre Tochter hatte ihr vertraut und Zuflucht bei ihr gesucht, zusammen würden sie auch die Enttäuschung über Massimo schultern, ihm erst gar keine Chance mehr geben, sich nochmals in ihr Leben zu drängen. Am Montag war Rosa aus Dresden zurückgekommen und nach der schrecklichen Auseinandersetzung mit Massimo zunehmend optimistisch gewesen, das war nun fünf Tage her. Sie würden das schon schaffen, zumal sie ja bald nicht mehr nur zu zweit gegen die Monster dieser Welt kämpfen mussten.

Rosa hatte sich aufgerafft und Massimo einen langen Brief geschrieben, danach fühlte sie sich viel besser. Sie hatte reinen Tisch gemacht und ihm dringend empfohlen, sich jetzt in ihrer aller Interesse am besten eine Weile lang unsichtbar zu machen. Wenn er sie sich nicht dauerhaft zur Feindin machen wollte, sollte er das gefälligst akzeptieren. Sie hatte keine Antwort auf diesen Brief erhalten, es gab auch keinen weiteren Versuch seinerseits, sich etwa auf dem Umweg über die Orangerie oder die Bank oder sonstige gemeinsame Kanäle in Erinnerung zu rufen. Von heute auf morgen war Massimo kein Thema mehr, nicht mal mehr in ihren Gedanken, die immer wieder um Rüdiger kreisten, und Rosa musste an sich halten, um ihr Geheimnis noch ein wenig für sich zu behalten. Am liebsten hätte sie ihrer Tochter natürlich sofort von Rüdiger erzählt, doch sie hatte sich

beherrscht, denn auch freudige Überraschungen konnten schnell zu viel werden. Erst einmal sollte Joana zur Ruhe kommen.
Joana brauchte in dieser Woche nicht mal in die Schule zu gehen, Rosa umsorgte sie wie eine Kranke, in gewisser Weise war sie das ja auch. Außerdem wollte sie, dass Joana am Samstag wieder topfit war. Am Samstag, wenn sie das erste Mal dem Mann gegenübertreten würde, der die große Liebe ihrer Mutter war. Bis zum Freitagabend behielt Rosa ihr Geheimnis für sich, vielleicht hatte sie ja auch ein wenig Angst, sich zu erklären, obwohl Lampenfieber das bessere Wort dafür wäre. Sie hatten früher als sonst zu Abend gegessen, es gab Nudeln mit Butter, Ruccola und frisch gehobeltem Parmesan, dazu Tomatensalat. Joana verdrückte zwei riesige Portionen und leerte schließlich auch noch Rosas Teller, der die Aufregung buchstäblich auf den Magen geschlagen war.
»Du isst ja gar nichts, was ist denn los?« Joanas Lippen glänzten fettig, zwei blanke Teller standen vor ihr, sie schob sie beiseite und stöhnte leise. »Du hast was verpasst, sage ich dir, das war genial gut.«
Rosa nickte und überlegte, ob sie jetzt von Rüdiger anfangen oder erst packen sollte.
»Ist es wegen Dresden?«, bohrte Joana weiter. »Glaubst du, dass Massimo uns dort auflauert? Ich meine, er weiß ja ganz genau, wo er uns findet. Offen gestanden müssen wir wegen mir gar nicht mehr unbedingt dorthin ziehen, mit dem Schloss ist es ja jetzt sowieso Essig, und was ist schon 'ne Orangerie. Außerdem ist es hier gar nicht so übel.«
»Du brauchst keine Angst mehr zu haben, ich habe das geregelt. Und die Orangerie wird ein Traum, unser ganzes Leben dort …«
»Du hörst dich an wie so ein Spruch aus der Werbung oder dem Poesiealbum. Irgendwas ist doch mit dir, Mama. Raus mit der Sprache!«
»Also gut, es gibt da schon etwas, was ich dir unbedingt noch sagen muss. Eine Überraschung, ich war ja selbst total überrascht, als wir uns vor zwei Wochen wiederbegegnet sind. Ich kann es kaum glauben, dass das erst zwei Wochen her ist, es war, als ob jemand einen

riesigen Radiergummi genommen und alles ausradiert hätte, was an Missverständnissen zwischen uns stand.«

»Redest du etwa von einem Mann?« Joana verschränkte die Arme vor der Brust.

»Nicht von irgendeinem Mann, sondern von Rüdiger. Rüdiger Ebertz. Ihr beide werdet euch verstehen, das spüre ich, das sagt mir mein Herz ...«

»Massimo hat also doch nicht gelogen.« Regelrecht feindselig klang das, und wäre Rosa nicht derart in ihrem Rausch befangen gewesen, hätte sie aufmerken müssen. So aber redete sie frohgemut weiter, es tat gut, endlich über Rüdiger sprechen zu können, im Grunde wurde es ja auch höchste Zeit. »Übrigens hat er auch eine Tochter, und er freut sich auf dich, auf uns, er wird uns morgen am Bahnhof abholen und ...«

»Nein!« Aufspringen und davonlaufen war eins. Joana kümmerte sich weder um ihren nach hinten gekippten Stuhl noch um Rosas Protest, sie reagierte auch nicht, als ihre Mutter ihr nachlief und gegen ihre Tür hämmerte, Zutritt verlangte, sich dann wieder aufs Bitten verlegte.

»Ich verstehe ja, dass dir das alles etwas überraschend kommt, Joana. Und dass du nach der Pleite mit Massimo erst mal die Nase von Männern voll hast. Aber du kannst Rüdiger unmöglich mit Massimo vergleichen, zwischen den beiden liegen Welten ...«

»Sagst du das nicht immer?« Der Spott in dieser Frage, die nicht wirklich eine Frage war, ließ sich kaum überhören, davon zeugte alles, was Joana sonst noch bis zu Rosas Abreise nach Dresden sagte. Sie war nicht davon abzubringen, dass ihre Mutter es hinter dem Rücken ihrer Familie ständig mit neuen Kerlen trieb, dieser Rüdiger war der beste Beweis, möglicherweise lag Massimo ja gar nicht so falsch mit seiner Einschätzung, davon zeugten die heißen Dessous, versteckt in der zweiten Reihe der Wäschekommode, oder dieses in Joanas Augen total peinliche Jungmädchenkleid neulich und all die anderen Ungereimtheiten. Joana hatte den Dreh heraus, sich in etwas hineinzusteigern, sie konnte so unglaublich stur sein, und egal, wie

Rosa argumentierte, sie prallte an der Sturheit der Dreizehnjährigen wie an einer Betonwand ab. Das Ende vom Lied war, dass Joana an diesem Wochenende bei ihrem Großvater bleiben würde.
»Bei ihm bin ich sicher«, verkündete sie und ließ keinen Zweifel daran, dass sie keineswegs nur vonseiten Massimos Gefahr witterte.
»Gib Rüdiger doch wenigstens eine Chance!« Ein letzter Versuch, bevor Rosa sich zum Bahnhof aufmachte. Die ganze Zugfahrt über grübelte sie darüber nach, wie sie Rüdiger das Fernbleiben ihrer Tochter erklären sollte. Eine Ausrede erfinden oder ihm die ungeschminkte Wahrheit präsentieren? Natürlich gab es auch Zwischenstufen, die Pubertät etwa erklärte manches, aber dann fiel Rosa wieder ein, dass Joana ja angeblich gerade erst zwölf geworden war. Ein Jahr mehr oder weniger machte in diesem Alter viel aus, und Rüdiger kannte sich aus, schließlich hatte er selbst eine Tochter, eine Stieftochter, von der Rosa nicht mal den Vornamen wusste.
Sie wusste noch so unglaublich wenig über sein Leben in den letzten dreizehn Jahren, nur dass seine Tochter inzwischen ausgezogen und seine Ehe endgültig gescheitert war und er sich endlich von einer Fabrik befreit hatte, wo seine Kreativität dazu verdammt war, Betten, Nachttische und Kleiderschränke und vielleicht noch eine passende Frisierkommode in Schleiflack zu produzieren. Ganz weich wurde ihr bei dem Gedanken ums Herz, wie sehr er gelitten haben musste, mit einer Alkoholikerin an seiner Seite und Schuldgefühlen für etwas, was passiert war, als er noch ein Kind und gar nicht in der Lage war, sich über die Tragweite seines Tuns Gedanken zu machen. Natürlich hatte er seinem Bruder, als er ihn als Kind in diese Truhe lockte, nicht nach dem Leben getrachtet, ebenso wenig wie er gezielt Frauen anbaggerte, um an deren Geld zu kommen. Er hatte noch immer keinen blassen Schimmer, dass sie inzwischen nicht mehr die mittellose Frau war, als die er sie kennengelernt hatte. Er wusste nichts von der Orangerie, das war der beste Beweis dafür, dass es ihm nicht aufs Materielle ankam. Er liebte sie um ihrer selbst willen. Und sie liebte ihn. Sie brauchte ihn, jetzt mehr denn je. Plötzlich konnte es ihr gar nicht schnell genug gehen, zu ihm zu gelangen und sich von ihm trösten

zu lassen, natürlich würde sie ihm reinen Wein einschenken, er sollte alles von ihr wissen, nur dann konnte ihre Liebe Bestand haben und Wurzeln schlagen und früher oder später auch Joana überzeugen.
»Geht nicht gibt's nicht!« Sie musste laut gesprochen haben, denn sie erntete ein paar irritierte Blicke, da stand sie bereits auf der Plattform am Ausstieg des ICE, der gerade in Dresden einlief, und hielt nach Rüdiger Ausschau. Es tat gut zu wissen, dass er sie diesmal gleich hier auf dem Bahnhof in Empfang nahm. Sie würde ihm in die Arme fallen, dann wurde alles wieder gut. Es tat gut, endlich selbst Schwäche zeigen zu dürfen. Die unmittelbar hinter ihr liegenden Ereignisse überrollten sie, Tränen schossen ihr in die Augen, alles verschwamm, was sie zunächst als Grund dafür nahm, dass sie Rüdiger nirgends ausmachen konnte. Immer wieder schritt sie das Gleis auf und ab und vergewisserte sich, dass ihr Zug pünktlich eingelaufen war. Dann fragte sie sich, ob einer von ihnen beiden doch etwas falsch verstanden hatte. Sie wartete noch eine Weile, dann lief sie zu dem Lokal, wo alles wieder angefangen hatte. Ihr Treffpunkt.
Der Kellner erkannte sie sofort und schüttelte bedauernd den Kopf. Nein, Rüdiger hatte sich nicht blicken lassen. Ob er sie am Ende in seinem verwunschenen Hotel erwartete? Rosa winkte ein Taxi heran, leider kannte sie weder den Namen des Hotels, das er momentan umbaute, noch den der Ortschaft, sie konnte nur grobe Orientierungshilfen geben, immer wieder bogen sie falsch ab. Woher hätte sie auf dem Weg vom Hotel ihres Liebsten zurück nach Dresden wissen sollen, dass es fünf Tage später eine Rolle spielen würde, den Weg in die umgekehrte Richtung zu finden? Zwischendurch überkam sie auch die Angst, Rüdiger könnte etwas zugestoßen sein. Unfug! Ihre Phantasie ging mal wieder mit ihr durch, alles würde sich gleich als Missverständnis herausstellen, und sie würden zusammen darüber lachen …
Das alte Hotel lag einsam und verlassen da. Wie nicht anders zu erwarten, war kein Handwerker zu sehen, immerhin war Wochenende. Ein einsames Auto parkte ein Stück die Straße hinauf, sie kümmerte sich nicht weiter darum. »Rüdiger? Rüdiger, bist du da?« Sie rüttel-

te am vorderen Tor und an dem kleinen Törchen, das direkt in die Weinberge führte und durch das sie am Sonntagabend gekommen waren, als sie ihr Schiff verpasst hatten. Alles war abgeschlossen, niemand antwortete, es gab auch keine Nachricht für sie, lediglich überall Schilder mit dem Hinweis, dass das Betreten der Baustelle streng verboten war. Sie kümmerte sich nicht darum, bestimmt hatte sie etwas übersehen, doch alles, was sie entdeckte, war eine zerbrochene Scheibe in der schönen alten Tür, die ins Restaurant führte. Das entstandene Loch war nicht größer als ihre Hand und lag viel zu hoch, um komplett mit dem Arm hindurchgreifen und die Tür etwa von innen öffnen oder gar einsteigen zu können. Seltsam! Als Rosa aufgab und das Anwesen verließ, kam sie an dem Auto von vorhin vorbei, es hatte eine Dresdner Nummer und war leer, sonst hätte sie wenigstens nach dem Weg fragen können. Sie wollte ein Stück durch die Weinberge gehen, sie musste dringend nachdenken.

Rosa stieg immer höher, zu ihren Füßen lag die Elbe, es war ein wunderschöner Frühlingstag, irgendwo musste auch ihre Orangerie liegen, diesmal kam bei dem Gedanken daran keine Vorfreude auf. Wie dunkle Vorboten nahmen sich die Anspielungen von Massimo aus, das, was er über ihr Erbe, ihren Traum und über Rüdiger gesagt hatte. Sie ging immer weiter, vielleicht kam sie irgendwann in Dresden heraus, einer dieser Höhenwege führte bis dorthin, das hatte Rüdiger ihr erzählt. Ein paar Kilometer mehr oder weniger schreckten sie nicht, zumal sie ja sowieso nicht wusste, was sie jetzt tun sollte. Ohne es zu merken, musste sie irgendwann falsch abgebogen sein, sie war im Kreis gelaufen und kam praktisch wieder an ihrem Ausgangspunkt an. Erst jetzt kam ihr die zündende Idee: Wenn Rüdiger ihr warum auch immer keine Nachricht hatte hinterlassen können, so würde sie das jetzt umgekehrt tun. Sie schrieb nicht viel, schon mit Rücksicht auf fremde Leser nicht, und einen Umschlag hatte sie nicht dabei. Auf dem Zettel stand lediglich »Ich war hier, ruf mich bitte an!« und dahinter ihr Name und ihre Handy-Nummer, sonst nichts. Damit kein Unbefugter und keine Windböe ihre Nachricht wegtrugen, beschwerte sie diese und warf sie dann durch das Loch in der Glasscheibe der zum Restaurant führenden Tür. Das Loch befand sich in Kopfhöhe, sie konnte den Aufprall auf der anderen Seite hören. Angekommen! Bei seiner Heimkehr musste Rüdiger praktisch darüber stolpern.

## 10

Letztlich war es wohl vor allem Kristina zu verdanken, dass Rosa sich wieder fing. Völlig verwirrt war sie noch bis Sonntagabend in Dresden geblieben, diesmal hatte sie wirklich im Hotel übernachtet, sie war auch noch zweimal zu Rüdigers Hotel hinausgefahren, aus Kostengründen mit öffentlichen Verkehrsmitteln, sie brauchte für jede Strecke eine kleine Ewigkeit, doch die Zeit spielte ja keine Rolle mehr. Ihre Gedanken waren ähnlich abgestumpft gewesen wie ihr Körper, als sie wieder zu Hause im Sauerland ankam. Kristina erwartete sie bereits und überfiel sie förmlich mit Vorwürfen und Neuigkeiten, sie barst vor Energie, und wie selbstverständlich ging sie davon aus, dass Rosa sich in Dresden einzig und allein um die stetig näher rückende Eröffnung gekümmert hatte, jetzt waren es bis dahin nur noch zwölf Tage.

»Es wird genial«, verkündete Kristina, kaum dass sie im Haus waren, sie war Rosa mit dem mitgebrachten Kuchentablett wie ein Schatten von der Garderobe die Treppe hoch und wieder zurück in die Küche gefolgt, wo endlich der Kuchen abgestellt wurde. Rosa hatte noch immer nichts gesagt, normalerweise hätte das Kristina längst auffallen müssen, doch diese war einfach nicht zu bremsen. »Rate mal, wer auch zugesagt hat?« Sie wartete Rosas Antwort erst gar nicht ab, sondern platzte voller Stolz damit heraus, dass der Seniorchef einer der renommiertesten italienischen Möbelfirmen – noch eines der ganz wenigen großen Familienunternehmen – nicht nur persönlich der Eröffnung beiwohnen würde, sondern auch schon so gut wie zugesagt hatte, die Schlafstationen in Kommission zu nehmen.

»Und wenn wir damit bei der Kundschaft ankommen – und natürlich tun wir das –, sollen wir für die nächste Kollektion eine eigene Linie im Auftrag der Italiener entwerfen und auch produzieren, der Vertrieb würde uns komplett abgenommen. Damit wären wir so gut wie alle Sorgen los und auf Anhieb dick im Geschäft. Wie habe ich das gemacht?« Kristina schnappte aufgeregt nach Luft, es war von Anfang an ihre größte Sorge gewesen, ihr für eine Anfängerin hohes Gehalt nicht wert zu sein. »He, warum sagst du denn nichts? Obwohl, mir ist es erst mal genauso gegangen, als die gute Nachricht am Samstag kam. Ich habe natürlich sofort versucht, dich zu erreichen, aber hier war offenbar keiner, und du bist ja nicht mal an dein Handy gegangen.«

»Und was für eine italienische Möbelfirma soll das sein?« Rosas Herz klopfte wie verrückt, es gab nur noch wenige große Familienunternehmen in dieser Branche. »Doch nicht etwa die Pezzos?«

»Nein, aber du bist dicht dran, Mailand ist schon mal richtig, wir haben dort den stärksten Konkurrenten der Pezzos an der Angel.«

»Findest du nicht, dass das alles etwas schnell geht?« Rosa griff nach der Gießkanne und begann, halb blind die Küchenkräuter auf der Fensterbank zu wässern.

»He, willst du die armen Kräuter ersäufen? Und wieso schnell? Wenn du mich fragst, kann es gar nicht schnell genug gehen mit dem Geldverdienen, oder hast du jetzt auch noch im Lotto gewonnen? Außerdem soll man das Eisen bekanntlich schmieden, solange es heiß ist. Das sagt mein Großvater immer, er kann sich tierisch aufregen, wenn etwas auf die lange Bank geschoben oder nicht so erledigt wird, wie er sich das vorstellt. Deshalb ist mein Vater wohl auch auf und davon, aber das ist eine andere Geschichte.«

»Weißt du, dass ich so gut wie nichts über deine Familie weiß?«

Kristina zuckte die Schultern und begann, die Papierhülle von dem Kuchentablett zu entfernen. »Kann schon sein«, meinte sie vielleicht etwas zu beiläufig, »aber das ist nun mal ein schwieriges Kapitel in meinem Leben, ich bin regelrecht von daheim geflüchtet und habe gebetet, dass es klappt und ich nie mehr zurückmuss. Und jetzt klappt es, hörst du. Wir beide werden die Powerfrauen von Dresden sein,

und wenn Joana etwas größer ist, wird sie die Dritte im Bunde. Wo steckt sie überhaupt? Ich habe extra für sie Schweineöhrchen und Apfel im Schlafrock und Baisers mitgebracht.«
»Joana wird noch drüben bei ihrem Großvater sein.«
»Verstehe, sie fängt schon mal mit ihrer Abschiedsrunde an. Ist sie schon sehr aufgeregt? Als ich sie zuletzt gesehen habe, konnte sie gar nicht schnell genug von hier fortkommen.«
»Das hat sich geändert. Hier hat sich überhaupt einiges geändert. Möchtest du lieber Kaffee oder Tee haben?«
»Du lenkst nicht zufällig ab? Nun sag schon, was ist los? Ist was mit Joana?«
Rosa nickte. »Sie will vielleicht doch lieber hierbleiben.«
»Im Sauerland? Dahinter kann nur ein Knabe stecken. Wer ist es? Dieser Fabian oder Florian, von dem sie so geschwärmt und dann alles abgestritten hat?«
»Es hat eher was mit Massimo zu tun. Wir … wir haben uns wohl in ihm getäuscht.«
»Oh weh, wo er doch für Joana so was wie der Märchenprinz war.«
»Märchenprinz ade!« Völlig in Gedanken füllte Rosa Kaffeemehl in ein Tee-Ei statt in den Filter daneben, sie musste an Rüdiger denken und warum er sich noch immer nicht gemeldet hatte. Jetzt, wo sie ihm doch ihre Telefonnummer dagelassen hatte.
»Achtung, du machst da, glaube ich, was falsch.«
Rosa nickte. »Gut möglich, im Augenblick mache ich anscheinend alles falsch. Ich befinde mich in einer ausgesprochenen Pechsträhne, und das genau ist der Grund, warum wir nichts überstürzen sollten. Ich vertrage jetzt nicht noch eine Niederlage.« Bitte ruf an, flehte sie stumm, ruf doch wenigstens kurz an! Sie ertrug diese Ungewissheit nicht.
»Du kannst jetzt unmöglich alles zurückpfeifen. Die Presse ist informiert, die Gäste auf unserer Liste haben praktisch geschlossen zugesagt, und an der Kunsthochschule in Dresden reißen sie sich auch schon um dich, du hast dort einen bleibenden Eindruck hinterlassen. Wir werden ganz gewiss keinen Mangel an kreativen Helfern haben,

der akademische Nachwuchs erkennt uns bereits als neue Avantgarde an. Und ich geh mal davon aus, dass mit den Mitarbeitern für die Produktion auch alles klargeht, deshalb warst du ja wohl gerade wieder vor Ort. Gegenüber den Italienern haben wir den entscheidenden Vorteil, dass bei uns nicht im Sommer monatelang Sendepause ist, das sollten wir ausnutzen. Die machen jetzt Urlaub, und wir legen los.«

Rosa schraubte das Tee-Ei auf, sie hatte ihren Irrtum endlich bemerkt, das Kaffeemehl verbreitete einen aromatischen Duft. »Nein«, sagte sie leise, »wegen geeigneter Mitarbeiter war ich diesmal nicht in Dresden. Ich war wegen einem Mann dort, deshalb ist Joana ja plötzlich so störrisch. Sie glaubt anscheinend, was Massimo ihr über mich erzählt hat.«

»Papperlapapp!« Ehe Rosa es sich versah, vertauschte Kristina die Rollen, nun war sie diejenige, die sagte, wo es langging, und die immer wieder neue Argumente fand, warum Rosa jetzt am Ball bleiben musste. Wie sie sagte, war Rosa das ihrer Tochter und erst recht ihrer Großmutter schuldig, der sie schließlich das Startkapital verdankte, und wenn Massimo Pezzo erst mitbekam, dass sie sogar Rückenwind von der direkten Konkurrenz der Pezzos bekamen, würde ihm das, wie Kristina sich ausdrückte, ordentlich Feuer unterm Hintern machen. »Das ist die beste Strafe, die du dir für ihn wünschen kannst, und was diesen neuen Mann in deinem Leben angeht, verdammt, es wird höchste Zeit, dass du dich mal wieder so richtig verliebst. Mich hat es übrigens auch erwischt, aber das erzähl ich dir in Ruhe nach unserer Eröffnung. Also, ich schlage vor, wir kümmern uns jetzt zusammen um alles, ich bleibe am besten gleich hier. Joana hilft mir bestimmt mit ein paar frischen Sachen aus, denn deine sind mir garantiert zu eng, und dann fahren wir zu dritt nach Dresden und heimsen alle Lorbeeren ein, die wir uns redlich verdient haben.«

Rosa hatte keine Chance. Möglicherweise war sie es auch nur leid, weiter Widerstand zu leisten, das kostete so unglaublich viel Kraft. Sie gab nach, tat, was von ihr erwartet wurde, und hoffte bei allem, dass Rüdiger sich endlich meldete und ihr erklärte, warum er ihre Verabredung nicht eingehalten hatte. Sie telefonierte für ihre junge Firma herum, prüfte und stellte ein, sie gab Interviews und segnete die Vorschläge des Catering-Dienstes ab. Es würde Antipasti geben. Italienisch zog immer, aber die Biertrinker sollten ebenfalls nicht zu kurz kommen. Sie hatte sogar mit jenen Handwerkern Glück, die Rosa nicht sofort von ihrem Vorgänger fest hatte übernehmen wollen, weil ihr das Risiko zu groß erschien. Helfer, die nun dringend für den Aufbau und Abbau der Prototypen gebraucht wurden, allmählich lief ihnen die Zeit davon. Diese potentiellen Helfer hatten zwar inzwischen alle einen neuen Job am Bau gefunden, doch zur Zeit gab es eine unfreiwillige Pause, irgendein Ärger mit dem Bauamt. Und so schrumpften fast ganz von selbst alle Einwände, die Rosa noch vortragen konnte. Sie hatten genug Leute, das Geld reichte auch, die Aufträge rollten an, alles lief wie am Schnürchen. Und dann rief wenige Tage vor dem großen Tag endlich auch Rüdiger an.

»Es tut mir leid«, waren seine ersten Worte, er hörte sich reichlich diffus an, und Rosa hatte Mühe, sich einen Reim auf das zu machen, was er ihr erzählte. Immerhin verstand sie, dass er gleich an zwei Fronten heftigen Ärger bekommen hatte und sogar die Gefahr bestand, dass er nicht mal den Auftrag für dieses Hotel in Meißen zu Ende führen durfte. Ihre Nachricht hatte er gerade erst erhalten, das Hotel war versiegelt worden, und Ruth drohte mit Selbstmord, alles lief aus dem Ruder.

»Fehlt nur noch, dass du jetzt auch nichts mehr von mir wissen willst.« Er hatte leise gesprochen, und obwohl Rosa ihn nicht sehen konnte, glaubte sie die Niedergeschlagenheit und Beschämung in seinem Gesicht zu sehen.

»Das wird ganz gewiss nicht geschehen«, erwiderte sie und wünschte sich, ihm alle Zweifel und Sorgen fortstreicheln zu dürfen. »Ich bin so unglaublich froh, dass du dich endlich gemeldet hast.«

»Was willst du eigentlich mit jemandem wie mir? Ich schleppe dir nichts als Probleme an.«

»He, hast du's schon vergessen? Probleme sind dazu da, dass man sie aus dem Weg räumt, und geht nicht gibt's nicht, denk dran!«
»Ich liebe dich.«
»Ich liebe dich auch.« Die heiße Welle aus Sehnsucht und Glück, die Rosa überrollen wollte, wurde jäh von einer Frauenstimme unterbrochen. Die Stimme kam Rosa vage bekannt vor. Es war jetzt dreizehn Jahre her, dass sie diese Frau live erlebt hatte, die letzte Begegnung mit ihr hatte sich fest in Rosas Gedächtnis eingebrannt, es war alles andere als eine angenehme Erinnerung. Das war die Frau, die zuerst mit Rüdigers Bruder und dann mit ihm selbst verheiratet war. Die Frau, die Rosa zusammen mit Rüdiger im Weinkeller erwischt und daraufhin Hals über Kopf die Flucht ergriffen hatte. Eine Alkoholikerin, eine verwöhnte Tochter, die von ihren Eltern, als die Sucht publik wurde, wie eine heiße Kartoffel fallengelassen wurde und sich daraufhin einen neuen Halt suchte. Zuerst Rüdigers Bruder Benedikt, und als der sich aus dem Staub machte, Rüdiger selbst. Offenbar versuchte Ruth jetzt schon wieder, sich an Rüdiger festzuklammern. Was sie im Hintergrund abließ, war pures Gift.
»Mit wem redest du da? Etwa mit diesem Flittchen?« Ruths Stimme schraubte sich hysterisch hoch. »Ich weiß genau, dass sie hinter allem steckt, aber sie bekommt dich nicht, hörst du? Eher …« Die Verbindung wurde unterbrochen, es vergingen mehr als zwei qualvolle Stunden, bis Rüdiger erneut anrief.
»Sie schläft jetzt«, sagte er gepresst, »der Arzt hat ihr eine Spritze gegeben. Du bist wie ein rotes Tuch für sie. Seitdem dieser Fremde hier war und sie gegen dich aufgehetzt hat, ist sie wie von Sinnen, sie droht mit Selbstmord und allem Möglichen …«
»Was für ein Fremder?«, fragte Rosa und verscheuchte eine Ahnung, die sie anfiel. Bestimmt sah sie bloß Gespenster.
»Ich weiß es nicht. Wenn ich es wüsste, würde ich mir den Kerl schnappen. Das ist das Schlimmste überhaupt: Ich kann nicht wirklich etwas tun: Hier nicht und in Dresden oder vielmehr Meißen auch nicht.«
»Und wie soll es weitergehen?«
»Ruths Arzt erprobt gerade eine neue Therapie, und wenn die an-

schlägt, darf sie hierbleiben und muss nicht in eine geschlossene Anstalt, das würde ihr nämlich den Rest geben.«
»Du bleibst also vorläufig noch bei ihr?«
»Ich habe keine andere Wahl, so gesehen müsste ich sogar beinahe dankbar für den Baustopp sein, den sie mir reingewürgt haben. Es ist alles total vertrackt, aber solange du mich noch lieben kannst …«
»Mich wirst du so schnell nicht wieder los«, prophezeite Rosa und ahnte nicht, wie bald diese Worte auf den Prüfstand gehoben werden würden.

## 11

Wenn Großmutter das nur sehen könnte, war Rosas erster Gedanke, als endlich alles fertig war und sie sich bei ihren Helfern bedankte. Wenn Rüdiger doch nur auch dabei wäre, war ihr zweiter Gedanke, und erneut überfielen sie Zweifel, ob es richtig gewesen war, ihm dieses Datum zu verschweigen. Den Tag, an dem ihr großer Traum publik wurde, und wie es aussah, lief ja wirklich alles glatt, wenn man davon absah, dass Joana sich hartnäckig geweigert hatte, der Eröffnung beizuwohnen. Was aber sehr wohl daran liegen mochte, dass sie nach wie vor eine Begegnung mit Massimo fürchtete.
Auch wenn er sich ihnen bis jetzt ferngehalten hatte, war nicht vollständig auszuschließen, dass er seine Drohung wahr machte und hier aufkreuzte, so gesehen war es vermutlich gar nicht schlecht, wenn Joana an diesem Tag bei ihrem Großvater blieb. Und es war, nüchtern betrachtet, gleichfalls besser, wenn Rüdiger heute nicht bei ihr war, auch wenn Rosa sich das von ganzem Herzen wünschte und insgeheim schon Pläne für den Fall geschmiedet hatte, dass sein Hotelprojekt endgültig gestorben war. Hier konnten sie ihn jederzeit brauchen, sie beide würden das Dream-Team schlechthin sein – mit dreizehn Jahren Verspätung. Besser spät als nie …
»Ein Königreich für das, was du gerade denkst.« Kristina bewegte eine Hand wie einen Fächer vor Rosas Augen hin und her, wie lange

schon, blieb offen. »Nein«, fuhr sie fort, »ich kann es mir auch so denken, du bist gerade im Geist bei deinem Märchenprinzen gelandet. Warum ist er eigentlich nicht hier und ruft ständig nur an?«

»Redet ihr von mir?« Massimo musste auf dieses Stichwort gewartet haben, er verfügte über die Gabe, sich wie eine Wildkatze anzuschleichen. Diesmal betrat er die Bühne mit gut einem Dutzend Leuten im Schlepptau, die ersten Gäste waren eingetroffen, und es wurden stetig mehr, dazu gesellten sich diverse Presseleute, sogar das Lokalfernsehen war vertreten. Kaum der richtige Augenblick für einen Eklat, und natürlich wusste Massimo das, er war gerissen, andererseits musste ihm doch langsam dämmern, dass sie wirklich nichts mehr mit ihm zu tun haben wollte. Rosa nutzte eine kurze Verschnaufpause, um ihm genau das mitzuteilen.

»Es wäre besser«, flüsterte sie, »wenn du das dir und mir erspart hättest.«

»Ich glaube, du vergisst da eine klitzekleine Kleinigkeit. Scusi, darf ich dir den Chefeinkäufer von einer unserer größten Möbelhausketten vorstellen?« Der nächste Gast, der Strom riss nicht ab, jeder Neuankömmling wurde auf einer Liste erfasst und darüber hinaus gebeten, sich in ein Gästebuch einzutragen, das Kristina wie so vieles andere besorgt hatte. Sie war es vermutlich auch gewesen, die gleich zwei Fotografen engagiert hatte, welche jede Begrüßung professionell im Bild festhielten. Und immer wieder schaffte Massimo es, sich mit ins Bild zu schieben, unmittelbar neben oder hinter Rosa aufzutauchen, und sie fühlte sich zugleich machtlos und wütend. Wenn er doch nur endlich verschwände.

Die Musik spielte einen Tusch. Verwirrt warf Rosa einen Blick zu der Drei-Mann-Band hinüber, die in Dresden schon zu DDR-Zeiten Kult gewesen war. Wieso hatte das Trio nicht auf ihren Einsatz gewartet? Aber vielleicht war Kristina ihr ja auch zuvorgekommen, in jedem Fall wurde es langsam Zeit, die Gäste offiziell zu begrüßen. Sie gab sich einen Ruck und steuerte das Podest an, auf dem auch die Musiker agierten, es trennten sie nur noch wenige Meter von ihrem Ziel, als sich ihr jemand in den Weg stellte.

»Rüdiger, du hier?« Am liebsten wäre sie ihm um den Hals gefallen, vor allen Leuten, was spielte das schon für eine Rolle? Alle durften wissen, dass sie beide zusammengehörten. In ihrer Aufregung verschwendete sie keinen Gedanken daran, wie er hierherkam, denn sie hatte ihm definitiv kein Sterbenswort verraten. Weil sie ihn nicht mit ihrem Triumph beschämen wollte und sich noch immer keine Gelegenheit gefunden hatte, Auge in Auge über ihre Orangerie zu reden. Wenn sie jedoch geahnt hätte, dass er an diesem Tag endlich wieder nach Dresden kam, ausgerechnet an ihrem großen Tag …

Etwas in Rüdigers Haltung und in seinen Augen stoppte sie.

»Ja, da staunst du, nicht wahr?« Auch seine Stimme war anders, ganz kalt und fremd. »Oder auch nicht!«, fuhr er fort. »Möglicherweise hast du es ja auch darauf angelegt, mich als den letzten Tölpel bloßzustellen. Als einen Mann, der sich von dir zuerst seine Existenz und dann auch noch seine Tochter rauben lässt. Was ist das für ein Gefühl, jemanden so restlos zum Deppen zu machen? Ist das deine verspätete Rache für das, was vor dreizehn Jahren war? Ich muss schon sagen, du bist eine begnadete Schauspielerin.«

»Ich verstehe dich nicht«, war alles, was Rosa hervorbrachte, und das stimmte, sie verstand rein gar nichts mehr. Nur dass da gerade etwas Schreckliches passierte, ihr den Boden unter den Füßen wegzog, gleichzeitig zerrte auch noch etwas ganz körperlich an ihrer Hand, zog sie fort von Rüdiger und auf dieses Podest zu, die Menge spaltete sich, bildete einen Gang für sie und Massimo. Er war derjenige, der sich ihrer Hand bemächtigt hatte, schon wieder er. Sie wehrte sich, blieb stehen und sah sich nach Rüdiger um. Aber er war schon nicht mehr da, fremde Menschen hatten die Lücke geschlossen, wo eben noch er und sie einander gegenübergestanden hatten.

Und schon wieder ertönte ein Tusch, ein Mikrofon knisterte, dann ertönte Massimos leicht rauchige Stimme, er besaß eine ungeheuer einschmeichelnde Stimme, auf der er wie auf einem Instrument nach Belieben zu spielen verstand. Es dauerte einen Augenblick, bis sie verstand, was er dort oben von sich gab, sie war in Gedanken ja noch

immer bei Rüdiger. Wie hatte Rüdiger das gemeint? Welche Existenz sollte sie ihm geraubt haben? Und seine Tochter kannte sie nicht mal, das ergab doch alles gar keinen Sinn. Wie gesagt, es dauerte etwas, bis zu ihr durchdrang, was Massimo dort oben auf dem Podium den etwa zweihundert Gästen verkündete. Dass sie, Rosa Graf, mitunter einfach zu bescheiden sei, um sich ins Rampenlicht zu begeben, und deshalb er selbst als ihr bester Freund und nun auch Verlobter die Gelegenheit nutze, um alle Anwesenden offiziell willkommen zu heißen. Das Wort »Verlobter« wirkte wie eine Bombe, die Verquickung von Geschäft und Privatem hatte speziell in Kreisen wie denen der Pezzos eine alte Tradition, schon begannen die Spekulationen, es wurde getuschelt und applaudiert, ein Journalist brachte die allgemeine Neugier auf den Punkt.
»Heißt das, Sie beide werden demnächst heiraten?«
»Ich denke«, konterte Massimo, »so ist die natürliche Abfolge: Verliebt, verlobt, verheiratet. Im Grunde sind wir ja bereits seit dreizehn Jahren zusammen.«
Aufgeregtes Stimmengewirr antwortete ihm, ein weiterer Tusch, und dann suchten die Mikrofone und Kameras nach Rosa, bedrängten sie und wollten sie einfangen. Ihre Erstarrung löste sich. Das hier war kein schlechter Traum. Dort oben auf dem Podium stand tatsächlich Massimo und versuchte, sie mit Worten und Blicken zu bezwingen. Wenn Rüdiger das gehört hatte – und er musste gehört haben, was Massimo soeben kundgetan hatte –, würde er sie erst recht für eine Verräterin halten. Sie musste ihn aufhalten und ihm alles erklären, soweit sie das vermochte, zu zweit waren sie stark, diesmal würden sie sich nicht von einem Missverständnis oder Intrigen trennen lassen, sie hatten es sich gelobt, so etwas durfte nie mehr passieren. Sie bahnte sich einen Weg zurück und rief laut seinen Namen.
»Rüdiger, so warte doch!« Sie lief und lief, bis keine fremden Menschen sie mehr aufhielten oder ihr den Blick verstellten, doch sie entdeckte ihn nirgends, dafür hörte sie, wie ein Motor angelassen wurde. Rüdiger musste mit dem Auto gekommen sein. Sie drehte sich um und wollte zum Parkplatz rennen, doch sie wurde aufgehalten. Mas-

simo war ihr gefolgt und verstellte ihr den Weg, er sah zum Fürchten aus, auch wenn seine Stimme lediglich ein leises Zischen war.
»Überleg dir gut, was du tust. Wenn du ihm folgst, kannst du alles andere vergessen. Deine Existenz und deine Tochter, einfach alles, dann habe ich endgültig genug. Das hier ist deine letzte Chance, ich habe es dir gesagt.«
»Verschwinde!« Sie holte mit beiden Fäusten aus, ein paar Mal traf sie wohl auch, schon näherten sich die ersten Schaulustigen, fürs Erste war Massimo vollauf damit beschäftigt, seine Wunden zu lecken und irgendwelche fadenscheinigen Erklärungen zu konstruieren. Es interessierte Rosa nicht. Erst einmal musste sie Rüdiger finden, das war das Wichtigste überhaupt.

## 12

Als Heranwachsender hatte Massimo sich einmal in der Jagdhütte der Pezzos absichtlich mit dem Brotmesser eine so tiefe Wunde zugefügt, dass sein Vater ihn ins Krankenhaus bringen musste. Die Schnittwunde wurde genäht, Massimo konnte schon damals kein Blut sehen, unter normalen Umständen wäre er ohnmächtig geworden, doch die sich in seinem Inneren ausbreitende Genugtuung war stärker gewesen als der Schmerz und ließ nur den Triumph übrig, die Saat des Zweifels gesät zu haben. Endlich bekam seine Schwester einmal, was ihr gebührte, in Massimos Augen hatte sie noch viel mehr als nur Hausarrest für den Rest der Ferien verdient, und dabei spielte es keine Rolle, ob sie dieses Messer, wie von Massimo behauptet, tatsächlich nach ihm geworfen hatte oder nicht. Sie galt als extrem jähzornig, das hatte Massimo sich zunutze gemacht, zu diesem Zeitpunkt war sie bereits seine Widersacherin. Massimo hatte gehofft, den Vater mit dieser Aktion auf seine Seite zu ziehen. Jener blutige Versuch war dann schließlich doch misslungen, das Brotmesser hatte eine blasse Narbe auf seinem Arm zurückgelassen, ansonsten hatte sich nichts geändert. Seine Schwester und sein Vater hatten ihn schließlich ge-

meinsam ausgebootet, das würden sie ebenso büßen, wie Rosa für das büßen musste, was sie ihm an diesem Tag angetan hatte.
Es war zwar ganz unblutig abgegangen, trotzdem hatten ihre kleinen Fäuste kräftig genug zugeschlagen, um deutliche Spuren zu hinterlassen. Seine Lippe schwoll an, auch seine Nase hatte etwas abbekommen, möglicherweise hatte sie sie ihm sogar gebrochen.
»Ist es sehr schlimm?« Geheuchelte Anteilnahme, die auf ihn eingestürmt war, vom Eisbeutel bis zum Krankenwagen hatten sie ihm alles angeboten, es wurden ihm auch genug Erklärungsmuster für Rosas Verhalten offeriert, als ob er so etwas brauchte, um seine Blamage zu kaschieren. Darum ging es nicht: Wer nicht für ihn war, war gegen ihn. Rosa hatte keinen Zweifel daran gelassen, wo sie stand, nicht mal die natürliche Hemmung einer Frau – und er kannte sie als eine besonders zartbesaitete Vertreterin ihres Geschlechts – hatte sie davon abgehalten, ihn vor gut und gern zweihundert Menschen abzuservieren.
»Nein, es geht schon wieder.« Er hatte alle Angebote, ihm zu helfen, zurückgewiesen und dafür gesorgt, dass niemand ihm etwas anmerkte. Der Empfang nahm seinen Verlauf, allerdings ohne die Gastgeberin. Nachdem Rosa die Bühne verlassen hatte, floss der von ihm selbst mitgebrachte Champagner in Strömen, außerdem gab es einen sündhaft teuren Rotwein, der Weiße war ebenfalls nicht übel und erst der Grappa. Zuletzt kam die mehrstöckige Torte, die ein Abbild der Orangerie war, obendrauf thronte in Marzipan und en miniature sein eigenes Schloss, davor ein Paar, das er selbst und Rosa sein sollten, seine Freunde im »Il Peck« hatten ganze Arbeit geleistet.
Als die mit zahllosen Wunderkerzen gespickte Torte aufgetragen wurde, hatten alle spontan applaudiert, doch dann war eine beklemmende Pause eingetreten, danach redeten und lachten sie umso lauter, wenig später waren sie endlich gegangen, und er blieb allein zurück, spürte erstmalig den Schmerz, hätte sich am liebsten wie ein waidwundes wildes Tier in seinem Bau verkrochen. Doch dafür blieb ihm keine Zeit, er musste handeln, und er wusste auch schon ganz genau, was jetzt zu tun war. Rosa hatte es nicht besser verdient. Seine Nase pochte

jetzt wie wild, seine Lippe musste schrecklich aussehen, er brauchte eine Ewigkeit, bis er seinen Maserati geöffnet bekam, dabei brauchte er nur einmal kurz zu drücken. Er drückte zu oft, immer wieder, der Mechanismus begann zu spinnen, und schon wieder wollte sich jemand an seinem Misserfolg laben. Eine hübsche junge Frau war ihm zum Parkplatz gefolgt und versuchte ihn aufzuhalten. Zum Service gehörte sie seines Wissens nicht, obwohl sie überall mit angefasst hatte.
»Was wollen Sie von mir?«, schnauzte er sie an. »Wer sind Sie überhaupt?«
»Ich bin Kristina, und ich will auf der Stelle wissen, was mit Rosa und Rüdiger ist, warum Sie so etwas tun, weshalb Sie solche Lügen verbreiten.«
»Und was geht Sie das an?«
»Rüdiger ist mein Vater. Mein Stiefvater. Und Rosa ist meine beste Freundin, wir werden zusammen … wir wollten zusammen …«, lautes Schluchzen erstickte jedes weitere Wort, und das war gut so. Diese junge Frau stand eindeutig auf der falschen Seite. Dass Rosas Lieblingsstudentin Kristina hieß, war Massimo bekannt gewesen, aber von deren Verbindung zu Rüdiger Ebertz hatte er bis zu diesem Tag nichts geahnt. Entweder hatte eine Laune des Schicksals die Kleine mit Rosa zusammengeführt, oder aber hinter der ganzen Sache steckte von Anfang an schmutziges Kalkül. Jetzt, wo er wusste, dass Rosa sich für den anderen entschieden hatte, hielt er alles für möglich. Rosa hinterging ihn, so viel stand fest, und sein eigener Detektiv hatte bei den Recherchen ganz eindeutig geschlampt, lauter Verräter und Versager umgaben ihn. Grob schob Massimo das weinende Geschöpf aus dem Weg und klickte erneut auf die Fernbedienung für seine Nobelkarosse. Endlich ging die Wagentür auf, er ließ sich in den Sitz fallen, startete und genoss es, auf dieses fassungslose Gesicht loszubrettern. Ihn hielt niemand auf, erst im allerletzten Augenblick riss er das Lenkrad herum, sein Wagen verfehlte die Person nur knapp und schoss weiter auf die Straße hinaus. Sie sollten sich nur ja alle vorsehen.
Als er in Ohlenbach ankam, waren dort bereits wie meist um diese

Zeit die Bürgersteige hochgeklappt. Auch in Rosas Haus war alles dunkel, kein Ton war zu hören, was allerdings verwunderlich war, weil Joana jede Chance nutzte, um ihre Musik voll aufzudrehen. Er klingelte, nichts rührte sich, glücklicherweise kannte er das Versteck des Reserveschlüssels und konnte sich so selbst Zutritt verschaffen. Keine Joana, er suchte jeden Winkel ab, dann war ihm klar, dass Rosa das Mädchen weggeschafft hatte. Wozu? Um es seinem Zugriff zu entziehen? Da musste sie früher aufstehen! Sonderlich viele Möglichkeiten, wo Joana sein konnte, gab es nicht, er entschied sich für die wahrscheinlichste und fuhr zum Haus des Großvaters. Ein alter und zudem kranker Mann, den Rosa nie und nimmer mit ihrem Beziehungsmüll belasten würde. Als Massimo durch die hierzulande gewöhnlich offene Küchentür hereinkam, saß er vor dem Fernseher und war schon halb eingeschlafen.
»Ich habe eine Nachricht für Joana«, sagte Massimo und schwenkte eine Flasche Grappa, die er noch im Kofferraum gehabt hatte. Der Alte stand auf klare Sachen, normalerweise hätte es auch ein ordinärer Schnaps getan, doch der Zweck heiligte die Mittel.
»Es ist schon ziemlich spät, oder?« Die verschlafenen Augen schwenkten von der Flasche zu Massimo, wurden wacher. »Sind Sie nicht dieser Italiener, der neuerdings ständig um meine Tochter und meine Enkelin herumscharwenzelt? Sie sollten jetzt besser gehen … Rosa ist sowieso nicht hier. Und Joana auch nicht.«
»Sind Sie da ganz sicher?« Massimo konnte über den Versuch des Opas nur lachen, sich ihm entgegenzustellen, dessen Blick zur Treppe hin verriet alles, die von oben kommenden Beats taten ein Übriges, und Massimo brauchte ja nur Rosa nachzuahmen. Ein paar wohldosierte Schläge, nicht zu kräftig, weil das nur unnötig Wirbel produzieren würde, aber doch mit genug Schwung, um jeden weiteren Widerstand auszuschalten und Joana wenige Minuten später davon zu überzeugen, dass sie besser freiwillig mitkam.
Anscheinend fühlte sie sich verpflichtet, sich schützend vor ihren Großvater zu stellen und lieber selbst als Geisel mitzukommen, genau dieses Wort benutzte sie, nachdem seine Aufforderung, ihn zu beglei-

ten, zu ihr durchgedrungen war. Um ganz sicherzugehen, dass der alte Mann nicht die Polizei auf das »Monster« – so nannte Joana ihn, wie rührend! – ansetzte, flößte Massimo ihm mindestens eine halbe Flasche Grappa ein, die andere Hälfte verteilte sich auf Kleidung und Boden, zurück blieben ein stinkendes Wrack und eine tobende kleine Furie, der er sicherheitshalber Hände und Füße zusammengebunden hatte. Huckepack trug er das kleine Biest zu seinem Auto und empfand die Einöde hier ausnahmsweise als wohltuend. Es gab keine Zeugen bis auf Rosas Vater, den man natürlich auch eleganter aus dem Verkehr hätte ziehen können, unauffälliger. Doch es war Massimo wichtig, die Angst zu schüren. Spätestens wenn Rosa hier auftauchte, um nach ihrer Tochter zu fahnden, ging es los und dann Schritt für Schritt weiter, alles folgte seiner Choreografie, er hatte endgültig aufgehört, an ein gutes Ende zu glauben. Also sollten sie leiden und büßen, sie alle …
»Du bist betrunken«, hörte er Joana neben sich auf dem Beifahrersitz sagen. Der Ekel stand ihr ins Gesicht geschrieben, das machte Massimo erst recht wütend. Es wurmte ihn auch, dass sie nicht um Erbarmen bettelte, so gar keine Angst zeigen wollte, sondern sich sogar traute, ihm gute Ratschläge zu geben. »Besser gibst du gleich auf«, sagte sie, »sonst schnappen sie dich und buchten dich wegen Trunkenheit am Steuer und Entführung einer Minderjährigen und obendrein wegen Körperverletzung und Hausfriedensbruch ein. Dann sitzt du im Knast, bis du schwarz bist.«
»Du siehst zu viele Gerichts-Shows im Fernsehen, Kleines.« Er grinste, auch wenn ihm das mit der geschwollenen Lippe wehtat und sein Sinn für Humor sehr gelitten hatte. »Außerdem schnappt mich niemand, merk dir das.«
»Bildest du dir ein, wir halten alle den Mund? Das hier ist deine letzte Chance, hörst du? Halt an, halt sofort an!«
Das lautstarke Geifern war nur Show, so viel stand für ihn fest, dahinter lauerte schiere Panik, die gesamte Körperhaltung des Mädchens kündete von Angst, ihre Unterlippe zitterte, das gefiel ihm schon wesentlich besser.

»Ich halte an, wenn ich das will. Ich, capito?« Er schaltete, drückte das Gaspedal immer weiter durch, schnitt die Kurven, die extrem kurvenreiche Strecke beflügelte ihn, er war ein exzellenter Fahrer. Seine Beifahrerin flog von rechts nach links, sie konnte sich ja mit gefesselten Händen nirgends festhalten und sich nicht mal mit ihren Füßen mehr Halt verschaffen. Sie war ihm ausgeliefert. Er lachte, anfangs war es nur ein Kichern, doch dann steigerte es sich zu lautem Gelächter. Er war der Herr der Straße und der Dunkelheit und aller Menschen, die es wagten, sich ihm in den Weg zu stellen, das war er so leid. Gut, dann war er eben ein Monster, sie ließen ihm ja keine andere Wahl …
»Wo ist Mama? Was hast du mit meiner Mama gemacht?« Die Worte des Kindes drangen nicht sofort zu ihm durch, vielleicht wollte er sie auch gar nicht hören, doch die Kleine war extrem hartnäckig und schaffte es schließlich, den schützenden Kokon um ihn herum zu zerreißen.
Rosa war ihm davongelaufen, sie war zum Feind übergelaufen …
Er trat abrupt auf die Bremse, der Wagen schlingerte, es hätte nicht viel gefehlt, und sie wären den Abgrund hinuntergerast. Sie standen nun quer auf der Straße, eine Straßenbeleuchtung gab es hier nicht, das nächste Dorf war ein paar Kilometer weit entfernt. Die Scheinwerfer erfassten Baumkronen, die gespenstisch ihre Äste in den Himmel reckten. Selbst die Tiere schliefen schon, es war kein Laut zu hören und kein Stern zu sehen, lediglich der Mond bildete eine fahle Sichel am Himmel.
»Mama?«, wiederholte er, spuckte das Wort förmlich aus. »Falls du diese läufige Hure meinst, die eben alles stehen- und liegengelassen hat, um diesem Kerl nachzulaufen und es sich von ihm besorgen zu lassen, dann kann ich dich trösten: Sie ist nicht deine Mutter, obwohl ich mir nicht sicher bin, ob deine leibliche Mutter dir besser gefiele.«
»Du lügst! Du bist wahnsinnig!«
Durch die Bäume sah er Scheinwerfer näher kommen, noch waren sie weit entfernt, er sah zu, dass er auf seine Spur zurückkam, seine Hände zitterten vor Erregung, kalter Schweiß stand ihm auf der Stirn.

Er konzentrierte sich auf die Straße, es lagen noch etliche Kilometer vor ihnen, besser blendete er für eine Weile das Geschnatter neben sich aus. Sie mussten ihr Ziel erreichen, bevor es hell wurde, sonst war die Gefahr, entdeckt zu werden, einfach zu groß. Meißen war nicht das Sauerland, auch wenn dieses Hotel sehr abgeschieden am Fuß der Weinberge lag und dank seiner Initiative erst mal versiegelt worden war, weil ein gewisser Rüdiger Ebertz aus einer Baustelle eine Liebeshöhle gemacht hatte, so was war streng verboten. Die Galle kam ihm hoch, wenn er an die Fotos dachte, welche sein Detektiv ihm abgeliefert hatte, zusammen mit einem minutiösen Protokoll.
Rosa war an jenem Wochenende insgesamt viermal zu dieser Baustelle hinausgepilgert, ein Wallfahrtsort war nichts dagegen, natürlich hatte Massimos Mann die beiden Nachrichten für den gekonnt aus dem Verkehr gezogenen Geliebten säuberlich entfernt, damit hätte es sein Bewenden haben sollen. Weit gefehlt, wie auch immer hatte dieser Narr Kenntnis von der Neueröffnung der Orangerie erhalten, allerdings konnte unmöglich Rosa diejenige gewesen sein, die ihn einlud, dazu hatte sie viel zu überrascht reagiert, außerdem wäre die Bombe dann schon viel eher geplatzt. Wahrscheinlich war sein Widersacher über die Anzeige gestolpert, die Massimo geschaltet hatte. Hier werden Träume wahr, so oder so ähnlich lautete der Slogan, den sich der von ihm beauftragte Werbetexter hatte einfallen lassen, dazu ein Foto, das die enge Verbindung zwischen Orangerie und Schloss betonte. Rosa war im Anzeigentext allerdings nicht namentlich erwähnt worden, das »Graf« hatte Massimo gestört, ihr Nachname separierte sie zu stark von ihm, machte sie allzu unabhängig, das alles sollte ja mit diesem Tag anders werden. Da sollte aus einer Graf eine Pezzo in spe werden, und dann tauchte dieser Versager auf und versuchte die Feier zu sprengen.
Er, Massimo, hatte den Stier bei den Hörnern gepackt. Jetzt erst recht, hatte er gedacht und darauf gesetzt, dass ein Rüdiger Ebertz niemals verzeihen würde, was Rosa ihm angeblich angetan hatte. Wer sollte ihr glauben, dass sie völlig ahnungslos gewesen war? Sie machte sich dort breit, wo die Bank diesen Verlierer hinausgeworfen hatte,

ihr Traum wurde von seinem Ruin gespeist, und dann verlobte sie sich auch noch mit einem Mitglied der altehrwürdigen Familie Pezzo und machte Rüdiger Ebertz vor aller Welt zum Gespött. Die vierte Komponente hatte Massimo nicht mal selbst geplant, das war eine kostenlose Beigabe gewesen. Im Grunde war zum Brüllen komisch, dass Rosa ausgerechnet die Stieftochter von Rüdiger Ebertz zu ihrer persönlichen Assistentin erkoren hatte, eine Laune des Schicksals, besser konnte es gar nicht kommen. Alles hätte an diesem Tag perfekt laufen können, wenn diese kleine Schlampe endlich zur Besinnung gekommen wäre …

»Ich muss mal.« Beharrlich und mit jener Penetranz vorgetragen, die dieses Kind ebenso wie Massimos Schwester auszeichnete, die beiden hatten wirklich viel miteinander gemeinsam. Was für ein Erbgut! In Joanas Blut vereinten sich sozusagen seine beiden Erzfeinde, und es lag allein in seiner Hand, ob und wie er das Geheimnis lüftete und solcherart dafür sorgte, dass die Karten neu gemischt wurden. Er saß am Drücker, das durfte er nie vergessen.

»Ich muss wirklich mal.«

»Pinkel mir nur ja nicht mein gutes Polster voll!« Misstrauisch warf er ihr einen Blick von der Seite zu, diesem Kind war nicht zu trauen.

»Dann halt gefälligst an.«

Er hielt wider besseres Wissen an. Er hätte es wissen sollen, nichts weiter als eine Finte. Die Hände hatte er ihr zur Verrichtung ihrer Notdurft losbinden müssen, aber so weit kam es gar nicht erst, mit zusammengebundenen Füßen hoppelte sie hinter seinem Kotflügel wie ein Hase los, um den Fahrer eines sich nähernden Wagens auf sich aufmerksam zu machen. Massimo überwältigte sie gerade noch rechtzeitig und bugsierte sie ins Auto zurück, verpasste ihr auch noch einen Knebel, er hatte es wirklich langsam satt.

Allmählich wurde er müde, liebend gern hätte er an einer Raststätte angehalten und sich einen Kaffee besorgt, doch das Risiko war ihm zu groß, außerdem saß ihm die Zeit im Nacken, also fuhr er weiter. Sein zum Knebel umfunktioniertes Taschentuch mit eingesticktem Monogramm war mittlerweile klatschnass vor lauter Speichel, ausgesprochen eklig war das, seine Nerven waren zum Zerreißen gespannt, als sie ihr Ziel endlich erreichten. Niemand durfte ihn beobachten, wenn er Joana dorthin brachte, wo sie hingehörte. An den Platz, den das Schicksal ihr zugedacht hatte. Dorthin, wo die Stimme des Blutes ihr am nächsten war.

Fragte sich nur, ob das Blut eines solchen Losers stark genug war, um in diesem Gemäuer zueinanderzufinden. Die Decke des Weinkellers war hübsch stabil, noch ein richtiges Gewölbe und zur Zeit ungenutzt, es war der perfekte Ort, um zu testen, was an dem Geschwafel über die Stimme des Blutes dran war. Er zitterte am ganzen Leib, als er das Mädchen endlich in den Keller gelotst hatte. Die Fesseln nahm er ihr nicht ab, obwohl es keine große Rolle spielte, wenn sie es in seiner Abwesenheit schaffte, sich ihrer zu entledigen. Hier konnte sie sich die Seele aus dem Leib schreien, und niemand würde sie hören. Wenn sie Durst verspürte, mochte sie sich an dem Wein schadlos halten. Zu essen brauchte sie nichts, pummelig, wie sie war, tat es ihr nur gut, wenn ihre Fettreserven angegriffen wurden. Ob sie sich an ihrer abgespeckten Figur allerdings noch würde freuen können, war die Frage, er bezweifelte es stark.

»Sie werden mich finden. Wenn sie mich finden, bist du dran.« Kaum hatte er ihr sein vollgesabbertes Taschentuch aus dem Mund genommen, wollte sie ihn schon wieder attackieren, ihm Angst machen, dabei zitterte sie selbst wie Espenlaub.

»Niemand wird dich finden«, versicherte er und hielt das Tuch angewidert so weit wie möglich von sich weg. »Deine einzige und letzte Chance, hier wieder rauszukommen, ist die vielgerühmte Stimme des Blutes, mal sehen, was da dran ist. Wenn dein Vater diese Stimme hört, wird er dich vielleicht retten, andernfalls darfst du ihm jedenfalls bis zu deinem letzten Atemzug sehr, sehr nahe sein.« Er nickte zur Decke hoch und fügte ein paar Daten über dieses Mauerwerk hinzu, um Joana klarzumachen, wie ausweglos ihre Lage war. Dann ließ er sie allein, schloss von außen sorgfältig ab und räumte sicherheitshalber auch noch allerlei Gerümpel vor die alte Eichentür, bevor er sich auf den Weg in sein Schloss machte.

Hier würde er erst mal bleiben und alles im Auge behalten, sich an Rosas Angst laben. Ihre Gelüste würden ihr rasch vergehen, irgendwann würde sie angekrochen kommen und ihn anflehen, ihr zu helfen, so gesehen lag es auch in ihrer Hand, was aus Joana wurde. Sie sollte sich sputen. Er fror, und Hunger hatte er ebenfalls. Er warf den Kamin an, vor dem er sich zusammen mit Rosa gewärmt hatte. Sie beide hatten von hier aus einen Traum auf den Weg geschickt, was war davon geblieben?
In der Küche fanden sich noch Überreste jener Inszenierung mit Butler, das meiste war verdorben, er musste sich mit ein paar verschrumpelten Äpfeln und einem Stück ranzig schmeckender Hartwurst begnügen, dazu spießte er Aufbackbaguette mit einem Stock auf und hielt ihn ins Feuer. Wie ganz früher als kleiner Junge, damals, als seine Mutter noch gelebt hatte und er noch glücklich gewesen war. Er hatte dieses Stockbrot und dazu mit Honig gesüßte Milch geliebt. Seine Mutter fehlte ihm, sie fehlte ihm so sehr. Im Traum vermischten sich die Züge seiner toten Mutter mit denen von Rosa. Als er aufwachte, war das Feuer im Kamin erloschen, das Baguette war völlig verkokelt, er begann zu weinen und wiegte das Brot wie ein Kind an seiner Brust.

## 13

Rosa hatte, ohne weiter nachzudenken, den Wagen vom Catering Service genommen, der Schlüssel steckte, sie würde irgendwann später alles erklären. Erst einmal galt es, Rüdiger zu folgen, ihn zu finden. Alles, was sie wusste, war, dass er ebenfalls mit dem Auto unterwegs war, was wiederum bedeutete, dass sie ihn nicht in Dresden auf dem Bahnhof zu suchen brauchte. Überhaupt nahm sie an, dass er sich irgendwo hier in der Gegend aufhielt, bis zu seinem warum auch immer amtlich versiegelten Hotel war es nicht mal weit, sie fragte ein paar Mal nach dem Weg, dann konnte sie persönlich nachlesen, dass hier ein Baustopp verhängt worden war und alle Eingänge versiegelt

waren, sogar die Tür zum Restaurant hatte man auf diese Weise gekennzeichnet. Über ihrem Kopf prangte noch immer das Loch in der Glasscheibe, jemand hatte die Öffnung lediglich von der anderen Seite mit einem Stück Pappe verschlossen. Es sah nicht so aus, als ob jemand hier wäre, draußen parkte auch kein anderes Auto. Andererseits, wo sollte Rüdiger sonst hin?
»Suchen Se was, Frollein?«
Mit dem Frollein musste sie selbst gemeint sein, sie drehte sich um und sah in das freundliche Gesicht eines Mannes mit Hund. Der Dackel wollte an Rosa hochspringen, doch sein Besitzer hinderte ihn daran. »Siehst du dummer Hund nicht, wie schick die Dame ist?«
»Lassen Sie nur«, meinte Rosa und kraulte das zutrauliche Tier kurz am Kopf. »Ich suche übrigens Rüdiger Ebertz. Es ist dringend, sehr dringend.«
»Einen, der so heißt, kenne ich trotzdem nicht. Hier ist sowieso keine Menschenseele mehr, seitdem das Bauamt alles dichtgemacht hat. Ich muss es wissen, ich komme hier viermal täglich mit dem Hund vorbei.«
»Rüdiger Ebertz leitet den Innenausbau, und er hat hier auch gewohnt. Es ist wirklich sehr wichtig, dass ich ihn finde.«
»Dann fragen Sie am besten den Zimmermann, der kennt hier jeden.«
Rosa ließ sich die Adresse geben, bedankte sich und fuhr los. Diesmal hatte sie mehr Glück. Glück im Unglück. Der Kastenwagen, mit dem Rüdiger an diesem Tag unterwegs gewesen war, gehörte dem Zimmermann Fritz Langen, mittlerweile parkte dessen Wagen wieder vor dem bescheidenen Haus, das Rosa ebenso wie die gute Stube spontan an ihr eigenes Zuhause im Sauerland erinnerte.
»Er hat ihn vor höchstens einer Viertelstunde zurückgebracht«, teilte der Mann ihr mit und musterte sie kritisch. »Wozu wollen Sie das überhaupt wissen? Ich hoffe, Sie wollen ihm nicht noch mehr Ärger machen, als er ohnehin schon hat, dann kriegen Sie es nämlich mit mir zu tun.«
Seine Frau kam Rosa unerwartet zu Hilfe. Sie buk gerade, an ihren

Fingern klebten noch Teigreste. »Kommen Sie doch erst mal rein!« Sie schalt ihren Mann einen Narren, der wieder mal nicht mitbekomme, worum es hier ging und dass die Besucherin garantiert von keinem Amt und keiner Bank geschickt worden oder in sonst einer offiziellen Mission unterwegs sei.

»Und was will sie dann von ihm?«, beharrte der Zimmermann.

»Von Herzensdingen verstehst du wirklich nichts.« Und an Rosa gewandt: »Ich denke mir, dass Rüdiger noch in der Nähe ist, mit öffentlichen Verkehrsmitteln kommt er hier heute sowieso nicht mehr weg, aber bei uns bleiben wollte er auch nicht. Er war sehr erregt und traurig. Wahrscheinlich hat es ihn wieder mal in die Weinberge getrieben …«

»… zu Amor und Psyche«, ergänzte der Hausherr. »Immer wenn unser Rüdiger mit sich ins Reine kommen will, sagt er: Ich muss mal wieder 'ne Runde mit Amor und Psyche quatschen, und dann stiefelt er los, mitten hinein in die Weinberge. Vielleicht hat er ja zwei besondere Weinstöcke so getauft, manchmal kann er ziemlich überdreht sein, das sieht man ja auch an dieser verrückten Badewanne. Andererseits ist er ein echter Künstler, und wenn ich diesen Schweinehund erwische, der uns die Baustelle lahmgelegt hat …«

»Danke«, fiel Rosa ihm ins Wort. »Ich glaube, Sie beide haben mir sehr geholfen. Jetzt weiß ich, wo ich nach ihm suchen muss.«

Rosa fuhr zurück zur Baustelle und ließ dort den Wagen stehen, um genau jenen Weg zurückzuverfolgen, den sie zusammen mit Rüdiger genommen hatte, als das letzte Schiff ohne sie abgefahren war, weil Amor und Psyche sie beide in Schloss Weesenstein in ihren Bann gezogen und nicht wieder losgelassen hatten. Eine traumhafte Nacht war gefolgt, die erste gemeinsame Nacht seit langem, es war Balsam für Rosas Seele, dass Rüdiger seitdem immer wieder zu ihrem Schloss gepilgert war. Wenn er nach der schrecklichen Szene in der Orangerie auch wieder bei Amor und Psyche Zuflucht gesucht hatte, so bedeutete das doch, dass ihm noch immer etwas an ihr lag und er nicht blind dem äußeren Anschein glaubte. Es gab noch Hoffnung. Bitte, lass ihn dort sein, flehte sie stumm, die Anspannung wurde

stetig größer, je näher sie dem markanten Felskegel kam, der so etwas wie das Markenzeichen der ehemaligen Ritterburg war. Gerade legte unten an der Elbe der letzte Dampfer ab, fremde Menschen winkten zu ihr hinauf. Der Pförtner in dem kleinen Wachhäuschen teilte ihr wenig später mit, dass die letzte Führung schon vorbei war und sie leider ein anderes Mal wiederkommen müsse.
»Vielleicht ist ja doch noch ein Besucher im Schloss«, beharrte sie. »Jemand könnte sich verirrt haben.« So wie wir, ergänzte Rosa stumm und überlegte, ob und wie sie sich noch Zutritt verschaffen könnte.
»Das ist ganz ausgeschlossen.«
Rosa gab scheinbar nach und wartete, bis der Aufpasser seine Zeitung aufschlug, um sich dann an ihm vorbeizuschleichen. Es war nicht besonders schwierig, ins Schloss zu gelangen, genau wie damals zusammen mit Rüdiger wählte sie den Weg durch die Kapelle. Sie suchte alles ab, ließ keinen Winkel aus, sah sogar unter der Brokatdecke nach, die Zeuge ihrer ersten staubigen Umarmung geworden war. Nichts, weit und breit keine Spur von Rüdiger, die Zimmerleute mussten sich geirrt haben, diesmal mied Rüdiger die Zwiesprache mit Amor und Psyche …
Sie wäre beinahe an ihm vorbeigelaufen, lediglich ein leises Rascheln machte sie auf ihn aufmerksam. Das war im Pferdestall, der sich skurrilerweise im fünften Stock befand, der große Festsaal lag drei Stockwerke tiefer. Obwohl hier längst keine Pferde mehr untergebracht waren, hatte man, um es für die Besucher echt aussehen zu lassen, Streu aufgeschüttet und alles nur denkbare Reitzubehör ausgestellt, es gab sogar zwei aufgebockte Kutschen. Nur totes Inventar, woher kam dann das Rascheln? Sie blieb stehen, sah sich aufmerksam um und machte einen jeansblauen Schatten aus. Im Gegensatz zu allen anderen, die der Eröffnung der Orangerie beigewohnt hatten, war Rüdiger ganz leger in Jeans hereingeplatzt. Wenn sie genau hinsah, konnte sie sogar die Streifen seines Hemds erkennen, ebenfalls blau auf weißem Grund. Sie hatte ihn doch noch gefunden.
»Gott sei Dank!«, sagte sie und ging vorsichtig auf ihn zu, als ob er ein scheues Tier in der Wildbahn wäre, das sie auf gar keinen Fall in

die Flucht schlagen durfte. In gewisser Weise traf das ja auch zu. Das hier mochte ihre letzte Chance sein, ihm seinen Irrtum klarzumachen. Er wehrte sich und wollte auch nicht, dass sie sich zu ihm in die enge Pferdebox setzte. Sie tat es trotzdem und versperrte ihm so gleichzeitig den Weg. Es war nicht eben hell in diesem Stall, draußen begann es langsam zu dämmern, und die nachträglich angebrachte Außenbeleuchtung half auch nicht viel. Trotzdem war sie fast sicher, dass er geweint hatte, das zerriss ihr das Herz. Sie wollte ihm helfen, ihm und damit ihnen beiden, sie missachtete seinen Widerstand, redete und redete und erinnerte ihn zuletzt an das Versprechen, das sie sich beide gegeben hatten.

»Du musst mir glauben, dass ich keine Ahnung hatte«, wiederholte sie ein ums andere Mal. »Das alles ist ein ganz perfides Spiel, so was kann kein Zufall mehr sein, und ich weiß auch, wer dahintersteckt. Massimo, immer wieder Massimo, und ich habe ihn für meinen Freund gehalten. Aber Joana hat recht, er ist ein Monster. Lass uns zusammen gegen dieses Monster angehen, und dann …«

»Es hat keinen Zweck mehr, Rosa.« Seine Stimme klang resigniert, und er war kaum zu verstehen, trotzdem hörte sie heraus, dass er es ernst meinte. Dabei glaubte er ihr inzwischen, wie er sagte, räumte ein, dass sehr wohl alles, was geschehen war, auf üblen Intrigen beruhen konnte. Aber für ihn spielte auch das keine Rolle mehr, ebenso wenig wie jenes Gelübde, da mochte sie noch so beharrlich auf ihn einreden. Dabei stritt er nicht mal ab, sie noch zu lieben.

»Ich werde dich wahrscheinlich immer lieben«, sagte er leise, »aber das ändert nichts mehr, weil etwas in mir kaputtgegangen ist. Ich bin kaputt, ich habe den Glauben an mich selbst verloren, und ich kann nicht mit leeren Händen zu dir kommen, das geht nicht, auf Dauer würden wir uns hassen. Du mich und ich dich, du würdest mich früher oder später genauso verachten, wie ich selbst mich verachte. Ich bin und bleibe ein Versager. Einer, der sich immer wieder den Boden unter den Füßen wegziehen und zum Gespött der Leute machen lässt, so einen darf und kann niemand lieben, du am allerwenigsten. Du hast einen Mann verdient, der dir ebenbürtig ist. Ich wollte immer dieser Mann für dich sein, aber ich schaffe es nicht, ich habe mir bloß wieder etwas vorgemacht. Lass mir wenigstens einen Rest von Selbstachtung.«

Rosa widersprach, natürlich tat sie das. Sie zählte ihm zig gute Gründe dafür auf, dass er sich irrte. »Die Orangerie gehört dir doch im Grunde genauso, wie sie mir gehört. Ich habe sie ja nur so billig ergattert, weil die Bank schon mal vorab kräftig bei dir kassiert hat. Natürlich hatte ich keinen blassen Schimmer von der Vorgeschichte, das hat alles Massimo eingefädelt. Außerdem bist du der Experte für gute Werkstoffe, da macht dir niemand etwas vor, das in Kombination mit meinen Entwürfen und Kristinas kaufmännischer Ader … Kristina ist wirklich gut, sehr gut, aber das ist ja auch kein Wunder, wenn sie deine Tochter oder Stieftochter ist. Wir haben uns von Anfang an gemocht, und für Joana ist sie längst so etwas wie eine große Schwester, das kannst du doch nicht alles ausblenden. Du bist verletzt, das verstehe ich ja, aber zusammen sind wir stark, bärenstark …«

»Du bist auch allein stark«, erwiderte er und stand auf, zupfte sich umständlich Strohhalme von seiner Jeansjacke. »Du brauchst mich ebenso wenig, wie Kristina mich braucht, ihr beide werdet euren Weg machen, für euch wäre ich nur Ballast. Es hat keinen Zweck.«

»Doch!« Sie sprang nun ebenfalls auf, zu schnell, ein Fuß knickte um, sie konnte ihm nur mühsam folgen, er schien es darauf angelegt zu haben, sie abzuschütteln. Diesmal wurde der Pförtner zu ihrem Verbündeten, er machte gerade seine Runde und stoppte Rüdiger, so konnte sie ihn doch noch einholen. Humpelnd, ihr Knöchel war schon ordentlich angeschwollen, das stimmte sogar ihn weich, auch wenn er fluchte.

»Verdammt! Und was machen wir jetzt?«

»Du musst mir helfen«, schlug sie vor und war dankbar für den Schmerz und die Schwellung, jedes Hilfsmittel wäre ihr willkommen gewesen. Auf ihn gestützt, machte sie sich mit ihm auf den Rückweg. Das letzte Stück trug er sie, allerdings machte er keinerlei Anstalten, mit ihr das Hotel zu betreten, wo sie so glücklich gewesen waren. Es

war ganz gewiss kein amtliches Siegel, das ihn zurückhielt. Er wollte sie nicht mehr bei sich haben.
»Ich bringe dich heim in deine Orangerie«, sagte er und zeigte auf den Lieferwagen, mit dem sie gekommen war. »Ich nehme mal an, das bist du.«
»Ja, nein, warum kann ich nicht hier bei dir bleiben?«
»Fang nicht schon wieder damit an, die Rolle des schwachen Weibchens steht dir nicht. Also, soll ich dich jetzt chauffieren, oder schaffst du es allein?«
Wohl oder übel händigte sie ihm den Autoschlüssel aus, immerhin eine kleine Gnadenfrist. Ihre Gäste waren längst gegangen, das Personal desgleichen, der Parkplatz der Orangerie war leer, auch der Maserati war fort. Es erinnerte kaum noch etwas an den Empfang, sogar die Bühne war schon wieder abgebaut, Lampions und Elektrokabel waren ebenso verschwunden wie Stehtische, Büfett und Bar. Im Haus sah Rosa Kristina hin- und hergehen, sie wirkte aufgeregt und presste ein Telefon ans Ohr.
»Bestimmt sucht sie schon nach dir«, meinte Rüdiger. »Geh zu ihr und erklär ihr alles. Ich bin froh, dass sie dich hat. Es ist besser so.«
Rüdiger war ausgestiegen und half Rosa nun vorsichtig aus dem Lieferwagen, diesmal verzichtete sie darauf, ihre Schwäche ins Spiel zu bringen, dabei erinnerte ihr Knöchel mittlerweile an einen Fesselballon. Das entging auch ihm nicht, noch einmal hob er sie hoch, es war ein wunderbares Gefühl, ihn so nah zu spüren und zu riechen, sie genoss jede Sekunde und wünschte sich, es möge nie aufhören.
»Da bist du ja endlich!« Kristina riss eine der Fenstertüren auf, sie war kreidebleich.
»Kümmerst du dich um Rosa? Um ihren Fuß? Sie kann manchmal unglaublich störrisch sein!« Mit diesen Worten trug Rüdiger sie über die Schwelle und setzte sie behutsam am Boden ab, der Schmerz im Fuß verband sich mit dem ihres Herzens, ließ sie vielleicht einen Moment zu lange zögern, schon fiel die Tür hinter ihm ins Schloss.
Sie rechnete damit, dass Kristina sie mit Fragen bestürmen würde, schließlich wusste die junge Frau noch immer nicht, was sie von ihr

denken sollte. Doch Rosa irrte sich. Alles, was Kristina im Augenblick interessierte, war der Verbleib von Joana.
»Sie ist spurlos verschwunden«, sagte sie leise, »und dein Vater ist im Krankenhaus. Angeblich hat er sich total betrunken und ist dann hingefallen, die Ärzte denken, dass er im Suff deliriert oder von dem Sturz einen Schaden im Kopf übrig behalten hat. Jedenfalls will ihm niemand glauben, dass er überfallen und seine Enkelin entführt worden ist. Niemand – außer dieser netten älteren Dame, die demnächst in deinem Haus wohnen wird, sie war es auch, die mich angerufen hat, um zu fragen, ob Joana bei uns ist. Aber sie ist nicht hier, wieso auch? Sie wollte ja partout zu Hause bleiben. Und nun ist sie spurlos verschwunden, nur sie, nicht mal ihr heißgeliebter MP3-Player fehlt. Ich weiß überhaupt nicht mehr, was ich denken soll, dieser Tag war eine einzige Katastrophe, beinahe hätte mich dein Italiener über den Haufen gefahren, er ist echt gefährlich, glaube ich. Meinst du, er könnte etwas mit Joanas Verschwinden zu tun haben? Oder ob sie doch nur Streit mit ihrem Großvater hatte und ausgebüchst ist und sich jetzt irgendwo versteckt und schmollt?«
Rosa vergaß Rüdiger. Sie vergaß alles über der Sorge um ihre Tochter. Die Drohung von Massimo fiel ihr ein, sie glaubte, erneut jedes Wort zu hören, das Glitzern in seinen Augen zu sehen, er hatte seine Drohung ernst gemeint. Nun machte er sie wahr und holte zu jenem Schlag aus, von dem er wusste, dass er sie treffen würde wie sonst nichts.
»Ich bringe ihn um. Wenn Joana etwas passiert ist, bringe ich ihn eigenhändig um.« Das war der Auftakt zu einer Suche, die Rosa bis nach Italien führen sollte. Zu der Frau, die Joana vor dreizehn Jahren in einer Jagdhütte zur Welt gebracht hatte.

## 14

Das letzte Mal, als Rosa an Mailand gedacht hatte, war Rüdiger bei ihr gewesen. In der von ihm entworfenen Badewanne liegend, die wie eine blankpolierte Nuss aus dem Boden wuchs, hatten sie alte

Erinnerungen beschworen und sich ausgemalt, wie sie beide nach Milano zurückkehren und Stück für Stück den Schleier, gewoben aus Traurigkeit und Missverständnissen, entfernen würden, der über manchem lag und ihre Erinnerung über so viele Jahre hinweg eingetrübt hatte. Wie ein altes Foto, das seine Farbkraft verlor, oder wie ein ehemals strahlend weißes Hemd, das im Lauf der Zeit vergilbte.
Nun würde Rosa früher als erwartet in die Stadt zurückkehren, wo alles angefangen hatte. Nicht zusammen mit Rüdiger, dafür begleitete seine Tochter Kristina sie, während Rüdiger an der Elbe die Stellung hielt. Joanas Verschwinden hatte eine erstaunliche Wirkung auf ihn gehabt, es konnte nicht länger die Rede davon sein, dass er sich aus Rosas Leben heraushielt. Er war sogar derjenige, der Rosa verbot, alles schwarz in schwarz zu sehen – ein Spiel mit vertauschten Rollen, wenngleich dieses Spiel hier bitterer Ernst und weit entfernt von romantischen Gefühlen war. Rüdiger hatte keinen Zweifel daran gelassen, dass sich in diesem Punkt nichts geändert hatte und auch nichts ändern würde, er behandelte sie wie ein Bruder seine Schwester oder allenfalls wie einen guten Kumpel. Doch so voller Sorge, wie Rosa war, spielte das für sie zumindest momentan keine große Rolle.
Bereits drei Tage und Nächte lang hatten sie nach einer Spur von Joana gesucht, sie suchten überall dort, wo das Mädchen schon einmal gewesen war, wo sie Menschen kannte und sich eventuell ein Hinweis auf den Verbleib der Dreizehnjährigen fand. Die Polizei ging zunächst davon aus, dass Joana sich irgendwo versteckte, sie war schon früher diverse Male abgehauen, und sei es für ein paar Stunden. Joanas Freiheitsdrang und ihr Starrsinn waren im Dorf hinlänglich bekannt. Außerdem war sie ja keineswegs komplett verschollen, sondern hatte zwischenzeitlich einer Klassenkameradin gesimst, dass sie sowieso keinen Bock mehr auf die Schule und dieses Kaff hatte. Die SMS diente dem ermittelnden Polizeibeamten als weiterer Beweis dafür, dass kein ernsthafter Grund zur Sorge vorlag und erst recht keine großangelegte Suche veranlasst werden musste. Hierzulande war die Welt noch in Ordnung, da konnte man seine Haustür noch über Nacht offen lassen, in dieser Welt wurden ganz gewiss keine

halbwüchsigen Kinder entführt. Der Beamte ließ sogar durchblicken, dass jeder Kidnapper die Dreizehnjährige nach einer Kostprobe ihres ungezügelten Temperaments freiwillig wieder laufenlassen würde. Man empfahl Rosa Geduld und verwies stolz darauf, dass sich für die weitaus meisten Vermisstenfälle binnen der ersten sechsunddreißig Stunden eine völlig harmlose Erklärung fand.

Der Beamte schien recht zu behalten. Noch vor Ablauf dieser Frist erfolgte das zweite Lebenszeichen. Rosas Nachmieterin nahm den Anruf entgegen, sie reagierte ziemlich verstört, was nicht weiter erstaunlich war, weil der Anrufer sich als Joanas leiblicher Vater ausgab. »Ich dachte immer, das wäre Fritz.« Alle im Dorf hatten das gedacht. Ein Abgleich mit der vor Joana all die Jahre über geheimgehaltenen Geburtsurkunde bestätigte, dass dort Massimo Pezzo als Vater eingetragen war. Der Skandal war perfekt, und offenbar glaubte jeder nur zu gern, dass »die arme Kleine« der »Stimme des Blutes« gefolgt war, diese leicht altmodische Formulierung wurde zitiert, genau so hatte Massimo Pezzo sich am Telefon ausgedrückt.

Addierte man seine ständige Präsenz in jüngster Zeit und die zahlreichen Wohltaten, die er den Grafs angedeihen ließ, zu dem jüngsten Skandal, so drängte sich förmlich die Schlussfolgerung auf, dass Joana zu ihrem Vater geflüchtet war. Rosas Sorge um ihre Tochter wurde kurzerhand als schlechtes Gewissen einer Rabenmutter interpretiert. Hatte sie doch, so die offizielle Lesart, soeben in Dresden ihren neuen Lover gegen Joanas leiblichen Vater antreten lassen, als Letzterer sich gerade vor Gott und aller Welt zu seiner Familie bekennen wollte. Das hatte schließlich sogar in der Zeitung gestanden. Der Umstand, dass Massimo umgekehrt nicht zu erreichen war, störte nicht weiter, zumal es sich ja bei ihm um einen waschechten Italiener handelte, und die tickten bekanntlich anders.

Es machte Rosa beinahe wahnsinnig, dass plötzlich jeder nur noch daran interessiert war, wer tatsächlich der Vater ihrer Tochter war und warum sie selbst jahrelang allen etwas vorgemacht hatte. Sie rutschte in die Rolle der Bösen oder der »Femme fatale«, was in ihrer Heimat in etwa auf dasselbe hinauslief. Fritz fühlte sich ähnlich blamiert wie ihr Vater, und auch wenn niemand Fabian Jedwabny namentlich erwähnte, so geisterte er doch als »da war doch noch dieser Professor, den sie sich in Köln gehalten hat« durch die Gerüchteküche. Keiner wollte Rosa glauben, dass »ihr Italiener« gefährlich und dass alles ganz anders war.

Sie fühlte sich wie eine Aussätzige, als sogar in Berlin am Flughafen jemand auf sie zeigte: »Ist das nicht die mit den vielen Männern?« Das war unmittelbar bevor die Maschine nach Mailand aufgerufen wurde. Rüdiger, der Rosa und Kristina zum Flughafen begleitete, tat so, als ob er nichts mitbekommen hätte, wogegen Kristina sich sofort lautstark über Menschen aufregte, die sich ein Urteil über andere erlaubten, ohne wirklich etwas zu wissen. Sie stand mittlerweile wieder voll auf Rosas Seite, trotzdem ahnte Rosa bei dieser Szene den Zwiespalt und die Hilflosigkeit der jungen Frau. Ihr selbst ging es ja kaum anders. Die Tränen schossen ihr in die Augen.

Rüdiger reichte ihr ein Taschentuch, er sah ihr nicht ins Gesicht, und Kristina war einen Schritt hinter ihnen geblieben, um zu telefonieren, sie blieb immer weiter zurück.

»Danke«, sagte Rosa und wünschte sich, dass er etwas sagte. Sein Schweigen tat ihr weh, aber möglicherweise war es ja an ihr, den ersten Schritt zu tun. Nur wie? Was sollte sie ihm sagen? »Ich kann dir das jetzt nicht erklären«, fuhr sie stockend fort und suchte seinen Blick.

»Du musst mir gar nichts erklären.« Er sah beharrlich an ihr vorbei.

»Doch, ich will, dass du mich verstehst, es ist nur alles so fürchterlich kompliziert. Ich verstehe ja selbst noch längst nicht alles, manches ist nur so ein Gefühl, aber wenn uns jetzt noch irgendjemand weiterhelfen kann, dann die Pezzos. Sie kennen Massimo schließlich am längsten, und ich werde das Gefühl nicht los, dass dort in Mailand der Schlüssel zu allem liegt. Vielleicht hat er Joana ja nach Mailand verschleppt und sie zu dieser SMS an ihre Klassenkameradin gezwungen oder die Nachricht sogar selbst von ihrem Handy aus abgeschickt. Und dieser Anruf von Massimo war genauso clever, das war nichts als Kalkül und sagt uns rein gar nichts darüber, wie es Joana wirklich

geht. Nie im Leben ist sie freiwillig bei ihm. Sie hatte ihn durchschaut, mit ihren dreizehn Jahren ist sie schließlich kein Baby mehr.«
»Sie ist dreizehn?«
»Ja. Nein. Also das ist so …« Rosa verhedderte sich in ihrer eigenen Lüge und beschloss, wenigstens diesen Punkt klarzustellen. »Also, Joana ist nicht erst zwölf, ich habe dich belogen. Und ich hoffe von Herzen, du wirst mich nicht verachten, wenn du alles erfährst.«
Diesmal sah Rüdiger sie an. »Bedeutet das, Joana ist doch meine Tochter? Unsere gemeinsame Tochter?«
»Nein«, wehrte Rosa hastig ab, »das wollte ich damit auf gar keinen Fall sagen. Glaub mir, es wäre mir tausendmal lieber, wenn es so wäre. Aber so ist es leider nicht: Du bist nicht ihr Vater, und ich …«, weiter kam sie nicht mit ihrem Geständnis, weil die Maschine nach Mailand aufgerufen wurde. Rosa bekam Rüdigers Antwort nicht mehr mit, alles, was sie noch mitnahm, war sein Winken.
Was, wenn sich in Mailand ebenfalls keine Spur von Joana fand? Inzwischen waren fast vier Tage vergangen, eine endlos lange Zeit, und jeder wusste heutzutage, dass die Chancen auf ein gutes Ende mit jedem Tag, mit jeder Stunde rapide sanken.
In Mailand empfing sie Regen. Rosa musste mit sich kämpfen, um das Wetter nicht als schlechtes Omen zu nehmen. Kristina hatte unmittelbar nach der Landung erneut telefoniert, sie wirkte auf einmal sehr aufgedreht, regelrecht fröhlich, was offenkundig mit jemandem zusammenhing, der ihr wenig später lebhaft zuwinkte. Der junge Mann, der mit einer roten Rose durch die Luft wedelte, wurde Rosa als Leonardo vorgestellt.
»Das ist Leonardo Cortina, er wollte uns unbedingt abholen, ich habe dir ja erzählt, dass ich … dass er und ich … also, dass wir beide …«
»War Ihr Vater nicht gerade bei unserer Eröffnung?«, half Rosa der rot angelaufenen jungen Frau aus der Verlegenheit. Man musste keine Hellseherin sein, um zu merken, dass Kristina bis über beide Ohren in den jungen Cortina verliebt war, und die Namensgleichheit mit dem Seniorchef jener Firma, die als stärkster Konkurrent der Pezzos galt, war gewiss kein Zufall. Kristina und der junge Mann mussten

sich begegnet sein, als Kristina die Werbetrommel für Rosas Schlafstationen rührte.
»Ja«, Leonardo Cortina nickte eifrig, »und ich wäre liebend gern selbst nach Dresden gekommen, aber Kristina meinte, es wäre taktisch klüger, wenn wir meinen Vater in dem Glauben lassen, dass er selbst der Erste war, der auf diese grandiose Neuentdeckung gestoßen ist. Ihre Schlafstationen sind furioso, und ich werde es mir als Ehre anrechnen …«
Kristina fiel ihrem neuen Freund ins Wort, was ihr schwerfallen musste, denn sie genoss seine Nähe sichtlich. Andererseits konnte ihr nicht entgangen sein, wie ungeduldig Rosa neben ihr wurde. »Nicht jetzt«, meinte Kristina, »Rosa hat es eilig, wir haben es eilig. Ich habe dich ja vorgewarnt, wir haben praktisch überhaupt keine Zeit.«
»Vielleicht kann ich euch ja helfen. In Mailand kenne ich jeden Stein.«
Rosa lehnte dankend ab. Sie kannte vielleicht nicht jeden Stein, aber dafür kannte sie Massimo Pezzo besser, als ihr lieb war. Als Erstes wollte sie zu seiner Wohnung fahren, insgeheim hatte sie die Hoffnung, dass er sich dort mit Joana verbarrikadiert hatte. Die traumhaft schöne Dachwohnung über dem Delikatessenladen hatte schließlich schon ihr selbst als Versteck gedient, niemand hatte mitbekommen, dass ein Pezzo sich dort drei Jahre lang mit einer Werkstudentin und einem Kleinkind aufhielt, zumindest niemand aus seiner Familie, die Pecks konnten offenbar schweigen.
Obwohl der Taxifahrer auf ihre Bitte hin so schnell fuhr, dass er in Deutschland garantiert eine Verfolgungsjagd mit eingeschalteter Sirene ausgelöst hätte, wurde Rosa das Gefühl nicht los, dass jede Sekunde zählte. Was, wenn Massimo sein Opfer ausgerechnet in diesem Moment umquartierte? Sie trieb den Fahrer erneut zur Eile an. Pronto, pronto! Mit quietschenden Reifen hielten sie schließlich vor dem »Il Peck«. Alles war wie immer, die Kunden standen vor den Verkaufstresen innen Schlange oder kosteten eine der zahlreichen Köstlichkeiten, und wer trotz Regen draußen sitzen wollte, fand unter der ausladenden Markise Schutz. Eine Idylle, der nicht mal ein

den halben Bürgersteig blockierendes Taxi etwas anhaben konnte. Offenbar glaubte jeder, dass Rosa eine Kundin war, die dringend noch etwas Gutes für ihre Abendgesellschaft brauchte. Lediglich ein junges Mädchen merkte auf, als Rosa, während Kristina noch den Fahrer entlohnte, im Eiltempo den Seiteneingang ansteuerte, der zu Massimos Wohnung hochführte. Das Mädchen folgte Rosa in seiner bodenlangen Schürze, machte sich aber erst bemerkbar, als niemand auf Rosas Klingeln reagierte.

»Signor Pezzo ist nicht mehr da«, sagte sie leise.

Rosa schoss herum. »Heißt das, er war hier? Wann? Wann ist er gegangen? Und war er allein?«

»Er war ziemlich lange hier. Es ist ihm nicht sehr gut gegangen, dabei habe ich immer gedacht, wenn jemand heiratet, geht es ihm besonders gut.« Und nach einer kurzen Pause, die Rosa ungenutzt verstreichen ließ, einfach weil sie zu perplex war, um etwas zu sagen, fügte das Mädchen hinzu: »Sind Sie denn jetzt mit ihm verheiratet? Ich könnte Sie auch in die Wohnung lassen, wenn Sie wollen, ich habe nämlich den Schlüssel, damit ich die Blumen gießen und lüften kann.«

Rosa überging die in ihren Ohren völlig absurde Frage, wenngleich diese verriet, dass Massimo in einem sehr viel größeren Radius als vermutet mit seinen einseitigen Heiratsabsichten hausieren gegangen war. Etwas in den Zügen des Mädchens kam ihr zunehmend vertraut vor, auch wenn dieses Gesicht bei der letzten Begegnung noch ein pausbäckiges Kindergesicht gewesen war.

»Bist du nicht die kleine Angelina?«

»Si, ich bin Angelina, aber die Kleinste bin ich nicht mehr, ich habe jetzt noch zwei jüngere Brüder. Aber keiner von denen war jemals so niedlich wie Joana. Ich hätte sowieso viel lieber noch eine Schwester gehabt. Wie geht es Joana?«

Angelina war gerade mal drei Jahre älter als Joana und hatte sich darum gerissen, auch mal den Kinderwagen übernehmen oder das Fläschchen halten zu dürfen, die Erinnerungen an diese Zeit stürmten auf Rosa ein und verbanden sich mit ihrer Angst.

»Ich hatte gehofft«, erwiderte sie leise, »Joana hier zu finden. Bei Massimo. Und du bist dir ganz sicher, dass er allein hier war?«

»Hundertprozentig. Ich war in den drei Wochen, die er hier war, schließlich oft genug oben, um ihm etwas zu essen oder zu trinken zu bringen, für seine Verhältnisse hat er in dieser Zeit ziemlich viel Wein getrunken, manchmal hat er auch lauter komisches Zeug geredet, vor allem über sein Schloss in Deutschland und über Sie. Er hat auch überall Bilder von Ihnen aufgestellt, ich durfte sie nicht mal anfassen. Nur von Joana gibt es kein einziges Foto, das fand ich komisch. Ich habe ihn nach Joana gefragt, da ist er wütend geworden und hat gemeint, dass eine Pezzo-Nase noch lange keinen Sommer macht. Verstehen Sie das?«

Rosa schüttelte den Kopf. Alles, was sie verstand, war, dass Massimo sich hier aufgehalten hatte, nachdem er seine Maske erstmalig hatte fallen lassen und ihr dieses absurde Ultimatum für die Bekanntgabe seiner Verlobung mit ihr gestellt hatte. Sie hatte ihn nicht ernst genommen und sich eingeredet, er käme langsam zur Vernunft, als Indiz hatte sie sein Schweigen auf ihren Brief genommen. Sie hatte sich etwas vorgemacht, ihrem Leichtsinn war es zu verdanken, dass Joana nun in größter Gefahr schwebte, das führte ihr wenige Minuten später eindringlich die Wohnung vor Augen, in welche Angelina sie führte.

Kristina folgte ihnen auf dem Fuß mit etwas zu essen, sie hatte den köstlichen Düften nicht widerstehen können und war ausgerechnet dem teuflischen Hühnchen erlegen. »Probier mal«, sagte sie, »das ist oberköstlich!« Dann verschlug auch ihr die Bildergalerie in Massimos Penthouse die Sprache. Anscheinend hatte er versucht, Rosas Leben von ihrer Geburt an in Bildern nachzustellen, er musste sich heimlich in den Alben ihrer Großmutter bedient haben. Doch den Mittelpunkt dieser Sammlung bildete eindeutig der Flügel, auf dem er, wie Rosa wusste, hervorragend zu spielen verstand. Der Flügel glich einem Altar, umrahmt von schweren Kerzenleuchtern aus getriebenem Silber präsentierten sich dem Betrachter gleichfalls silbern gerahmte Fotos aus jüngerer Zeit, darauf waren sie und Massimo ein Paar, gingen

Hand in Hand und turtelten hinter zartgrünem Bambus oder lagen zusammen in einer Badewanne, die wie eine aufgeklappte, blankpolierte Nusshälfte aus dem Boden zu wachsen schien.
»Ich glaube, mir wird übel.« Rosa hielt sich die Hand vor den Mund, Schweißperlen traten ihr auf die Stirn, sie fror und schwitzte gleichzeitig.
»Eigentlich sind es ja sehr schöne Fotos«, meinte Angelina zögernd. »Sehr romantisch.«
»Ich hätte nie gedacht«, ergänzte Kristina sichtlich erschüttert, »dass du so intim mit Massimo warst. Offen gestanden verstehe ich jetzt gar nichts mehr. Das sind doch lauter brandneue Fotos aus Dresden und Umgebung, wenn ich mich nicht sehr irre, habt ihr beide sogar in der Orangerie … und ich dachte du und Rüdiger …«
Rosa holte tief Luft, mit zitternder Hand zeigte sie auf den Körper des abgelichteten Mannes, ließ ihre Hand von Foto zu Foto wandern, insgesamt gab es ein Dutzend Darstellungen von einem leidenschaftlich verliebten Pärchen. Es dauerte einen Moment, bis Kristina begriff, was Rosa meinte. Der Mann, den Rosa auf diesen Fotos umarmte und liebkoste, dem sie sich hingab, war niemand anders als Rüdiger, ihm war lediglich das Gesicht ausgetauscht worden. Wenn man genau hinsah, konnte man erkennen, dass es sich um äußerst geschickt hergestellte Collagen handelte. Außerdem war Massimo kleiner als Rosa und von deutlich zarterer Statur als der Mann auf den Fotos.
»Das ist ja total krank«, keuchte Kristina, »dieser Typ ist irre, wer so was tut, kann nur irre sein – und gefährlich.«
»Wir müssen Joana finden.« Rosa wandte sich an Angelina, die immerhin verstand, dass Joana in Gefahr war und diese Gefahr wie auch immer von Massimo ausging. Das Mädchen versprach, Rosa sofort Bescheid zu sagen, wenn der Wohnungsbesitzer sich wieder hier blicken ließ, allein oder zu zweit. Sie hatten eine Verbündete gewonnen, so viel stand fest.
Bedauerlicherweise galt das nicht für die Pezzos.

# 15

Der Empfang, den Massimos Vater und seine ältere Schwester Rosa bereiteten, war alles andere als freundlich, dabei hatte sie immer angenommen, dass zumindest der Senior ihr gewogen sei. Davon war nichts zu merken, als die Haushälterin sie mit Kristina im Schlepptau nach mindestens zwanzig Minuten Wartezeit ins sogenannte Herrenzimmer führte, wo der Hausherr sie hinter seinem Schreibtisch sitzend empfing und ihr nicht einmal einen Sitzplatz anbot, geschweige denn die Hand gab.

»Ich wundere mich offen gestanden«, sagte Ernesto Pezzo, »dass Sie sich überhaupt noch hierher wagen. Oder hoffen Sie, auf diese Weise einer Anzeige zu entgehen?«

»Anzeige? Was für eine Anzeige?« In Sekundenschnelle spielte Rosas Kopf alle nur denkbaren Möglichkeiten durch: Massimos Vater war geistig verwirrt oder verwechselte sie, immerhin lag ihre letzte Begegnung gut zehn Jahre zurück, mittlerweile musste er die siebzig überschritten haben. Doch als der Patriarch weitersprach, dämmerte ihr, dass auch hier Massimo seine Hand im Spiel hatte. Hinter ihrem Rücken musste er schon vor langer Zeit damit begonnen haben, ein Netz zu weben, in dem jeder umkam, der sich ihm widersetzte. So wie sie selbst das getan hatte.

Nun präsentierte ihr Massimos Vater als ahnungsloser Handlanger seines einzigen Sohnes Kontoauszüge, welche schwarz auf weiß belegten, dass sie sich seit gut zehn Jahren am Firmenvermögen bereicherte, und niemand hatte etwas gemerkt, weil jeder annahm, der angegebene Verwendungszweck entspräche der Wahrheit. Es war ja tatsächlich einmal die Rede davon gewesen, eigene Wohnaccessoires auf den Markt zu bringen. Solche, die exakt auf die Produktpalette der Pezzos abgestimmt waren, das sollte von der Bettwäsche bis zur Obstschale gehen. Dieses Projekt war seinerzeit von Massimo angekurbelt worden, für dessen Umsetzung waren aus dem von ihm zu verantwortenden Budget jährlich zunehmend größere Summen geflossen, die allerdings gemessen am Gesamtumsatz eher unbedeutend blieben. Und wäre da nicht vor genau vier Tagen ein anonymer Hinweis eingegangen, so hätte vermutlich noch auf Jahre hinaus niemand Verdacht geschöpft. Der unbekannte Informant hatte netterweise gleich Kopien von Kontoauszügen mitgeschickt, die Ernesto Pezzo zu einer Scheinfirma und letztlich zu Rosa führten. Seine Verbindungen waren exzellent, wenn es darauf ankam, existierte für ihn auch kein Bankgeheimnis, für ihn war es ein Kinderspiel gewesen, den Geldfluss zu verfolgen.

»Ich nehme an«, sagte Ernesto Pezzo mit gefährlich leiser Stimme, »dass Sie sich den Leichtsinn und die Ahnungslosigkeit meines Sohnes in Geschäftsdingen zunutze gemacht haben, und nachdem alles erst einmal eingestielt war, flossen die Gelder an Sie ja fast automatisch. Niemand hat nachgefragt, was wohl auch daran liegen mag, dass die Überweisungen an eine Privatbank gingen, die bei uns den allerbesten Ruf genießt, und hier kommen wir gleich zum nächsten Punkt. Bei dieser Bank konnte und kann nur jemand ein Konto eröffnen, der umgerechnet eine Liquidität von mindestens einer halben Million Euro nachweisen kann. Was Sie offenbar konnten, eine entsprechende Gutschrift erfolgte zu Ihren Gunsten.«

»Das ist unmöglich.«

»Eben«, bestätigte ihr Gegenüber. »Als Sie vor vierzehn Jahren nach Mailand kamen, waren Sie völlig mittellos, das habe ich inzwischen nachprüfen lassen. Wenn Sie damals nicht bei dem von uns ausgesetzten Wettbewerb einen Studienplatz an einer der besten privaten Akademien unseres Landes gewonnen hätten, wäre Ihnen eine solche Ausbildung unmöglich gewesen. Und wenn Sie nicht zusätzlich bei uns als Werkstudentin hätten arbeiten dürfen, wäre wohl nicht einmal Ihr Lebensunterhalt sichergestellt gewesen. Doch das hat Ihnen offenbar nicht genügt, Sie sind gierig geworden, immer gieriger und immer dreister. Meine Tochter war von Anfang an misstrauisch, und sie hatte recht, ich mache mir die schwersten Vorwürfe. Jedenfalls brauchen Sie nicht darauf zu hoffen, dass wir die Sache auf sich beruhen lassen. Oder sind Sie hergekommen, um mir das Geld, um das Sie die Firma Pezzo betrogen haben, zurückzuzahlen?«

»Ich habe niemanden betrogen. Hören Sie ...«

»Hören besser Sie«, fiel der alte Mann ihr scharf ins Wort. »Ich habe mir zeit meines Lebens etwas auf meine Menschenkenntnis eingebildet, und ich habe mich auch immer verpflichtet gefühlt, jene zu fördern, die über eine herausragende Begabung, jedoch nicht über die notwendigen finanziellen Mittel verfügen. Ich war davon überzeugt, dass Sie so jemand sind. Wer hätte hinter Ihrem unschuldigen Lächeln und Ihrer gefälligen Art so viel Niedertracht vermuten sollen? Ich fürchte, in Zukunft kann ich nie mehr unvoreingenommen meinem Gefühl folgen. Seitdem mir die Augen geöffnet wurden, wittere ich überall Verrat.«

»Das ist alles … ist … ein schreckliches Missverständnis …« Vor lauter Aufregung und auch Mitleid begann Rosa zu stottern. Das hatte dieser alte Mann nicht verdient, er sah wirklich aus, als ob eine Welt für ihn zusammengestürzt wäre. Wie würde er die volle Wahrheit verkraften? Durfte sie ihm in dieser Verfassung überhaupt offenbaren, wer hinter all dem steckte, was für einen Teufel er selbst großgezogen hatte?

Es war Kristina, die ihr die Entscheidung aus der Hand nahm. Mit dem radikalen Mut der Jugend preschte sie vor, gerade als ob sie zu ahnen schien, dass Rosa lieber selbst den Kopf hinhielt, als einen alten Mann um seine letzten Illusionen zu bringen.

»Ich glaube nicht«, fiel Kristina Rosa ins Wort, »dass Missverständnis der richtige Ausdruck ist, wenn jemand ein faules Ei produziert und nicht mal merken will, was ihm da heranwächst. Wie blind sind Sie eigentlich? Merken Sie nicht, dass Rosa die völlig falsche Adresse ist? Aber vielleicht wollen Sie es ja auch nicht merken und beschuldigen lieber eine Unschuldige, als zuzulassen, dass endlich jemand Ihren feinen Sohn zur Rechenschaft zieht.«

»Sie reden von Massimo? Wer sind Sie überhaupt, junge Frau? Wie kommen Sie dazu …?«

»Ich bin die Tochter von Rüdiger Ebertz, und wir – also Rosa und ich – sind hier, weil wir Grund zu der Annahme haben, dass Ihr feiner Sohn Joana entführt hat.«

»Ich kenne keine Joana.«

»Joana ist meine Tochter.« Endlich konnte Rosa wieder sprechen.
»Ich wusste nicht einmal, dass Sie eine Tochter haben. Und ich wüsste auch nicht, was ich mit ihr zu schaffen habe, ebenso wenig wie mein Sohn. Er hasst Kinder. Und Frauen.« Die Stimme von Ernesto Pezzo verlor an Schärfe und wurde stetig leiser, zuletzt glich sie einem tonlosen Flüstern: »Ich habe mir immer gewünscht, dass es anders wäre. Mein größter Traum war ein Enkelkind, wenigstens eins, aber der da oben hat nicht mitgespielt. Mit meinen beiden Kindern wird meine Familie aussterben, vielleicht ist es ja auch besser so.«
»Und wenn Sie schon längst eine Enkelin hätten?« Rosa begann aufgeregt in ihrer Tasche zu kramen, sie hatte immer Fotos von Joana dabei. Die Pezzo-Nase war unverwechselbar.
»Hören Sie auf! Geben Sie auf! Das Spiel ist vorbei!« Drei Befehle, heiser hervorgestoßen, die Luft wurde dem alten Mann sichtlich knapp, er rang um Fassung und darum, seine Würde zu wahren. Noch immer war er eine sehr beeindruckende Gestalt, sein Gesicht zeugte von vielen harten Kämpfen, so schnell gab er nicht auf.
Endlich hatte Rosa gefunden, was sie suchte, sie hielt ihrem Gegenüber das erstbeste Foto von Joana hin, zwang ihn förmlich, es anzusehen, mit durchschlagendem Erfolg. Seine starre Miene löste sich, Fassungslosigkeit stand ihm ins Gesicht geschrieben.
»Aber das ist doch meine Tochter Paula.«
»Ganz gewiss nicht«, widersprach Rosa und zeigte auf das Datum am unteren Bildrand. »Das ist Joana.« Wie einen Fächer breitete sie weitere Fotos auf der Schreibtischplatte aus, das dunkle, fast schwarze Holz schien die Lebendigkeit von Joanas Gesicht noch zu betonen. Egal, was sie tat, ob sie lachte oder grimmig dreinschaute, breitbeinig auf einem Ackergaul durch den Fluss ritt oder sich kokett in ihrem ersten Bikini präsentierte, sie strotzte nur so vor Vitalität. »Die meisten Fotos sind bei uns zu Hause im Sauerland aufgenommen worden«, fuhr Rosa fort, und als Massimos Vater noch immer nichts sagte, sondern sich nur weiter vorbeugte, die Bilder näher an sich heranziehen wollte: »Das ist Joana, meine Joana, egal, was auch passiert, sie ist mein Kind, und wir müssen sie finden …«

»Wie alt ist sie jetzt, Ihre Joana?«

»Joana ist im Januar dreizehn geworden. Sie wurde am Dreikönigstag geboren, auch wenn in ihrer Geburtsurkunde ... aber das spielt jetzt keine Rolle. Wir müssen sie finden, bevor Massimo ihr etwas antun kann. Bitte, glauben Sie mir, er hat Joana entführt.«

»Massimo soll dieses Kind entführt haben?« Der Mann vor Rosa duckte sich, als ob eine unsichtbare Kraft auf ihn einwirke. Die von Altersflecken übersäte Hand schloss sich um ein Foto von Joana, eine dicke Ader trat pochend auf dem Handrücken hervor, dann griff die Hand ans Herz, dazu dieser rasselnde Atem und die ungesunde Gesichtsfarbe. Als ob den alten Mann jeden Moment der Schlag träfe.

»Es tut mir leid«, sagte Rosa und stand auf, beugte sich so weit vor, dass sie beinahe aneinanderstießen, in ihr stritten Mitleid und Ungeduld. »Es ist schlimm für Sie, er ist nun mal Ihr Sohn, Ihr einziger Sohn, aber er ist gefährlich. Ich weiß, dass er seine Drohung wahr machen wird, jetzt weiß ich das. Wenn er nicht bekommt, was er will, ist er unberechenbar. Er lebt in einer eingebildeten Welt, wer nicht für ihn ist, ist gegen ihn. Von jetzt auf gleich hat er mich zu seiner Erzfeindin erklärt. Und weil Joana das Kostbarste in meinem Leben ist, will er sie mir nehmen, er hat sie jetzt schon den vierten Tag in seiner Gewalt. Den vierten Tag, verstehen Sie? Vor vier Tagen haben Sie diesen anonymen Hinweis bekommen, das ist beileibe kein Zufall, er hat mir schon vor drei Wochen damit gedroht, mich zu ruinieren und hinter Gitter zu bringen. Aber ich habe nicht verstanden, wovon er redet. Er muss alles von langer Hand geplant haben ...«

»Niemand plant von langer Hand seinen eigenen Untergang«, widersprach der alte Mann. Sein Gesichtsausdruck hatte beinahe etwas Bittendes, Flehendes. Als ob er selbst nichts mehr wünschte, als mit dieser Behauptung recht zu behalten. Gleichzeitig standen ihm die Zweifel ins Gesicht geschrieben. »Wenn mein Sohn, wie Sie sagen, hinter all dem steckt, dann würde man ihm das früher oder später nachweisen können.«

»Das ist Massimo gleichgültig, fürchte ich. Er lebt in einer anderen Welt, eigentlich tut er das schon sehr lange, ich hätte es viel früher

merken müssen. Joana hat es gemerkt, anfangs hat sie es genossen, weil diese Welt wie ein Märchen für sie war. Mit einem richtigen Schloss und einem Prinzen, sie selbst war die kleine Prinzessin, jeder und jedes hatte seinen Platz. Aber dann bin ich aus Massimos Inszenierung ausgebrochen. Das duldet er nicht. Er tut nur nett und harmlos und legt es regelrecht darauf an, dass man ihn bedauert, aber hinter dieser Opferrolle lauert etwas ganz anderes ...«
Ernesto Pezzo fuhr sich durch das noch immer dichte und akkurat nach hinten gekämmte Haar, eine Strähne fiel ihm in die Stirn, er merkte es nicht einmal. »Als Junge hat er sich einmal selbst mit einem Messer verletzt, nur damit seine Schwester Hausarrest bekommt«, meinte er leise. »Paula hat es mir viel später erzählt, ich konnte es kaum glauben.«
»Das war nur ein Vorgeschmack, glauben Sie mir«, sagte Rosa beschwörend. »Mit so was gibt er sich jetzt nicht mehr zufrieden, er hat Blut geleckt, im wahrsten Sinn des Wortes. Er hasst seine Familie, er hasst Joana und er hasst mich, er wird zerfressen von dem Gefühl, um etwas betrogen zu werden, was ihm zusteht, ihm allein. Vielleicht hasst er sich selbst sogar am allermeisten. Wenn Sie wissen oder eine Ahnung haben, wo er sich mit Joana versteckt halten könnte, dann sagen Sie es mir bitte. Jede Sekunde zählt.«
»Er hat eine Wohnung hier in Mailand, die Adresse wollte er uns nie sagen, offiziell wohnt er noch immer bei Paula und mir in dieser Villa. Wir waren offen gestanden erleichtert, als er auszog, und es hat mich nie interessiert, wo er seinen seltsamen Interessen nachgeht.«
»Ich kenne seine Wohnung«, unterbrach Rosa ihn, »dort ist er nicht.«
»Dann fällt mir höchstens noch die alte Jagdhütte im Trentino ein. Sie liegt sehr einsam, als die Kinder noch klein waren, haben wir dort öfter ein paar Tage verbracht, dann sind die beiden zum Studium in die Schweiz, seitdem ist, soweit ich weiß, nie mehr jemand von uns dort gewesen. Da war allerdings vor etlichen Jahren dieser merkwürdige Anruf aus dem Dorf unterhalb der Hütte, aus dem Kamin kam angeblich Rauch, und das Anfang Januar, um diese Zeit waren

wir noch nie dort. Es gibt einen Einheimischen, der vor Ort schon mal in unserem Auftrag für kleines Geld nach dem Rechten sieht, diesen Mann habe ich damals losgeschickt, aber die Hütte war leer. Auf dem Rückweg will der gute Mann meine Tochter gesehen haben, was absurd ist, weil Paula an diesem Tag aus Kanada zurückkam. Seltsam, wenn ich mich recht entsinne, war das vor dreizehn Jahren an Drei...«

»Schweig!« Das Wort peitschte in den letzten Satz von Ernesto Pezzo, schnitt ihn brutal ab. Rosa hätte nicht sagen können, wie lange Massimos Schwester sich bereits im Raum befand. Niemand hatte bemerkt, wie sie hereinkam, einem Unwetter gleich brach sie über ihren Vater herein, was, wie Rosa wusste, sonst gar nicht ihre Art war. Gleichgültig, wie dominant die Frau, die nun auf die fünfzig zusteuerte, sich sonst gern gab, ihrem Vater gegenüber hatte sie es niemals am nötigen Respekt fehlen lassen. Nun ließ sie in einem mörderischen Tempo eine Flut italienischer Wörter auf ihn niederprasseln, und obwohl Rosa der Sprache durchaus mächtig war, verstand sie so gut wie nichts. Nur dass Paula Pezzo verhindern wollte, dass ihr Vater weitersprach. Mit aller Gewalt drängte sie Rosa aus dem Haus und drohte sogar mit der Polizei und den Rottweilern, die das Anwesen bewachten. Ihre Augen sprühten vor Hass, sie wollte nichts hören, war keinem Argument und keinen Bitten zugänglich, sondern setzte die beiden Besucherinnen eigenhändig vor die Tür.

»Wetten, dass sie mehr weiß, als sie zugeben will?« Kristina vergewisserte sich, dass das eiserne Tor zwischen Grundstück und Straße auch tatsächlich geschlossen war und keine der Bestien, die jetzt angeschossen kamen, ihnen etwas anhaben konnte. »Und das ist also die Schwester von Massimo? Eine feine Familie, das muss ich schon sagen.«

»Sie hat Angst«, erwiderte Rosa nachdenklich. Jetzt, wo sie wusste, dass Paula einmal mit Rüdiger eine Affäre gehabt hatte, sah sie diese Frau mit anderen Augen. Umgekehrt galt das anscheinend genauso ...

»Und wovor hat sie Angst? Steckt sie vielleicht mit ihrem sauberen

Bruder unter einer Decke? Haben die beiden etwa zusammen das Firmenkonto geplündert und dann alles dir in die Schuhe geschoben?«
»Das glaube ich nicht«, wehrte Rosa ab und überlegte, wie es jetzt weitergehen sollte. Der einzige brauchbare Hinweis war diese Hütte im Trentino, aber sie konnten dort unmöglich jede einsam gelegene Hütte abklappern, das konnte Tage dauern. Es war ausgerechnet Rüdiger, der ihnen weiterhalf. In ihrer Not rief Rosa ihn an, vielleicht hatte er ja inzwischen auch selbst etwas von Joana gehört, irgendeinen winzigen Hinweis bekommen. Dem war nicht so, doch dafür kannte er erstaunlicherweise diese Hütte, er war damals sogar mit Paula zusammen dort gewesen. Die Hütte lag, wie er sagte, oberhalb von einem Ort namens Paneveggio.
»Bist du dir ganz sicher, dass wir dieselbe Hütte meinen?«, vergewisserte sich Rosa eingedenk der Aussage von Ernesto Pezzo, dass keines seiner beiden Kinder nach dem Studium je wieder dort gewesen war. Und nun sollte Paula der Hütte sogar zweimal heimlich einen Besuch abgestattet haben …
»Hundertprozentig sicher, sie hat mir von dieser Hütte vorgeschwärmt, wo sie zuletzt als junges Mädchen war. Von den Ilex Giganti und der Bergnase aus Dolomitgestein und Kalk, sie wollte unbedingt dorthin. Es sollte nur eine Art Geschäftsreise sein, die wegen der umständlichen Anreise übers Wochenende stattfand. Ich kannte noch keine Menschenseele in Mailand, und Paula war sehr nett.«
»Und dort ist es dann passiert? In dieser Hütte?«
»Ja, dort ist es dann passiert.«
»Kannst du mir sagen, wie ich auf dem schnellsten Weg dorthin komme?« Rosa blendete alle anderen Gefühle aus, die sich in ihr breitmachen wollten. Für Eifersucht war jetzt kein Platz, außerdem war das, wie sie inzwischen wusste, vor ihrer Zeit gewesen. Dank Rüdigers Hilfe saß sie wenig später mit Kristina im Zug, das war noch immer die schnellste Verbindung, mittlerweile konnte man immerhin den größten Teil der Strecke mit einem Interregio zurücklegen, in Bozen würde sie pünktlich ein Taxi mit Allradantrieb erwarten, dafür sorgte ebenfalls Rüdiger, sie brauchte sich um nichts selbst zu kümmern.

Kristina nutzte die günstige Gelegenheit, um während der Zugfahrt dort anzuknüpfen, wo ihr Gespräch unmittelbar nach Verlassen der Villa Pezzo aufgehört hatte.
»Ist dir eigentlich was an der Überweisung aufgefallen, die du angeblich zuletzt von diesem mysteriösen Konto für extrem Reiche getätigt hast?«, wollte sie wissen. »Ein ordentlicher Batzen Geld, der da geflossen ist, und das zufällig genau in der Woche, als deine Großmutter gestorben ist und dir ein kleines Vermögen hinterlassen hat. In einem Koffer unterm Bett. Wenn ich mich nicht irre, war das haargenau derselbe Betrag, und ich habe vorhin sehr genau hingeguckt. So was ist doch kein Zufall. So viele Zufälle auf einmal gibt es nicht.«
Rosa zwang sich, Kristinas Gedankengang zu folgen. Alles war besser, als ständig nur an Joana zu denken und sich auszumalen, was in der Zwischenzeit mit ihr geschah. Schlagartig erinnerte sie sich wieder an die grässliche Auseinandersetzung unmittelbar nach ihrer Rückkehr aus Dresden, als Massimo die Maske fallen ließ.
»Du könntest recht haben«, sagte sie zögernd. »Massimo hat behauptet, dass er selbst den Grundstock zu meiner eigenen Firma gelegt hat. Ohne ihn hätte ich angeblich noch hundert Jahre warten können, bis ich genug Geld zusammengekratzt hätte, er war, als er das sagte, wie von Sinnen. Er hat nur gelacht, als ich ihn an mein Erbe erinnert habe.«
»Na bitte, da haben wir es doch. Ein Rädchen greift sauber ins andere, aber diesmal kommt er mit seinen teuflischen Spielchen nicht durch, diesmal nicht.«
»Und wenn wir ihn nicht finden?«
»Wir finden ihn.«
»Ich meine rechtzeitig.«
»Solange er einen Rest Hoffnung haben kann, dich doch noch zu bekommen, wird er Joana nichts antun. Außerdem ist er dafür zu feige. Im Grunde seines Herzens ist er feige. Und wenn Joana seine leibliche Tochter ist, also dann wird er ihr erst recht nichts tun, weil das ja quasi sein Unterpfand für die Unsterblichkeit ist.«

»Ich hoffe, du behältst recht.« Rosa fühlte sich so hilflos wie noch nie in ihrem Leben. Wenn sie Joana doch nur helfen könnte, ihr Mut machen, mit ihr tauschen. Sie bündelte alles, was an Liebe und Kraft in ihr war, und dachte so intensiv an ihre Tochter, dass sie förmlich spürte, wie sich eine unsichtbare Brücke zwischen ihnen aufbaute.

## 16

Die Decke des Kellergewölbes bestand ebenso wie die Wände aus grob zusammengesetzten Natursteinen. Es war einzig und allein dem von oben durch einzelne Ritzen sickernden Licht zu verdanken, dass Joana in ihrem Gefängnis nicht nur pechschwarze Finsternis umfing. Die diffuse Helligkeit kam aus einer Höhe von mindestens fünf Metern, so tief befand sie sich unter der Erdoberfläche. Auf dem langen Weg zu ihr hinab wurde das Licht immer dunkler und unheimlicher. Joana hatte auf allen vieren kriechend jeden Zentimeter ihres Gefängnisses ausgekundschaftet, in dem es außer den gemauerten Weinregalen kein einziges Möbelstück gab, nicht mal eine Matratze und eine Decke. Der Boden war glitschig, und wenn es draußen regnete, ploppten einzelne Tropfen von dort oben auf den Steinboden, dieses monotone Geräusch konnte einen halb wahnsinnig machen, und die Nässe und Kälte ließen ihr fast das Blut in den Adern gefrieren. Mitunter war sie versucht, sich in eine Ecke zu legen und darauf zu warten, dass es endlich vorbei war. Für immer vorbei, aber dann sah sie die bunte Welt dort draußen vor sich, glaubte die Stimme ihrer Mutter zu hören, sehnte sich nach ihr, sogar nach ihrem Nörgeln und allem, was das Leben daheim ausmachte. Sie wünschte sich, Rosa sagen zu können, wie sehr sie sie liebe und wie wunderbar es wäre, mit ihr zusammen weiterzumachen, egal wo.
Wenn du dich nicht endlich bewegst, Joana Graf, wird es dazu garantiert nie mehr kommen. Dann krepierst du hier elendiglich.
Das half. Immer wenn Joana sich am Ende und stetig schwächer werden fühlte, zwang diese innere Stimme sie, nicht aufzugeben und

sich mit Turnübungen warm zu halten. Sie sprang und hüpfte und schlug die Arme über dem Kopf zusammen, anfangs stieß sie sich oft oder fiel auch hin, doch mit der Zeit kannte sie jede Vertiefung am Boden, jede rutschige Stelle und erst recht den Verlauf der gewölbten Decke. Mittlerweile wusste sie auch, von wo Massimo sie beobachtete. Joana spürte genau, wenn er wieder da war, dazu bedurfte es weder seines Keuchens noch seines höhnischen Gelächters, noch seiner gemeinen Fragen. Er ließ nichts aus, um sie zu erniedrigen, inzwischen war ihr auch klar, dass er über sie Rosa treffen wollte. Wenn er lauter gemeine Sachen über Rosa sagte, flüchtete Joana sich in ihre Leibesübungen und machte dabei so viel Krach wie möglich, das ärgerte ihn mindestens ebenso sehr wie der Umstand, dass sie sich nur einmal betrunken vor ihm gezeigt hatte. Auch in dieser Hinsicht hatte sie rasch dazugelernt, es galt, den Wein so sehr zu verdünnen wie irgend möglich. Sie war jetzt zudem recht geschickt darin, Weinflaschen so aufzuschlagen, dass keine Scherben mehr herumsprangen und sie sich im Dunklen nicht wieder daran schnitt. Überhaupt ging sie ausgesprochen strategisch vor. Es gab eine Ecke für die Scherben und leeren Flaschen und eine andere für ihre Notdurft, und dort, wo der Regen sich einen Weg durch die spröden Fugen im Mauerwerk bahnte, fing sie ihn in leeren Flaschen auf, die sie des schlanken Halses beraubt hatte, um dem ersehnten Nass eine möglichst große Oberfläche zu bieten. Sie wurde immer geschickter und gaukelte sich selbst vor, dass dies eine Art Überlebenstraining war.
Dafür bezahlen manche Leute verdammt viel Geld, Joana Graf. Und du bekommst das alles ganz umsonst.
Obwohl ihr Durst groß war und ihr der Magen knurrte, ging sie sparsam mit den acht vollen Weinflaschen um, die alles waren, was sie noch hatte. Der Regen war ihr Verbündeter, sie war für jeden Tropfen dankbar, den sie auffangen und damit den Wein versetzen konnte. Die meisten Weine waren umgekippt und schmeckten grässlich, sie rochen auch ekelerregend, aber darauf kam es nicht an. Menschen konnten, wie Joana wusste, sehr lange ohne feste Nahrung auskommen, nur trinken mussten sie. Und sie trank. An Tagen, an denen es

regnete, mehr, an den anderen weniger. Sie konnte nur grob schätzen, wie lange sie schon hier unten war. Was an Helligkeit zu ihr drang, reichte bei weitem nicht aus, um das Licht der Sonne von dem des Mondes oder der Sterne zu unterscheiden. Nicht mal einen Kanten Brot hatte ihr Peiniger herausgerückt, er sah sie gern leiden, und er verspottete sie damit, dass die Stimme des Blutes in ihrem Fall leider versagte.

»Tut mir leid, Kleines, aber lange wirst du es wohl nicht mehr da unten machen.« Mit seiner melodischen Stimme erzählte er ihr, wie er alle anderen an der Nase herumführte, sobald er über Rosa sprach, schlug seine Stimme um, und er geiferte regelrecht. Einmal brach er mitten in seinen Hetztiraden ab und verschwand. Sie hörte ihn weglaufen und dachte schon, er käme zurück, als wenig später erneut Schritte aufklangen. Sie hatte zu spät reagiert. Mit ihrem Vorsatz, Massimo gegen eine Wand des Schweigens laufen zu lassen, vertat sie ihre vielleicht einzige Chance auf Rettung. Jemand anders hatte sich in den Keller verirrt, die Schrittfolge war anders, kraftvoller und weiter ausholend, es musste sich um einen größeren, athletischeren Mann handeln, als Massimo es war. Auch würde ihr Peiniger sich wohl kaum über das Gerümpel wundern, das er selbst vor dem Zugang zu ihrem Gefängnis aufgetürmt hatte. Um sie auszuspionieren, brauchte Massimo die Tür nicht, dafür bediente er sich eines alten Lüftungsschachts. Überhaupt klang die Stimme, die plötzlich ertönte, völlig anders, Joana kannte sie nicht, hatte sie noch nie zuvor gehört.

»Seltsam«, murmelte die Männerstimme, das Echo brach sich in dem alten Gewölbe. »Seltsam, seltsam.« Und noch ehe sie rufen und auf sich aufmerksam machen konnte, war ihr potentieller Retter auch schon wieder verschwunden. Seitdem wartete sie darauf, dass er zurückkam. Bitte, bitte, komm zurück! Aber stattdessen kam wieder nur Massimo und verhöhnte sie, während sie immer schwächer wurde. Ihre Lippen waren aufgesprungen, überall bildete sich Schorf, den sie am liebsten aufgekratzt hätte, weil es höllisch juckte. Sie bezwang sich, sie war sehr tapfer, ihre Mutter würde stolz auf sie sein. Dann

kam das Fieber. Es schüttelte sie, zwischendurch war ihr eiskalt, das Fieber dämpfte die Stimme des Feindes und holte die ihrer Mutter ganz nah heran. Gib nicht auf, Joana!
Joana gelobte es: »Ich gebe nicht auf, Mama. Aber beeil dich, bitte!«

## 17

Alles lief nach Plan. Der Zug lief pünktlich in Bozen ein, dort nahm das von Rüdiger bestellte Taxi Rosa und Kristina in Empfang. Der Fahrer war ein Einheimischer, geboren in Paneveggio und aufgewachsen in Paneveggio, die Neugier stand ihm ins Gesicht geschrieben, er redete unaufhörlich und störte sich auch nicht daran, dass ihm nur höchst wortkarg geantwortet wurde. Möglicherweise schürte das sogar noch seine Neugier.
Was die beiden Frauen wohl hier draußen in der Einöde wollten? Zumal in einer Hütte, wo sich schon eine Ewigkeit lang keiner der Besitzer mehr hatte blicken lassen. Seltsame Gerüchte rankten sich um die Hütte dort oben am Berg, die den Pezzos gehörte. Die Kräuterhexe hatte sie in Umlauf gebracht. Sie hatte sich, als sie im Dorf auftauchte, als harmlose Zugereiste getarnt und war längst wieder verschwunden, wogegen sich diese Gerüchte hartnäckig hielten.
Von einem Kind war die Rede, geboren am Dreikönigstag. Diese Hexe, so erzählte man sich, hatte es im Morgengrauen heimlich in einem alten Apfelkorb fortgetragen. Wie es hieß, suchte sie seit mehr als zweitausend Jahren vergeblich nach dem Kind, endlich hatte sie es gefunden und geraubt. So war im Tal aus der guten Weihnachtshexe Befana eine böse Hexe geworden. Es gab noch weitere Zeichen, die an langen Winterabenden immer wieder neu gedeutet und weitergegeben wurden. Dazu gehörte der Adler, der seit jenem denkwürdigen Dreikönigstag vor nunmehr dreizehn Jahren angeblich die Hütte bewachte und der, wenn man denen glaubte, die ihn leibhaftig gesehen haben wollten, von Jahr zu Jahr größer und gefährlicher wurde und

auf was auch immer lauerte. Auf seine Erlösung, meinten die einen. Auf seine Beute, sagten die anderen und behaupteten steif und fest, der Teufel habe dem verwunschenen Greifvogel das Neugeborene als Belohnung versprochen, weshalb der Vogel nun Jahr für Jahr darauf warte, dass der Teufel sein Wort endlich einlöse und ihm das entführte Kind zurückbrächte.

Rosa saß da wie gelähmt, als der Fahrer all das erzählte und es sichtlich genoss, die beiden Frauen derart in seinen Bann zu ziehen. Das alles konnte, wie sie sich sagte, unmöglich ein Zufall sein. Dieser Korb mit dem aufgemalten Zeichen der Dreikönige stand bei ihr daheim im Sauerland auf dem Speicher. Eins kam zum anderen, mittlerweile war auch die Bergnase zu sehen, von der bereits Rüdiger erzählt hatte, die Hütte verschmolz förmlich mit dem Stein, und stiege da nicht Rauch aus dem Kamin, sähe man sie wohl gar nicht. Dieser Rauch war keine Einbildung, der sie animiert von all den seltsamen Erzählungen erlagen. Den Rauch gab es wirklich.

»Seltsam«, meinte der Mann am Steuer, »da oben scheint ja schon jemand zu sein. Erst kommt jahrelang keiner her, und dann geben sie sich praktisch die Klinke in die Hand. Nichts für ungut! Und Sie haben wirklich nichts mit dem Pezzo-Clan zu tun?«

»Nein«, antwortete Kristina für Rosa und drückte Rosas Hand, die eiskalt war.

»Dann ist es ja gut, gut für Sie, denn mit denen stimmt was nicht. Besonders mit dem Jungen stimmt was nicht, der konnte schon als Kind sehr grausam sein. Er hat einmal eine Katze mit bloßen Händen erwürgt und dabei stillvergnügt vor sich hin gesummt, so was ist doch nicht normal. Mein Vater hat ihn zur Rede gestellt und hätte ihm wohl den Hosenboden versohlt, wenn er kein Pezzo gewesen wäre. Angeblich hat das Kätzchen verdient, was es bekam. Das arme Vieh muss wohl mit einem Wollknäuel gespielt haben, das der Signora Pezzo gehörte. In jenem Jahr ist sie gestorben. Als ob die arme Katze was dafür gekonnt hätte.«

Der Mann wandte sich, als keine Reaktion erfolgte, zu den beiden Frauen um, sein Blick blieb an Rosa hängen. »Mein Gott, Sie sind ja

totenblass. Ist Ihnen nicht gut? Sie müssen übrigens hier aussteigen, wenn Sie wirklich zur Hütte wollen. Weiter kann ich nicht fahren.«
»Es wäre gut«, erwiderte Rosa, »wenn Sie auf uns warten.« Es war nicht wirklich eine Antwort auf die Frage des Mannes nach ihrem Befinden, zumindest keine direkte, doch offenbar begriff ihr Fahrer, dass seine Fahrgäste mit dem Schlimmsten rechneten, als Rosa fortfuhr: »Wenn wir nicht in, sagen wir, einer halben Stunde wieder bei Ihnen sind, dann holen Sie bitte Hilfe. Sofort, es könnte nämlich sein, dass dort in der Hütte jemand gefangen gehalten wird.«
»Das ist ja wie in einem Krimi. Und Sie glauben, dahinter steckt einer von den Pezzos? Also wenn Sie mich fragen, kommt da nur der Junge in Frage. Mittlerweile ist er natürlich längst kein Junge mehr, er ist höchstens zwei oder drei Jahre älter als ich, Massimo heißt er, der einzige männliche Nachkomme der Pezzos. Wenn er tatsächlich ein Kidnapper ist, wird ihm das aber auch nicht viel nützen …«
Doch es war nicht Massimo, der sie in der Hütte erwartete. Die Fensterläden waren noch geschlossen, das dicke Mauerwerk verwandelte das Innere der Hütte in einen Kühlschrank, über der Tür hing ein völlig vertrockneter Palmwedel, in der offenen Feuerstelle qualmten die noch feuchten Holzscheite mehr, als dass sie brannten und wärmten. Die Gestalt davor wandte ihnen den Rücken zu und rührte sich auch nicht, als die Tür aufging. Ein breiter Rücken, die Statur hätte durchaus zu einem Mann passen können, doch die Stimme gehörte einer Frau.
»Ich habe Sie erwartet«, sagte Paula Pezzo und wandte sich um.
Rosa brauchte einen Augenblick, um sich von ihrer Überraschung zu erholen. Enttäuschung folgte. Wenn Massimo nicht hier war, so galt dasselbe für Joana. Sie hatte also vergeblich gehofft, wo sollten sie denn jetzt noch suchen? Oder war es denkbar, dass diese Frau dort sie daran hindern wollte, Joana zu finden? Sie hatte sich in Gegenwart ihres Vaters mehr als merkwürdig verhalten. Ausgesprochen feindselig, und es war ganz gewiss kein Zufall, dass sie noch vor Rosa und Kristina hier war. Ob sie ihren Bruder etwa gewarnt hatte?
»Falls Sie mit Massimo unter einer Decke stecken …«, begann Rosa

und brach ab, als sie in die kalten Augen der Frau sah, in denen nun ein gefährliches Feuer aufglomm.
»So dumm ist man nur einmal im Leben«, sagte Paula Pezzo, »und für diesen Fehler habe ich teuer genug bezahlt. Hier, genau hier in dieser Hütte war es, am Dreikönigstag vor dreizehn Jahren. Diesen Tag werde ich mein Lebtag nicht vergessen.«
»Das ist der Tag, an dem Joana geboren wurde«, sagte Rosa stockend und versuchte krampfhaft, ihre Gedanken zu ordnen. Ihr war, als ob jemand einen Vorhang auf- und rasch wieder zuzöge und so in letzter Sekunde etwas vor ihr versteckte, was sie wissen sollte, obwohl ihr zugleich schwante, dass dieses Wissen ihr nur neue Qualen bereiten würde.
»Wem sagen sie das?« Das war keine Frage, alles Mögliche schwang in diesen vier ärmlichen Worten mit. Wut und Schmerz, der Spott war nur Tarnung. Wie in Trance fuhr Paula Pezzo fort: »Es war so kalt, so erbärmlich kalt und so still. Draußen muss es unaufhörlich geschneit haben, aber man sah und hörte nichts davon, da war nur dieser Adler mit seinem stechenden Blick. Ich wusste nicht, dass ein Tier einen so ansehen kann, so beharrlich und wissend und auch drohend – wie beim Jüngsten Gericht.«
»Sie waren bei der Geburt von Joana dabei?«, fragte Rosa fassungslos. Der Vorhang hob sich ein winziges Stück, eine Ahnung erfasste sie, am liebsten wäre sie davongelaufen.
»So könnte man es auch ausdrücken.« Die Schultern der anderen strafften sich, das Spöttische kehrte zurück. »Die meisten Mütter sind, glaube ich, bei der Geburt anwesend.«
»Das kann nicht sein.« In Rosas Kopf überschlugen sich die Gedanken. »Sie können unmöglich die leibliche Mutter von Joana sein.«
»Sie geben also zu«, warf die andere blitzschnell ein, »dass Sie selbst es nicht sind.«
»Und Sie sind die Schwester von Massimo«, wehrte Rosa ab. »Wenn er der Vater von Joana ist und Sie seine Schwester und zugleich die Frau sind, die Joana geboren hat, dann …«
Ein höhnisches Lachen schnitt ihr das Wort ab. »Keine Sorge! Mein

Bruder wäre nicht mal in der Lage, etwas zu zeugen, was wie ein Kind aussieht, geschweige denn eines ist. Er war lediglich mein Verbündeter, wenigstens hat er mir das vorgegaukelt.«
»Darin ist er ein Meister«, warf Rosa leise ein.
»Sie sagen es. Wenn mein sauberer Bruder eins beherrscht, dann das Spiel mit fremden Ängsten und Träumen. Er hat meine Verzweiflung ausgenutzt, ich war noch nie in einer solch ausweglosen Situation. Und dann hat er dafür kassiert. Das Ergebnis dürfte sich auf Ihrem Konto befinden, die Summe passt, er hat hochgerechnet, was so ein Kind kosten wird, und ich wollte ja nicht, dass es dem Wurm an etwas fehlt. Es sollte alles haben, ein gutes Leben mit allem, was dazugehört.«
»Mit allem, was dazugehört?« Rosa ballte die Fäuste, sie war kein aggressiver Mensch und verabscheute jede Form von körperlicher Gewalt, doch in diesem Moment hätte sie sich liebend gern auf die Frau gestürzt, die behauptete, Joana geboren zu haben.
»Sagen wir: Mit allem, was ich noch dazu beitragen konnte.«
»Wie können Sie so etwas sagen? Eine Mutter ist das Wichtigste für ein Kind. Sie haben Ihr Kind weggegeben, einfach so. Ohne Not, Sie hatten schließlich Geld genug, und Sie waren schon eine gestandene Frau, eine Frau mit Erfahrung. Und Sie waren frei, niemand konnte Ihnen mehr etwas vorschreiben. Es war allein Ihre Entscheidung. Wie kann ein Mensch mit Herz so etwas nur tun?«
Paula Pezzo stocherte mit einem Holzscheit in der ärmlichen Glut, ihre Hand war kräftig, der Handrücken ziemlich breit, eine Hand die zupacken und festhalten konnte. »Sie haben leicht reden. Wären Sie nicht aufgetaucht, hätte alles anders kommen können.«
»Wieso ich?« Bitte nicht, flehte Rosa stumm, bitte sag es nicht, sag das nicht. Sie hatte ein Bild vor Augen, wollte es verjagen, doch es kehrte zurück und wollte sie nicht mehr loslassen. Rüdiger hatte eine Affäre mit dieser Frau gehabt, dann war sie selbst in sein Leben getreten, und sie waren ein Paar geworden …
»Stellen Sie sich nicht naiver, als Sie sind. Oder glauben Sie, die Männer hätten mir scharenweise nachgestellt, wie sie das bei einer

von Ihrem Kaliber tun? Bestimmt nicht, vor einer wie mir hatten sie bestenfalls Respekt, oder sie wollten auf dem Umweg über mich etwas in der Fabrik erreichen. Rüdiger war da anders, ganz anders. Von heute auf morgen war meine ganze wunderbare Vernunft wie fortgeblasen.« Das Holz begann hektisch hin und her zu tanzen. »Ich wollte kein Kind, das ist schon richtig, aber dann war ich nun mal schwanger. Ich war bereit, mich auf dieses Abenteuer einzulassen, ich war sogar bereit, um ihn zu kämpfen. Das war die Zeit, als Sie anfingen, ihm schöne Augen zu machen, und er ist schließlich auch nur ein Mann. Ich habe gedacht, Kanada wäre die Lösung, er wollte schon immer mal dorthin, und ich habe eine Einladung zu unserem Lieferanten organisiert, das war kein Problem für mich. Ich wollte es ihm in Kanada sagen, dass wir ein Kind haben werden und ich ihn liebe, aber er ist mir zuvorgekommen. Können Sie sich vorstellen, wie das ist? Sich zum ersten Mal in seinem Leben über alles hinwegsetzen zu wollen und alles zu riskieren und dann hören zu müssen, dass er eine andere liebt. Ja, starren Sie mich ruhig an, reißen Sie ruhig unschuldsvoll die Augen auf, Männer stehen ja bekanntlich auf so was. Und wie es aussieht, haben Sie ihn sich ja mit dieser Masche sogar zurückgeholt. Was für ein Triumph, wenn Sie ihm jetzt auch noch seine leibliche Tochter präsentieren können, das wird er Ihnen nie vergessen. Nur zu, sagen Sie es ihm! Laufen Sie zu ihm hin und sagen ihm, dass Sie jetzt sogar eine richtige Familie sind. Höchstens mit dem kleinen Schönheitsfehler, dass ich es war, die das Kind und das nötige Kleingeld beigesteuert hat.«

... dass ich es war, die das Kind beigesteuert hat, diese Worte wiederholten sich wieder und wieder in Rosas Kopf, zuerst langsam und dann immer schneller, ganz schwindlig wurde ihr, sie hielt ihren Kopf fest. Die Worte verhakten sich ineinander, umtanzten sie, rückten stetig näher, so nah, dass sie nur noch verschwommene Buchstaben vor Augen sah, bedeutungsleer, blutleer, sie wünschte sich, niemals hierher gekommen zu sein.

Es war Kristina, die alles wieder an seinen Platz rückte. Seitdem sie hinter Rosa die Hütte betreten hatte, war kein Wort von ihr zu hören gewesen, sie hatte geschwiegen und zugehört und sich im Hintergrund gehalten, bis Rosa und offenbar auch Paula ihre Gegenwart völlig vergessen hatten. Nun aber meldete sie sich zurück, fasste nach den losen Enden und verknüpfte sie, kannte kein Erbarmen. Beinahe nüchtern tat sie das, als ob es eine Erlösung für sie wäre, logisch an diesen Gefühlswirrwarr herangehen zu können.

»Das heißt also im Klartext«, begann die junge Frau an Paula gewandt, »dass Rüdiger eine Tochter hat, von der er nichts weiß und die Sie von der ersten Minute an nicht haben wollten. Rosa hingegen will sie haben, es gibt keine bessere Mutter für Joana als Rosa, und statt hier so herumzutönen, sollten Sie lieber dem Herrgott auf Knien danken, dass er ein unschuldiges Kind gerettet und zu Rosa gebracht hat. Ihr Verdienst ist das jedenfalls nicht, und Rosa kann auch nichts dafür, dass Rüdiger sie von Anfang an mehr geliebt hat und noch immer liebt, und naiv und auf Männerfang ist sie schon gar nicht, das kann ich Ihnen sagen. Sie kämpft selbst wie eine Löwin, wenn es sein muss.«

»Gut, dann werde ich hier ja wohl nicht mehr gebraucht.« Unbeherrscht warf Paula Pezzo das Holzscheit zu Boden, ein krachendes Geräusch, die Funken flogen, aber es hätte ihr wohl auch nichts ausgemacht, die ganze Hütte abzufackeln. Die Bodendielen waren ebenfalls aus Holz, wieder war es Kristina, die blitzschnell reagierte und das Feuer austrat. Massimos Schwester hatte inzwischen die Tür der Hütte aufgerissen, doch statt sie zu verlassen, prallte sie zurück, nicht ganz freiwillig. Der einheimische Taxifahrer hatte draußen gelauscht und offenbar nicht mit dieser Entwicklung gerechnet, nun stammelte er sichtlich verlegen herum.

»Verschwinden Sie, pronto!«, fuhr Paula ihn an.

Der Mann machte auf dem Absatz kehrt. Er war sichtlich bemüht, einer Frau zu entkommen, die ihm schon, als er noch ein Kind war, Angst eingejagt hatte. Sie war so groß und grob. Außerdem wusste er aus Erfahrung, dass man sich mit den Pezzos besser nicht anlegte, auch wenn man sie lieber heute als morgen aus dieser Region verschwinden sähe. Sie hatten hier nichts zu suchen, sie waren stolz darauf, Italiener zu sein, aber sie verstanden ja nicht mal den hiesigen Dialekt, geschweige denn die Zeichen.

»Halt!« Rosa wollte an Paula Pezzo vorbei, um den Fahrer aufzuhalten. Sie hatten schon viel zu viel Zeit vergeudet. Statt sich um Joana oder Rüdiger zu streiten, sollten sie lieber zusehen, dass sie das Mädchen endlich fanden. Bevor es zu spät war. Hier war Joana definitiv nicht. Rosa wollte sich an Paula Pezzo vorbeidrängen, doch diese gab den Weg nicht frei.

»Was soll das?«, schrie Rosa sie an. »Gehen Sie mir gefälligst aus dem Weg, oder stecken Sie am Ende doch mit Massimo unter einer Decke? Das ist unser Fahrer, und wenn er jetzt ohne uns losfährt, brauchen wir noch länger, um Joana zu finden.«

»Ich fahre Sie.« Knapp, ruppig, nur drei armselige Worte, doch sie läuteten die Wende ein. Paula Pezzo hatte sich eines Besseren besonnen, und sie bewies, dass sie systematisch zu denken vermochte. In der ihr eigenen nicht eben umgänglichen Art rekapitulierte sie auf der Fahrt zurück nach Bozen, was an Fakten vorlag. Sie gab sogar indirekt Kristina recht. Es brachte jetzt absolut nichts, den einen hochzujubeln und den anderen zu verdammen, alle persönlichen Eitelkeiten hatten hintanzustehen, wenn sie Joana rechtzeitig finden wollten, und dazu brauchte es Köpfchen und Spürsinn.

»Woher wollen Sie überhaupt wissen, dass Joana bei meinem Bruder ist?« Mit dieser Frage fing es an.

»Massimo hat es praktisch selbst zugegeben«, erwiderte Rosa und versuchte erneut, ihre Gedanken zu ordnen. Das war gar nicht so leicht, wenn einen die Panik überrollen wollte.

»Konkreter«, verlangte Paula Pezzo barsch.

»Also er hat nach Joanas Verschwinden bei der älteren Dame angerufen, die unser Haus im Sauerland übernimmt. Er hat gesagt, dass Joana der Stimme des Blutes folgt, damit hat er eine Lawine losgetreten. Bis dahin haben ja alle bei uns geglaubt, dass Fritz der Vater ist. Ich habe Fritz geheiratet, um Joana zu schützen.«

»Und diese Stimme des Blutes haben Sie natürlich sofort auf meinen Bruder bezogen?«

»Er ist ein Pezzo, und Joana hat die klassische Pezzo-Nase, genau wie Sie.« Rosa warf der Frau am Steuer einen Blick von der Seite zu, die Abendsonne hob die Kontur dieser Nase noch hervor. Massimo war übersprungen worden und hatte diese prägnante Nase nicht, derlei kam vor. Andererseits hatte sie gewusst, dass seine Schwester und Rüdiger eine kurze Affäre miteinander gehabt hatten. Rückblickend war alles ganz logisch …

»Aber er ist definitiv nicht der Vater, und zu mir würde er die Kleine zuallerletzt bringen. Da bleibt für die Stimme des Blutes …«

»… praktisch nur noch Rüdiger übrig«, ergänzte Rosa. »Wenn er Joanas leiblicher Vater ist und Massimo das weiß …«

Paula schnaufte verächtlich. »Er weiß es von Anfang an, er hat es mir auf den Kopf zugesagt, als ich mich nach der Kanadareise in der Firma rar gemacht habe. Angeblich um mich um das neue Sägewerk zu kümmern, aber das hat mein Bruderherz mir keine Sekunde lang abgenommen, er hat eins und eins zusammengezählt und mit diesem Wissen all die Jahre wie die Katze mit der Maus gespielt und seinen Profit daraus gezogen.«

»Aber das gibt trotzdem keinen Sinn«, widersprach Rosa, »bei Rüdiger kann Joana unmöglich sein.«

»Und wieso nicht?«, fragte Paula zurück und setzte seelenruhig den Blinker, während Kristina auf dem Rücksitz begann, ihren Stiefvater zu verteidigen.

»Wieso nicht?«, wiederholte sie hitzig. »Vielleicht weil Rüdiger mit offenen Karten spielt und genauso nach Joana sucht wie wir selbst.«

»Das eine schließt das andere nicht aus«, konterte Paula Pezzo und verwies auf die Denkart ihres Bruders, die von jeher listig und um drei Ecken herum operierte.

Rosa musste ihr schließlich zustimmen. Je länger sie darüber nachdachte, umso logischer erschien ihr, was die andere sagte. Sie mussten versuchen, genau wie Massimo zu denken, und systematisch alle Möglichkeiten durchgehen. Auf diese Weise schieden die Ebertz'sche Villa ebenso als Versteck für ein dreizehnjähriges Mädchen aus wie die Schleiflackfabrik. In der Villa befanden sich inzwischen viel zu

viele Leute dank dem Deal, den Rüdiger mit der Haushälterin und ihrer Familie eingegangen war, um seinen Vater versorgt zu wissen. Außerdem war er selbst dort ausgezogen, ebenso wie er nichts mehr mit der Fabrik zu tun hatte. Seine neue Wirkungsstätte war Meißen, für etwa ein Jahr hatte er mit der Renovierung des Hotels zu tun …
»Und wo wohnt er?«, wollte Paula wissen. »Wohnt er auch in diesem Hotel?«
»Ja«, antwortete Rosa und verbesserte sich sofort wieder. »Nein, nicht mehr, er darf nicht mehr dort wohnen, es hat einen Baustopp gegeben, alles ist verriegelt und verrammelt.«
»Also ein ziemlich perfekter Ort, um dort jemanden gefangen zu halten, oder?« Paula Pezzo wartete Rosas Antwort gar nicht erst ab, sie beschleunigte und orderte gleichzeitig via Autotelefon drei Tickets für die nächste Maschine nach Dresden. Sie hatten Glück im Unglück, oder aber nicht mal die Angestellten der Fluggesellschaft trauten sich, einer Pezzo etwas zu versagen, denn obwohl die Maschine bereits aufgerufen worden war, flogen sie noch mit. Sie waren schon gestartet, als Rosa einfiel, dass sie Rüdiger nicht wie versprochen sofort angerufen und von dem Besuch in der Hütte berichtet hatte. Er würde sich Sorgen machen. Andererseits: Wie hätte sie ihm alles am Telefon erklären sollen? Nicht mehr lange, dann war sie bei ihm. Bei ihm und Joana?
Halt durch, Kleines!, flehte sie stumm.
»Sie schafft es schon«, murmelte Paula Pezzo neben ihr, sie saßen nun zu dritt in einer Reihe im Flugzeug, Paula am Fenster und Rosa in der Mitte.
»Weil sie eine Pezzo ist?«, fragte Rosa zurück. Kleinlich gedacht war das, regiert von der Angst und dem Druck, der auf ihr lastete, liebend gern hätte Rosa die unbedachten Worte zurückgenommen. Wenn Joana das hier heil überlebt, war alles andere Nebensache.
»Nein«, sagte Paula Pezzo und sah angestrengt aus dem Fenster in ein Meer von Wolken, an ihrer Schläfe schlängelte sich eine blaue Ader, wurde immer dicker.
»Und warum dann?« Ebenso wie Rosa sich zuvor in Massimo hin-

einversetzt hatte, versuchte sie nun, die Perspektive von Paula zu übernehmen. Bei aller Gegensätzlichkeit war den drei Pezzos etwas Entscheidendes gemeinsam, sie waren mit dem berühmten goldenen Löffel im Mund geboren worden und daran gewöhnt, letztlich alles mit Geld regeln zu können. Was schwebte Paula Pezzo vor? Wollte sie das Hotel, in dem ihr Bruder Joana möglicherweise gefangen hielt, stürmen lassen? Bringt mir das Kind, Geld spielt keine Rolle! Wann begriffen diese Menschen endlich, dass längst nicht alles für Geld zu haben war?

»Weil sie Eltern hat, die sie lieben und begleiten werden«, sagte Paula so leise, dass die Worte beinahe vom Surren der Klimaanlage verschluckt worden wären. »Richtige Eltern. Als meine Mutter tot war, drehte sich bei uns alles nur noch um die Firma, und weil klar war, dass Massimo als Nachfolger nicht in Frage kam, habe ich das übernommen. Das war und ist meine Aufgabe, so hat alles seinen Platz und seinen Preis. Und jetzt würde ich gern etwas schlafen.« Massimos Schwester wandte den Kopf zur Seite und schloss die Augen, die Hände verkrampften sich im Schoß, auf und zu, auf und zu …

Zögernd griff Rosa hinüber, ihre Hände waren ebenfalls eiskalt, Haut auf Haut wurden sie wärmer. Etwas wie Zuversicht durchströmte sie. Halt durch, Kleines, es lohnt sich!

## 18

Es war ein ereignisreicher Tag für Rüdiger gewesen. Mit dem Besuch des Menschen vom Bauamt hatte es begonnen, gegen elf Uhr am Vormittag war der Beamte erschienen, um die Versiegelung der Baustelle aufzuheben. Mit gewichtiger Miene und so, als ob er das aus freien Stücken täte. Dabei hatte der Besitzer des Hotels all seinen Einfluss geltend gemacht. Es sollte endlich weitergehen, und Rüdiger durfte bleiben, seine Arbeit überzeugte, nur wohnen musste er vorläufig woanders. Es galt, unnötigen Ärger zu vermeiden. Der Zimmermann hatte Rüdiger bereits angeboten, bis zur Abnahme des

ersten Bauabschnitts bei ihm und seiner Familie zu wohnen, so lange galt das Objekt als unbewohnbar. »Mach jetzt nur ja keinen Unfug«, hatte er noch vorhin beim Abschied zu Rüdiger gesagt und hinzugefügt, dass ein köstliches Kesselgulasch auf ihn warte.
Rüdiger hatte Vernunft gelobt, er wollte hier nur noch den versprochenen Rückruf von Rosa abwarten. Seitdem er wusste, dass sie mit Kristina zu dieser Hütte im Trentino unterwegs war, verfolgten ihn die alten Bilder. Noch einmal sah er sich und Paula Pezzo dort entlanggehen, den Riesen-Ilex begutachten und sich küssen. Paulas Küsse hatten sich völlig anders als die Küsse von Rosa angefühlt, auch ihre Haut, ihre Stimme und ihr Geruch waren anders. Paula war ihm immer wie ein Monument vorgekommen, unnahbar oder wie diese Felsnase aus Dolomitgestein, schroff und unbezwingbar. Umso mehr hatte es ihn berührt, sie weinen zu sehen. Das war in Kanada gewesen, als er ihr sagte, dass er Rosa liebte, nur sie, er war heilfroh gewesen, als er es hinter sich hatte.
Es irritierte ihn, dass Rosa jetzt ausgerechnet diese Hütte aufsuchte und vor allem, dass sie sich noch immer nicht gemeldet hatte. Mit den Pezzos war nicht zu spaßen, man kam ihnen besser nicht in die Quere. Die Firma war für den Senior und seine Tochter ihr Ein und Alles, wogegen Massimo sich offenbar woanders austobte. Mit derselben Verbissenheit? Wie weit würde er gehen, um sich für Rosas Zurückweisung zu rächen? Es gab einen Punkt, wenn man den erst einmal überschritt, gab es kein Zurück mehr. Eine Entführung konnte man im Nachhinein schlecht als Bagatelle hinstellen, andererseits hatte Paulas Bruder clever vorgesorgt, indem er erreichte, dass endlich publik wurde, wer tatsächlich der Vater von Rosas Tochter war. Als Vater besaß er gewisse Rechte, er war ja sogar mit Rosa zusammen in der Geburtsurkunde eingetragen.
Die Vorstellung, dass Massimo und Rosa zusammen gewesen und sogar Eltern waren, quälte Rüdiger, er wollte das nicht, verdammt. Er wollte auch nicht, dass Rosa darunter litt, sich solch einem Mann hingegeben zu haben und fürchten zu müssen, dass etwas von ihm bei ihrer Tochter durchschlug. Er versuchte, sich das Mädchen vorzustel-

len. Ob sie wie Kristina in diesem Alter war? Ein typischer Backfisch, nicht Fisch und nicht Fleisch und doch schon randvoll mit Träumen. Viele Träume gingen verloren, welcher Junge wurde schon Pilot oder Feuerwehrmann? Wie viele Mädchen Prinzessin oder Mannequin? Er wäre liebend gern der Vater von Rosas Tochter gewesen, insgeheim hatte er bis zuletzt gehofft, es doch zu sein. Auch dieser Traum war geplatzt, Rosa brauchte ihn nicht. Nicht als Vater für ihr Kind und nicht als Mann an ihrer Seite. Sie schaffte alles allein, ohne ihn war sie besser dran, daran änderte sich nichts, nur weil diese lächerlichen Siegel endlich wieder entfernt worden waren.

»He, Rüdiger, freu dich gefälligst! Wir können weitermachen, wer immer dir diese Schweinerei eingebrockt hat, er zieht den Kürzeren.«

Rüdiger hatte seinem Kumpel nicht widersprochen, obwohl er es besser wusste. Mit einem Blick auf die Uhr sagte er sich, dass er diese Seele von Mensch wirklich nicht länger warten lassen sollte. Wie er dessen Familie einschätzte, würden sie so lange mit dem Kesselgulasch warten, bis er sich mit an den Tisch setzte. Eine richtige Familie, eine von der Art, wie er sie selbst nie gehabt hatte und nie haben würde. Und Rosa hatte sich noch immer nicht gemeldet. Er ging noch einmal durchs Haus und kontrollierte, ob alles an seinem Platz war, am nächsten Morgen würden sie mit dem Einbau der Bäder weitermachen und parallel die neue Heizung installieren, es war jede Menge zu tun. Es war mehr als albern, dass er sich trotz hundert vordringlicherer Dinge und dem auf ihn wartenden Kesselgulasch urplötzlich auf altes Gerümpel vor dem Weinkeller besann. Vor ein paar Tagen hatte er sich auf der Suche nach einer Wasserwaage dorthin verirrt und sich gewundert. So chaotisch hatte er das alte Gewölbe nicht in Erinnerung gehabt, andererseits sollte das momentan seine kleinste Sorge sein. Bis sie dort anfingen, würden noch Monate vergehen.

Spinn nicht rum, alter Junge! Rüdiger verließ das Haupthaus und schloss zweimal ab, es war eine Genugtuung, das wieder tun zu dürfen. Der Weg führte direkt auf das große Tor zu, wenn er die Abkürzung nahm, konnte er in nicht mal zehn Minuten bei seinen Freunden in der guten Stube sitzen und sich verwöhnen lassen. Er

hatte seit dem Frühstück nichts mehr gegessen, er war viel zu nervös. Diese innere Unruhe mochte es sein, die ihn statt geradeaus schräg über den Innenhof auf den alten Wirtschaftstrakt zugehen ließ. In diesem Flügel – dem baufälligsten von allen – befanden sich unmittelbar über dem alten Kellergewölbe Waschküche und Toiletten. Auch hier würde sich einiges ändern, der Einbau einer Sauna war geplant, ein Whirlpool stand gleichfalls zur Diskussion.
Aus den längere Zeit nicht durchgespülten Rohren roch es muffig, dieser Geruch war alles andere als appetitanregend, und die steile Steintreppe war lebensgefährlich. Trotzdem ging Rüdiger weiter, bis er erneut vor dem zugestellten Eingang zum Weinkeller stand. Seltsam!, dachte er und fragte sich, wer diesen ganzen Krempel dorthin geräumt hatte und zu welchem Zweck. Im Grunde spielte es keine Rolle, hier war definitiv nichts mehr zu holen, der Besitzer hatte seinen Wein längst umgesiedelt. Ursprünglich mussten ein paar gute Tropfen aus der Region dabei gewesen sein. Da hatten hier sogar Weinproben stattgefunden. Solche alten Gewölbe konnten sehr stimmungsvoll sein, es gab noch alte Stiche, auf denen regelrechte Gelage zu sehen waren. Bei dem Gedanken an Schinken und Wurst und alles, was sonst noch zu einer deftigen Brotzeit gehörte, lief Rüdiger das Wasser im Mund zusammen, sein Magen begann zu knurren. Aber da war noch ein anderes Geräusch. Schwach, es passte nicht hierher, er konnte es weder einer Ratte noch einer Fledermaus zuordnen.

## 19

Massimo wusste, dass es nicht ganz ungefährlich war, sich nunmehr praktisch rund um die Uhr an diesem Ort aufzuhalten. Zu seinem Ärger war die Baustelle wieder freigegeben worden, damit hatte er nicht gerechnet, zumindest nicht so rasch. Prompt waren alle möglichen arbeitslosen Handwerker aus ihren Löchern gekrochen, sie feierten Rüdiger Ebertz vor seinen Augen wie einen Helden, dabei war er der größte Loser von allen. Irgendwann beruhigte der Tumult sich

wieder, keiner kümmerte sich um den Anbau, vielmehr machten alle einen großen Bogen um ihn herum. »Die Latrinen stinken zum Gotterbarmen«, hörte Massimo eine der Arbeitsbienen sagen und gab dem Mann sogar recht. Der Gestank wurde immer schlimmer, jedes Mal wenn Massimo eintrat, rebellierten seine Eingeweide, doch nach einer Weile gewöhnte man sich an diesen Geruch, und es gab keinen besseren Ort, um dem letzten Akt der von ihm selbst inszenierten Tragödie beizuwohnen.
Als kleiner Junge hatte er bereits für die griechischen Tragödien geschwärmt und tragende Rollen nachgestellt. Weil man damals lange, fließende Gewänder trug, nahm er Betttücher oder lieber noch Vorhänge zum Verkleiden, je feiner der Stoff, desto besser. Der Spott seiner Schwester klang ihm noch jetzt in den Ohren, machte ihn wütend und schürte die Lust, dem kleinen Biest dort unten einzuheizen. Wie konnte ein Kind sich so lange gegen ihn behaupten, ohne komplett durchzudrehen und ihn um Gnade anzuflehen? Die Antwort lag auf der Hand! Weil dieses Kind aus dem Schoß einer Frau hervorgekrochen war, die kein Mitleid kannte, kein Erbarmen, die ihn zu dem getrieben hatte, was heute war. Sein Leben war ein einziger Scherbenhaufen, doch wenn er eins wusste, dann dass er sie alle mitnehmen würde. Einen nach dem anderen, und die Kleine dort unten würde den Anfang machen.
Er kehrte an seinen Ausguck am Boden zurück, das alte Lüftungsrohr war voller Spinnweben, die bei jedem Atemzug aufwehten, doch als sie sich beruhigten, konnte er sehen, dass er ganz dicht am Ziel war. Die Kleine delirierte, sie musste hohes Fieber haben und schaffte es nicht einmal mehr, eine neue Weinflasche aufzuschlagen, geschweige denn die zum Aufsammeln von Regenwasser aufgestellten Flaschen mit den abgebrochenen Hälsen zu erreichen. Sie war zu schwach, fiel immer wieder hin und blieb liegen, jetzt lag sie auf dem Rücken und sperrte den Mund auf, um das lebenserhaltende Nass einzufangen. Nur schade für sie, dass es seit dem Vortag nicht mehr geregnet hatte.
Massimo zog den mitgebrachten Rucksack näher an das Loch im

Boden heran, entrollte zuerst einen extra für diesen Zweck gekauften Schlafsack und öffnete dann eine Flasche Bier, dazu gönnte er sich seinen Lieblingskäse und ein Stück Salami. Von diesem letzten Akt würde er sich nichts entgehen lassen, dafür verzichtete er gern noch eine Weile auf sein schönes Schloss. Er schickte ein genüssliches Glucksen durch das Rohr in die Tiefe, ließ Kaugeräusche folgen, vielleicht wähnte das Kind sich ja bereits im Paradies. Es lag nun ganz still, als ob es endgültig aufgegeben hätte, doch dann geschah etwas Unfassbares. Das halbtote Kind gab Morsezeichen mit einer vollen Weinflasche. Für wen? Sollten die Weingeister zu Hilfe gerufen werden? Er kaute weiter, er saß in der ersten Reihe, doch dann war da plötzlich ein Geräusch, welches er nicht einordnen konnte, eine Art Rumpeln, als ob jemand Möbel wegrückte.

Nein, das war nicht möglich. Das konnte gar nicht sein. Massimo presste das Gesicht gegen den Boden, die Bierflasche kippte um, er kümmerte sich nicht darum, dass der Alkohol seine Kleidung durchnässte. Wie gebannt hingen seine Augen an der Tür, welche er mehr ahnen als sehen konnte, es war viel zu dunkel. Dann konnte er wieder etwas sehen, der Lichtkegel einer Taschenlampe arbeitete sich zu der Weinflasche vor, die noch immer dieses monotone SOS klopfte, geführt von einer Kinderhand, besser gesagt von einem Häufchen Elend. Er musste mit ansehen, wie sein Rivale der Leuchtspur folgte, immer schneller wurde, niederkniete und sich vorbeugte, etwas flüsterte, ganz weich und zärtlich, so benahm sich kein richtiger Mann, das war eine Memme, er hatte es ja immer gewusst.

»Hörst du mich? Kannst du mich hören? Bist du Joana?«

Die Antwort konnte Massimo in seinem Versteck nicht verstehen. Tatenlos musste er mit ansehen, wie Rüdiger Ebertz das Kind hochhob und damit verschwand. Nach oben ans Tageslicht. Wenig später hörte Massimo den Kastenwagen anspringen, von dem er wusste, dass er dem Zimmermann gehörte. Seine Beute wurde ihm entführt. Wie er Rüdiger Ebertz hasste. Angst folterte seine Eingeweide, was wenn sie ihn hier fanden und überführten? Unsinn, beruhigte er sich, er hatte an alles gedacht, und die Kleine würde ihnen unter den Händen wegsterben. Erst eins, dann zwei, wie bei den zehn kleinen Negerlein, dieses Lied hatte seine Mutter ihm immer vorgesungen. Zehn kleine Negerlein, er hatte die Geschichte geliebt und sich gleichzeitig gefürchtet. Zehn kleine Negerlein, dann waren es nur noch neun, sie wurden immer weniger, aber einer blieb übrig, das war er. Er hockte sich auf den Boden, umschlang seine Knie und wiegte sich im Rhythmus der alten Weise hin und her: Zehn kleine Negerlein, er begann zu zittern …

Die Stimmen draußen auf dem Hof holten ihn zurück. Plötzlich waren sie da, er wollte seinen Ohren nicht trauen, vielleicht litt er auch schon unter Halluzinationen. Sie kamen näher. Es gelang ihm in letzter Sekunde, aufs Dach zu fliehen und sich hinter den Kamin zu ducken, von diesem Aussichtsplatz sah er sie genau auf sich zukommen. Sie, die einmal seine große Liebe war. Sie, die in Wahrheit eine Verräterin war. Sie, für die er alles aufgegeben hätte, die alles von ihm hätte haben können, aber sie hatte ihn zurückgewiesen.

»Ich glaube nicht, dass Joana hier noch irgendwo ist«, hörte er diese Kristina sagen. »Wir haben alles doppelt und dreifach abgesucht.« Sie plapperte und folgte Rosa dabei wie ein Schaf, das war schon bei der Einweihung der Orangerie so gewesen. Ein Schaf mit einem Loser als Stiefvater. Rüdiger war nicht mehr hier, ebenso wenig wie die Kleine, es war zu spät. Hoffentlich war es zu spät. Hoffentlich machten sie wieder kehrt.

»Hier waren wir noch nicht«, widersprach Rosa und verschwand aus Massimos Gesichtsfeld, sie musste gerade die alte Toilettenanlage betreten haben.

»Igitt, stinkt das hier. Du glaubst doch nicht im Ernst, dass hier jemand ist, Rosa? Das überlebt keiner! Tut mir leid, so habe ich's nicht gemeint …«

»Ist schon gut.« Rosas Stimme wurde nun immer leiser, er verstand oben auf dem Dach nur noch Bruchstücke, dabei war das Flachdach längst undicht. Er presste ein Ohr gegen die Teerpappe, eine Ecke war herausgebrochen, die Frauen mussten dort unten etwas gefunden haben. Was? Er vergewisserte sich, dass er Schlafsack und Rucksack,

Essen und Trinken mitgenommen hatte, alles war da, ihn konnte so leicht nichts aus der Fassung bringen.
»Hier hat jemand Bier verschüttet«, hörte er Rosa sagen, ihre Stimme klang nun sehr aufgeregt, wie ein gelernter Detektiv ließ sie sich über eine frische Bierpfütze an einem Ort aus, den niemand freiwillig betrat. Sie hatte auch den Lüftungsschacht entdeckt und bestand darauf, dieses Kellergewölbe zu durchsuchen. Sollte sie, es war leer, das Vögelchen war ausgeflogen, Rüdiger Ebertz hatte sich unfreiwillig als Handlanger betätigt. Massimo kicherte leise.
»Hast du das auch gehört? Das kam irgendwo von dort oben.« Wieder Rosa, sie besaß Ohren wie ein Luchs, zum Glück wurde sie gerade noch rechtzeitig abgelenkt. Ein junger Mann, beinahe noch ein Knabe, kam auf sie zugerannt, er keuchte.
»Halt, warten Sie, ich soll Ihnen sagen, dass alles gut ist. Rüdiger ist mit dem armen kleinen Mädchen ins Antonius-Krankenhaus gefahren, von dort hat er meinen Vater angerufen, der ist hier der Zimmermann. Es ist wie ein Wunder. Die Ärzte haben gesagt, dass es an ein Wunder grenzt und Rüdiger die Kleine gerettet hat, sie sah zum Fürchten aus, aber jetzt krakeelt sie schon rum, weil sie nicht selbst essen und trinken darf, sondern erst mal über lauter Schläuche versorgt wird. Sie ist auch noch viel zu schlapp. Jedenfalls soll ich hierher fahren und der Dame Bescheid sagen, wenn sie kommt. Halt, was machen Sie denn da mit meiner Vespa?«
Massimo vergaß einen Augenblick lang jegliche Vorsicht und richtete sich auf. Was er zu sehen bekam, gab ihm den Rest. Rosa startete den fremden Roller, auf den Sozius stieg eine zweite Frau. Nicht diese Kristina, noch jemand anders hatte Rosa hierher begleitet. Die Art, wie diese andere Rosa umschlang und sich schamlos an sie drückte, machte den letzten Schimmer Hoffnung zunichte. Seine verhasste Schwester hatte sich mit Rosa verbündet, die beiden fuhren jetzt zu Rüdiger und dem kleinen Biest, und wenn der Junge nicht log, so würde dieses Biest überleben und die Wahrheit erfahren. Zehn kleine Negerlein … dann waren es nur noch neun, dann acht, es wurden immer weniger, die auf seiner Seite standen. Es war wie immer, frü-

her oder später ließen sie ihn im Stich, verrieten ihn und lachten über ihn, grenzten ihn aus. Seine Hose war nass. Er hatte Angst.
Früher hatte er auch Angst gehabt. Wenn Paula ihn zu dem Naturkühlschrank oberhalb von der Jagdhütte schickte und die Felsnase zu leben begann, böse Geister ihn umsprangen, damals hatte er zum ersten Mal diesem Greifvogel gegenübergestanden, dessen Schwingen so mächtig und dessen Schnabel so scharf war, doch am bedrohlichsten waren diese Augen, die einem überallhin folgten. Womöglich war es ein Fehler gewesen, sich mit einer Hexe gemein zu machen. Sie zu überreden, das Kind zur Welt zu holen und es dann heimlich wegzuschaffen. War das hier die Strafe? Massimo kannte die Geschichten, die seitdem um die Hütte kreisten, hatte sie sogar geschürt, sich überlegen gefühlt. Er war nicht abergläubisch. Man erzählte sich, dass der Adler bis zum heutigen Tag auf Rache sann und so lange um die Hütte kreisen würde, bis er bekam, was er wollte. Ursprünglich ein Kind, doch dieses Kind war gerettet worden. Eine innere Stimme befahl Massimo, sich auf den Weg zu machen und den Adler zu besiegen. Wenn er das schaffte, war er gerettet. Nur dann. Er musste es versuchen. Das war seine letzte Chance.

## 20

Der Adler war verschwunden. Und obwohl die Zeit der langen Winterabende vor dem Kaminofen nun endgültig vorbei war und der Frühsommer mit aller Macht in Paneveggio Einzug hielt, gab es im Ort nichts, worüber länger und lieber gesprochen wurde. Der Adler war fort. Der Fluch war gebannt. Wer mochte wissen, was sonst noch alles passierte, und im Mittelpunkt standen zweifelsfrei die Pezzos. Zugereiste, die man nie hier hatte haben wollen, doch mittlerweile konnte man beinahe Mitleid mit ihnen empfinden. Die Gerüchte verdichteten sich, je reger das Treiben dort oben an der Hütte wurde. Befreit von ihrem düsteren Wahrzeichen, dem Adler, schien die Jagdhütte zu neuem Leben erwachen zu wollen. Selbst die Pezzos

schienen andere geworden zu sein, was natürlich auch an dem Kind liegen mochte.
Dieses Kind hatte von der ersten Minute an alle Herzen für sich erobert. Es war nicht überheblich, sondern ganz natürlich. Und es gab beispielsweise einem Tiroler Speckknödel den Vorzug vor etwas typisch Italienischem. Die Kleine sprach vor allem Deutsch und war auf den hiesigen Dialekt bald ebenso versessen wie auf die alten Geschichten und Bräuche. Stundenlang konnte sie zuhören, außerdem kraxelte sie die Berge leichtfüßig wie eine Gämse hinauf und schnallte sich, dem Vorbild des wildesten Burschen im Tal folgend, ein Brett unters Gesäß, um johlend einen Steilhang hinunterzujagen. Dieses Mädchen fürchtete weder Tod noch Teufel. Wie es hieß, hatte es beidem direkt ins Gesicht geschaut, das war noch gar nicht so lange her. Irgendwo in Ostdeutschland musste die Tragödie begonnen haben. Und hier im Trentino fiel der letzte Vorhang. In Paneveggio war man sich einig, dass der Teufel selbst den Anpfiff zu einem Zweikampf gegeben hatte, bei dem beide Kontrahenten ihr Leben lassen mussten. Auch davon war man überzeugt, dazu bedurfte es keiner sterblichen Überreste.
Es hatte damit begonnen, dass kurz nach der Abreise der beiden unbekannten Frauen eine neue Attraktion das Auge fesselte. Schaut euch den Irren an! Da versuchte tatsächlich jemand, zu dem Adlerhorst auf dem Buckel der Bergnase hochzusteigen. Wind und Wetter hatten den Fels ausgespült, der Stein war spiegelglatt, auch musste jedem halbwegs klar denkenden Menschen die Gefahr eines solchen Unterfangens bewusst sein. Der Greifvogel würde sein Terrain verteidigen, so viel stand fest. Trotzdem gab dieser Mensch, der auf die Entfernung wie eine kleine, hilflose Gliederpuppe wirkte, nicht auf. Immer wieder wagte er sich hoch, mal von rechts kommend und mal von links, und alle Manöver dienten einzig und allein dem Ziel, den Adler zu besiegen. Als feststand, dass dort ein Mensch wirklich und wahrhaftig den Zweikampf mit dem Untier suchte, und das obendrein auf dessen Territorium, begannen die Einheimischen Wachposten einzuteilen, um nur ja nichts von diesem Duell zu verpassen.

Man besorgte sich auch ein Fernrohr aus der nahen Sternwarte und holte damit das Geschehen so nah wie möglich heran. Es ging um Leben und Tod, es war grauslich und schön. Zuletzt rangen beide laut authentischen Berichten miteinander auf der äußersten Spitze der steinernen Nase und stürzten schließlich ineinander verkrallt in die Schlucht hinab, aus der es weder für Mensch noch Tier ein Entkommen gab. Wie ein Liebespaar sahen die beiden aus, sagten die einen. Als ob einer den anderen mit in den sicheren Tod reißen wolle, behaupteten die anderen. Und dann blieb nur noch das Gurgeln und Rauschen des Wasserfalls übrig, schäumende Gischt deckte alles zu. Es war ein Ereignis, von dem man sich vermutlich noch in hundert Jahren an langen Winterabenden erzählen würde.

Gut möglich, dass man andernorts umgehend alles angekurbelt hätte, was so üblich war, wenn vermutet wurde, dass im Gebirge ein Unglück passiert war. In diesem Fall war auch das anders, nicht einmal die Bergwacht wurde losgeschickt. Wer war schon so vermessen, sich in ein Duell teuflischer Mächte einzumischen? Da konnte man doch nur verlieren. Offiziell hatte eben niemand etwas gesehen, basta. Ein paar Tage lang hielt Paneveggio den Atem an, sobald sich jemand, von dem man nicht auf Anhieb zu sagen wusste, was er hier wollte, in den Ort verirrte. Wann würde man den einzigen männlichen Sprössling der Pezzos vermissen? Oder vielmehr: Würde das dazu führen, dass man auch hier nach ihm suchte? Andererseits: Wozu sollte man das tun? Schließlich hatte sich Massimo Pezzo an die dreißig Jahre lang nicht mehr blicken lassen, seine Rückkehr jüngst war buchstäblich bei Nacht und Nebel erfolgt, keiner würde lügen müssen, wenn er behauptete, ihm nirgends im Ort begegnet zu sein. Trotzdem war Massimo Pezzo erkannt worden. Die Erinnerung an den Jungen von damals war noch immer allgegenwärtig, die Einschätzungen schwankten zwischen »kleines Monster« und »Opfer von denen da oben«.

Doch niemand fragte nach ihm, es gab auch keine offizielle Suche. Und das, obwohl sie schon bald einer nach dem anderen nach Paneveggio kamen.

Dieses Kind machte den Anfang, es tauchte in Gesellschaft einer Frau mittleren Alters auf, beide hatten die klassische Pezzo-Nase, und es war nicht weiter schwer, die Frau als die Schwester des Toten zu identifizieren. Sie hatte also inzwischen eine halbwüchsige Tochter, sieh mal einer an! Dabei hatte niemand etwas von einer Hochzeit gehört, geschweige denn von der Geburt eines Enkels des alten Pezzo. Man beschloss spontan, vorsichtig zu sein und sich aus allem herauszuhalten, doch da hatte man die Rechnung ohne die Kleine gemacht. Ihre Offenheit war ähnlich entwaffnend wie ihre Hartnäckigkeit, binnen weniger Tage wurde sie zur Botin zwischen zwei feindlichen Lagern. Und sie wurde fuchsteufelswild, als der Pastor sich als Erster vorwagte und bei seinen Fragen im Dienst von Sitte und Anstand völlig selbstverständlich voraussetzte, dass die Mutter des Mädchens Paula Pezzo war.

»Paula ist nicht meine Mama«, fauchte Joana so laut, dass der Küster es ebenso mitbekam wie die Schwester des Pastors, welche dem geistlichen Herrn den Haushalt führte. Das Ganze spielte sich zwischen Friedhofsmauer und Straße ab, wo zwangsläufig jeder vorbeikam, die Jungen ebenso wie die Alten oder auch ein Fremdling wie dieses eigenwillige Kind. Damit war sichergestellt, dass alle im Ort sofort auf den neuesten Stand gebracht wurden. Trotz der frappierenden Ähnlichkeit – das war beileibe nicht nur die Nase – behauptete das Kind steif und fest, seine Mutter sei eine andere.

Diese andere tauchte gut zwei Wochen später auf, sie kam in Begleitung eines Mannes. Das Paar reiste mit dem Zug an, niemand holte sie ab; ohne nach dem Weg zu fragen, steuerten die beiden zielsicher die Jagdhütte an. Anfangs gingen sie dicht nebeneinanderher, dann, als der Pfad immer schmaler wurde, hintereinander. Ein paar Mal drehte der Mann sich um und reichte seiner Begleiterin eine Hand, um ihr zu helfen, ließ sie aber ebenso rasch wieder los, als ob diese Berührung unschicklich oder gefährlich sei. Vor der letzten Biegung blieb das seltsame Paar wie auf ein geheimes Kommando hin gleichzeitig stehen und sah sich stumm an, und dann kam ihnen auch schon das Mädchen entgegengesprungen. Es musste gewusst oder geahnt haben, wer sich dort näherte. Trotz der Entfernung war den Beobachtern im

Tal klar, dass die Kleine sich unbändig freute, sie führte dort oben auf dem Plateau unterhalb der Hütte den reinsten Hexentanz auf. Für die Übertragung des Originaltons sorgte, wenngleich mit einer gewissen Verzögerung, ihr neuer Freund Florian. Bislang war er für die Einheimischen nur der jüngste Sohn eines hiesigen Weinbauern gewesen, ein rechter Lausbub, nunmehr avancierte er zum treuen Chronisten.

»Mama, Mama, da bist du ja endlich.« Joana rannte ihrer Mutter entgegen und fiel ihr derart ungestüm um den Hals, dass diese wohl gestürzt wäre, wenn Rüdiger sie nicht alle beide aufgefangen hätte. Einen kurzen Augenblick lang verschmolz das Trio zu einem gefährlich schwankenden Gebilde am Rand des Abgrunds, dann löste sich das Mädchen wieder von den Erwachsenen. »Ich hab's gewusst, dass ihr kommt«, verkündete es triumphierend.

»Du hast es ja auch dringlich genug gemacht.« Mehr sagte Rosa nicht, sie wollte Joana nicht bedrängen, im Grunde dürfte sie gar nicht hier sein. Sie hatte Paula Pezzo schließlich vier Wochen Zeit eingeräumt, gerade einmal die Hälfte war herum. Andererseits konnte ihr niemand verübeln, wenn sie Joanas Ruf folgte, zumal sie ja noch immer nicht wussten, wo Massimo sich versteckt hielt. Er war unberechenbar. Allerdings musste Rosa zugeben, dass Joana nicht eben hilfsbedürftig oder verängstigt wirkte. Es war nichts mehr von den Qualen zu entdecken, die sie hatte durchmachen müssen. Der Aufenthalt hier in den Bergen tat ihr sichtlich gut, ihre Wangen glühten, und ihre Augen blitzten. »Geht es dir gut?«, fragte Rosa dennoch.

»Klar geht es mir gut. Mir geht es so gut wie nie zuvor.«

Eine Antwort, die Rosa ins Herz schnitt, dabei sollte sie sich für Joana freuen. Sie musste sich zwingen, diese Angst in ihrem Herzen nicht übermächtig werden zu lassen, und dem aufgeregten Mädchen weiter zuhören. Die Worte sprudelten nur so aus der Kleinen heraus.

»Es ist der schönste Ort, an dem ich jemals gewesen bin. Am liebsten würde ich für immer hierbleiben. Können wir nicht die Orangerie nach hier umsiedeln? Hochwasser gibt es in Paneveggio auch keins, wenigstens kein so schlimmes. Dafür gibt es die geilsten Berge, und ich kann auch schon ein bisschen Tirolerisch oder wie das heißt. Das ist wie 'ne Fortsetzung von Harry Potter, nur live, mit Feen und Hexen und verzauberten Greifvögeln, dieser Adler ist allerdings verschwunden, und Paula meint, das wäre auch gut so, obwohl ich ihn schon gern nochmal selbst gesehen hätte. Florian – das ist ein Junge aus dem Dorf und mein bester Freund – behauptet steif und fest, dass er so groß und gefährlich wie ein fliegender Dinosaurier war.«

»Und sonst war niemand hier?«, fragte Rosa. »In der Hütte, meine ich.« Sie war plötzlich sehr blass geworden und keuchte, was unmöglich an den Strapazen des Kletterns liegen konnte, denn eben noch hatte sie vollkommen ruhig geatmet.

»In der Hütte war nur ein Brief, als wir ankamen.«

»Ein Brief von Massimo?«, fragte Rosa leise.

»Logisch. Ich hab sofort seine Schrift erkannt und wäre am liebsten abgehauen, plötzlich war alles wieder da, dieser schreckliche Keller und die Angst ...« Joanas Stimme vibrierte, ungeachtet ihres kräftigen Knochenbaus wirkte sie plötzlich ungemein zerbrechlich.

»Es ist vorbei«, sagte Rosa und wünschte sich, dass es tatsächlich so war. Sie zog das Mädchen eng an sich, eine ganze Weile standen sie so da, Rüdiger hielt sich ein paar Schritte abseits.

»Ja«, sagte Joana schließlich und löste sich aus der Umarmung, »das sagt Paula auch.«

»Was sagt sie auch?«

»Dass es für immer vorbei ist und wir uns nie mehr vor Massimo fürchten müssen, dabei hat sie geweint, es ist komisch, sie weinen zu sehen. Ganz komische Geräusche macht sie dabei, und dann sagt sie immer, dass es ihr leidtut und dass sie will, dass die alten Geschichten ein für alle Mal vorbei sind. Aber das stimmt gar nicht. Sonst würde sie ja wohl kaum ständig in denselben alten Storys herumwühlen, und dann heult sie wieder los oder rennt zu so einer Höhle, in der man sogar Eis aufbewahren kann, ohne dass es schmilzt. Paula meint, dass alles anders gekommen wäre, wenn sie Massimo nicht ständig Angst mit dieser Höhle gemacht hätte. Ich finde, das ist Psychoquatsch mit Soße, was meinst du, Mama?«

»Und wo ist Massimo jetzt?«, fragte Rosa zurück und musste sich

beherrschen, um ihrer Panik Herr zu werden. »Stand das auch in dem Brief?«
»Das will Paula mir nicht sagen. Sie behandelt mich wie ein Baby, sie hat wirklich null Ahnung von Kindern, und ich bin nur froh, dass ich entscheiden darf, bei wem ich bleibe. Wenn ich bei ihr bleiben müsste, nur weil sie mich gekriegt hat, würde ich abhauen.«
»Und wohin würdest du abhauen?«, erkundigte sich Rüdiger.
»Na wohin wohl?« Joana fixierte den Mann, von dem sie mittlerweile wusste, dass er ihr leiblicher Vater war, leicht ungeduldig, aber auch bewundernd. »Natürlich zu dir. Und wenn ich bei dir bin, bin ich automatisch auch wieder bei Mama, bei Rosa meine ich. Mein Gott, ist das kompliziert.«
Ja, dachte Rosa, es ist unglaublich kompliziert. Und es stand in den Sternen, ob sie und Rüdiger jemals wieder ein Paar werden würden. Rüdiger wollte nicht, dass Rosa ihn aus Dankbarkeit zum Mann nahm, seine Zweifel zerpflückten alles: Er war kein Held, nur weil er zum richtigen Zeitpunkt am rechten Platz gewesen war. Was besagte das schon für eine Liebesbeziehung? Nichts! Er mochte zum Vater taugen, mit viel Glück würde er sich zumindest in dieser Rolle bewähren, ansonsten blieb alles beim Alten oder wurde höchstens noch schwieriger. Jetzt, wo er wusste, dass Joana seine Tochter war, würde er auch für sie aufkommen, das war für ihn die selbstverständlichste Sache der Welt und zudem eine Frage der Ehre. Und natürlich nahm er keine Almosen an, von Rosa am allerwenigsten.
»Du hast Joana gerettet, das ist mit keinem Geld der Welt aufzuwiegen. Das vergesse ich dir nie!« Worte, ihre eigenen Worte, rückblickend hatte sie das Gefühl, mit ihrer überschäumenden Dankbarkeit alles nur noch schlimmer gemacht zu haben …
»Ist was mit euch?« Joana sah besorgt zwischen ihrem Vater und Rosa hin und her. Sie schien zu spüren, dass etwas in der Luft lag, etwas, das auch sie selbst betraf. »Paula hat doch nicht etwa Stress gemacht? Zutrauen würde ich es ihr. Sie will unbedingt, dass ich in dieses komische Internat in Zürich gehe, wo sie auch war. Aber das kann sie sich abschminken …«

»Mit wem redest du da, Joana?« Paula Pezzo war es, die Joanas ungestümes Bekenntnis unterbrach. Sie mochte schon länger dort oben auf dem Plateau gestanden haben, das sich wie eine Sonnenterrasse vorstülpte. Die drei auf dem Weg unter ihr konnten sie nicht sehen, dafür aber umso besser hören.

»Mit Mama und Papa.« Es war das erste Mal, dass Joana Rüdiger so nannte, mit in den Nacken gelegtem Kopf rief sie ihre Antwort. Trotz war aus ihrer Stimme herauszuhören, aber auch Stolz. Und das Felsgestein bildete das Echo, wiederholte die Antwort: Mit Mama und Papa.

Oben blieb alles still. Unten auch. Niemand rührte sich. Dann tauchte Paula auf dem Weg auf. Ihre Augen waren rot unterlaufen, die Nase schien noch größer und eckiger geworden zu sein, beherrschte das Gesicht. Das bunte Kleid stand in krassem Gegensatz zu ihrer üblichen Garderobe, sonst trug sie gewöhnlich Hosenanzüge in gedeckten Farben und dazu weiße Hemdblusen. Auch ihre weit ausholenden Schritte passten nicht so recht zu ihrer Aufmachung. Sie hielt sich erst gar nicht mit einer Begrüßung der Neuankömmlinge auf, sondern wandte sich direkt an Joana:

»Kannst du uns bitte etwas zum Kaffee aus dem Dorf holen, Joana? Ein paar frische Teilchen vielleicht.« Paula Pezzo tastete sichtlich nervös den Stoff ihres Kleids ab, offenbar suchte sie nach der gewohnten Hosen- oder Jackentasche, in der sie stets eine Geldnadel aufbewahrte. Dann bemerkte sie ihren Irrtum. »Du kannst dir drinnen Geld holen«, sagte sie, »oder du lässt anschreiben, das geht auch.«

Joana rührte sich nicht von der Stelle. »Mama mag überhaupt keine Teilchen, und Kaffee trinkt sie so spät auch keinen, überhaupt macht der Bäcker gleich zu.«

»Dann beeil dich eben!« Eine gewisse Schärfe klang durch, gepaart mit Ungeduld und noch etwas anderem.

Joana gehorchte mit sichtlichem Widerwillen, sie ließ sich Zeit, trödelte absichtlich. Und noch immer herrschte Schweigen.

»Er ist tot«, waren Paulas erste Worte, als sie sicher sein konnte, dass Joana nicht mehr belauschen konnte, was die Erwachsenen sprachen.

Eine enorme Spannung lag in der Luft, gepaart mit Feindseligkeit, als ob es niemals die gemeinsame Suche nach Joana und eine Übereinkunft zwischen zwei Müttern gegeben hätte.
Dann las Paula ihnen den Brief vor, den Massimo in der Hütte hinterlassen hatte und in dem er seinen Freitod ankündigte. Die ersten Sätze waren sauber konstruiert und hörten sich an, als ob er lange daran gefeilt hätte, eine Art Plädoyer für sich selbst, auch eine Anklage. Dann begannen sich die Wörter hochzuschrauben, die Schrift wurde gegen Ende hin immer unleserlicher. Ein Gejagter, aus einer Aneinanderreihung von Anklagepunkten wurden Visionen und Ahnungen, da beschrieb er bereits den Tod, der dort draußen mit gekrümmtem Schnabel und hasserfülltem Blick auf ihn lauerte.
»Aber ich habe keine Angst vor dem Tod, ich habe vor niemandem mehr Angst«, begann der letzte Absatz, den Paula vortrug, nein deklamierte, ihre Finger zitterten, die Stimme bebte, sie strahlte gleichzeitig Schwäche und eine ungeheure Wut aus . »Jetzt, wo ich alles verloren habe«, las sie weiter, »ist auch die Angst fortgeflogen, und ich fliege mit ihr, niemand wird mich mehr einfangen, ich lasse alles hinter mir. Frei wie dieser Adler, den man nicht umsonst König der Lüfte nennt. Es kann nur einen einzigen König geben, und ich werde ihn besiegen, so wahr mir Gott helfe.«
»Hat man ihn gefunden?«, fragte Rosa nach einer langen Pause des Schweigens. »Hat man Massimo gefunden?«
Paula schüttelte den Kopf. »Nein, und das wird man auch nicht, wenn ich es verhindern kann. Alles soll so sein, wie er es haben wollte. Jetzt, wo es zu spät ist, beginne ich zu verstehen, was in ihm vorging.«
»Ein einsamer König, der von einer Rolle in die nächste schlüpft und sich in keiner heimisch fühlt?«, fragte Rosa leise.
»Wie auch, wenn jeder ihm klarmacht, dass es die falsche Rolle für ihn ist«, erwiderte Paula heftig. »Eine Mädchenrolle, allenfalls etwas für Schwächlinge und Phantasten, aber er war ein Junge und ein Pezzo und hatte eine Verantwortung, dazu sollte er gefälligst stehen. So wie ich. Ich habe ihm und unserem Vater vorgemacht, wie es geht, ich wollte der bessere Sohn und Nachfolger sein, und irgendwann war

ich es wirklich. Dabei habe ich Massimo im Grunde meines Herzens sogar beneidet.« Paula nestelte an ihrem Kleid. »Ich weiß, dass ich grässlich in diesem Fummel aussehe, und vermutlich zerreißen sie sich unten im Dorf das Maul über mich, aber das ist mir gleichgültig. Ich fühle mich meinem Bruder darin näher, keiner hatte ein solches Gespür für schöne Stoffe und üppige Dekorationen wie er. Wir hätten ihn in Ruhe lassen sollen, statt ihm ständig vorzuhalten, was er alles nicht konnte, was ihm fehlte. Wir haben ihn auf den Abgrund zu getrieben. Mein Vater und ich und zuletzt du.«
»Ich? Wieso ich?«, fragte Rosa erstaunt.
»Du hättest ihn noch halten können, wenn du gewollt hättest.« Etwas wie Hass lag in Paulas Blick, als sie fortfuhr: »Er hat dich geliebt. So hat er sonst nur unsere Mutter geliebt. Aber das hat dir ja nicht gereicht, du musstest auch noch Rüdiger für dich haben. Du hast ihn öffentlich auf den Thron gehoben, den mein Bruder für dich errichtet hat, für dich und sich, das hast du mir selbst erzählt. Du hast meinem Bruder das Schlimmste angetan, was man sich nur denken kann. Aber du hast ihn trotzdem nicht in die Knie zwingen können. Er hebt einfach ab und macht sich davon, einfach so …«
»Das hört sich an, als ob du ihn noch immer beneiden würdest«, sagte Rosa und wünschte sich, dass Rüdiger sie in den Arm nähme und Joana bald zurückkäme. In ihr stritten Mitleid mit dieser Frau und die Ahnung, dass dieser Wandel vom unerschütterlichen Glauben an die Richtigkeit des eigenen Handelns hin zu lauter Selbstzweifeln zu rasch kam, um von Dauer zu sein. Als ob da im Hintergrund noch etwas anderes lauere. Sie sollte mit ihrer Einschätzung recht behalten.

## 21

In Paneveggio gab es nur einen einzigen Gasthof, er lag unmittelbar neben der Kirche. Nach dem Gottesdienst und wenn Markt war, traf man sich in der Gaststube, mitunter spülten hier auch ein paar gestresste Ehemänner ihren Frust hinunter oder politisierten, und ab und an wurde im Hinterzimmer gezockt oder gefeiert. Bei Hochzeiten, Taufen oder Beerdigungen kamen auch gelegentlich die beiden Schlafkammern unterm Dach zum Einsatz, den Rest des Jahres dienten sie der Aufbewahrung von Gartenmöbeln, Eingemachtem oder Äpfeln und anderen Lebensmitteln, die man den Winter über möglichst kühl und dunkel einlagerte. Das Zimmer, in welches Rosa am Tag ihrer Ankunft einzog, duftete noch immer unglaublich intensiv nach Weihnachtsäpfeln, so hießen die kleinen rotbackigen Früchte mit dem rosa Fruchtfleisch, die Rosa schon von ihrer Großmutter kannte. Ein paar verschrumpelte Früchte fanden sich noch auf dem Schrankboden. Rüdiger bezog das Zimmer nebenan, altmodische Doppelbetten hier wie dort, und wenn Joana bei ihnen übernachtete, so teilte sie sich das Bett mit Rosa.

Paula hatte es glattweg abgelehnt, auch nur auf einen einzigen Tag von den vereinbarten vier Wochen Bedenkzeit zu verzichten. Allerdings konnte sie nichts dagegen unternehmen, dass ihre Rivalin ebenfalls in Paneveggio blieb. Zusammen mit Rüdiger. Dank Kristina und dem Zimmermann war das möglich, die beiden übernahmen an der Elbe die Oberaufsicht: Rüdigers Tochter vertrat Rosa in der Orangerie, und der Zimmermann kümmerte sich darum, dass der Umbau des Hotels Fortschritte machte. Als Wunsch-Eltern blieben Rosa und Rüdiger bei Joana, hielten gemeinsam die Stellung, auch wenn es im Dorf längst die Runde gemacht hatte, dass da etwas nicht stimmte. In den Nächten, die das Kind in der Jagdhütte verbrachte, blieb die freie Betthälfte ungenutzt, jeder ging in sein eigenes Zimmer. Es gab auch sonst keinen Austausch von Zärtlichkeiten zu beobachten. Andererseits verfolgten die beiden sich mit Blicken, wie man sie sonst nur bei frisch Verliebten kannte.

Tag für Tag pendelte die Kleine nun zwischen Jagdhütte und Dorf hin und her, wie es hieß, pendelte sie auch zwischen zwei Müttern oder solchen, die es sein wollten. Eine undurchsichtige Geschichte, zumal immer offensichtlicher wurde, dass es längst nicht nur um das Kind ging. »Die da oben« ließ keine Gelegenheit aus, um den Vater der Kleinen zu sich zu locken. Typischer Vertreter seines Geschlechts, der er war, schien er nicht mal zu merken, was da vorging. Rosa hingegen registrierte ebenso wie das halbe Dorf nur zu genau, wie ihre Rivalin ihr Netz immer dichter um den Mann spann, mit dem zusammen sie ein Kind gezeugt hatte. Paula Pezzo mochte viele Jahrzehnte damit verbracht haben, ihrem Vater der bessere Sohn und Nachfolger zu sein, doch jetzt wechselte sie das Rollenfach, und das beschränkte sich keineswegs auf ihre Garderobe. Sie war klug und lernte rasch, und lange ehe Rüdiger ihre Botschaft verstand, wusste Rosa Bescheid.

Rüdiger und mit ihm Joana blieben immer länger weg, ließen Rosa allein, etwa um auf Paulas Geheiß hin ein Fohlen oder einen wilden Ilex zu bestaunen. Paula Pezzo war ungemein erfinderisch, sie ließ sich ständig etwas Neues einfallen, ihre Köder waren raffiniert, und von Tag zu Tag stieg sie mehr in der Wertschätzung von Rüdiger und Joana, zumal sie klugerweise auch Florian, Joanas neuen Freund, einbezog. »Eigentlich ist sie ja doch ganz nett!« Originalton Joana, und Rüdiger widersprach nicht, sondern sah höchstens verlegen weg.

Dann näherten sich die vier Wochen ihrem Ende. Der letzte Tag brach an. Paula hatte ihn bereits verplant, sie tat, als ob es ein Tag wie jeder andere wäre. Diesmal sollten Rüdiger und Joana den alten Pezzo in Bozen vom Bahnhof abholen. »Dein Großvater würde sich sehr freuen, Joana!« Paula selbst wollte in der Hütte alles zum Empfang vorbereiten, doch stattdessen tauchte sie höchstpersönlich im Gasthof auf. Sie ging schnurstracks in Rosas Zimmer hoch und registrierte sichtlich zufrieden Joanas Nachthemd auf der zweiten Betthälfte und die Kinderzahnbürste in dem Becher auf der Ablage über dem Waschtisch. Nichts deutete darauf hin, dass sich hier jemals ein Mann aufhielt.

Paula kam sofort zur Sache, das war schon immer ihre Stärke gewesen. Rein optisch hatte sie eine deutliche Veränderung durchgemacht. Die Frisur passte nun erheblich besser zum weit schwingenden Rock, alles an ihr war weiblicher, beschwingter, das galt ebenso für ihren Gang. Das Eckige, Harte trat zurück. Allerdings nur äußerlich, wie ihre folgenden Worte bewiesen. Auch die Rückkehr zum formellen

»Sie« signalisierte, dass sie Rosa nicht länger als Verbündete, geeint in der Sorge um Joana, ansah. Die Schonzeit war endgültig vorbei.
»An Ihrer Stelle«, sagte sie, »würde ich aufgeben. Es wäre für alle Beteiligten das Beste.« Und dann zählte sie auf, was Joana und Rüdiger bei ihr erwartete, was nur sie den beiden geben konnte. »Wenn Sie sich weiter an die beiden klammern«, sagte sie, »so werden Sie dafür nur Hass ernten. Oder Verachtung. Sie spielen in einer anderen Liga, geben Sie sich mit dem zufrieden, was Sie über meinen armen Bruder bereits herausgeschlagen haben. Bleiben Sie meinetwegen bei Ihrer Version, dass Sie von Ihrer Großmutter geerbt haben, das restliche Geld auf diesem Konto können Sie ebenso behalten. Wir haben bereits alles Nötige veranlasst. Nehmen Sie das Geld als Entschädigung für die Jahre, in denen Sie Joana als Leihmutter betreut haben.«
»Für Joana bin ich weiterhin ihre Mutter, ihre richtige Mutter. Joana will bei mir bleiben.« Es hörte sich lahm an, zweifelnd, Rosa erschrak vor ihrer eigenen Stimme. So weit war es also schon gekommen.
Die letzten Tage hatten sie mürbe gemacht, der Countdown lief unerbittlich, und das galt keineswegs nur für die vereinbarte Vierwochenfrist. Jede Nacht, die Rüdiger lediglich durch eine dünne Wand getrennt in dem Zimmer nebenan verbrachte, war eine Qual. Jeder nicht ausgetauschte Kuss grenzte an Folter. Wer sagte ihr denn, dass er auch sonst niemand küsste? Sie stand längst nicht mehr darüber, wenn die anderen sie erstaunt oder gar mitleidig ansahen. Sie malte sich aus, was geschah, wenn Rüdiger mal wieder mit Paula zusammen war. So naiv konnte er doch gar nicht sein, er musste doch merken, worauf Paula aus war. Aber was, wenn er gar nichts dagegen hatte? Wenn nur noch ein Rest Loyalität ihn in diesem Gasthof hielt? Womöglich fühlte er sich längst freiwillig zu der Hütte hingezogen, so wie schon einmal vor vielen Jahren. Diesmal könnte es anders ausgehen …
Paula schien Gedanken lesen zu können. Punktgenau an dieser Stelle hakte sie ein. »So, will Joana wirklich bei Ihnen bleiben?«, fragte sie. »Wie lange noch? Jetzt brechen neue Zeiten an. Joana ist durch und durch eine Pezzo, sie wird einmal alles erben, und dafür muss sie entsprechend vorbereitet werden. Das Internat in Zürich ist erste Wahl,

es wäre fatal, wenn Sie versuchen würden, ihr und Rüdiger im Weg zu stehen. Oder wollen Sie, dass man aus Mitleid bei Ihnen bleibt? Wie lange, glauben Sie wohl, ginge das gut?« Eine Handbewegung zu Joanas Sachen hin, zu dem Bett, in dem Rosa seit dem Tag ihrer Ankunft von ganz ähnlichen Gedanken heimgesucht wurde. Tausend Zweifel, nun waren sie ausgesprochen.
Es ging nicht länger darum, dass Rüdiger ihr, Rosa, zu wenig zu bieten hatte. Wenn er wollte, konnte er morgen als Platzhalter und Berater für Joana bei den Pezzos einsteigen, es kam gewiss nicht von ungefähr, dass nun auch noch das Familienoberhaupt anrückte. Eine der mächtigsten Familien im Land gegen eine einzelne Frau, die sich zu oft geirrt hatte, die noch immer träumte und hoffte.
Kennst du das Land, wo die Zitronen blühn?
Dahin, dahin, will ich mit dir, mein Liebster, ziehen.
Offenbar war sie selbst es, die nicht mehr Schritt halten konnte. Rosa bemerkte nicht einmal, dass die andere das Zimmer verließ. Sie wusste nicht, wie lange sie so dastand, reglos und ohne Tränen, sie konnte nicht mal mehr weinen, im Grunde empfand sie auch nichts außer dieser unsäglichen Leere und Müdigkeit. Und Rüdiger und Joana waren noch immer nicht zurück. Draußen begann es zu dämmern, für diesen Abend hatte Rosa ein ganz besonderes Essen bestellt, ein Festmahl. Die vier Wochen waren um, es sollte Joanas Lieblingsgericht geben, auch Rüdiger kam nicht zu kurz. Die Wirtsfrau hatte Rosa verständnisvoll zugezwinkert und den Wein kalt gestellt, den Rosa selbst besorgt hatte. Der gleiche Wein, mit dem sie damals in Mailand ihre Verlobung besiegelt hatten. Lauter Zeichen dafür, dass sie an einen Neuanfang zu dritt glaubte, glauben wollte. Sie liebte die beiden doch mehr, als sie sagen konnte.
Aber sie kamen nicht. Rüdiger rief auch nicht an, dafür klopfte die Wirtin an die Tür. Was mit dem Essen geschehen solle? Nichts, erwiderte Rosa durch die geschlossene Tür, und dann begann sie zu packen. Es war besser so. Sie wollte dem Glück von Rüdiger und Joana nicht im Weg stehen. Und sie wollte kein Mitleid.
Rosa hatte einen günstigen Moment abgewartet, um sich unbeobach-

tet aus dem Gasthof zu schleichen. Sie kam sich wie eine Diebin oder Zechprellerin vor, dabei hatte sie die Summe sogar aufgerundet, die sie für die Unterbringung von Joana und sich schuldete, und hatte das Geld in einem Umschlag gut sichtbar auf dem Nachttisch deponiert. Zwei Wochen Kost und Logis. Zwei Wochen, die für sie nach und nach zur Vorhölle geworden waren. Nun aber war sie auf dem Weg in die Hölle. Was war ein Leben ohne ihr Kind und ohne Rüdiger? Die beiden Reisetaschen wurden ihr schwer in den Händen, doch sie ging zügig weiter und hielt erst an, als sie am Ortsende angelangt war. Niemand sollte sehen, wie sehr sie litt. Sie würde sich aus Stava ein Taxi kommen lassen, der Ort lag auf halbem Weg nach Bozen, mit etwas Glück müsste sie dort noch einen Zug Richtung Dresden erwischen. Ihr Plan scheiterte, noch ehe sie Paneveggio hinter sich lassen konnte. Das Handy war nicht da, sie musste es in der Aufregung im Gasthof liegengelassen haben, aber sie konnte unmöglich noch einmal umkehren. Also ging sie weiter, wohl wissend, wie unsinnig das war. Bis Stava waren es gut und gern elf Kilometer. Andererseits würde sie durchdrehen, wenn sie noch länger die Bergnase mit der Hütte vor Augen hätte. Dort oben brannte jetzt Licht, aus dem Kamin stieg Rauch, inzwischen mussten alle vier glücklich vereint sein: Großvater und Vater, Mutter und Kind.

Reiß dich zusammen, Rosa! Sie gab sich einen Ruck und marschierte erneut los. Irgendwann hielt ein Wagen neben ihr. Sie hatte gehofft, etwas dergleichen möge geschehen, hatte sich gewünscht, dass Rüdiger sich besann und versuchte, sie aufzuhalten. Aber niemand vermisste sie, am Steuer saß ein Wildfremder, und so stieg sie ein und ließ sich mitnehmen. Mit lauter Geflügel im Rücken, es schnatterte und gackerte auf der Ladefläche, man konnte kaum sein eigenes Wort verstehen. Der Fahrer hatte wohl Mitleid mit ihr und setzte sie direkt am Bahnhof ab. Ungeachtet der vorgerückten Stunde herrschte dort noch Leben, etliche meist jüngere Rucksacktouristen waren unterwegs. Rosa studierte den Fahrplan und kaufte ihr Ticket, sie hatte Glück im Unglück, der letzte Zug war noch nicht durch, sie hatte sogar noch eine gute halbe Stunde Zeit.

Sie sah sich um, vor dem Automaten mit Getränken stritt ein Pärchen, dann küssten sie sich, rasch trat Rosa hinaus auf den Bahnsteig. Fröhliches Lachen und lautes Reden, man hatte es sich auf den Bänken gemütlich gemacht, einige hockten auch auf dem Boden. Rotwein, Brot und eine lange Salami kreisten, jeder säbelte sich ein Stück ab. Ein Stück Wurst, aufgespießt auf einer Messerspitze, wurde ihr hingehalten, sie schüttelte den Kopf und floh, hörte das Lachen in ihrem Rücken. Jetzt war sie schon eine Lachnummer, dabei meinten es die jungen Leute nur nett. Woher sollten sie wissen, dass diese Szene Erinnerungen in Rosa wachrief. An ein Picknick zu dritt kurz nach ihrer Ankunft in Paneveggio. Sie und Rüdiger hatten Joana kaum folgen können, die Dreizehnjährige legte jede Strecke mehrmals zurück, nicht mal, als sie rasteten, konnte Joana stillsitzen, sie rannte kauend hierhin und dorthin, ihr Mund stand nicht still, alles war für sie ganz wunderbar. Nur von der Salami riet sie Rosa ab. Warum, hatte diese sich gewundert, du isst sie doch auch? Wegen dem Küssen, erklärte Joana, sie hatte einen filmreifen Luftkuss von sich zu Rüdiger fliegen lassen und sich danach lachend aus dem Staub gemacht. Und Rosa hatte gehofft, dass Rüdiger nun seine unsinnigen Hemmungen überwände und sie endlich wieder küsste. Zu jener Zeit wusste sie noch nicht, dass seine Hemmung sich ausschließlich auf sie selbst bezog. Der Umstand, dass er in dieser Nacht nicht zu ihr zurückgekommen war, sagte mehr als alle Worte.
Der Film in ihrem Kopf ließ Rosa ziellos weitergehen, nur fort aus dem Hellen und weg von der Fröhlichkeit. Sie hatte gerade die letzte Laterne des Bahnhofsgeländes passiert, als eine Stimme sie jäh innehalten ließ. Wenn sie eine Stimme kannte, dann diese. Sie hätte Rüdiger unter Millionen herausgehört, davon war sie überzeugt. Aber was trieb er hier? Wo war Joana? Die beiden müssten doch längst Ernesto Pezzo in Empfang genommen haben, der Zug, mit dem er kommen sollte, war vor Stunden eingelaufen, davon hatte Rosa sich eben noch überzeugt.
»Es ist vorbei«, hörte Rosa ihn sagen. »Gib endlich auf, dein Spiel ist aufgeflogen.«

Allmählich gewöhnten sich Rosas Augen an die Dunkelheit in diesem Teil des Bahnhofs, wo offenbar einzelne Waggons abgestellt wurden. Sie erkannte auch die Frau, zu der Rüdiger so sprach, doch sie konnte sich keinen Reim auf das machen, was er da zu ihr sagte, ebenso wenig wie auf seinen abschätzigen Tonfall. Was war geschehen? Welches Spiel meinte er? Wie kam Paula hierher?
»Was für ein Spiel?«, fragte auch Paula Pezzo in einem beinahe kindlichen Ton. »Ich spiele nicht, wie kannst du so etwas nur sagen? Ich meine es ernst, so ernst wie nichts sonst in meinem Leben. Du und ich, wir haben zusammen ein Kind, wir haben so unglaublich viel gemeinsam. Mein Vater wird glücklich sein, wir brauchen dich, die Pezzos werden dich mit offenen Armen aufnehmen …«
»Nur schade«, fiel Rüdiger ihr ins Wort, »dass dein Vater den Zug verpasst hat, wie?«
»Er ist nun mal nicht mehr der Jüngste, er wird sich mit der Abfahrtzeit vertan haben. Mit seinen dreiundsiebzig Jahren wächst ihm langsam, aber sicher alles über den Kopf. Es wird wirklich höchste Zeit, dass er sich endlich zur Ruhe setzen kann.«
»Und du bist ganz sicher, dass er heute herkommen wollte?«
»Selbstverständlich bin ich das, weshalb fragst du so seltsam?«
»Und wenn er nicht kommt?«
»Dann ist es auch nicht weiter schlimm, wir warten jedenfalls nicht noch länger, wenn das deine Sorge ist. Entweder er kommt jetzt gleich, oder wir fahren los. Zum Glück ist ja wenigstens mein Auto startklar.«
»Und du bleibst auch dabei, dass du keine Ahnung hast, warum der Wagen, mit dem wir deinen Vater abholen sollten, so plötzlich den Geist aufgegeben hat und Joana und ich eine Ewigkeit auf den Reparaturdienst warten mussten?«
»Mein Gott, so was kommt alle naselang vor, davon leben die Werkstätten. Und zum Glück hatte ich ja eine Ahnung, dass da was nicht stimmt, und bin euch gefolgt. Was ist nur auf einmal mit dir los? Machst du dir Sorgen wegen Joana? Sie schläft friedlich in meinem Auto, du hast doch eben selbst nochmal nach ihr geschaut. In diesem

Alter kann man buchstäblich im Stehen schlafen, und zum Glück habe ich auch immer zwei Decken und etwas zu trinken dabei. Wir brauchen nicht mal zu warten, bis der andere Wagen wieder fahrtüchtig ist, den lassen wir einfach morgen abholen, das regele ich schon.«

»Ja, du denkst wirklich an alles. An fast alles.«

»Du sagst das mit einem solch merkwürdigen Unterton. Was stört dich daran, dass ich meinen Kopf einsetze? Hättest du lieber eine hirnlose Chaotin zur Frau?«

»Du wirst nie meine Frau werden. Du bist eine erbärmliche Lügnerin und Intrigantin, und ich danke Gott auf den Knien, dass er für Joana eine bessere Mutter ausgewählt hat. Die beste überhaupt.«

»Überleg dir gut, was du da sagst, Rüdiger Ebertz!« Nichts Kindhaftes oder Weiches lag mehr in Paulas Stimme, die Worte zischten wie ein Peitschenknall.

»Verträgst du die Wahrheit nicht mehr?« Rüdiger blieb ganz ruhig, er hörte sich an, als ob er eine nicht besonders erfreuliche Bilanz verlese, ohne jede erkennbare Emotion. »Als gute Geschäftsfrau, die du zweifelsfrei bist, solltest du merken, wenn du mit deiner Kalkulation in die roten Zahlen kommst. Dein Vater wird übrigens nicht mehr kommen, wir können uns dieses ganze Theater sparen, und es wird dir auch nichts nützen, dass du wie auch immer Rosas Handy an dich gebracht hast. Als ich gerade eben nach Joana geschaut habe, schlug es an, ich kenne den Ton, Joana hat für Rosa lauter Tierstimmen installiert. Es war der Löwe. Willst du wissen, wer hinter dem Löwen steckt?«

Einen Moment lang blieb alles still, nur Paulas stoßweise Atmung verriet ihre Anspannung. »Ich kann dir alles erklären, Rüdiger«, presste sie schließlich hervor.

»Der Löwe steht für deinen Vater«, fuhr Rüdiger ungerührt fort. »Er hat versucht, Rosa zu erreichen, ebenso wie ich das immer wieder versucht habe. So etwas nennt man wohl Duplizität der Ereignisse. Allerdings ist dein Vater im Gegensatz zu mir nicht auf der Mailbox gelandet.«

»Du hast doch nicht etwa ein Gespräch angenommen, das gar nicht für dich bestimmt war?«

»Genau das habe ich getan, und es ist mir wie Schuppen von den Augen gefallen. Du hast wirklich keinen Trick ausgelassen, um Joana und mich zu becircen. Welches Mädchen in diesem Alter wäre nicht verrückt nach einem eigenen Fohlen? Und dass ich bei der bloßen Erwähnung von einem wild wachsenden Ilex Giganti schwach werde, weiß niemand besser als du. Außerdem hast du perfekt mein schlechtes Gewissen aktiviert, ich glaubte dir noch etwas schuldig zu sein, also bin ich Trottel dir immer wieder auf den Leim gegangen. Es nützt dir dennoch nichts, dein Vater hat das längst begriffen.«

»Was versteht mein Vater schon von den Bedürfnissen eines Mannes im besten Alter? Hat diese Sauerländer Unschuld ihn etwa auch um den Finger gewickelt? Was hat sie denn so Besonderes? Okay, sie ist jünger als ich, meinetwegen auch hübscher, aber ihre Menschenkenntnis passt in jeden Fingerhut, das beweist ihre unselige Auswahl an Liebhabern. Ist es der Sex? Offen gestanden glaube ich nicht, dass sie dir in dieser Hinsicht besonders viel bieten kann, dazu ist sie viel zu lieb. Wenn du mich fragst, verrennst du dich da lediglich in einen nostalgisch gefärbten Traum. Schon unserer Tochter zuliebe solltest du dich hüten, wegen so einer …«

»Spar dir die Mühe, Paula«, fiel Rüdiger ihr ins Wort. »Ich liebe Rosa, man muss sie einfach lieben. Nicht für das, was sie hat, sondern für das, was sie ist. Sie ist das Land, in das man ziehen möchte, wo man bleiben möchte, für immer und ewig. Sie ist Heimat und Sehnsucht, sie ist alles für mich, und ich bete zu Gott, dass sie mich noch haben will.« Rüdiger griff in seine Jackentasche und warf Paula etwas zu, in der Dunkelheit blitzte es metallisch auf, sie griff danach.

»Was ist das? Was soll das werden? Was soll ich mit deinem Autoschlüssel?«

»Du wirst ihn brauchen, wenn der von dir verursachte Schaden behoben ist. Der Monteur meinte, das könnte noch eine Weile dauern. Was du machst, machst du gründlich. Joana und ich nehmen deinen Wagen, wir haben es eilig, wir werden erwartet.«

Es gelang Rosa gerade noch rechtzeitig, sich davonzuschleichen, im Schutz von Büschen, deren Zweige ihr ins Gesicht schlugen, sie stolperte über eine Coladose, etwas Dorniges verhakte sich in ihrer Jacke, sie kümmerte sich nicht darum. Kennst du das Land? Dahin, dahin …

Das Taxi mit dem Kennzeichen von Bolzano jagte durch die Dunkelheit. Es geht um Leben und Tod, hatte Rosa gekeucht und dabei wohl so gestrahlt, dass ihr Fahrer das, was sie sagte, grinsend in »amore« übersetzte. Und so war es: Es ging um die Liebe, die Liebe war zu ihr zurückgekehrt und wies ihr den Weg zu der Jagdhütte. Wenn Rüdiger und Joana sie nicht im Gasthof antrafen, würden sie garantiert hierherkommen, zumal alles hell erleuchtet war, das Licht strahlte bis nach unten ins Dorf. Und bis Paula ihnen folgen konnte, verging noch eine Weile, diesmal fing sie sich in ihrer eigenen Falle, der fingierte Schaden an ihrem Auto musste erst mal behoben werden. Bis dahin, dachte Rosa, bin ich längst mit meinen beiden vereint, dann kann mir nichts mehr geschehen. Rosa verschwendete keinen Gedanken daran, warum die Hütte bei ihrer Flucht aus Paneveggio hell erleuchtet gewesen und Rauch aus dem Kamin gestiegen war, obwohl Paula Pezzo, wie sie nun wusste, direkt nach Bozen durchgefahren war.

»Ihr Liebster erwartet Sie bereits«, meinte der Fahrer, der soweit wie möglich an die Hütte herangefahren war.

Rosa hätte ihm sagen können, dass das unmöglich war. Dann erkannte sie den Maserati mit dem Mailänder Kennzeichen, jetzt verstand sie rein gar nichts mehr. Hatte Rüdiger nicht eben noch aus Paula herausgelockt, dass deren Vater gar nicht daran dachte, heute nach Paneveggio zu kommen? Ob mit dem Zug oder dem Auto, spielte letztlich keine Rolle. Ernesto Pezzo war trotzdem da und sichtlich zufrieden über Rosas Auftauchen. Er erwartete sie vor dem Kamin sitzend, ein Glas Rotwein in der Hand, die vorschriftsmäßig dekantierte Flasche stand neben ihm auf dem Tisch, des weiteren diverse Antipasti, denen man ansah, dass sie nur aus dem Haus Peck stammen konnten.

»Es ist gut«, meinte er und zeigte auf einen leeren Stuhl, »dass wir beide zuerst einmal allein miteinander reden können. Nehmen Sie Platz und greifen Sie zu, die Pecks haben mir alles mitgegeben, was, wie man mir versicherte, besonders gern von Ihnen gegessen wird.«

»Das ist lange her«, erwiderte Rosa und blieb stehen.

Was sollte sie hiervon halten? Ernesto Pezzo war der Vater von Paula und Massimo, er konnte unmöglich damit einverstanden sein, dass sie ihm seine einzige Enkelin gleich wieder wegnahm. Die Pezzos waren von jeher sehr besitzorientiert, das lag ihnen im Blut, ebenso wie das Herrische. Es konnte nichts Gutes zu bedeuten haben, wenn das Familienoberhaupt sie nun derart hofierte. Paula hatte schließlich heute hinreichend den Familienwillen kundgetan und gleichzeitig eindrucksvoll demonstriert, was von der Freundlichkeit eines Mitglieds dieser Familie zu halten war.

»Vielleicht sollten wir genau dort anknüpfen. Damals waren Sie eine ehrgeizige junge Frau mit einem Traum. Gewöhnlich schrumpfen Träume und mit ihnen ihre Träger. Ich habe sehr viel über Sie nachgedacht. Ich schulde Ihnen einiges.«

»Wenn Sie glauben, dass Sie mir Joana abkaufen können ...«

Der alte Mann winkte ab. »Ich weiß, dass Sie nicht käuflich sind. Und dass Sie die beste nur denkbare Mutter für meine Enkelin sind, ist mir ebenfalls bewusst. Das wird auch meine Tochter akzeptieren müssen, genau wie das hier.« Ernesto Pezzo drückte Rosa eine Dokumentenmappe in die Hand, die zuvor auf seinen Knien gelegen hatte, dann stand er auf, um Rosa einen Stuhl zurechtzurücken. Dabei war er selbst reichlich wackelig auf den Beinen, nie zuvor hatte sie ihn so erlebt. Dieser Anflug von Schwäche rührte sie, doch ihr Misstrauen blieb. Diesem schlauen Fuchs war alles zuzutrauen.

»Und was ist das?« Zögernd setzte sie sich.

Der alte Mann folgte ihrem Beispiel, selbst diese kleine körperliche Aktivität von Aufstehen und Hinsetzen schien ihm schwerzufallen. Oder wollte er lediglich die Antwort auf eine unbequeme Frage hinauszögern? Befand sich in dieser Mappe womöglich eine Art Abtretungserklärung? Wollte Paulas Vater etwa mit amtlich und deshalb seriös wirkenden Papieren durchziehen, was seiner Tochter misslungen war?

»Das ist nur eine Urkunde, notariell beglaubigt, damit alles seine Ordnung hat. Ich übertrage darin Joana einundfünfzig Prozent von meinem Vermögen, bis zu ihrem dreißigsten Geburtstag lege ich die Verwaltung dieses Kapitals in Ihre Hände. Ich weiß, dass Sie für meine Enkelin das Beste daraus machen werden. Bei Ihnen haben Träume die Chance, Wurzeln zu schlagen und zu wachsen.«

»Woher wollen Sie das wissen?« In Rosas Kopf überschlugen sich die Gedanken. Das war zu viel für sie, der heutige Tag überstieg ihre Kräfte und ebenso ihr Vorstellungsvermögen. War das wieder eine neue Falle? »In welche Falle wollen Sie mich diesmal locken? Es ist noch nicht lange her, da haben Sie mir mit der Polizei gedroht und wollten mich ins Gefängnis sperren lassen.«

»Darf ich, nur weil ich ein alter Mann bin, nicht mehr aus meinen Fehlern lernen?«

»Das nehme ich Ihnen nicht ab! Sie sind nicht der Typ, der eben mal schnell in sich geht und sein weiches Herz entdeckt.«

»Sie sind eine vorzügliche Beobachterin. Eine ganz wesentliche Voraussetzung, um andere Menschen zu führen. Sie erkennen das Wesentliche, das wurde mir bereits von verschiedenen Seiten bestätigt.«

»Haben Sie etwa auch eine Detektei auf mich angesetzt? Was bilden Sie sich eigentlich ein? Was bilden die Pezzos sich ein? Dass man sich mit genug Geld alles erlauben kann und bloß seine Lohndiener losschicken muss? Irgendwas werden die schon ausgraben …« Rosa schnappte erschöpft nach Luft.

»Der Lohndiener war in diesem Fall ich selbst. Die letzten zehn Tage habe ich mehr oder weniger damit verbracht, mit Menschen zu reden, die Sie kennen. Ich muss schließlich wissen, wem ich meine einzige Enkelin und die Zukunft unserer Firma anvertraue.«

»Sie haben was getan?«

»Leichtgefallen ist mir das nicht, meine alten Knochen wollen mir nicht mehr so richtig gehorchen, außerdem musste ich mich schon ziemlich ins Zeug legen, um mein jeweiliges Gegenüber davon zu überzeugen, dass ich nichts Unrechtes im Schild führte. Die Menschen mögen Sie, wohl weil umgekehrt Sie sie mögen. Und niemand hat Sie vergessen. Nicht die Mitarbeiter in meiner eigenen Firma, mit denen Sie damals als Aushilfskraft Kontakt hatten, nicht die Pecks, sogar mein Chauffeur und der Pförtner bekommen leuchtende Augen, sobald die Rede auf Sie kommt. Was immer Sie tun, Sie tun es mit Hingabe und kümmern sich, das gilt für Ihre verstorbene Großmutter ebenso wie für Ihren Vater und sogar für die Eltern des Mannes, von dem Sie gerade frisch geschieden sind. Für ihn selbst natürlich auch.«

»Sie haben meine Liebhaber vergessen.«

»Nein, das habe ich keineswegs, obwohl ich zugeben muss, dass diese Gespräche mir leicht unangenehm waren. Ich bin nun einmal ein altmodischer Mensch. Machen wir es kurz!« Der alte Mann stand bei diesen letzten Worten erneut auf, ein Ruck ging durch seinen Körper. »Ich bitte Sie hiermit ganz offiziell im Namen meiner Enkelin und meiner Mitarbeiter, dieses mein Angebot anzunehmen.«

»Das geht nicht.« Rosa sprang auf.

»Und warum nicht?«

»Ich kann unmöglich meine eigenen Leute in Dresden im Stich lassen. Das mag Ihnen albern vorkommen, gemessen an dem, was die Pezzo-Werke repräsentieren, sind wir winzig und total unbedeutend. David gegen Goliath, aber ich glaube an unser Konzept, an die Verschmelzung von Ästhetik und Funktion, an mein Design mit zwei Gesichtern.«

»Das sollen Sie auch. Ich wäre enttäuscht, wenn es anders wäre. Außerdem spielt es keine Rolle, ob Sie den Möbelmarkt von Mailand oder Dresden aus mit neuem Leben inspirieren. Die Firma Pezzo steht für Tradition und Professionalität, wogegen Sie schon im Morgen angekommen sind. Schlagen Sie den Bogen zwischen beidem, nehmen Sie von jedem das Beste. Und jetzt setze ich mich, wenn Sie gestatten, lieber wieder hin, bevor ich vor Ihnen zusammenbreche.«

»Versuchen Sie es nur ja nicht auf die Mitleidstour bei mir. Da ist doch noch etwas im Busch. Raus damit!«

»Haben Sie eine Idee, was das sein könnte?« Der alte Herr sah drein, als ob er sich insgeheim königlich amüsierte.
Über sie? Das durfte ja wohl nicht wahr sein. Fieberhaft überlegte Rosa, was dieser alte Wolf wohl noch in petto haben mochte, warum er Kreide fraß und ihr ein solches Angebot unterbreitete. Wo war der Haken?
»Wollen Sie auf dem Umweg über mich vielleicht Ihren größten Konkurrenten aus dem Rennen schlagen? Sie haben gewiss läuten gehört, dass wir mit den Albertis verhandeln, außerdem …« Rosa hielt inne, beinahe hätte sie sich verplappert.
»Außerdem«, fuhr der alte Pezzo an ihrer Stelle fort, »ist die Stieftochter von Rüdiger Ebertz so etwas wie Ihre rechte Hand und auch privat mit dem jungen Alberti zusammen.«
»Sie wissen ziemlich viel«, stammelte Rosa und kam sich sehr dumm und unerfahren vor.
»Grazie.« Der schlohweiße, noch immer dichte Haarschopf neigte sich galant vor ihr.
»Und wie stellen Sie sich das Ganze konkret vor? Sie glauben doch nicht etwa, dass ich die Albertis hintergehe?«
»Sie haben freie Hand. Verhandeln Sie, vergleichen Sie, fusionieren Sie meinetwegen, viele Wege führen zum Ziel. Nehmen Sie Ihren Weg! Natürlich hoffe ich, dass Sie der Firma Pezzo gegenüber unserem härtesten Mitbewerber eine faire Chance geben. Aber wie gesagt, die Entscheidung liegt bei Ihnen.«
»Und was ist mit Ihrer Tochter?«
»Paula vertritt, wenn sie sich kooperativ zeigt, wovon ich ausgehe, neunundvierzig Prozent der Firma Pezzo. Im Moment ist sie zwar noch sehr aufgebracht, aber ich denke, dass sie bald wieder zur Vernunft kommt. Joana ist auch ihre Tochter, und Paula ist keine junge Frau mehr, sie ist nie wirklich jung gewesen, fürchte ich. Ich hätte ihr wohl viel früher Einhalt gebieten und andere Perspektiven aufzeigen müssen, anscheinend war ich damit überfordert, aber Sie werden es besser machen als ich. Mit Herz, Sie sind eine Frau mit sehr viel Herz. Über Ihrem Herzen können Sie auch schon mal das Ziel aus

den Augen verlieren, dennoch kommen Sie an. Sie sind auch stark, sehr stark. Denken Sie daran, wenn Sie unsere Familien und unsere Firmen zusammenführen. Es wird immer auf Sie ankommen, auf Ihren Schultern wird vieles lasten, Sie werden leiden und kämpfen und zweifeln, es ist eine schwere Verantwortung.«

»Ich bin nicht allein«, widersprach Rosa.

»Doch, das sind Sie.« Die Stimme von Ernesto Pezzo war nun ganz sanft, sein Blick beinahe liebevoll. »Menschen wie Sie und ich sind zwangsläufig oft einsam, weil immer wir diejenigen sind, die den Kopf hinhalten und entscheiden und sich kümmern müssen, so wie ein Hirte um seine Herde. Ich habe wohl zu oft die Hunde und den Stock eingesetzt, bei Ihnen wird das anders sein. Andererseits werden Sie umso mehr leiden, je mehr Herz Sie einbringen. Denken Sie daran, wenn gleich Ihr Liebster kommt. Er ist nicht so stark wie Sie, es werden immer Sie sein, die den entscheidenden Schritt tun muss. Wenn ich mich nicht sehr irre, kommen sie da schon.«

Ernesto Pezzo irrte sich nicht. Er war ein Patriarch der ersten Stunde, nun gab er das Zepter ab, überging sein eigenes Fleisch und Blut und führte den Pezzos neues Blut zu, mischte es, mischte so alle Karten neu. An der Spitze eine Frau mit zwei Gesichtern, die endlich angekommen war.